外国文学名著丛书

〔奥地利〕斯·茨威格／著

茨威格中短篇小说选 上

张玉书 等／译

"外国文学名著丛书"编委会

人民文学出版社

Stefan Zweig
NOVELLEN UND ERZÄHLUNGEN

图书在版编目（CIP）数据

茨威格中短篇小说选：上下/（奥）斯·茨威格著；张玉书等译.—北京：人民文学出版社，2021（2023.3重印）
（外国文学名著丛书）
ISBN 978-7-02-016624-4

Ⅰ.①茨… Ⅱ.①斯…②张… Ⅲ.①中篇小说—小说集—奥地利—现代②短篇小说—小说集—奥地利—现代 Ⅳ.①I521.45

中国版本图书馆 CIP 数据核字（2020）第170032号

责任编辑　欧阳韬
装帧设计　刘　静
责任印制　王重艺

出版发行　人民文学出版社
社　　址　北京市朝内大街166号
邮政编码　100705

印　　刷　北京盛通印刷股份有限公司
经　　销　全国新华书店等

字　　数　493千字
开　　本　850毫米×1168毫米　1/32
印　　张　23.25　插页4
印　　数　7001—10000
版　　次　2021年5月北京第1版
印　　次　2023年3月第3次印刷

书　　号　978-7-02-016624-4
定　　价　78.00元（全两册）

如有印装质量问题，请与本社图书销售中心调换。电话：010-65233595

斯·茨威格

出版说明

人民文学出版社自一九五一年成立起,就承担起向中国读者介绍优秀外国文学作品的重任。一九五八年,中宣部指示中国科学院文学研究所筹组编委会,组织朱光潜、冯至、戈宝权、叶水夫等三十余位外国文学权威专家,编选三套丛书——"马克思主义文艺理论丛书""外国古典文艺理论丛书""外国古典文学名著丛书"。

人民文学出版社与中国科学院文学研究所,根据"一流的原著、一流的译本、一流的译者"的原则进行翻译和出版工作。一九六四年,中国社会科学院外国文学研究所成立,是中国外国文学的最高研究机构。一九七八年,"外国古典文学名著丛书"更名为"外国文学名著丛书",至二〇〇〇年完成。这是新中国第一套系统介绍外国文学作品的大型丛书,是外国文学名著翻译的奠基性工程,其作品之多、质量之精、跨度之大,至今仍是中国外国文学出版史上之最,体现了中国外国文学研究界、翻译界和出版界的最高水平。

历经半个多世纪,"外国文学名著丛书"在中国读者中依然以系统性、权威性与普及性著称,但由于时代久远,许多图书在市场上已难见踪影,甚至成为收藏对象,稀缺品种更是一书难求。在中国读者阅读力持续增强的二十一世纪,在世界文明交流互鉴空前频繁的新时代,为满足人民日益增长的美好生活的需要,人民文学出版社决定再度与中国社会科学院外国文学研究所合作,以"网罗经典,格高意远,本色传承"为出发点,优中选优,推陈出新,出版新版"外国文学名著丛书"。

值此新版"外国文学名著丛书"面世之际,人民文学出版社与中国社会科学院外国文学研究所谨向为本丛书做出卓越贡献的翻译家们和热爱外国文学名著的广大读者致以崇高敬意!

"外国文学名著丛书"编委会
二〇一九年三月

编委会名单
（以姓氏笔画为序）

1958—1966

卞之琳	戈宝权	叶水夫	包文棣	冯 至	田德望
朱光潜	孙家晋	孙绳武	陈占元	杨季康	杨周翰
杨宪益	李健吾	罗大冈	金克木	郑效洵	季羡林
闻家驷	钱学熙	钱锺书	楼适夷	蒯斯曛	蔡 仪

1978—2001

卞之琳	巴 金	戈宝权	叶水夫	包文棣	卢永福
冯 至	田德望	叶麟鎏	朱光潜	朱 虹	孙家晋
孙绳武	陈占元	张 羽	陈冰夷	杨季康	杨周翰
杨宪益	李健吾	陈 燊	罗大冈	金克木	郑效洵
季羡林	姚 见	骆兆添	闻家驷	赵家璧	秦顺新
钱锺书	绿 原	蒋 路	董衡巽	楼适夷	蒯斯曛
蔡 仪					

2019—

王焕生	刘文飞	任吉生	刘 建	许金龙	李永平
陈众议	肖丽媛	吴岳添	陆建德	赵白生	高 兴
秦顺新	聂震宁	臧永清			

目　次

译本序 …………………………………………… 1

普拉特尔的春天 ………………………………… 1
埃丽卡·埃瓦尔德的恋爱 ……………………… 16
十字勋章 ………………………………………… 60
猩红热 …………………………………………… 72
夏日小故事 ……………………………………… 135
家庭女教师 ……………………………………… 148
夜色朦胧 ………………………………………… 167
火烧火燎的秘密 ………………………………… 204
恐惧 ……………………………………………… 278
马来狂人 ………………………………………… 325
一个陌生女人的来信 …………………………… 388
女人和大地 ……………………………………… 434
日内瓦湖畔的一个插曲 ………………………… 459
看不见的珍藏 …………………………………… 468
一个女人一生中的二十四小时 ………………… 486
里昂的婚礼 ……………………………………… 553
旧书贩门德尔 …………………………………… 565

无形的压力 …………………………………… *595*
象棋的故事 …………………………………… *638*

译 本 序

一九二三年八月六日,高尔基读了《一个陌生女人的来信》之后,写信给罗曼·罗兰,打听这篇小说的作者身份。倘若这位茨威格便是《罗曼·罗兰传》的作者,"请向他转达我对这个出色短篇的由衷赞赏。这篇东西好极了,它深深地打动了我"。高尔基想把这篇小说收进柏林一家俄罗斯出版社的"爱情丛书"里,征求茨威格的同意。同年八月二十八日,罗曼·罗兰回信给高尔基:"斯台芬·茨威格——就是您提到的出色短篇的作者,您的要求我将转告,他会感到十分高兴。"①

这位受到高尔基和罗曼·罗兰热烈称赞的奥地利作家斯台芬·茨威格,对中国读者来说也并不陌生。茨威格自己也知道他的作品已经译成中文。他在自传《昨日世界》里回忆他在一九三一年庆祝五十岁生日时,这样写道:"海岛出版社为了庆祝我五十岁寿辰,特地印了一份用各种文字发表的我的著作的书目汇编,它本身就成了一本书;各种文字应有尽有,既有保加利亚文、芬兰文、葡萄牙文,也有亚美尼亚文、中

---

① 以上两信见《文艺论丛》第五期,上海文艺出版社,一九七八年十月。

文,以及摩诃剌陀文。"①

歌德在一八二七年五月三日和爱克曼谈话时说过,一个优秀作家的产生,在很大程度上取决于客观环境。歌德以法国年轻的文学家让-雅克·安培为例,发表精彩的论述:"请您设想一下巴黎这样的一座城市:一个大国最杰出的人才都聚集在同一个地方,在每天的交往、斗争和竞赛里,互相切磋,彼此提高。世界上自然和艺术的各个领域里的精华都成天在那里供人公开观赏;请您设想一下这样一座世界大城:……一百年来经过莫里哀、伏尔泰、狄德罗等人的努力,已经有那么多聪明智慧在那里传播,简直在世界上找不到可以和它匹敌的地方;这样一想您就会明白,像安培这样好的人才,在这样充满着聪明智慧的环境里成长起来,二十四岁的年纪是能够有所作为的。"②

十九世纪末的维也纳和十九世纪初的巴黎相似。一八〇六年,拿破仑迫使奥地利哈布斯堡皇室放弃神圣罗马帝国皇帝称号。九年后,老谋深算的奥地利帝国又以维也纳会议的成功召开,把拿破仑放逐到圣赫勒拿岛,洗尽蒙受的耻辱,夺回了往日的风光。一八四八年登基的奥地利皇帝弗兰茨·约瑟夫二世又以奥匈帝国的称号重展多瑙河帝国的雄风。尽管一八六六年普奥战争奥国兵败,奥地利退出了和普鲁士角逐德意志各邦盟主的斗争,国力衰微,但赢得了几十年的歌舞升平。十九世纪下半叶,奥地利的资本主义也有很大的发展。

① 见茨威格自传《昨日世界》,法兰克福苏尔坎普出版社,一九四九年版,第三九三页。
② 《世界文学》,一九六三年第十一期,《歌德和爱克曼谈话录》(选译)。安培(1800—1864)是法国作家。

维也纳作为奥匈帝国的首都,虽然没有成为全欧瞩目的政治经济中心,却成为可与巴黎媲美的国际文化都会。新兴资产阶级的资本和智慧使得维也纳不仅物质财富急剧增长,精神财富更傲视全欧。几十年里,贝多芬、海顿、莫扎特使维也纳成为数一数二的音乐首府。圆舞曲之王约翰·施特劳斯家族的迷人乐曲更使这音乐都城在贝多芬交响乐的凝重雄奇、莫扎特奏鸣曲的清新明快之上,又加上维也纳圆舞曲特有的幽雅飘逸,把维也纳森林里的鸟语花香,多瑙河上的碧波荡漾,都化为流畅迷人的圆舞曲传到四面八方,使莱茵河、塞纳河、泰晤士河、伏尔加河都激起回响,醉倒了一代欧洲人。十九、二十世纪交替时期,欧洲文坛上新人辈出,流派纷呈,新作如春花烂漫,争奇斗艳,令人眼花缭乱,目不暇接。法国的象征派、印象派曾一度独领风骚。由于西格蒙德·弗洛伊德的深层心理学的出现,内心独白或意识流在奥地利异军突起,以阿图尔·施尼茨勒①为首的一代才气横溢、成就卓著的优秀诗人和作家在德语文坛上也创造出不俗的成绩。施尼茨勒被人称为弗洛伊德的双身人,他和弗洛伊德殊途同归,作为心理分析的大师,和心理学家弗洛伊德同时踏上人的心灵这一广袤的大地。他的第一篇意识流小说《古斯特少尉》和弗洛伊德的《梦的解析》都在一九〇〇年发表,比吴尔夫的《墙上的斑点》早十七年,比乔伊斯的《尤利西斯》早二十年。奥地利文坛出现了一片繁荣景象,犹如繁茂的花圃,百花盛开。其中像胡戈·封·霍夫曼斯塔尔②这样被誉为"神童"的天才诗人,

---

① 阿图尔·施尼茨勒(1862—1931),奥地利作家、戏剧家。
② 胡戈·封·霍夫曼斯塔尔(1874—1929),奥地利作家。

在十六岁上便一举成名。他的出现像一颗熠熠生辉的明星影响并且鼓舞了一代青少年争相效法。从此奥地利文坛不复寂寞。一时维也纳成为欧洲著名的文化中心,群英荟萃,人才毕集。无论在企业界、学术界、新闻界、文艺界,还是政界,犹太人在维也纳都居于领先的地位,以至于比茨威格晚生一年的希特勒青年时代作为失意的艺术家在维也纳街头流浪的时候,发现各行各业一切重要位置都被犹太人占领,咬牙切齿地发狠,誓要消灭犹太人种。

一八八一年十一月二十八日,斯台芬·茨威格出生在维也纳一个犹太富商家里。父亲莫里斯·茨威格是个成功的企业家,经营纺织业发家致富,酷爱文学艺术,弹得一手好钢琴。母亲伊达·勃列陶尔,出身于国际金融世家。父母都属于奥地利上层社会的犹太精英。茨威格在回忆录《昨日世界》里讲到,犹太人一向重视精神修养,绝不仅仅满足于物质财富的积累。他们重视精神素质的提高,渴求知识,勤奋好学,努力上进,勇攀高峰,在各行各业都占据显要位置。弗洛伊德、施尼茨勒、霍夫曼斯塔尔,以及维也纳影响深远的《新自由报》副刊主编、犹太复国主义运动领袖赫尔策尔,便是具有代表性的人物。奥地利犹太血统的资产阶级,最为热心文化艺术。这对茨威格的成长极为有利。早在中学时代,茨威格便不满足于课堂上陈旧的教学内容,如饥似渴地阅读法语和德语文学界现代派诗人波德莱尔、瓦莱里、维尔哈伦、里尔克、霍夫曼斯塔尔等人的作品。他把比自己只大七岁的霍夫曼斯塔尔看作学习的榜样。在这批诗人的影响下,茨威格在十六岁那年,便在维也纳著名的《社交界》杂志上发表了他最早的诗歌,博得一致好评,从而作为抒情诗人,登上文坛。

文坛上的繁荣并不是孤立现象,它和学术上的活跃是孪生姐妹。值得一提的是尼采的哲学和弗洛伊德的心理学派也先后应运而生,对当代和后世都产生了深远的影响。在中学时代,茨威格就接触弗洛伊德和尼采的作品。弗洛伊德的心理分析对茨威格后来的创作产生的影响是显而易见的。尼采是个十分复杂、极有争议的哲学家。他的哲学含有消极和积极两个方面的内容,影响都很大。茨威格认为,尼采在哲学方面进行了一场革命,他对资本主义社会宣扬的道德进行了无情的揭露和批判。尼采哲学开阔了茨威格的眼界,使他对这个社会认识得更深刻,透过道貌岸然、金碧辉煌的表面看到肮脏污秽腐朽没落的实质。我们在茨威格的小说里所看到的深刻的社会批判便是明证。

一八九九年,茨威格中学毕业,上维也纳大学学习德语文学和法国文学。然而对他来说,真正的大学乃是"人生大学"。他把社会,把人生,把形形色色的人作为自己研究的对象。在第二学期,他前往柏林,有意识地深入社会底层,了解被唾弃者的生活经历和内心世界,对这些畸零人产生深切的同情,拓宽自己审视人生的角度,加深对社会的了解。同时他勤奋研究外国文学,接触陀思妥耶夫斯基的作品,翻译法国现代派诗人的诗歌,虚心学习,认真借鉴。他利用假期出国访问,到比利时和法国去求师访友。国外旅行和广交朋友使他思想活跃、心胸开阔。这位前程无量的青年抒情诗人认识到自己的不足,对自己一鸣惊人的诗集《早年的花环》和《银弦集》采取严格审视的态度。一九〇四年,茨威格在维也纳大学取得博士学位,结束大学阶段的学业,开始成为职业作家。

大学毕业后,他更加有意识地游历各国,和各国文艺界的知名人士广泛接触。在比利时,他拜访他的忘年交、著名诗人、"青年比利时"派的首领维尔哈伦;在法国,拜访杰出的雕刻家罗丹,结识了作家法朗士、纪德和罗曼·罗兰;见到了瓦格纳的遗孀科西玛、尼采的妹妹伊丽莎白、丹麦文艺评论家勃兰克斯。和这些名流的交往使茨威格眼界开阔,看到当时文艺的最高水平,另一方面也使他不至于受到狭隘民族主义的影响。

从一九〇四年到一九一四年第一次世界大战爆发,茨威格一帆风顺,无论是他的译著,还是小说集《最初的经历》,诗剧《特西特斯》,都得到同行和读者的一致好评。第一次世界大战爆发时,各交战国都掀起民族主义的浪潮。茨威格回忆第一次世界大战爆发时的情形说:"当时民众还不假思索地信赖他们的权威;在奥地利,谁也不敢产生这样的念头,说受到万众尊敬的国父弗兰茨·约瑟夫皇帝,凭他八十四岁的高龄,并不是万不得已,居然会号召人民起来作战;他居然不是在邪恶凶险、罪恶多端的敌人威胁帝国和平的情况下,会要求民众流血牺牲。"①这种带有浓厚封建色彩的对国君的迷信,也确实是广大百姓上当受骗的原因。不久,战争狂热席卷交战各国。"忠诚老实的生意人在信封上贴上这样的纸条:'愿上帝惩罚英国',或者打上这样的邮戳。社交界的妇女发誓(并且写信给报纸),一辈子再也不说一句法文。莎士比亚被逐出德国剧院,莫扎特和瓦格纳被逐出法国和英国的音乐厅。德国教授宣称,但丁是日耳曼人;法国的教授宣称,贝多芬是比利时人。""没有一个城市,没有一群人不染上这种可怕的

---

① 《昨日世界》,第二五二页。

仇恨的歇斯底里。"①

因此,一九一四年第一次世界大战爆发时,欧洲很多著名作家、诗人都卷入沙文主义的狂热之中,许多作家投笔从戎,志愿参军。惟有少数卓越人士能够头脑清醒、目光犀利地看透沙文主义的欺骗,不受战争狂热的影响。茨威格便是其中之一。

茨威格和他们不同,他憎恶战争,他对战争的进展、人民的命运十分关切,看见战争的惨烈、人民的苦难深感痛苦。茨威格之所以能够不受战争宣传的欺骗,不受战争狂热的影响,保持冷静的头脑,并不是因为他对这次战争的性质比别人认识得清楚,而是因为他和敌国的人士有密切友好的交往。奥地利宣战前夕,他正好在比利时维尔哈伦家做客。他不能相信,他那些生活在边界那边的朋友一夜之间会变成仇敌。当各国民众争先恐后地表示自己如何忠于祖国时,茨威格在一九一四年九月十九日写了一篇文章:《致外国的朋友们》。在这篇文章里,他表示:他忠于一切在外国的朋友。尽管现在相互之间不可能建立联系,但是只要有机会,他要和他们一起重建欧洲的文化。他把这一稿件寄给当时读者最多的《柏林日报》。使他意外的是,该报把这篇文章全文发表,几乎未作任何修改(只删去一句话:"不论胜利落在谁的头上",因为它有失败主义之嫌)。两周之后,茨威格收到罗曼·罗兰从瑞士寄来的信,只有寥寥数语,但是感情深厚,意义深远:"Non, je ne quitterai jamais mes amis!"(法文:不,我永远也不离开我的朋友们!)当时罗曼·罗兰在瑞士红十字会工作。茨威格在

---

① 《昨日世界》,第二六二页。

一篇题为《欧洲的心》的文章里向他公开表示感谢,感谢他为人道主义所作的不懈努力和辛勤劳动。茨威格的这一行动不仅为他赢得了罗曼·罗兰的诚挚友谊和人们的普遍赞扬,同时也表明他绝不是一个钻在象牙塔里为艺术而艺术、为心理分析而进行心理分析的作家。尽管他并不是一个战士,但是他和人民同呼吸共命运,他那敏感的心知道战争会给人民带来深重的灾难和无边的痛苦。第一次世界大战爆发后,罗曼·罗兰倡议在瑞士召开一个大会,请各国知识界的知名人士参加,以便向全世界发出一个促进了解加强团结的号召。茨威格负责争取德奥两国的作家。当时德国最有代表性的作家豪普特曼①拒绝参加。托马斯·曼②和德默尔③还未摆脱民族主义的影响。霍夫曼斯塔尔和瓦色曼④也不能指望。"一九一四年、一九一五年还太早,战争对于后方的人来说还相隔太远,我们是孤零零的。"⑤茨威格后来这样喟然长叹。

　　战争爆发后,茨威格因为体格检查不合格,免服兵役,经过朋友帮忙,在军事档案馆任职,管理图书馆。一九一五年,茨威格奉上级命令到波兰前线去收集俄国方面贴出的公告和布告的原文。他亲眼看见了奥军占领地区百姓遭受的痛苦和灾难,发现奥军和俄军战俘之间并无敌对情绪,交战双方被迫穿上军装的普通百姓都把这场战争视为厄运。这些观感加强了他对这场战争的认识,加深了他反战的决心。必须为反战

---

① 盖哈特·豪普特曼(1862—1946),德国自然主义戏剧家。
② 托马斯·曼(1875—1955),德国作家。
③ 理查·德默尔(1863—1920),德国诗人、作家。
④ 雅科布·瓦色曼(1873—1934),德国作家。
⑤ 《昨日世界》,第二七二页。

而斗争!他认识到敌人是谁,"就是虚假的英雄主义,它宁可把别人送去受苦丧命,那些没有良心的预言家们——政治的和军事的预言家们——的廉价的乐观主义,他们毫无顾忌地预言胜利,延长屠杀,在他们身后是他们雇来的那些合唱队。谁要是表示顾虑,他就扰乱了这些人的爱国主义的买卖;谁要是发出警告,这些人就嘲笑他是悲观分子;谁要是反对这场并不使这些人自己受罪的战争,这些人就攻击他是叛徒。"①他选定了这些预言家们以及他们所鼓吹的虚假的英雄主义和骗人的乐观主义作为攻击的目标。他也选择了一个预言家作为他的反战剧本《耶利米》的主人公。这位《旧约全书》里的先知耶利米预言犹太民族面临着巨大的灾难,可是无人听信。茨威格用这个剧本向那些陶醉在盲目的胜利喜悦之中的人们发出警告。他在回忆录中写道:"我的目的绝不是写一部'和平主义'的剧本,说些人人皆知的真理——和平比战争好,而是要表达一下在众人兴高采烈的时候,被人看作软弱分子、胆小鬼而受到轻视的人,在失败的时刻大多证明只有他们不仅能忍受失败而且能控制失败。"②茨威格当然不敢指望这出预言失败并且赞扬失败的戏能在德国、奥国的舞台上公演。这个剧本能够付印,已经可以说是出现了奇迹。一九一七年复活节,《耶利米》出版,获得空前成功,作者深感意外。时间帮助了茨威格,战争已经进行了两年半,他的成功在于说出了人们想说而不敢说出来的话:对战争的憎恨,对胜利的怀疑。

不久,瑞士苏黎世市立剧院来信要求上演《耶利米》,并

---

① 《昨日世界》,第二八一页。
② 《昨日世界》,第二八二页。

邀请作者参加该剧的首次公演。茨威格便借这个机会,离开奥地利前往瑞士,首先到日内瓦去拜访罗曼·罗兰,然后再去苏黎世。他在那里不仅参加了该剧的首次公演,还和法国诗人儒弗①一起举行联合朗诵会。茨威格朗读他的《耶利米》,儒弗朗诵自己的诗歌。他和罗曼·罗兰等旧日朋友一起,进行民众友好、共同反战的活动。他们用这样的行动表示两国人民之间存在着友谊,并无仇恨,民族仇杀违背人民心愿。这在当时不失为一个勇敢的举动。茨威格留在瑞士,直到战争结束,于一九一九年方才回国。

　　第一次世界大战结束后,茨威格完全可以继续待在瑞士,但他决心回到自己的人民中间去。战争期间,茨威格在萨尔茨堡买了一所房子,是座年久失修的古老府邸,坐落在小山上。就在那里,他和人民一起经受了战后的饥饿寒冷和通货膨胀。冬天缺乏燃料,无法生火取暖,茨威格就坐在床上盖着被子写作,写完一页便把冻得发紫的手指伸进被窝取暖。他看到很多人无家可归。他生平第一次看到了饥饿,道德沦丧,物价飞涨。茨威格分担了普通百姓的痛苦,同情他们,关心他们,对他们充满了爱。两次大战之间,茨威格亲身经历了战后通货膨胀和失业给人民带来的灾难性的后果,经历了意大利法西斯和德国纳粹分子的崛起。在和人民接触过程中,在多次出国旅行途中,他研究人的灵魂,研究人的内心世界,研究历史,以心理分析的方法研究历史事件中群众和历史人物的心理和活动。这就使他在这些年里写出了大批动人的小说和传记,把有血有肉栩栩如生的人物以及历史事件的广阔背景

---

① 皮埃尔·让·儒弗(1887—1976),法国作家。

展现在读者面前。他用饱蘸同情的笔墨描写人们的不幸命运,刻画他们饱经忧患的灵魂,挖得深、写得细、写得真,深深打动了读者的心,赢得了他们的爱。这位熟谙历史、洞悉灵魂的传记作家、小说家,在人们还没有看清法西斯的罪恶企图,还没有觉察法西斯的危机之前,早已预感到阴云密布、杀气冲天。可惜他性格中有一个致命的弱点,他对此也直言不讳:"我的天性和英雄气概是格格不入的,我并不耻于公开承认这一缺陷。我在任何危险情况中的自然态度总是躲避。"①这个弱点到紧要时刻,竟导致他悲剧式的结局。

在十九世纪末涌现出的这批维也纳大师当中,茨威格走的是一条独特的道路。著名诗人德默尔劝茨威格从事翻译。还在大学时代,茨威格便翻译了魏尔伦和波德莱尔的诗歌,一九〇二年,他到比利时访问著名诗人维尔哈伦之后,用两年时间集中全力翻译了维尔哈伦的诗。在翻译过程中,既锻炼了文字,也学习了写作。茨威格在某种意义上是通过翻译成为作家的。然而,单单翻译还不能造就一个作家,更重要的是要有生活,要接触现实。海涅说过:"巨人安泰只有在脚踏着母亲大地之时,才坚强无比,不可征服,一旦被赫拉克勒斯举到空中,便失去力量;同样,诗人也只有在不离客观现实的土地之时,才坚强有力,一旦神思恍惚地在蓝色太空中东飘西荡,便变得软弱无比。"②茨威格少年时代,就曾经像他的短篇小说《家庭女教师》里的那一对小姐妹那样,以天真无邪的眼睛观察过他周围的资产阶级家庭的现实。他发现,这些家庭的

---

① 《昨日世界》,第二五七页。
② 《论浪漫派》,海涅著,张玉书译,人民文学出版社,一九七六年版,第一〇九至一一〇页。

家长害怕子弟出外寻花问柳,败家破产,宁可纵容子弟和家里的女教师、使女纠缠不清,牺牲这些可怜的姑娘,供纨绔子弟玩乐。在资产阶级标榜的冠冕堂皇的道德背后,隐藏着惊人的伪善。上大学以后,他有意识地深入到社会底层,去认真研究现实生活。后来他又经常出门旅行,欧、亚、非、美洲都印上了他的足迹,他甚至到过中国边界。在长途旅行中,他着重研究的还是人,人的命运,人的内心。他对那些被社会抛弃、被命运压扁的畸零人充满了同情,在他的作品里描写了这些人的命运。也许就因为这个缘故,他被人误认为颓废派的作家。其实,何尝是作家故意丑化现实,现实本身就丑恶畸形。不是文学故意要写伤痕,而是现实生活本身伤痕累累。日丹诺夫也曾经十分粗暴地把现代侦探小说、惊险小说的鼻祖恩·台·阿·霍夫曼[1]打成僧侣主义、颓废主义。可是海涅却认为霍夫曼是个现实主义的作家。他把霍夫曼和浪漫派诗人诺瓦利斯相比较:"不过,说实话,霍夫曼作为诗人要比诺瓦利斯重要得多。因为诺瓦利斯连同他笔下的那些虚幻的人物,一直飘浮在蓝色的太空之中,而霍夫曼跟他描写的那些千奇百怪的鬼脸,却始终牢牢地依附着人间的现实。"[2]茨威格笔下的奇人怪事何尝不是依附于人间的现实?《家庭女教师》《恐惧》《火烧火燎的秘密》这样的作品,不正反映了他所十分熟悉的维也纳上层社会的生活环境吗?读了《看不见的珍藏》,我们惊讶的是他对收藏家的心情这样清楚;读了《象棋的故事》,我们又会赞叹他对象棋和棋手的了解之深,殊不知

---

[1] 恩(斯特)·台(奥尔多)·阿(玛代乌斯)·霍夫曼(1776—1822),德国作家。
[2] 《论浪漫派》,第一〇九页。

这一切也是以他切身的经验为基础的。茨威格本人就是一个热心的收藏家，专门收藏名家手稿，例如歌德青年时代的著名诗篇《五月之歌》的手稿，便是他珍藏的无价之宝。这位因为读书而忽视体育的作家最喜爱的体育活动乃是下棋。

因此，尽管十九世纪末二十世纪初在欧洲文坛上各种流派热闹非凡，茨威格却能保持现实主义的风格，牢牢地把握住现实。他特别喜欢表现那些在人生的搏斗中遭到失败的人在精神上和心灵上的优越性。且看《马来狂人》中的医生。这分明是一个被社会唾弃沦落到远东丛林里去的人渣。可是最后，在他的灵魂里还能迸发出一些正义的火花，为了维护一个妇女的名誉，不惜牺牲自己的生命。他信守诺言，视死如归。《一个陌生女人的来信》更是一曲凄婉动人的赞歌，歌颂至死不渝的爱情的坚贞。在肉欲横行、爱情堕落成商品、婚姻变质为交易的时代，一个少女能爱得这样忘我、这样无私、这样纯洁，使人读后就像在令人窒息的秽气中嗅到一股清香，在满地污泥中瞥见一朵白莲。这是对人赞美，对美德的歌颂。读者掩卷沉思，是谁造成了他们不幸的命运？时代和社会本来就是畸形的，把正常人压成了畸形。这难道是他们自己的过错？刻画这些畸零的人，岂不就是对社会的批判和揭露？

两次世界大战期间的二十年是茨威格创作的鼎盛时期。尽管他不时出游，足迹遍及欧、亚、美许多国家，甚至到达正在开凿的巴拿马运河的工地，人迹罕至的喜马拉雅山下和东南亚热带丛林，观赏大自然的山川形胜，领略异国风土人情，探望故旧，结识新交，研究社会问题，探讨人生要旨。然而大部分时间他是在奥地利萨尔茨堡托钵僧山上宁静的住宅里，潜心笔耕,写下堪称独步的中短篇小说《一个陌生女人的来信》《一个女人一生中的二十四小时》《马来狂人》等名篇,独树一帜的作家传记《三大师》(巴尔扎克、狄更斯、陀思妥耶夫斯基)、《与妖魔搏斗》(荷尔德林、尼采、克莱斯特)和《三位描述自我的诗人》(卡萨诺瓦、司汤达、托尔斯泰),以及在维也纳宫廷剧院和德国各大剧院上演的获名家好评、深受观众喜爱的剧作《一生的传奇》《海滨之屋》《穷人的羔羊》和《沃尔波纳》等,从而成为国内外著名的作家。其作品译成外语的语种之多,销售量之高,居同时代作家之首。

这个巨大"成功"得来并不容易。我们不希望艺术家妄自菲薄,然而自我陶醉却往往会阻碍艺术家继续进步。对自己放松要求,对成绩沾沾自喜,往往比失败和挫折更容易断送一个艺术家的艺术生命。茨威格的发展一帆风顺。继诗集《银弦集》(一九〇一年)之后,一九〇六年他的第二部诗集《早年的花环》问世。在这之前,他发表了第一部短篇小说集《埃丽卡·埃瓦尔德的恋爱》(一九〇四年)。一九〇七年,茨威格二十六岁,这是他一生中十分重要的一年。这年,柏林王家剧院和维也纳宫廷剧院几乎同时要求上演他的第一部剧作,古典诗剧《特西特斯》(后因两家剧院的主要演员都猝然去世未能上演)。也在这一年,莱比锡著名的海岛出版社准备出版他的作品,这家享有盛誉的出版社专门出版第一流作家的作品。这两件事对于这位青年作家来说,正好说明社会的承认和公众的赞赏。因为霍夫曼斯塔尔和里尔克的诗集也由海岛出版社出版,所以茨威格后来写道:"由于他们的存在,从一开始,该社提出的惟一有效的标准便是最高标准,因此二十六岁上我就获得了这个'海岛'长年的公民权,可以想象,我是多么高兴,多么自豪。"①他不无得意地说:"现在道路已经畅通无阻。"②可是茨威格并没有因为胜利而忘乎所以,他为人谦虚谨慎,不重名利,平生最怕头衔、名望,总是避之惟恐不及。面对荣誉,他更加兢兢业业,对自己提出更高的要求:"这个身份(即'海岛'公民的身份)对外意味着文学上级别的提高,同时对内也加强了责任感。谁一进入这批精选分子的圈子,必须严于律己,谨慎行事,不得让人指责为文学创作马虎,新闻报道轻率。"③他对二十六岁以前的作品,是采取冷静客观、极端严格的自我批评的态度的。"我几乎相当早就开始发表作品,可是内心深处却坚信,二十六岁我还没有创造出真正的作品。"④他认为自己早期的抒情诗尽管语言清新、音韵优美,可是缺乏生活,缺少新意,好些早期诗歌后来都没有收进集子。以名家的高标准要求自己,使他总感到才力不济。很长一段时间,他总是写作中短篇小说,一九一一年发表小说集《最初的经历》,一九二二年发表另一部小说集《马来狂人》,一九二七年发表小说集《感情的混乱》。差不多在登上文坛三十年后,一九三八年才发表他第一部也是惟一的一部长篇小说《心灵的焦灼》。

我们不妨把茨威格十六岁到二十六岁这十年,看作他的练笔阶段。从一九〇七年到第一次世界大战爆发,他的创作趋向成熟。他的剧本《海滨之屋》于一九一二年在汉堡上演。他的喜剧《化身戏子》在一九一三年发表。他的各项写作计划正在顺利进行。第一次世界大战把他的思想境界推向一个

①②③④ 《昨日世界》,第一九一页。

新的高度。他感到作家作为民众的良心,有责任反映人民的疾苦和悲哀;在"众人皆醉惟我独醒"的时候,有责任登高一呼、振聋发聩。他后来回忆当时作家在道义上起的巨大作用:"对于诗人、作家来说,在那个人们的耳朵和心灵还没有被无线电絮聒不休的声浪所淹没的时代,并不是没有说话的希望。相反,一个大诗人的自发的宣言所起的作用,比政治家所有的公开演说合在一起要强千百倍。"①"话语在当时还有威力,它还没有被有组织的谎言、'宣传'滥用得声名狼藉,人们还听信这些写出来的话语,他们等着倾听这些话语呢……罗兰的一篇八页长的文章《超乎混战之上》,巴比塞的一本长篇小说《炮火》,都能成为一件大事。"②茨威格自己的剧本《耶利米》在当时也是一件大事。正因为他意识到作家的职责、文学的作用,他开始写传记《三大师》。在彼此仇杀的年代里,写文章赞美巴尔扎克、狄更斯和陀思妥耶夫斯基这三个所谓敌对国家的杰出作家,其政治目的不判自明。他决定充分利用自己的笔,运用语言这一工具,尽自己作家的本分。于是,从第一次世界大战结束到第二次世界大战爆发这二十年内,他的创作达到了顶峰,数量惊人,质量优异。除了前面提到的小说之外,他还写了剧本《沃尔波纳》(一九二六年),《一生的传奇》(一九一九年),《穷人的羔羊》(一九三一年);传记《三大师》(一九一九年),《与妖魔搏斗》(一九二五年),《三位描述自我的诗人》(一九二八年),《玛丽·安托瓦内特》(一九三二年),《玛丽·斯图亚特》(一九三五年)。经过多年的辛勤劳动,迎来全面的丰收季节。

①② 《昨日世界》,第二六九至二七〇页。

茨威格后来这样回忆两次世界大战之间的这段时间："在那几年有位客人造访我家,并且好心好意地在我家落户定居,这是一位我从来不敢企望的客人,它就是'成功'。"①在《耶利米》之后,《三大师》为他开了路。当时各种流派,什么表现主义、实验主义等都已衰微。"对于那些耐心的人,顽强的人,通向人民的道路又畅通无阻。我的中篇小说《马来狂人》和《一个陌生女人的来信》广为流传,通常只有长篇小说才能如此。它们被改编成剧本,公开朗诵,拍成电影;一本小书《人类群星闪耀时》——所有的学校都念这本书——收在'海岛丛书'里,在很短的时间内,发行量便高达二十五万册。"②"我发表的每一本书在德国第一天便出售两万册,报上还没有登出任何广告呢。"③他的书被拍成电影,译成各种文字,畅销全球,销售量达几百万册,在同时代的作家中,获得这样巨大成功的人还不多见。

读者会问,他的书有什么特点?为什么会突然给他带来似乎意料之外,实乃意料之中的巨大成功?茨威格的解释是:

"归根结底,是由于一个个人的怪毛病,也就是:我作为读者缺乏耐心,脾气急躁。一部长篇小说,传记,或者一篇论争文章里,任何离题万里、繁复堆砌、夸张过分的文字,任何含糊不清、多余饶舌、徒使情节延宕的段落,都叫我生气。只有一页页读过去,情节始终高涨不衰,一口气直到最后一页都激动人心,叫人喘不过气来的书才给我以充分的享受。落到我手里的书,十之八九,我觉得都因为充满了多此一举的描写,

---

① 《昨日世界》,第三五二页。
②③ 《昨日世界》,第三五三页。

喋喋不休的对话,毫无必要的次要人物而失之庞杂,因而不够紧张,不够生动活泼。甚至最著名的古典杰作里面,也有许多枯燥、拖沓的段落,我读起来很不舒服。"①

"对别人作品里拖泥带水、冗长烦琐的东西深恶痛绝,势必在自己写作时也以此自儆,教育自己要特别警惕。"②茨威格写作起来轻松自如,毫不费力,任笔驰骋,下笔千言,心里想写什么,全都诉之笔端。可是写完之后,许多细节又全被删除。

"因为等形成雏形的第一稿一誊清,我真正的工作就开始了。这就是浓缩凝练、巧妙布局的过程。这项工作我可以一做再做,无休无止。不断扬弃糟粕,不断使内部结构紧凑澄净。把知道的东西隐而不吐,别人大多下不了决心。一字一行,只要是得意之笔他们对此都怀有某种偏爱,总想把自己表现得比实际情况更加博大精深,而我的雄心壮志却在于总使自己知道的东西远比流露在外的要多。这个提炼的过程,从而也是戏剧化的过程,便在校样上重复一次、两次、三次;最后变成一种充满乐趣的逐猎,再去找出可有可无的一句或者一字,去掉它们非但无损表达的精确,同时还能加快速度。我的工作中,我觉得最愉快的其实是删繁去冗。我记得有一次我特别满意地干完活从桌旁站起,我的妻子对我说,你今天似乎成功地完成了一些极不寻常的工作,我便得意地对她说:'不错,我又成功地删去了整整一段,从而使情节的过渡更加迅速、激动人心。'这种特点绝不是来自我天然的热情或内心的激动,而完全是由于那种按部就班的方法,不断把可有可无的

---

①② 《昨日世界》,第三五五页。

间歇和杂音全都摒除。如果说我深谙什么绝技,那么这个绝技就是善于割爱。因为如果我写了一千页,结果八百页进了字纸篓,而只有两百页作为筛滤后的精华留下,我也绝不抱怨。"①

舍得"割爱",把一千页的手稿删去八百页也在所不惜,这是茨威格成功的秘诀。这严格的去粗取精,精雕细刻的过程保证他的作品尽是千锤百炼的精品,因此他的绝大多数小说都是浓缩凝练的中短篇小说,他在生前只发表了惟一的一部长篇小说《心灵的焦灼》(又译《爱与同情》)。难怪茨威格被誉为世界文坛上最杰出的中短篇小说家之一。

茨威格的成功还由于他善于学习,勤于学习。茨威格是个典型的学者型作家,他撰写作家传记是建立在大量阅读原著、研究传主生平和创作的基础之上的。他对巴尔扎克和陀思妥耶夫斯基的研究使他获益匪浅,大大有助于他自己的创作。尤其值得注意的是他对弗洛伊德学说的深入钻研。这位态度严谨的学者追求真理不畏强暴的勇气,令茨威格深深折服。弗洛伊德的深层心理学为茨威格开启了通向人的心灵的通途,使他得以在一向被视为黑暗的"辽阔大地"——人的心灵——之中探幽寻胜。他尊重这位前辈,在一九〇八年便把自己的诗集寄赠给他,从而开始了这两位忘年之交二十多年的友好通信。一九三一年茨威格写了《精神疗法》,以最大的篇幅介绍弗洛伊德的生平和他的学说。这是茨威格学习弗洛伊德学说的心得。茨威格并不是盲目地全盘接受弗洛伊德的

---

① 《昨日世界》,第三五六页。

观点。他对俄狄浦斯情结(即恋母情结)提出异议,认为力比多(即爱欲)终归可以为人的理性所控制。他对自己景仰的大师的学说敢于直言,提出批评,他的小说并非弗洛伊德学说的诠释。

当然茨威格取得成功的内在原因乃是他对人类的关爱。一般研究者人云亦云地侈谈茨威格是个不问政治的作家,只会描述人们的变态心理,刻画人们的畸形激情。仔细审视,茨威格小说中描述的激情乃是人情之常,并不畸形变态,便是他的写作态度也并非著文自娱,而是表达他对女性的尊重、对人性的讴歌,对那些受欺凌、遭唾弃的畸零人的同情。一个有良心的作家不可能游离于现实生活之外,撰写一些不着边际的优美诗篇,锦绣文章。在第一次世界大战期间,茨威格写出反战剧本《耶利米》和反战小说《无形的压力》,指出互相杀戮的疯狂和充当炮灰的无谓。一九二八年他欣然接受卢那察尔斯基的邀请前往莫斯科参加托尔斯泰诞辰一百周年的纪念活动,回国之后发表了系列通讯《俄罗斯之行》,盛赞苏联的知识分子在建设祖国的事业中所表现出来的英雄主义和工农大众对文艺的渴求和热爱。他遗憾地发现苏联严格的思想统治,使他对这个国家从此保持距离。

二十世纪二十年代,无耻政客使德国政坛乌烟瘴气,混乱不堪,为纳粹分子创造了可乘之机。于是茨威格写出了《约瑟夫·富歇:一个政治性人物的肖像》一书,企图以法国大革命中的这个三朝元老不断出卖信念、出卖朋友、出卖主人、投靠敌人、捞取私利的行迹来儆戒德国民众,不要被这些政治上的变色龙、风派人物的动听言辞所迷惑而受骗上当。

希特勒上台前,茨威格便看出法西斯包藏祸心,绝非善类。一九三三年法西斯分子上台不久,便制造了国会纵火案,企图向全世界证明,国际共产主义,也就是世界犹太主义,阴谋颠覆德国政府,是德国人民的死敌。可是法西斯弄巧成拙,明眼人全都看清了这次大火的秘密。柏林当时正在上演茨威格的小说改编成的电影《火烧火燎的秘密》。人们站在广告牌前,相视而笑,心照不宣。这微笑激怒了做贼心虚的法西斯匪徒。这些真正的纵火犯终于撕掉了广告,电影被禁止上映。接着,柏林狂热的纳粹大学生在广场上焚烧进步作家、犹太作家的书籍,以表示对法西斯主义的信仰,对元首的忠诚。包括海涅、托马斯·曼和茨威格的作品在内的大批书籍被焚,这些作家的作品统统被禁。大批进步人士,犹太血统的知识分子和科学家、作家纷纷受到迫害,被迫流亡国外,或关进集中营,德国国内一片白色恐怖。对许多历史事件和历史人物进行过深刻分析的茨威格,根据《我的奋斗》①和法西斯上台前后希特勒的言行,对此人也进行了分析:希特勒青年时代作为一个落魄的艺术家,流落在维也纳街头,衣食无着、走投无路;为此他绝不会宽恕维也纳,放过奥地利。有朝一日时来运转,他一定要以胜利者的姿态,随着凯旋的行列,进入维也纳,看这座曾经使他蒙受耻辱的城市匍匐在他的脚下。因此,当大部分欧洲人士,包括张伯伦这样老练的政治家在内,都对希特勒抱着幻想,以为绥靖政策可使法西斯餍足的时候,茨威格却看清了法西斯的罪恶本质。一九三四年他被抄家,这是奥国当局所采取的一次难以自圆其说的行动。于是,茨威格离开萨尔茨堡,前往英国。

---

① 希特勒自传,书中阐述他的反动政治纲领。

希特勒上台后，纳粹分子先后在柏林和全国各地焚烧禁书，把茨威格的著作连同海涅、马克思、弗洛伊德、托马斯·曼等进步作家或犹太作家的作品一起付之一炬。茨威格便写信向朋友表示，他要用他的武器——他手中的笔——和这些穷凶极恶的敌人进行斗争。于是写出了一系列历史人物传记，其中包括四百多年前的人文主义者埃拉斯姆斯，拍案而起、反抗宗教改革家卡尔文思想统治的瑞士勇敢学者卡斯台里奥，十六世纪苏格兰女王玛丽·斯图亚特和十八世纪法国国王路易十六的王后玛丽·安托瓦内特，无论是叙述人文主义者的生平还是描写女王和王后的命运，都是从人道主义出发，抨击思想禁锢和专制独裁。无论是宗教改革家马丁·路德、卡尔文，还是法国大革命时期的激进革命家，当他们忽视民众的思想自由，企图把自己的意志强加于他们的时候，他们就成了众人畏惧的独裁者。茨威格的这一思想自然是讽示德国当时的现实。他便是以历史的教训来警告世人，使他们注意这批善于蛊惑人心的政治骗子。可惜他的警告未能奏效。纳粹分子一步步得手，他们兵不血刃地侵吞了捷克和奥地利，接着便于一九三九年发动了第二次世界大战。

从一九三四年到一九四〇年，除了两度访问美洲之外，茨威格一直侨居英国，一九四〇年取得英国国籍。流亡英国的茨威格在二次大战爆发后，曾希望参加反法西斯的宣传鼓动工作，可是未被英国当局采纳。于是他途经美国前往巴西，和他第二位妻子绿蒂一同定居彼得罗波利斯。

彼得罗波利斯宁静安谧，可是茨威格心系战火纷飞的欧洲。他在离开美国之前，集中力量写作他的回忆录《昨日世界》，到达巴西之后，又创作了他最后一篇杰出的中篇小说

《象棋的故事》，淋漓尽致地描写法西斯对人们的精神所进行的惨无人道的折磨和摧残。这一本传记加一篇小说既是他对法西斯投去的两支具有巨大杀伤力的长矛，也是他告别人生的绝命书。

一九四二年二月二十三日，茨威格和他的妻子在巴西服毒自杀的消息突然传出。几十年来，德语文学研究者纷纷探讨这位作家的死因，提出种种疑问，作出种种解释。为什么茨威格会走上这条绝路？莫非他流亡国外，生计无着，穷途潦倒？抑或看不见前途，悲观绝望？

一直到他生命的最后一刻，茨威格在物质方面没有任何匮乏，而且也绝不缺乏荣誉。他在美洲的演讲旅行，总是一次次凯旋的进军；他在巴西举行作品朗诵会，总是万人空巷，深受欢迎。他有英国国籍，不像一些流亡的犹太人处处受到歧视，在饥饿线上挣扎；他拥有巴西的长年签证，是受到特殊礼遇的共和国的贵宾。那么，他为什么自杀？

我们不妨看看他在自杀当天写的绝命书：

"在我自觉自愿、完全清醒地与人生诀别之前，还有最后一项义务迫切需要我去完成：那就是衷心感谢这个奇妙的国度巴西，它如此友善，如此好客地给我和我的工作以休息场所。我对这个国家的热爱与日俱增。自从操我自己语言的世界对我来说业已沉沦，而我的精神故乡欧罗巴亦已自我毁灭之后，我在这里比在任何地方都更愿意从头开始重建我的生活。但是一个人年逾六十，再度完全重新开始，是需要特别的力量的，而我的力量却经过长年无家可归、浪迹天涯而消耗殆尽。所以我认为还不如及时不失尊严地结束我的生命为好。

对我来说,脑力劳动是最纯粹的快乐,个人自由是这个世界上最崇高的财富。我向我所有的朋友致意!但愿他们经过这漫漫长夜还能看到旭日东升!我这个过于性急的人先他们而去了!"①

茨威格在他更详细的绝命书《昨日世界》里,回顾一生,描写了那个昨日的世界,他自己就属于这个世界。在那个世界里,他作为作家可以影响人们的思想,触动人们的感情。而在这现实世界里,他感到无能为力。于是他回忆起罗曼·罗兰对他说的话:"它(艺术)可以给我们、我们个别的人以慰藉,但是它对于现实却是无能为力的。"因此,他写了《象棋的故事》之后,便就此搁笔,他那长达三十二年之久的巴尔扎克研究也就此中辍。其实,《象棋的故事》是揭露法西斯十分有力的武器,但是这个武器奏效是内在的、缓慢的。而茨威格焦躁不耐,他等不及了。脑力劳动之所以是他最高的乐趣,乃是因为他通过脑力劳动可以影响人们。如今既然无从影响人们,也就生不如死了。我们前面提到他在流亡期间物质上的优越条件,然而物质毕竟不是决定一个人幸福还是不幸的主要原因和条件。精神上的折磨往往甚于肉体上的酷刑,对于思想敏锐、感情细腻的人,更是如此。这点,他在《象棋的故事》里写得十分深刻而令人信服。在各式各样的法西斯的牢房里,有多少优秀之士不堪这种折磨,终于精神崩溃;又有多少人因为忍受不了这种无声无形的酷刑,内心极度痛苦,终于在自杀中寻找解脱痛苦的途径。茨威格身在国外,没有受到

---

① 《斯台芬·茨威格》,多那尔特·A.普拉特尔著,慕尼黑卡尔·汉瑟尔出版社,一九八二年第二版,第四五六至四五七页。

他的亲友遭到的厄运,但是因为去国离家,成为无家可归四海飘零的流亡者,内心也受着折磨。他那敏感的心灵,既承担着自己的痛苦,也分担着在祖国备受迫害的亲友同胞的忧患。于是,他感到心力交瘁。这不是外在的肉体的疲劳,而是心灵上的疲惫。就像他在《约瑟夫·富歇》一书中描写的"百日"①期间拿破仑的精神状态一样:对命运的打击已失去抵抗力。这位心理分析的大师,自己也是感情细腻、极其敏感的人。再加上他为人正直,不仅仅考虑个人的安危荣辱。他的人道主义理想、对人类未来的设想被第二次世界大战的炮火所摧毁。连天烽火,遍地尸骨,人性泯灭,道德沦丧,人类堕落成为自相残杀的野兽。真是理想破灭,万念皆灰。就在他自杀前几天,传来新加坡沦陷的消息,此时此刻,他进一步感到心力交瘁,生不如死。他坚信旭日终将冉冉东升,妖雾终会涤荡净尽,可是他耐不住黎明前的焦灼,等待"旭日东升"。他深知这需要等待,需要经过长期的善与恶的搏斗,而这场搏斗中他只能等待,只能忍受,这是他所不能忍受的。这种等待便是折磨。为了摆脱这种折磨,他决定及时不失尊严地结束自己的生命。他感到死亡乃是返回故里。他不是战士,他没有一颗坚强的心,不要指望他战斗到最后一息。他是一个正直的人,有良心的作家,他曾为别人的苦难,笔尖蘸满了同情,写下了一篇篇催人落泪、动人心弦的作品,让我们也为他的死一掬同情之泪,为这样一个天才作家的陨落而谴责那罪恶的法西斯主义。这位优秀的作家终于和他妻子一起,平静安详,不

---

① 指拿破仑一八一四年从厄尔巴岛逃回巴黎到滑铁卢兵败的这一段时间。

失尊严地告别人世,给后世留下难以弥补的遗憾,为世界文坛留下无法补偿的损失。

第二次世界大战结束,不可一世的"元首帮"葬身瓦砾堆里,遭人千古唾骂,而茨威格却在他那遍布全世界的读者心里得到永生。在奥地利,茨威格协会为研究和出版有关这位作家的作品做了大量的工作;在中国,茨威格的作品也得到广泛流传。

茨威格生前,作品在中国已有翻译介绍。二十世纪五十年代末,读到《世界文学》上发表的茨威格的著名中篇《一个女人一生中的二十四小时》,使人惊喜交加,感到耳目一新。接下来神州大地便沉入史无前例的中国式的冬天的童话之中。

十年噩梦终于过去,中国文坛又现春色。茨威格就乘着春风飘然而至。先是《象棋的故事》问世。这位受法西斯迫害神经错乱的主人公的命运激起了广大读者的同情,联想起我们自己不久前身受的思想迫害。报上把作者写成被纳粹迫害致死的牺牲品,使人想起在噩梦中丧生的中国作家,尤其使人无限唏嘘的是这位不幸辞世的奥地利作家出色的写作才能已不能再为世界文坛增添华彩。于是对茨威格的兴趣迅速高涨,我欣然译出茨威格的四个名篇以飨读者:《象棋的故事》《一个陌生女人的来信》《家庭女教师》《看不见的珍藏》。不料原来以为可以用来止渴的甘露,竟成了激起干渴的烈酒。读者的呼声日高,译者的兴趣也日浓。到八十年代初,同时出现两部茨威格小说集。一九八一年前后,为了纪念茨威格的一百周年诞辰,国内四家出版社几乎同时出版了茨威格惟一的一部长篇小说《心灵的焦灼》。中国的这股强劲的茨威格热潮竟与当时国际茨威格热潮合流。由于纳粹的禁令，从三十年代起几十年内，茨威格的作品几乎绝迹。大学里没有讲授茨威格的教授，报刊上不见研究茨威格的文章，整整一代人不知道茨威格为何人。一九八一年，德国 S. 菲舍尔出版社为纪念茨威格的百岁诞辰，重新陆续再版茨威格的全部作品。他生前从未发表过的遗稿也被克鲁特·贝克整理付印。读者得以欣赏茨威格的另两部长篇小说《幻梦迷离》和《克拉丽莎》。在《幻梦迷离》结尾处，主人公冷静地直面生死的选择。作品对自我和社会的剖析更加犀利更加深刻。尽管茨威格的研究者由于历史原因人数不多，但是新版的茨威格作品是德、奥书店的畅销书，销售额历年居高不下。至于在国外，在美国、法国、日本和韩国，茨威格始终是深受读者喜爱的作家。

中国的茨威格热传到德国，引起出版界的重视。一九八四年秋至一九八六年夏，我通过德国洪堡基金会在波恩大学从事科研。回国前夕，忽然接到德国《图书交易报》副主编的电话。他对"文革"后的中国出现茨威格热这一现象，表示极大的兴趣，请我回国后为他的杂志撰文介绍茨威格在中国深受读者欢迎的情况和原因。我用德文写了《内心生活——陌生世界——谈茨威格在"文革"后中国的接受》一文，谈到这些年我在研究翻译茨威格作品时的一些体会，谈到中国读者首先折服于茨威格的心理分析，折服于他对人们灵魂的发掘与刻画。在他的小说里，没有传统小说中那个必不可少的全知全能的叙述者把人物的内心世界，感情起伏和事件背景全都告诉读者，而是由主人公现身说法，或以内心独白的方式向读者敞开心扉，"让读者瞥见人物灵魂深处最幽微，最隐秘的角落,感觉到灵魂最精微的震颤"。茨威格的小说"不用众多的人物,广阔的历史背景,绚丽多彩的风俗画面,错综复杂的故事情节来收到引人入胜的效果,而是以狂暴激烈的内心斗争,变幻莫测的感情起伏,也就是以内心世界波澜壮阔的变化和深刻尖锐的矛盾来动人心弦"。我们"文革"时期的作品脸谱化、概念化比较严重。好人恒好,坏人恒坏。茨威格的作品则让我们看到,"写小说并不是非要捏出一个天使,一个恶魔不可。那种非黑即白的状况在生活中并不存在,在小说中也大可不必"。主人公悲剧命运的产生,并不是由于"宵小作祟,恶人暗算,厄运使然",往往是"外界的影响如何激起主人公心里汹涌的波涛,内心的潮涨潮落如何左右主人公感情的起伏,行动的进退",主要是由于心灵的危机。我也谈到,茨威格小说中浓郁的抒情性也是使中国读者为之倾倒的重要因素。

一九九一年至一九九三年,我在德国拜罗埃特大学讲学,开设茨威格研究专题课,和学生们一起分析茨威格的作品和他笔下的人物。在分析《一个陌生女人的来信》的女主人公时,课堂上发生激烈的争论,有几个信奉女权主义的女生,对这位陌生女人大肆攻击,当然也免不了猛烈批评茨威格,另外一派女生则竭力捍卫茨威格。这样激烈的课堂讨论对我也是个难忘的经历。我高兴的是,我这个来自中国的教授把茨威格介绍给了这些德国女同学,使她们为他而激愤,为他而喜悦,为他而感动,没有人对他无动于衷。也许我在讲授时的激情感染了学生,也许她们想知道,茨威格的什么魅力竟使这位中国教授这样激情满怀地翻译和介绍他的作品,使为数众多的中国读者为他着迷。

  在德国大学里,研究茨威格的博士、硕士论文数量正在增加,茨威格已经越来越为德国学术界所关注。茨威格的读者将随着时间的推移而不断增多。作为茨威格的读者、译者和研究者我深感欣慰。我深信,这位优秀的维也纳大师不仅会以他杰出的作品感动中国读者,还会以他的人道主义的精神赢得中国人民的同情、尊敬和热爱。

张 玉 书

二〇一八年十二月于海淀

普拉特尔的春天[*]

（一个故事）

她像一阵旋风似的从门口冲了进来。

"我的衣服送来了吗？"

"没送来，小姐。"使女答道，"我也不大相信今天这衣服还会送来。"

"当然不会送来了。我知道这个懒家伙。"她嚷道，声音里颤抖着一阵强压下去的抽泣，"现在是十二点，一点半我就该乘车出门到普拉特尔公园去看赛马。这个蠢货害得我去不成了，碰巧今天的天气这样好。"

她火冒三丈，苗条纤秀的身子猛的一下倒在那张狭窄的波斯长沙发上，沙发罩满了毯子和流苏，放在这间布置得光怪陆离，然而俗不可耐的闺房的一角。她没法去参加赛马会，而通常在这种场合，她作为众人熟悉的贵妇和著名美女，总是扮演着重要的角色。她为此气得索索直抖，从她那戴了许多戒指的手指夹缝里流下了滚滚热泪。

她就这样躺了几分钟，然后稍稍抬起身子，这样她的手便

---

[*] 本篇最初于一九〇〇年十月、十一月在艾伯斯瓦尔德的《现代之声——现代文学与批评月刊》第七、八期上连载。普拉特尔系维也纳著名的公园。

可以够着那张英国式的小桌,她知道巧克力糖就放在这张小桌上,她机械地把糖一粒又一粒地送进嘴里,让它慢慢融化。她一夜未眠,极度疲劳,凉爽的屋里半昏半黑的光线和她那巨大的痛苦合在一起,同时发挥作用,使她慢慢进入梦乡。

她睡了约莫一个小时,睡得不沉,没有做梦,半睡半醒,还多少意识到一些身边的事情。她非常漂亮,尽管此刻眼睛闭着。平时这双眼睛顾盼神飞,是她身上最吸引人的地方,只有那两道精心描过的眉毛赋予她一种社交场上的贵妇人模样。不然,人家此刻真会把她当作一个沉沉入睡的孩子。她脸上的轮廓线条是那样清秀,那样匀称,睡神从她脸上把她因为失去快乐而产生的痛苦一扫而光。

快一点钟的时候她醒过来了。对于自己睡了一觉感到有些吃惊,渐渐地她记起了所有的事情。她拼命打铃,神经质地一再打铃。使女应声走进房来。

"我的衣服送来了吗?"

"没有,小姐。"

"这个该死的家伙,她明明知道我需要这件衣服,现在完了,我没法儿去了。"

她激动地跳了起来,在狭窄的闺房里来来回回跑了几圈,然后把脑袋探到窗外看看她的马车来了没有。

当然,马车已经来了。只要该死的女裁缝来了,一切都会配合得尽善尽美,可是现在她不得不待在家里。她渐渐产生了这样一个念头:她不幸极了,世界上再也没有一个女人像她这样不幸。

可是悲伤几乎给她一种快感,她无意中发现,在悲哀中自我折磨有它独特的魅力。在这种情感支配下,她命令使女把她的马车打发走,马车夫非常愉快地接受了这道命令,因为在赛马的这一天他可以做一笔好买卖。

可是她刚看见这辆时髦马车飞驰而去,就已后悔下达了这道命令。如果不怕害臊,她恨不得自己从窗口把这辆马车叫回来,毕竟她是住在维也纳最高贵的地区,住在格拉本街呀。

好,现在全完了。她关在屋子里,像士兵被罚关禁闭不得离开营房一样。

她闷闷不乐地在屋里乱转。狭窄的闺房里塞满了东西,从最劣等的破烂货到最精致的艺术品,应有尽有,毫无选择,趣味低下。她在这里感到极不舒服,更有那二十种不同的香水混杂的气味和刺鼻的烟味,屋里每样东西都沾上了这种气味。这一切第一次使她如此厌恶,甚至那些黄皮装帧的普列沃斯特的小说集今天对她也失去了魅力,因为她总是一个劲地想着普拉特尔公园,想着她的普拉特尔和欢乐草场上的赛马。

这一切全都落空了,仅仅因为她没有漂亮的礼服。

这真叫人伤心落泪。她靠在圈手椅里,心灰意懒,又想昏昏睡去,以此消磨这整个下午的时光。可是这法子不灵,眼皮合上,又老是一个劲地硬要张开,想看亮光。

她走到窗前,俯瞰那被太阳晒得发亮的格拉本街的人行道和那上面行色匆匆的过往行人。天空澄碧如洗,空气和煦宜人,她想投身旷野的渴望越来越强烈,越来越迫切,不觉心急如焚。突然,她闪过一个念头——独自一人到普拉特尔公园去,既然她坐不上饰满鲜花的彩车,至少也得看看彩车,她可不能不去普拉特尔。这样,她就不必身穿高贵的礼服,穿一身朴素的衣服甚至更好。因为这样一来，别人就认不出她了。

有了这个念头，她很快就下定了决心。

她打开衣柜，挑选衣裙。满眼都是鲜亮刺目、花里胡哨、大红大绿的颜色，看得人眼花缭乱。她挑来挑去，丝绸在她手中沙沙作响，她真不知道挑哪件才好，因为她所有的礼服几乎都有一个明确的意图，就是引人注目，而这正是她今天想竭力避免的。找了半天，终于有一抹天真而愉快的微笑突然浮现在她的脸上。在柜子的一角，她发现了一身简朴的、近乎寒酸的衣衫，满是灰尘，压得很皱。引她微笑的不光是她发现的这身衣服，还有这件纪念品勾起的栩栩如生的往事。她想起那一天，她穿着这身衣服和她的情人一起离家出走，想起她和情人一起享受的许多幸福，然后又想起她以幸福为代价换来华裳丽服的日子：先是充当一位伯爵的情妇，继而变成另外一个人的情妇，接着成为其他许多人的情妇……

她不知道自己干吗还留着这身衣服。但是这身衣服现在还在，她很高兴。她换上这身衣服，在笨重的威尼斯大镜子前左右顾盼，不禁对自己的模样感到好笑，她看上去规规矩矩，一个市民家的姑娘，天真烂漫，像甘泪卿①似的纯洁无瑕……

到处乱抓乱摸了一阵，她也找到了与衣衫配套的帽子，然后笑吟吟地冲着镜子看了一眼，只见镜子里有个市民家的少女，穿着星期日的盛装，同样笑吟吟地向她还礼。于是她出发了。

她唇边挂着微笑走到街上。

---

① 歌德名著《浮士德》中的女主人公。

起先,她感到每个人想必都会觉察到,她其实并不是她装扮出来的那种人。

但是,那在正午的骄阳暴晒下从她身边匆匆走过的稀疏的行人,绝大多数都没有时间去打量她。慢慢地,她自己真的进入了角色,一路遐想,沿着红塔大街走了下去。

这里,一切都在阳光的沐浴下熠熠生辉。星期日的气氛从身着盛装、心情欢快的人们身上传给了动物和其他东西,一切的一切都闪闪发光,光彩夺目,向她欢呼,向她致意。她目不暇接地注视着五彩缤纷热闹非常的人来人往,这种场面其实她从来也没见识过,她只顾傻瞧傻看,差点儿撞上一辆马车,这时她不禁自语:"简直像个乡下姑娘。"

于是她稍微检点一些。当她走到普拉特尔大街的时候,突然看到她的一位爱慕者乘着时髦的马车和她擦身而过,距离近得她都可以扯到他的耳朵,她还真恨不得去扯一下他的耳朵呢。这时候,她又忘乎所以起来。可是那位爱慕者摆出一副高贵的样子,懒洋洋地把身体往后靠着,竟然没有注意到她。于是她扬声大笑,笑得那位爱慕者回过头来。要不是她飞快地用手绢遮住脸,真说不定会被那人一眼认出。

她兴高采烈地继续往前走,不久就挤进了熙熙攘攘的人群之中。这些人在星期天穿着鲜艳的衣服成群结队地到维也纳国家圣地去朝拜,到普拉特尔公园的一些林荫道上去漫步。普拉特尔河边草场绿草如茵,林木森森,没有幽径,这些横穿草场的林荫道,宛如铺在绿茵草地上的白色木板。她的疯劲不知不觉地与人群的欢快情绪融为一体。人们被星期天的欢乐气氛所感染,为大自然的迷人风光所鼓舞,全然忘记了星期天前后那六天的枯燥无味和繁重劳动。

她卷在人流中,像大海里的一朵浪花,漫无目标,毫无计划,却在充满活力的欢呼中不断喷吐着水花,向前翻腾。

她几乎要庆幸女裁缝忘记给她送衣服了。因为她在这里体验到一生中从未有过的幸福、自由,简直和童年时代初游普拉特尔时差不多了。

这时,那些记忆和画面又纷纷浮现出来,只是被那欢乐的情绪镶上了一道光亮的金边。她又想起了她的初恋,但并不是像人们在回忆不愿触及的事情时那样带着悲伤别扭的心情,而像是回忆着一种命运,一种使人想重新经历一次的命运,那只是奉献而不是交易的爱情……

她继续向前走,沉浸在往事的迷梦之中,人群中嘈杂的欢声笑语对她来说,变成了汹涌澎湃的滚滚涛声,她分辨不出单个的声音。她独自一人畅想着。往常,她在自己房间里躺在波斯卧榻上无所事事,向宁静、滞重的空气喷吐一个个烟圈的时候,从没有想过这么多……

突然,她抬起头来。

起初她不明白是怎么回事。她只有一种模糊的感觉,这种感觉给她的思想突然蒙上一层难以看透的轻纱。现在,她抬头一看,发现有一双眼睛总是注视着自己。尽管她没有朝那儿看,但她那女性的直觉,正确解释了把她从梦中惊醒的这道目光。

射出这道目光的是一双深色的眸子,镶嵌在一张年轻人的脸上。尽管小胡子长得浓密,这张脸依然流露出稚气,十分讨人喜欢。论穿着,此人像个大学生,扣眼里插了一朵民族党的党花,这只能更加证实这一推测。一顶圆顶宽边毡帽斜遮住他脸上柔和而规则的线条,赋予那颗普普通通、几乎可说极为平常的头颅一些诗人的丰采和理想的成分。

她的第一个反应是轻蔑地皱起眉头,高傲地把目光移开。这个普通人想在她身上转什么念头呢?她可不是郊区来的姑娘,她是……

突然,她中断了思路,眼睛里重又闪出不安分的笑意。适才片刻间,她又自认为是社交场上的时髦女子,完全忘记了自己已经戴上了市民少女的假面。她的乔装打扮这样成功,她孩子气地感到得意非凡。

这年轻人把她的微笑理解成一种鼓励,便走近她,目不转睛地盯住她。他试图使自己脸上表现出一种必胜的信心和男子气概,但是徒然。那犹豫不决、优柔寡断的样子,一次又一次地把刚强的表情扫得一干二净。而这正好是他讨她喜欢的地方,因为男人表现出含蓄和收敛对她来说是那样的陌生。这年轻人身上还没有消失的稚气给她带来了一些从未体验过的感觉,一种崭新的强烈感受,它又是那样自然,简直无法比拟。大学生十几次地张开嘴,想跟她搭讪,可是到关键时刻,又总是由于畏惧和羞怯而作罢。仔细观察这个大学生一而再再而三欲语又止的样子,对她来说简直像看一出无限幽默的喜剧。她不得不使劲咬住嘴唇,免得冲他笑出声来。

这年轻人还有一个优点——他眼睛不瞎。他清楚地看到她漂亮的嘴角抽搐了一下,流露出了真情,这使他勇气倍增。

突然,他一下子没头没脑地说起话来,彬彬有礼地问道,他是否可以陪她一程。他说不出任何理由,原因其实再简单不过,因为他尽管绞尽脑汁,仍然没有找到合适的理由。

尽管那年轻人准备了很长时间,可是在他提问的一刹那,她仍然大吃一惊。她该接受吗?为什么不呢?千万不要马上就想这事情该如何收场。既然她已经是市民少女的装束,也得扮演一下这个角色。她也要像市民少女一样,与自己的爱慕者一起去逛逛普拉特尔公园,没准这还很有趣呢!

于是她决定接受邀请,便对他说,她很感谢,不过他还是不陪她为好,因为这会占去他很多时间。在这种情况下,她的肯定回答就隐藏在这个原因从句里。

他马上明白了,便走到她身边。

不久两人便滔滔不绝地交谈起来。

这是一个快快活活的年轻大学生,离开高等文科中学还没几年,他从中学带来一股子奔放的疯劲。人生的经历他还很少,虽说他以少男的方式不知爱过多少次,但大多数年轻人向往的"艳遇",他即使不是毫无体验,也少得可怜,因为他缺少获得这种经历的首要条件——大胆进取的勇气。他的爱情往往只停留于暗自思慕,表现为小心翼翼地远处观赏,沉醉于诗句和梦境之中。

相反,她却吃惊地发现自己一下子变成了一个大话匣子,对什么事情都关心起来,并且突然间又操起她从前说的一口维也纳方言。这种方言她大约有五年没说没想了,她似乎觉得这五年风流放浪的生活已消失得无影无踪,她又变成了那个身材纤瘦渴望生活的郊区少女,如此迷恋普拉特尔公园和它特有的魔力。

她不知不觉地跟他一起慢慢离开了大道,脱离了喧嚣的滚滚人流,走进了春意盎然的普拉特尔的广阔草场。

枝叶繁茂的百年老栗子树,浓荫匝地,翠绿一片,宛如巨人高高矗立。那缀满花朵的枝丫沙沙作响,像恋人们在悄声细语互诉衷肠,白色的花絮宛如冬日的雪花飘洒在翠绿的草丛里,落英成阵组成奇特的图案。一股甜蜜而浓郁的芳香从泥土里喷涌而出,紧紧依偎在每个人身上,贴得又紧又近,以至人们无法明确意识到获得了什么样的享受,而只有一种甜蜜舒适的朦朦胧胧的感觉催人昏昏欲睡。天空像蓝宝石的拱顶笼罩在千树万木之上,湛蓝明亮而又清纯。太阳为它精妙绝伦、亘古长存、无可比拟的创造物——普拉特尔的春天洒上万道金光……

"普拉特尔的春天!"

这个词组生动具体地飘在空中,大家都感到身边有它深深的魔力,人人心中都产生了一种万物萌发繁花盛开的感觉,一双双情侣手挽着手穿过广阔无垠的草场,洋溢着幸福,孩子们还不熟悉这种幸福,却感到内心的冲动,迫使他们欢呼雀跃手舞足蹈,那快乐的声音随着轻风远漾,消失在密林之中。

普拉特尔的春天像荣耀的光轮普照在这些摆脱了繁重工作的幸福的人们身上。

他们两人丝毫没有感觉到这魔力也已经慢慢萦绕在他们心上。渐渐地在他们的欢快戏谑之中渗入一丝知心朋友间的亲密,这可是一位不请自来,但是颇受欢迎的客人。他们变成了好朋友,他遇见这位活泼开朗、快活迷人的姑娘,感到满心喜悦,她那旁若无人放浪形骸的神态使她看上去活像一位乔装的公主。她也喜欢这个朝气蓬勃的小伙子。而她与这个小伙子合演的这场喜剧,现在她自己也有些认真了。她穿上了过去的衣服,也找回了过去的感觉,她又渴望着一种幸福,那初恋的幸福……

她感到,她仿佛希望现在她是初次经历这种种感情,那化为玩笑的赞赏,那隐而不露的渴望,那单纯宁静的幸福……

他轻轻挽住她的胳膊,她没有拒绝。他给她讲了好多好多事情,讲他的少年时代,讲他的种种经历,然后,讲他名叫汉斯,正在上大学,他非常非常喜欢她。他讲这些的时候,她感到他温暖的呼吸吹到她的发际。他半开玩笑半认真地向她求爱,使她因快乐和幸福而浑身战栗。求爱的话她听过千百遍,有些人也许说得更美妙,她也接受过许多人的求爱,但是从来没有一次求爱的表白像今天在她耳际低声道出的发自内心的朴素话语,使她的面颊变得绯红,发出光彩。他的声音因内心激动而微微震颤,这些发颤的话语听起来犹如一场人们渴望着亲身经历的甜蜜的梦,轻微的战栗渐渐传遍她的全身,她幸福得浑身哆嗦起来。她觉得他的手臂越来越重地压着她的手臂,这男性的力量狂野、强烈,透着柔情蜜意,使她感到如醉如狂。

他们已经走进辽阔无边、人迹罕至的草场,只有汽车的轰鸣偶尔传来,声音轻微,犹如喃喃人语。时而万绿丛中会有鲜亮的妇女夏装闪现,宛如白色蝴蝶,又继续自顾自地翩然飞去。很少有人声传到他们耳际。宇宙万物都像不耐日晒,疲倦地沉入了酣梦之中……

只有他的声音不知疲倦地、在她身边温存地诉说着千种柔情,万般蜜意。一句比一句亲切,一句比一句奇妙。她昏昏沉沉地听他诉说,就像入睡时恍恍惚惚听着远处飘来的一首乐曲,听不清一个个音符,只听见音响的节奏和旋律。

当他用双手捧住她的头,吻她的时候,她也不作反抗,那是长长的、深情的一吻,里面包含了无数埋在心底表示爱情的话语。

这一吻驱散了她的全部记忆,她觉得这是平生得到的第一个爱之吻。她想和这个年轻人演的这场戏现在变得生意盎然,感情充沛。她心中萌发了一种深挚的爱,使她忘记了自己的全部过去,就像演员演到出神入化、炉火纯青的时候,感到自己真是国王或者英雄,不再想到自己的职业。

她觉得,仿佛发生了一个奇迹使她可以再一次体验初恋的滋味……

他们就这样漫无目标地走了几个小时,手挽着手,沉浸在脉脉柔情的甜蜜醉意之中。晚霞烧红了天幕,树梢像漆黑的手指插入赤红的天空,暮霭浓重,树木的轮廓越来越模糊,越来越朦胧,晚风习习,树叶瑟瑟作响。

汉斯和莉泽——平素她总管自己叫莉齐,此刻她觉得"莉泽"这个儿时的名字突然变得如此可爱、可亲,于是她就告诉了他这个名字,——转身向普拉特尔公园走去,远远就能听到公园里人声鼎沸,夹杂着各式各样无奇不有的噪音喧声。

形形色色的人流从一个个灯火耀眼的小摊前涌过,有手挽情人的士兵,有活泼开朗的年轻人和纵声欢呼的孩子们,他们在见所未见的稀罕玩意儿面前流连忘返。四周声音嘈杂,震耳欲聋。好几个军乐队和其他乐师们拼命吹奏争相压过对方的声音。小商贩用已经沙哑的嗓子连声夸奖自己的宝贝。游艺靶场的射击声和不同音域的童声混杂在一起。举国上下都挤在一处,三教九流各有代表,怀着各自的心愿,那些摊贩和店主尽力去满足这些愿望。这一大堆人五花八门、各不相同,却汇成浑然一体。

对莉泽来说,这个普拉特尔公园简直是一块新发现的,或者更确切地说,是重新找回的童年乐土。以前,她只知道那条主要的林荫道和上面蔚为壮观的车队漂亮而又高贵,但是现在,她发现这里的一切都是那么迷人,活像一个孩子被带进玩具商店,贪婪地抓向每一样东西。她又变得快快活活、疯劲十足,那梦幻的、近乎抒情的情绪烟消云散。他们像两个淘气的孩子,在无边的人海里欢笑着、嬉闹着。

他们在每一个小摊前都要停下来,乐不可支地欣赏摊主们以极其滑稽的样子用单调而夸张的叫声招徕顾客,快看:"世界上最高的女人""欧洲大陆上最矮的男人",或者请看柔体杂技演员、女算命先生、怪物、海底奇观等等。他们坐旋转木马,请人算命,什么事情都干,他们是那样的欢天喜地,兴高采烈,大家都吃惊地看着他们的背影。

又过了一会儿,汉斯发现,肚子的问题也该解决了。她欣然同意,他们便一起走进一家稍稍远离热闹人群的酒店。在那里,喧嚣的人声渐渐变成持续不断的嗡嗡声,越来越轻,越来越静。

他们坐在一起,紧紧依偎着。他给她讲各种各样欢快的故事,并且善于巧妙地在每个故事里安插进一些奉承话,让她总保持愉快的心绪。他给她取了好些滑稽的名字,把她逗得捧腹大笑,他又故意做出一些傻事,让她乐得尖声大叫。她平素喜欢自我克制保持高贵平静的神气,现在变得从未有过的纵情奔放。童年时代的故事她早已忘却,如今又重新忆起,那些早已从她记忆中消失的人物形象,如今又重新浮现,并且以幽默的方式汇集在她的脑海中。她像中了魔法,和原来判若两人,变得更加年轻。

他们就这样一起聊了很久……

黑夜早已带着浓黑的面纱来临,却没有驱走傍晚的郁闷。

空气滞重,犹如一道沉重的魔障。远方,一道闪电打破越来越深沉的宁静。渐渐地,灯火阑珊,游人四散,大家向着不同的方向各自回家。

汉斯也站起身来。

"来,莉泽,我们走吧。"

她跟着他走,他们手挽着手离开幽暗而神秘的普拉特尔公园,最后几盏彩灯像闪闪发光的猛虎眼睛在簌簌作响的树丛中闪烁。

他们走过洒满月光的普拉特尔大街,没有多少行人,街道也已沉睡安息。走在石子路上,每一步都引来很响的回声。幢幢人影怯生生急匆匆地从路灯旁一闪而过,街灯漠然地发出微弱的幽光。

他们没有谈论归途的方向,但是汉斯默默地充当起向导的角色。他是在向自己的住处走,这点她预感到了,却不想说出口来。

他们就这样向前走,很少说话。他们走过多瑙河大桥,接着穿过环形大道,走向第八区。这是维也纳的大学生区。他们走过维也纳大学那闪闪发光的用石块砌成的宏伟建筑。路过市议会,向着狭窄寒碜的小巷走去。

突然,他开始对她说话。

他向她倾诉着炙热灼人的话语,用火烧火燎的色彩吐露出青春爱情的渴望,那是只有在最热烈的欲念支配下的瞬间才能说出的最炽烈的话语。在他的言词中,隐匿着一个年轻生命对幸福与享乐的无限向往,对爱情的最迷人的目标的全部狂热的追求。他滔滔不绝地诉说着,语流越来越奔放,欲望越来越强烈。他的话语犹如贪婪的火焰腾空而起,男人的天性在他身上升到了最高点。他像乞丐一样苦苦恳求着她的爱情……

听着他的这番话,她浑身颤抖。

醉人的词句和狂野的歌曲,在她耳中汇成一片令人痴迷的喧腾。她听不清他在说些什么,但他急切的催逼在她心中引起强烈的欲望,驱使她去靠近他的身体。

她终于答应把以往曾经成百次地像打发乞丐似的给予别人的东西,像一件价值连城、精美无双的珍奇礼物似的馈赠给他。

在一座古老而狭小的房子前面,他停住脚步,按了一下门铃,眼睛里闪耀着极度的幸福……

门很快地打开了。

他们先快步穿过一条细长阴湿的过道,然后是好多好多狭窄的旋转楼梯。但是这些,她都没有注意到。他用强壮的双臂把她像羽毛球似的抱上楼梯,他的双手由于期待快乐而颤抖,这颤动也传到了她的身上,与此同时,她如历梦境般地向上飞升。

爬到楼上他站住了,打开一间小屋。这是一个狭小昏暗的房间,需要费尽目力才能辨明屋里的陈设,因为一条破烂的白色窗帘遮住了狭小的天窗,稀疏的月光就洒在这窗帘上。

他把她轻轻放下,然后更加冲动地抱住她。无数的热吻涌入她的血脉,她的四肢在他的爱抚下颤动不已,她的话语化为充满渴望的低吟……

房间昏暗而又狭小。

但是,无边无际的幸福充溢于屋里安宁而满足的静谧之中。爱情的灼热阳光照亮了这深沉的黑暗……

时间还早,也许才刚到六点。

莉齐刚才重新回到家里,回到她自己漂亮的闺房。

回来的第一件事就是把两扇窗户敞开,呼吸早晨新鲜的空气,因为那混浊的、甜得发腻的香水味道实在令她恶心,这香味使她想到眼前的生活。过去,她漠然地容忍了生活的现状,不去深想,盲目顺从,听天由命。但是昨天的经历像一缕清新愉悦的青春幽梦落入她的命运,使她突然产生对爱情的渴望。

但是她感觉到,她已无法回头。马上就会有她的一个崇拜者上门,接着是另一个。想到这儿,她悚然一惊。

她害怕这渐趋明亮、更加清晰的白天……

但是她又慢慢地开始回想起昨天,它像行将消散的阳光照进她如此昏暗、阴郁的生活。她忘记了即将到来的一切。

在她唇上闪着一缕孩子般的微笑,那是一个清晨从美梦中醒来的幸福的孩子。

(1900)

张玉书 译

埃丽卡·埃瓦尔德的恋爱*

怀着亲密友情献给卡米尔·霍夫曼

……不过,这是所有年轻姑娘的故事,这些温柔的忍受者的故事。她们从来不说她们在受苦。女人被创造出来就是为了忍受。这肯定是她们的命运,她们早早地体验到了这命运,并不因此而大惊小怪,故而她们一直在说,如果糟糕的事情早已临头,那么,糟糕的事情也就从未有过……

巴贝·多雷维耶[①]

埃丽卡·埃瓦尔德慢慢地走进来,她来晚了,便小心翼翼地放轻了脚步。父亲和姐姐已经坐在那里用晚餐,听见开门声,他们举目一瞥,匆匆朝走进来的人点了点头,接着又只有盘子和刀叉的声响穿过灯光暗淡的房间。他们很少交谈,只是间或冒出一句话,像被扔上去的一张纸,无着落地在空中飘着,随后无力地落到地上。他们三人都寡言少语。姐姐不引

---

* 本篇最初收入一九〇四年在柏林埃贡·弗莱歇尔图书公司出版的小说集《埃丽卡·埃瓦尔德的恋爱》。
① 巴贝·多雷维耶(1808—1898),法国作家。

人注意而且貌丑,她说的话总是没人理睬或者遭人嘲笑,多年的经验赋予她老处女那种迟钝的听天由命感,面带微笑眼看日子一天天过去。长年的单调的办公室工作使父亲疏远社会,自从他妻子去世以来,他更是心情恶劣,固执地沉默寡言,一般老年人常以此隐藏他们身体上的病痛。

在这些单调的夜晚,埃丽卡也多半沉默。她感觉到,这几个小时的灰色情绪,像风雨欲来时密布的乌云,是难以抗争的。何况她也太疲乏了,没有精力去抗争。白天那折磨人的工作,一个小时又一个小时地催促着她,强迫她一刻不停地温顺地去忍受不谐和的音响、试探性的和弦以及无音乐天赋者的粗暴。这弄得她昏昏沉沉,急需休息,于无言中让受过白昼暴力压抑的全部感觉流散。她乐于沉湎在这些醒着的梦境里,一种几乎是过度兴奋的羞耻感,不允许她哪怕只向他人暗示一下她的心灵体验,即使在没有说出口的话语压力下,她的心灵也在颤动,仿佛在熟透的果实重压下颤悠着的一根果树枝条。只有两片苍白的薄嘴唇周围难以察觉的轻微牵动,泄露了她心中的斗争和一种难以抑制的渴望,它不想由话语来表达,仅仅有时在紧闭的嘴唇周围,添上一阵狂乱的颤动,仿佛是由突然抽泣引起的。

他们很快吃毕晚餐。父亲站起来,简短地道了声晚安,就回到他的房间抽烟斗去了。在这家人家,天天如此,甚至最漫不经心的活动也石化成了一成不变的习惯。耶安奈特,她的姐姐,一如往常取来她的针线活,由于近视,使劲躬身向前,凑着灯光,动手刺绣。

埃丽卡走进她的房间,慢慢脱下衣服。这一天,时间还很早。平常她习惯于读书读到深夜,或者倚在窗边,沉浸在一种

17

甜蜜的感觉中,从高处俯视沐浴在银色月光中的屋顶。她从未有过朝一定的目标努力的明确想法,只有一种不确定的感觉,一种爱好,爱好辉映在成千块玻璃窗上——在那些玻璃窗后面,隐藏着生活的奥秘——的月光的闪烁不定,似电光一闪即逝轻轻流动。但是,她今天感觉到一种温柔的虚弱,一种幸福的沉重,渴望着由柔软、温暖贴身的床垫来承受。一种昏昏欲睡之意,这无非是渴望甜蜜的、幸福的梦。这睡意潜入她的肢体,像使人慢慢冷却和麻醉的毒药。她振作了一下,几乎是忙不迭地脱去身上最后一件衣裳,灭了蜡烛。只需一眨眼的工夫——接着,她便在床上舒展开了身子……

对白天的幸福回忆,像迅疾的皮影戏,再次摇曳而过。今天,她去过他那里。他们再次一道为他们的音乐会排练,他拉小提琴,她弹伴奏。接着他为她弹奏肖邦①,无词叙事曲。接着,他向她讲了温柔动听的话,许多动听的话!

图像越来越迅疾地掠过,把她领到家里,返回她自身,重又离去,进入既往,回到她和他初次相识的那一天。接着,图像冲出时间和经历的狭小范围,越来越纷乱。埃丽卡听到隔壁房里她姐姐上床的声响。她产生了一个疯狂的、奇特的念头,似乎他曾邀请她去他家里。一道快活的、傲慢的微笑无力地从她唇上掠过,但她的睡意已经太浓了。几分钟后,安稳的睡眠把她带入幸福的梦乡。

醒来时,她发现床上有一张明信片。寥寥数语,像是写给陌生人的,笔迹坚定有力。但是,埃丽卡偏觉得这几句话是礼物和幸福,因为毕竟是他写的,她喜欢从无足轻重的和不显眼

---

① 肖邦(1810—1849),波兰钢琴家和作曲家。

的事情中引出对一大堆实际会发生的事情的预感。对她而言,这种爱情不仅应当变成一道柔和的光辉,围绕着每个事物发光并把它照亮,这种使一切升华的感觉还应当深入事物的内部,从一切无生命和无灵魂的东西内部燃遍全身,从里向外发出微光。从少年时代起,她那阴暗的恐惧感和矜持的孤独感就已经教会她,不把事物看作是冷冰冰的和无生命的,而是视作缄默无语的朋友,可以向听从她的这种朋友吐露秘密和柔情。书本和图画,风景和乐曲同她说话,她还保持着儿童的想象力,在画出的形体和没有灵魂的事物中看到快活地活动着的、五光十色的现实,在爱情朝她走来之前,这是她孤独的节日和幸福。

所以,明信片上有限的黑色笔迹对她来说也就成了一个事件。她读着那几句话,就像他平常同她说话那样,他那柔软而富有音乐性的声音突出重音,她试图在她的名字上加上隐秘的甜蜜魅力,惟有柔情的语言才能赋予的魅力。由于她的家人的缘故,这寥寥数语是以冷淡且几乎充满敬意的形式写成的,她在其中细心谛听隐隐鸣响的爱恋的弦外之音,她那么缓慢地梦幻般地拼读出那几行字,以至读后几乎忘了它写些什么。明信片的内容并非无关紧要。他想告诉她,他们计划中的星期天郊游能否成行。还有几句不怎么重要的话,是关于他们早就谈过的一次音乐会上一起出场的事。之后就是友好问候,匆匆签名。可她却把那几行字翻来覆去读了又读,以为听到了包含在字里行间的强有力的催促,其实那不过是她自身感觉的回响罢了。

不久,这爱便向着埃丽卡·埃瓦尔德走来,把第一道光辉送进她那苍白平淡的少女生活。她的故事是平静的,平凡的。

他们在一个社交聚会上相识。她在那里教钢琴,她的谨慎和她的优雅风度使她深受全家喜爱,他们把她视为女友。他应邀去那里演奏,作为 pièce de résistance①,因为他虽很年轻,却已是很有名气的小提琴演奏家了。

事实证明,那天的情形使他们很容易互相理解。人们请他演奏,由她伴奏几乎是理所当然的。这时他首先注意到她,因为她对他的意向理解得那么深刻,使他立时感到她的气质文雅而真挚。他们的演奏激起暴风雨般的掌声,掌声未落,他就向她提议一起叙谈一会儿。她轻轻颔首,轻得无人觉察。

可是没能谈成。人们没那么快让他们俩自由,他只能偷偷瞥一眼她那过于苗条柔软的身躯,接受她那深色眼睛传递的一个胆怯惊异的问候。她的话淹没在人们没完没了的老生常谈和客套话里。接着又有新的人来,又有上百种别的事分心,她差点儿忘了约定的事了。但当一切完毕,她告辞时,他突然站在她身旁,用他那柔和而含蓄的嗓音问她可否送她回家。霎时间,她觉得束手无策;接着她婉拒他的好意,但她说得那么笨拙,他的意愿终于轻易得以实现。

她住在城郊相当远的地方,在月光皎洁的冬夜,那是一段很长的路。有一段时间两个人默默无言。这并非由于笨拙,而是受过良好教育的人没有把握时的顾虑,惟恐用平庸乏味的话开始一次交谈。后来还是他先开口,谈他们一起演奏的那首乐曲,谈艺术。不过这只是个开头,只是一条通向她的心灵的路。因为他知道,一切在艺术中放手挥霍他们的最后宝藏,把他们的感情全部融汇到音乐的美里面去的人们,他们在

---

① 法文:一餐的主菜。此处意谓聚会中最重要的节目。

生活中是严肃的、封闭的,只为理解者敞开心扉。她确实也在谈她关于艺术创作和再创作的观点时,对他谈了许许多多隐秘的内心经历,很多是她从未对任何人谈过的,有些是她本人至今尚未意识到的。一直到后来他和她更亲近,成为她的男友和知心人的时候,她仍然不明白自己当时何以竟能抛开那素来近乎惊惧的矜持。因为在她的心目中,一个艺术家、创造者好比永远不出现在生活中、而只活在远方的伟人,超凡脱俗,不可企及。对这样的大行家、大好人是不该隐瞒什么的。迄今为止进入她的生活圈子的,只是一些纯朴的人,他们像学校里的作业一样可以被分析、被计算,对这些抱有偏见的保守的卫道者们,她觉得陌生,而且近乎畏惧。而且那天晚上是这样宁静明亮的夜。在这样寂然无声的夜里,两人并肩而行,既无人听,亦无人打扰,房舍屋宇的暗影落在话语上,声音没有回响便在静谧中飘逝,这时你会感觉十分亲切,仿佛自己在跟自己说话。这时候,淹没在白昼的匆忙纷扰中未曾听见、晚间的寂静方使之轻轻跃动的思想在心灵深处苏醒;于是思想几乎不由自主地化为话语。

  寂寞冬夜里的长途步行使他们彼此接近。他们伸出手来道别时,她那苍白冰凉的手指长时间一动不动地留在他有力的手里,像被遗忘了似的。他们像老朋友一样分手了。

  这年冬天,他们时常见面。起初是偶遇,随即变成约会。这个有意思的少女,她所有的特质和奇异之处都令他兴奋,他欣赏她的心灵高尚的含蓄,这心灵只对他一人敞开,如一个受惊的孩童,畏缩地卧在他的脚下。他爱她的千百重细腻情怀,爱她的感觉的质朴力量,凡是美的,它都驯顺地迎向它而搏

21

动,为了不破坏自己纯净深沉的享受,又在陌生的眼睛面前隐匿起来。可是他那么充分、那么着迷地在别人身上感受到的这些温柔真挚的情感,却是他自己感到陌生的。从青春年少时起,他还是个半大孩子的时候,就被女人们视为艺术家,被她们过分溺爱,被他们引诱,在一种纯粹的精神恋爱中得到满足;他对女子心态太少体验,对青年男子的心情也缺乏了解,因为中学生恋爱那种朦朦胧胧、无所欲求的甜蜜从来不曾悄然进入他早熟的生活。他极富激情,同时又自命不凡,总是怀着狂暴的渴望,追求最后的感官满足,然后在那里淌血。他了解自己,每一次都为击败自己的软弱而蔑视自己,这种迅速的满足每次都使他感到厌恶,但他无力抗御,因为激情和情欲驱动他的生活和艺术。他技艺娴熟、出神入化的演奏也植根于这强健的激情奔放的阳刚气概;他那狂热奔放而又甜美的弓法把恍若忧悒的睡美人的轻轻呼吸一般的情调表达得淋漓尽致。他善于以扣人心弦的威力令人倾倒,在这威力后面总是隐匿着一种轻微的惊恐。

　　她对他的爱恋也是这么惊恐和顺从。在长年独处中她的梦幻影像获得了某种真实,她爱他身上的她这些梦幻影像,她尊敬他所体现的艺术家气质,因为她怀有少女的信念,以为一个艺术家的生活方式也必是庄重尊严的。她有时以一种陌生的没有性感的目光凝视他,如同凝视一幅奇异的图画,想从画中感觉到熟识的特征,她的倾诉像是说给一个告解座神甫听的。她不曾想到生活,因为她从不知生活为何,而只是经历过它,如同做个靠不住的梦。因此,她对将来没有丝毫惊恐不安,她相信这没有性感的充满敬意的恋爱会继续发出温柔而幸福的鸣响,它会使她对她的艺术的美和真挚纯洁抱有信心。

跟他在一起的时候,有时她为根本没有说话的需要而大吃一惊。他拉提琴或者沉默不语,她坐着梦想,只觉得当他说话或望着她时,她的梦境越来越明亮。一切声音都渐次消失,再没有狂乱的噪音从白昼挤迫过来,惟有寂静、缄默和节日的银铃声在心的深处。于是在她心中颤抖着对温情的渴望和对她原本害怕的悄悄情话的期待。她预感到自己完全对他着了迷,他能以他的艺术控制她,用他诱人的音响予人痛苦,发出欢呼;她觉得自己面对他的演奏无力抗拒,说不出来的贫困,因为她什么也不能给予,而只是接受,张开颤抖的双手向他乞讨。

　　她一周中要去他那儿几次,这已成了无法改变的习惯。起先是为同台演出的音乐会排练,但是不久,这有限的几小时就成为绝对不可缺少的了。她对他们日益亲密的友情所包含的危险毫无预感,而听任心灵在他面前失去最后的矜持,把他作为她惟一的男友向他袒露最最隐蔽的秘密。她在热切的、近乎梦幻的叙述时,他躺在她脚下听着,她往往根本没注意到他的手越来越激动地把她的双手紧握,有时嘴唇火热地吻她的手指。她也没有意识到他时常用提琴急迫的渴求音调向她倾诉,因为她总是在音乐中寻找她自己和她的梦。对于许多至今她不敢大声道出的事物,这段时间于她是逃避和解脱,仅此而已。她只知道这样静静的一小时给她单调乏味的辛苦工作的白天带来许多光辉,给她的黑夜带来一道亮光。她只想静静地幸福地待着,别无他求;她只求一份丰富的宁静,她可逃入其中,一如奔向祭坛。

　　但她十分小心,不公然显示她的幸福;在别人面前,她常隐藏最纯净的幸福的微笑,使劲地紧闭双唇,仿佛强忍住猛烈的抽泣。因为她要保存她的体验不让别人的目光触及,犹如保存一件能看出上百种奥妙的艺术品,不让它随着一声惊叫破碎在粗大笨拙的手指中。她围绕她的幸福、她的生活,构筑冷淡的、用滥了的日常话语,使那艺术品可以经过许多人的手而不致被损坏,不致破碎成毫无价值的碎片。

郊游前的星期六晚上,她又去看望他。敲门时她有一种奇异的惊恐不安的感觉。每次去他那儿,她总是那么惊恐,惊惧之感越来越强烈,直至他同她在一起。但她不必久等。他很快就开门,领她到他的书房,小心而风度潇洒地帮她脱下春季外衣,恭恭敬敬地用嘴唇吻过她那美丽的脉络纤细的手。随后他们一起在书桌旁光线暗淡的天鹅绒小沙发上落座。

室内已经昏暗。外边,天上的云在晚风中匆匆追逐,它们的阴影使昏暗的暮色愈见浓郁。他问,是否要他点灯。她不要。不再能辨识而只能感知的暗淡甜蜜的光线以其柔和的忧郁使她感到亲切。她静静坐着。还能清楚地看见房间里雅致的家具陈设,摆着青铜头像的豪华写字台,右边一个雕花的小提琴架,在透过玻璃窗照进淡淡亮光的一角天空的映衬下,它的轮廓十分清晰。一只钟表在什么地方发出沉重的、准确的嘀嗒声,仿佛是无情的时间严厉的足音。除此之外,寂静无声。只有他的被遗忘的香烟的几缕淡淡的青烟均匀地升入暗处。从敞开的窗户向他们吹来一阵和煦的春风。

他们闲聊。起先是一个微笑和讲述,但他们的话在迫人的黑暗中越来越沉重。他谈到新创作的一支曲子,一首恋歌,最近他在一个村庄听到的几段朴素忧郁的民歌。那是几个姑娘结束了一天的工作,她们的歌声从远处传来,他无法听清楚歌词,只听出曲调中柔和深沉的思念之情。昨天那旋律又在他心中苏醒,夜深时,他写成了一首歌。

她没说什么,只凝视着她。他明白她的请求。他默默走向窗畔,取下小提琴。轻轻地,他的歌开始了。

在他身后,天色又渐渐变亮了。晚霞似火,紫光辉映。渐渐暗淡下去的变得更饱和的明亮的光开始再度照亮房间。

他以神奇的力量奏出这支寂寞的歌,自己全身心都融入了它的音响。他也忘却了他的歌,只剩下表现无穷思念的不为人知的民歌旋律,在他的全部变奏中反反复复呢喃着、哭泣着、呼唤着。他什么也不再想,他的思绪在远方并且纷乱,只有他的心灵以江河奔腾般的情感在塑造音响,并赋予它这些情感。狭窄昏暗的房间充盈着美……红云已成沉重的黑影,琴声犹未止息。他早已忘了他只是为了赞美她才拉这首歌的;他的全部热情,对世上所有妇女的爱,对美的化身的爱,在震颤于幸福的炽热情感的琴弦中苏醒了。他一再将情感推向新的高度,透着更狂暴的威力,但从未获致幸福的完成,即便在最奔放无羁之时也总是只有渴望,呻吟着的和欢呼的渴望。他继续拉下去,犹如向着某一个和弦,向着一个他无法得到的终止乐曲的和弦转变。

突然,他停下来……埃丽卡瘫软在沙发上,方才一阵闷声的神经质抽泣,使她在极度兴奋之中有飘然上升之感,如被乐音吸引。她那脆弱而敏感的神经一向抵挡不住有强烈感染力的音乐的魔力,听到忧伤的旋律她会哭泣。这首歌以它那迫切的、强烈刺激性的期待在她的心中激起所有的感情,使她的神经处于可怕的极度紧张之中。她觉得这种压抑的思念如同痛楚,她感到在这被束缚的痛苦重压下似乎非放声大叫不可,可她又不能这么做。只能在一阵突发的啜泣中缓解她肉体的过分激动。

他在她身边跪下，设法让她平静下来。他轻轻吻她的手。但她仍然在颤抖，有时手指猛然抖动，如被电击。他亲切地同她说话。她没听见。这时他变得越来越深情，说着火热的话，吻她的手指、她的手，吻她颤动的嘴，她的嘴无意识地在他的唇下战栗。他的吻越来越急切，其间他说了些温柔的情话，越来越狂热，越来越迫切地搂着她。

她从半梦幻状态猛然清醒，几乎怒气冲冲地把他推开。他大吃一惊，不由自主地站起来。她静静地待了片刻，像是为了使自己记起发生的一切；接着，她用不安的目光和沙哑的嗓音结结巴巴地要他原谅她，说她时常会有这种神经质的发作，说音乐让她太激动了。

出现了一会儿难堪的沉默。他不敢回答什么，因为他担心自己刚才扮演了一个卑鄙的角色。

她接着说，现在她得走了，已经是时候了，家里的人早就在等她回去了。说着，她就去拿她的上衣。他觉得她的声音冷淡，几乎冷若冰霜。

他还想说点什么，可是在刚才如醉如痴的狂热时刻对她说了那些话之后，一切都显得十分可笑。他默不作声，毕恭毕敬地把她送到门口。直至吻她的手道别时，他才犹犹豫豫地问："那明天呢？"

"像我们约定的那样。我想不变吧？"

"当然。"

他为她不理会他的举止而欢喜、而感动，并且欣赏她那种细心的矜持，丝毫不露痕迹地原谅了他。他们匆匆说了一句告别的话。之后,门闷声关上。

　　星期天早晨天色有点阴沉、忧郁。浓重的晨雾把它灰色的密眼网罩在城市上空,像透过细微的缝隙,让细细的雨丝飘落在街上。但是昏暗的网里很快就开始闪耀光芒,仿佛里面盛着一顶沉甸甸的、越来越光辉灿烂的金色王冠。终于这混浊的织物在光明的重压下破碎了,一轮鲜活的春天的太阳喷薄而出,她那青春的面庞千姿百态地映照在晶亮的窗玻璃和潮湿的屋顶上,映照在闪光的水塘、发出柔和反光的教堂塔楼圆顶和探头外望的人们爽朗愉快的目光中。
　　下午,街上已是一片熙熙攘攘的星期天的热闹景象。嘎嘎响着驶过的车辆敲打出快活的旋律,可麻雀们比谁都叫得响亮,它们在电线上比赛喊叫,在这一片喧闹杂沓之中还响起有轨电车尖厉刺耳的信号声。在主要街道上,人的大潮涌向佩里费里,犹如深色的海洋,但里面有一道明亮的、发光的闪电,那是鲜嫩的颜色,是人们第一次有勇气穿着走到户外的春季服装。在这一切之上的是太阳,温暖的倾泻光明的春天的太阳,把万物照耀得晶莹明亮。
　　埃丽卡快乐地走着,她挽着他的胳膊,走得很轻松,愉快。她真想跳起舞,或者像个小孩子那样嬉耍玩闹。她的衣着简单、合身,头发绾起来,完全是一副孩子和少女模样,而往常她的头发像暴风雨前的云低低地沉重地遮住额头。她的欢快之情溢于言表,真实无伪,不久他也就不再板着面孔了。
　　他们很快便放弃原先要去普拉特尔公园的决定,因为他们害怕星期天乱哄哄、刺耳、嘈杂的声音打破那座秀美的公园的肃穆宁静。他们的普拉特尔公园,是极老的栗子树、保养得很好的宽阔的林荫道,是可以极目远眺毗连着苍郁的森林的广阔的河谷草地,是阳光下闪闪发光的明亮的草坪,这一切对呼吸、呻吟在咫尺之外的百万人口的大城市毫无所知。可是在节假日,这魔力不见了。它躲开了川流不息的人群。

他提议往德布林方向走,到那个有特色的可爱去处后面很远的地方,那里亲切宜人的白色小屋从漂亮的花园草木蓊郁的环抱中闪射出媚人的亮光。他知道那里有几条饶有情趣的幽径,穿过撒满金合欢花的狭窄林荫道通向广阔的田野。今天他们就这样走。他们来到那个很有几分假日平和的田园风光的去处,步行途中,假日的宁静祥和始终伴随着他们,如温婉而无法触及的清香。有时他们凝眸相望,感到他们的缄默内涵何其丰富,包容了生机盎然的春天的全部幸福喜悦的感觉,并使之扩大。庄稼还没长高,一片青绿。可是温暖慷慨的土地令人愉悦的香气朝他们迎面扑来,有如吉祥的问候。远处是卡伦山和列欧帕特山,陡峭的岩壁从山上古老的小教堂一直延伸到多瑙河畔。在这中间是大片富饶的土地,大多仍呈褐色,尚未耕作,期待着播种。但其中一些正方形土地上已有黄色的将熟的庄稼,在深色的大地上十分显眼,像披在一个从事艰苦劳作的劳动者晒成褐色、充满力量的肢体上的破布片。春天的晴朗天空像蓝色的弧线张开在田野上方,灵巧的燕子叽叽喳喳欢呼着冲它飞去。

他们走在一条原来就有的宽阔的金合欢树林荫道上,他告诉她这就是当年贝多芬爱走的那条路,他的许多最深刻的创作就是在这里散步时获得最初的灵感的。这名字顿时令他们肃然起敬。他们想到他的音乐,那在许多幸福的时光使他们的生活更加充实、更加真诚的音乐。因为想起了他,他们心目中一切都显得更有意义、更加伟大。以前他们只看见令人心旷神怡的风景,此时他们感受到了山川的壮丽,太阳晒热的孕育丰硕果实的大地,散发出作为春天神秘象征的浓重香气。

他们的路穿过田野。埃丽卡一边走着,手指掠过未熟的颗粒,有时一根茎在她手下折断,她也浑然不觉。他们之间的缄默使她产生奇特而深刻的思想,她沉浸在这些思想中,如同做梦一般。温柔而又神秘的爱的感情在她的心中醒来,但她所想的,不是和她比肩同行的他,而是在她周围存在的、活着的一切:在风中轻轻摇摆的麦粒,获得工作和幸福的人们,她想着那些在高空竞逐的燕子,下边远处烟笼雾罩的城市,她像一个兴高采烈、蹦蹦跳跳冲出门外,到柔和地洒下的阳光中去的孩子,心中再度感觉到了春天包容万物的威力。

他们在草地上和庄稼地里走了很长时间。下午将尽了。还没到晚上,但明亮晃眼的光线渐渐过渡到一种柔和清淡的昏暗,宣告夜晚的临近,空气中颤抖着一种轻淡的玫瑰色调。埃丽卡有点累了,为了稍事休息,也出于好奇,他们走进路边一家小饭店,随即听到里面传出快活的杂乱的人声。他们在花园坐下。邻近几张桌旁坐着来自城郊的几个家庭,家境颇好的人家,怡然自得的神情,响亮自然的嗓音,他们是按照维也纳人的方式来作星期天郊游的。背后的一个园亭里有几个乐师,大约三四个吧,这些人只有星期天才在屋顶下奏乐,其余日子就在城里沿街乞讨。他们翻来覆去奏的几支古老的民歌曲调倒奏得颇好,一奏起特别轻快又广为人知的"流行歌",所有的人便连忙拉开嗓子,大声跟着旋律唱。这里一切都那么无拘无束,舒适快意,不使任何人感到受辱。

埃丽卡隔着桌子向他偷偷微笑示意,她很喜欢这些单纯朴实的人们及其无须隐藏的简单朴素的感情和欲望。她喜爱不因别人的伤痛而受影响的愉快的乡间情调。

饭店老板，一个性情愉快的矮胖男子，面带和蔼的微笑来到桌旁。他觉得这位客人是个更高贵的男子，要亲自侍候他。他问可否给他送葡萄酒来，得到肯定的回答后，他又询问新娘小姐是否也要点什么。

埃丽卡脸涨得血红，一时不知如何回答。随后她只迷惘地点了点头。她的"新郎"坐在对面，她虽没望着他，也感觉到了他那正在欣赏她的迷惘的含笑目光。她感到很羞愧，因了并非有意的张冠李戴，自己显得那么拙笨，但她再也摆脱不掉尴尬的感觉。她的情绪一下子被破坏了，现在她才觉出这些人唱得那么支离破碎，那么呆板、单调，现在她才听到在狂野的欢乐中拉大嗓门跟着哼唱的啤酒男低音难听的粗暴吼叫和胡闹。她恨不得拔腿走掉。

就在此时，提琴手开始拉了奇异的几拍。他以柔和甜美的音调奏起约翰·施特劳斯[①]的一首华尔兹舞曲，其他人顺从地奏起这温柔亲切的旋律。埃丽卡又吃了一惊，音乐对她的心灵具有何等的威力，因为她的心里一下子又充满轻快、荡漾、飘浮之感。甜美的旋律使她低声跟着哼起她并不熟悉的歌词，她自己却完全不知道自己在做什么。她只觉得一切又都美好而愉快。她又感觉春天的如花开放和她自己的欲歌欲舞的心。

华尔兹结束时，他站起来，离席而去。她欣然随他离去，因为她立即理解他的意图，不让旋律感人的力量和充满阳光

━━━━━━━━

① 约翰·施特劳斯(1825—1899)，奥地利作曲家。

的深情受到空虚无聊的流行小调的破坏。他们还走那条幽美的路回城。

太阳已经下山了,山的边缘后面,柔细的呈奇异的玫瑰色的光之溪流透过被照成金黄色的树木漏下山谷。这是十分奇妙的景象。天边一片淡红色的光照,犹如远方的火光,下边深处呈圆弧形笼罩在城市上空的水汽烟雾,在光线强烈的色彩映照下像一只紫色的球。薄暮中一切声响渐渐融为一片谐音:远处传来郊游者归途的歌声,一只口琴的伴奏声,越来越响亮的蟋蟀鸣声,呼啸声、飒飒声、低语声,这些声响在所有叶子中,在所有树枝中喃喃低语,甚至似乎也在空气中嗡嗡鸣叫。

突然,在她庄重的近乎虔诚的缄默中蓦地响起他的声音:"埃丽卡,真可笑,老板称您是我的新娘。"

接着是一声笑,吃力的勉强的笑。

埃丽卡从她的幻梦中惊醒。他要干什么?她觉得他要开始一次谈话,要强迫她交谈。她害怕,一种愚蠢的、没有意义的神秘的恐惧。她没有答话。

"不是吗,不是很可笑吗?那会儿您的脸那么红!"

她朝他望去,想看清他的面部表情。他想嘲笑她吗?——不!他神情严肃,根本没在注视她。他这么说并没有什么用意。但他要得到一句回答。直至此时,她才感觉到刚才他说这话像是被迫的;像是为了开个头。她感到那么害怕,而她不知道这是为什么。可她总得说点什么,他正等着呢。

"我不觉得可笑,我觉得尴尬。我生来不大爱开玩笑。"她口气严厉,差不多像在生气。

两人再度沉默。但这已不再像先前那样是共同享受幸福喜悦的寂静,不再是对尚未产生的感觉的感应性预感和把握,而是一种沉重的阴暗的缄默,是对某种有威胁性、有逼迫感的东西的隐瞒。她忽然对他的爱怀有恐惧,害怕它像她遇到过的每一种幸福那样也变得那么痛苦,令人憔悴,像那些她曾伏在上面哭泣的忧伤而缠绵的书,那些又确实是她最喜爱的书,像《特里斯当与伊瑟》①里的音响潮水中灼热的波浪,它们意味着她的至高无上的极乐幸福,同时又折磨她如同一阵疼痛。这缄默越来越压迫她,变成一片昏暗的深重的雾,令人痛楚地罩上她的眼睛。逐渐逐渐地,她才摆脱她的惊恐,她要作个了断,要问他个明白。

"我觉得,您好像有话要对我说,您怎么啦?"

他静静地待了一会儿。然后,深色的眼睛一动不动地凝视她。他想了想,再一次望着她,更深沉,更坚定,他的声音异样饱满而且音调悦耳。

"很长时间我自己也不知道。不久前我才知道。我……思念您。"

埃丽卡战栗了。她原已把目光投向地面,但她感觉他正看着她,深沉地,询问地,锐利地。于是她想到最近那一次她在他那儿,他吻她的情景。当时她对他什么话也没说,但她的心猛然苏醒,她不知道自己是愤怒,还是羞怯。往常她听他拉那么热烈的充满激情的歌曲时感到的惊惧又攫住了她,那是深不可测的快乐的恐惧和无穷尽的极乐幸福。现在会有什么事发生呢?啊,上帝,啊,上帝!……她觉得他还要继续说下

---

① 指德国作曲家瓦格纳(1813—1883)的歌剧。

去,她渴望他说下去,又感到害怕。她不想听。她想要看田野,是的,想看暮色、美丽的夜晚。只是什么也不想听,什么也不听。就想望一眼城市和它那深色的雾,城市和田野。还有这上边的云彩……云,它们在天上飘得多快!天上只剩几朵云了。一朵……两朵……三朵……四朵……五朵……对,五朵云……不!只有四朵!……四朵……

可是这时他开始说了。

"很长时间我害怕自己的热情,埃丽卡!我总有个预感,感到它会来,又一直不愿相信。现在它来了。我知道,从上次您在我家时起,从昨天起。"

他沉默了一会儿,深深吸一口气。

"而这……这使我感到悲哀,无限悲哀。我知道我不能娶您,我知道,那会毁了我的艺术。这一点,别人无法理解……您会理解的,我亲爱的、亲爱的埃丽卡。只有一个艺术家能够理解这一点,而您有一个丰富的,无限丰富的艺术家灵魂。您也很聪明。我们再也不能这样继续来往……必须结束……"

他停下。埃丽卡觉得他话还没说完。她恨不得乞讨般地跪倒在他面前,求他现在别再继续说下去。……此时她什么也不想听,什么也不想理解。……不,她不想……心中惊恐,她又开始数云朵……

可是云已经都飘走了……不,那儿还有一朵……一朵云,最后的云,还是玫瑰色的,像一只骄傲的天鹅,在暗淡无光的河中漂游而下……她怎么会忽然想起这画面?她不知道……她的思想越来越紊乱。她觉得她只愿想那朵云……它已经飘走了,飘到山那边去了……她觉得她的整个心儿都依恋着它,恨不能张开双手把它接住,可是它走了……它迅跑,越跑越快,越来越快……现在……现在它消失了……于是埃丽卡又听见了他那清楚的不容更改的话语,在这些话语下面她的心在盲目的恐惧中颤抖。

"我不知道你是不是很了解我。我想你不,我总是认为,你高估我了。我不是大人物,我不属于那些人,那些……那些怀有自我满足感、站在生活之上的人。我想做那种人,宁愿是那种人,但我不是。我附着在生活上,充其量无非是个爱什么就想要什么的人。我不过如此,像一切男人一样,倘若我爱一个女子,我不仅尊敬她,我……我还要她……我不和别人一块儿欺骗你。我不愿你瞧不起我。我太爱你了,不能……"

埃丽卡脸色煞白。她现在才明白他是什么意思,她奇怪自己先前何以竟未想到这一点。她一下子又恢复了平静。要来的一切都已经来了。

她想说几句拒绝的话,但说不出口。他说到温柔的"你"字时的情深意切使她感到奇妙的陶醉。她又感受到她多么爱他;这意识突然来到她心里,如重新归来的一个被遗忘的词。她也感到她很难失去他,有多少神秘的力量把她和他联系在一起啊。对于她,一切都像一场梦……

他继续说着,他的嗓音变得像爱抚一样温柔。她感觉他的手在她温软的手指里。

"我不知道你是否爱过我,是否像我现在爱你这么爱过我。那是最后的奉献和对一切小事的彻底忘却,那是只知赠予,对任何事情都不拒之门外的最神圣的爱情,我只相信为爱情作出牺牲的爱情……可是现在,一切都完了。但我对你的爱并不因此稍减……"

埃丽卡似已心醉神迷,全身一阵轻微的寒战。她只知道,她本来会失去他。还知道她高高地站在生活之上。一切都那么遥远,那么遥远。山谷之上是夜晚的寂静及柔和庄重,城市在远处,它的喧闹及其令人忆起现实的一切都在远处。她感到自己在阳光灿烂的高山之巅,高高地远离一切丑陋和卑微渺小,怀着她那乐于牺牲的、自由的、慷慨施舍的爱,她那奉献幸福的快乐的力量。她的心中再无思想,再没有聪明的算计和得失的考虑,只有情感,欢呼的、她从未体验过的汹涌澎湃的情感。这情绪征服了她和她本来的意愿。于是她轻声地朴素地说:

"我在世上,除了你没有别的人了。我要使你幸福。"

她对他这么讲的时候,已无丝毫羞涩。她只知道,她一句话就能给予人许多许多幸福,她只看到他闪亮的眼睛和眼睛里感激的光辉。

于是他默默怀着敬畏之情俯身吻她的嘴唇。

"我对你从不怀疑。"

然后他们沿着那条下坡路,向着城市走回家。

他们慢慢又回到厌倦了白昼的暗淡的城市,埃丽卡觉得她仿佛从一个极幸福的梦中闪光的冰川,一脚踩进艰辛、寒冷、无情的生活里。她带着陌生而惊恐的目光踏上充满讨厌的噪音和烟尘的雾气弥漫的城郊街巷;一种痛苦的荒凉之感向她袭来。在她头顶上黑黝黝挤在一起的冒烟的房屋使她感到心情沉重,那是日常生活的一个阴暗的象征,它以不顾一切的威胁性力量挤压进她的命运,要把它压碎。

他突然向她说一句情话,她几乎吓坏了,她惊讶自己差点儿忘记那充满柔情的几分钟和自己的承诺。在那沉闷得使人透不过气来的郊区,曾诱发她一时间感情激荡,陶然沉醉的一切,在她眼里忽然变得如此陌生。她小心翼翼地从侧面望他,他的额头有力地皱着,嘴角周围布着一个自信的人的平静,他的面部表情透着不折不挠、自鸣得意的男子气概。哪儿都看不出往常使他的力量化为优美和谐的淡淡的忧郁,而只有凯旋的严厉,那还兴许是隐藏的情欲。埃丽卡慢慢转过目光……她从未感到他像这一刻那么陌生,那么遥远。

突然,她感到恐惧,疯狂的、不可抑制的恐惧!千万种惊慌的声音一下子在她心中一齐醒来,告诫着,喧闹着,一个声音压倒另一个声音。现在要来的会是什么?她只有模糊的感觉,因为她不敢再想下去。她心中的一切都在愤怒反对一分钟的软弱从她那里夺去的诺言,她火热的羞愧烧灼着,像一处伤口。此时她在内心深处感到自己确实从来不曾有过欲念,她不渴望拥有男人,对粗暴的强迫的力量惟有厌恶。在这一瞬间,她只感到恶心,她目光所及的一切,都变得阴森黑暗,具有一种丑恶的下流的意味:他对她的胳膊的轻轻按压,在雾中出现又消失的情侣,她路过时偶然投到她身上的每一道目光。她的血液明确而愤怒地敲击着她疼痛的太阳穴。

她一下子意识到她那在失望下颤抖的恋爱的深沉痛楚,好像受罚挨打一般。迄今为止发生的一切,注定还会成为经历。男人的情欲谋杀少女温柔的爱和她最神圣的战栗。那像在昏暗的上方微光闪烁的暮云一般的幸福,如今已经破碎,黑夜开始升起,漆黑而沉重地,带着威胁的、充满苦难的寂静和无情的缄默……

她的两脚几乎不愿再继续向前走了。她注意到他走的是去他寓所的那条路,心中感到不快,决心向他道出一切:说她的爱与他的迥然不同,说她许下那诺言时,她的情绪受到神经质感受的强烈影响,而现在她心中的一切都在反抗这未经深思熟虑的恋爱场面。但这些话没有声音,只有阴暗的逼迫感折磨和摧残她的灵魂,而并未使它得到解放。阴暗、惊恐的回忆犹如带着黑色暗影的翅膀掠过她脑际。一个回忆一再出现,一个奇特而又平凡的故事,一个同她一道上学的少女的故事。她曾委身于一个男子,被他抛弃后非常气愤,为了报复,便委身另一男子,后来又有别的男人——她自己也不明白为什么。一想到这姑娘,埃丽卡就不寒而栗,恋爱像昏天黑地的暴风雨贯穿她的生活;她心中强烈的抗拒,比起初次面临将发生前所未知之事时感到惊恐的少女的羞怯犹有过之,这是一个娇柔而怯弱的灵魂,它害怕喧闹的生活的粗暴丑恶。

可是,挽着胳膊并肩而行的两个人之间却冷漠而生硬地保持沉默。埃丽卡很想把自己的胳膊挪开,可是她的四肢仿佛失去了每一种活动能力,只剩下两只脚梦幻般地以同样的步子向前移动。她的思想越来越混乱,像乱纷纷射出的炽热的箭,带着灼热的小倒钩直钻进她脑中。脑子里又越来越密实地覆盖上无力的恐惧和绝望屈从的黑云。她的双唇一再重复一个祈求,但愿现在一切全都突然成为过去,化为巨大而神秘的无痛苦的子虚乌有,不必感觉和思考,直截了当地立即停止,犹如摆脱一场噩梦的苏醒……

他突然停下脚步。

她倏然一惊。他们到了他住的房子门前。她的心有一分钟停顿,静静地,一动不动。接着又跳起来,因恐惧而急速猛烈地突突直跳,越跳越快。

他对她说了几句亲爱甜蜜的话。这一瞬间,她又有几分喜欢他,他说得那么热情恳切、关心体贴。但当他更紧地捉住她的手臂,满含柔情蜜意地挤了一下她那毫不抗拒的身躯,那年深日久的神秘的恐惧又抬起头来,她比以往任何时候都更加迷惘,更加惧怕。她感到仿佛她心里的声音必须突然释放出来,向他大声乞求,求他放了她;然而她的喉咙哑然无声,它闭锁着。她半无意识地倚在他的臂上走过阴沉的大门,心中充满对不可避免之事感到的痛楚,它是那么深沉,人们已不再觉得它是痛苦。

他们走上一个光线暗淡的螺旋形楼梯。她感觉到阴冷的有霉味的地下室空气,看见黄色的颤抖的煤气灯在凉爽的微风中震颤。每踏上一个梯级,她都感觉所有那些画面统统从她面前滑过,像即将入睡前的想象,匆匆而来却又鲜明锐利,刻骨铭心却又稍纵即逝。现在他们站在过道。她知道,在他房门前……

他在前面走,松开她的胳膊。

"等会儿,埃丽卡,我点灯就来。"

她听见他从里面传来的声音,听见他走进去,在那儿点灯。这个瞬间给了她勇气,使她苏醒。恐惧突然向她袭来,像发烧时的寒战,化解了痉挛的僵硬。她闪电般地又冲下楼梯,发狂般地迅跑,顾不得拾级而下,只一味向前狂奔。她似乎还听见他从楼上传来的声音,但她根本不愿再去细想,只是跑啊跑啊,不停地向前奔跑。一种难以抑制的恐惧在她心里苏醒,说不定他会追来;另一种恐惧是害怕自己想回到他那里去。一直到跑过了几条街,突然发现自己在一个陌生的地方,她才长叹一声,停下脚步,然后朝她住房的方向慢慢走回去。

有一些空虚的、无内容的时刻,命运隐藏其中。它们登上来而复往的无足轻重的暗云,但它们顽强、倔犟地待着。它们消散,如一团升上天空的黑烟,变得更遥远而宽阔,终于以暗淡忧伤的灰色凝定不动地悬浮于生活之上,一片阴影,不容变更地、嫉妒地盯着那一分钟,一再威胁地举起拳头。

埃丽卡躺在沙发上,在她昏暗舒适的房间里,头压进枕头哭泣。她没有眼泪,但她觉得泪水向她心里流,滚烫的,迸涌着,控诉着,有时,一阵啜泣使她全身陡然打个寒战。她感觉到这充满痛苦的几分钟如何成为她的经历,痛苦如何夹着最初的巨大失望,深深地进入毫无预感地展露在它面前的心灵。她在最后的决定性瞬间逃跑成功,凯旋本来震颤在她心中,但未化为明亮炫目的欢乐和欢呼,却始终缄默犹如痛楚。因为在有些人的本性中,一切使灵魂普遍震撼的大事和不平常的事件,也会拨动一个隐藏痛苦和内心忧郁的沉闷的琴弦,它的声音如此响亮和有逼迫感,以至所有别的情绪全都在其中消失净尽。埃丽卡·埃瓦尔德就是如此。她为她原本青春美丽的恋爱悲伤,像一个迷了路的玩耍的孩童。羞愧充满她心中,无法忍受的极度羞愧。她竟然像个不会说话的可怜虫一样逃掉,而不是堂堂正正地同他谈,漠然地,带着冷冷的傲气同他谈,倘若那样,他多半不会不改变初衷。她想着他,想着她的恋爱,怀着那么快乐的痛苦、热切的惊恐,一切图像又都纷至沓来,乱成一团,但它们已不再是明亮的、愉快的,而是蒙上了回忆的忧伤阴影。

外面一扇门开了。她吃了一惊,细听每一种声音,试图以一种不明确的思想去解释每一轻响的引起,但又不敢认真去思考这想法。

她姐姐走进来。

埃丽卡感到困惑。她惊愕自己竟没有想到这一点,没想到自己身边的事情,没想到她姐姐会来,同时她又有一种奇怪的感觉,觉得和她生活在一起的人,全都很陌生,离她很远很远。

姐姐开始问她下午干什么去了。埃丽卡回答得很笨拙,她发现自己吞吞吐吐,口气就变得严厉、不公正,说别老盘问她,让她厌烦,她也不管任何人的事。再说这会儿她头疼,要安静。

姐姐什么话也没说,走出了房间。埃丽卡一下子感到自己刚才很不公正。她对这静静地听由命运摆布的人感到同情,她什么也没经历,也不祈求,从生活中什么也没有得到,甚至连她这种丰富的高尚的痛苦也没有。

这又把她带回到她自己的思想,它们来而复往,消失在远方,几只沉重的黑色快船,冲破阴暗的潮水前行,没有噪音,没有流水声,没有色彩和犁过的深痕,只被未知的、看不见的力量推动和控制。沮丧的情绪在埃丽卡心中不住地颤动,过了抑郁沉重的几小时后,融入她无力抵抗的困倦之中。

随后几天给埃丽卡带来的只有期待和担心。她暗中在等一封信,他手写的一个消息;她甚至渴望收到一封信,有严厉无情的责备和愤怒的话语。因为她要有个结束,有个结局,它应涵盖过去,并阻止它悄悄进入将来的日子。或者是一封充满温情的、理解的话语的信,这些话说到她的心坎里,把她又领回到她离开了的快乐时光的圆圈中。

但是没有信寄来,在她和折磨人的不确定性之间,没有征兆介入。因为埃丽卡受她的感受和激动情绪的影响仍然太大,她不清楚她对他的情爱是依然活着,还是已经死亡,抑或处于她本人尚无预感的新阶段的转变状态。她只感到惶惑不安,持续不断的精神紧张一直没有缓解,在她心里唤醒刺激性的恶劣情绪。她脑袋疼痛,神经质地回顾那几小时,觉得它们比原先还要可怕,因为她更加敏锐得多地感受到了一切虚伪的和不和谐的东西。每一响声都叫她心烦,她无法忍受外界的喧闹匆忙,连她原先的思想也失去了它们柔和舒适的梦一般的境界,而具有辛辣深刻的讽刺意味。在她看来,每一事物中都蕴含着一种隐秘的敌意和执意要伤害她的意图。围绕着她的整个世界,在她眼里更像一座巨大的、黑暗的牢狱,有上千种暗藏的刑具和阻挡光线进入的不透明玻璃。这些日子,她觉得白天长得难受,简直没个头。埃丽卡坐在窗畔,等候能带给她少许宁静和对比不那么强烈的夜晚。当太阳开始慢慢沉落到屋脊后面,夕照的反光越来越微弱越来越昏暗地颤动,她心里的一切就平静安宁一些。这时她也感到她整个的思维和感觉似乎在变,变得有些陌生,感到新事件和新感情正站在她的生活大门前,吵吵嚷嚷,要求进来。但她不去理会它们,因为她相信,她心中产生的、形成的情感激荡只是她正在死去的情爱的临终抽搐……

两个星期就这样过去了,埃丽卡没有得到他的消息。一切似乎已经消逝,已被遗忘。她的悲哀和情绪波动依然存在,但已摆脱了可憎的、令人心烦的方式,获得优雅的、有修养的表达。痛苦的感觉轻轻地温和地融化在忧伤的歌里,在深沉含蓄的小调旋律和忧郁悲伤的和弦里。好多晚上她就这么弹琴,没有什么思想,稍稍离开原来的主题,转向自己创造的联结,变得越来越轻柔,犹如她那慢慢在"过去"中消逝的不幸的恋爱。

她又开始阅读。那些美妙的书又变得和她很亲近,书中流露的忧伤宛如奇异神秘而忧郁的花朵散发出来的一股醉人的浓郁芳香。艰难的生活毁于神圣的爱的玛丽·格鲁贝,不愿放弃而终于背离朴素的幸福的不幸的包法利夫人①,又来到她的身边。她读玛丽亚·巴施基尔切夫②的妙不可言、感人至深的日记,伟大的爱情从来没有惠顾过她,虽说曾经有一颗丰富的、充满渴望的艺术家的心灵满怀期待地向她伸出双手。她那受折磨的灵魂潜入别人这种痛苦中,为了失去、为了忘却自己的痛苦,她有时会感到惊恐,恐惧与骄傲紧密相连,因为在她的生活中,也有那些迎着她的目光而来的话,她理解它们深刻影响命运的含义。于是她感到,她的故事并不宣示生活的不公和憎恨,而只不过是痛苦而已,因为,一个快乐洒脱的人的快乐舞步是她所没有的,这种人会迅速忘却,一跃跨过阴暗而神秘的痛苦深渊。只有孤寂依然使她感受到沉重的压迫。没有和她亲近的人。她不愿向别人袒露自己的心曲和隐秘的美,这奇特的羞涩使她疏远了一切女友;她又没有虔诚教徒的那种信念,他们欣然向神倾诉,把最讳莫如深的心事坦然托付予他。而由她而来的痛苦又流回她的灵魂,这持续不

---

① 法国作家福楼拜(1821—1880)的长篇小说《包法利夫人》中的女主人公。
② 玛丽亚·巴施基尔切夫(1858—1884),俄国女画家,一八八七年在巴黎出版了她的日记,共两卷。

断的自我倾诉和自我剖析,终于使她昏昏然感到困倦和无望的怠惰,不愿再同命运、同命运潜伏的力量抗争。

她从窗畔俯望小街,脑海中不禁闪过一些古怪的念头。她看见熙来攘往的男男女女,眼前走过沉浸在幸福中的情侣,接着又是行色匆匆的小伙子、一闪而过的自行车、滚滚飞奔的汽车,白天的画面、习惯的画面。但她觉得这一切如此陌生。她像从远方观看,从另一个世界观看,似乎不明白如果所有的目标都那么渺小、可怜,这些人为什么要这么心急火燎地匆忙奔走。仿佛真有什么比所有热情、所有渴望都在其魔力中沉睡的伟大宁静更丰富、更快乐的事物;宁静平和确是创造奇迹的源泉,在它那柔和而具有神秘力量的潮水中,会像冲刷一层讨厌的东西一样洗去一切病态和丑恶的东西。所有那些斗争、战胜,究竟为了什么?那不使任何人后退的热烈的永不疲倦的渴望,又是为了什么?

埃丽卡·埃瓦尔德有时这样想而取笑生活。因为她不知道,就连相信这种伟大的平和宁静也是一种渴望,最真挚、最不易消逝的、不令我们达到自我的欲望。她以为她已克服了她的恋爱,她怀念它,就像人们怀念死人。回忆获得温婉的和解的色彩,被忘却的插曲再次浮现,神秘的连接的线索穿梭于真情实事和温柔梦幻之间,直至它们难分难解地纠缠在一起。因为她梦见她的经历,就像梦见很久以前读过的一部很有特色的优美的长篇小说。小说中的人物慢慢又来到跟前,他们讲的一些话都是原本就熟悉的,但又显得如此遥远,好像被一道突如其来的闪光照亮,又能看见所有房间,一切又都和从前一样。夜晚,埃丽卡陶醉于她的思绪,她一再想出一些结局,但总没有合适的,因为她要一个温柔的和解的结尾,充满崇高和成熟的放弃,彼此有深刻的理解,冷淡地友好地伸出手来。慢慢地,这些浪漫的梦幻使她真诚地相信他现在也在等着她,在极快乐又痛苦地怀念她,这思想在她心中逐渐浓缩成为一个不能改变的事实,使她对"一切都会好起来"抱有越来越肯定的信心,她坚信一个和解的终结的协和和弦,必将使她的恋爱出奇激动的旋律得到解脱。

许多天以后,现在,当她想到她那伤口快要愈合的恋爱,才有一丝笑容浮上唇际。因为她仍然不知道,深沉的痛苦犹如不可捉摸的山涧,在地下穿过岩石,在不安的沉默和无力的愤怒中久久撞击着尚未开启的大门。一旦冲破岩壁,它就欢呼着,夹着毁灭的力量,势不可挡地冲下满怀信赖、毫无预感、鲜花烂漫的山谷……

一切注定和埃丽卡的梦想不同。恋爱又一次进入她的生活,但它已不同往昔;它不再那么文静,宛如处女,带着温柔的、使人幸福的礼品来临,而是像一场春天的暴风雨,像一个欲火中烧的热情妇人,双唇灼热,深色的头发插着象征热情的深红色玫瑰。因为男人的情欲和女人不同;男子从开始成熟的最初那几年,便有炽热的欲望,但在一些女孩身上,它起先是以千百种包裹和形态出现的。它作为热情的幻想悄悄来临,作为快乐幸福的梦幻,作为虚荣心和美学享受,可是,有一天她会扔掉她所有的面具,把裹在她身上的一切撕得粉碎。

一天,埃丽卡意识到了一切。没有什么喧闹的事件,也没有什么偶然发生的事情迫使她认识到这一点。也许那是一场梦,带着令人迷惘的诱惑,或是一本具有神秘吸引力的书,也许是她忽然领悟的一段遥远的旋律,或是陌生的、如花盛开的幸福——她永远不会明白。她只是忽然知道自己又在想念他,可并不是想念有声的话语和缄默的时光,而是想念他强有力的胳臂和火热的嘴唇,它们曾经充满渴望地在她的唇上燃烧,后者却不理解它们默默无语的乞求,她的少女的羞涩徒然在反抗这一意识;她试图怀念从前的日子,那些毫无粗鄙情欲气息的日子,她回想怀着厌恶心情从他家逃走的那个晚上,试图用这办法对自己谎称这爱早已死亡,已被埋葬。可是随后的几个夜晚,她感到自己的血液因火热的愿望而沸腾,她得把嘴唇深深地埋进枕头,才不致发出呻吟,在缄默无声、冷酷无情的黑夜喊叫他的名字。于是她不敢再继续欺骗自己,这一认识使她战栗。

于是她也明白了这些日子里她感到的含糊的激昂心情并不意味着她那美丽光明的恋爱的消亡,而是这些逼人的力量在慢慢发芽,它们搅得她心神不宁。她异常羞涩地想着这种爱慕之情,它那么朴素、平常,可是由此又不断萌生新的苦痛,这对神秘的命运抱敌意的孩子。在这如同晚秋般将果实丢弃在霜冻的空旷田野的激情中,未被触动的力量和未被滥用的青春结合在一起,这些青春的岁月还从未尝过血液骚动的危机带来的痛苦。她的胸中澎湃着一股胜利的力,对它不存在反抗和拒绝,因为它已挣脱一切枷锁,抑制了最后的思考。

埃丽卡还没有预感到,对付这骤然迸发的热情,她是多么软弱无力。她只感到她要再见他一面的愿望在心中已经获胜,她要看到他,哪怕只从远处,远远地,不被察觉地,不让他有一点她要见他、想念他的预感。她取出藏在抽屉里快要蒙上灰尘的一张他的相片,对它表示特殊的敬意。她怀着炽热的激情吻他的嘴,又把它放在眼前端详,开始对他讲一些她要对他本人讲的混乱的热烈的话,要他原谅她,说她当时的做法十分幼稚可笑。接着一句比一句快地向他倾诉她的相思,说她如何又无限地钟情于他,爱他的程度他是永远不可能理解的。可是,诸如此类心醉神迷极度兴奋的举动仍不能使她满足,因为她要再见到他本人。她站在他必经的街道拐角等了几天,然而徒劳无功。她越来越烦躁,以至心中时常很可怕而不肯定地冒出这个念头:最好去他的住处找他,为她当时的举止道歉。就在这时,她从报上得知他最近要在一个自己的音乐会上登台演奏,这条消息使埃丽卡陶然若醉,因为这么一来就有了见到他又使他对此一无所知的最佳可能性。她觉得把她和那确定的、亟盼来临的晚上隔开来的那些日子过得很慢很慢,慢得可怕。

埃丽卡属于首批进入成千盏明灯闪闪发光的宽敞的音乐厅的听众。天刚刚蒙蒙亮,一切要在今天发生的念头驱走了她的睡意,从那一刻起,一种忐忑不安的相思便充满她的心,使她激动异常。接着好多小时她都如同在梦境中徘徊,虽然也有若干她职业上要做的事使她从若有所思的期待和温情脉脉的思念中倏然惊觉。傍晚,她取出她最好的节日服装,细心地穿戴起来,那份郑重其事,是只有期待情人青眼相加的女子才会有的。她提前一小时动身去音乐厅。本来她计划散散步,让她似乎在发烧的神经获得短暂的休息,可是一上马路,就感到有一股神秘的力量像磁力一般吸引她朝一个方向走去。开头步履从容不迫,后来变得慌乱不安,越走越快,一会儿就到了音乐会大楼宽阔的台阶面前,连她自己几乎也不敢相信。她为自己沉不住气感到羞愧。她心不在焉地在那儿走来走去。最先到的几辆轿车不慌不忙地停在楼前,这时她不再勉强自己,神情果断地走进华灯初放的大厅。

大厅里容易让人做噩梦的那种广大而空虚的静默没有保持很长时间。人挨挨挤挤,人越来越密。埃丽卡不是看见单个的人,而是感觉到拥过来的人群,感觉到眼前晃动着女士礼服的彩色长带,深色的乱成一团的移动和许多不停变换的面孔,她觉得这些面孔仿佛是些假面具。烦躁不安和期待是她心中的一切。她的两眼中只有一个名字,一个愿望,一句话。

随后突然响起一阵低语声和静默之前的预备性躁动,打开观剧镜的轻微响声,开合长柄眼镜的啪嗒啪嗒声,挪动和活动身体,那多种音响组成的噪音旋即化为暴风雨般的掌声。她觉得他出场了,现在出场了。于是闭上眼睛。她知道自己太软弱,不能在这骄傲的一分钟默默望着他。说不定她会情不自禁地欢呼起来,大声喊他,跳起来或向他招手,总之会干出点儿愚蠢的事、未经思考的事、可笑的事。她觉得她的心都跳到嗓子眼儿里去了。她等着,等着,闭着双眼仍看见一切,看见他如何上台,鞠躬,现在——现在该伸手取琴弓了。她等着,终于,他的小提琴最初一串琴音如歌升起,有如从田野向天空欢呼的徐徐飞升的云雀。于是她举目仰望,轻轻地,小心翼翼地,就像人们看一道很耀眼的炫目的光。她感到她看见他的时候,一股血的波浪,仿佛被这昏暗的缄默的海洋高高托起,发亮的玻璃镜片和追寻的目光像颤抖的泡沫在大海上闪亮。她感觉着他的演奏,再次感受到从前的全部魔力。随着琴声生长和扩大,她的心也塞得满满的。她的心里有欢笑,有哭泣,一阵激动的浪潮,温暖的颤动的波浪。她感觉到欢呼,千百条阳光照亮的喷泉水柱的欢呼涌进她的心里,她感到她的心儿自己泛起泡沫,直抵喉咙,犹如一眼喷泉颤动的欢呼的水柱。音乐的情绪诱导她,像诱导一个不识路、心甘情愿信赖陌生的可爱的手的盲人。当欢呼声猛然爆发,大厅里先前仿佛中了魔法而沉睡的深色海洋,突然怒涛汹涌,水花飞溅,泡沫滚滚。当四面八方响起压倒一切的掌声,一种骤然产生的自豪感在她的心里抬头了。想到被他追求过,她的灵魂在欢呼。在这自豪的意识中,在他的艺术家活动的这一胜利的时刻,那几分钟里的一切丑恶酸涩全都化为乌有了。这样,对她那上下求索的不安的灵魂而言,这天晚上便成了一个更纯粹而深刻的盛会。只有一个问题令她不安:他是否还惦念她。在那一小时里,她完全是一个低声下气的相思者,只望能允许委身于他。不再考虑自己,而只更多地想他,想他在诱人的小提琴演奏中表达的渴望和激情,而不再是音响和旋律。就在此时,她得到了一个奇异的、令她无限欣悦的回答。经久不息的暴风雨般的掌声过后,他决定再加奏一曲。他只不过刚拉了朴素、徐缓的几拍,埃丽卡便面色煞白。她凝神谛听,着魔般地全神贯注。她认出了这首歌,心里又酸楚又惊惧,这是那第一个奇异的夜晚的歌,那时他在暮色中对她结结巴巴说过的。她梦想赞颂。她觉得这歌是为她而唱,是向着她唱的。她只把这歌当作问题听,它越过所有人朝她而来,摸索着下来进入大厅,她看见一个歌之魂飞进暗淡的大厅,为了找到她。迅速形成的确信把她轻轻摇晃进幸福的梦境。她理解一个自白:他怀念她,只怀念她一个。至高无上的快乐迅速向她降临。使她着迷,把她高高举起,超越一切现实的音乐。她感到她在向上飞,飞了一人高,离开地面。几乎与当时、与他们一起高高地站在远处的、喧闹的城市上方的那个小时一般无异。只是还要高些,更高些,超越命运和世界,超越一切琐事和顾虑。在演奏这一曲的短短几分钟里,她在快乐的迷梦中飞越了所有藩篱和现实。

直至一曲终了,闻所未闻的掌声才又把埃丽卡从她那遁世的梦幻中唤醒。她匆匆挤过人群,奔向出口等他。因为此时,使她害怕、阻拦她向他献身的最后那个问题,她已获得像阳光一样明朗的答案——显然,他仍一直爱她,而且比从前更加炽热,这是更狂热、更美好、更伟大的爱情。若非如此,何必向这些人唱这首为了赞美她、发自对她的爱而创作的歌呢?这支美妙的歌,她当时就为它的魅力所倾倒、所征服而自己并未察觉。今天她要把细心保存的使人幸福的倾慕献在他的脚下,让他快乐地把她举起来……

她费力地挤到艺术家下来必经的出口。昏暗中亮起几道光,那里不太挤,她又可以不受打扰地沉醉于她的快乐可靠的美梦。她早就能,老早就能知道他不会忘了她——这个想法一再出现,与未来岁月的快乐预兆结合在一起。想到他毫无预感地走下阶梯,发现方才或许还是他梦中的愿望忽然实现时的惊喜神情,她的脸上绽出得意的微笑。如果……

但这时脚步声已越来越响,越来越近。埃丽卡不由自主地往暗处躲进一步。

他边笑边谈,跨下阶梯——一边温柔地俯身向一个身穿镶花边衣裳的女士,歌剧院的一个娇小可爱、会唱轻歌剧的任何一首旧曲子的女歌唱家。埃丽卡全身猛然一震。这时他发现她了。他本能地举起手去摸帽子,但手举到一半,便懒懒地放下。他的唇上似乎隐伏着一个恶毒的、受辱的、讥讽的微笑,但他把头扭向一边,接着把那个穿花边衣裳的娇小的女士领到他的汽车旁边,扶她上车,然后自己上车,没再回头看一眼埃丽卡·埃瓦尔德。她孤零零地站在那里，怀着她的被出卖的爱。

这样的经历往往以其突如其来的力量唤醒一种痛苦，它是那么可怕、那么深刻，以致人们不再把它作为痛楚来感觉，因为在它的猛烈撞击中，人们已失去理解和感受的能力，只觉得自己在坠下去，从令人眩晕的高度飞快地、不由自主地、无力抗拒地向下坠落，向着一个尚不熟悉、但能感觉到的深渊坠落，每一秒钟都感觉到离得更近、更近，随着每一个在旋风般的坠落中流逝的极小极小的时间单位越来越近地冲向那个可怕的结局，这个结局，我们知道，就是粉身碎骨。

埃丽卡·埃瓦尔德已经忍受了太多小的痛苦，无法平静地面对一个大的事件。那些小的痛苦充满她的生活，同时也带来一种奇特的快感，因为它们导致忧郁的、梦幻的时光，导致温柔的沮丧和甜蜜的悲哀，诗人就是凭借这些创作出他们那些深情而忧伤的诗歌的。她原以为在那些时辰已经感觉到命运的巨掌，但那不过是它威胁着伸出的手的将逝的阴影。她以为已经受过人生黑暗的压力，并把她坚强的自信建立在这一意识上，现在她的自信在现实面前崩溃了，如同一个儿童玩具被强劲的一拳打得粉碎。

因此，她的灵魂完全失去了约束力。生活对她，犹如一场摧残种子和花朵的冰雹。她目力所及，惟有荒凉与阴暗，广阔的不可穿透的阴暗。它阻断一切道路，模糊一切目光，无情地吞下发出回响的惊呼声。在她心中只剩下缄默，沉闷的紧张的缄默，如死一般的沉寂。因为她心里有许多东西在那惟一的瞬间死去了；明朗愉快的笑声还没出生，但却在她心中要求生命,有如渴望一睹天日的婴儿,还未出生,便已死去。随之死去的还有许多青春和渴望接受世间万物的愿望,这种愿望对未来充满信赖,在紧闭着的所有大门后面感觉到欢乐和光辉,而这些大门只有在她的要求之下才会开启;死去的还有许多更纯净的对世界的信赖,对所有的人和宏伟的大自然的无限信赖,大自然只将盛大的节日和美妙的奇迹展示给它的虔诚弟子;最后是那曾经无限丰盈的爱情也随之死去;为了达到完美的境界,她曾在昏黑的痛苦之泉中沐浴,领略过变化无常的各种痛苦,而今这一切也都已死去。

不过在这失望之中,却有一粒新的种子在萌芽,一种对她周围一切的刻骨仇恨,一种复仇的热切需要,虽然还远不知道该如何着手进行。屈辱在她的脸颊上燃烧,她的手在颤抖,仿佛随时要对不管什么东西愤然出手。软弱和羞怯已离她而去,在她心中,催逼行动的力量变得越来越明确、越来越躁动。一个总是被命运塑造、受命运摆布的人,现在要向它迎面走去,同它较量一番了。

这种无目的的野性的冲动使她在大街小巷中徘徊,没有下一个决心。现实在遥远的、遥远的远方。她不知道她走到哪里了,双腿疲劳,像铅一样沉重,可又有一种发疯似的运动不停地推着她走。她越来越把自己包裹在她的思想里,为的是不再想那现在又要苏醒的痛苦,为的是在疾走中将它忘却;但她感到一股眼泪的压力,泪水虽尚未夺眶而出,却在内心燃烧,滴落……

她忽然来到桥头。脚下是河,黝黑而缓慢地滑动着,有许多明亮的闪烁的光点。那是星星和像瞪大眼睛凝视上苍的桥上灯光的倒影。什么地方传来流水拍打桥墩的轻轻的不断的溅水声。

她感到这景象隐藏着死的意念。她全身一阵寒战。她转过身子。周遭无人,只有三两个黑影一闪而过。有时远处传来一声笑或一辆车的滚动声。附近无人,没有一个人能阻止她。多么容易,多么迅速,抓住,翻过栏杆纵身一跃,接着在下面,在那下面,在这缄默的黑暗中再有几分钟丑恶的挣扎,尔后便是和平安宁……充实的恒久的和平宁静,远离一切现实,不复苏醒的令人平静的安慰……

不过,她又冒出另一个念头!从水里拖出一具变得畸形丑陋的女尸,说笑逗乐的好事之徒,流言蜚语,无聊闲话——已经伤害不了人了!可是,有一个人也许会获悉,也许会意识到他是胜利者而会心地微笑……不——这不允许发生!生命犹未枯竭,她感觉到这一点,因为它还能隐藏着报复,一种绝望的最后试探。也许,这甚至是美的,以前她只是活法不对,本来她是善良的,信任人的,温柔的,矜持的,而别人却肆无忌惮,贪婪,狡诈,像一只以他人的生命为食粮的野兽。

她从桥上转过身子,自胸中迸发出一声笑,听到这笑声,她吃了一惊。因为她感觉到,自己并不相信她尚未说出口的话。只有痛苦是真实的,还有火热的燃烧般的恨、盲目的报复欲。她已变得多么陌生,连她自己都快认不出自己来了,多坏,多贱!

她冷得发抖。什么也不愿再想了。她继续往城里走去……随便走到哪里……回家……不——不回家!想到这,她感到害怕。家里一切都那么漆黑、狭窄、沉闷,回忆窥伺在所有角落,恶毒的手指指着她,在那里,她只能孤身一人怀着巨大的痛苦,在那里,这痛苦可以张开他的黑色翅膀,包围她,紧紧地压迫她,使她无法喘息。

可是,去哪里呢?去哪里?这问题使她绞尽脑汁。别的什么她都不知道了,她的全部思维就集中在这一个词上。

一个影子在她身边走动。

她不在意。

这影子贴近她的影子,有一段时间和她的影子平行移动,她竟没有察觉。有个人和她并排走着,一个不请自来的人,她从路灯前走过的那一刻,这人仔细地打量她。直至他有礼貌地同她说话,她才从她的思绪中猛然惊觉。过了一会儿,她才认清自己眼下的处境,她不答话。

这个志愿者是个骑兵,还很年轻,稍稍有点笨拙,他没有被她的沉默吓住,反而以一种有点亲密又有点谨慎的口气继续说下去。她不搭理。他显然不太清楚是在和谁打交道,她衣着那么考究、体面,却又深夜孤身一人款款漫步——他确实看不出她的路数。但他仍若无其事地说下去。

埃丽卡仍沉默着。依她的本能,她会拒绝他,可是,从前的种种使她忽发奇想。她要现在就开始一种别样的生活,不要再这样满脑子梦想地昏昏沉沉过日子,不要那给她带来无限痛苦的多余的相思,她要开始一种新生活,热烈大胆,充满暴烈的力量。于是她又想到他——她要报复,一种奇耻大辱。她要委身于第一个前来的男人,不论是谁;就因为他曾鄙夷她,她要尝尽凌辱,直至尝完最后的、最苦的、也许是致命的一滴。这一切在她心中迅速变成计划和决心,变成一种残酷的自我折磨,为了忘掉原来的难以忍受的耻辱而选择新的耻辱……它来得正是时候,这时机……一个年轻人,很年轻,还完全不懂那事儿,完全不明白那事儿,就随他做第一个男人……

她忽然急促而又和气地回答,说他可以陪她,这么一来,他又拿不准自己在跟谁打交道了。可是几个问题,她听完音乐会随身带着的观剧望远镜和她优雅的举止风度改变了他对她的轻薄态度。他始终相当拘谨。他其实还是个半大孩子,穿一身军装看上去显得很古怪,仿佛套在武士的假面道具里;而他迄今为止的冒险性质如此单纯,简直不是冒险。他平生第一遭面对一个真正的谜。因为有时她静静地一动不动地待几分钟,对所有问题一概听而不闻,如在梦中行走,随后又突然以一种像是挑逗的柔情同他一起笑,同他开玩笑,可是转瞬间她又似乎把方才的柔情忘得一干二净;有时候他也觉得她的笑声中似有虚假的音调。

事实上,埃丽卡扮演一个善解人意的轻佻女人角色十分吃力,与此同时,一系列最荒唐的念头乱纷纷闪现脑际。她知道结局会是什么,她要的就是这个,可是一种隐秘的恐惧一再潜入她的心中,她这是自己对自己犯罪啊。但是,无法正面实现的报复在这里找到了实施的手段,虽说方向错误,矛头对准自己,但却令人振奋而有力,以至女性的感觉加以反对也无济于事。不论发生什么事情,都不能后悔……只要对那耻辱一无所知……只要忘却,即使在一次陶醉中,在一次人为的和一次毁灭性的陶醉中……但只要不再非想此事不可……

于是她欣然接受这个志愿者同她一起去一家饭店开一间单独的房间的建议,虽然她模模糊糊预感到这意味着什么。但她不愿再想此事……只要别总是非动脑筋不可……

先上来小份的晚餐,她没吃什么。但她喝葡萄酒,贪婪而急促地喝了一杯又一杯,为的是使自己麻木。她没完全达到目的。有时候她把整个情况看得非常清楚。她打量坐在她对面的那个人。此人其实正合适,恐怕没有比他更好的了:他有点虚荣心,不太聪明……此人永远不会知道今天夜里发生了什么事情,他在一个可怜的受折磨的人的生活中扮演了什么角色……后天他就会把她忘了……而这正是她所要的……

在这样想的瞬间,她的眼睛有一种梦幻般的神情,她的面庞画上了内心痛苦的阴影。于是她慢慢地进入幻梦……她的手指微微颤抖……她已忘却一切。那些遥远的已沉落的画面又要慢慢地,很慢很慢地出现……

接着突然一句话或一下触碰,又把她唤醒。她总得想一秒钟,才不致答非所问,然后又拿起一杯葡萄酒一饮而尽。然后又一杯接一杯地喝,直至感觉胳膊沉重地垂下……

那个自愿陪伴的男子这会儿坐到她这边来,紧贴着她。这,她还能觉察,但她仍旧继续说说笑笑。

可是,她逐渐感觉到葡萄酒的作用了。她的目光游移不定,看东西犹如隔着沉重的滚滚流动的烟雾阴云;她听到的温存话似乎来自很远很远的远方,十分模糊。她说话开始口齿不清,发觉尽管作出一切努力,她的思路仍旧混乱,眼前还闪耀一道闪光,耳边响着一阵嗡嗡声,对此她都无可奈何。但是,伴随着越来越紧越来越温柔地箍住她的疲乏困倦,那种忧伤也再度出现,半是醉酒者口齿不清的无一定主题的忧郁,半是整个晚上在她的胸中翻腾、一直还没有找到出路的苦痛。她完全沉浸在她的痛苦里面,对于外界迟钝而无感觉,什么话都听不见,什么温柔的爱抚都感觉不到。

那年轻人完全无法理解她的态度,心中无数,不知如何是好。他以为她喝醉了,要让她清醒,他觉得利用她酒醉占便宜于心有愧。但她的麻木无论劝说还是亲吻都是无法化解的。他给她扇凉,但当他试图给她解开衣扣的时候,发生了始料不及的事情,使他大为吃惊。

就在他搂着她的那一刹那,她忽然投入他的怀抱,痛哭起来,哭得很吓人。这是无比可怕无比痛苦的抽噎,不是半睡半醒的酒醉的伤感。在她的哭泣里有一种原始的力量,如同一只长年关在兽笼、一下子猛然以其狂野的力量挣断枷锁的野兽,这是她隐隐意识到的全部神圣深沉的痛苦此时在激烈颤抖中求解脱。埃丽卡的哭泣发自内心最深处,一切的一切此时似乎变好了,因为这泪水炽热的重负和未被释放出来的激动心情,以及被压抑的精神苦恼,像在暴风雨的猛烈冲击下从她心中挣扎出来。她哭啊哭啊,骤然一阵寒战传遍她那无奈地紧紧偎依着他的身体,但她眼中火热的泉水却似乎没有行将干涸的势头。她觉得正在慢慢沉淀,像正在形成的水晶只变硬不变软的辛酸苦难,仿佛被她的泪水一起冲走了。不是她的眼睛在哭泣,是她整个苗条柔软的身躯在猛烈的冲击下颤抖,她的心也在颤抖。

那个年轻人面对这突如其来而又令人尴尬的发作,完全束手无策。他设法安定她的情绪,轻轻地温柔地抚摸她深色的发辫。他看她哭得越来越伤心,哭得很累,心里产生一种奇特的感情,对她充满同情和好感。他还从来没有听到有谁这么哭过,他对这闻所未闻的痛苦一无所知,但能感知它的伟大,这使他对这个无可奈何地躺在他怀里的女子不由得顿生敬畏之情。他觉得她太软弱,无力进行最低限度的抵抗,碰她的身子无异于一种犯罪。随后,慢慢地,他意识到自己做得很高尚,这种从奇特的亲身经历体验到的单纯快乐,坚定了他的意志。他问明她的住址后,要了一辆车,把她送到家里,说了些友善的安慰话,便和她告别了。

埃丽卡又回到她的房间时,已经毫无醉意。只是最后几个小时里发生的事情,有点模糊不清,但她已不再羞怯惊惶,而是平心静气地回想。在那热泪中有她整个青春的心灵和她的全部伤痛:令人窒息的博大的爱、难于忍受的莫大羞辱以及最后几乎成真的卑屈。

埃丽卡慢慢地脱衣服。

一切都是命中注定。因为有些人不是为恋爱而生的,为这些人盛开的,只有期望的神圣战栗,他们过于软弱,无力承受痛苦的极大快乐。

埃丽卡沉思她的生活,此时她知道,爱情不会再向她走来,她也不应去迎接它,她最后一次感到放弃的悲哀。

她怀着隐秘的难以理解的羞涩又犹豫片刻,随即在镜子前面脱掉身上最后的衣裳。

她还很年轻、美丽。她那如花般洁白的胴体还有青春妙龄的新鲜亮泽,她那因内心激动起伏不定的胸脯颤抖着,呈柔和而几乎单纯的曲线,如轻柔的韵律般流畅的线条。四肢强健而有韧性,一切都是为了有力地接受并唤起一种使人幸福的爱,为了互相既给予对方又从对方获取极大的欢乐,为了迈向最神圣的目标:为在自己内心体验造物的非凡奇迹而创造、而准备的。难道这一切尚未加利用,就该毫无结果地消失,一如一阵风吹走的一朵花的美丽,一如在望不到边的禾束成堆的庄稼地里一颗无声无息的谷粒?

她心中萌生一种温柔的和解的听天由命感、穿越过最巨大的痛苦而前行的人们的崇高精神,同时也产生了这样一个想法:如花盛开的青春原是为一个人,为惟一的一个人而存在的,他渴望得到她又蔑视她,连这最后最难堪的考验也不再使她恼怒。她悲伤地灭了灯,只更渴望那些温情的梦的温馨幸福。

这短短几个星期为埃丽卡·埃瓦尔德的生活划定了界限。她经历过的一切都在其中,后来的许多日子从她身边过去,漠然如陌生人。她的父亲去世了,姐姐嫁给一个官员,亲戚和朋友各个有其幸与不幸,只是她不再让命运踏进她此后的孤寂岁月。生活的暴烈力量再也不能伤害她,她明白了一个深刻的道理:她奋力追求的伟大神圣的心灵平静惟有经由深沉喧嚣的痛楚方能获致,没有走过苦痛之路的人是没有幸福的。她从生活中得来的这智慧并非冰冷而毫无成果,那奉献出爱的能力一度在高热度的痉挛中震撼她的本质,如今把她引向儿童,她教他们音乐,同他们谈命运和命运的诡计,如同谈一个必须小心提防的人。日复一日,她的岁月就这样流逝。

当春回大地,暖和的给人欢乐的初夏来临,她的夜晚也洋溢着深情诚挚的美……

于是她坐在敞开的窗户旁的钢琴前面。从外面颤悠悠飘进初春带来的好闻的浓郁香气,大城市的喧声显得十分遥远,犹如把狂暴的海潮扔到白色海岸的海洋。房间里金丝雀欢快地唱着,外面,听得见过道上邻居的孩子们兴高采烈玩耍的喊叫声。可是她一开始弹琴,外面就静了下来。很轻很轻地,门被推开,男孩子一个接一个悄悄进来,虔诚地聚精会神地听。

埃丽卡用她白皙的细长的手指弹出忧伤的旋律,旋律似乎越来越明朗,越来越清亮,其间穿插着即兴演奏,轻轻地响起消逝了的回忆。

有一次,她这么弹奏着,来了一个主题,她想不起那是什么。她反复弹这主题,直至蓦地认出它来:这是那首民歌,他用来开始他的恋歌的那个忧郁的情歌曲调……

这时她停住手,又想起过去。她的思念丝毫没有恼怒和嫉妒。谁知道,当初他们若不相遇,是否最好……要是他们和好呢？谁知道？……不过……——这念头让她害臊——她倒想跟他生一个孩子,一个有金黄鬈发的漂亮孩子,她孤独的时候,寂寞的时候,可以摇摇篮,照料他……

她微微一笑。这是多么愚蠢的幻想！

她的手指试探着重新寻找那被遗忘的爱情主题……

(1904)

潘子立 译

十字勋章*

一八一〇年,战争年代①。在加泰罗尼亚②的行军大道上,尘土飞扬,犹如一股焦煳味甚浓的滚滚乌云,向着霍斯塔尔里希移去。西班牙人正拼命保卫这座城市,法国人则不停地向它发起冲锋。有时吹来一阵懒洋洋的风,打开了这片白色的纱幕,影影绰绰的沉重车辆,队伍松散的士兵行列,无精打采地向前迈步的马匹,从纱幕中涌现。这是一支运送给养的队伍,一位久经沙场的上校率领他的部队为之护送。白色的道路蜿蜒曲折地从丘陵起伏的地里爬了出来,向着一座小树林延伸过去。映着西沉的落日,树林像燃起一片紫焰,镶着火红的滚边。尘土的浓云不疾不徐地滚进林木的浓荫之中,树林正沉寂地期待着这支车声辚辚的队伍。

蓦然间一声枪响,像支火箭从昏黑中响起。显然是个信号。接着便是密集的致命的连发枪响,射向这支陷在林中的

---

* 本篇最初于一九〇六年一月六日发表在柏林《民族》杂志上。
① 一八〇四年拿破仑登基,成为法兰西帝国皇帝,在战胜普鲁士、奥地利和俄罗斯三国的联军之后,于一八〇七年挥师西向,出兵葡萄牙,第二年侵入西班牙,占领马德里,立其兄约瑟夫为西班牙国王,于是开始了西班牙人民反对法国占领军、捍卫自由的英勇斗争。一八一一年拿破仑被迫从西班牙撤军。这篇小说的故事就发生在这一时期。
② 西班牙的一个行省。

车队。左右两边都有士兵倒下,他们都还来不及抓起步枪,受惊的马匹嘶叫着扬起蹄子向前猛冲,车辆翻倒,或者沉重地相互撞击,挤成一堆。上校一眼便看清形势:抵抗是疯狂之举,逃跑则是危机四伏。他大声喊叫,像军号一样盖过了喧闹。他下令向侧翼发起进攻,把运输车和伤员全都交给敌人。小鼓手狂热的双手敲击战鼓,鼓声隆隆,激烈热狂。法国人散乱不成队形,来势凶猛,不可阻挡,冲向道路左边,跳进树林深处。林中的树木也开始奇怪地活跃起来。树梢不堪重负,不停摇晃,从树上落下阵阵霹雳,黝黑的人影像黑蛇似的从树枝上滑下,有时候,人的躯体犹如一只硕大无朋的果实,从树上掉下,枝丫还使劲地颤动不已。法国人的刺刀盲目地向暗处猛刺,他们拼命向前扫荡,以便夺取高处林木稀疏的空地。面对法国人的刺刀,埋伏在灌木丛中的西班牙人纷纷向后撤退。与此同时,枪声喊声汇成一片,激起令人心悸的回响。上校身先士卒,一手握着手枪,一手擎着佩刀,冲在前面。突然之间,他的手一阵痉挛,手臂僵硬地停在空中。他的脚缠在一个树根上,他倒了下去,脑袋沉重地撞在一棵树上,他跌进一片灌木丛中,什么也看不见,枝条猛地弹了回来,在他头上合在一起。在这昏死过去的人身旁,战斗不顾一切,继续进行。

等上校睁开眼睛,他独自一人躺在昏黑之中,周遭一片寂静。在他头上,枝条在昏暗朦胧的夜空中摇曳,夜风过处,飒飒有声。他想抬起头来,感到唇上有血。他模模糊糊地想着,一面用手摸着划破的痕迹。这是树上的枝条在他倒下时留在他脸上的伤痕。现在回忆活跃起来。从他们遭到伏击的地方,隐隐约约有上了套的马匹和滚动着的车轮汇成的杂乱声响随风传来,越来越远,越来越远。显然,打了胜仗的游击队正把战利品运走。这最初的回忆便夹杂着沉重的痛苦：上校感到，他已经完全失去了控制局势的能力，前途如何,将由命运决定。他孤零零地待在一座陌生的树林里,独自一人待在敌人的国度。他的佩刀一闪，脚下的树枝咔嚓一响，就可能把他出卖,变成暴民的战利品,无法自卫,备受酷刑。自从奥杰罗①在大小通衢上插满了立即行刑的绞架，西班牙人被不经审讯,就地正法,法兰西人便在被西班牙人放弃的村庄里找到可怕的复仇痕迹,被文火活活烧死的士兵的尸体活像焦炭,吊在木桩上的俘虏的尸体正在腐烂,死者经受了诸般酷刑,景象可怕,惨不忍睹。凡此种种,此刻闪电似的涌上他的脑际,迅急异常,分外刺眼,他不由得一阵哆嗦,就像得了热病。预示灾难的树林把他俘获,在他身边发出越来越阴沉的喧闹。

上校静心思忖，把一切冲动激烈的念头一一排除。只能逃去,趁夜从林中遁逃。或者向霍斯塔尔里希逃去,或者回到大道上去,直到他重新遇见法国军队。反正要不惜一切代价逃走,这点他感觉到了,尽管想到他处境可怜无力抵抗,心里感到烧灼般的疼痛。浮在树梢上的半明半暗的微光迫使他暂时还无法采取行动。他紧闭着嘴唇，眼里冒火，躺在树丛底下一动不动,不得不等待着,等到圆圆的月轮从夜雾中浮出,泛出绿幽幽的微光,移到天顶。

他不得不侧耳细听地面的每一种声响,夜风的轻微的颤动,树林深处传来的每一声鸟叫,晚风吹拂后微微摇摆的枝丫的呻吟。回忆起在埃及度过的无尽的长夜,想起那硫黄般黄

---

① 皮埃尔·弗朗索瓦·理·奥杰罗,拿破仑手下的元帅,率领法国大军进攻西班牙。

色的夜空充满了无边无际的沉寂和难以名状的威胁,他至今还不寒而栗。无援无助,被人抛弃,这种念头沉重地悬在他的心上。

终于熬过了几个小时。树林沐浴着寒冷的月光,像是结了冰。他手脚并用地爬回到他们遭到伏击的地方,浑身发抖,倒不是由于恐惧,而是因为不知在期待着什么而心里发急。他极端小心翼翼地摸索着前进,爬过一个个盘根错节的灌木丛,越过暴突虬结、散布遍地的树根,这无穷无尽的谨慎,对于五内如焚的他来说,真是极端可怕的痛苦。从一棵树爬到另一棵树,他觉得路途遥远无止无尽。终于,透过路边睡意浓重的暗处,大路泛出亮光,犹如池塘一样明亮。

他舒了口气,站直了身子,现在可以在这荒无人迹的路上快步往回走去了,他手里握着手枪,拿着佩刀,时刻准备应变。这时——他吓了一跳——有个影子在他面前掠过,又跑了回来,然后跑来跑去,模糊不清可是感觉到宛如一股冷气。

上校握紧了手枪,眼睛直瞪着树木当中的暗处,可是没有任何声响。别忙,又有一个影子缓缓地、不停地爬到大道的碎石上面,又不安地退了回去,似真似幻,行将幻灭。黑夜中的一个幽灵,像钟摆似的来来回回,神秘莫测,声息全无。上校屏住呼吸,迈步向前。他抬起眼睛,仰望月光,不由得浑身猛地一哆嗦。

就在他头上,在一株小橡树伸出的枝干上,挂着一具一丝不挂的尸体,在灰白色刺眼的月光映照下闪着白光,阴森可怕,它像一道影子缓缓地在大道上来回摆动,他那受惊的目光从一棵树移向另一棵树,这可怕的景象一再重复。好多死人,高高地挂在树梢上,和树荫汇成一体,在鬼气森森、若明若暗的微光中泛出苍白的颜色,似乎在用奇特的手势向人招手,白森森的尸体在风中不安地乱摇乱摆。上校看到他士兵的熊皮帽子高高地扣在这些扭曲的脸上,显出一副嘲弄人的神气,他嗓子里喷出的呼吸发出疾喘的声音。他的士兵,骁勇剽悍的家伙,昨天他还傍着篝火和他们说笑,如今被这帮土匪,这帮强盗,被这帮西班牙人像小鸡似的拔了毛,挂在树上活活吊死,不仅遭到杀害,还备受凌辱、蹂躏、耻笑!他腾地跳了起来,愤怒得脚步踉跄。他发疯似的想干点什么,便挥拳向那坚硬的树木猛捶,然后又咬紧牙关扑倒在地,猛拔树根。想到自己无力反抗,他痛苦万状,浑身发烧,心里说不出的愤恨,心心念念,只想干点什么,大声咆哮,挥拳猛击,拔刀乱砍,只想拼命杀人。在他心里升起一股势不可挡的迫切欲望,激起一阵交织着绝望心情的怒火。阴影继续不断地投向大道,林中不时传来低沉的呼啸!多年来上校第一次感到眼睛发涩,第一次连同一声诅咒把拿破仑的名字从他的嘴里吐出。是拿破仑把他派到这个满是杀人凶手和毁尸暴徒的国家来的。这股一筹莫展的灼热怒火在他胸中翻腾,在他手里似乎迸涌出烈火。

突然听见一些声响!是脚步声……一秒钟之间他血液凝固,呼吸停顿。满腔怒火和全部思想全都化为热切的期待。的的确确是脚步声,是急步走来的脚步声。一个影子已经出现在那边的树木之间,就在大道弯进树林里去的那个进口处。暗中等待的上校本能地爬进浓荫深处,手里使劲地握着武器,他在幽微的月光下认出来者是一个西班牙人,胸脯便沉重地喘息着,暗暗发出欢呼,也许是个信使,一个牧人,一个掉队的士兵,一个散兵游勇,一个农夫,也可能只是个乞丐——但是——他的手在发烫,在抽动:一个西班牙人,一个凶手,一个无赖。愤怒和意志融成一体，变成一个目的，埋伏在一旁的上校让那个赶路的西班牙人往前走一步，接着便发出一声低沉的怒吼，扑向那惊恐万状的人，用左手痉挛地捏住他的咽喉，手指使劲，硬把他的惊呼压了下去。然后——他无比欢快地看了一眼那人在拼命挣扎时突出的双眼——把刀子刺进他这牺牲品的背部，起先动作缓慢，残忍而又深思熟虑地享受着自己的行动。接着，怒火涌来，他便一刀接一刀刺个不停，越刺越快，扎向背部，扎向咽喉，越扎越猛，最后刀刃在脊椎上一滑，锋刃刺到他自己手上，一阵刺疼，热血渗出，使这发疯的人又清醒起来。他像感到恶心似的把尸体从身边推开，尸体便像陀螺似的滚进沟里，一声闷响，摔在沟底。

　　他把清冷的夜间空气深深地吸了一口。他觉得自己又轻快无比。既无愤怒，亦无恐惧，不再担忧，不再悔恨，也不再激动，他只感到凉爽的空气像月光一样清凉似水，被和风鼓动，从唇上流过。他的四肢百骸又充满了力量、勇气，他匆匆思索一遍：他挺直了身躯，又感到自己是拿破仑麾下的上校。他气定神闲地平平稳稳地从过去想到未来。那个被他一时鲁莽、盲目怒火之中杀死的人的尸体想必会把他暴露出来：这点他看得非常清楚。他弯下腰去看看那张扭曲变形的脸，它似乎在摇曳不定的月光下活动，具有鬼气森森的生机，一双玻璃珠似的眼睛凝视着他，神情阴森可怕。但是上校既不感到恐惧，也不感到后悔，甚至都没感到一时心悸，毛骨悚然。他毫无畏惧地一把抓住那具尸体，穿过不由自主地纷纷折断的树丛把它拖到他先前的藏身之地，把那沉重的尸体随随便便地扔进树丛之中。他长长地舒了口气。身上再也不感到热血汹涌，但是疲劳开始沉重地压到他的身上。经过这么多小时可怕的紧张情绪,他精疲力竭。清晨想必已经不远,叶丛里露出的月光已更加微弱。逃走已经太迟,他只好放弃,也不思考新的逃遁的可能性。他实在疲惫不堪,便卧倒在地,离那具死尸不到两步。他睡得又死又沉,就像在意大利、奥地利战场上,置身于死亡的孤寂之中。

经过这惊吓恐怖的黑夜,上校在云霭弥漫的昏黄晨曦中醒来,被晓寒冻得浑身发抖。他一面使劲咽下咽喉里直往上涌的苦味,一面考虑这走投无路的绝境。一眼就会让人认出是个军人,又不会说本地的语言,他绝不能贸贸然从这座在他四周阴森森地不停喧响的树林迈出一步。他又只好再等,无所作为地干等,直到晚上,只好寄希望于过路的法国军队,寄希望于闻所未闻、不大可能的事情发生。慢慢地在他肚子里响起另外一个声音,活像一个不停咬噬的野兽,焦躁不安,令人难受:饥饿正在拼命折磨他的五脏六腑。口渴难耐,嘴唇干得发痛。一个充满各种苦难的可怕的一天开始了。他拔出树根来吮吸那带有土腥气的水分。思想也像这苦涩的水分,折磨着他的脑子。他心神不定地摆弄着手里上了膛的手枪,这一枪就可以把一切全都了结。可是就这样像头野兽似的在一片树林中无谓地丧命,未经战斗,远离部队,他感到痛苦,这也有伤他的自尊心。就是这种痛苦和自尊阻止他扳动枪机。他忍受着这沉重的痛苦,躺在地上,一躺就是几个小时,从清晨直到夜晚,漫长得像是永恒。在他周围,生活以含有讥嘲意味的同样节拍远行:从大道上有时传来过路人匆匆走过的脚步声,片刻工夫打破那可怕的孤寂,然后又是几个小时,只有飒飒的风声和树枝的呻吟。没有人走近,来打破这无影无形的囚牢的铁窗。他躺在林中,手脚无力,额头滚烫,犹如一个倒在沙场上的伤员,向着空旷的天宇呻吟,树林向着冉冉升起的太阳散发出缕缕湿气。

　　熬过几小时难以名状的疯狂痛苦,终于太阳西沉,斜阳满天。随着夜晚降临,他也作出一个绝望的决定。上校猛的一下子脱下身上的衣服,扔进黑暗之中,然后摸索着进入落叶乱堆的地方,那个被杀害的西班牙人的尸体就脸朝下躺在那里,他拽出这具尸体,剥下一件件衣服,从死者痉挛的手里扯下那件沾满鲜血的披风。为坚定不移的最后决定所驱使,他毫不恐惧地套上这身西班牙服装,把披风披在背上,披风背上有一道宽阔的、湿漉漉的痕迹还往衣服上滴血。他想就这样逃走,想去乞讨面包,想止住那把他身体撕裂的令人窒息的干渴,想从这恐怖之网,这死亡之林中逃脱。他想到人群中去,不愿再像一头野兽似的栖息在死尸中间,为恐惧和饥饿所驱使,他想回到他的部队里去,回到他的皇帝①身边,即使丧失荣誉,他也在所不惜。看到他的军装像个尸体似的弃在一旁,他的嗓子哽咽,直想抽泣,他穿着这身军装参加过二十次战役,这军装几乎和他合为一体,就像母亲怀着她的婴儿,但是饥饿驱使他离去,向大道,向朦胧的夜色走去。等他回头,最后一次回头告别,他透过泪光看见有东西像眼睛似的闪闪发亮,这是一枚十字勋章,是拿破仑亲自在战场上别在他身上的,这可不能丢弃,他用那把血淋淋的匕首把十字勋章割下,放在兜里,然后向前走去,急匆匆地快步走向大道。

　　他知道,离开树林不到一英里,有一个荒凉的小村庄,连队曾在那里休息过,——饥火如焚,脉搏急促,折磨得他心慌

---

① 指拿破仑一世。

意乱,他模模糊糊地记起广场上有一口圆井,他们曾在那里饮马。西班牙人一张张阴鸷的面孔,这些叛徒使劲克制住的嘲讽的神气,也在他记忆中浮现,但是一切,一切的一切都消失在他惟一尚存的感觉之中:饥饿!于是他摇摇晃晃地沿着已经昏黑的大道快步走了下去,把脸深深地埋在帽子里,他跑啊,跑啊,以便在奔跑中把一阵阵直往上翻的饥火硬压下去。他就这样气喘吁吁地急急跑着,直到他终于看到眼前显出黑影,鳞次栉比的狭小房屋,从逐渐西沉的落日暗云中浮现出来。他摸索着走向广场。先让喷涌不停的流水灌进他的咽喉,把双手和滚烫的额头贪婪地浸入那清凉的泉水之中。经过数不尽的时辰,舒适的感觉第一次流贯他的全身。但是接下来,他又感到饥饿的巨拳从他身上伸出,猛推着他走向第一扇门。他惴惴不安地敲敲那扇朽坏的门,一个老太婆长着一张满是皱纹的黄脸,把门只打开一条缝,用凶恶、怀疑的眼睛直瞪着他。他用哑巴的手势指指嘴唇,做出一副哀求的样子。他那军人的心此时此刻已经死去,埋葬在那上边的林中,和他的佩刀和军装埋在一起。老太婆摇摇头,别过脸去,想把门关上。但是这个饿汉,被饭菜的油腥味,被屋里溢出的烟熏气弄得晕晕乎乎,忘记了全部自尊,成了一头只有疯狂欲念的野兽。他一把抓住那惊恐万状直往后退的老太婆的胳臂,向她哀求。在他眼里,疯狂的火焰强烈地闪动。老太婆一句话也不回答,而是把那笨重的门砰的一下关上,打在那挤进门来的人的额上,打得他昏昏沉沉地趔趄着直往后退。一句狂野的法语诅咒从他喉咙里喷出。上校惊慌失措地回头张望,谢天谢地,没人听见他的咒骂,他还可以继续装聋作哑地去乞讨。他便痛心疾首地去讨饭,挨家挨户地乞讨,最后终于讨到几片黄麦面包,手里拿着五六枚湿漉漉的橄榄。他三口两口贪婪地把它们都咽了下去,夹杂着饥饿、恶心和耻辱,像头野兽似的狼吞虎咽,目光呆滞,表情丑怪。还没有走过村子里最后一间黑黝黝的棚圈,他已两手空空。

周遭弥漫着浓重的黑夜的阴影,一个可怕的问题随之涌上他的心头。现在上哪儿去?他想逃走,沿着车队来的那条路逃回去。可是此刻他的双脚像灌了铅一样。浑身的活力已消失殆尽。自从他穿上这陌生的衣服,挨门挨户地乞讨,勇气和胆识全都丧失,求生的意志变得疲弱、迟钝。沉重的睡意充满了他的全身。不知不觉地,他又机械地拖着脚步回到那拘囚他的树林之中,这座林子似乎以一种神秘的力量留住他、诱惑他。他曾经和他的士兵一起欢快地无忧无虑地走过的那条大道又把他引到林中,死神曾经在那里窥伺他们,尸体现在还悬挂在黑乎乎的树枝上,鬼气森森地发出喧声。但是他身不由己地像在梦中被人推着向前。渴望休息休息,在休息中四肢松软全身化解,这种欲望以不可抗拒的力量吸引他进到林木阴森的地方。他疲惫不堪地使劲爬上一个斜坡,然后不假思索,没有感觉地倒在黑暗之中,就紧挨着大道。他不敢再往里走,为了避开他那些死去的同伴的目光,不再看见他自己的军装,那血淋淋的一堆破布,讥嘲地躺在暗处。为了不致在这些不祥的现象中预感到死神的来临,他像一个神父一样,虔信地紧握着口袋里的十字勋章。这是他的欢呼,他的怨诉,他的希望。

又开始一夜,可怕的第二夜,一个寒星满天的月夜,清澈拱起的苍穹无限宁静,荒芜、凄凉、沉重的孤寂从天上坠落。

上校睁着一双没有眼泪、布满红丝、神气疯狂的眼睛,凝视着这条白森森的伸向沉沉阴暗中去的道路。从这条路上会走来什么呢？希望、解救，还是朋友？也许会驶来一辆邮车接他,会开来法国军队？在极度疲惫之中,这些念头杂乱无章一股脑儿地汇成一片,和树叶郁闷的飒飒声、在远处颤动不已的繁星和月亮流泻的光辉交织在一起。他安卧在这座孤寂的树林里,犹如躺在坟墓之中。

一清早,一声尖叫把上校从睡梦中惊醒。他以为是鸟叫,睡眼惺忪地举目凝望浓重的晨雾。可是现在又——这不是不祥之梦吧？——不,非常尖厉,非常清晰,又传来一声号角,是渐渐走近的部队的喇叭声……

他的血液猛地凝住。这难道真是法国人,是朋友,是救星？难道他真的还能回到生活中去？难以名状的疯狂欢呼从他的咽喉迸涌而出。他一跃而起——瞧,他看见他们从大道上走来,法国士兵组成的部队排成松散的队列,他看见了帽子、佩刀、旗帜、大炮,显然是开往霍斯塔尔里希的增援部队。

这下他撒腿就跑。欢呼打破了他的深思熟虑。他的命运、危机四伏、乔装改扮,全都忘得一干二净,他发疯似的往前直冲,跌跌绊绊地迎着那些救星奔了过去,一个劲地抡着手里的披风表示问候,另一只手里握着一把手枪。一声呼喊,一声野兽似的呼喊,恐惧、痛苦和绝望都汇集在这声呼喊之中,一声呼喊,把超乎常人的欢呼射向空中,在晨光中回响。

等他冲到空旷地段,不可避免的事情立即发生,两声、四声、十声枪响——一梭子子弹——向这个被认作是西班牙人的人嘎嘎连声地射了过去,他在急促的奔跑中摇摇晃晃地直往前冲——迟疑着,摇晃着倒了下去,鲜血直流。整营士兵立即摆好阵势,他们等着有人发动伏击,喇叭锐声直响,鼓声敲个不停。接着是一片死样的沉寂。大家都戒备森严,等待着,屏住呼吸静静等候。但是没有一个敌人露面,便是派到前面去搜索的狙击手也没传来任何消息。队伍又重新散开。不再思考判断有误——只不过是一个西班牙人——士兵们又把步枪挂在肩上,继续向树林进军,走向霍斯塔尔里希。

只有几个士兵走出队列,想去掠夺那具尸体。他们不顾那垂死的人还在轻声痰喘,就去剥他的衣服,掏他的口袋。有个士兵在这鲜血淋漓的破衣服里找到了失踪的上校的那枚十字勋章,大家可真是火冒三丈,拿破仑的一枚十字勋章竟落在一个西班牙匪徒的口袋里!他们认定那是杀人凶手,无名火起,便举起枪托,狠狠地猛砸他的脑壳,照着那裸露的躯体狠打一气,一面咒骂一面把他乱踢。然后他们抓起这不幸的人的尸体使劲一抡,摔进田野——他的两臂划在空中,发出可怕的呼呼声响——他摊手摊脚地跌进地里,那枚惊人的耀眼的十字勋章闪闪发光,落在燃烧过的田地里的黑色土块当中。

(1906)

张玉书 译

猩 红 热[*]

在家的时候,朋友们都对他说,如果他去维也纳,应该在约瑟夫施塔特[①]租一个房间。那里靠近大学,大学生们都喜欢住在那一带,这个城区安静,有点古色古香,再说,传统如此,那里也就成了他们的大本营。因此,他一下火车,寄放了行李,就一路打听,在那些疲于奔命似的匆忙冒雨赶路、勉强指点方向的行人身边,走过好多条陌生而喧闹的街道,朝那里走去。

秋季里,老天爷毫不留情。暴雨噼里啪啦下个没完,强劲而密集,从灰黄的树梢扫落残败欲坠的簇叶,檐漏滴水,敲打声处处可闻,阴郁的天宇给撕成丝丝缕缕,一片灰暗。有时雨帘像飘拂的织物随风卷去,噼噼啪啪地撞在墙壁上,打破人们的雨伞。很快街上只能见到颠簸着行驶的黑色马车,马身上在冒气。偶尔还有一两个飞奔而过的行人身影。

年轻的大学生从一幢房子走到另一幢房子,沿着一道道楼梯上上下下,为能暂时避开瓢泼大雨而感到庆幸。他看了许多个房间,可是没有一处令他满意,也许原因在于这一场雨

---

[*] 本篇于一九〇八年首次发表。
[①] 约瑟夫施塔特,维也纳第八区的名称。

和凄清暗淡的灯光,使所有这些屋子都给人以沉郁之感,似乎弥漫着不健康的压抑气氛。他沿着弯弯曲曲的潮湿的楼梯上去,眼见好些住处寒碜而肮脏,心中不禁产生微微的憋闷感,掩藏在窄小、低矮、破旧的城郊房屋正面背后那种深重的悲凉愁苦,他隐隐约约有了一点体会。找房子的劲头也随之不断低落。

他终于选定了一处,靠近约瑟夫施塔特外缘,已经离居尔特尔①不太远,这是一所非常古老、宽得难看的房子,透着一种祖居的安定气派,他便在这里栖身。这个简朴的房间其实比他原先想找的要小,不过窗子朝向一个宽阔的庭院,是那种老式的城郊院子,有几棵树,此时在雨中簌簌作响,微微地颤抖着。这一片残绿勾起他本已完全忘却的对故乡园圃的记忆,这吸引了他。还有那前厅的金丝雀,他一扯动门铃,它便在笼子里颤声地清啭,在他察看屋子的整段时间里,它一直不知疲倦地鸣叫。他觉得这是一个好兆头。房东太太也令他满意,这是一位上了年纪、面容憔悴的妇女,据她自己说,丈夫原是公务员,她现已孀居,带着一个小女孩住一间寒碜的小屋。隔壁还有一个大学生,房门上的名片说明他住在那里。

离天黑还有一两个钟头,他想趁此机会赶紧再看看这座陌生的、上千天以来渴望一睹的城市,但凄风苦雨很快就使他兴味索然。他走进一家咖啡馆,心不在焉地长时间看着台球桌上白球跟在红球的后面滚动,听见身边许多人在交谈,竭力压抑下慢慢涌到喉头要想形诸言语的、由于失望而产生的痛苦感觉。接着,他再一次试着上街溜达,但雨老是下个不停。

① 约瑟夫施塔特区外缘一条马路的名称。

他浑身湿透,滴着水进了一家餐馆,不知滋味地胡乱吃了一顿晚饭,便回到住处来。

他站在自己的屋子里,朝四面看看。几件家具靠在一起,像被丢弃在那儿似的,毫无内在联系,既无韵致,也无生气;两只旧柜子,如果走到近处看,活像弯腰驼背地在叹息;一张床,上面放一条褪了色的毯子;一盏白色的灯,在这阴沉的房间里为幽暗所笼罩,凄怆地晃荡着;一只经不起摆弄的老式维也纳炉子。还有几张彩色画片和照片,颜色惨淡,各不相关,都是陌生面孔,也许多年来就在这里彼此呆望着,却互不相识。寒意从不大平坦的地板渗上来。每当随风飘舞的雨点敲打在窗玻璃上时,一扇关不严实的窗子便啪嗒啪嗒地乱响。

他冷得发抖。置身于这些陈年破烂之中,他感到不习惯。谁在这张床上睡过?谁在这几把椅子上坐过?谁在这面镜子里照过?现在他自己那张苍白的孩子面孔正在镜子里看着他,一脸害怕的、简直是想哭的样子。在这里,没有任何东西能使他想起自己的往事和经历。一切都这样陌生,凄凉的感觉充塞在他胸间。

他该就寝了吗?现在是晚上九点。他第一次睡在陌生的屋子里。在家里,这个时候他们大概都围坐在圆桌旁,金色的灯光柔和地照在他们的身上,大家安详地说着话。想到这里,他知道,他那金发的妹妹艾迪特很快就会站起来走向钢琴,弹一支忧伤的奏鸣曲或者一支欢快的圆舞曲,完全同他经常请求她的那样。往日此时,他站在钢琴旁边的暗影当中,随着曲调而遐想,直到她站起来,亲切地对他说一声"晚安!"。但是今夜他是在哪里呢?

不,他还不能睡。他走过去,从箱子里拿出自己的几件衣物。他的一切都由家里人井井有条地收拾在一起。他按照顺序一样一样拿出来,这时他不禁想起满怀亲情为他整理行装的这一双手那一双手。在书本当中,他惊喜地发现一件意外的礼物,这是他妹妹悄悄地夹进去送给他的相片,上面写了一句感情真挚的话。他久久凝视着它,凝视那张凝然微笑的脸庞。然后他把相片放在书桌上,让她可以亲切地看着他,安慰他这个有家归不得的人。可是他感到照片上的笑容渐渐收了,好像她在幽暗的屋子里同他一样变得抑郁寡欢。他几乎不敢再往相片上看,天色已经太暗了。

他应当再次走出这间阴暗、凄凉的斗室吗?他向窗边走去,只见雨还在不停地下。蒙上雾气的窗玻璃上积聚着雨点,先是凝住,直到另一滴水落到上面,然后一起很快地淌下,像眼泪在光滑的孩子脸颊上流下一样。不断有水珠聚集起来,又不断地淌下,雨点从四面飘来,仿佛屋外有无数人悲从中来,涕泪纵横。他伫立在那里,也许有半个钟头之久。低声自语的风雨充满了难以明言的怅惘,聚集起来的水滴不断地在流淌。那宛如珠泪滚滚的怪景在他内心深处搅动,无以名状的伤感侵扰着他,教他直想掉泪。

他想打起精神。难道他在维也纳的第一个夜晚就是这样的吗?有多少回他曾经在梦里,在同妹妹和友人的交谈中预先品尝过它。他并没有设想过清晰的图像,但设想过怎样意气风发和情绪昂扬,怎样急步穿行在闪闪发光的大街上,往前,只管往前,仿佛到明天那种种繁华景象将永逝不再。他在想象中见到自己纵情谈笑,忘乎所以地高歌;把帽子抛向空中,心怦怦直跳。可是现在他却站在这里,面对一块模糊不清的窗玻璃,冷得发抖,茕茕孑立,看着水滴往下流淌,两个水滴,现在是三个,又是两个。他凝望水滴为自己铺设了看不见的路轨,顺着轨道滚下去。他闭上眼,免得泪水猛然夺眶而出,滴落在自己冰凉的手上。这就是他几年来所渴望的吗?

时间过得多慢。那只木壳旧钟的指针丝毫不被觉察地朝前爬行。他感到那种伴着黑夜而来的恐惧,那种因独处陌生屋子而产生的无法解释、幼稚可爱的怕孤单心理,那种难以遏制、再也无法否认的思乡渴念变得越来越咄咄逼人。在这奇大无比的都会里有几百万颗心在跳动,他却孑然一身。除了幸灾乐祸地噼啪作响的雨点,没有人对他说话,没有人听他说话,没有人朝他看,他强忍着抽泣和泪水。他感到羞愧,觉得自己像一个小孩,不懂得把自己从惶惑中解脱出来,仿佛恐怖像恶魔那样隐在黑暗的背后,正用尖利的目光冷酷地盯着他。他从未像现在这样强烈地渴望听到一句话。

这时候,隔壁一扇门嘎嘎地响了一下,马上又砰的一声关上。他本来蜷伏在那里,这时立即跳起来静听。一个粗犷而训练有素的声音在隔壁房间里断断续续哼着一支校园歌曲中的一节。随后是:嚓!火柴擦着了。他听出那边的人在挪动此刻显然已经点亮了的灯。这只可能是他的邻居,一个法科学生。房东太太告诉他,隔壁那一位马上就要参加最后几次考试。他深深地吸了一口气,孤独感暂时得到缓解。邻人屋子里嘎吱嘎吱地在响,那是他在地板上来回走动时沉重有力的脚步声。那支歌听起来愈加清楚。突然,倾听者觉得这样竖起耳朵、打着哆嗦地站在这里,很不好意思。他默默地蹑手蹑脚回到桌子旁边,仿佛生怕那边的人透过墙壁看着他似的。

这时,隔壁屋子里不唱歌了,踱步的声响也没有了。显然那个邻居已经坐下来。于是啪嗒啪嗒的滴水声又开始在他耳边响个不停。寂寥与随之而来的种种恐惧心理幻化而成的怪物又好像从阴暗处向外张望。

他觉得圈在这间斗室必将窒息而死。不能这样！现在他无法孤身自守了。他站起来，等到由于躺着而泛红的脸颊恢复正常，便清清嗓子，试一下声音，轻轻地出去，走到邻居门前。他两次举起手来又停住，后来终于胆怯地用手指敲响别人的房门。

叩门之后，显然是惊讶的沉默，随之传来一声响亮的"请进！"

他旋开房门的把手，迎面扑来一股青色的烟雾。这间窄小的屋子里一片朦胧，在为气流吹动的浓重的烟云中，所有的物件在最初的瞬间都显得模糊不清。他的邻人直立在那里，惊讶地看着他进来。主人已经脱掉上装马甲，半敞着衬衫，不拘礼数地露出宽阔、无毛的胸膛。随便蹬脱的鞋子落在左右两边的地板上。他身体强壮，像农夫一样结实，说是大学生，倒更像一名工人。他站在那里，嘴里衔着烟斗，这时正朝房门口用力喷了一口烟。

来访者结结巴巴地说了几句话："我今天刚住进来，想作为邻居自我介绍一下。"

对方自然而然地并拢两腿："认识您很高兴，我学法律，姓施拉梅克。"

于是来客也忙不迭地弥补疏忽，说出自己的姓名："贝托尔特·贝格。"

施拉梅克扫了他一眼："您念一年级吧？"

贝格说"是的"，接着又补了一句："是今天刚到维也纳的。"

"您当然是念法科了。现在大家都念法科。"

"不,我想到医学院注册。"

"啊,是这样,好哇,总算也有人……哦,请随便坐吧。"让座的口气很亲切。

"您也抽支烟吧,同学。"

"谢谢,我不抽烟。"

"嗯!……以后会抽的。不抽烟的人眼看就要绝迹了……那就喝一杯法国白兰地吧,优质白兰地。"

"不,谢谢……多谢啦。"

施拉梅克拱起肩膀:"同学呀,您可别见怪。我看哪,您这个人,像常说的,没劲。不喝白兰地,不抽烟,这就让人摸不透了。"

贝格红了脸。他感到羞愧,应对这么笨,一下子就暴露出自己不济事。可是他觉得,现在如果再说恭敬不如从命,一定会更加可笑。为了无话找话,他又一次对夜晚造访表示歉意。可是施拉梅克不让他把话说完,便提出几个问题,使他不再发窘。他们俩差不多算是同乡:一个老家在归化德国人聚居的波西米亚,另外一个来自摩拉维亚①。很快他们谈到在记忆中的一个共同的熟人。转眼间,两个人就谈得很投机。施拉梅克说起必须通过的考试,说起他参加的大学生联谊会,说起许许多多蠢事,这些在这类大学生派头十足的人们看来,似乎就是这几年里的生活意义所在。他讲得眉飞色舞,也显得推心置腹,兴高采烈而稍近喧嚷,这是他做起来信心十足、可以说是沾沾自喜的拿手好戏。很明显,他因能给一个初来乍到

---

① 波西米亚和摩拉维亚都在捷克境内。

者、一个乡下人留下深刻印象而感到高兴,而其成功的程度甚至超过了他自己的体会。贝格怀着无法描摹的渴望和好奇心理聆听这一切。这些事看来向他预示了在维也纳等待着他的新生活。他喜欢虎虎有生气的言谈,喜欢施拉梅克吞云吐雾的气派,那喷出的青烟形同扩张开来的圆锥体。贝格注意每一个细节。这是他遇见的第一个大学生,因而盲目地把对方视为完美无疵。

他本来也很想谈谈自己的情况,可是家里的一切同这些新鲜事情一比,都突然显得微不足道。念中学时的戏谑变得平淡无奇,不值一提;乡间的经历、所有自己的思绪和言谈,好像一下子都成了应在儿时想的事和说的话。到了这里他才开始有成年男子的气概。施拉梅克陶醉于这个初学者畏怯而钦佩的目光中,并未觉察到他的沉默。按照施拉梅克的要求,贝格小心翼翼地伸手抚摩他的三处剑伤疤痕,这是清晰地留在剪成短发的头顶上的一溜发红的伤疤。听到约定决斗和比剑这些事,贝格感到很惊讶,他害怕了,但是一想起很快也能同一个敌手面对面站着,又兴奋起来。他请求施拉梅克让他拿一下放在墙角里的剑,拿了以后又有一种痛苦的感觉,因为那把剑他好不容易才能举起来。这时,他又觉察到自己的胳臂多么无力,还像小孩子的那样瘦细;他体会到自己和这个健壮结实的青年之间的差别,不禁羡慕起来。拿着这样一把剑竟能挥动自如,舞得剑刃呼呼作响,用尽全力使人无法招架,划破对手的脸部——他觉得真是闻所未闻。所有这些司空见惯的常事在他看来都像心向往之的伟大事业那样,威武雄壮,令人惊羡。他说起这些印象的时候那种羞怯、敬佩的神情,使施拉梅克变得更加健谈,更加把他引为知己。施拉梅克对他说

79

话就跟对一个朋友一样,为他展示了自己一生色彩耀眼的画卷,而这一切始终没有越出大学生的理想。贝格凝视着这个画卷如痴似醉。在这里,他找到了新生活的先驱者。

午夜时分,他们终于彼此说了一声"再见!"施拉梅克亲切地同贝格握手,拍拍他的肩膀,以在那个年龄才会有的那种发自内心的友好口吻,明确地说他"够意思",使得这个着了迷的年轻人喜不自胜。

忘情于种种印象,他回到自己的屋子。虽然秋雨仍在窗外啪嗒啪嗒地下着,寒意从每一道缝隙里渗出,但他却觉得在这个房间里不再那样孤寂和抑郁了。这些匪夷所思、光芒四射的事迹充实了他的心。第一天就找到朋友,他觉得这是难以用言语来表达的幸福。当然,这种想法很快又掺进了一丝淡淡的哀愁:同这个在生活里站住了脚跟的人相比,他感到自己懦弱,幼稚,像一个在学的男孩。在同学当中,他总是最怯懦、最娇弱、最多病的。在大家纵情欢乐时,他始终退居人后,对此他今天才痛苦地有了感受。有朝一日,他也能像施拉梅克这样吗?——能这样坚定,这样强健,这样自如吗?他的心中蓦地升起一种难以抑制的渴望,盼着也能这样善谈,机敏,生气勃勃,盼着也能孔武有力,以牢牢把握生活,而不是与它妥协。什么时候他也能这样吗?他心存疑虑,朝镜子里看着自己这张怕羞、瘦削、没有胡子的孩儿脸,又想起这条没有肌肉凸起的瘦胳臂几乎举不起那柄剑,想起两个钟头以前,仅仅由于屋子里又黑又冷,身边没有人,他就差点像小孩子那样哭出声来。他觉得仿佛忧虑像一个人似的俯身轻声对他说:在这陌生的城市里,在这崭新的生活里,在这需要力量、胆略、豪气的环境里,他,他这个软弱的人,这个幼稚的人,会变成什么样呢?不!——他努力振作起来,他要奋斗,直至成为一个够格的人,变得像他朋友那样健壮和刚强。他要把朋友的一切都学过来:大大咧咧的步态,明快有力的言谈。他要锻炼肌肉,他要成为像邻居那样的男子汉。忧伤和欢快,盼望和沮丧互相混合在一起。他那联翩梦想越来越纷乱。灯冒黑烟,他这才意识到已经很晚了,便急忙就寝。无情的九月秋雨还在窗外敲打不已。

这就是贝托尔特在维也纳的第一天。

在随后的一段时间里也是这样:忧伤和欢快,盼望和失望总是混杂在一起,这是一种模糊不清的感觉,但他始终觉得陌生,不能习惯。他曾经希望在独立生活时,在念大学时,在维也纳时,能遇上伟大的、意外的、新奇的事情,可总是未能遂愿。当然,这里有这样那样的美好事物:美泉宫①沐在九月的柔光里,条条金色的林荫大道徐缓地向观景亭延伸上去,在那高处可以极目远眺,俯瞰雅园和皇宫。再说,剧院里也在演出,那么多绅士淑女令人神往地欢聚在一起。娱乐和庆典如此高雅,亦可一饱眼福。有时候也可以把马路算在里面,在那里会遇上许多好看和奇特的脸孔,在那里有千种期望和诱惑似乎在闪闪发光。然而,他始终只是观看,永远无法融入。始终只是像贪婪地阅读一本打开来的书,永远不是直接参与一次交谈或者一段经历。

在最初的几天里,他为融入这个陌生的环境作了仅有的

---

① 美泉宫,维也纳市区皇宫的名称,有宽广的绿化设施(名:雅园),最高处有一建筑(名:观景亭),可以鸟瞰皇宫和园圃。

一次尝试。他有亲戚在维也纳，是一个体面人家。他去看望他们。他们请他一起进餐。他们对他很亲切，跟他年龄相仿的表兄弟们也很客气。可是他却深深地感觉到，他们邀他入席只是为了不失礼。他觉察到，他们的目光停留在他的衣服上，流露出一种隐忍而怜悯的笑意。他为自己高雅中透着土气、为自己的拘谨而感到羞愧，比起表兄弟们的洒脱举止，自己一定显得小家子气。因此，到了可以告辞的时候，他只感到庆幸。从此再也不登门了。

于是，一切都驱使他回过头来求助于第一天夜晚结下的友谊，他带着一个半大孩子的全部激情沉迷于这一友谊之中。他完全信赖这个壮实强健的邻人。对方乐意接受他那溢于言表的友爱，仅仅报之以内心冷漠者在人前总会表露出来的亲切态度。几天以后，施拉梅克就以"你"来称呼高兴得红了脸的贝格。而贝格则过了好长时间还只能别扭地、胆怯地使用这个叫法。他非常敬重这位朋友的过人之处。他们一起走路时，他往往斜眼偷偷看他，想学他自信地大踏步行走的姿势，以及他坦然地盯着漂亮姑娘的神态。即使是出格的习惯他也喜欢：在大街上挥舞手杖当剑使；衣服老是发出一股劣质烟丝的气味；在酒馆里大声说话，一副寻衅的架势；不时开些愚蠢的玩笑。他能一连几个钟头听着施拉梅克谈有关女孩、决斗约定、郊游等等无聊透顶的事。这些同他毫不相干的事情都自然而然地让他觉得意义重大。在他看来，这些仿佛就是生活的实际情况和本来面貌。他急着要去体验这样的生活，悄悄地希望施拉梅克有一天会把他推进这种够劲儿的活动中去，可施拉梅克很怪，总是不让贝格参与这些盛事。显然他认为这张没长胡子的小孩面孔太不气派了。每当他佩戴色标出去,便很少带着贝格。他们俩大都在咖啡馆里或者住处见面,而且每一次总是贝格主动去找他。

这一点贝格很快就注意到,成了他的一块心病。像年纪很轻的人们之间的交谊那样,他的交谊也有一点爱的成分:如沸的热情又略带妒意。当他意识到,施拉梅克对刚刚认识的极其幼稚的、无足轻重的人像对他一样亲切,有时甚至更加随便,就会心生怨恨,而又不敢流露。接着,他又觉察到,施拉梅克认识他已有几个星期,虽然他如此倾心于施拉梅克,施拉梅克对他却并没有比在第一个晚上更接近一步。他感到恼火:施拉梅克对他的一切,并未表示出一丝一毫像他对施拉梅克的事那种如潮涌般流露出来的兴趣。施拉梅克对他的态度极有分寸,只限于亲切地打个招呼,随即谈他自己的事,但是每当贝格说起自己,他便几乎充耳不闻了。

还有,最令人痛苦的是:从每一句话里,贝格都体会到施拉梅克并没有把他看做成年人。他是怎么称呼他的!这一点就教人受不了。施拉梅克不再像最初那样叫他贝托尔特,而总是叫他"小男孩"。这叫法听起来和蔼可亲,可一次又一次地刺痛了他,因为这触动了几年来他心中尚未愈合、还在淌血的伤口,这就是:他被看成一个小孩子。这种心头的痛楚已有数年之久。他在学校里就像一个女孩,在所有人的心目中,他是那样娇弱、那样害羞。现在他应该算成年人了,但模样还是像一个小男孩,还是处处胆怯,事事敏感而易于激动。旁人怎么也不相信他已经成了大学生。当然,他还不满十八岁,可看上去比实际年龄小得多,给人以非常稚嫩的印象。他疑心施拉梅克是由于他模样像小孩,所以怕与他一起在同伴面前露面。他越想越觉得是这么一回事。

一天晚上,他完全肯定了这一点。那天他在市内各处逛荡了好长时间,在行人如潮的大街上两次感受到孑然一身的痛苦,于是去施拉梅克的房间想聊聊天。施拉梅克坐在沙发上亲切地打了招呼,并没有站起身来。

桌子上放着那顶有色标的便帽,红得像在燃烧,让贝格看着眼馋。他最热切、最秘密的愿望是:盼着施拉梅克介绍他加入大学生联谊会,那里有他苦苦渴求的一切:亲密的会友,成材的场所,在那里他能变得像他所希望的那样强健和刚毅,成为一个能人。几个星期以来,他在等待施拉梅克提出建议。他已经多次作了非常含蓄而谨慎的暗示,但看来并未被听出弦外之音。现在这顶便帽使他眼热,它像鲜活的火焰在桌子上跳动,它在闪耀,在发热,它完全迷醉于他的神思。他忍不住开口了:

"你明天去参加酒会吗?"

"那当然,"施拉梅克答道,马上就来劲了,"一定会很痛快。有三个一年级学生被接纳,真是顶呱呱的棒小子。我一定得去呀,我是第二干事嘛。大家准会很开心。星期四两点以前别喊醒我,我们肯定要到早上才回家。"

"是呀,我可以想象那一定很痛快。"贝格说。他期待着。施拉梅克不吱声。何必再说下去呢?可是桌子上的便帽在诱惑,红得像在燃烧,红得像冒着火焰……它像鲜血一样在闪闪发亮。

"你……嗯,你不能带我去那儿,给我介绍一下吗?……当然只是带我去……都跟你说了吧,我想见识见识。"

"可以,可以,以后去吧。明天肯定不行,以后去看看,当然作为客人,小男孩,你会不喜欢的,因为那儿经常闹得乱七八糟。不过,如果你想去……"

贝格觉得有什么从喉头涌上来。那顶便帽,那顶红色的、诱人的、梦寐以求的便帽,他突然觉得好像在雾里看它。这是泪水吗?他莽撞而激动地冲口而出:

"我怎么会不喜欢?你把我看成什么了?难道我是一个小孩子吗?"

从声音、口气听起来,肯定是话里有话。施拉梅克一跃而起。这时,他真正非常亲切地走近贝格拍拍他的肩膀。

"别这样,小男孩,你可别生气,我不是这个意思。可我了解你,我看哪,这些事对你不怎么合适。你太文雅,太规矩,太正派,所以这些事对你不合适。在那儿得百无禁忌,一定要做好汉,大伙儿都敬重的好汉,当然喝得酩酊大醉以后,也就没有了章法。你能在像眼下礼堂里随时可见的那种豪饮或者斗殴场面露一手吗?不能,是不是?这没有什么不好,只是你不合适干那些事。"

不合适,他不合适。他体会到,这一点施拉梅克说对了。但他干什么才合适呢?他对生活有什么用处呢?对于施拉梅克这么坦率地说的一番话,他不知道该生气还是该感激。施拉梅克当然转眼便把这事忘得一干二净,继续聊下去。可是谁都认为他贝格没能耐的想法却越来越厉害地啃噬着他的心。桌子上那顶红色便帽像恶毒的目光似的盯着他。这天晚上,他没有待多久便回到自己的屋子里坐着,两只手支在桌子上,一动也不动地瞪着那盏灯,直到午夜过后好一会儿。

第二天贝托尔特·贝格做了一件蠢事。想起施拉梅克认为他没能耐,认为他胆子小,把他看做小孩子,这折磨得他彻夜不眠。于是他下定决心,要让他看看,他并非没有胆量。他要找人寻衅,决斗,让施拉梅克看看,他并不胆怯。

这个举动没有成功。他和施拉梅克交往中了解到这类事该怎么入手。他经常在城郊酒馆里那间低矮的小餐室用膳,每天都有几个佩戴色标的大学生坐在他对面那张桌子旁边。要找他们寻衅,并不是难事。他们从来不谈别的,他们的心思全在所谓名誉攸关的事上打转。

贝格走过他们的餐桌时有意挑衅,弄翻一把椅子。他没有道歉,若无其事地只顾往前走,可是那颗心却像是跳到了嗓子眼儿里似的。

这时身后响起了一个凶狠、严厉的声音:"怎么这么不小心?"

"您教训别人去吧!"

"好大的胆子!"

于是他转身走回去,要了对方的名片,也把自己的给了那人。他为自己的手没有发抖而感到高兴。一瞬间完成了全过程。他自豪地走出来的时候,听到桌边那些人在哈哈大笑,其中一个轻松地说道:"这小子又瘦又没有力气。"这句话败坏了他的豪兴。

他马上急匆匆地回到住处。他两颊发烫,闯进刚刚起床的施拉梅克的屋子里,高兴得连说话也结巴了,把这一切告诉了他。当然,最后听到的那句话,还有自己故意弄翻椅子的事都没有说。贝格心想,施拉梅克准会说他干得漂亮。

他盼着施拉梅克拍拍他的肩膀,祝贺他成了多么威风的一条好汉。可是施拉梅克却若有所思地拿着那张名片在看,牙缝里发出咝咝的响声,恼火地说道:"你可找对人了!这家伙结实得像一棵树,是我们顶顶尖的击剑手当中的一个。他会把你揍得稀巴烂的。"

贝格并不吃惊。他会吃败仗,这在他看来是很自然的事情,因为他还从来没有握过一把剑①。他简直是盼望在脸上留下一道粗大的剑伤疤痕。这样人们就不会再问他是不是大学生了。可是让他不高兴的是施拉梅克的举动。施拉梅克手里拿着那张名片,不断地踱来踱去,嘴里咕哝着:"这可是不容易呀!他说了'好大的胆子!'是不是?"

最后,施拉梅克把衣服穿好,对贝格说:"我马上去我们联谊会,给你找第二代表。放心吧,我会把这事办妥的。"

贝格真的放心了。他现在头一回正正式式被看作大学生,成年人,也有了自己的名誉攸关的事,因此他很高兴,简直是喜不自胜。他突然几乎感觉到关节里的力量。他将怎样提剑,怎样使剑,怎样用力刺去,对他来说似乎都是一种乐趣。整个下午他都在设想决斗的情景,激动地来回踱步,而对他将被打败的必然结果,一点也不觉得痛苦。相反地,正是这样,他才可以向施拉梅克和旁人表明自己并不懦怯。即使鲜血从脸上和眼上流过,他也要站住不动。随后他们就会自动地把红色便帽送给他。

他已经热血沸腾。晚上七点,施拉梅克来了,贝格异常兴奋地朝他奔去。施拉梅克也很愉快。

"你看,小男孩。一切都很顺利,这事已经办妥了。"

"我们什么时候去决斗?"

"唉,小男孩,我们不能让你去跟他决斗哇。这事就自然

---

① 原文如此。

解决了。"

贝格脸色变得煞白。他的两手在发抖,怒火直冒,泪水盈眶。施拉梅克对他说:"当然这事也解决得好不容易呀,下回可要小心一点!不会每次都有这样的好结果的!"

贝格竭力想找一句话而不可得。的确,失望也太大了。最后他强忍着不哭出来,说道:"不管怎样,我很感激你。可是你并没有帮助我。"他马上走出房门。施拉梅克惊讶地目送他离去。他把这个奇怪的举动归结为初出茅庐者的激动,并没有再加以细想。

贝格开始回顾过去这一段日子。生活最终总得有个着落才是。他到这里已经有几个星期了,可还是留在第一天站立的地方,并未往前跨出一步。犹如飘散的云絮,一幅又一幅图像徐缓地飞向远方。儿时异想天开的企盼逐渐褪色,消融在过眼云烟中。这难道真的是维也纳吗?真的是那个大都会吗?真的是多年以来的美梦吗?真的是也许从第一次用生硬、笨拙的字体把维也纳这个名称画到纸上去那一天起就企盼实现的美梦吗?那时他或者只想到无数房屋,想到那里的旋转木马一定比教堂纪念年广场上的更大,更华丽。后来,他从许多书本上搬来各种各样的色彩,想象那些诱人(动人)的女子故作媚态地在大街上走过,想象在那些房屋里发生着离奇、冒险的事情,想象在那些夜晚联谊会会员们聚在一起尽情欢乐,想象这一切都汇入叫做青春与活力的漩涡中翻腾不已。

可是现在怎么样?一个房间,窄小而单调,他早上躲开这间屋子,却又在闷热的书斋里泡几个钟头;一间餐室,他在那里胡乱吞咽食物;一家咖啡馆,他在那里呆呆地看着报纸和人们,以消磨时间;一次在闹市里漫无目的地闲荡,直到累了,才又回到这个窄小而单调的屋子里。但也有一两次去剧院。他置身于顶层楼座,夹在许多陌生人中间。他看着下面正厅、包厢里那些绅士显得这般文雅而机敏,那些淑女则打扮和裸露得诱人想入非非,看着他们互相问候,在一起纵情欢笑。大家都相识,都融合在一起。书本上所说的不假。他常因相距遥远而怀疑是否真有其事的形形色色胆大妄为的举动,在这里便是现实。眼前这样一群人,他们平时蛰伏在寂然无声的家宅,在这里就可以体验到令人难忘的、离奇冒险的、命运使然的事。他觉得,这里有种种渠道像矿井那样,下到深处,便能触摸到生活里金子般的奇珍异宝。真的,童年时代的想象没有错:这里的旋转木马比家乡的更华丽,更使人眼花缭乱;这里的音乐更加清亮,更有声势;这里的活力更加放纵,更加惊心动魄。可是他被撇在一旁,未能随车下到矿井里。

此中原因不全在于他的腼腆,囊中羞涩也使他裹足不前。他从家里所得,本来还算够用,但对他来说却又太少,仅能维持简朴的日常生活,使他不受匮乏之苦,从来不敷大手大脚的花销,可这都是青春的真谛所在呀。不过他有钱也不会花,一想到所有模模糊糊觉得美妙的、令人陶醉的事都与己无缘,便感到羞愧难言:譬如乘一辆出租马车飞快地穿过郊区游乐场,或者在什么地方一家高档的酒馆同一些女人和朋友通宵喝香槟酒,或者发疯似的,随心所欲,数都不数地乱花一回钱。可是在烟雾腾腾的啤酒馆里过这种放荡的大学生夜生活又令他反感。他越来越迫切地希望,仅仅挥霍一次,将自己从天天如此无聊的老一套中解脱出来,以求在感觉上较有生气一些,多少可以同时体味到非凡的生活节奏与豪放的青春旋律。然而,这一切都与他无缘。每个白天都以傍晚索然无味地回到这间窄小而讨厌的屋子告终。在这个房间里有大片大片的暗影,仿佛被恶毒的双手随处乱撒似的,那面镜子的反光好像已经冻结。在这个房间里,他夜晚害怕醒来已是早晨,早晨又害怕漫长的、令人昏昏欲睡的、无聊的、单调的白天,直到夜晚到来。

在这段时间里,他开始非常勤勉而又有点无可奈何地专注于学业。他最早进课堂和实验室,最后一个离开。他孜孜不息地埋头研习,并不理会其他同学,很快他们便不喜欢他了。他想在拼命学习中压抑其他渴念,果然取得了成效。傍晚回来,他已是疲惫不堪,往往不想再去找施拉梅克聊天。他盲目钻研,并无任何雄心壮志,只求使自己变得麻木,不去想许许多多弃之不甘、即之无缘的事情。他领悟到,在这种狂热中包藏着一个奇妙的秘密,好多人以此自欺,遮掩他们整个一生的无用与空虚。他希望也能给自己的生活勉强增添一点意义,当然并不懂得这样一种道理:初度青春不谈人生真谛,繁复的整个一生才需要它。

一天下午,他比平日早些结束学习回到住处,经过朋友的门边时,突然想起已有四天没有见到他了。他叩门,没有人应答。他习惯于这样的情况:如果前一天夜里施拉梅克同朋友们通宵厮混,往往到黄昏时分还会在睡觉。

这时,贝格把门打开,黑黝黝的屋子里好像阒无一人。可是突然在窗边放靠背椅的地方有什么动了一下。一个坐在施拉梅克怀里的高挑女孩咯咯地笑着跳起来。

贝格想立即退出去。看来他们没有听见叩门声,他感到很尴尬。施拉梅克一跃而起,抓住贝格的胳臂,他挣脱不得,给拽了过去。"你瞧,他就是这个样子,怕女孩就跟怕蜘蛛一样。哈哈,逃不了啦。喂,卡拉,你看,这就是我常跟你说起的小男孩。"

"我什么都看不见。"一个清亮、偏高的声音带笑说道。确实,屋子里太暗了。贝格只能在薄暮的微光中隐约看出洁白的牙齿在闪烁。

"那就点灯吧!"施拉梅克说道,摆弄着那盏灯。贝格浑身不舒服,那颗心在乱跳,可是已经无法逃脱了。

他以前曾经听说过这个卡拉。她是施拉梅克这几个星期以来的女朋友,一个在一家商行干事的女孩子,这妞儿很有意思。贝格时常听见两个人在隔壁房间说笑和低语。可是他那么怕事,总设法不同她打照面。

灯亮起来了。现在他看清她站在那里,高挑而俊俏:一个身宽、结实、健壮而丰满的女孩,火红的头发,含笑的大眼睛。这个壮硕的姑娘有点像女仆,衣着和发式也不整饬,也许是施拉梅克刚才把这些都弄得乱七八糟,看起来很像是这么一回事。可她这会儿朝他走来,向他伸出手,对他说"您好"时那种大方、活泼的举止很动人。

"喂,你喜欢他吗?"施拉梅克问道,把贝格弄得很不好意思,他感到乐不可支。

"他比你还俊呢,"卡拉笑道,"非常可惜,他不爱说话。"

贝格的脸红起来,正想说几句,卡拉笑了,一蹦跳到施拉梅克身边。"瞧,跟他说话,他便红脸。"

"别惹他,"施拉梅克说道,"他不喜欢女孩子,很怕羞。不过,你会调教好他的。"

"当然,能这样也不坏嘛。过来呀,我不会把你吃掉的。"

她不管三七二十一,抓住他的胳臂,硬要他坐下。

"可是……小姐……"贝格不知所措地结结巴巴说道。

"你听见没有?小姐,他叫我小姐。您呀,亲爱的小男孩先生,大伙儿不叫我小姐,叫我卡拉就行啦。"

他们俩笑个不停,施拉梅克和卡拉。贝格感觉到自己准是一副狼狈相,他也跟着笑,免得看起来那么窝囊。

"你们看,这样可好?"施拉梅克说道,"我们叫人拿酒来。喝了酒他也许就不那么害羞了。小男孩呀,别老是这样。可愿意请客?一瓶,最好两瓶。"

"那当然。"贝格说道。逐渐地他觉得自在一些了。他们只是出其不意地把他弄得晕头转向——在开始的时候。贝格走出去,找了房东太太。她拿来酒和杯子。于是三个人围桌坐下,有说有笑。卡拉坐在贝格旁边,向他祝酒。显然他胆子大了一些。有几次,当她向着施拉梅克说话时,他已经敢于正眼瞧她了。这时他喜欢她一些了。火红的头发和雪亮的颈项形成诱人的对照。她那么大方,活跃,再过了一会儿,这种无拘无束的、强大而丰富的感情力量吸引了贝格,他忍不住一再看她富有性感的朱唇笑启,这时便露出坚实雪白的牙齿。

有一次她把他逮住。她在他目不转睛地看她时,猝不及防地转过身来问他:"你喜欢我吗?"她笑得忘乎所以。"我也喜欢你!"她说道,纯任自然而无意奉承。但不知怎的这使他听着很舒畅,他几乎迷醉了一会儿。

他变得越来越活跃。慢慢地,中学时代埋沉在心底的欢闹本性像温泉一样喷发出来,他开始讲述,说笑。醉醺醺中他说的那些话都闪耀着放纵任性的青春光芒,这种情况连他自己都从来没有意料到,甚至施拉梅克也对此感到惊讶。"我说呀,小男孩,你这是怎么啦?你瞧,你得永远这样才行,别再让人觉着乏味了。""是呀,"卡拉笑道,"我不是早就跟你说了吗?我要把他的秘密掏出来。"

房东太太还得去买一回酒。这三个人兴致勃勃,闹得越来越大声。贝格平时几乎滴酒不沾唇,现在他沉浸于异常的快乐之中,感到飘飘然如入妙境。他欢笑,戏谑,得意忘形,一扫羞怯故态。喝到第三瓶时,卡拉开始唱起来。接着她以"你"称呼贝格。

"施拉姆①,你说这样可以吧,是不是?他可人意呀。"

"那还用说!行啊!亲一下,用'你'来称呼了嘛!"

贝格还来不及细想,便觉得有湿润的双唇压在自己的嘴上,不痛,也不舒服。可是不知顺着什么地方渗入了漫溢开来的、化为迷蒙轻雾般的、使他觉得晕乎乎的快感。他只有一个愿望:盼着这种从少女、美酒和自己青春活力迸发出来的感觉——这种在迷乱中信马由缰的佳趣,这种陶然的沉醉得以长留不逝。卡拉也已两颊飞红,不止一次朝施拉梅克含笑使眼色。

蓦地,施拉梅克对贝格说:"你见过我那把新剑没有?"

贝格不感兴趣。可施拉梅克还是把他拽去了。在他们弯下身子的时候,施拉梅克低声说道:"好啦,你该走了,小男孩。现在我们这里没有你的事了。"

贝格愣了一会儿,呆呆地望着他。随后他明白过来,道了晚安。

他站在自己的屋子里,觉得脚下似乎有点晃荡,额头血脉

---

① 施拉姆,施拉梅克的昵称。

93

在扑扑地跳动,倦意袭来,他一头倒在床上。第二天他头一回睡过了时间,没有赶上听课。

不管怎样,这次偶遇虽然倏忽即逝,但总还射出了闪烁的微光,照进他的情感世界,使他怦然心动。他模模糊糊地沉思:难道这——这种对友谊的渴念不是一种错觉,不是一种深藏内心的欺骗行为吗?难道如此盼望摆脱孤独,追寻没有节制的亲昵不就是另外一种竭力掩饰的需求在躁动吗?

他回忆同妹妹在一起的那些日子,想起那些昏暗的傍晚,他们坐在暮霭笼罩的庭园里,他已经不能看清她的脸廓,仅仅从微明中辨出她的衣服泛着一抹灰白,只是隐约可见,像在夜色四合的天际偶有一片孤云在闪着淡淡的光。每当那心声随着亲切的言词从幽暗中传来,清脆而轻柔,不时粲然一笑,且又充溢着骨肉的深情,每当那清音飘来,飞入他的心坎,像春风骀荡,像小鸟依人,在那个时刻是什么使他那样愉悦?这真的只是兄妹之间的情分吗?难道在心底最深层的某个角落,并未潜藏着无欲的情感使之冷静下来的一种对女性的喜爱,一种对女性的极其细腻、极其亲密的情意吗?而他在这里所渴求的一切难道不是女性心灵误入歧途在他生活中的反照吗?

从那天晚上起,他清楚地意识到:他在渴慕女人——并不是那么渴想亲密的关系和爱情,而只是渴想同女人轻轻接触一下。他所希求的那未知与奇妙的一切难道不都同女人有关吗?她们不是保守着一切秘密吗?她们有魅力,有潜能,有渴求同时又被渴求。现在他开始更加留意街上的女人。他看见许多年轻貌美的女子,晶亮的眼睛透露出千种情怀。她们属于谁?她们走路时扭动腰肢,似在轻盈起舞,昂然挺胸环视四周,仿佛个个都是女王;安坐在车中,似乎其乐无穷,有意无意地扫视怀着景仰之情惊奇地站在那里的人们。她们心里不是也有渴望吗?在无数扇房门后面,在这个大都会里难以计数的不安地遮起来、急切地打开来的窗子后面,不是一定有许许多多女人吗?她们不是也有同他的相似、好像伸开双臂迎合它的渴求吗?他不是像她们那样年轻吗?同样的渴求不是倾注在所有人的身上吗?

贝格现在不大去听课,更多的是去逛街。他有这样的感觉,好像最终肯定会遇上一个女人,她会从他闪烁不定的眼神里看出:须得有什么偶尔为之的事、出人意料的事才能帮助他摆脱烦恼。他怀着羡慕和渴求的心理,目睹自己前面的小伙子们结识了大姑娘们,看着双双情侣夜晚亲热地缠在一起,消失在公园深处,于是他内心那种亦求一尝个中滋味的想望便越来越撩人了。当然,他并无非分之想,只是渴念一个女子:娇柔、温存像他的妹妹,可亲可爱而诚实如同孩子,还有那夜色中悦耳的曼声细语。这幅图像屡屡出现在他的梦境里。

每天,当他顺着弗洛里昂大街走回住处时,总会遇见成群结队的年轻姑娘。这些都是十五六岁的女孩子,放学出来,三个一群、五个一伙地喊喊喳喳说个不休,跳跳蹦蹦,正是这个年龄的姑娘们走路的习惯,她们不安分地四处张望,咻咻地笑,晃荡着书本。每天他都从远处看见她们,看见带笑的红润的脸孔,苗条的身材,短短的裙子,款款扭动的腰肢,看见她们无忧无虑、稚气未脱的愉悦神情,他很难捺住自己的渴望,盼着能像这些女孩一样开朗、快活地欢笑。他每天都看见她们,很快她们也认得他了。每当他走过来,这些黄毛丫头便引人注意地纵声大笑,用满不在乎的挑衅目光看着他,他每次总是赶紧看向别处,匆匆走过。她们一觉察到他那样羞怯而慌乱,红着脸避开她们的目光,便变得一天比一天大胆,但他却始终鼓不起勇气同她们搭话。她们不是比他更像男孩、更像男人吗?他这么害臊、羞涩,这么慌乱和幼稚,不是像一个女孩吗?

他记起几年前在家乡他妹妹开的玩笑。她悄悄地给他穿上女孩的衣服,然后出其不意地把他带到她的女友们面前,在最初的瞬间她们没有认出他来,随后便忘乎所以地接二连三拿他寻开心。他那时还是一个小男孩,红着脸站在那里直哆嗦,几乎不敢睁开眼睛朝她们给他拿来的镜子里看。那时他就羞怯、懦弱,可当时他还是小孩子呀。现在他差不多是一个男子汉了,但是还不懂得怎样去承受笑话他的目光,不懂得怎样才能变得如同生活要求于他的那么坚强和粗犷。为什么他不能变得像施拉梅克或者所有其他人那样呢?他真的是不够气派吗?他真的是像一个小孩子吗?

他一再想起那时被化装成小女孩,站在那些哈哈大笑、纵情欢闹的姑娘们中间,连头也不敢抬起来。从那时以来,她们的情况怎样了?她们懂得了接吻与恋爱,她们穿起了长长的连衣裙。好些已经有了丈夫和孩子。她们都已走出了当时那间屋子,离开了少小时代,扑进了生活的怀抱。只有他还站在原地,与其说作为成年男子,不如说像一个女孩子,依然像红着脸孔的小孩子留在那人去屋空的房间里,慌乱地低垂着目光,不敢把头抬起来……

有一回,那是一月里靠后的一天,贝格又去找施拉梅克。自从他独自在大街上闲荡时获得一种略带诱惑力量的快感以来,串门便不那么勤了。天时不正,最近几天积雪已经融化,但是寒风凛冽,依然砭人肌骨,在大街上肆意施虐。云团匆匆横过那犹如盲人俯身呆视大地的灰色天空。这时下起一阵刺人的急雨,像冰块的尖角那样戳进人们的皮肤。

施拉梅克几乎没有打招呼。每当事情有点不顺遂,他总显得无情而粗暴。此刻他心神不定地来回踱步,一再吸烟斗,有时猛地转过身子,仿佛要问什么事。"真糟心。"他在牙缝里嘟哝。

贝格静静地坐着。他不敢问究竟是什么事。他知道,施拉梅克自己一定会说的。

果然,施拉梅克终于大声嚷开了:"要命的天气,真糟糕。这莫名其妙的事现在害得我到处跑!"

他又气冲冲地急步走来走去,拿起一把尺子,胡乱地挥舞着,尺子划过空气,发出呼呼的响声。这时贝格才谨慎地问道:"出了什么事?"

"那个毛头小伙子,跟我的那个新同学,前天冲撞了两个惹不起的人。今天下午四点钟决斗,明天还有一次。可我一个星期以后就要考试,确实是有其他事要办哪。再说,他凑巧挑了两个肯定会刺倒他的对手,这个傻瓜,这个浑人。要是我考不好,这就完了,又得坐在那里待一年,就像学校里的小朋友那样。能叫人不恼火吗?"

贝格没有说什么。在此以前,过了一段不长的时间,他就看出所有薄薄地镀上诱人的金色光泽的什么决斗呀比剑呀之类的事情都愚不可及。他去参加过一次大学生酒会,看到了举行种种庆典和仪式之后,那些喝醉酒的大学生们在晨光熹微中显出一脸灰败的模样。他在外面一间窄小、肮脏的屋子里观看过一场比剑。自从那时以来,他对这类事情已完完全全没有什么兴趣可言。当然,贝格一直不敢把这一点告诉施拉梅克,这会触及他的痛处。现在他们俩默然无言地坐在那里,各人在想各人的事。外面呼啸着的风声越来越响。

这时门铃响了。随即传来叩门声。

卡拉进来,歪戴着帽子,淋湿了的成绺的头发搭在笑容可掬的脸上,"我这副模样很好看,是不是?怎么啦?""你好。"她朝施拉梅克走去并吻他。他心情不好,避开了。"你怕我的外套弄湿你吗?你这笨蛋!"这时她注意到贝格,"你好,小男孩。"

她脱下外套,把它扔在沙发上。大家都不说话。不知怎的贝格觉得有点尴尬。自从那晚他们喝酒,用"你"称呼以来,他已经见过卡拉几回,但是每一次都再也得不到那种随随便便、无拘无束、彼此投合的感受。从那时起,曾经涌过他的生活堤坝的性爱热潮,使得他在一个女人的近旁感到躁动不安。他几乎担心自己会把持不住。

施拉梅克一言不发。他情绪不好,心里老是想着决斗和考试的事。沉默久久地延续下去,令人感到不快。

卡拉现在看上去有点生气了。"看来我打扰老爷啦。我还特地把今天下午空出来,谁知道来看你们睁着眼睛睡大觉。你们两位不错哇,真是不错。"

施拉梅克站起来,拿了冬天外套。"亲爱的孩子,你从来没有打扰过我,这你也知道。只是眼下不行啊。我得走,现在已是三点半,小捣蛋四点钟在奥塔克林格①那儿决斗。"

"活该,这淘气鬼,谁叫他对什么人都那么莽撞!——这么说,你得走了。你走了,我怎么办?这样的天气叫我在街上

---

① 地名,在维也纳第十六区。

瞎跑吗？"

"亲爱的孩子,我七点钟才回来。你可以待在这儿嘛。"

"我待在这儿干啥呀？睡大觉？谢谢。我从昨天晚上九点到今天早上已经睡够了。带我去吧。我倒想看看他们怎么把这小捣蛋剁成肉酱。"

"你可不能去,你怎么这么想！"

"那就没有办法啰！我待在这儿吧,等你回来。小男孩跟我一起。怎么样,小男孩？"

贝格不知怎么回答才好。面对这类突然袭击,他总是束手无策。他几乎不敢看她。那两个人就笑了起来。

"那当然,"施拉梅克的情绪又好起来,"那当然,我是该让你们俩待在这儿。你知道吗？小男孩假正经得很哩。"

"可他不是男孩,他是女孩嘛！"

于是两人又大笑。贝格心想:他们多么瞧不起我哇。我怎么不能也一起笑呢?！我怎么就这么笨,找不出一句话,不会开个玩笑,没有办法,毫无办法来对付呢？他不禁怒火中烧。

"那就这样,行啦,就这样,"施拉梅克说道,"我愿意冒这个风险。可是如果你们俩干了些什么,看我会怎么样！"

"这可得要两相情愿哪。"

"嗯,你懂……你……我还是不要相信你为好。"

"我根本就没有说我情愿哪。"

这时两个人又大笑,这是洋溢着健康活力的开怀大笑,毫无恶意,但贝格心里却像挨了鞭笞般火辣辣地难受。他模糊地觉得,必须走开,一定得走开,走得远远的,远走十万八千里！或者去睡大觉,或者像他们那样纵情欢笑,不能这样坐着说不出一句话来,不能这么蠢笨又羞怯,不能像孩子似的这么慌乱,让人看着都可怜。

施拉梅克戴上便帽。"行啦,我们试一下。可是如果……就饶不了你们。七点钟我回来。小男孩,放老实点。你要是出了格,我会从你的眼神里看出来。但也不能让这可怜的姑娘觉得乏味。再见!"

他紧紧地搂住卡拉的腰,使得她咯咯地笑着扭动身子。他趁势结结实实地亲了她几下,然后向贝格挥挥手走了。外面响起使劲把门关上的声音。

现在只有他们两个人:贝格和卡拉。风卷着雨掠过大街,炉子里偶尔发出一下噼啪声,仿佛有什么断裂了。屋子里越来越静,人们可以听到隔壁摆钟走动的轻微响声。贝格坐在那里睡着了似的。他没有抬起目光便感觉到,她在笑眯眯地看着他。他觉得她的目光如同通了电一样,使人麻酥酥地发痒,这种感觉轻轻地传到发根,然后往下扩散到两只脚。他感到仿佛快要透不过气来了。

她坐在那里,两条腿交叠在一起,等待着。现在她往前弯下身子,浅浅地露出微笑。在一片寂静中,她冷不防说了一句:"小男孩,你害怕吗?"

真是害怕,确实是这样。她又怎么知道呢?他害怕,就是害怕,一种无知、幼稚的害怕心理。但是他故作镇静,嚷了起来:"害怕?怕谁?怕你不成?"这话听起来很粗暴,虽然他并不这样想。

沉默又仿佛颤动着穿过了屋子。卡拉站起来,抻了抻衣服,对着镜子理好扯乱了的头发,看见自己的眼里饱含着笑意。接着她扭过身子,"坦率地说,你这个人哪,真是乏味得要命。小男孩,给我讲点什么嘛。"

贝格对她和对自己感到越来越怨恨,恨自己这么蠢笨。他正想生硬地再回她一句,她却朝他走了过来,和蔼可亲地在他身旁坐下来,像一个小孩子似的乞求他:"给我讲点什么嘛。不管什么,该做的事,糊涂的事都行。你不是整天钻在书本里吗?你肯定知道好多事。"她整个人全靠在他的身上。她经常这样随便地跟谁都亲热得不得了。可是她那条搭在他胳膊上的温软手臂使他心旌摇摇,头脑里一片混乱。

"我想不起什么来呀。"

"我觉得,你永远不会想起做点该做的事。一整天这么长,你都在干些什么?我看是互相围着对方在打转。不久前我在约瑟夫施塔特大街上看见过你。但是你走得很急,也许故意装作不认识。我的印象是:你正在追求一个姑娘?"

他要申辩。

"甭说啦,这也没有什么嘛。你说,小男孩,你可有相好?"

她对着他笑,见他不知所措高兴极了。"瞧,还脸红哩。我早就知道你有一个相好,你是假正经。我倒想看看那妞儿。她长得怎么样?"

在无可奈何中,他只有装假这一招,反反复复就用这一招。他似乎变得很粗暴:"这是我的事,跟你有什么关系?你管你自己那些相好去吧!"

"哎哟,你干吗这么大声叫嚷,我真的怕死你了。"她装作非常惊恐的样子。

贝格跳起来:"别老叫我小男孩。我受不了。"

"可施拉梅克也这样叫你呀。"

"这不一样。"

卡拉大笑。他像小孩那样恼火,使她格外喜欢他。

"哼,我偏要这么叫:小男孩,小男孩,小男孩。我叫了三次。"

他的鼻翼在颤动。"别再这么叫,我说过受不了哇。"

"就要叫:小男孩——小男孩。"

他攥紧拳头。血涌到他的脸上。他隔开一步站在她的面前。她能听见他急促的呼吸声,看见他的眼里射出逼人的光芒。她不由自主地后退。可是一转眼她又是一副满不在乎的样子:两手叉腰,哈哈大笑,露出洁白的牙齿,似乎在自言自语:"这就怪了!现在连叫小男孩也成了恶事。"

贝格听了便向她扑去。这句讥刺的话像鞭子一样抽击了他。他要揍她,打她,惩罚她,教她不敢再嘲讽他。可是这个健壮、结实的姑娘灵活地一下子捏住了他的两个拳头,往下一按,紧紧地握住,像用铁钳夹牢似的。他觉得手腕在作痛。她把他抓在手里,如同抓一个小孩,一件玩具,使他动弹不得。两人相隔一步脸对脸互相看着:他的脸孔气得扭歪了,眼睛鼓凸出来,差不多要流泪了;她的脸孔露出惊讶的神色,显示出自信有力,占了优势,似乎有点笑意。她把他制伏了一会儿,使他像一条上气不接下气的小狗近不了身。他的手腕疼得如同被捏得粉碎,要是再过片刻,他一定会跪倒在地上。这时她放了手,轻轻地推开他。"好啦——现在该乖乖地听话了。"

可是他又扑过去。刚才这么不中用地在她手里挣扎,这使他发了狂。现在他一定要把她压倒,把她制伏,不许她笑话他。他猛地拦腰抱住她,想把她摔倒。这时两个人胸口贴着胸口在喘气:她觉得意外,对他莫名其妙地发火感到好笑;他则发疯似的恨得咬牙切齿。他的两手使劲箍住她那没有穿胸衣的柔软的躯体,越来越紧。她总能灵活地闪避。她的两脚牢牢地站住,他无法搬动她肥硕的臀部。在扭斗时,他的脸孔碰到了她的肩膀和胸脯。在迷乱中,他闻到一种柔和、温暖、醉人的香味,这使他的两臂越来越无力。他不时听到剧烈颤抖着的心脏跳动声和咕噜咕噜的失笑声从紧紧勒住的胸部深处冒上来。他觉得仿佛他的肌肉僵化了,摇撼这个健壮、粗硕的躯体像挪动一截树干似的。她的身子偶尔略微松弛一下,但始终不肯弯下去,而且在对抗时似乎变得越来越有力。等到她觉得这么玩太无聊,三两下就脱身出来。她猛地把他一推,他便轻飘飘地被抛开了。"好啦,不要再闹。"她的声音听起来已经光火了,差不多是在吓唬他。

他跌跌撞撞地往后退。他的脸在发烫,两眼充血,在他眼前的一切都是血红的,火红的,都在旋转。他盲目地、昏头昏脑地第三次又扑过去,两条胳臂扑打着犹如一个醉汉。突然,情况变了。她散发出来的那种浓郁的香味,女衫窸窸窣窣的响声,同柔软的身体接触时那种温暖的感觉使他发狂了。他不再想揍她,惩罚她,而是想占有这个女人,她挑动了他的激情。他一把将她拉过来,往她的滚热的躯体上乱钻,用他发烫的双手抚摩她的全身,贪婪地咬她的衣服,想把她压倒。他的触摸使她感到有点发痒,她还是在笑,但现在她的笑声里带有一种异样的、嘶哑的音调。她的整个体态似乎更加灵活,胸部不断地一起一伏,像波涛那样。她的躯体在扭斗中更加狂热地紧贴在他的身上,她那有力的双手哆嗦着躁动得越来越厉害,她那厚重的头发已经散开,披在肩上晃动,散发出闷热的香味。她的脸孔越来越烫。扭斗时,她的上衣有一点开绽,一颗纽扣绷飞了。他激情勃发,蓦地瞥见她雪白的胸脯光彩夺目,闪烁不定。他呻吟着使出最后一点力气。他觉得她根本不想抗拒他,她只想被制伏,被摔倒,但即使这样,他也已无余力了。他四面撼动她的躯体,可是浑身绵软。一瞬间仿佛她自己要仰后倒下,她的头放荡地向后弯下去,他看见她的眼睛里忽然放射出从未见过的亮光。这时她说:"啊,小男孩,小男孩!"这一声叫唤宛如亲昵的柔情,亦如抑制不住的渴求的呻吟。他拉住她,感觉到她靠在他那打着哆嗦、像孩子般细瘦的双手里,没有仰面跌倒。突然他冲动地把手伸进她已散开的火红的头发里,想猛地用力将她拽倒。她大叫一声,又气又痛,愤怒地使劲一推,将他瘦弱的身躯抛开,他便像一只很轻的球在屋子里凌空飞过。

贝格踉踉跄跄后退,绊倒在屋角,撞着搁在那里的好几把剑,碰得叮叮当当地响。从左手到胳臂上端划了一道显眼的口子。

他一下子躺倒在那里,像昏迷了似的。她立即奔过来,由于冲动还在微微颤抖,焦灼不安地问道:"你怎么啦?"

他没有回答。她帮助他坐直身子,还轻轻地抚摩他。她心里并无丝毫恶意。他好不容易才站起来,他把左手插在上衣口袋里,不让她看到他受了伤。他不愿意把这事说出来,心里恼恨得像火烧一般,恨自己真是可怜不中用,连一个甘愿顺从的姑娘也制伏不了。在一瞬间,他似乎觉得非再扑过去一次不可。但是他感觉到衣袋里血正热烘烘、湿漉漉地从伤口流出来。

他跌跌撞撞地向前走去,并未看她。她惊恐地想帮助他。泪水像一团薄雾蒙住了他的眼睛,他很难透过这片濡湿的云雾看清房门。在他的心里,一切都已空虚,都已无足轻重。他隐约感觉到,血还在滴落,其他一切都在他的内心殒灭了。他只是盲目地往前摸索……朝房门摸索……摸出屋子……摸进自己的房间。

于是他颓然倒在床上。受伤的胳臂垂落在床沿外面。血还在渗出,不时有一滴沉重地啪嗒一声落在地板上。贝格不去理会它。在他心里似乎有什么如波涛般在一起一伏,他觉得仿佛透不过气来。一阵牵动全身的抽泣,一阵抑制不住的痛苦的抽噎,终于发作出来,他把脸埋进枕头。他那孩子一样的发烫的身体似乎给人用皮鞭抽击了几分钟之久。然后,他觉得轻松了一些。

他侧耳谛听隔壁的动静。那边屋子里卡拉故意踏着很响的脚步在走来走去。他伏着不动。这时脚步声停止了。随后她拍打柜子发出啪嗒啪嗒声,把桌子敲得咚咚直响,为的是让人感觉得到她。显然她在等待他回去。

他继续倾听。他的心跳得越来越响,但他却纹丝不动。

她又来回踱了一会儿,然后用口哨吹一支圆舞曲,同时敲打着拍子。渐渐地,她安静下来。过了片刻,他听见外面的门开了,过道上响起重重的关门声。

在那个无尽的长夜和次日早晨,贝格都在等待施拉梅克为他同卡拉之间的事来找他算账,因为贝格猜想,卡拉肯定会马上就把一切都告诉施拉梅克。只是他不知道,她有没有将这件事说成心怀鬼胎,乘虚而入,或者说成可笑而荒唐的恣意妄为。整整一夜他在思量该怎样回答施拉梅克,设想了一次次长谈,正面意见如何,反面意见如何,也已经设想出了某些动作,以便在他万一理屈词穷时,可以立即中止辩论。然而有一点他很清楚:这样一来,友谊能否保持下去已难逆料,一切都已过去,或者万事都得重起炉灶。

但是他空等了一场。施拉梅克并没有来,在此后的几天里也没有来。这本来也不奇怪,因为施拉梅克平日只在要他帮一个忙或者有什么事一吐为快时才来他这里,否则总是贝格上门去找,方能见到他。只是这一次他内疚于心,觉得施拉梅克不来是故意如此,他也不去找施拉梅克,暗地里咬紧牙关在顶牛,可自己又因此而感到痛苦。没有人来找他,他比任何时候都更加强烈地意识到这种屈辱,即:他对任何人都一无用处,没有人喜欢他,没有人需要他。这时他加倍感觉到这个圈子里的友谊对他来说依然意味着什么,尽管有那么一些事使他感到失望和屈辱。

这样过了一个星期。一天下午,他坐在书桌前打算工作,忽然听见一阵急促的脚步声朝房门而来。他立即辨出这是施拉梅克,马上跳起来。这时房门已经大开,马上又吧嗒一声关上。施拉梅克已站在他的面前,气喘吁吁,满面笑容,抓住他的两条胳臂来回摇晃着。

"你好,小男孩!总算见着你了。那天大家都到了,就差你一个。你整天都在忙活,这样也行。对啦,我已经通过了,谢天谢地,这是我最后一次考试。再过一个星期你得叫我博士先生了。"

贝格感到很惊讶。他曾经想到各种各样的可能性,就是没有想到他们俩竟然会这样重新见面。他结结巴巴地刚说了几句祝贺的话,就给施拉梅克打断了。

"行啦,行啦!别瞎费劲了。现在走吧,到我屋子里去,得好好庆贺一番,我还得把这些事全说给你听。好啦,走吧,卡拉已经在那儿了……"

贝格吓了一跳。他突然怕跟卡拉待在一起,心想:现在她会取笑我,我又会红着脸站在这两个人中间,像一个学童一样。他想推托不去。

"你得原谅我,施拉梅克。我不能去,确实不能去,我有许许多多事情要做。"

"有许许多多事情要做?你这小子,我通过了最后一次考试,你该做什么?你该高兴,该一起到我屋子里去。别的啥事也不该做。走吧!"

他抓住贝格的臂膀,把他拉走。贝格觉得没有力气抗拒他。他模糊地感觉到施拉梅克控制他的力量仍有多大。施拉梅克拉走他简直像拽一个小姑娘似的。他第一次完全明白,一个女人一定会被一个这样矫健、快活、乐观的男人所征服,完全由不得她自己,只是带着钦佩的心情不甚真切地感受到对方的强壮有力。在这个瞬间女人对男人的想法,也一定像他现在对施拉梅克的想法一样。她必定会怨恨,气愤,同时又有被雄壮的男人所征服的柔情。他完全没有感觉到自己在行走,完全不知道怎么一回事,忽然就已经来到了施拉梅克的屋子里。

卡拉早就在这里了。她一见到他,便朝他走过来,用一种异样的热情的目光扫了他一眼,她的眼神像一个温软的浪头把他淹没了。她向他伸出手来,但没有说一句话。她又一次审视他,像看一个陌生人那般好奇,然而又不一样。

施拉梅克在桌边摆弄什么。他想要做点事情,渴望说一番话。他兴致勃勃,这股强大的活力亟须这类宣泄的阀门。

每当他为某种情绪所攫住,便要找人倾吐。平日他对事淡漠,确切地说,性格内向。但是今天他的整个举止充溢着勃发的激情,像男孩子般喜不自胜。

"好,我们喝什么?喉头不滋润我就没有办法讲给你们听。怎么样?不要喝酒吧?要是喝了酒,我们晚上再也没有兴致了,今天晚上一定会闹得一塌糊涂。我们泡一壶茶吧,完全不伤脾胃,滚热的清茶。你们可赞成?"

卡拉和贝格都赞成。他们彼此挨着坐在桌旁,但贝格没有同她说话。他头脑里的想法飘忽不定,宛如发出嘤嘤声的夜蛾在一间屋子里飞过似的。他曾同身边这个女人像拼命一样搏斗过,这是一场梦吗?他不敢看她,只感觉到气氛变得很沉闷,喉头收紧拢来。幸亏施拉梅克没有觉察,只在敲打菜盆和茶碟,吹着口哨,絮聒不已,喜滋滋地给在座的两个人当侍者,派头十足地替他俩上菜,然后大咧咧、懒洋洋地面对他们往那嘎吱嘎吱响的靠背椅上一靠,就讲开了。

"好,我从来没有好好学习过,这就不必对你们讲了。我穿了那套像报丧者穿的衣服,蹑着脚往考场走去。正在这时,碰上了一个老朋友,就是卡尔——你也认识他,他看出我心情沉重,便开始百般安慰我。我忧心忡忡,只问他——你们没有办法想象,临到考试前一个钟头,即使是最体面的人也狼狈相十足——我只问他难不难,两年前他回答的问题怎么样。他跟我讲的第一个问题,我就茫然无知,心里害怕了。我赶紧叫他给我解说一下——那是关于宪法史的问题——于是他详详细细地讲给我听,然后跟进去在旁边看我被宰割。"

他在讲些什么呀?贝格没有听进去,这一切都来自遥远的地方,听起来像话语,可是似乎没有什么意义。在他的头脑里老是闪动着这样一个想法,即:在他旁边坐着一个女人,她曾经同他扭斗,曾经把他打败。这个女人并没有嘲讽他,而是用柔和的、笼罩全身的、灼灼的目光审视他……

突然他吃了一惊,原来是一只手指现在轻轻地顺着疤痕在他那只随便垂在桌旁的手上抚摩过去,鲜红的伤疤看起来宛如燃烧着的一条带子。他猛地一动抬起头来,碰到了卡拉眼神里的一个疑问,一个可以说是体贴的、同情的疑问。血涌上他的太阳穴,他必须使劲在椅子上坐稳。

施拉梅克还在讲述。"你们瞧,我一坐下来,第一个问题就是卡尔详详细细解说给我听过的那一个。我听到身后响起咳嗽声和窃笑声。可是由于我一下子感到很轻松,所以也不对背后那些人生气了。我开始滔滔不绝地讲起来,顺畅得像融化了的奶油在流淌一样。一讲开了头,就能这么顺着下去,说得舌头都疼了,天晓得胡扯些什么,但到底我作了长篇大论。"

贝格一句话也没有听进去。他只觉察到那只手指在抚摩伤疤,觉得仿佛这无言的动作把它揭开了,使他感到疼痛似的。他全身抖动了一下,猛地把手从桌边抽开,像碰到白热的铁板那样。在他心里骤然升起怒火,而又不知所措。可是当他注视她的时候,却发现她那闭着的双唇如在睡着时那样颤动着,她在轻声地嘟哝:"可怜哪,小男孩!"

这只是嘴角的抖动,只是一句无声的话语,还是她真的这么说了?她的情人和男友施拉梅克坐在那边,一个劲儿地讲下去,而在这同时……贝格略微打着哆嗦,感到一阵晕眩,意识到自己的脸在泛白:原来这时卡拉在桌子下面轻柔地拉过他的手,温存地捏住它,把它放在自己的膝盖上。

于是贝格觉得血都涌到了脸上,随后觉得都积在心里,接着觉得都往下流动,在他那只手里发烫。他感觉到一个柔软的、浑圆的膝盖。他想把手抽回,但是肌肉不听使唤。那只手依然搁在那里,犹如一个正在睡觉的小孩安然躺在柔软的床铺上,独自做着一个美妙的梦。

而那边——那隐约可闻的声音离得多远哪——有一个人依然在讲述,这个人是他的朋友,自己正在干着对不起这位朋友的事,而朋友却在继续讲下去,兴致勃勃,毫无猜疑地讲他的好运。"最使我高兴的是:小捣蛋,就是那个淘气鬼输了钱。你们瞧,他跟大家打赌,说我考试会通不过。可是等到我考好出来,他不知道该怎样才是。他一定会高兴,也一定会懊恼。你们听我说,他那神情啊,那神情……你们怎么啦?你们俩好像都睡着了似的?"

卡拉不放开那只手。贝格就不能不老是在想:"这只手……这只手……这个膝盖……她的手。"可是卡拉却对施拉梅克反唇相讥,笑着说道:"哼,这么一个懒鬼都能当博士,那还有什么话可说。我真的倒要看看考不及格的是怎样一副面孔,准是头大脑壳空。"

两个人都笑了。贝格哆嗦得越来越厉害,看着这个女孩装模作样,感到一阵无可名状的恐惧。她还是用她自己的手捏住他那一只,捏得这么紧,她的戒指都深深地陷进了他的手指里。而且她还轻轻地把她丰腴的腿移过来贴在他的腿上,同时若无其事地继续说下去,说得这样沉着,使他的心里直发毛。"好啦,你说,这样一个上帝创造的奇迹该怎么庆贺一番?要是不痛痛快快地玩一晚,那么你,你这博士,你这刚出笼的博士简直就是一个让人瞧不起的吝啬鬼。等到小男孩成了博士,那就没得说的,你看着好了,那才叫热闹哇。"

她说话的时候,她的臀部紧挨着他的,他感觉到她温软的躯体,他眼前的一切都开始摇晃。贝格冲动得厉害,额头胀痛,里面的血在奔突。

这时摆钟敲响。钟上布谷鸟模糊不清地发出尖细的鸣声,叫了七下……咕咕……这使贝格猛然清醒。他跳了起来,结结巴巴地说了几句话,然后把手伸给一个人,也许是他,也许是她,他已弄不清楚。一个声音——大概是她的——说:"再见!"他舒了一口气,这才意识到这一句话,心里很高兴。房门在他身后关上了。

然后,一转眼,当他站在自己屋子里时,便明白了一切:现在他已失去了朋友。如果他不想欺瞒施拉梅克,就不能再同他交往,因为他感觉到,他将无法抗拒这个不可思议的女孩对他的诱惑。她的头发的香味,她那热情奔放的四肢的抽搐,她那渴求的活力,这一切都在他心里燃起了欲望。他也明白,如果她像今天这样带着这种有诱惑力的浅笑凝视他,他便将无法抗拒。怎么会这样呢?——他现在怎么突然变得这样渴想她呢?她怎么为了他愿意对施拉梅克,对这个结实、英俊、健壮的人,对这个他内心那样羡慕的人做不忠实的事呢?他对这事不理解,也体会不到自豪和喜悦,只有难以抑制的忧伤:为了不做欺瞒朋友的无赖,他从此不能不避开他。的确,他同施拉梅克的友谊并未发展成他所希望的那样;他窥透了许多事情的底蕴;他看穿了好些曾经使他眼花缭乱的东西。然而,如今事过境迁,在他看来一切又有无限丰富的意义,因为这些就是他在维也纳尚能拥有的仅存硕果。过去种种已烟消云散:最初是诸般痴想和好奇;然后是研习的乐趣和勤奋;现在再加上最后一桩:这仅有的友谊。他觉得仿佛这一个钟头使他变成了赤贫。

这时他听到隔壁有动静:轻轻地咻咻地笑,现在响了一些。他侧耳静听,两手放在心怦怦地跳着的胸口上。他们在笑话他吗?卡拉把一切都说了吗?这样引诱他是串通一气的把戏吗?他竖起耳朵来听。不是,这是另外一种笑声。中间还有接吻的吧嗒声和冲动的欢笑声。然后是说话声,他们不感到害臊的抚爱声。他的双手不由自主地捏成了拳头,他纵身往床上一躺,拿枕头捂住两只耳朵,不想再听下去。一种可怕的感觉向他袭来,他感到无法遏抑的愤怒和厌恶,感到一阵恶心,想要呕吐:厌恶他的朋友,厌恶那个婊子,厌恶他自己,自己也差一点就参与了这场令人作呕的演出。他厌恶整个生活,他头昏脑涨,疲惫不堪,毛骨悚然而又无能为力。

在这些忧郁的日子里,他给妹妹写了一封信。

"最亲爱的妹妹:我得感谢你写给我的生日贺信。这段日子里我的心情不好。你的信寄来,唤醒了我,告诉我:今天我已满十八岁。我读了以后觉得似乎同自己并无关系,似乎这不是事实。信里讲到我的自由和青春带来了幸福。要不是你这只可爱的手写出从小我就熟悉的字迹,传达了这些话语,我就会把它们看成冷嘲热讽。我这里生活中的一切都不是这样,完全不是你能想象的那样,同我自己所希望的也完全不一样。写信告诉你这一切使我感到痛苦,但我在这里没有什么人了。我没有人可以与之说话已经有好几天了。有时我跟在街上行人的后面,听他们交谈,只是想知道话语听起来是怎样的。我什么也不了解,什么也不明白,什么也不去做,茫然漫无目的,这正在把我毁掉。我经常一连几天无所事事,见不到一张熟悉的面孔。你不知道,置身于人山人海之中而感到孤单寂寞意味着什么。

"同施拉梅克有关的一切已成过去。发生了一些事情,我不能告诉你,因为说了你也不理解。可以说我自己也不理解。错不在我,也不在他。我们之间有某种事情,像夹着一把双锋的剑。现在,当我失去他的时候,我才知道:我在维也纳曾经还有什么最值得珍惜的便是他。

"还有一件事我只能告诉你,你不要对任何人说。我不念书了。我已有几个星期不去听课了,我的书都蒙上了灰尘。我不知道为什么学不进去了,我已变得很迟钝,这里什么职业都吸引不了我,因为它们都无法帮助我摆脱这种可怕的、压抑的孤独感。我憎恨每一块我在这里踩着的石头,憎恨我的房间,憎恨我碰到的所有人。我痛苦地呼吸这湿冷而污浊的空气。这里的一切都使我感到压抑,我算完了。我像在沼泽里似的陷下去。也许我还太年轻,肯定太脆弱。我没有力气,没有意志,我像一个小孩站在所有这些忙忙碌碌的人们中间。

"有一点我很清楚:我必须回到家乡来。我还不能这样单独地生活,也许过几年才行。现在我还不能离开你和爸爸妈妈,我不能离开喜欢我的、在我周围的、帮助我的人们。不错,这很幼稚,这是小孩子在漆黑的屋子里时那种害怕心理,可是我没有办法消除它。你一定要告诉爸爸妈妈,我不想念书了,要回家乡来,做一个农夫、文书或者别的什么。你对他们说,好不好?向他们解释一下,望尽快去说,我在这里实在再也待不下去了。我从来没有这样清楚地意识到,我的整个想法和感受都驱使我回家,这一切想法,此刻在给你写信的时候,都带着如此强烈的渴望苏醒了,我知道,我不能不这样做,我必须回到你们身边来。

"这是逃避,逃避生活,而且并不是头一回。你可记得?——那时候,我被送去上中学,第一次踏进课室,六十个陌生的男孩好奇地、傲慢地、带笑地、感到意外地审视我,我马上跑开,回到了家里。我哭了一整天,不肯再到学校里去。今天我依然像当年的孩子,有着同样的无知的害怕心理,有同样热切的怀乡之情,思念你们和所有喜欢我的人们。

"我必须走,一定得走。现在我已好不容易看清这一点,我觉得不能不这样做。我知道,一旦我作为一个遭受挫折的人,一个生活不肯接受的人回到家乡,一定会有许多人以这样或那样的方式笑话我。我知道,这样一来,爸爸妈妈的殷切期望也成为泡影。这样脆弱,确实是幼稚、懦弱的表现,但是我改变不了,我只是感到无法再在这里生活下去。谁都永远体会不到最近几天我在这里勉强忍受的是什么;没有人比我自己更看不起我。我觉得自己如同一幅画像,如同一个患病者,一个残废人,因为我同旁人完全不一样,想到这里,不禁潸然泪下,我比别人低劣、差劲、无用……"

他停了下来。这样尽情地倾吐苦楚连他自己也感到吃惊。此刻笔端急速地流泻出激动的情绪,这时他才意识到心里郁积了这么多隐痛,这些痛苦现在像汹涌澎湃的洪流般宣泄出来。

他可以把这些都写出来吗?他能让他还拥有的,但所剩无几的这些人心神不宁吗?他能把谁都无法为他卸去的重担压在这颗温柔的少女之心上吗?他仿佛从溟蒙的远方端详她那可爱的脸庞,时常浮现的笑靥使得清澈的眸子更加粲然放光。他也看到,她因吃惊而紧闭双唇,一阵颤动闪过她的脸上,泪珠徐缓地滚过失去血色的脸颊。何苦还要让亲人忧心如焚呢?何苦还要呼救,使她受到惊吓呢?如果有一个人该当受苦,他自己愿作这一个人,而且就是自己一个人。

他打开窗子,把信撕碎,将纸片撒进黑暗里。不必了,宁可在这里无声无息地毁灭,也不要去求援。他还没有学会懂得这个道理吗?——凡是无用的,脆弱的,都要毁灭掉。生活也将公正地对待他,不会把他保留下来……

白色的纸条在飞舞,缓慢地飘向下面的院子,沉落下去,像灰白色的石子没入深不可测的湖水。这是已经入夜的天空,不见星星。偶尔,略带光亮的浮云横过昏暗的高处,风挟了湿润的空气呼啸着刮向正在沉睡的千家万户。这一切都包藏着轻微的骚动。风不停地在吹,像冲动时的呼吸那样。从呻吟着的窗户和颤动着的树丛传来一阵飒飒声,仿佛有一个人做着噩梦在黑暗中低语。风越刮越紧。浮云像远处的闪电飞快地掠过张在天空中的夜幕。蓦地,他在谛听这些异样的躁动时领悟到,原来是孕育春天的最初几个奇妙的夜晚正处在亢奋之中。

于是春天来了,异常地缓慢,像一位迟疑不前的宾客。在这个陌生的城市里,贝格几乎不能把它重新辨认出来。以往,每当解冻的和风第一次拂过洁白的原野,每当黑色的土块从积雪中露出,泥土的气息使空气变得湿润,那时候他曾经有过怎样的感觉呢?每当他有时起来,猛地打开窗子,盼着感到柔风抚摩他那袒露的胸膛,盼着听到渴望绿叶重生的树丛在低声呻吟,那时候他总有最初的难以遏制的忧虑,那种心情哪里去了呢？每当觉察到种种不可胜数的细小迹象，听到远处的鸟鸣，看到飞逝的白云，每当园圃里树梢头长出一个个黏糊糊的小疙瘩，然后绽开来，畏缩地生出瓣儿，开出仅有的一朵暂时还是无色的花儿，那时候他总会去细辨和谛听泥土里轻微的连续不断的咔嚓咔嚓声和噼啪噼啪声，那种全神贯注的兴味哪里去了呢？也是在那时候，他总会把大衣脱下扔开，穿上厚实的鞋子，踩过潮湿、多水的泥地，奔上一个山丘，突然放声大叫，欢快地乱喊一气，像在阳光灿烂的空中直飞高处的小鸟似的，那种深深地在血脉里颤动着的焦躁不安，那种按捺不住的欢乐的快感哪里去了呢？

唉，这里的春天多么寂静，竟无任何不可抗拒的活力。也许原因在他自己身上，在于这种使他昏昏欲睡的倦怠，这种使他觉得一切都索然无味的抑郁寡欢的心情——嫩黄的阳光使屋顶变得温暖，生机使大街显得鲜亮、活跃，为什么这些都勾不起他的意兴?！他从来都没有去过郊区游乐园，也没有去过卡伦贝格①，他只远远地看见它，可是又像被轻柔的空气移了过来似的近在眼前。他的活动非常有限，从来也没有走出过这个城区。他感到越来越疲倦。他坐在小小的舍恩波恩公园②里，平时这是小孩和老人们的天地。他去那里是为了学习或阅读，但他没有打开书本，只是看着孩子们嬉戏。他渴望同他们一起玩耍，回复到完全无忧无虑的往昔。

念书的事他早已放弃了，如今只是悄然度日，冷眼看世事，却无任何兴趣可言。有一回他想重新振作起来，可是又进

---

① 山名，在维也纳城郊，可在山上远眺观景。
② 在约瑟夫施塔特。

了医院。他走进宽敞的院子里,只见花蕾初绽的树丛在宁静中自在地微微摆动,似乎对周围天翻地覆、不可思议的命运一无所知。这时候,他忘却了自己,在一张长椅上坐下。病人们身穿长长的蓝色麻布衣服,迈着初愈者畏怯的步子走出来,静静地待着,无力的双手一动也不动,没有笑容,也不交谈,模糊地感到生命在复苏,听其自然,无所事事。他也坐在他们中间,由着温煦的阳光从指头上移过去,慵倦地独自出神。他已忘记来这里做什么,只感觉到人们在走动,那边月亮门后面便是喧闹的街道,时间缓慢地过去,影子在不知不觉间往前伸长。这时有人向病人们做了回去的手势,他惊醒过来。他不是像他们当中的任何一个人那样曾在这里坐过吗?他不是可能比他们所有人都病得厉害一些,都更加接近死亡吗?真是奇怪,他什么都不想,只要这样坐着,看着时光在流逝。

当然,在夜里他心中有时会燃起邪恶的灯火。他渐渐不修边幅,同女人厮混,他看不起她们,因为他必须拿钱买她们。好多个夜晚他都在咖啡馆里消磨。但是他这么做,既无意趣,也无兴味,只是出于一种隐隐约约的恐惧,害怕无可抗拒的孤独。自从他不再同人说话以来,嘴角现出了一道凶恶的皱纹。他不想在镜子里看见自己的模样。有几次他想振作一下,但是每次都仿佛被堆积起来的寂寞的重担重新压倒,于是依然冷漠如故,精神恍惚,漫无目标。

然而,生活把他召唤回来。

一天,他深夜归来,疲惫,懊丧,而且从心底里害怕无言地等待着他的那间屋子。他发现在路上弄丢了门钥匙,只好去揿门铃,甘冒不是房东太太,而是施拉梅克为他开门的危险。

这时响起急促的、趿拉着鞋子的脚步声,房东太太开了门,举起煤油灯,认清了进来的人。灯光照射在她散乱的头发和几乎使他认不出来的脸孔上,贝格注意到,她的眼睑发红,显出熬夜的痕迹,嘴角有一道忧伤的皱纹。接着,他吃惊地想到,她夜里两点钟还不睡觉,出了什么事呢?他关切地问她。

"大夫,您不知道吗?我女儿米奇得了猩红热。病情不好,不好哇!"她开始轻声地啜泣。

贝格吃了一惊。他完全不知道。他可以说连房东太太有一个女儿都忘掉了。有几次,他出去或回来时,在房间外面黑黝黝的前厅里曾经见过一个瘦弱的孩子,说一声"您好!"便一闪而过,一个十二三岁的女孩,但他从来没有同她说过话,甚至未正眼看过她。他的心情一下子沉重起来:来了几个月,对一墙之隔、近在眼前的邻居,他一直没有注视过。紧挨着他的活动圈子,人们有不幸的遭遇,他却毫不知情。他怎能期待旁人与自己心意相通呢?!隔壁一个小孩正在同死神搏斗,而他自己竟然呼呼大睡!

他竭力安慰垂泪的房东太太:"一定会好的……您放心好了……"然后他有点胆怯地说道,"让我看看您的女儿吧……我虽然还懂得不多……我才开始学,但不管怎么样……"突然,在他心里产生出强烈的渴望,想要好好念书,恨不得马上回自己的房间,把书本打开,重新开始学习。

房东太太蹑手蹑脚地把他带到病人的床前。这是一间朝天井的小屋子,点着一盏煤油灯,挂得很低,房间里闷热,烟雾腾腾。屋子对面有一道避火墙。人们在这里感觉不到春天的气息,只能偶尔见到从闪亮的窗玻璃反射过来的微弱的阳光。现在完全无法看清这个房间有多寒碜,由于光线不足,一切都模模糊糊,只在放着那张床的角落有一片昏黄的微光,那个女孩躺在那里,睡得很不安宁,两颊烧得通红,一条细瘦的胳臂垂落在床沿,一动也不动,像被遗忘了似的。她的嘴唇缩了进去,那张清秀的脸庞乍看似无病容,只是呼吸的声音大,不时有困难。

房东太太在低声讲述,不时因哭泣而中断:"今天大夫又来看她,但一句话都没有对我说。我守在这里已是第三夜,白天我得去商场干活,幸亏邻居在这段时间里帮助我照料她。我已经看了三个夜晚,可是总不见好转。我的天哪,我愿意这么做,只求平安无事。"

说着说着,又是一阵抽泣。她说了这么多。可以看出,她已绝望,心乱如麻。

在贝格的心里产生出一种奇妙的感觉。他第一次意识到他将要帮助一个人,第一次愉快地感受到一点自己职业的光彩。"太太,这样下去不行啊。您会毁了自己,对孩子也没有用处。您现在去躺下,今天夜里我来照料这孩子。"

"大夫,这怎么行?!"

她惊讶地举起双手,好像她不能相信似的。

"您现在不能不去睡觉。您一定得睡。有我在这里,您放心好了。"

"大夫……不行……不行……您怎么这样想……不行,这样不行……"

贝格感到信心在增强,某种自我意识排遣了几个月来郁积在胸中的不快。

"这是我的职业,也是我的责任。"他非常自豪地说道,仿佛带着这样一种喜悦:夜里,在某一瞬间突然发现完全无望的生活原来有这样一种意义,这样一个目标。

他们没有推让很久。房东太太过度疲劳,困倦使她睁不开眼睛,所以很快就让步了。只是出于无限真诚的感激之情,她要亲吻他的手,但让贝格劝阻了。然后他把她带到自己的房间,安顿在长沙发上。自从孩子得病以来,这几夜她都睡在厨房里一张席子上。所有这些琐碎的、又是生死攸关的事情,他当时都毫不留意。他并未把给人帮助一事视为善举,而是把它看成清偿一笔苦涩的亏欠。

此刻他坐在女孩的床边,心里有一种说不出来的感觉。不知怎的,生活已经变得不那么沉重,不再教人难受了,变得像她现在已很浅很浅的呼吸那样轻柔、温和。现在他才真切地端详她在照射不远的灯光下显现出来的脸部轮廓。在维也纳的这段日子里,他一直不能这样接近别人,不能这么长久地注视别人的脸孔,不能细察别人面部线条里蕴藏着的一切。在他这样审视她的时候,逐渐地忆起了往事。她薄薄的嘴唇上有某个细微地方稍稍和他妹妹的有相似之处,只是这张面孔更加孩子气一些,尚未像花蕾一样绽开,便已经萎蔫。他的好奇心油然而生,很想知道她的眼睛会是怎样的,是不是像他妹妹的那样。他一再责怪自己不留意:他怎么在这个姑娘和她妈妈身边走过竟将她们视若路人呢?他为何从来没有想到过这两个近在咫尺的人呢?为何眼前这张嘴从来没有为他绽露笑容呢?他可曾发现这双眼睛像现在锁闭于眼睑深处的这般陌生?他何以毫不了解这随着低浅的呼吸一起一伏的孩童胸口里有什么在搏动呢?他小心地抓起孩子悬在床沿的那只无力的手,把它搁在毯子上。他接触她的手这样柔和,像爱抚一样。他静静地坐在那里看着她,痛苦地回想着耽误了多少功课,暗暗发誓,要彻底改变生活,重新开始。沉思中眼前出现梦幻般的图像,他觉得自己成了医生,在帮助别人。想到这些动人的情景,他便激动起来。他的目光停留在她这张苍白的、稚气的面孔上,好像把它牢牢捧住,仿佛他能用自己的目光维护她的命运,留住她的受到威胁的生命。

孩子突然动了一下,睁开了眼睛,这是一双烧得晶亮的、像噙着泪水似的闪光的大眼睛。整个脸孔似乎一下子焕发出了光彩。她的两眼先环视了一周,好像必须在某个地方穿透发烧时和做梦后罩在眼前的云翳。突然,她的目光吃了一惊似的停留在贝格的脸上,然后似乎满腹狐疑地扫过他的面孔,终于盯牢在他的眼睛里。烧得干瘪了的嘴唇不易觉察地抖动着。

贝格跳了起来,抹干她因发热而出汗的额角,随后拿水给她喝。这女孩伸过头来,急促地啜饮,接着又无力地仰跌在枕头上,两眼盯着贝格。他觉得她的目光显示出还没有完全清醒的意识,但在惊讶的神色中却带了一点感激的表情。她目不转睛地看着他。在她的深邃而不解的目光审视下,他现在微微哆嗦着转过身子,在屋子里干这干那,但不必抬头去看,便能感觉到那双湿润的、闪亮的、大大的孩子眼睛随处都跟着他。他走回到床前,她的眼睛张得很大。他弯下身子,这时她的嘴角动了一下。他不知道她是想说话,还是想微笑。然后,她的眼睑闭拢,脸上的光辉消失。她又默不作声,脸色苍白地躺在那里睡觉。现在她的呼吸变得更轻。

万籁俱寂,贝格突然感到他的心跳得很响。一种幸福的感觉在他的心里迅速扩展开来。他有生以来第一次觉得自己和旁人融合在一起而有所作为,仿佛有人向他大声说了一番感激的和亲切的话,仿佛在这几个钟头里发生了某种对他来说伟大而美好的事情。他几乎是体贴入微地俯视这个少女,俯视这个孩子,俯视这第一个被托付给他的人,他应当使这个人能够好好地生活,这个人已使他自己重返正常的生活。他不时朝这个正在睡觉的人看去,觉得长夜并不难度。油灯的火焰突然跳了一下熄掉了。他非常意外地发现黑暗已尽,清晨已带着第一缕微光伫候在窗前。

上午,医生来看病人。贝格向他作了自我介绍,说自己是医科学生,并问大夫病人是否还有危险,对自己未能洞悉情况不无尴尬,这种难堪的感觉仿佛堵塞在他的喉头。

"我觉得没有危险了,"医生说道,"我看危险期已经过去。奇怪的是:小孩子对这些病的抵抗力比成年人要强得多,仿佛尚未度过的生活储有一种潜力,能同死神进行搏斗,把它制伏。差不多所有的儿童疾病都是这样。小孩子战胜了它们,但成年人却在劫难逃。"

医生在检查病人。贝格感动地站在一旁。一想到自己谛听这个人的每一句话,注视他的每一个动作,他便深深地感受到自己盲目选定,又长期忽视的职业拥有奇妙的力量。医生可以走到病床旁边,并在那里像赠送礼品一样给人以希望,盼头,或许健康。这多么美好,对这一切他现在茅塞顿开,像蓦地瞥见一轮红日。在这一瞬间,他对自己毕生事业的方向已很清楚:他必须有所作为,必须发挥作用,这样才不会与旁人疏远,不会再感到孤独。

他开始独自一人来照料女孩。他不擅自行事,而是限于观察病情,每夜和一大部分白天时间都待在床边。那天夜里真是危险,现在高烧已退,他可以同小姑娘说话了。他也乐意跟她闲聊。每次外出,他总给她带回几朵鲜花。他告诉她,在她从前常去玩耍的舍恩波恩公园里,现在已呈现出春天的景象,那里的树木已泛出了绿色;告诉她,别的女孩子现在已穿上了浅色的衣服;告诉她,现在外面阳光灿烂;给她讲各种各样的故事;给她朗读;预言她很快就会痊愈;看到她高兴,就是他最大的乐趣。进行这样天真的、故作稚态的对话在他已很随便。他不时听到自己开心地纵声大笑,连自己也感到惊讶。

这个脸色苍白的小姑娘靠在枕头上,只是微笑。她笑得那样虚弱无力,嘴角浅浅地闪现出一道可爱的细纹,但又倏忽即逝,宛若一丝信息。可是每当他凝视她的时候,她的目光,她的整个目光,她那深邃的、闪着纤细的灰色光芒的、明亮而直透人们心底的目光就停在他的脸上,但已经完全没有惊异和拘谨的神情。她那温暖的目光实实地落在他的身上,就像一个小孩抱住母亲的脖子似的。现在她可以说话了,很快也不再像最初那样不好意思称呼他。

她最爱听他讲他妹妹的事:她的模样是怎么样的,个子高还是矮,穿什么衣服,在学校里是不是听话,是不是跟他一样长着金黄色的头发。他能不能安排一下,让她来一趟维也纳,维也纳一定比那座小城镇要好看,那个地方的名字很拗口,每次她听到都忍不住要笑。她是不是也害过这么重的病。她提的全是这类天真、幼稚的问题,而且不断有新的问题。然而,这完全不会使贝格感到厌烦。他很乐意回答她。他感到很舒畅;可以尽情地谈他的妹妹,谈这个对他来说是世上最可爱的人。当小姑娘要他拿相片给她看时,他就从书桌里取出来拿给她。

她好奇地把相片捧在那双细瘦的、还很单薄的小孩子的手里。

"这嘴角——"她很细心地用指甲在上面划过去,"跟您的一模一样。只是您的嘴角常常现出一道可怕的纹路,那时候,您就完全变了样。我以前见到您,总是感到害怕,怕看见您那时候的眼光。"

"现在呢?"他微微一笑。

"现在不害怕了。告诉我吧,她的眼睛跟您的一样吗?"

"我想,是的。"

"也像您这么高,是不是?她一定很美,您的妹妹。啊,您瞧,她的发式同我的完全一样,也这么编得圆圆的。开始的时候,妈妈不许我这么梳,说是这样会使我显老。可我已经不是孩子了嘛,我都已经给施坚信礼了哇。"

她把相片还给他,他久久地凝视着她,没有说一句话。他第一次不能完全从相片上寻回记忆中的那些面貌特征。不知不觉地,他妹妹的和这个女孩子的苍白脸孔上那些微小的特点,在他的观察中融汇在一起,他再也无法把它们区分开来。两个人的微笑和两个人的声音在他的心中已合而为一,就像她们俩现在作为两个仅有的、信赖他、喜爱他的女性在他的生活中互相结合一样。卡拉的身影已从他的记忆里完全消失。在所有这些日子里,他一次也没有想到过她,也没有想到过那个时刻,现在回忆当时的情况,他也很平静,犹如记起曾经喝醉过酒,一时糊涂或者在气头上做了蠢事一样。他已经把在这里度过的所有那些麻木不仁、噩梦一般的日子忘掉了。

他只感到,巨大的幸福已降临到他的身上。他觉得仿佛长时间在黑暗中行走,一直走到夜晚,突然喜出望外,看见一盏明亮的灯射出白晃晃的光,像远方的一颗星星:这是一所房子里的一盏灯,在那里他可以安静地休息,在那里人们接纳他,把他看作深受欢迎的宾客。他这么幼稚,这么懦弱,这么无能,在女人们那里可曾想得到什么呢?对于那些老练的,他一定是太蠢笨了;对于那些纯洁的,又太胆怯了。他确实还不能自立,还不成熟,还爱空想。他来得太早了,追求那些只渴慕成熟的果实的人们太早了。但是在眼前这个孩子的身上,女性刚刚萌发,宛如蓓蕾,含苞未放,还很温顺,没有傲气,没有贪欲。一种正在形成的、他能够掌握的命运,一个他可以精心培育的灵魂,一颗无形之中已经向着他的赤子之心不是正符合他的心意吗?这是一个梦想,它比所有迄今为止的希望都要美好,又比虚度时光的日子里那些模糊的印象要现实。它像温暖的波浪撞击着他的心。

现在,他越来越经常地注视她,与她相处的时间越来越长,在她病后两颊有了一点血色,这张年轻的脸庞变得美丽起来的时候,在他的心里颤动着萌发出一种非常隐蔽的、毫无欲求的柔情,一种只存在于兄弟姐妹之间的柔情,有了这种感情,便会觉得:可以轻轻地抚摩她这双细瘦的手,看着她的嘴角绽开微笑,就是一种幸福。

有一回,她又静静地躺着,没有一丝声息。他们俩都没有说话。突然,一种他自己都无法理解的渴望向他袭来。他走到她床前,以为她在睡觉。事实上,她只是安静地躺在那里,发亮的眼睛异样地盯着他。她的嘴唇闭拢,像浅色的卷曲的玫瑰花瓣。他猛然明白过来他想做的是什么:用他的嘴唇碰一下她的,只是很轻很轻地。

他弯下身子。可是即使面对这个害病的孩子,他也还是缺乏勇气。

她抬眼看他:您现在想什么呢?

他突然感到渴想无法遏止,再也不能不说出来。他用很低的声音说道:"我想吻你一下,可以吗?"

她一动也不动地躺着,只是微笑,微笑连同明亮的眼睛深深地印进他的心里。她不再像小孩那样微笑,而是已经像一个成年的女子……

于是他俯下身去,轻轻地吻在她那娇嫩纯洁的孩子嘴唇上。

几天以后,病人第一次可以起来。她坐在人们给她移到窗边的靠背椅上。离开了病床,她感到非常高兴。贝格坐在旁边,自豪地看着她。他模糊地感觉到,他也一起出力挽救了她。她得以回到生活中来,也是他做的一件实事。她似乎在病中长大了,不知怎的已经脱去了稚气。她现在像一个年轻的姑娘坐在那里。愉悦的神情完全不像孩子那样无拘无束,而是显得冷静、深沉。窗外空气温和而明净,她用手指敲打着窗子说道:"我还不能出去,春天该进屋子里来才好。"这在贝格看来是一个小小的奇迹,是从未见过的生活的垂爱。于是他不因爱上这个十三岁的女孩而感到惭愧,因为他明白,在她康复的这些日子里,他所经历到的一切恍如梦境,已一去不复返了。她还完全未为成年女性的羞涩所困惑。她对他的那种亲切的信赖,真挚坦率的好感不可思议地感动了他。她现在时常用名字①来称呼他,同他开玩笑。在这种熟不拘礼的举

---

① 即不用姓氏。

动中,他觉得有一种强烈的幸福感。他不再孤独了。笑声又从他的心底喷发出来,他回忆这样的欢乐,就像记起已经忘却的童年语言一样。现在当他独处的时候,常有飘忽如梦幻般的想象:他觉得仿佛看着她长大起来,变做成年的女性,聪慧、端庄、明理。他觉得仿佛自己也同这些图像交融在一起,从而领悟到她的成长同他注定有不解之缘。

在其他方面,他也不再孤单寂寞。譬如女孩的母亲,她把他奉若神明。她似乎整天都在想着有什么办法可以向他表示感激之情。他常同她交谈,从中了解到这个穷苦的女人经受过多少艰难,她遭到了屈辱和失望,但是仍然保持着令人感动的善良品性。他现在后悔过去粗暴地不理睬这些处境比他困难的人们,又因清偿亏欠而感到高兴。

他也恢复了同施拉梅克的交往。有一回他在过道上碰见他,贝格轻松愉快、毫无芥蒂地同他交谈,连他自己也觉得奇怪。他们也谈到卡拉,这个名字也不再使他感到痛苦。他掩藏不住欢喜、振奋、愉悦的心情,甚至在他走路的样子上也流露出来,他现在昂首挺胸,步履轻松。看来生命的活力正从各个方面渗进他的身心。一切都很协调。在他心中躁动不已的惟一强烈渴求是:立即把尘封的书本打开,重新学习。现在,医生这一职业放射出金色的光芒,在吸引着他。他想再等待几天,这女孩眼看就会完全康复。他要尽情品尝这第一个果实,品尝在粲然放光的日子里每一秒钟都感觉到的无穷乐趣。

贝格已经有两个星期没有真正上过街,只是偶尔急匆匆地从病人的屋子里下去买点什么。现在他头一回在阳光灿烂的石子路上闲步,充分领略春天的景致,它那清幽的芳香气息一阵阵地漫过节日般明亮的城市。他觉得仿佛今天才第一次看见这座城市,仿佛它从混浊的浓雾中闪烁着浮现出来。他看见约瑟夫施塔特的那些陈旧的房屋,以前他总觉得这些房子破败、肮脏,现在蔚蓝的天空衬托出这些老式屋顶和烟囱的轮廓,显得亲切而熟稔。他觉得好像卡伦贝格披着还很浅淡的绿装,在远处从宽阔的大街后面探出头来,仿佛打招呼似的。人人似乎都对他露出更加鲜亮的笑脸。有时候,他觉得女人们走过时好像从明亮的眼睛里对他投来友好的目光。或许这仅仅是从每一种事物,从漆黑的瞳仁,从耀眼的窗子,从闪耀的大街,从窗外光彩夺目、苏醒过来的繁花反射到他自己内心的光泽吧?周围的一切都不再使他反感,不再使他觉得陌生,而是像正在成熟的果实,充满希望和色彩,转眼就可摘取,已经可以预先尝到享受的无穷滋味。周围所有这些事物都像不断涌出的泉水,像波浪一样把人们载走。他完全沉浸在这种幸福感之中。

不久,他有了一种轻微麻木的感觉,像喝醉了酒那样,两只脚变得沉重,头部像牢牢地扎了一个箍。他突然感到四肢无力,如同春天染病一样。他只能坐在环行大道旁边的长椅上。阳光照射到他的面前,照在他的两手上,照在微微打着冷战的身体上。阳光还没有在浓密的树丛簇叶中过滤,而是毫无遮拦地直射过来,像风暴横扫那样强劲,使他不得不闭起眼睛。喧闹声从石子路上呼啸而过,人们在他身边行走。不知道是什么迫使他依然闭着眼睛,像浇铸在那里似的,一动也不动地靠在坚硬的长椅上。一连两三个钟头,他就这样坐着,直到暮色苍茫,晚凉袭人,他才打起精神走回住处,疲惫得犹如一个病人。

他从那个小姑娘的屋子旁边走过。他觉得现在必须独自待着,清理一下这几个星期里使他变了样的无数前所未有的感受。他在书桌旁坐下来,把他的书本和笔记放好,明天他要开始去听课。

这时,他发现一个空白的厚本子。他几乎认不出来了。他来维也纳时,原想用它写日记。他一直在等待配得上写在第一页的经历或者事件,等着等着,日子变得越来越单调,终于把这事给忘了。他觉得这好像是一个信号,因为他现在才真正开始生活,星星开始照亮无望的黑夜。这个本子注定要成为记录重要经历的日记——他不能肯定——或许也是记录爱情的日记,因为在他的心里有一个声音这样在说话,仿佛对这个孩子的好感以后会变成爱情,变成对一个成年女性的爱情……

他把灯捻亮一些,然后取出黑色的和红色的墨水和各种各样笔尖,开始用许多漩涡形和藤蔓形的花体,把但丁的"新的生活已经开始"这句话写在第一页上。他从小就喜欢书法。甚至在要记下将来该怎样、过去是这样的地方,他也用细点画出美观的、卷曲的字母,再用红色的和黑色的墨水把它填起来。"新的生活已经开始"这句话一定要写得像鲜血那样闪闪发光。

啊……他在书写的时候停了一下……手上有一个墨水污迹,一个细小的红色的圆斑。他想把它揩掉,可是不行。他拿水来擦。斑点还是没有去掉……奇怪……他再试试……还是没有用。

这时,一个想法像闪电一样掠过脑际。他觉得仿佛自己的血液停止了流动。这是什么呢? 难道是……

他迟疑地把袖子往上面推,心里非常害怕。他感到那只捋袖的手变得冰冷:这里也有红色圆斑:一个,两个,三个。他一下子就明白了先前感到疲倦和沉重的原因何在。他已有足够的了解。太阳穴里的血脉开始跳动得更加厉害。喉头好像被钳住了似的。他觉得桌子下面的两只脚冰凉冰凉,如同没有知觉的笨重的木块。

他摇摇晃晃地猛然站起来,惊恐的目光在镜子旁边扫过。别看,千万别朝那里看!既然这是无法可想的事,就不要做什么,不要叫喊,不要哭泣,不要抱希望,不要存幻想。这很自然,他传染上了,得了猩红热。

猩红热……他突然觉得,仿佛有人在屋子里大声说着那天医生谈起各种疾病和猩红热时讲的那一番话:小孩子得这种病容易好,但成年人却难逃厄运。

猩红热……死亡……这些在他听来都混合在一起了。猩红热——儿童疾病!这不就是他这一辈子的象征吗?他总是仍然有种种儿童和少年常有的毛病,而成人克服这些毛病却比儿童要困难。

但是死去——他太不甘心了!三个星期以前,他多么愿意走掉,多么愿意无声无息地悄然离开那个没有人与他有关、没有人同他说话的舞台。但是现在呢?为什么命运要这样逗弄他,到最后一刻才引诱他,害得他难于撒手长辞呢?为什么偏偏要在这个时候呢?——为什么要在他与人们重新有了联系的时候,在一些人可能会感到痛苦,可能会比他自己更感到痛苦的时候呢?

他突然觉得浑身无力,感到惊慌失措,只能无言地听天由命。他目不转睛地盯着那些红斑,看着看着,它们像小火星一样在他眼前跳动起来。他方寸已乱,只觉万事皆空:无论是幸福还是不幸,群体还是孤身,过去还是未来,都是一个梦。他已无欲无求。在这样一个瞬间寂然静止,这就是死亡吗?他痛苦地在想。

除了告别,他已别无想法。

他走进那女孩睡觉的屋子,看了一眼他很熟悉的沉静的脸庞。他不是梦想过,他的命运将在这里形成吗?他的命运不是已经通过她形成了吗?只是同他所想的完完全全不一样:是死,而不是生。

他用目光亲切地抚摩她的脸庞,也把她在睡梦中浮现在孩子般的嘴角上的一丝微笑,留在自己的嘴唇上带走。当然,他回到自己的屋子以后,笑容就痛苦地收了起来,犹如一朵枯萎了的花。

他还撕碎了几封信,把一个地址写在一张纸条上,然后按铃等待着。

房东太太马上奔跑进来。她每次都疾步赶到替他做事,因为她崇拜他犹如敬神。

"我——"他必须再开一次头,他的声音不够坚定,"我觉得不大舒服,麻烦您帮我把床铺好,请医生来这儿。万一我的情况不好,请您发一个电报给我的妹妹,这是她的地址。"

两个钟头以后,他病倒了,发起高烧。

他的身体烧得滚烫,好像蕴藏在还未度过的时刻里的全部力量,始终没有枯竭的热情将会在两天之内把他烧掉,岁月悠长,还能留给他的就这两天了。整座房子里的人们都已六神无主。小姑娘哭红了眼睛,轻手轻脚地走来走去,不敢抬眼看别人,仿佛人们会责怪她似的。她的母亲伏在前厅耶稣受难像面前,抽泣着为垂死者祈求生命。施拉梅克也多次过来,信心十足地向大家保证,一定不会有事。但是医生不这么看,给贝格的妹妹发了电报。

高烧持续两天,折磨着病人,他已不省人事,满脸通红。有一回,他曾经醒过来。他的血似乎已经停止流动。他一动也不动地躺在那里,双手无力,两眼紧闭。

但是他很清醒。他感觉到,屋子里一定很亮,因为眼睑前好像有一片玫瑰红的雾气。

他仍然躺着不动。这时,隔壁那只鸟叫起来,最初很小心,好像先试试,然后开始鸣啭、欢叫开了,悦耳的声音,时高时低。他模糊地记起,现在一定已经是春天了。

鸟鸣声越来越响。它的欢叫几乎使他感到痛苦,仿佛这只鸟挨着他的床筑了巢,尖叫的声音直刺他的耳鼓……难受哇……现在又很低,很远了。它一定栖息在树枝上,化入外面的春光中。鸟鸣声越来越低,越来越细,好像是笛子声,好像是一个女孩的声音。也许这根本就不是鸟叫。这不是一个女孩子的悦耳、清亮、柔和的声音吗?这不是一个小孩子的甜美、清晰的声音吗?

一个女孩子,一个小孩子……往事又畏畏怯怯似的飘浮过来,触动了他的心。慢慢地他记起诸般旧事,但不是顺着次序,连贯地结合在一起,而是一幅又一幅的图像。那微笑着的孩子面孔从被遗忘的黑暗角落浮现出来。接着便是那轻轻的一吻,模糊如同暗影,但甜蜜异常。然后是恶疾,女孩的母亲,整座房屋。往事在回忆中过了一遍。突然他明白了:他在卧病,可能难逃一死。

他睁开沉重的眼皮。果然如此,这里便是自己的房间,只有他一个人。隔壁那只鸟不叫了。钟也没有声音,不像平时那样总在不停地嘀嗒嘀嗒作响,原来人们忘了上发条。慢慢地他的眼睑又闭上,他自己也没有觉察到。他回头像望向远处那样朝那间屋子看去:他坐在里面,这是他初到维也纳的第一个夜晚,外面下着雨,孤单寂寞中,他伤心地哭了。然后,他记起过去种种:跟施拉梅克的事,还有其他各种各样的事,但是一点也不真切……显得那样陌生……并不使人感到愉快,也不使人觉得痛苦……就这样流逝,虚弱无力地让它们流入空阔的黑暗里。

这时他听到……突然听到……隔壁一扇门关上了。然后传来一阵脚步声。他听得出来:这是施拉梅克。不错,是他的声音。他跟谁在说话?太阳穴里的血脉剧烈地跳动起来……这不是卡拉在隔壁说笑吗?唉,这笑声教人听了多痛苦哇。她现在该安静才是。他需要安静……不说话了……寂然无声。真是,他们在干啥呀?他听见他们的笑声。突然,好像透过玻璃似的,他仿佛看见他们的屋子:施拉梅克站在那里,把她抱住亲吻。她伸腰向后仰去,眼角含笑,像那时一样,就像那时一样……

他的两手发烫。他们在那边怎么笑得这么狂?这使他感到痛苦。难道他们不知道他正在这里等死,正在这里死去吗?——孤独地死去,没有一个朋友。他感到泪水涌了出来,觉得胸口说不出的不舒服,便挥动两手胡乱扑打。他们不能先等他死掉吗?可是,在那间屋子里,一把靠背椅扑通一声倒在地上……他什么都看见了,看见她从他身上跳开。现在,他在追她,啊,他多么粗野,多么壮健哪。他隔着桌子抓住了她,把她拉了过来……现在她又脱开了……在哪里?刚才她躲了起来……现在他们在跳来跳去,一个在逃,一个在追。那间屋子开始抖动……不是整座房屋都在轰响吗?……一切都在晃

133

来晃去,耳边全是杂乱的喧闹声。他们怎么连他到了最后一刻都不体谅他呢?这两个该死的!……他们俩还是一个在逃一个在追。现在,现在他抓住了她。你害怕了,发情了吧?你怎么这样尖声叫喊呢?……病人痛苦地呻吟起来。现在施拉梅克把她抱住了。散开了的红头发垂落下来,好像鲜血淌下似的。现在他把她的上衣撕开……雪白的内衣闪闪发亮……她自己也一身雪白,一丝不挂……于是他们围着桌子跑过来,跑过去,跑过来,又……她笑得多舒心哪!她笑得多舒心哪!……现在——这是怎么一回事?——她竟穿壁而过,跑到他的房间里来,站在他的面前……他的床前……雪白鲜亮,一丝不挂……也许……

也许——他费力地睁开沉重的眼睑——也许……站在他面前的不是穿着白衣服的妹妹吗?放在他额头上的不是她那只可爱的冰凉的手吗?……

发烧又持续了两个钟头。然后,一切都寂然陨灭。在贝格的床边站着他的妹妹、那个女孩和施拉梅克。这三个他喜欢的人现在这样聚在一起,这是他从来没有见到过的。这三个人意味着他的一生。这三个人都没有说一句话。小姑娘在低声啜泣,逐渐地这最后的哀诉声也消失了。屋子里一片寂静,三个人都感到气氛严肃而又令人痛苦。人们只听到:似曾相识的大都会发出的狂暴、响亮的声音不停地在外面窗前掠过,并不理会死与生的命运。

(1908)

章鹏高 译

夏日小故事[*]

去年夏天我是在卡德纳比亚度过八月份的。这是科默湖畔的一座小城,掩映在白墙的别墅和苍翠的森林之中,极为迷人。春天从贝拉乔和梅那乔前来的旅客在这狭窄的湖畔熙来攘往,即便是在这些比较热闹的日子里,这座小城依然宁静平和,在天气暖和的那几个星期,花香馥郁,阳光灿烂,它就更加寂静孤独。旅馆里几乎空荡荡的,只有零零星星的几个客人,每个客人在别人眼里都显得古怪,因为他竟然选择这样荒僻的地方来消夏避暑。每天早上看见别人还坚定不移地待在这里,因而惊讶不已。最使我诧异的乃是一位上了年纪的先生,他非常高雅,很有教养。从外表上看,他介乎举止得体的英国政治家和巴黎的花花公子之间。他不从事任何水上运动,整日价凝神注视着香烟的烟雾在空中渐渐消逝,或者信手拿本书来翻阅一下,以此打发光阴。一连两天下雨,难耐的寂寞和他亲切坦然的态度,使得我们一认识就很快变得亲密,几乎完全消除了我们之间年龄的差异。他出生在利夫兰,先后在法国和英国受教育,未曾从事过任何职业,多年来也没有固定的

---

[*] 本篇于一九一一年在小说集《最初的经历》(莱比锡海岛出版社)中首次发表。

住处，是个高雅意义上的无家可归的人，就像那些逐美猎奇的维京人①和海盗，漫游各地，饱览名城胜景，观赏珍奇风光，积攒在自己心里。作为业余爱好，他对一切艺术全都倾心，但是一种高雅的鄙夷态度，胜过对艺术的爱，使他无法为之献身。他感谢这些艺术给予他千百个小时美好的时光，而他自己却不曾从事过片刻艺术创作活动。他过的是那种别人看来纯属多余的生活，因为这种生活相互之间毫无关联，通过千百个珍贵的经历积累起来的所有财富，贮存在这种生活之中，到他们生命的最后一刻，全都化为乌有，无人继承。

一天晚上，用罢晚餐我就和他谈起这点，当时我们坐在饭店前面，看着明亮的湖面在我们眼前慢慢地变成一片昏暗。他微笑着说道："也许您说的并不是没有道理。我虽然并不相信回忆：经历过的事情是在我们经历的那个瞬间就离我们而去，而文学作品呢，它在二十年、五十年、一百年以后不也是这样毁掉了吗？不过我今天要给您讲一件事，我相信，这可是一篇精彩的小说。请跟我来，这种事情最好边走边说。"

于是我们沿着那奇妙的湖滨小道往前走去，年代古老的柏树和枝叶杂乱的栗树，向我们投以密密的浓荫。湖面从树丛的枝丫之间，投来骚动不宁的闪光。对岸白云深处是贝拉乔。西沉的落日，给它抹上了正在消散的淡淡的彩色霞光。在苍茫的山冈高处，塞尔贝洛尼别墅的微光闪烁的高墙顶端，映照着钻石般的余晖夕照。天气暖和，有些郁闷，可并不使人感到沉重；夏夜的暖意，宛如女人柔软的手臂，充满柔情蜜意

---

① 维京人，北欧斯堪的纳维亚的居民，从八世纪末到十一世纪，作为海盗或者商人，不时侵犯欧洲沿海。

地依偎着浓荫,用看不见的花卉的芳香灌满了人们的呼吸。

他开口说道:"作为开场白,我应该坦白交代,我一直没跟您说过,去年我就已经到卡德纳比亚来过,在同样的季节,下榻在同一个旅馆里,这也许会使您感到奇怪。我告诉过您,我这一生一向避免干重复的事,这样,您对我今年旧地重游一定会更加大感不解。但是请听我说!那次自然和这次同样孤寂。那位从米兰来的先生去年也同样在这儿。他整天钓鱼,晚上又把鱼放生,第二天再去把鱼抓来。去年还有两位英国老太太在这儿,她们出出进进轻手轻脚,人们几乎没有注意到她们的存在。另外还有一个相貌俊美的小伙子和一个可爱的脸色苍白的姑娘。我至今还不相信,她是那小伙子的妻子,因为他们俩似乎过于亲热。最后还有一家德国人,是最为典型的北德人,一位年纪较大的太太长着淡黄色的头发,骨骼坚硬突出,动作生硬难看,她有一双像钢针一样刺人的眼睛、一张像用刀子削过的锋利的善于吵架的嘴。和她一起的是她妹妹,不会叫人认错,因为两人的面部轮廓一模一样,只是妹妹脸上的线条比较舒展,布满皱纹,不知怎的,显得柔和一些。姐妹俩老是待在一起,可是从不交谈,总是埋头织个不停,似乎要把她们全部思想空虚都编织进去。这是两个无情的命运女神,主宰着无聊和褊狭的世界。在她们两人当中还有一个年轻的、大约十六岁的姑娘,是她们两人中某一位的女儿。我不知道究竟谁是她的母亲。因为她的面部轮廓尚未定型,却已经微微地显出女性的丰腴。她其实长得并不美,过于纤瘦,还不成熟,此外,穿着打扮当然也很不得法,但是在她那茫然无助的渴望之中却有一些楚楚动人的东西。她的一双大眼也充满了迷茫的光芒,但是这双眼睛总是窘迫地避开别人的视线,眼睛一眨,明亮的光辉便倏然不见。她每次来也总带着一件手工活,但她的两手往往动得很慢,手指会停住不动,然后她静静地望着,幻梦般的目光,一动不动地凝望着湖面。我不知道,这番景象究竟有什么东西这样奇怪地打动了我的心。是看到一个母亲容颜凋残和一个女儿花蕾绽开,看到身姿绰约后面显出的阴影时,不由得会向你袭来的那种平庸的,可又如此难以避免的怅惘心绪吗?是想到在每一个面颊上都隐藏着皱纹,在每一张笑靥上都暗藏着疲倦,在每个梦幻里都已经有个失望在等待着,因而黯然神伤吗?抑或是少女浑身上下都表现出来的那种奔放的、刚刚萌发的毫无目的的渴望,少女生活中绝无仅有的奇妙无比的时刻?这时,她把目光贪婪地投向太空,因为她还没有得到那绝无仅有的东西,她可以牢牢地抓住它,然后紧紧地攀附在它上面,就像海藻附着在水里漂浮着的木头上一样。从旁观察,看她那梦幻般水汪汪的眼睛,以及冲动地热情爱抚每一只狗和猫的样子,我的心情便无比激动。焦躁不安的情绪使她许多事情刚开个头,便有始无终地撂在一边。晚上她把旅馆图书室里少得可怜的几本书匆匆浏览一遍,或者翻阅她带来的两本已经翻烂了的诗集,读她的歌德和鲍姆巴赫①……可是您干吗发笑?"

我不得不向他道歉:"只是因为歌德和鲍姆巴赫这两个名字凑在一起的缘故。"

"原来如此!当然,这个搭配是很可笑,但也不尽然。请相信我,对于这个年龄的少女来说,读好诗或者坏诗,读有真

---

① 鲁道尔夫·鲍姆巴赫(1840—1905),通俗诗人,写些漫游诗和大学生诗歌,不能和歌德相提并论。

情实感的诗还是谎话连篇的诗,她们都无所谓。对于她们来说,诗歌只是止渴的酒杯而已。她们根本不注意杯中的酒,因为她们还没有喝酒,就早已陶醉。这个姑娘也是如此,她的酒杯里注满了憧憬,使她的眼睛闪闪发光,使她放在桌上的指尖微微颤抖,使她的步态有一种独特的僵硬而又飘逸的样子,介乎飞腾和惊恐之间。你看到她如饥似渴地想和什么人说话,倾吐一下她满溢的心事,可是身边一个人也没有,只有孤独,只有织针左右碰撞的声响,只有两个女人冷冷的凝重的目光。我心里不由得产生无限的同情,可是,我无法接近她,因为当真说吧,在这种时刻,一个上了年纪的男人对于一个少女算得了什么。再说,我厌恶认识一家子人,特别对结识市民阶层的老太太们心存反感,这就使我们绝不可能互相接近。于是我试图去干一件奇怪的事情。我心想:这个年轻姑娘羽毛未丰,毫无人生阅历,大概是初次来到意大利。在德国,由于英国人莎士比亚的缘故,意大利被公认为罗曼蒂克的爱情之国,其实莎士比亚自己也从未到过意大利。人们认为这是有许多罗密欧的国家,充满了秘密的奇遇,扇子掉在地上,匕首闪闪发光,还有假面、伴娘和柔情似水的信笺。她肯定梦想着艳遇,谁不知道少女的幻梦,这些迎风飘舞的白云,它们漫无目的地在蓝天上飘浮,总是在傍晚烧得色彩绚烂,呈现玫瑰的色泽,然后化为一片烈焰般的火红?在这里她会觉得任何不可思议的事情都有可能发生,于是我下定决心为她编造一个神秘的情人。

"当天晚上我写了一封长信,语气谦卑,充满尊敬而又柔情脉脉,满是陌生的影射,信上没有署名。这封信,既不提出任何要求,也不做出任何许诺,热情洋溢,却又态度收敛,简而言之,这是一封罗曼蒂克的情书,就像出自一出诗剧。我知道,她为内心的焦躁所驱使,每天总是第一个来进早餐。我便把这信塞在她的餐巾里。清晨来临,我从花园里观察她的行动,只见她先是一怔,疑惑不解,接着大吃一惊,脸上泛起一阵红晕,布满她苍白的面颊,一直红到她的脖颈。她茫然无助地环顾四周,一哆嗦,小偷似的一下子把信藏了起来,然后,忐忑不安地、神经质地坐着,几乎碰也不碰她的早餐,很快就跑了出去,跑到浓荫密布、幽静无人的过道里,仔细揣测这封神秘的信札……您是否想说什么?"

我方才身不由己地做了一个动作,现在只好对此进行解释:"我觉得这件事很唐突。您难道没有想过,她会进行追查,或者用最简便的方法,她会去问侍者,这封信是怎么塞到她的餐巾里来的?或者把信交给她的母亲?"

"我当然想到了这层。但是如果您看见过这个姑娘,这个胆小怯懦的可爱的女孩,只要说话的声音稍微大了一些,就满脸惊恐地左顾右盼,那么您的任何顾虑都会烟消云散。有些姑娘非常害羞,您可以大胆地对她们恣意妄为,因为她们束手无策。她们宁可自己吃亏倒霉,也不会向别人吐露片言只语。我微笑着目送她远去,看到我的游戏如此成功而暗自高兴。这时她已经返回,我突然觉得我的血液直涌上太阳穴:她已经完全变成另外一个姑娘,连步态也完全变了样。她神情不安、心绪慌乱地走来,一阵红潮布满她的面颊,可爱的窘态使她显得举止笨拙,一整天都是这样。她的目光飞向每一扇窗,仿佛在那儿可以捕捉到这个秘密。她的目光围绕着每一个从旁走过的人,有一次她的目光也落到我的身上。我小心翼翼地避开她的目光,惟恐一眨眼睛会暴露我自己。但就在这闪电般飞快的一瞬间,我感觉到她目光中包含着疑问的火焰,我几乎吓了一跳。多年来我又一次感觉到,把第一粒火花射进一个少女的眼睛,这比任何极度快感都更加危险,更加迷人,更会把人毁掉。我看见她坐在那两位太太当中,手指头懒洋洋地动着,有时急匆匆地抓一下她衣服的一个地方,我敢保证,信就藏在那里。于是这游戏更加吸引了我。这天晚上我又写了第二封信,接连几天,每天都写,把一个恋情正浓的年轻人的感觉,在我的信里体现出来,把一种纯粹是想象出来的激情描绘得愈演愈烈,这变成一种独特的刺激,使我自己激动不已。这变成了我的一种扣人心弦的运动,就像猎人想从事的那种运动,设下陷阱,或者引诱猎物跑到他的枪口的射程之内。我的成功对我来说是这样难以描述,几乎令人害怕。倘若这场已经开始的游戏,不是这样诱人,不是这样强烈地吸引着我,我就不会继续进行了。她的步履无比轻盈,快慢不一,像是舞步。她的脸上散发出一种热情洋溢的美,她想必彻夜不眠,一直在期待着早晨的信,因为她的眼睛在早上便罩着阴影,而且目光火辣辣地游移不定。她开始注意自己的举止打扮,头发上插了鲜花,对所有的东西都有一股子奇妙的柔情,使她双手动作平稳。她的目光总带有询问的神情,因为从我在这些信笺里泄露出来的千百件琐细小事里,她感觉到,写信人想必近在咫尺,想必是位风神,伴同音乐,弥漫在空中,就在近处飘浮,窥探着她最隐秘的言行,自己却随心所欲,隐身无形。她的心情变得欢快开朗,连两位迟钝的太太也注意到了她的转变,因为有时候,她们善意而好奇的目光会停留在这匆匆来去的身影和像鲜花怒放的面颊之上。她的嗓音变得婉转动听,更加响亮,更加明朗,更加大胆。她的喉头常常震颤不已,仿佛突然之间会有歌声带着欢呼的花腔,从她嘴里喷出,仿佛……可是您又笑起来了！"

"没有，没有，请您接着往下讲。我只是想说，您讲得非常之好，您很有——请您原谅——天才，您讲这故事肯定和我们的小说家讲得一样精彩。"

"您说这番话无非是客气而委婉地向我暗示，我讲述这事如同您的德国小说家一样，讲得抒情激越，铺排很开，多情善感，无聊已极，好吧，我就长话短说吧！这个玩偶在跳舞，是老谋深算的我在用手牵线。为了不致招来任何怀疑——因为有时候，我感觉到，她的目光盯着我的眼睛不停地打量——我就设法让她觉得，那位写信人可能并不住在这里，而是住在附近的某个疗养地，每天划着小船或者乘坐汽船到这里来。于是每当有船靠岸的钟声响起，我就看见她找个借口，摆脱母亲的监视，一溜烟地跑了出去。从码头的一个角落，屏气凝神，打量着从船上下来的乘客。

"有一次发生了一件事，——那是一个天色阴沉的下午，我无所事事，一心观察她的一举一动。这时发生了一件非常奇特的事情。来客中有一位英俊的青年，穿着打扮有一股意大利青年的风流倜傥的帅气。他像寻找什么，举目环顾四周。这时他大概发现了这位少女拼命寻找、急于询问、渴求知晓的目光，因为害羞，一片红云立即飞上她的面颊，掩盖了她那轻轻的微笑。这位青年为之一怔，立刻注意起来。如果有人向你投来一瞥这样灼热的目光，包含着千百种欲语未吐的情愫，这是非常可以理解的。这位青年微微一笑，设法尾随着她。她急急逃走，又停住脚步，确信这就是她寻找已久的那个人，又继续快步走开，可是又回头张望。这就是那永恒的既乐意又害怕，既渴望又害羞的游戏。在这场游戏里人的可爱的弱点总是占着上风。这位青年,显然深受鼓舞,虽然也深感意外。他紧紧地跟上,已经走到她的身边,我吓得要命,眼看事情要乱成一团,这时两位太太沿着小径走来。姑娘像只吃惊的小鸟,迎着她们飞奔过去。那位青年谨慎地退了回来,不过在转身时他们的目光还相遇了一次,热烈地互相深深地望了一眼。这个事件首先提醒我,该结束这场游戏了,但是诱惑是如此强烈,我决心好好利用这次偶然的邂逅,在当天晚上给她写了一封信,长得异乎寻常,借以证实她的估计。从此我要用两个人物来演出这台戏,这对我极为刺激。

"第二天早上,姑娘脸上那种颤抖的、困惑迷乱的神气把我吓了一跳。那种美丽的、焦躁不安的神情不见了,代之以一种我感到费解的神经质。她的眼睛水汪汪的,红红的,好像流过眼泪。痛苦似乎侵入了她的心灵深处。她沉默不语,似乎想要狂喊一阵。她的额头显得阴沉,她的目光流露出一种阴郁苦涩的绝望神情,而我这次恰好希望看到她目光里显出明朗的喜悦。我不由得心悸。有一些陌生的东西第一次掺杂进来,这个玩偶不听话了,她跳的舞完全和我想的不同。冥思苦索,想到各种可能性,却没有找到答案。我开始害怕我自己导演的这出戏,为了避开她目光中所包含的悲诉,我直到晚上才回到旅馆。等我回来,一切都明白了。那张餐桌没有铺上桌布,这一家子离去了。没能跟她说上一句话,她就不得不走了。她也没有向她家人泄露,她的心还牵挂着这惟一的一天,牵挂着这一刻。她是被人从她那甜蜜的幻梦中拖走,拖进不晓得哪一个鄙陋的小城里去了。这点我可忘记了。我到现在还感觉到她那最后的目光,犹如怨诉的目光,我到现在还感觉到她目光中可怕的力量,凝聚着愤怒、折磨、绝望和最钻心的痛苦,是我把这种痛苦投进了她的生活,谁知道这对她的心灵造成了多么深重的伤害!"

他沉默了。我们说着话,夜也深了。薄云遮掩的月亮散发出一股独特的清光,树丛间似乎有火花和星光在闪烁,再就是白茫茫的湖面。我们沉默无语,继续往前走去。我的同行人终于打破了沉寂:"这就是那个故事,这不是一篇小说吗?"

"我不知道,反正我愿把它和别的故事一起记在心里。为了这个故事我得向您表示感谢。可是要说它是篇小说? 也许是个美丽的素材,可能会吸引我,因为这些人物只触及了表面,并没有完全把握住自己,他们的命运刚刚开始,但并不是命运。要写,就必须把它写到底。"

"我明白您是什么意思。写这个少女的生活,回到小城里,那庸庸碌碌的日常生活的可怕悲剧……"

"不,我指的倒不是这些。这个少女已经不再使我感兴趣。年轻的女孩子,不论她们觉得自己如何与众不同,都不怎么有趣,因为她们的生活经历全是消极被动的,因而过于雷同。我们谈的这位少女只要时间一到,就会嫁给家乡的某个规规矩矩的男人,这次事件将成为她回忆中辉煌的一页。这个姑娘以后如何,我已不感兴趣。"

"这很奇怪,我又不明白了。您在那个小伙子身上又能找到点什么。这样的目光每个人在年轻的时候都有,顾盼之间火光四射,大部分人根本没有觉察到这点,而另一些人很快就把它忘却,必须到了老年才会知道这恰好是一个人所能获得的最高贵最深沉的东西,那青春的最神圣的特权。"

"我感兴趣的,根本就不是那个年轻小伙子……"

"而是?"

"我倒想把那位年长的先生,那位情书的作者加以塑造,把他彻底描绘一番。我认为一个人不论在哪个年龄,写火辣辣的情书并且梦想着深入到一段恋爱的感情中去,都不会不受惩罚。我倒想描述一下,这出戏如何弄假成真,他如何自以为已经控制住了这场游戏,而实际上却反被这场游戏所控制,他自以为只是作为旁观者看到了这个少女宛如花蕾初放的美,而这种美却刺激了他,攫住了他内心更深层的地方,突然一切都从他手里滑掉,这一瞬间,使他狂热地渴望进行这场游戏,获得——这个玩物。恋爱想必会使一个老人的激情和一个少年的激情非常相似,因为他们都觉得自己并不完全具有充分的价值。爱情中的这种重返青春的现象定会激动我。我会让这老人怀有惴惴不安、殷切期待的心情。我要让他坐立不安,向那姑娘追踪而去,为了见她一面。可在最后关头,毕竟还是不敢走到她的跟前。我要让他旧地重游,满心希望能和她重逢,急切盼望出现一个偶然巧遇的机会,而这种巧遇总是残酷无情的。我将顺着这根线索去构思我的小说,这篇小说将是……"

"虚伪的,虚假的,不可能的。"

我吓了一跳。他打断我的话,声音生硬,沙哑,微微颤抖,几乎带有威胁的神气。我从来没有看见和我同行的这位先生这样激动过。我像闪电般迅速地感觉到,我不小心触及了他的什么痛处。他匆匆停住脚步,我心里一动,有些难堪。我看见他的白发在夜色中闪烁。

我想赶快换个话题,谈点别的,可是他已经又说起话来,现在平稳低沉的嗓音变得非常亲切柔和,糅进了轻柔的悲怆。

"也许您说得有理,这样更有趣。老人恋爱代价高昂①,我想,这是巴尔扎克给他最动人的故事之一取的篇名。就这个题目,还可以写许多故事,但是老年人知道其中最隐秘的内情,只喜欢讲他们的成功,闭口不讲他们的弱点。其实这些事情怎么说呢,不过是像钟摆一样,永远摆个不停。可他们却害怕在这种事情里面显得可笑。卡萨诺瓦回忆录中有些篇章讲他年纪大了,偷情的汉子自己戴上了绿头巾,欺骗别人的人反而被人欺骗,你难道真的以为恰好这些篇章'丢失了'是个偶然事件?我看也许只是因为他的手变得过于沉重,心胸变得过于狭窄了吧。"

他把手伸给我,这时他的嗓音又变得非常冷漠,平静,无动于衷。"晚安!我发现夏日的夜晚给年轻人讲故事是很危险的事,很容易产生愚蠢的念头和各式各样毫无必要的幻梦。晚安!"

他迈着富有弹性的,但因上了年纪已变得缓慢的步履,走向夜色中去。天时已晚,平日因夜间柔和的暖意很早就使我感到的疲倦,今天却因血液中涌起的兴奋而消散。如果一个人遇到一桩奇事,或者把别人的经历一时当作自己的经历,就会这样。于是我沿着幽静昏黑的小路一直走到卡尔洛塔别墅。那儿大理石的台阶一直伸到湖里,我在清凉的石级上坐了下来。夜奇妙无比,贝拉乔的灯火以前像萤火虫似的在树丛中闪烁,显得很近,此刻越过水面似乎显得无限遥远。灯光慢慢地、一个接一个地落回沉重的黑暗之中,湖面寂静无声地展现在我的面前,像一块漆黑的宝石光滑闪亮,可是在边沿闪

---

① 原文为法文。

着杂乱的火花。拍岸的微波轻柔地涌上石级又复退下,像白皙的手弹弄着白得发亮的琴键。苍白的苍穹,显得无限高邈,天幕上有千万颗星熠熠生辉,它们挂在天上,静谧沉寂,晶莹闪光。只不过有时候,一颗星猛地挣脱那钻石般的轮舞,坠入夏日的黑夜之中,坠入黑暗,坠入山沟、峡谷,坠向山冈或者远处的水面,无知无感,被盲目的力量抛出轨道,就像一个生命被抛进无人知晓的命运的陡峭深谷。

(1911)

张玉书 译

家庭女教师[*]

两个孩子现在单独待在自己的房间里。灯已经关了。她们之间笼罩着一片黑暗,只有两张床隐隐约约地发白。两个孩子的呼吸都很轻微,人家简直会以为她们都睡着了。

"喂!"一个声音说道。这是那个十二岁的女孩。她轻轻地、有些提心吊胆地向黑暗里发问。"什么事?"从另外一张床上传来姐姐的回答。她比妹妹只大一岁。

"你还醒着哪。好极了。我……我有件事想告诉你……"

那边没有回答。只听见床上发出一阵窸窸窣窣的声音。姐姐撑坐起来,带着期待的神情向这边望过来,可以看见她的眼睛在闪闪发光。

"你知道吗……我早就想跟你说……不过你先告诉我,这几天你不觉得我们的小姐有点儿怪吗?"

另一个女孩迟疑了一会儿,沉思起来。"有点儿,"接着她说道,"可是我也搞不清楚是怎么回事。她不像原来那样严厉了。最近我有两天没做作业,她也没说什么。再就是她

---

[*] 本篇于一九一一年在小说集《最初的经历》(莱比锡海岛出版社)中首次发表。

有点儿那样——我也说不好。反正我觉得她现在根本不管我们了,她老是坐在一边,也不跟我们一块儿玩了,从前她老跟我们一起玩的。"

"我看她很伤心,只是不愿意让人家知道。她现在钢琴也不弹了。"

又是一阵沉默。

接着姐姐提醒妹妹:"你不是有事要说吗?"

"是啊,可是这事你谁也不许告诉,的确不许告诉任何人,妈妈也好,你的小朋友也好,都不许告诉。"

"我不告诉,我不告诉!"姐姐已经不耐烦了,"到底是什么事呀?"

"是这样……刚才,我们上床睡觉的时候,我忽然想起,我还没跟小姐道晚安呢。我的鞋都已经脱了,可是我又跑到她房里去,你知道吗?我轻手轻脚地跑过去,想吓她个冷不防。我小心翼翼地打开房门。起先我还以为她不在房里呢。灯亮着,可是我没看见她。突然——我吓了一大跳——我听见有人在哭,我一下子看见她衣服穿得好好的躺在床上,脑袋埋在枕头里。她在抽抽搭搭地哭,我吓得浑身直哆嗦。可是她没有瞧见我。于是我又轻手轻脚地重新把门关上。我身上抖得厉害,只好在门口一动不动地待了一会儿。这时,我在房门外还清清楚楚地听见她在哭呢。后来我就赶紧跑回来了。"

她们两个又不吭声了。然后一个女孩轻轻地说了声:"可怜的小姐!"这句话在屋子里颤抖,就像一个阴郁的音符迷失在空中,接着又复归于沉寂。

"我真想知道,她干吗哭,"妹妹又开口说道,"这几天她又没跟什么人吵过嘴。妈妈现在也不再没完没了地挑她的刺了。我们肯定也都没惹她生气,那她干吗哭成这样?"

"我倒有点儿明白她干吗哭。"姐姐说道。

"干吗哭?告诉我,她干吗哭?"

姐姐犹豫了一会儿,末了说道:"我想,她在恋爱了。"

"恋爱?"妹妹惊讶地一愣,"恋爱?爱上谁了呢?"

"你难道一点也没看出来?"

"该不是爱上了奥托吧?"

"不是奥托是谁?奥托难道没有爱上她?他上大学,在咱们家已经住了三年,可从来也没有陪我们出去玩过,他干吗这几个月突然一下子每天都陪我们出去呀?小姐到我们家来以前,他对我好吗?对你好吗?可是现在他成天围着我们转来转去。不管是人民花园、城市公园或者普拉特尔①,我们跟小姐到哪儿去,都会碰巧遇见他,总是碰巧。你难道不觉得奇怪吗?"

妹妹大吃一惊,结结巴巴地说道:

"是的……是的,我当然觉得有点儿奇怪。可我一直以为,这是……"

她的声音变了。她不再往下说了。

"我起先也以为是那样,我们这些女孩子都挺傻。可是我总算及时发现,他不过是拿我们做幌子罢了。"

现在两个人都沉默不语了。谈话似乎已经结束。

姐妹俩已经陷入沉思或者已经进入梦乡。

---

① 人民花园、城市公园、普拉特尔,都是维也纳的游览地。普拉特尔公园位于多瑙河和多瑙河运河之间。

这时妹妹又一次无可奈何地在黑暗中说道:"可她干吗又要哭呢?奥托不是挺喜欢她吗?我一直以为,恋爱一定是挺美妙的。"

"我不知道,"姐姐带着沉思神往的神情说道,"我原来也一直认为,恋爱准是非常美妙的。"

在困倦欲睡的女孩的唇边又一次轻轻地、惋惜地吐出一声:"可怜的小姐。"

然后屋里一片寂静。

第二天早上她俩不再谈起这件事情,可是,姐妹俩都感觉到,两个人的脑子里转的是同样的念头。她们两个互相绕着走,彼此躲来躲去,可是等到她俩从侧面打量女教师的时候,两个人的目光又不由自主地相遇在一起。吃饭的时候,她们仔细观察奥托,仿佛这个在她们家里住了几年的堂兄是个陌生人。她们不跟他说话,可是在低垂的眼皮底下,她们一个劲儿地斜着眼睛瞅他,看他是不是在跟小姐打暗号。姐妹俩都坐立不安。吃完饭以后,她们不去玩,却心慌意乱地东忙西忙,瞎忙一气,急于想要探听这个秘密。到了晚上,两个女孩中的一个只不过淡淡地随口问了一句,仿佛她对这事漠不关心似的:"你又看出什么了吗?""没有。"另一个说了一句,就掉过脸去。两姐妹似乎都有点怕谈起这件事情似的。就这样又过了几天,两个孩子默默地观察着,绕着圈子探索着,她们忐忑不安而又不知不觉地感觉到正在接近一个闪烁不定的秘密。

几天以后,妹妹终于发觉,女教师在吃饭的时候,暗暗地向奥托使了个眼色。奥托点点头算是回答。妹妹激动得身子一颤。她在桌子底下伸过手去,轻轻地碰一碰姐姐的手。等姐姐转过脸来,她就用她发光的眼睛瞅了姐姐一眼。姐姐马上就会意了,立刻也坐立不安起来。

大家吃完饭刚站起来,女教师就对两个孩子说:"你们回屋去自己玩一会儿吧。我有点头疼,想休息半个钟头。"

两个孩子垂下眼睛。她们小心翼翼地互相用手碰了碰,好像彼此都想提醒一下对方似的。女教师刚走,妹妹就一步蹦到姐姐跟前:"瞧着吧,现在奥托要到她房里去了!"

"那还用说!所以她才把我们支开啊!"

"咱们得到她门口去偷听!"

"可是要是有人来了怎么办?"

"谁会来呀?"

"妈妈呗。"

妹妹吓了一跳,"是啊,那……"

"我有主意了,你猜怎么着?我在门口偷听,你留在走廊里,要是有人来了,你就给我个暗号。这样我们就保险了。"

妹妹噘着嘴,一脸的不高兴,"可是你到时候什么也不告诉我。"

"全都告诉你!"

"真的全都告诉我?……可什么也不许落下啊!"

"当然,人格担保。听见有人来,你就咳嗽一声。"

她俩等在走廊里,浑身哆嗦,心情激动。她们的心脏怦怦直跳。下面会发生什么事情呢?两个孩子紧紧地挨在一起。

传来脚步声。姐妹俩赶忙跑开,躲进暗处。果然不错,来的是奥托。他握住门把,门随后又关上。姐姐像支箭似的射了过去,贴在门上,屏息静气,侧耳细听。妹妹不胜向往地望着这边。好奇心折磨着她,使她离开指定的岗位,悄悄地溜了过来。可是,姐姐生气地把她推开。她只好又去等在外面,两分钟、三分钟,在她看来简直像永恒一样漫长。她焦急难耐,像热锅上的蚂蚁转来转去。姐姐什么都听见了,而她一点也没听着。她又急又气,几乎要哭出来了。这时那边第三个房间里有扇门砰地关上了,她咳嗽一声。姐妹俩连忙跑开,溜进她们自己的房间。进屋以后还上气不接下气地站了一会儿,心跳得厉害。

接着妹妹便急切地催她姐姐:"好啦,快……告诉我吧!"

姐姐脸上露出沉思的神情。末了她非常困惑地、像是自言自语地说道:"我真不明白这是怎么回事!"

"什么事?"

"这事真奇怪。"

"什么事……什么事呀!"妹妹气喘吁吁地把这句话吐了出来。于是姐姐拼命回想。妹妹凑过来,紧挨着她,生怕漏掉了一个字。

"这事真奇怪……跟我原来想的,完全不一样。我猜奥托进了房间以后,准是想跟她拥抱或者接吻,因为她跟他说道:'别这样,我有正经事要跟你谈。'我看是一点儿也看不见,因为钥匙孔里插着钥匙,可是听却听得很清楚。'出了什么事啦?'奥托接着问道。可我从来没有听见他这样说过话。你也知道,他平时说话总喜欢大叫大嚷,粗声粗气。可这句话,他却说得战战兢兢,我马上就感觉到,他不晓得怎么搞的,心里有点害怕。小姐想必也看得出来,他在撒谎,因为她只是非常低声地说了一句:'你早就知道了。'——'不知道,我一点也不知道。'——'是吗?'她就说了——说得那样悲伤,悲伤极了——'那你干吗一下子不理我了?一个星期以来,你没跟我说过一句话,你总是躲着我,也不再跟孩子们一起出去了,你也不再到公园里来了。难道我一下子就成了陌生人了?啊,你早已知道,为什么你忽然远远地避开我。'他不作声,后来说道:'我快考试了,我得好生复习功课,没工夫干别的。现在也只能这样。'这下她就哭开了,然后一面哭一面对他说,可是说得非常温柔非常动人:'奥托,你干吗要撒谎呢?你还是说实话吧,你对我撒谎,你这样做应该吗?我对你没有提过任何要求,可是我们两人之间得把话讲讲清楚。你分明知道,我要跟你说什么,我从你的眼睛就看出来了。'——'说什么呀?'他犹犹豫豫地说道,可是声音非常的微弱。这时她就说了……"

小女孩说到这里,突然身子哆嗦起来,激动得说不下去了。妹妹更紧地偎依着她。"什么……说了什么呀?"

"这时她就说:'我不是有了你的一个孩子吗?'"

妹妹像闪电似的吓了一跳:"孩子!一个孩子!这不可能啊!"

"可她就是这么说的。"

"你准听错了。"

"没错,没错!她把这话又重复了一遍;他也像你一样,跳了起来,叫道:'一个孩子!'小姐好久没吭声,末了说道,'现在该怎么办呢?'后来……"

"后来怎么啦?"

"后来你就咳嗽了,我就只好跑开。"

妹妹感到非常惶惑,眼睛直愣愣地望着前面:"一个孩子!这怎么可能呢?她又在哪儿有这么个孩子呢?"

"我不知道。这就是我不明白的地方。"

"也许在家里吧……在她上咱们家来以前。妈妈为了咱们俩当然不允许她把孩子带来。所以她才这样伤心。"

"去你的吧!那时候她还根本不认识奥托呢!"她俩又一筹莫展地沉默了,一面苦思苦想,这究竟是怎么回事。这可使姐妹俩非常烦恼。妹妹又开始说道:"一个孩子!这是完全不可能的!她怎么会有个孩子呢?她又没结婚。只有结过婚的女人才有孩子,这我是知道的。"

"也许她结过婚了。"

"你别发傻好不好!总不是跟奥托结的婚吧?"

"为什么?"

姐妹俩面面相觑,一筹莫展。

"可怜的小姐。"两姐妹当中的一个非常悲伤地说道。这句话一再出现,末了化为一声同情的叹息。同时,好奇心也一再燃起。

"究竟是个女孩还是个男孩?"

"谁又能知道呢?"

"你看怎么样……要是我去问问她……非常、非常小心地问她。"

"你发疯了!"

"怎么啦……她不是跟咱们挺好的吗?"

"你在胡想些什么呀!这种事情人家是不跟我们说的。什么都瞒着我们。每次我们一进屋,他们就闭口不说了,净跟我们瞎七搭八胡扯一气,好像我们还是小孩子似的,可我都已经十三了。你干吗要去问她呀,谁都不跟我们说真话。"

"可我真想知道一下。"

"你以为我就不想?"

"你知道吗……其实我最最不明白的就是,奥托居然会一点儿也不知道。一个人自己有个孩子,总是知道的,就像一个人自己有父母,也是知道的一样。"

"他只不过是假装不知道罢了,这个流氓!他老是装假。"

"可是这种事情他总不会装假吧。只有……只有在他想骗骗我们的时候,他才装假……"

这时小姐进屋来了。两姐妹立刻一声不响,假装在做作业。可是她们都从旁边斜着眼睛去瞅她。她的眼睛好像红了,她的声音比平时低沉,比平时颤抖得厉害些。孩子们安静极了,她们突然怀着一种敬畏的心情,怯生生地抬起头来看她。"她有个孩子,"她们老是想着这个念头,"所以她才这样悲伤。"慢慢地,她们自己也悲伤起来了。

第二天吃饭的时候,她们听到一个突如其来的消息:奥托要离开他们家了。他跟他叔叔说,马上就要考试了,他得加紧复习,在这儿干扰太多。他准备到别处去租间房子住一两个月,到考完再回来。

两个女孩一听到这话,激动得要死。她们感到,这事和昨天的谈话之间有着一种秘密的联系。凭着她们敏锐起来的本能,她们感到这是一种怯懦行径,是一种逃跑行为。当奥托向她们告别的时候,她们态度粗暴,转过身去不理他。但是,等他站在小姐面前的时候,她俩又斜着眼睛偷看。小姐的嘴唇微微抽搐,可是她安详地把手伸给他,一句话也不说。

这几天两个孩子完全变了样。她们不玩、不笑,眼睛失去了活泼开朗、无忧无虑的光彩。她们心里又不安又不踏实,对周围所有的人都极端地不信任。她们不再相信别人跟她们说的话,在每句话里都闻出谎言和计谋的味道。她们成天东张西望到处偷听,窥探别人的一举一动,注意人家脸上肌肉的抽动、说话语气的变化。她们像影子似的跟在别人背后,耳朵贴在房门口,偷听别人说话。她们拼命想从自己的肩膀上摆脱这些秘密织成的黑暗的罗网,或者至少透过一个网眼向现实世界投去一瞥。那种孩子气的信念,高高兴兴、无忧无虑的盲目性已经从她们身上脱落。然后,她们从郁闷的空气预感到山雨欲来,生怕错过了这个瞬间。自从她们知道,身边尽是谎言,她们也就变得坚忍而有心计,甚至变得诡诈且善于说谎。

在父母面前,她们假装天真烂漫,稚气十足,一转身就突然变得伶俐机警。她们的性格大变,变得神经过敏、焦躁不安。她们的眼睛原来具有一种柔和而宁静的光芒,现在燃烧得极为炽烈,眼神也变得更加深沉。她们在不断侦察窥探的过程中孤立无援,结果她们彼此相爱得更为深切。有时候她们感到自己实在天真无知,强烈渴望得到柔情抚爱,会突然间互相热烈地拥抱起来,或者突然泪如雨下。看上去似乎无缘无故,她们的生活一下子变成了一种危机。

许多屈辱她们直到现在才有所体会,其中有一种她们感受得最为深切。她们不声不响,一句话也不说,心里暗暗打定主意,小姐是这样悲伤,应当尽可能使她心里高兴。她们勤勉而又仔细地做着作业,互相帮助。她们安安静静,不发一句怨言。小姐想要什么,她们总预先办到。可是这一切小姐一点也没注意,这使她们非常难过。在最近一个时期,小姐完全变了样子。有时候,一个女孩子跟她说话,她就一哆嗦,好像从睡梦中惊醒。她的目光也总要先彷徨片刻,才从远方慢慢地收回来。她常常一连坐上几个小时,呆呆地望着前方出神。

于是女孩子们就踮起脚尖走来走去,免得惊扰了她。她们朦朦胧胧地、极为神秘地感觉到,现在她正在想念她那在远处什么地方的孩子呢。出自她们日益觉醒的女性的柔情,她们越来越爱她们的小姐,她现在变得这么温柔、这么可爱。她原来的那种生气勃勃、热情奔放的步伐现在变得更加沉着稳重,她的动作也变得更加谨慎小心。孩子们从这一切变化感觉到一种隐蔽的悲哀。她们从来没有看见她哭过,可是她的眼圈常常是红红的。她们发现,小姐想要在她们面前掩盖她的痛苦。可她们没法帮她的忙,她们简直感到绝望了。

有一次,小姐把脸转向窗口,用手绢去擦眼睛,妹妹突然鼓起勇气,轻轻地握住她的手说道:"小姐,您最近总是这么伤心,该不是我们惹您生气吧,您说呢?"

小姐深受感动地望着她,轻轻抚摸她的秀发,"不,孩子们,不是你们,"她说道,"绝对不是你们。"她温柔地吻了吻孩子的额头。

她俩窥探着,观察着,在她们目光所及的地方发生的事情,她们一点也不放过。这几天,两姐妹中的一个有一次进屋的时候,突然听到了一句话。仅仅就是一句话,因为父母亲马上住口不说了。可是现在每一句话都可以在她们心里引起上千个猜想。"我也觉得有些异样,"妈妈说道,"我要把她找来盘问一番。"小女孩起先以为这是说的她自己,吓得胆战心惊,跑去找姐姐商量求援。可是到吃午饭的时候,她们发现,她们父母亲的目光一直盯在小姐的那张漫不经心的、迷惘恍惚的脸上,然后互相交换眼色。

吃完饭,母亲随口对小姐说了句:"请您待会儿到我屋里来一趟,我要跟您谈谈。"小姐微微地低下了头。孩子们浑身猛烈哆嗦起来,她们感到,现在要发生什么事情了。

等小姐一进她们母亲的房门,她们就马上扑了过去。把耳朵贴在门上,把各个角落搜查一遍,偷听,窥探,对于她们来说已经成了自然而然的事了。她们根本不再感到这样做有什么丑恶,有什么丢人,她们一心只想探听到人家瞒着她们的一切秘密。

她们侧耳倾听,可是只听见喊喊喳喳的一片轻声耳语,她们的身体神经质地不住颤抖,她们生怕什么话都听不见。

屋里有个声音越来越大。这是她们母亲的声音。听上去,恶狠狠的,像吵架似的。

"您以为大家都是瞎子,这种事情都没觉察到?凭您这样的思想和品德,您是怎样在尽您的本分的,我可以想象得出。我竟然委托这样一个人去教育我的孩子,教育我的女儿,天晓得您是怎样忽视她们的教养来着……"

小姐好像回答了一句什么。可是她的声音太轻,孩子们都没听清。

"花言巧语,尽是借口!每个轻佻的女人都有自己的借口。随便碰上个男人就跟了,别的什么也不想。余下的事反正有仁慈的上帝来料理。这样的人还想当教师,还想去教育人家的女儿,简直是无耻!您总不至于认为,在您目前的情况下,我还会留您继续待在我们家里吧?"

孩子们在门外偷听,一阵阵寒噤透过她们全身。这番话她们一点也不明白,但是听到她们的母亲这样怒气冲冲地讲话,而小姐唯一的回答却是一阵猛烈的低声抽泣,她们感到害怕。孩子们的眼里涌出了泪水。可是她们的母亲似乎火气更大了。

"您现在大概只有哭天抹泪这一招了！这是不会使我心软的。对于这种人我绝不同情。您现在怎么办，跟我丝毫无关。您该去找谁，您自己心里明白。这事我问也不问您。我只知道，一个人下作到玩忽职守的地步，我是不能容忍的，她在我家里一天也不能多待。"

回答的只是抽泣，绝望的、伤心透顶的抽泣。这呜呜咽咽的抽泣像寒热似的使门外的孩子浑身打战。她们有生以来也没有听见人家这样哭过。她们模模糊糊地感觉到，哭得这样伤心的人是不会有过错的。她们的母亲这会儿不吭声，等待着。末了她突然粗暴地说道："好吧，我想跟您说的就是这些。今天把东西收拾一下，明天早上来拿您的工钱。再见！"

孩子们一下子从门口跳开，逃进自己的屋里。这是怎么回事？她们觉得这简直是个晴天霹雳。她们脸色苍白、浑身颤抖地站在那儿。她们第一次不知怎的感觉到了现实生活的真实情况，第一次敢于对自己的父母感到一种类似愤懑的情绪。

"妈妈这样跟她说话，太卑鄙了。"姐姐咬着嘴唇说道。

妹妹听见这句放肆大胆的话，吓了一跳。

"可是我们根本一点也不知道，她到底干了什么事。"妹妹结结巴巴地抱怨。

"肯定没干什么坏事。小姐不可能干坏事的。妈妈不了解她。"

"瞧她哭成那样。我听着心里直害怕。"

"是啊，真可怕。可是妈妈还跟她嚷嚷来着。这真卑鄙，我跟你说吧，这真叫卑鄙！"

姐姐气得直跺脚,泪水充满了她的眼眶。这时小姐进屋来了。她看上去疲惫不堪。

"孩子们,我今天下午有事,你们两个就自己待着吧,好吗?可以信得过你们吧,是不是?晚上我再来看你们。"

她说完就走,也没注意到孩子们激动的神情。

"你看见了吧,她的眼睛都哭肿了。我真不明白,妈妈怎么能这样对待她。"

"可怜的小姐!"

这句话又响了起来,充满了同情和眼泪。她们站在那儿,茫然不知所措。这时她们的母亲进屋来了,问她们想不想跟她一起乘车出去兜风。孩子们支吾了半天。她们怕妈妈,同时她们心里又暗暗生气,小姐要走了,这事竟一点儿也不告诉她们。她们宁可单独留在家里。她们像两只雏燕,关在一个窄小的笼子里扑过来扑过去,被这股说谎和保密的气氛压抑得透不过气来。她们考虑,是不是可以跑到小姐的房里去问问她,劝她留下来,对她说,妈妈冤枉她了。可是她们又怕惹小姐不高兴。再说她们又感到羞愧:她们知道的一切,全是悄悄地偷听来的。她们不得不装傻,装得就跟两三个星期以前那样傻。所以她们就待在自己房里,度过整个漫长的无边无际的下午,思索着,流着泪,耳边始终萦绕着那些可怕的声音,时而是她们母亲的凶狠的、冷酷无情的怒吼,时而是小姐的使人心碎的呜咽。晚上小姐匆匆地到她们房里来看她们,跟她们道了晚安。孩子们看见她走出去,难过得浑身都颤抖起来,她们真想跟她再说些什么。可是现在,小姐已经走到门口了,又突然自己转过身来——似乎被她们无声的愿望给拉了回来,她的眼睛里闪着泪花,水汪汪的,阴沉沉的。她搂住两个

161

孩子,孩子们放声大哭起来;她再一次吻吻孩子们,然后疾步走了出去。

孩子们泪流满面地站在那儿。她们感到,这是诀别。

"我们再也见不到她了!"一个女孩哭道,"你瞧着吧,等我们明天放学回来,她已经不在这儿了。"

"我们以后说不定还可以去看看她。那她肯定会把她的孩子给我们看的。"

"是啊,她人多好啊!"

"可怜的小姐!"这一声叹息已经在悲叹她们自己的命运了。

"没有了她,我们怎么办,你能想象吗?"

"再新来个小姐,我是永远不会喜欢她的。"

"我也不会。"

"谁也不会对我们这么好。再说……"

她不敢把话说出来。但是,自从她们知道,她有了个孩子,一种下意识的女性的感情使她们对她肃然起敬。她们两个老是想着这事,现在已经不再怀着那种孩子气的好奇心,而是深深地感动,充满了同情。

"喂,"一个女孩说道,"你听我说。"

"什么呀!"

"你知道吗?我真想在小姐走以前,让她再高兴一下。让她知道,我们都喜欢她,我们跟妈妈不一样。你愿意吗?"

"那还用问吗?"

"我想过了,她不是特喜欢丁香花吗,那我就想,你猜怎么着,我们明天早晨上学以前,就去买几枝回来,然后放到她屋里去。"

"什么时候放进去呢？"

"吃午饭的时候。"

"那她肯定早就走了。你猜怎么着,我宁可一大清早就跑上街去,飞快地把花买回来,谁也不让看见,然后就送到她屋里去。"

"好,明儿咱们早早地起床。"

她们把自己的扑满取来,一个子儿不落地把她们攒的钱都倒在一起。一想到她们还能向小姐表示她们无声的、真心诚意的爱,她们心里又高兴多了。

天刚亮,她们就起床了。她们微微颤抖的手里拿着盛开的美丽的丁香花去敲小姐的门,可是没人答应。她们以为,小姐还在睡觉,便小心翼翼地、蹑手蹑脚地溜进房去。房里一个人也没有,床上的被褥整整齐齐,没人睡过。房里别的东西凌乱不堪。在深色的桌布上放着几封白色的信。两个孩子吓坏了。出什么事了？

"我找妈妈去。"姐姐果断地说道。

她倔强地站在母亲面前,脸色阴沉,毫无畏惧,她问道："我们的小姐在哪儿？"

"在她自己房里吧。"妈妈说道,感到十分惊讶。

"她房里没人,被子也叠得好好的没动过。她准是昨天晚上就走了。干吗不跟我们说一声？"

母亲一点也没有注意到女儿恶狠狠的、挑衅寻事的口气。她脸色唰的一下发白了,走到父亲房里去,父亲马上跑进小姐的房间。

他在那里待了好久。孩子们一直用愤怒的目光死盯着母亲。她看上去非常激动慌乱,不怎么敢去看孩子们的眼光。

父亲终于出来了,他脸色灰白,手里拿着一封信,和母亲一起到自己房里去,和她喊喊喳喳地说些什么。孩子们站在门外,突然一下子不敢再偷听了。她们怕父亲发脾气。父亲现在这副神气是她们从来也没有看见过的。

母亲眼泪汪汪、气急败坏地从屋里出来。孩子们似乎被她们的恐惧所驱使,下意识地迎上前去,想问个究竟。可是她口气生硬地说道:"上学去吧,已经晚了。"

孩子们只好去上学。她们在那儿坐了四五个钟头,夹在其他的孩子当中,像做梦似的,老师的话一句也没听见。一放学她们就发狂似的冲回家来。

家里一切照旧,只不过大家的心里好像都有一个可怕的念头。谁也不说,可是所有的人,甚至用人,眼光都很异样。母亲冲着孩子们迎了过来,她似乎已经胸有成竹,要跟她们说点什么。她开口说道:"孩子们,你们的小姐不回来了,她……"

可是她不敢把话说完。两个孩子的眼睛炯炯发光、咄咄逼人,直盯着她的眼睛,以至于她不敢向她们当面撒谎。她转身就走,逃回自己的房间里去。下午奥托突然出现了。家里派人去把他叫来,有封信是给他的。他的脸色也异常苍白。他神情慌乱,站在哪儿都觉得不合适。谁也不跟他说话。大家都躲着他。他一眼看见缩在角落里的两个女孩,想跟她们打个招呼。"别碰我!"两姐妹当中的一个说道,厌恶得浑身直哆嗦,另一个在他面前啐唾沫。他狼狈不堪,不知所措,到处磨蹭了一会儿,然后就溜得无影无踪了。

谁也不跟孩子们说话,她们彼此之间也不交谈。她俩脸色苍白,迷惘惆怅,像关在笼子里的野兽,一刻不停地从一个房间串到另一个房间，串了一会儿，又碰在一起，用哭肿了的眼睛你看我，我看你，一句话也不说。她们现在什么都明白了。她们知道，别人欺骗了她们，所有人都可能是坏蛋，卑鄙无耻。她们不再爱她们的父母，不再相信他们。她们知道，她们今后对谁也不能信任，而可怕的人生的全部重担今后都将压在她俩瘦削的肩上了。她们似乎从欢乐安适的童年时代一下子跌进了一个万丈深渊。她们现在还不能理解她们身边发生的可怕的事情，可是她们的思想正卡在这上头，几乎要把她们憋死。她们的面颊上泛起热病似的红晕，她们的眼里有一股凶狠的、激怒的眼神。在孤寂之中她俩像发冷似的荡来荡去。她们看人的神情是这样可怕，谁也不敢跟她们说话，连她们的父母在内。她们不停地在屋里转来转去，反映出她们内心的骚动。虽然她俩谁都不说，可是都感到休戚相关，祸福与共。沉默，一种参不透、摸不准的沉默，一种执着的、既不哭喊也无眼泪的深锁在心里的痛苦，使她们跟谁都疏远，对谁都仇视。谁也接近不了她们，通向她们心灵的通道已经阻断，也许多少年都不会畅通。她们身边的人都觉得，她们是敌人，是两个再也不会原谅别人的坚决的敌人。因为从昨天起，她们就已经不再是孩子了。

这天下午她们年纪大了好几岁。一直到晚上，她们单独待在她们黑洞洞的房间里的时候，儿童的恐惧才在她们心里觉醒，对孤寂的恐惧，对死人的恐惧，以及对模糊的事物充满了预感的恐惧。全家上下一片慌乱，竟忘了给她们屋里生火。她们冷得哆哆嗦嗦地钻进一条被子，用她们细瘦的孩子胳膊紧紧地搂在一起，弱小的，还没有发育的身体互相紧贴，仿佛因为害怕而在寻找援助。她们一直还不敢互相说话。但是，妹妹终于热泪盈眶,姐姐也跟着抽抽搭搭地大哭起来。两个人紧紧搂在一起痛哭。温暖的眼泪先是迟迟疑疑地,接着畅畅快快地流下来,沐浴着她们的面颊。她俩胸贴着胸,哭成一团,直哭得气噎喉干,死去活来。在黑暗中两个人化成一股痛苦,两个人变成一个人在悲泣。她们现在已经不是在为她们的小姐而痛哭,也不是在为她们从此失去了父母而痛哭,而是一阵猛烈的恐惧震撼着她们。对这个陌生世界里可能发生的一切,她们感到害怕。她们今天已经心惊胆战地向这个世界投了最初的一瞥。她们现在已经踏入的人生,使她们望而生畏。这个人生像座阴森森的树林,矗立在她们面前,昏暗、逼人,可是她们得去穿过这座森林。她们混乱的恐惧感越来越模糊,几乎像是梦幻,她们悲伤的抽泣声也越来越轻微了。她们的呼吸现在柔和地融成一气,就像刚才她们的眼泪流在一起。就这样,她们终于沉入了梦乡。

(1911)

张玉书 译

夜色朦胧[*]

是不是风儿吹来,又把雨意带到城市的上空,所以骤然间我们屋里变得这样昏暗?不!空气纯净如银,宁静安谧,这是今年夏季少有的好天气,但是天色已晚,我们竟然没有觉察。只有对面屋顶的窗户还闪烁着淡淡的落日余晖,屋脊上方的天空已经布满了金色的烟霞。再过一小时就要暮色四合。这真是奇妙的一小时,因为再也没有比渐渐消退、渐渐黯淡的颜色看上去更美丽的了。然后屋里便是一片昏黑,暮霭从地面冉冉升起,最后浓黑的浪潮无声无息地击向四壁,把我们载入深沉的黑暗。这时候倘若有两个人相对而坐,无言相望,就会觉得对方那张亲切的面孔显得比原来更加苍老、更加陌生、更加遥远,仿佛彼此之间从来也不怎么熟识,好像隔着一个辽阔的空间和许多年月在遥遥相望。可是你说,此刻你不愿保持沉默,否则听到钟表的嘀嗒声和彼此的呼吸声心情会过于苦闷,钟表把时间切成千百个细小的碎片,而寂静中响起的呼吸声听上去颇像病人的呻吟。要我现在讲点什么给你听,好啊。当然不是讲我自己,因为我们生活在这里,一座城市紧挨着另

---

[*] 本篇于一九一一年在小说集《最初的经历》(莱比锡海岛出版社)中首次发表。

一座城市，无尽头地延伸，是没有多少生活经历的，或者说，我们觉得生活是这样平淡，因为我们还不知道，究竟什么东西是真正属于我们的。此时此刻，其实最好缄默不语，可我偏要给你讲一个故事，我希望，这个故事也染上一抹温暖的、柔和的、波动的朦胧的光，这朦胧的光像一层帷幕正在我们窗前飘动。

我不知道，这个故事是怎么浮现在我脑海里的。我记得，今天下午天时还早，我只是在这儿坐了一阵，看了会儿书，然后撂下书蒙蒙眬眬地陷入梦幻之中，也许业已进入梦乡。突然我看见这儿有人影晃动，他们沿着墙壁一掠而过，我可以听见他们的谈话，可以看见他们的举动。可是等我正想目送这些行将消逝的人影时，我倏地惊醒，又是孑然一身。那本书已掉在我的脚边。我拾起书来，寻找方才的人影，我在书里再也找不到那个故事。仿佛这个故事已从书的篇页里落进我的手里，或者书里从来就没有那个故事。说不定我是在梦里见到的或者是在哪一朵五彩缤纷的云彩里读到的，这些云彩今天从遥远的国度飞到我们的城市，把长久以来压抑着我们的雨意带走。或许我是由那首朴素的古老歌曲听到这个故事的，那轧轧作响的手摇风琴不是正那样忧伤地在我们窗下演奏着这支歌吗？或许是有人多年前把它说给我听的？我记不清了。这种故事常常涌到我的面前，我像戏水似的让这些故事里发生的事情从我指缝里流去，没有抓住它们，就像人们从麦穗和长茎花卉旁边走过，轻轻抚弄而不攀折一样。我只是在梦中经历了一番这个故事，先是一幅突兀而起、色彩斑斓的图画，渐渐引到一个比较柔和的结尾，可是我没有攫住它。然而你今天要听我讲个故事，我现在就把它讲给你听，此时此刻，朦胧的夜色已经使我们心里渴望见到五光十色、流动活跃的东西在我们眼前熠熠发光,并在灰暗中变得越来越黯然失色。

我该怎么开头呢?我觉得,应当把一个瞬间从黑暗中突显出来,突出一幅图画和一个人,因为在我心里这些古怪的梦境也是这样开头的。现在我可想起来了。我看见一个身材修长的少年正从一座府邸宽阔的台阶上走下来。时间是在夜里,只有微弱的月光,可是我像用一面雪亮的镜子把他那柔软灵巧的躯体照得轮廓分明,把他面部的特征看得一清二楚。他美得异乎寻常。黑色的头发梳得带点稚气,平平地垂落在有点过于高爽的额头上。在黑暗中,他向前伸出两手,为的是感受一下被太阳晒透了的空气的温暖,这双手非常娇嫩秀气。他的步态迟迟疑疑。他像做梦似的走下台阶,走进这座有许多圆形树木在飒飒作响的大花园,惟一的一条宽阔的大路像一道白色的小桥横贯全园。

我不知道,这一切是什么时候发生的,发生在昨天呢还是发生在五十年前,我也不知道发生在哪里,可是我想,一定是发生在英格兰或者苏格兰,因为只有在那儿我才看见过这么高耸的、用大方石块砌成的府邸,远远望去,犹如城堡,有一股凛然逼人之势,走近细看,才觉得姿容顿改,下面是风光明媚繁花似锦的花园。是的,现在我确切知道,故事发生在苏格兰高原,因为只有在那儿夏夜才这样明亮,天上的苍穹发出乳白的光辉,活像一块蛋白石,田野也从不完全变黑,天地万物都像从里向外微微发光,只有阴影活像巨大无朋的黑鸟,降落在明亮的平原上。是发生在苏格兰,啊,现在我非常非常肯定地知道是在那里,如果我努力一下,我也能想起这座伯爵府邸的名字和这个少年的姓名,因为现在似乎有一层黝黑的硬皮从我的梦境脱落,一切我都感觉得如此清晰,正如这不是我臆想出来的,而是我亲身经历过的。整个夏天,这个少年在他那已经出嫁的姐姐家里做客,按照高贵的英国世家的亲切友好的方式,他不是独自度假;晚上餐桌旁聚集着共同行猎的朋友和他们的妻室,还有几个姑娘,都是亭亭玉立的美女,她们的欢声笑语和青春活力在古老的墙垣之间回响,使人觉得笑声悦耳,而不感到喧闹烦人。白天马儿往来奔驰,猎犬套上皮带,那边河面上有两三条小船在闪光:欢快活跃而不忙乱的生活使每天的节奏轻快惬意。

可是此刻已是晚上,早已席终人散。先生们坐在客厅里,抽烟玩牌;直到午夜为止,白晃晃的、边上微微颤动的光柱从灯光辉煌的窗口一直投向花园,间或也夹杂着一串响亮的、欢畅的笑声。太太们大多已经回到自己的房里,说不定还剩一两位留在前厅里闲聊。所以一到晚上,这个少年便是独自一人。按他的年龄,他还不能和先生们混在一起,即使让他去,也只许待一会儿。他又害怕待在太太们的身边,因为往往他一打开房门,太太们便突然压低声音,他感觉到,她们正在谈一些不该让他听的事情。其实他压根儿就不喜欢跟太太们待在一起,因为她们问他问题的时候,就像问孩子似的,而听他回答的时候也总是爱搭不理的,她们只是没完没了地差他干这干那,然后向他道谢,好像他是个听话的乖孩子。所以他刚才就想干脆上床睡觉,而且已经沿着盘曲的楼梯上楼去了,可是屋里太热,空气滞重,闷得叫人透不过气来。白天忘了把窗关上,屋子叫太阳足足晒了一天,桌子摸上去烫手,床上热得像个火炉,四壁发出一股股热气,屋里每个犄角、每块窗帘都散发出闷人的气息。再说,时间还早——夏夜像一支明亮的烛光在屋外闪耀,是那样安静,没有一丝风儿,静得俗念全消。

少年又从那府邸高高的台阶上走了下来,走进花园。苍穹发出乳白色的微光,像圣人头上的祥光似的,覆盖在黑黝黝的花园上方,千百朵看不见的花朵里沁出一股浓烈的芳香,诱人地向他袭来。他心里有种异样的感觉。十五岁的少年,心情纷乱,他说不清楚这是怎么回事。但是他的嘴唇颤抖不已,仿佛想向黑夜诉说什么,或者想举起双手,或者久久地紧闭双眼,似乎在他和这宁静不动的夏夜之间有一种神秘的、亲切的东西,想说句话,或者做个手势,以示问候。

少年慢慢地从那宽阔的、敞开的大道折进旁边一条狭窄的小径,路边树梢上泛着银光的枝叶,似乎在高处拥抱,而树下夜色正浓,漆黑一片。周遭寂静无声。只有沉寂的花园里惯有的那种难以形容的嘤嘤声,那种像细雨落在嫩草上、草茎互相轻轻触动发出的嗡嗡作响的轻微震颤,向那踽踽独行的少年拂来,他正完全沉湎于快意的、不可捉摸的忧伤之中。有时候他轻轻抚摩一下一株树,或者停住脚步,谛听一下这轻微的响声。帽子压着他的额头,于是他把帽子摘下,露出他那血液涌流的太阳穴,任睡意惺忪的晚风轻轻抚弄。

他迈步走进树荫深处,突然发生了一件意想不到的事情。在他身后碎石路上发出轻微的响声。他悚然一惊,转过身去,只见一个身材颀长的白色人影,缥缥缈缈地向他挨近,一转眼,那人影已到他跟前,他惊慌失措地发现自己已经被一个女人紧紧搂住,可是并未感到任何暴力。一个温暖的、柔软的女性肉体使劲地贴着他的身体,一只纤手迅速地哆哆嗦嗦地抚摩着他的头发,把他的头向后扳:他昏昏沉沉地感觉到嘴上贴过来一枚陌生的、绽开的佳果,这是两瓣颤动不已的芳唇,用力地吮吸着他的嘴唇。这张脸离他的脸这么近,他无法看清

171

那脸上的轮廓。他也不敢去看那张脸,因为一阵寒战透过他的全身,他似乎痛楚地紧闭双眼,身不由己地让自己成了这双灼人的嘴唇的战利品。他的双臂于是迟迟疑疑笨手笨脚地抱住这个陌生女郎,然后猛的一下,像醉酒了似的把这个陌生的娇躯紧紧地搂在怀里。他的双手贪婪地沿着柔美的曲线游动、停顿,又哆哆嗦嗦地继续移动,越来越狂热,越来越激烈。此刻这女郎的娇躯重重地压在他的胸上,使他陶醉。她越来越使劲,已经完全压在他的身上,他的身体渐渐向后倾倒。这个女郎沉重地呼吸着,在她那娇躯的重压之下,他觉得自己不知怎的往下一沉,身子向下坠落,他的双膝已经支持不住。他一无所思,既不想这个女郎是怎么到他身边来的,也不想她叫什么名字。他只是闭着双眼,从这两片吹气若兰、温馨湿润的樱唇上把热切的贪欲痛饮到自己心里,直到酩酊大醉,身不由己,毫无知觉地驱向一股无比巨大的强烈激情。他仿佛觉得天上的群星突然坠落,在他眼前闪烁不定、耀眼生辉,他触及的一切,全都像火花似的颤动不已,迸发火光。他不知道,这一切持续了多久,他这样被柔软的娇躯缠着,是不是已经过了几个小时,或者只不过几秒钟之久。在这场狂热的、销魂荡魄的搏斗当中,他感到身上的一切全都熊熊燃烧,全部心神都消融在一股奇妙的、神志晕眩的感觉之中。

接着,蓦然间,炽热的锁链挣断了。紧紧压着他前胸的人儿猛地松开,这个陌生女郎简直像发怒似的撑坐起来,说时迟,那时快,她早已像一道白光一闪,飞快地穿过树丛,他还没来得及举起双手去抓住这道白光,它早已无影无踪了。

这究竟是谁?这一幕到底延续了多少时间?他迷惘地昏乱地扶着一棵树站立起来。他那滚烫的头脑慢慢地恢复了冷静的思考：他的一生似乎一下子向前移动了千百个小时，他曾经乱糟糟地梦想过的女人和激情种种，莫非突然之间都成了现实？抑或这仅仅是一场幻梦？他摸摸自己的身上，伸手抚摩自己的头发。可不是，在那怦怦跳动的太阳穴旁边还是湿漉漉的，这是他俩刚才跌进青草里，沾了草上的露水以后才变得又湿又凉的。于是一切又像闪电似的在他眼前出现，他觉得他的嘴唇又在发烫，他又呼吸到从窸窣作响的衣裙里散发出来的令人销魂的幽香，他尽量想要回忆起每一句话，可是一句话也想不起来。

现在他一下子吃惊地想起，她什么话也没说，连他的名字也没叫一声；他只听见从她嘴里溢出的阵阵呻吟，以及拼命屏住的乐极而发的啜泣，他只闻到她那凌乱的秀发发出的芳香，他只感到她的酥胸灼热地压在他的胸上，还有她那丰腴光滑的肌肤。她的娇躯、她的呼吸、她那全部震颤的感情全都为他所有，可是他丝毫也想象不出，这个在黑暗之中用她的爱情向他发起袭击的女人究竟是谁。而他现在嗫嚅着想叫出一个名字，以便称呼他的惊愕、他的幸福。

他于是觉得，方才突然之间和一个女人所经历的这件闻所未闻的事情，和那个在黑暗中用诱人的目光凝视着他的熠熠发光的秘密相比，是多么贫乏，多么微不足道。这个女人究竟是谁？他飞快地把一切可能性全都想了一遍，把住在这个府邸里的所有女人的形象全都召集到他眼前；他想起每一个奇特的时刻，从回忆中挖掘每一次和她们的谈话，回忆起可能卷进这个哑谜的那五六个女人的每一次微笑。也许是年轻的E伯爵夫人，她常常那么厉害地呵责她那日益衰老的丈夫；或者是他叔叔的年轻的妻子，她的那双眼睛温柔得出奇，可是又

173

呈现出虹霞般的光泽；要不就是——想到这里他吓了一跳——那三姐妹中的一个？他的三个表姐，她们全都娴雅端庄，神情高傲，态度凛然，彼此是那样相像。啊，不可能，她们全都冷若冰霜，稳重审慎。自从秘密的烈焰在他胸中燃烧，闪烁不定地落进他的梦境，他是多么羡慕这三个表姐啊，她们是那样平静，头脑一点也不发昏，心中也不存任何欲念，或者显得欲念全无，而他对自己心里萌发的激情怕得要命，就像害怕一种疾病一样。可是现在呢？她们所有这些人当中究竟是谁这样善于装假啊？

这样死死地追问渐渐地消除了他血液中的醉意。夜已深，玩牌的大厅里已经灯灭人静，在这府邸里只有他独自一人还醒着，就他一人——也许还有另一个人，一个不知名的女人。疲劳轻轻地催逼着他。何必再想个没完？明天早上一道目光，睫毛间的眸子一亮，悄悄地握一握手，就会向他透露全部秘密。他做梦似的精神恍惚地走上楼梯，就像他先前精神恍惚地下楼一样，可是此时和刚才又是多么不同啊。他周身的血液还在微微地激动，晒热了的房间他此刻觉得已经爽朗凉快多了。

第二天早上他一觉醒来，楼下马匹已在用马蹄使劲地踏地刨地。他听见笑语喧哗，当中夹着他的名字。他翻身起床——早饭是已经错过了——飞快地穿好衣服，奔下楼去，大家在楼下乐呵呵地迎接他。"懒龙出窝了。"E伯爵夫人冲着他笑道，两只明亮的眼睛充满了笑意。他贪婪地盯着她的脸，不，不是，不可能是她，她笑得太无拘无束了。"做了个香甜的美梦吧！"他叔叔的年轻妻子揶揄道，他觉得她的娇弱的身躯显得过于瘦小。他带着疑问的神气逐一打量她们的脸庞，但是没有一张脸向他报以嫣然一笑。

他们骑马到乡间去。他仔细谛听每一个人的嗓音,仔细窥看骑在马背上的女人身体摆动时的每一根线条、每一道波纹;他注意她们的每一个扭动,注意她们如何举起手臂。中午在饭桌上谈天时,他弯过身子,凑得近些,想去闻闻她们芳唇里吐出的芬芳气息或者头发里逸出的浓香,但是一无所获,什么东西也没有给他一个信号,一个可以供他炽热的思想跟踪跃进的细微的痕迹。漫长无边的白昼终于挨近夜晚。他想拿起本书来读读,可是书里的字行都从边上滑去,突然把他带进花园,又是黑夜,奇怪的黑夜,他感到自己又被那无名女人的双臂紧紧地搂住。他于是从他瑟瑟直抖的手里放下书本,想走到池塘边去。他自己也大吃一惊,突然之间,已经站在碎石路上那老地方了。吃晚饭的时候,他神不守舍,两手直打哆嗦,不停地东摸西摸,像受人追捕似的,两只眼睛怯生生地缩进垂落的眼帘底下。等到大家终于,啊,终于都推开椅子站起身来,他才满心欢喜,马上逃出房间,溜进花园,在白色的小道上来回踯躅。这条小道仿佛一层乳白色的夜雾在他脚下微微发光,他踱来踱去,踱来踱去,走了几百个上千个来回。客厅里已经点灯了吗?不错,这些灯终于都点燃了,二层楼上几个黑洞洞的窗口终于也发出了灯光。太太们都已经回到自己的卧房。现在如果她要来,只消再过几分钟就行了,可是现在每一分钟都显得无比漫长,简直叫人焦灼难耐。他又走来走去,仿佛被秘密的绳索拴着,扯得他这么走过来走过去。

忽然,那白色的人影一闪,迅疾地从台阶上飞了下来,快得他都没法把她看清。她像是一缕月光,或者是一条失落在树丛之中、迎风飞舞的纱巾,被一阵迅急的轻风吹送,此刻,此刻投入他的怀抱,他的双臂像猛兽的利爪,急切地把这野性的、因为快步奔跑而心脏迅猛跳动的娇躯紧紧地抱住。这温暖的波涛出乎意料地击在他的胸上,使他由于这甘美的一击而以为晕了过去,一心只想沉湎在幽暗的欢乐之中,而这一切又和昨天一样,只是短短的一瞬。可是接着猛的一下,醉意顿消,他控制住他炽烈的火焰。不,千万不要迷失于这奇妙的销魂荡魄的境地,在没有弄清楚这个肉体究竟叫什么名字之前,千万不要屈服于这两片使劲吮吸的芳唇,这个肉体现在跟他贴得这么近,以致他觉得这颗勃勃直跳的陌生的心脏是在他自己的胸中搏动!她吻他的时候,他把头往后仰,想看看她的脸,但是浓荫降落,在闪烁不定的微光中和乌黑的头发交织成一片。纵横交错的树叶枝丫过于浓密,而为浮云遮掩的月亮光辉又过于幽微。他只看见一双眼睛在忽闪忽闪地发亮,活像一对晶莹夺目的宝石深深地镶嵌在一大块光泽朦胧的大理石的什么地方。

　　他一心想要听她说句话,哪怕只是从她嗓子眼里迸出一字半句。"你是谁?告诉我,你是谁?"他要求知道。但是这张柔软、湿润的嘴只报以热吻,却只字不吐。他硬要逼她说出一声,逼她发出呼痛的叫喊,他掐她的胳臂,把指甲深深嵌入她的皮肉,但是从她那使劲屏住的胸口里他只感到呼呼娇喘、炽热的呼吸和死不吭气的芳唇的闷热,这两片芳唇有时发出轻轻的叹息。他不知道是由于痛苦还是因为快乐,他对于这倔强的意志一筹莫展,无力制胜,这可使他发了狂,这个黑暗中的女人得到了他,却没有向他暴露自己是谁,对于她那贪欲强烈的肉体,他的力量是无限的,但要得知她的名字,却毫无办法。他心里不由得怒气横生,他于是抗拒她的拥抱;可是她,感觉到他的手臂渐渐松弛,觉察到他的烦躁不安,便伸出她那兴奋的纤手,抚弄他的头发,像是抚慰又像是引诱。他感觉到,那纤纤的手指一掠过去,有什么东西在他的额上轻轻地叮叮作响,发出金属声,是一枚圣像,一枚金币,虚悬在她的手镯上。他立即心生一念。他像被极端狂热的激情所攫住,把她的手拼命贴在他的身上,同时把那枚金币深深地压进他那半裸的胳臂,直到金币的表面印进他的皮肤。现在他已经对一个记号满有把握,既然这个记号已经印在他的身上,他也就顺从地屈服于方才被遏制住的激情。于是他深深地逼进她的肉体,从她的芳唇吮吸极度的欢乐,默默无言地把这娇躯紧紧拥抱,全身心地投入这神秘肉感的狂焰中去。

等到后来她像昨天一样突然一跃而起,快步逃走的时候,他也并不设法拉住她,因为对那个记号的好奇心在他血液里沸腾。他飞步冲进自己的房间,把发出幽暗微光的油灯拨得光芒四射,然后贪婪地低下头去,看那枚金币在他胳臂上刻下的印记。

印记已经不大明显,边上的纹路已经消退,但是有一角还很鲜明,印出红色的痕迹,清晰可辨。边上磨得有棱有角,这块金币想必是八角形,中等大小,和一便士的硬币差不多大,只不过更加轮廓分明,因为在这儿和突出部分相应的坑洼还刻得很深。这个印记像火一样灼人,他这样贪婪地仔细观看,这印记突然像伤口似的作痛,只有把手浸入冷水,这种火烧火燎的疼痛之感才会消失。这枚金币是八角形的:他现在感到确有把握。他眼里闪耀着胜利的光辉。明天他将知道一切。

第二天早上他是最早坐上餐桌的几个人当中的一个。太太小姐们当中只有一位年纪较大的小姐,他的姐姐和 E 伯爵夫人坐在桌旁。她们大家都兴高采烈,旁若无人地谈天说地,根本没有注意到他。这样他倒可以更加方便地从旁观察。他的眼光迅速地扫向伯爵夫人纤细的手腕:她没戴手镯。这下子他才能平静地和她谈话,但是他的眼睛一个劲地焦灼不安地向门口张望。三姐妹,他的表姐们这时一同走了进来。他又开始感到忐忑不安。他隐隐约约地看到了她们的手镯,都塞在袖子里,可是她们很快入了座。坐在他正对面、长了一头栗色头发的是吉蒂,玛尔哥特是金发姑娘,伊丽莎白的头发是那样明亮,在黑暗中像白银一样发光,而在阳光照耀下,则像金水在那儿流淌。她们三个都像往常一样冷淡,沉默,庄重,不可侵犯。他最恨她们这股神气,因为她们比他大不了多少,几年前还跟他在一起玩呢。他叔叔的年轻妻子还没有来。少年的心变得越来越不安,因为他感到很快就要见分晓,一下子他反而喜欢这种秘密的谜样的痛苦呢。但是他的目光充满了好奇心,飞快地沿着桌边瞟来瞟去,女人们的手静静地放在那洁白发亮的桌布上,或者缓缓地挪动,就像船儿在波光粼粼的海湾里游弋。他只看见这一双双纤手,他觉得这些手蓦地都变成了活人,就像一座舞台上的人物,各有自己的生命和灵魂。为什么他的血液在他的太阳穴上这样怦怦直跳?他大吃一惊,发现他的三个表姐都戴着手镯,这三个神情高傲、外表上这样无懈可击的女人,他一直以为她们非常倔强非常内向,即使在孩提时期他也这样认为,可现在她们当中有一个肯定是那个女人,这个念头使他迷惘。那么究竟是哪一个呢?吉蒂他最不熟悉,因为她年纪最大,是吉蒂呢还是态度凛然的玛尔哥特呢?还是说竟是小伊丽莎白呢?她们当中无论是哪一个,他都不敢指望。他内心深处暗自希望,她们谁都不是,或者说他不愿意知道那个女人是谁。可是现在强烈的欲望又攫住了他。

"我可以请你再给我一杯茶吗,吉蒂?"他的声音听上去就像嗓子眼里塞了沙子似的。他把杯子递过去,这下她可得举起手臂,伸过桌面,一直放到他的面前。现在——他看见一个圣牌在手镯下面来回晃荡,他的手一时僵住了,可是不对,这是一块镶嵌呈圆形的绿宝石,碰在瓷器上发出轻微的响声。他的眼光感激地扫了一下吉蒂的褐发,像是亲吻一样。

片刻时间,他屏住呼吸。

"劳驾给我一块白糖好吗,玛尔哥特?"对面桌边一只狭长的纤手像从睡梦中惊醒,伸出去,握住一个银盒,把它递了过来。瞧——他的手微微一颤——在手腕缩进袖子的地方,他看见从一个镂刻精致的手镯上垂下来一块古老的金牌,磨成八角形,一便士那么大小,显然是件家传的饰物。这可是八角形的啊,尖角都很锋利,昨天都印到他的肉里去了。他的手稳不住,夹白糖的夹子两次都夹偏了,最后才让一块糖掉进他的茶里,可是忘了去喝它。

玛尔哥特!这个名字烧灼着他的嘴唇,极度意外,他几乎发出一声惊呼;可是他咬紧牙关。此刻他听见她说话——他觉得她的声音是这样的陌生,就像有人从一个讲台上在向下说话似的——冷漠地,深思熟虑地,略微开几句玩笑,可又是那样镇静自若,使他简直不由得对她在生活中这样善于撒谎作假感到毛骨悚然。这难道果真是昨天晚上被他压得娇喘吁吁的女人吗?他狂饮过她那湿润的芳唇,她在夜里像头猛兽似的向他扑来,果真是她吗?他目不转睛地凝视着这两片嘴唇。可不是,那股倔强劲儿,那种缄口不语的脾气,只可能隐藏在这两片薄薄的嘴唇上,可是那炽热的烈焰又向他泄露了什么呢?

他更加仔细地端详她的脸庞,好像他第一次看见这张脸。他心里欢呼雀跃,高兴得浑身战栗,几乎掉下泪来。他第一次感到,她带着这种高傲的神气是多么娇美,深藏在她的秘密之中,给人扑朔迷离的印象,又是多么诱人。他乐不可支地用目光细细描摹她那两道秀眉组成的弧形曲线,碰到一个锐角,那曲线又突然向上挑起,他的目光深深挖掘到她那双灰绿色眼睛的阴凉的矿藏中去,吻着她双颊上苍白的、泛出淡淡光泽的皮肤,他的目光把她那绷得很紧的嘴唇幻化成舒开的花瓣,供他亲吻,他的目光掠过她那发亮的秀发,然后飞快地往下一落,于是搂住她整个身姿。只有到此刻他才认识她。当他从桌边站起的时候,他的双膝直抖。他被她的音容笑貌弄得如醉如痴,就像喝了浓烈的酒浆一样。

这时他姐姐已经在楼下呼唤。马匹已经鞴好,准备早晨出游,马儿焦灼不安地踏着步子,急切不耐地嚼着马勒。他们一个接一个迅速地跃上马鞍,一阵杂沓的马蹄声,穿过花园里宽阔的林荫道。起先马儿踏着急步前进,少年觉得,那均匀的步伐和他周身血液奔腾飞驰的节拍很不协调。可是一出大门,大家就纵马飞奔,从左右两边离开大道,从侧面向下冲进草地,晨光熹微,草地上还蒸发着淡淡的雾气。夜里想必露水很重,因为透过这薄薄的轻纱似的烟雾不时发出闪烁不定的晶光。空气变得无比清凉,就像在一道瀑布附近似的。这密集的一队人马很快就分成几股,宛如一条锁链挣断成五颜六色的碎片。有几个骑士已经消失在树林之中和山冈之间。

玛尔哥特是骑在最前面的几个人当中的一个。她喜欢纵马狂奔,喜欢疾风扑面而来,猛吹她的长发,喜欢这种驱马奔驰时迎风向前的难以形容的美好感觉。在她身后那少年纵马飞奔。他看见她那高傲的身躯挺拔地高踞在鞍马之上,由于马背猛烈的起伏,弯成一根美丽的线条,他有时看见她的脸,泛起一抹淡淡的红晕,看见她的眼睛在熠熠发光,此刻,她这样热情地痛享她自己的力量,他又认出她来了。他绝望地感觉到他猛然发生的爱情,他的强烈的欲望。一阵猛烈的贪欲向他击来,他一心只想现在突然抓住她,把她从马上拉下来,搂在他的怀里,再一次狂饮她那桀骜不驯的嘴唇,在胸上迎接她那激动的心房发出的撼动人心的搏动。他向马肋抽了一鞭,他的坐骑一声长嘶,跃到前面。现在他就在她旁边,他的膝盖几乎触及她的膝盖,两个人的马镫轻轻地碰在一起。现在他非说话不可,非说不可。"玛尔哥特。"他嗫嚅地说道。她转过头来,两道剑眉高高挑起。"什么事,波普?"她这句话说得冷淡至极。她的眼神又冷又亮。一阵寒噤一直通到他的膝盖。他想说些什么呢?他自己也不知道了。他期期艾艾地说了些往回走之类的话。"你累了吗?"她说道,他感到语气里有点嘲弄的意味。"不累,可是别人都远远落在后面了。"他只是费劲地说出了这么一句。他感觉到,只要再等片刻,他就要做出非常荒唐的事情来了,要不是冷不丁地向她伸出双臂,要不就是痛哭起来,再不就是举起鞭子向她抽去,鞭子就像通了电似的在他手里直颤呢。他猛地一拉缰绳,掉转马头,弄得马儿扬起了前蹄。她继续向前奔去,身姿是那样挺拔,高傲,神圣不可侵犯。

其余的人很快就赶上了他,在他身边七嘴八舌地大声说话,可是他们的话语和笑声像响亮杂沓的马蹄声在他耳边闹哄哄地响着,没往他心里去。他怪自己刚才没有勇气向她诉说他的爱情,逼得她坦白承认,他那想要驯服她的欲望变得越来越猛烈,竟像一幅红色的天幕在他眼前落到地上。为什么他不把她嘲弄一番,就像她用自己的倔强劲儿嘲弄他那样?他不知不觉地驱策着他的坐骑,等到马儿狂奔猛跑起来,他才觉得心里松快一点。这时大家叫他返回来往家里骑。太阳已经爬过山冈,高悬中天,已是正午时分。从田野里飘来一阵浓郁的柔和的芳香,四野色彩缤纷,鲜明夺目,像销熔的黄金刺人眼帘。从地面升起蒸腾的热气和滞重的浓香,汗水淋漓的马匹困顿地踏步向前,发出暖热的汗气,连连喘息。这队人马又慢慢地聚在一起,大家懒得纵声欢笑,也很少开口说话。

玛尔哥特也出现了。她把马骑得口吐白沫。溅在她衣裙上的白沫颤动不已。她的头发拢成一个圆髻眼看着就要散开,只有发卡把它们松松地绾在一起。少年像着了魔似的死盯着这堆编在一起的金发,想到这些头发可能突然散开,掉下来变成凌乱的迎风飞舞的长发,他简直兴奋得发狂。在大路尽头花园的穹形大门已经在望,后面是通向府邸的宽阔大道。他小心翼翼地策马从别人身旁走过,第一个到达府邸,翻身下马,把缰绳交给快步赶来的仆人,等候大队人马回来。玛尔哥特是走在最后的几个人中的一个。她慢悠悠地策马走来,身子懒洋洋地向后靠着,仿佛在享受了一次极度欢乐之后变得精疲力竭。他感觉到,在她销魂之后,定是这副模样,昨天晚上、前天晚上她想必就是这副模样。回忆又使他热情激荡。他挤到她跟前去,上气不接下气地扶她下马。

他在扶马镫的时候,他的手使劲地握住她脚腕上娇嫩的关节。"玛尔哥特。"他呻吟了一声,低声喃喃自语。她不搭

182

理,连看都不看他一眼,从容不迫地握住他伸过来的手一跃下马。

"玛尔哥特,你是多么奇妙啊!"他又一次结结巴巴地说道。她目光锋利地直盯着他,眉毛又在额上高高扬起。"我想,你喝醉了吧,波普! 你在胡说些什么呀!"他对她的装模作样怒不可遏,也被激情弄得不顾一切,他把一直还握在他手里的那只手紧紧地贴在胸上,仿佛要把这只手扎进他胸膛里去似的。玛尔哥特气得满脸通红,狠狠地把他一推,推得他打了个趔趄,接着她就快步从他身边走过。这一切发生得那么迅速,迅速得就像闪电一样,所以谁也没有觉察,连他自己也以为,这只是一个使人害怕的幻梦。

他的脸色是这样苍白,接着这一整天他是这样心神不定,以致金发白皙的伯爵夫人从旁走过时摸摸他的头发,问他是不是有什么不舒服。他火气大到这种田地,一脚把那叫着跳着向他扑来的狗踢到一边去了,他在玩牌的时候是那样笨拙,姑娘们都拿他取笑。今天晚上她不会来了,这个念头毁了他,使他情绪恶劣,脾气暴躁。他们大家一起在花园里坐着喝茶,玛尔哥特坐在他的对面,可是看也不看他。他的眼睛却像被磁铁吸引似的一个劲地瞟过去瞅她,可是她的那双眼睛冷冷地活像两块灰色的石头,毫无反应。她这样作弄他,使他又气又恨。看到她神气地转过头去不看他,他握紧了拳头,他感到,他简直会一拳把她打倒在地。

"你这是怎么啦,波普,你的脸色这么难看。"突然有个声音这样说道,说话的是小伊丽莎白,玛尔哥特的妹妹。她的眼睛里闪耀着一道暖热的、温柔的光芒,可是他没有觉察到。他好像觉得给人抓到了什么毛病,怒气冲冲地说道:"你们别拿这些该死的关心来折磨我,让我安静一会儿,好不好?"话一出口他就后悔不迭。因为伊丽莎白唰的一下变得脸色苍白,别过脸去,嗓子里带着哭声说道:"你这人可真叫古怪。"大家都挺生气地望着他,几乎带着威胁的神气,他自己也感到刚才的行为实在失礼。可是,他还没来得及向伊丽莎白道歉,从桌子那边传来一个生硬的声音,尖刻锋利得活像刀刃,这是玛尔哥特的声音:"其实我觉得波普这样的年纪,可以说是够没礼貌的。根本不应该把他当做绅士看待,甚至不该把他看作成年人。"这番话是玛尔哥特说的,玛尔哥特,她昨天夜里还把自己的嘴唇供他亲吻呢!他觉得周围的一切天旋地转,眼前升起一片浓雾。他不由得怒火中烧。"你想必知道得非常清楚,恰恰是你!"他用一种恶狠狠的强调口气说了这番话,站起身来。动作太猛,身后的椅子也给掀倒了,可是他转身就走,头也不回。

然而,连他自己也觉得荒唐,一到晚上,他又站在楼下的花园里,祷告上帝,让她务必前来。说不定她做的一切只是骗人,只是倔强,不,他再也不问她,再也不折磨她,只要她来,只要他在嘴上又能感觉到她那柔软、湿润的芳唇表现出来的那种激烈的贪欲,这种贪欲说明了所有的问题。时光似乎已经沉沉入睡,黑夜像头懒洋洋的没精打采的野兽匍匐在府邸前面:时间真是长到荒谬的地步。周围草丛里发出的轻微的嘤嘤声似乎被许多嘲弄的声音所激发,纷纷蔓蔓的树枝丫杈像爱嘲弄的人手在轻轻摆动,戏弄着自己的阴影和射来的灯火的微光。虫声四起,乱成一片,听起来觉得陌生,比万籁俱寂更加激起人们心里的痛楚。一会儿,从对面乡间传来几声犬吠,一会儿一颗流星飞箭似的横越中天,坠落在府邸后面的什么地方。夜色显得越来越明亮,投在路上的树荫变得越来越黑暗,而这轻微的声响变得越来越杂乱。忽然间,浮荡的行云又遮住天穹,使四野沉浸在幽微、哀伤的黑暗之中。寂寞之感痛楚地落在炽烈的心上。

少年不住地徘徊,步子越走越急,越走越快。有时候他愤怒地猛击一棵树,或者用指头把树皮揉得粉碎,他搓揉得那样狠,连指头都磨出血来了。不,她不会来了,他心里知道这点,可是他还是不愿意相信,因为要是不来,她就永远、永远也不会再来了。这在他一生中可是最最痛苦的时刻。他还年轻,年轻极了,所以他狠命地扑倒在潮湿的苔藓地上,双手使劲地刨着泥土,泪流满面,轻声地、伤心地抽泣个不停。他小时候从来没有这样哭过,今后也再不会这样哭泣。

突然,树丛中轻轻地发出咔嚓一声,把他从绝望中唤醒。他翻身跳起,向前伸出双手瞎摸一气,忽然——有什么暖烘烘的东西向他胸前猛地一撞,这是多么美妙的一撞啊——他梦寐以求、想得发疯的那个娇躯又拥在他的双臂之中。他的喉头发出一阵呜咽,他整个身体化为一阵异常激烈的痉挛,他把这个亭亭玉立、肌肤丰腴的娇躯紧紧地搂在自己怀里,搂得这样蛮横,以至于从那陌生、沉默的芳唇里迸发出一声呻吟。他一觉得他的力气使她发出呻吟,便立刻知道,他已经主宰了她,而不像昨天前天那样,成了她乖戾脾气的战利品;一股强烈的欲望攫住了他,他只想为他几天来所受的痛苦折磨她,只想为她的倔强、为她今天晚上当着大伙的面说的那些轻蔑的话,为她在生活中耍弄的这出撒谎的把戏而惩罚她。他对她所怀的炽烈的爱情如今交织着仇恨,混为一体,结果热烈的拥抱与其说是一种缠绵的柔情,毋宁说是激烈的搏斗。他紧紧地握住她那纤细的手腕,使得她整个娇喘吁吁的身躯随之扭动,抖颤不已,然后他又把她猛的一下子搂在怀里,使得她动弹不得,只能闷声闷气地呻吟,不知是由于快乐还是由于痛苦。可是从她嘴里一句话也没有逼出来。他把自己的嘴唇贴在她的嘴上,使劲吮吸,想把这低沉的呻吟也紧紧锁住。这时他忽然感到她唇上有什么热乎乎、湿漉漉的东西。血,一个劲往外渗的鲜血,她刚才牙齿咬着嘴唇咬得多狠啊。他就这样折磨着她,直到他突然感到自己的力气也完全耗尽,一股快乐的热浪在他心里涌起,于是他们两个胸贴着胸,喘作一团。纷纷扬扬的火花落进夜幕,群星在他眼前飞舞闪耀,一切都乱成一团,他的思想旋转得越来越狂,天下万物都只有一个名字:玛尔哥特。在心潮激荡、感情起伏的高潮,从他心灵深处沉重地迸发出这一声,这是欢呼也是绝望,是仇恨、愤怒和热爱。就这一声呼喊,里面积压着三天来的痛苦:玛尔哥特,玛尔哥特,对他来说,这几个字里震颤着宇宙之间的全部音乐。

　　她好像身上被人猛击了一下。拥抱中猛烈的动作倏然停住,她把他使劲地、猛烈地一推,从喉咙里发出一声抽泣,一声呜咽,她的动作又变得十分凶猛,但这只是为了脱身,为了挣脱他那可憎的接触。他感到十分惊诧,试图把她抱住,可是她跟他挣扎,他把脸凑近,只见愤怒的泪水颤巍巍地顺着她的面颊流下,她那苗条的娇躯像条蛇似的扭来扭去地挣扎。突然之间,她猛地一下把他推倒,脱身逃走。她的衣裙在树木之间闪出一道白光,接着就淹没在黑暗之中。

　　于是他又孤零零地站在那里,惊慌失措,神魂颠倒,就和第一天夜里这温馨热情的娇躯猛地挣脱他的怀抱时一样。在他眼前,灿烂的繁星似乎也闪着泪花,热血奔流像尖针似的自里向外猛扎他的额头。他到底出了什么事？他摸索着向树丛中走去，一行行的树木在他面前散开，他一直走到花园深处，他知道，那儿有个不停地汩汩涌流的喷泉，他让喷泉的水轻轻抚弄他的手，银白色的清泉向他喃喃地悄声细语，映照着此刻慢慢从浮云中探出头来的月亮，发出奇妙的光辉。少年这时眼目清亮了一些，仿佛和煦的暖风从树梢上吹落一阵狂野的悲哀，奇妙地把他攫住。从他的胸中迸涌出滚滚热泪，此刻他比忘情地热烈拥抱的时候更加强烈更加清楚地感觉到，他爱玛尔哥特是爱得多么心切。迄今为止所发生的一切，爱情的陶醉和战栗，占有的痉挛，探听不到秘密激起的怒火，全都消逝得无影无踪：只有爱情带着忧伤甘美的滋味把他紧紧地搂住，一种已经几乎没有任何渴望、可是无比强烈的爱情。

他刚才为什么这样折磨她？这三夜她奉献给他的东西不是已经多得不可胜数了吗？自从她教他尝到缱绻柔情和爱情的强烈的战栗之后，他的生活不是突然之间从一片阴沉暗淡的朦胧之中进入光华四射的危险的光芒中去了吗？她是流着眼泪、怒气冲冲地从他身边走开的啊！从他心里涌起一股不可抗拒的、柔情似水的愿望，想要和她言归于好，想要得到一句温存的、平静的话，只渴望着静静地把她搂在怀里，别无所想，别无所求，只渴望着对她说，他心里对她是多么感激。是的，他要到她那儿去，低声下气地去，他要对她说，他对她的爱是多么纯洁，他今后永远也不再叫她的名字，永远也不逼着她回答任何问题。

潺潺的流水银光闪闪，他不由得想起她的泪水。他接着往下想：也许她此刻正孤零零地独自一人待在自己房里，只有这轻声絮聒不休的黑夜倾听着她的心事，黑夜偷听大家的心声,却不给任何人带来慰藉。他知道她近在咫尺,却又远在天涯,既看不到她秀发上的一丝光泽,也听不见她嗓子里吐出来的一半随风飘散的片言只字,可是两人的灵魂已经紧密地缠在一起,这对他来说,真是难以忍受的痛苦。渴望待在她身边的欲望简直强得难以抵抗,哪怕是像只狗似的匍匐在她门前,或者像个乞丐似的伫立在她的窗下,他也心甘。

他迟迟疑疑地从黑洞洞的树荫下悄悄地走出来,看见二楼她的窗上还亮着灯光。这是一片幽暗的灯光,它那昏黄的微光连窗前那株粗大的枫树的叶丛都没有照亮,这棵枫树像伸手一样把它的枝丫伸到窗前,想去轻敲窗户,在微风中时而挺身向前,时而又抽身缩回,活像一个浑身漆黑的巨人,站在这块小小的发亮的玻璃窗前,侧耳偷听。一想到玛尔哥特就在这块明亮的玻璃窗后面醒着,说不定还在哀哀哭泣,或者正在想念着他,他不由得心潮激荡,不得不靠住大树,免得身子摇摇晃晃。

他像着了魔似的抬头仰望,一动不动。白色的窗帘来回摆动,一刻不停地在风中飘舞,从暗处望过去,在室内温暖的灯光照耀下呈暗金色;如果飞到窗外,接触到从圆形树叶丛中洒下的晶莹的月亮清辉,又呈银白色。朝里开的玻璃窗反映出这光与影的活跃的流动,这忽明忽暗的光与影仿佛在编织绸布上黑白交织的花纹。可是这个心情焦灼的少年,此刻正用灼热的眼睛从树荫的暗处凝神仰望。在他看来,似乎有人正用深色的日耳曼人的古文把三天来他俩之间发生的事书写在这明净光亮的玻璃板上。黑影的流动、银辉的闪耀,像轻云淡烟一样掠过明亮的玻璃表面,这些匆匆映入眼帘的感觉以瞬息万变的图像充满了他的想象力。他看见了她,玛尔哥特,亭亭玉立,娇美奇艳,那秀发,啊,那凌乱的金发,散披着,在她的血液里正奔流着她自己内心的焦躁不安,在屋里走来走去,他看见她为激烈的爱情所苦,浑身战栗,由于愤怒而不停地抽泣。他此刻透过不可飞越的高墙,就像透过玻璃一样清晰地看见她最细小的动作,她举起了两只纤手,跌坐在一张小沙发里,默默地、绝望地凝望着星光灿烂的夜空。玻璃窗有一刻大放光明,这时,他甚至于以为认出了她的脸庞,她正忧心忡忡地把脸凑到窗前,想低头俯视沉沉入睡的花园,寻找他的身影。这时,他被心里狂野的感情所压倒,压低了嗓子然而十分急切地向楼上呼唤她的名字:玛尔哥特!……玛尔哥特!

不是有个人影像一缕白色的轻纱,飞快地掠过这光亮的镜面?他觉得他看得一清二楚。于是他仔细谛听。可是毫无动静。在他身后,睡意正浓的树木在轻声呼吸,慵懒的夜风轻柔地拂动青草,发出丝绸曳地的窸窣声,越来越悠远,越来越响亮,活像一股温暖的波涛涌来,随即又悄悄地消逝。黑夜在静静地呼吸,窗户无声地立在那里,一个银色的镜框,嵌着一幅褪色的画像。难道她没有听见他的声音?还是她已经不愿意再听见他的声音?

窗口微微颤动的光亮使他心乱如麻。他胸中强烈的欲望随着猛烈的心跳传到树上,他的激情是那样狂暴,似乎树皮也因而瑟瑟直抖。他只知道,此刻非见她一面,非和她说句话不可,哪怕他这样大声呼喊她的名字,吵得大家都闻声赶来,人们都从睡梦中惊醒,他也在所不顾。他现在感觉到,一定会出点什么事。最荒唐的事他也觉得求之不得,就像在睡梦中,什么事情都显得轻而易举,可以企及。此刻,他又一次举目张望二楼的窗口,忽然发现靠近窗口的这棵树把一根树枝像路标似的伸了出去,他的手立即更加狂野地抓住树干。他突然恍然大悟:他一定要爬上去——这树干虽然很粗,可是柔软而有韧性——从树顶上叫她,上面距离她的窗户很近;他要在树顶上,在离她很近的地方和她说话,非要她原谅他了以后,他才爬下树来。他一刻也不考虑,只看见窗口在引诱他,在微微发光,他感觉到身边的这棵树,粗壮有力,准备驮住他。他很快地爬了几下,然后再把身子往上一悠,两只手已经攀住一根树枝,正使劲地把全身引上去。现在他已吊在树上,几乎吊在树上最高处的树叶丛中。在他身下,茂密的枝叶晃动得非常厉害。这阵像起伏的波涛一样的飒飒声一直传到最后几片树叶,那根直伸出去的枝丫更加弯向窗户,仿佛想对那毫无预感的姑娘发出警告。爬在树上的少年现在已经看见屋里洁白的天花板,天花板的正中是油灯射出的金光闪耀的光圈。他兴奋得浑身轻轻哆嗦,他知道,再待一会儿他就要看见她本人了,看见她哭哭啼啼或者无声啜泣,或者正受着相思之苦的煎熬。他的双臂渐渐没劲了,可是他又振作起来。他慢慢地顺着那根伸向她窗户的树枝往前滑,膝盖磨出了血,手擦破了,可是他继续往前爬,附近窗户里射来的灯光几乎已经照在他的脸上。还有一大蓬树叶挡住他的视线,挡住他那万分渴望的最后一眼,于是他伸出手去,想把这蓬树叶拨开。灯光已经亮晃晃地照在他的身上,他身子向前一倾,一阵哆嗦——他的身子晃了一晃,失去平衡,一个筋斗栽了下去。

就像一枚沉重的果子落地,他摔在草地上,发出轻轻的沉闷的击地声。楼上有个人影从窗口探出身子,不安地向下俯视,可是夜色静悄悄的,纹丝不动,就像一个池塘,悄声把一个行将淹死的人拥入它那浩渺的水中。过一会儿楼上的灯光熄灭了，花园又在游移不定的朦胧夜色中向沉默不语的阴影投去幢幢鬼影。

过了几分钟，这个从树上摔下来的少年从昏迷状态中苏醒。他的目光有片刻之久很生疏地直望天空，天穹苍茫，几颗疏星向他身上倾泻着寒光。可是接着他的右脚感到一阵钻心的剧痛，他现在只要试着轻轻地动一动，就痛得几乎大叫起来。于是他蓦地明白，他出事了。他也知道，他不能躺在这里不动，不能躺在玛尔哥特的窗下，不能向任何人呼救，不能大声喊叫，不能乱动，发出声响。额上滴下鲜血，他摔到草地上的时候，想必碰在一块石子上或碰在一块木头上，他抬起手来拭去鲜血，免得血流到眼睛里。然后他想法子把身体完全压在左边，用双手深深地抠进泥土，慢慢地向前挪动。每次断腿碰了什么东西，或者只不过稍微震了一下，他就痛得身子一抽搐，他真担心自己又会昏迷过去。他慢慢地把身子往前拖，花了差不多半个小时才爬到台阶跟前，他已经感到两个胳臂发麻，动弹不得。额上渗出冷汗，和一个劲地往下滴的鲜血掺和在一起。现在还有最后一关，最凶险的一关得去克服，这就是那道台阶。他忍着最剧烈的疼痛，极其缓慢地往台阶上爬。等他爬上台阶，双手哆哆嗦嗦地抓住扶梯，他已经喘成一团。再往前挣扎几步，他就到了玩牌的客厅门前，他听见里面有人说话，看见屋里亮着灯光。他扶着门上的把手，艰难地撑着站起来，突然，门一开，他像给扔了出去似的，跟着跌进灯火通明的客厅。

他跌进屋来的景象想必十分骇人，一脸的鲜血，一身的污泥，像一个大泥块立即扑倒在地，因为先生们都乱哄哄地跳了起来，椅子碰得乱响一气，大家都争先恐后地挤过去抢救，小心翼翼地把他抬到长沙发上。他还能含糊不清地说:他想到花园里去,不料从台阶上摔了下去。说到这里,突然一片黑纱落在他的眼前,晃来晃去,把他紧紧缠住,于是他神志昏乱,人事不省。

立刻鞴马,有人骑马到附近的镇上去请医生。阖府上下都惊动了,闹得鸡犬不宁:走廊里亮起一支支摇曳的烛光,就像萤火虫,睡在卧室里的太太小姐们,隔着房门,悄声询问,睡眼惺忪的仆人们畏畏缩缩地走来,最后,终于把那失去知觉的少年抬到楼上他的卧室里去。

大夫诊断一条腿骨折,安慰大家伤势并不危险。只不过摔伤的病人得裹着绷带长期卧床静养。大家把大夫的话告诉少年,他只是虚弱地淡然一笑。这对他来说并非沉重的打击。因为这样躺着,独自一人长时间地躺着,既无喧声,也无旁人,躺在一间明亮宽敞的房间里,如果想要梦见心上人,窗外的树梢就轻轻摆动,送来一阵阵飒飒的声音,这实在妙不可言。这样安安静静地沉思一切,在轻柔的美梦中梦见自己的意中人,全然不受尘世凡俗事务的干扰,只是和这些娇柔的梦中幻影亲密交往,只要把眼帘闭上片刻,这些幻影便会走到你的床边,这该是多么甜蜜。说不定恋爱时再也没有比在这些苍白、朦胧的幻梦中度过的时光更宁静更优美的了。

开头几天伤处还痛得非常厉害。可是他觉得,疼痛之中混合着一种特殊的欢乐。一想到他是在为玛尔哥特、在为他的心上人忍受这种痛苦,少年感到一种浪漫主义的简直可说巨大无边的自豪。他心里暗想,最好在脸上落个血红的伤疤,这样他就可以老带着这个伤疤走来走去,就像骑士身上带着他贵妇人的颜色一样;要不然干脆就别苏醒过来,老躺在楼下,摔得四肢伤残地躺在她的窗前,这也是极其美妙的。想着想着他就梦想起来:第二天早上她楼下人声嘈杂,一片喧闹,把她惊醒,她好奇地从窗口探出身子,看见他躺在她的窗下,粉身碎骨,因为她的缘故而死于非命。他看见她发出一声惨叫,跌倒在地;他耳朵里听见了这尖声惨叫,看见她满脸绝望的神情,心里充满了忧伤,看见她一生都穿着黑色的丧服,神色阴郁、表情严肃地走着,如果有人问起她的痛苦,她的嘴角便微微抽动。

他就这样沉湎在幻梦之中,一连好几天,起先只在黑暗中才陷入梦境,后来睁着眼也做起梦来,不久他就习惯于把这心爱的人影呼唤到他惬意的回忆中去。没有一个时刻对他来说会显得过于明亮,以致她的身影无法作为淡淡的光影从墙边掠过,来到他的跟前,或者显得过于喧闹,竟使他觉得,屋外她的声音会和树叶上水珠滴落的声响及烈日暴晒下沙砾的细微碎裂声夹杂一起,难以区分。他一连几小时就这样和玛尔哥特谈话,或者梦见他自己和她一起出去旅行,进行美妙的漫游。可是有时候他像失魂落魄似的从这种幻梦中惊醒。她真的会为他伤心哀悼吗?她真的会永远怀念他吗?

当然,她有时也来探望一下病人。往往当他在想象中和她谈话,她那光彩夺目的形象似乎站在他跟前的时候,房门开了,她走进屋来,亭亭玉立,艳丽娇美,可是毕竟和他梦中的人儿截然不同。因为她并不温柔,也没有情绪激动地俯下身子吻他的前额,就像梦中的玛尔哥特那样,而只是在他床边的小沙发上坐下,问他身体可好,是否还觉得疼痛,然后杂七杂八地说些琐事给他听听。她一待在他的身边,他心里总是甜丝丝的,又害怕又慌乱,连看都不敢看她一眼。他往往闭上双眼,为了能更好地倾听她的声音,把她说这些话语的声调更深地吸入他的内心,这才是他自己的音乐,它将一连几小时震颤回响,萦绕在他身边。他犹犹豫豫地回答她的提问,因为他热爱沉默过于深切,他只希望能听到她的呼吸声,在内心深处感觉到他和她单独待在屋里,待在这宇宙的空间。等她起身向门边走去,他不顾伤痛难忍,也要挣扎着撑起身子,再一次把她轻盈灵活的身姿的全部线条镂刻在他心里,趁它还没有跌进他那用幻梦组成的把握不住的现实世界中去,把它再活生生地拥抱一次。

玛尔哥特几乎每天来探望他。可是吉蒂不也是每天都来的吗,还有伊丽莎白,那个小伊丽莎白甚至每次总是这么心惊胆战地凝视着他,并且用这么温情脉脉、忧心忡忡的声音问他,现在是否觉得好了一些?他的姐姐不是也每天都来探望他,还有其他的太太们不也是这样吗?她们大家难道不是全都一样,对他十分亲切吗?她们不是也坐在他的身边,告诉他许多琐琐碎碎的事情吗?她们待的时间甚至于太长了,因为她们在这里,他就无法神思飞驰,她们会把他从冥思悬想的宁静状态中惊醒,迫使他跟她们神聊胡扯。他希望她们都别来,就玛尔哥特一个人来看他,就待一小会儿,仅仅几分钟,然后他又一个人独自躺在那儿,不受干扰,安安静静地梦想着她,心里轻松欢畅,像驾着朵朵浮云,完全沉湎于内心深处他心爱的令人欢畅的形象之中。

所以有时候,他听见有只手握住门把,他就闭上眼睛,假装睡觉。于是来探望的人踮着脚尖蹑手蹑脚地退了出去,他听见门把迟迟疑疑地关上,心里明白,他又可以跳进他那幻梦的温暖的浪潮中去游泳,被潮水轻柔地拥向最最迷人的远方。

于是有一次发生了这样一件事：玛尔哥特已经来看望过他了，仅仅待了一小会儿，不过她的秀发给他带来了花园里浓郁的芳香，盛开的茉莉花散发出来的馥郁浓烈的花香，她的眼睛里闪烁着八月天艳阳的炽烈光芒。于是，他知道，今天不能指望她再来了。这将变成一个漫长、明亮的下午，在甘美的梦幻中发出夺目的光辉，因为大家都已骑马出游，没有人会来打扰他了。这时房门又慢慢地打开，他连忙闭眼装睡。可是进来的人——屋里寂静无声，他听得清清楚楚——并没有退出屋去，而是悄无声息地把门关上，免得把他吵醒。然后小心翼翼，几乎脚不沾地地轻手轻脚地走到他的跟前。他听见衣裙窸窣，来人在他床边坐下。透过他紧闭的双眼，他火烧火燎地感觉到她的目光在他脸上掠动。

他的心开始忐忑不安地跳动起来。是玛尔哥特吗？肯定是她。他感到是她，不过，现在不把眼睛睁开，而只是感觉到她在身边，这不是更加甘美、更加撩人心曲、更加令人兴奋吗？这种刺激不是既隐秘又令人销魂吗？她想干什么呢？他觉得这几秒钟简直漫长得无边无际。她只是一个劲地瞅着他，窥视着他的睡眠，他意识到自己毫无抵抗能力地听任她仔细观察，却看不见她。他心里明白，此刻只要睁开眼睛，他的双眼就会像一袭大氅似的猛地把玛尔哥特的惊慌失措的脸紧紧裹住，让它沉浸在充满柔情蜜意的爱抚之中。这种既使人不适又令人陶醉的感觉像电流似的通过他全身的毛孔，使他感到麻麻酥酥。可是他一动不动，只是尽量控制住由于胸口过于憋闷而变得急促不安的呼吸，等待着，等待着。

什么事情也没有发生。他只觉得，她似乎向他更低地俯下身子，他熟悉的飘浮在她芳唇上的那股紫丁香花的湿润清淡的幽香似乎更加挨近他的脸庞。于是他周身的鲜血便像一股热浪从他脸上奔流到他全身。这时她把手放在他的床上,隔着毯子轻轻地摩挲他的手臂,他像磁铁感应似的感觉到这轻柔悠缓、小心翼翼的抚摩,她摸到哪里,他的血便猛烈地涌流到哪里。感觉到这种轻轻的爱抚,真是妙不可言,既使人陶醉,也使人振奋。

她的纤手仍然在慢悠悠地,简直是有节奏地来回抚摩着他的手臂。这时他悄悄地把眼睛睁开一点。起先眼前只是朦朦胧胧的紫红一片,由闪烁不定的光线组成的一片云雾,接着他觉察到铺盖在他身上的那条深色斑点的花毯,然后觉察到这只不住抚摩的纤手,似乎它正从很远的地方过来;他模模糊糊地看见了它,模糊极了,只是窄窄的一道白光,像一片明亮的白云涌向前来,又退缩回去。他把眼帘当中的缝隙再张大一点。现在他认清了她的纤纤玉指,白皙、光泽,活像细瓷,看见她的手指微微弯曲着滑了过来,然后又滑了回去,动作轻盈,可是充满了内在的活力。它们像虫子的触角似的慢慢地爬过来,然后又爬回去,在这一瞬间他觉得这只手也像是一个有生命的活物,就像一只贴着你衣服的猫,一只小巧玲珑的白猫,收起爪子,柔声咕噜着向你挨近。倘若这只猫儿的眼睛突然开始闪闪发光,他决不会感到惊讶。果然,在这道白光掠过来的时候,不是有只眼睛在闪光吗?不,这只不过是金属的反光,是黄金的光泽。等这只手再滑过来,他看清楚了,那是一枚金牌,悬在手镯上微微颤动,就是那枚神秘的、泄露机关的金牌,八角形的,像一便士硬币那么大小。这是玛尔哥特的手,在爱抚他,他心里顿时迸发出一种强烈的欲望,想把这只轻柔、白皙、赤裸裸没戴戒指的纤手一把抓到唇边狂吻一气。

可是这时他突然感觉到她的呼吸,感到玛尔哥特的脸离他的脸非常之近,这时他再也不能把他的眼帘低垂着了,他满心喜悦、容光焕发地睁开眼睛,直视着那张离他很近、吓得直跳起来往后退缩的脸。

等到俯在他脸上的那张脸投下的阴影一散开,光线射向那张神情激动的脸上,他——仿佛浑身受到猛烈的一击——认出来,这是伊丽莎白,玛尔哥特的妹妹,那年纪轻轻、别有风韵的伊丽莎白。这是一场梦吗?不,他现在眼睛直愣愣地盯着这张飞快升起红晕的脸,她的眼睛怯生生地移了开去:这是伊丽莎白。他一下子意识到那可怕的误会,他的眼光急切地向下移动,移到她的手上,果然,那块金牌戴在手上。

他的眼前开始轻纱飞旋。就和当时他昏倒在地时的感觉一模一样,可是他咬紧牙关,不让自己失去知觉。过去的事情像闪电似的压缩在一秒钟之间,全都从他眼前掠过。玛尔哥特的惊愕和高傲,伊丽莎白的微笑,她向他投来的奇怪的目光,就像一只保守秘密的手在轻轻地触摸他——不,不,不可能发生任何误会。

惟一的一个微弱的希望蓦地在他心中升起。他凝视着那块金牌,说不定是玛尔哥特送给她的,今天送的,昨天送的,要不就是那时送的。

可是这时候伊丽莎白已经在跟他说话了。想必由于紧张激烈的沉思,他的面部表情抽搐起来,因为她提心吊胆地问他:"你觉得痛,是吗,波普?"

她俩的嗓音是多么相似啊,他心里想道。他只是漫不经心地随口答道:"是的,是的……啊,我是说,不痛……我觉得挺好的!"

又出现一片寂静。那个念头像股热浪似的一个劲地向他涌来:说不定这只不过是玛尔哥特送给她的。他知道,这不可能是真的,可是他憋不住非问她一下不可。

"你那儿戴的是块什么圣牌啊?"

"啊,那是美洲一个什么共和国出的金币,我也说不上是哪个共和国的。这是罗伯特叔叔有一次带来给我们的。"

"给我们的?"

他屏住呼吸。现在她会把真情说出来了。

"给玛尔哥特和我。吉蒂不要。我不知道她干吗不要。"

他感到,有一些湿润的东西涌入他的眼眶。他小心地别过头去,不让伊丽莎白看见他的眼泪,这眼泪此刻一定已经就在眼睫毛旁边,再也逼不回去,正顺着面颊慢慢地、慢慢地向下滚落。他想说些什么,可是又怕他的嗓子会因为抗不住越来越强烈的哽咽的压力而变音失声。两个人都沉默不语,彼此都忐忑不安地窥伺着对方。后来伊丽莎白站起身来:"我走了,波普。愿你早日恢复健康。"他闭上眼睛,接着轻轻一响,她带上了房门。

就像一群鸽子受惊飞起,现在各种思想都在他脑海里盘旋飞绕。这时候他才体会到这一误会的严重。他对自己干的傻事感到又羞又恼,但与此同时,他也感到一阵激烈的痛苦。他现在知道,玛尔哥特,他是永远失去了。可是他又觉得,他还是和原来一样爱她,丝毫没有改变,说不定现在还带着那种绝望的向往在爱着她,就像人们向往那些可望而不可即的东西那样。而伊丽莎白呢——他仿佛暴怒似的把她的身影推开,因为她全部倾心奉献的爱情以及她此刻竭力控制的激情的烈焰对他来说也不可能超过玛尔哥特的嫣然一笑或者她的纤手对他的轻轻触摸。倘若伊丽莎白当时让他知道她是谁，他一定会爱她的，因为那时他在激情之中还天真幼稚，可是现在，他已经千百次梦见过玛尔哥特，她的名字已经深深地铭刻在他的心里，他已经无法把她的名字从他的生活中拭去。

他感到，眼前变得更加模糊昏暗，不断的思索渐渐融化在一片泪水之中。他竭力想把玛尔哥特的倩影呼唤到自己的眼前，就像他在卧病养伤期间，在漫长寂寞的时候所做的那样，然而白费力气，伊丽莎白总是脸上带着一双深情、眷恋的眼睛，像一片阴影似的挤到中间来，于是人影零乱，他只好痛苦地从头到尾沉思一遍，事情是怎么发展到这一步的。他一想起自己如何站在玛尔哥特的窗前，呼喊她的名字，他就羞得无地自容，可是他又对性情娴静、金发、白皙的伊丽莎白充满了同情。他在所有这些日子里从来没有跟她说过一句话，或者望她一眼，而在那些日子里他对她的感激之情实际上应该是像烈火一般腾空燃起的啊。

第二天早晨，玛尔哥特到他床边来待了一会儿。她在身边，他都哆嗦起来了，看也不敢看她的眼睛。她在跟他说些什么？他几乎都没听见，两边太阳穴嗡嗡直响，比她的声音还响。等她从他身边走开，他才又向她投去恋恋不舍的一瞥，搂住她整个的身影。他感到：他爱她从来没有像现在这样深切。

下午伊丽莎白来了。她的纤手有时轻轻地抚摩一下他的手，表示出一种轻柔的亲密感情，她说话的声音很轻，听上去有些黯然神伤。她带着某种惊恐净谈些无关紧要的事情，仿佛她怕谈到自己或者谈到他，就会泄露了自己的真情实感。他自己也说不好，他到底对她怀着什么样的感情。有时像是怜悯，有时又觉得像是对她的爱所怀的一种感激。可是他对她什么也说不出口。他不敢正眼看她,生怕说出谎话来骗了她。

现在她每天都来,待的时间也更长一些。仿佛他俩之间的秘密揭开以后,那种惶恐不安的情绪也随之消逝。可是他们从来也不敢谈起那件事,不敢谈起在花园的浓荫里度过的时光。

有一次伊丽莎白又坐在他的躺椅旁边。室外阳光明媚,迎风摇曳的树梢向屋里投进一片绿色的反光,在墙上抖动。她的头发这时呈现火红的颜色,像熊熊燃烧的云霞,她的皮肤苍白而又透明,整个人看上去光艳明丽,轻盈得飘飘欲仙。他的枕头那儿正好有一片阴影,他从那儿看到她的脸就在近处,可是又显得那么遥远,因为她脸上映照着阳光,而这光线照不到他。他一看见她那光彩照人的娇容,往事种种,全都忘得一干二净。她正向他俯下身子,于是她的眼睛似乎变得更加深邃,像两道深色的螺纹线在向里面旋转,趁她身子往前一倾,他的胳臂便搂住她的身躯,使她的头低垂到他面前,他吻着她那小巧湿润的嘴。她浑身哆嗦得非常厉害,但是并不挣扎,只是微微有些悲哀地用手抚摩他的头发。然后用一种微弱得几乎难以听见的声音,而且还带着一种充满柔情蜜意的悲凉情绪说道:"你爱的可只是玛尔哥特啊。"他感到这舍身相许的声调,这不作反抗的淡淡的绝望心情一直印入他的心灵,而那使他深受震撼的名字一直透入他的灵魂。可是在此时此刻他不敢说谎。他默不作声。

她又轻轻地,简直像姐妹一样地吻了吻他的嘴唇,然后一言不发地走出屋去。

这是他们惟一的一次谈到这件事情。几天之后,他们把这个正在恢复健康的少年抬到楼下花园里去。最先落下的枯叶在小径上互相追逐,夜幕早降,已经使人想起秋日的哀愁。又过了几天,他已经费劲地独自在枝丫交错的树丛中行走。今年这可是最后一遭。树木此刻在阵阵秋风中大声絮聒,比那三个温暖的夏夜里声音更加嘈杂,情绪更加乖戾。少年心情忧伤地向那个地方走去。他仿佛觉得在这个地方立起了一道看不见的黑墙,在这堵黑墙的后面,是他的童年,已经完全淹没在一片朦胧之中,而在他的面前,却是另一个国度,陌生而又危机四伏。

晚上他去辞行,再一次仔细地端详了一下玛尔哥特的脸,仿佛想把她的脸永远印在心上。他怔忡不宁地把手伸到伊丽莎白的手里,她的手热情地使劲地握着他的手。他的眼光几乎漠然地从吉蒂,从朋友们,从他姐姐的脸上掠过。他的灵魂充满了这样一种感觉,他爱上了一个姑娘,而另一个姑娘又爱上了他。他的脸色非常苍白,在他脸上有一种深沉的神态,使他看上去再也不像一个稚气的少年。他第一次看上去像个成年的男子。

可是,等到拉车的马一起步,他看见玛尔哥特无动于衷地转过身去,走上台阶,而在伊丽莎白的眼里突然闪现出一道泪光,她使劲地把身子靠在台阶的扶手上。这时,他新近的种种经历一下子全都涌上他的心头,他不由得像个孩子似的泪如泉涌。

府邸越来越远,马车扬起的滚滚灰尘中,那树荫森森的花园显得越来越小,田野越来越辽阔,最后他所经历的一切都在他眼前消失,只剩下恼人的回忆。他坐两小时的马车到邻近的火车站。第二天早上他到了伦敦。

又过了几年,他再也不是个少年了。但是那最初的经历始终栩栩如生地镌刻在他的心里,再也不会从他心里消退。玛尔哥特和伊丽莎白两人都已出阁,但是他不愿再见到她们,因为对往事的回忆有时以如此猛烈的力量把他压倒,以致他后来的全部生活和这段回忆的现实相比,反倒只成了一场幻梦和一片假象。他变成了那种跟爱情和女人都不可能再有任何关系的人,因为,他在他生活的某一瞬间已经把爱人和为人所爱这两种感觉如此充分地在自己身上结合起来,再没有什么欲望促使他去寻找那么早就已经落到他手里的东西了,那时他还是个少年,颤抖不已的双手惊慌失措地直往后缩。他漫游了许多国家,成了那些举止得体、文静安详的英国人当中的一个。许多人把他们当作没有感情的人,因为他们是那样的沉默寡言,他们的目光总是冷淡地从女人的脸上掠过,对她们的娇笑视而不见。谁想得到,他们在内心深处始终带着一些心爱人儿的肖像,他们的目光始终盯在这些肖像上面,这些肖像和他们的鲜血交织在一起。他们的鲜血围着这些肖像熊熊燃烧,就像供在圣母马利亚像前的长明灯一样。现在我也知道这个故事是怎么到我脑海里来的了。在我今天下午读的那本书里,夹着一张明信片,这是一个朋友从加拿大寄给我的。这朋友是个年轻的英国人,我是在一次旅途中认识他的。在漫长的夜晚,我常常和他谈天,在他的谈话里有时候非常神秘地闪烁着对两个女人的回忆,犹如立在远处的塑像,而这两个女人刹那间又始终和他的青春时代交融在一起。我和他谈话已是很久很久以前的事情了,当时的谈话我大概也早已忘怀。可是今天,我一收到这张明信片,这段回忆又从我心中升起,而且梦幻似的和我自己各式各样的经历混杂在一起,我仿佛觉得,他这个故事是在刚才从我手里滑落的这本书里读到的,或者是在一个梦中找到的。

可是现在屋里变得多么昏暗啊,在这深沉的朦胧夜色之中你显得离我又是多么遥远啊!我以为你的脸在那里,可我只看见一片轻柔的光影,我不知道,你是在微笑,还是在悲伤。你会因为我为一些萍水相逢的人们编造一些稀奇古怪的事情,梦想出各式各样的命运,然后又让他们滑回去,滑到他们的生活和他们的天地里去而微笑?还是说你会因为这个少年而悲哀?他从爱情的旁边走过,在这甜蜜的幻梦的花园里盘桓了一个小时,便永远地离开了它。瞧,我不希望这变成一则凄婉哀愁、令人黯然神伤的故事,我只想跟你讲一个少年,突然受到爱情的袭击,讲他自己的爱,和一个姑娘对他的爱。但是,人们在晚上讲的故事,终归都要陷入淡淡的哀愁的情绪。朦胧的夜色降落到这些故事上面,给它们蒙上层层轻纱,寓于夜色之中的全部悲哀像星斗全无的苍穹笼罩在它们上空,黑暗侵入它们的血液,叙述这些故事的明亮光彩、五颜六色的话语于是听上去便显得声韵丰满而又深沉,仿佛它们在述说我们自己的亲身经历。

(1911)

张玉书 译

火烧火燎的秘密

搭　档

　　火车头沙哑地吼了一声：色默林到了。黑色的车厢在山上银色的光辉中停了一分钟，吐出几个穿着不同的旅客，又吞进另外一些旅客，恼怒的人声传来传去。接着前面那辆哑嗓子的机车又叫了起来，拽着这根黑色的链条轧轧直响地往下进入隧道的洞口。四外的景色又舒展开去，宁静平和，在明媚的山峦之间被潮湿的山风吹得干干净净。

　　新来的旅客当中有一个人年纪轻轻，服装讲究，步履富有天然的弹性，非常引人注目，给人好感。他迅速地赶在其他旅客前面，跳上一辆马车，直奔饭店。马儿沿着渐渐升高的马路不慌不忙地一路小跑。空气里弥漫着春天的气息，天上飘浮着只有五六月份才会出现的那种动荡不宁的白云，像是一些年轻浮躁的家伙，嬉戏着奔过蓝色的路轨，有的突然躲到高耸的山岭后面，有的互相拥抱又各自奔逃，不久像手绢似的揉成一团，一会儿又撕成一条条碎片，最后淘气地给群山戴上白帽。山风也孕育着骚动不宁，把瘦骨嶙峋被雨淋湿的树木吹得不停地摇晃，咔嚓咔嚓直响，把千万滴水珠向四下抛洒，犹如喷射火花。有时候似乎从群山之间也冷飕飕地吹来雪的芬芳,于是呼吸起来便有一种既甘甜又辛辣的感觉。空气中和泥土里的一切都在涌动,充满了日益增长的焦躁不安。马儿轻声喷鼻,沿着下山的道路奔跑,铃声远远传到前方。

一到旅馆,这个年轻人首先去查看已经住下的旅客名单,他很快地扫了一遍,深感失望。"我干吗到这儿来?"他开始不安地问自己,"独自一人待在这山上,没有社交活动,比待在办公室里更叫人心烦。显然我来得太早了,要不就是太迟了。我每次度假都没交过好运,这张名单上我一个熟悉的名字也没找到。哪怕有几个女人也好,至少可以调情,逢场作戏,无伤大雅地调调情,这个星期也就不至于过得么索然无味了。"这个年轻人是位男爵,出身于不甚显赫的奥地利官员贵族世家,在市政府任职。他这次短期休假,并无任何需要,只是因为他所有的同事都在春天休了一个星期假,他也不想待在办公室里上班,白白浪费掉这一个星期的假期。他虽然相当内秀,却天性喜欢社交,因而讨人喜欢。在任何圈子里都深受欢迎,他也充分意识到自己不耐寂寞。他心里毫无单身独处的倾向,尽可能地避免面对自己,因为他丝毫不想进一步了解自己。他知道,他需要和人接触,才能激发他的全部天才,激起他内心的温暖和活力,犹如火柴需要摩擦才能发火。倘若让他独自一人冷冰冰地待在家里,对自己毫无益处,犹如火柴放在盒里。

他情绪恶劣地在空荡荡的大厅里踱来踱去,时而犹豫不决地翻翻报纸,时而又在音乐室的钢琴上弹一曲华尔兹,可是手指头总难捕捉住合适的节奏。最后他怨气冲冲地坐下,抬头看着窗外。暮色徐徐垂落,夜雾犹如蒸汽,灰蒙蒙地从松树丛中溢出。他就这样神经质地消磨了一个小时,毫无收获,然后像逃走似的溜进餐厅。

餐厅里只有几张桌旁坐了客人,他向他们匆匆扫了一眼。白费力气!没有熟人,只有那儿——他懒洋洋地回了一礼——坐着一位教练,那儿又有一张他在环行大道上见过的脸,其他就别无所有了。没有一个女人,没有什么能预示他会碰上一件艳遇,哪怕是极为短暂的艳遇。他情绪恶劣,越来越不耐烦。像他这一类的年轻人,单凭一张漂亮脸蛋,就常交好运。他们心里总是时刻跃跃欲试,准备碰上一次新的邂逅,得到一番新的经历。他们总是心急火燎地想投身于一次艳遇之中,领略那素不相识的新奇风光。没有什么能使他们感到诧异,因为一切他们全都预作盘算,有关风月的蛛丝马迹他们全都看在眼里,因为他们碰见女人第一眼就抓住情欲方面仔细审视,也不区分这是他们朋友的太太或是为这位太太开门的使女。我们轻率地以鄙夷的神气把这种人称之为寻芳逐艳的猎手时,其实并不知道,这个词竟把他们凝神窥视的逼真情状凝结在内。因为的确如此,所有狩猎的激情如炽的本能,搜索、兴奋、心灵的残忍都在这种人的毫不停歇的警觉之中燃烧起来。他们总是伺机待猎,总是准备下定决心去追寻一场艳遇的踪迹,直到万丈深渊的边缘。他们总是激情满怀,但并非恋人的激情,而是赌徒的激情,是头脑冷静精于算计的极为危险的激情。他们当中有些坚持不懈的家伙,由于这种期待,整个一生,远远不止青春时期,都变成了永恒的冒险经历。他们把一天分解为成百个小小的感官经历——擦肩而过时的一道秋波,飘然而逝时的嫣然一笑,相对而坐时的膝盖轻碰——把一年又分解为成百个这样的日子,这时,感官经历成了他们不断涌流、滋养丰富、活力无穷的生活源泉。

这位寻觅者立刻发现这里没有人和他搭档,一同玩牌。一个赌徒,手里拿着一副牌,坐在绿呢桌前,清楚地意识到自己牌艺高明,却白白地空等着对手,再也没有比这更叫人恼火的事了。这位男爵叫侍者送来一份报纸。他很没好气地把目光从一行行字上扫了过去,但是他的思想已经瘫痪,活像醉汉跌跌绊绊跟着这些字句向前移动。

这时他听见身后衣裙窸窣,有个声音微微有些生气,用造作的腔调说道:"别说了,埃德加!"①

一袭绸衣飒飒作响地从他桌旁飘过,这是一个修长丰满的女性身影,身后跟着一个脸色苍白的小男孩,穿着一套天鹅绒的黑西装,孩子好奇地把目光从男爵身上扫过。这两个人面对面地在保留的专用桌旁坐下,孩子显然在努力使自己举止得体,可他那双黑眼睛透着一股子烦躁,看来很不安分。那位夫人——年轻的男爵只注意她——穿着极为讲究,显然非常时髦,反正恰好是他非常喜欢的那类淑女,那种微微有些丰满的犹太女子,年龄恰好在过于成熟之前,显然也还激情如炽,但是富有经验,善于以高雅的忧郁神情来遮掩她的热情。他起初还无法看见她的眼睛,只是欣赏她秀气的鼻子上方眉毛弯曲有致的美丽线条,这只鼻子虽然暴露了她的种族,可是形状高贵,使她的侧面轮廓鲜明,富有情趣。在这丰满的身体上,一切女性的成分,都充盈饱满,引人注目。她头上的秀发也分外浓密,她的美丽充分意识到备受众人赞赏,似乎已经变得有些浓烈张扬。她用非常低的声音点菜,教训孩子不要把

---

① 原文为法文。

叉子弄得叮当乱响——她这样做的时候似乎对男爵小心翼翼的窥视目光完全无动于衷,而实际上恰好是他的明显的关注,迫使她摆出一副小心慎重的态度。

男爵脸上的阴霾一扫而光,云开日出,神经活动起来,暗地里使人振奋,绷紧皱纹,鼓起肌肉,他的身体顿时伸展,眼睛闪闪发光。有些女人也先需要有个男人在场,才能从自己身上取出全部力量,他自己也和这种女人没有什么两样,先要有一种感官的刺激才能使他的全部能量凝聚成强劲的力,他的猎人本能在这里嗅到一个猎物。他的眼睛挑战似的试图和她目光相遇,可她的目光有时从旁扫过,则以一种闪烁不定的神气和他目光相交,从未直截了当地给予明确的回答。有时候她嘴角一动,感觉到有一丝笑意漾出,但所有这一切都捉摸不定,恰好是这种捉摸不定使他激动。惟一使他感到有希望的,乃是她总也不正眼看他,因为这既是反抗也是拘谨,然后便是她和孩子说话的样子,认真得出奇,显然是做给一个观众看的。他感到恰好是这种极力装出来的心情平静,意味着她的芳心已初步感到不安。他自己也很激动:赌博已经开始。他把用餐的时间拖长,他目不转睛地紧盯着这个女人,几乎半小时之久,直到把她脸上的每一根线条全都临摹下来,暗暗地把她丰满的肉体的每个部位全都抚摩遍了。窗外夜幕已经沉重地垂落,大片雨云向森林伸出灰蒙蒙的手,森林像惊恐万状的孩子发出呻吟,阴影越来越浓地侵入室内,屋里的人们似乎被沉默挤得越来越紧。他发现,母子俩的谈话在这种寂静的威胁之下变得越来越拘束,越来越造作。他感到这谈话不久就要结束。于是他决定试探一下。他第一个站起身来,从她身边望过去,向着窗外的景色看了一眼,慢慢地向门口走去。到了门口他仿佛忘记了什么东西,猛一回头,发现她正专注地向他眺望。

这使他心动。他在大厅里等着。不久她就跟着出来,手里牵着那个男孩,从旁走过时翻阅一下杂志,把几幅图画指给孩子看。可是当男爵似乎碰巧走到桌边,假装也在找一本杂志,事实上是想更深地逼视她那双水汪汪的眼睛深处,也许甚至想和她攀谈时,她却转过身去,轻轻敲敲她儿子的肩膀:"走吧,埃德加,该上床了!"①便神情冷漠地从他身边一掠而过。男爵目送她的背影,稍稍有些失望。他原指望今天晚上就能和她结交,这生硬的态度使他失望。但是话说回来,这种抵抗本身便是刺激,恰好是这捉摸不定激起了他的贪欲。反正他找到了搭档,赌博可以开始了。

快速的友谊

第二天早上男爵走进餐厅,发现那位美丽的陌生女子的孩子正在和两个开电梯的工人热烈地交谈,把卡尔·迈②的一本书里的插图给他们看。他的妈妈不在,显然还在梳妆打扮。现在男爵才仔细端详这个男孩。这个孩子大约十二岁光景,性格羞怯,没有发育,烦躁不安,动作漫不经心,一双黑眼睛游移不定。就像这个年龄的其他孩子一样,他给人的印象也是有些神色慌乱,就仿佛刚从睡梦中惊醒,突然被带到陌生的环境之中。他的脸长得并不难看,但是还没有完全定形,在

---

① 原文为法文。
② 卡尔·迈(1842—1912),德国作家,他写的冒险小说为几代德国青少年喜爱的读物。

他身上丈夫气和孩子气之间的斗争似乎刚要开始。他身上的一切似乎只是捏出的毛坯,还没有塑造成形。五官的线条都还不够清晰,勉强拼凑在一起,没有血色。此外,他正好处于半大不小的年龄,对他不利,孩子们在这种年龄穿什么衣服都不合身,袖子和裤腿松松垮垮地挂在瘦骨伶仃的胳膊腿上,虚荣心还没有提醒他们需要注意自己的外表。

男孩在这儿犹豫不决地晃来晃去,显得相当可怜。事实上他对所有的人都碍手碍脚。一会儿,看门人把他推到一边,他似乎正用各式各样的问题把看门人弄得心烦,一会儿他又挡在门口,影响出入,显然没有人和他友好地交往。孩子们喜欢嚼舌,他就设法去缠那些饭店的仆人。他们要是正好有空,就回答几句,要是有个成年人露面或者有什么正经事要做,就立即中断和他的谈话。男爵一脸微笑,饶有兴趣地瞧着这个不幸的男孩。孩子好奇地望着所有的人,可是所有的人都很不友好地躲着他。男爵有一次捕捉到一瞥好奇的目光,可是这些正在四下搜寻的目光一旦被人逮住,那双黑眼睛便立刻惊慌失措地缩了回去,躲在低垂的眼睑后面。男爵觉得这很好玩。这个男孩开始引起了他的兴趣。他暗自思量,这个显然因为害怕才这样羞怯的孩子不是可以充当中间人帮他尽快地去接近他的母亲吗?无论如何,他要尝试一下。他毫不引人注目地尾随着这个男孩。男孩又正好从门口溜了出去,怀着孩子气渴望温存的欲望,他轻轻地爱抚着一匹白马的粉红色的鼻翼。他也的确运气不好,最后马车夫也相当粗暴地把他撑开。他一肚子委屈,现在又百无聊赖地满处转悠,茫然无神的目光里含有一丝悲哀。这时男爵叫住他:

"喂,年轻人,你觉得这儿怎么样?"他突然搭话,尽量使他的称呼变得和蔼可亲。

孩子的脸涨得通红,心惊胆战地举目凝视。他不知怎的,惊恐地把手缩了回去,窘迫得身子转来转去。一位陌生的先生开始和他谈话,这对他来说还是生平第一次。

"谢谢,挺好。"他嗫嚅着就迸出这么几个字,这最后两个字与其说是说出来的,毋宁说是从嗓子里挤出来的。

"这就奇怪了,"男爵笑道,"这儿其实是个很乏味的地方,尤其对一个像你这样的年轻人,你每天在这儿都干些什么呢?"

男孩还一直心慌意乱无法迅速回答,这位陌生的时髦先生竟然和他交谈,这真的可能吗?平时可是谁也不理他的啊,这个念头既使他羞怯又使他骄傲。他拼命地使自己振作起来。

"我看看书,然后,我们常去散步,有时候我们也坐上马车兜风,我妈妈和我。我得在这儿休养,我病了一阵,所以我也得常常晒晒太阳,这是大夫说的。"

最后几句话,他已经说得相当自信了。孩子们对自己生病总是非常骄傲。他们知道,遇到疾病的危险,家人就觉得他们加倍地重要。

"不错,阳光对于一个像你这样的年轻先生来说是很有益处的,它会把你晒得黑黑的,可是你可不能整天坐着。像你这样的小青年应该到处乱跑,疯玩一气,胡闹胡闹也无所谓。我觉得你太老实,你看上去就像个胳臂夹着本又大又厚的书待在书斋里的书生。想想我在你这年龄可是个淘气包,每天晚上回家裤子都撕得稀烂。千万别太老实!"

孩子不由得想笑,这消除了他心头的恐惧。这位先生这样亲切地和他说话,他真想回答几句,可是他觉得这些话在这位可爱的陌生先生面前都显得过于放肆,过于自以为是。他从来不是一个说话冒冒失失的孩子,总是有些腼腆,所以他现在高兴、害羞之余,变得手足无措。他真想把这谈话继续下去,可是他脑子里空空的。幸亏这时饭店里的那头黄色的雪山救生犬从旁走过,在他俩身边嗅了嗅,很乐意地让他们抚摩一气。

"你喜欢狗吗?"男爵问道。

"啊,喜欢极了,我奶奶就有一条,在巴登她的别墅里,我们住在那儿的时候,它总是成天跟着我。可只是在夏天我们才到那儿去做客。"

"我们家里,在我们花园里,我想有二十几条狗。你要是在这儿乖乖的,我就送一条给你。一头长着白耳朵的棕毛狗,年纪挺小,你要吗?"孩子高兴得满面通红。

"啊,要!"

这话脱口而出,情绪热烈而又急切,可是紧接着他就顾虑重重,一副心惊胆战的样子,好像吓了一跳。

"可是妈妈不会答应我养狗。她说家里有狗她受不了。麻烦事太多。"

男爵微笑起来。话题终于涉及她妈妈了。

"你妈妈那么严厉吗?"

孩子考虑了一会儿,抬起眼睛看了他一眼,仿佛在寻思是否可以信任这位陌生的先生,他的回答是小心谨慎的。

"不,妈妈并不严厉,现在因为我生过病,她什么都依着我。没准她会允许我养条狗。"

"要我去求她吗?"

"好的,请您去求求她吧。"男孩欢呼起来,"那妈妈就准会允许我养狗了。那狗长得怎么样?有对白耳朵,是不是?它能把东西叼回来吗?"

"会,它什么都会。"男爵看到这孩子的眼睛里这么快就迸射出灼热的火花,不由得微笑起来。一下子开头的拘谨就打破了,为恐惧而压抑的激情迸涌出来。先前腼腼腆腆、胆小怕事的孩子,转眼间变成一个顽皮淘气的男孩。"倘若他妈妈也能像这样就好了。"男爵不由自主地想道,"在她的恐惧后面隐藏着这么多热情!"可是男孩已经连珠炮似的向他发问了:

"那狗叫什么名字?"

"卡罗。"

"卡罗。"孩子欢呼起来。真想不到有人这样亲切地关怀他,这事弄得他醺醺然。他不知怎的对每句话都想笑,都想欢呼。男爵自己对于这样迅速地取得成功,也惊愕不已,决定趁热打铁。他邀男孩和他一起散步。这可怜的孩子,几个星期以来一直渴望着有人和他做伴,听到这个建议真是喜出望外。他的新朋友仿佛碰巧提出几个小问题,引得孩子不假思索地把什么事都说了出来。不久男爵知道了这个家庭全部情况,尤其了解到埃德加是维也纳一位律师的独生子,显然这是一个富有家产的犹太资产阶级家庭。经过巧妙的盘问,他迅速打听到男孩的母亲曾经表示,待在这色默林山上一点儿也不高兴,抱怨这里没有讨人喜欢的谈话对手。他问埃德加,妈妈是否非常喜欢爸爸,埃德加回答时躲躲闪闪。男爵甚至听出,这并不是一个美满家庭。这样轻而易举地从这浑然不觉的男孩那里套出所有这些细小的家庭秘密,他简直有些惭愧,因为埃德加骄傲地发现,他说的那些事里,竟然有什么会引起一个成年人的兴趣,便把他的信任全都倾注在这位新朋友身上。男爵在散步时把手臂搭在他的肩上——让人看见他公然和一个成年人这样亲热地待在一起,他那孩子气的心骄傲得怦怦直跳——他渐渐地忘记了自己还在童年,便无拘无束、大大方方地随便讲话,仿佛在和一个同龄人交谈。就像他的谈话表示的那样,埃德加很聪明,和大多数病弱的孩子一样,有些早熟。他们跟成年人待在一起的时间很多,感情容易冲动,非爱即恨,情绪都很激烈。他对任何事情都不能心平气和,谈起人或事不是兴高采烈,就是满腔仇恨,仇恨如此强烈,以至他的脸都为之扭曲,几乎显得邪恶丑陋。也许由于他不久前刚生了场病,脾气有些暴躁,说起话来,有一股狂暴的火气。看来他的笨拙迟钝只是使劲压抑下去的对他自己激情的恐惧。

男爵轻而易举地获得了男孩的信任。只花了半个小时他就把这颗热腾腾的,不安地跳动着的心握在手里。欺骗孩子真是说不出的容易。这些浑然不觉的孩子,很少有人去追求他们的爱。男爵只消使自己忘情于少年时代,那孩子气的谈话便变得那样自然而然,那样无拘无束,连男孩也把他当作和自己同样的人。几分钟之后,两人之间不复有任何距离。他在这儿,在这样荒僻的地方,突然找到一个朋友,他真是幸福得不知如何是好。这是一个什么样的朋友啊!在维也纳的那些嗓子尖细的小伙伴全都忘得干干净净,他们唠唠叨叨,净说些没见过世面的小事,他们的形象都给这崭新的时刻一扫而光!他那全部狂热的激情都属于这个新朋友,他的大朋友。这个朋友在临别时又一次邀请他第二天早上再来,他的心骄傲得膨胀起来,这个新朋友现在正从远处向他招手,完全像个哥哥一样。这一分钟也许是他一生中最美好的时光,欺骗孩子真是容易至极。——男爵微笑着目送匆匆跑去的男孩。这个中间人现在已经争取到了。他知道这个男孩将没完没了地跟妈妈讲他,重复他说过的每一句话,一直把她折磨到精疲力竭。——这时,他愉快地回忆起,他方才多么巧妙地在话里夹进去几句对她的奉承话,他总是只说埃德加"美丽的妈妈"。他心里有数,这个心直口快的孩子不把他妈妈和他拉在一起是决不会罢休的。男爵自己现在一根指头也不用动,就可以缩短他和这个美丽的陌生女子之间的距离,他尽可安安静静地做梦,观赏风景,因为他知道,有一双灼热的孩子的手正在为他搭桥,把他引向那位女子的芳心。

三 重 唱

一小时以后证明,计划天衣无缝,直到细枝末节全都成功。当年轻的男爵故意稍晚片刻走进餐厅的时候,埃德加从座位上跳了起来,脸上堆着幸福的微笑,使劲向他招呼,冲他招手。同时,他拉拉母亲的袖子,急急忙忙情绪激动地跟她说话,用引人注目的手势指指男爵。母亲不好意思,满面通红,制止孩子过于奔放的举止,不过也不得不顺从孩子的心愿向这边看了一眼。男爵立即趁此机会恭恭敬敬地鞠了一躬,这样就算认识了。她不得不致谢,可是从此以后就低下头去,更加凑近盘子,整个用餐时间,仔细地避免向这边看上一眼。埃德加可不一样,他不断地探头向这边看,有一次他甚至想隔着桌子说话。这样没有分寸的事情,当然立刻就被母亲严厉制止了。吃完饭她就对他说,他得去睡觉了。于是他和他妈妈开始热烈地低声说话,其最终结果乃是他的恳求得到批准,让他走到另一张桌边去,向他的朋友道别。男爵跟他说了几句亲切的话,说得孩子的眼睛又闪闪发光。他和孩子聊了几分钟,可是突然之间他非常巧妙地找个借口,一转身站了起来,朝着另一张桌子,祝贺邻座那位有些慌乱的太太有这么一个聪明伶俐天资过人的儿子,谈到他和孩子一起绝妙地度过了一个上午,并对此赞不绝口——埃德加站在一旁,又高兴又骄傲,脸涨得通红。男爵最后打听孩子的健康状况,问得这样仔细,提出那么多问题,弄得母亲只好回答。于是他们两人便自然而然地进行了一次长时间的谈话。孩子满心欢喜,带着一种敬畏之情在旁倾听。男爵作了自我介绍,自以为发现,他那响亮的姓氏给这个虚荣的女人留下了一定的印象。反正她现在对他已经非常殷勤,尽管她丝毫不失尊严,甚至早早地便向他告辞,并像道歉似的补充了一句:为了孩子的缘故。

孩子激烈抗议,说他一点不累,乐意整夜不睡,可是母亲已经向男爵伸出手去,男爵毕恭毕敬地吻了一下。

这天夜里埃德加睡得很糟,脑子里乱作一团,又是幸福的滋味,又是孩子气的绝望,因为今天在他的生活里发生了一点新鲜事情。他第一次干预了成年人的命运。在半醒半睡之中,他忘记了自己还是孩子,觉得自己一下子便已长大成人。到现在为止,他始终是独自一人受着教育,老是体弱多病,朋友很少。他渴望着温存抚爱,可是除了父母和仆人没有别人,而父母对他很少关心。一种爱情的力量如果只是根据它的起因,而不是根据事先对它的强烈期待,不是根据心灵中发生重大事件之前,都会因失望、孤独而出现的空虚、黑暗来加以衡量,那么对这种爱情的力量总会估计错误。一种极为沉重、从未用滥的感情在这里等待着,如今它张开双臂扑向第一个似乎值得享受这种感情的人。埃德加躺在昏暗之中,既感到幸福,又无比慌乱。他想纵声大笑,又非哭泣不可。因为他爱这个人,他从未爱过一个朋友,从未爱过父亲母亲,甚至也从未爱过上帝,像爱这个人一样。他童年时代全部还未成熟的激情都紧紧地缠绕在这个人的肖像上,两小时前他还不知道这人的姓名呢。

但是他有足够的聪明,不会因为这新交的友谊出人意表,独具一格,而不感到心情压抑。使他如此心乱如麻的,乃是感到自己微不足道,毫无价值。"我这么个小男孩,才十二岁,小学还没念完,晚上比谁都早就得上床睡觉,我难道配得上他吗?"他不断地思索着,"我对他来说,能算个什么,我又能给他什么呢?"他痛苦地感觉到,他无法以某种方式来表达自己的感情,恰恰这点使他难过。平素他若赢得了一个同伴,他首先就是和人家分享他书桌里的几样小宝贝,邮票啦,石头啦,童年时代全部孩子气的宝藏,但是所有这些东西,昨天他还觉得它们意义重大,具有罕见的魅力,如今在他眼里一下子都大大贬值,变得幼稚可笑,分文不值。因为他怎么能把这样的东西献给这位新朋友呢,他甚至都不敢称他为"你"①哩!哪里有出路,有办法来表达他的感情呢,他越来越强烈地感觉到,小小年纪,半大不小,还没成熟,只是个十二岁的孩子,这可真是痛苦,他从来没有像现在这样强烈地诅咒过这个孩童岁月,从来没有这样殷切地希望自己一觉醒来完全变样,就像他梦

---

① 德文如中文,以"您"相称表示尊重和生疏,以"你"相称表示亲切、熟悉。

想的那样:长得高大强壮,一个男子汉,一个成年人,就跟别人一样。

　　这些骚动不宁的思想里又迅速地编织进去成年人新世界里最初的五彩缤纷的幻梦。埃德加终于带着一丝微笑入睡,可是想到明天早上的约会,又使他睡不安稳。早上七点他就惊醒,惟恐去得太晚。他手忙脚乱地穿好衣服,到母亲房里去道了早安,母亲平时费了大劲才能让他起床,所以惊愕不止。她还来不及提出其他问题,孩子已经冲到楼下。他焦躁不耐地转来转去,直到九点,忘记了早餐,他操心的只是,别让他的朋友为了和他散步而久等。

　　九点半男爵终于无忧无虑溜溜达达地走来了。他当然早已忘记了约会。可是现在,男孩使劲向他扑了过来,他不由得对他那么多的激情莞尔微笑,表示准备实现诺言。他又用胳臂搂着这容光焕发的男孩一起踱来踱去,只不过他温和地,但是断然地拒绝,现在就一同去散步。他似乎在等待什么,至少他那向门口瞟去的神经质的目光表示他在等待。突然间他挺直身子。埃德加的母亲走了进来。她一面回答问候,一面亲切地走向他们两人。听说他们打算散步,她微笑着表示赞许,埃德加可是把这次散步当作一件极端珍贵的东西瞒着她的。她很快就接受男爵的邀请,决定和他们一同散步。埃德加立刻就不乐意,咬紧了嘴唇。多么讨厌,她不早不晚,偏偏现在走了过来!这次散步本来是只属于他一个人的。他虽说把他的朋友介绍给了妈妈,这只是他的一番好意,但是他可不愿因而和妈妈分享这个朋友,他看见男爵对他母亲态度亲切友好,心里已经升起了一股类似妒忌的情绪。

　　然后他们便三个人一同散步,两个大人都对他特别表示关心,这可增强了孩子心里那种危险的感情,自以为了不起,突然感到自己举足轻重。埃德加几乎变成了他们谈话惟一的主题。母亲说起他脸色苍白心情烦躁,假装忧心忡忡,而男爵则微笑着表示不敢苟同,称赞他的"朋友"举止得体,他称埃德加为朋友。这是埃德加最美妙的时光,他获得了整个童年时代从来没有人承认他拥有的这些权利。他也可以参加谈话,没有人立即叫他住口。他甚至可以表示各式各样非分的愿望,平时他一表示就遭到责怪。难怪他心里迅猛滋长出一种虚假的感觉,仿佛他已经成年。在他的白日梦里,童年时代已成往事,犹如一件已经嫌小、遭到丢弃的衣服。

埃德加的母亲变得越来越亲切友好。中午,男爵便应邀坐在她的桌旁就餐。从原来的面对面变成了肩并肩,从彼此相识,变成了一段友谊。三重唱开始演出,女人、男人和孩子的三个声音和谐地一同响起。

进　攻

现在,这位焦躁不耐的猎人似乎觉得是悄悄逼近他的猎物的时候了。他可不喜欢这种家人般的气氛,这种三重唱。三个人这样聊天也挺不错,但话说回来,聊天可不是他的初衷。他知道,戴着假面具,掩饰他的贪欲的这种社交场面只会延宕男女之间的风月佳期,使话语失去激情,进攻失去火力。千万不能让她因为聊天而忘记他的真正的目的,他心里有数,对方已经明白了他的意图。

他在这个女人身上下的功夫看来不会是白费心思。她现在正处于决定性的年龄,一个女人在这种年龄开始后悔一生忠于自己其实并不相爱的丈夫。她那花容月貌的绚丽夕照又让她在母性和女性之间进行最后一次无比紧迫的抉择。生活似乎早已有了答案,在这一刻它又成了问题。意志的魔力无穷的指针在希望体验恋爱经历和彻底弃绝风月柔情之间最后一次摇摆不定。一个女人得做出危险的决断:是根据自己的命运生活,还是依照孩子的命运生活,是做女人还是做母亲。男爵在这种事情上目光犀利,他觉得已经发现她正好在生活烈焰和自我牺牲之间危险地摇摆。她在谈话中经常忘记提到她的丈夫,这位丈夫显然只能满足她的外在需要而不能满足她由于养尊处优而渴求高雅气派的欲望。这位太太心里对自己的孩子就知之甚少。一道百无聊赖的阴影宛如哀愁隐藏在她那黑色的眼睛里,覆盖着她的生活,掩饰了她的情欲。男爵决定迅速挺进,但同时又避免给人以任何匆忙的印象。相反,就像渔翁垂钓,先要放松鱼钩,然后再猛地收紧,他也想对这段新的友谊表面上表示漫不经心。他要让人家来追求他,而实际上他却是追求者。他决定表现出某种倨傲的神气,把他们社会门第之间的差异显示得更为突出,只突出他的高傲,只有通过外在的因素,凭着响当当的贵族姓氏和冷漠的举止,才能赢得这丰满、肉感、美丽的娇躯,这个念头使他兴奋。

　　这场热烈的赌博已经开始使他心情激动,所以他强迫自己小心行事。整个下午待在房里,心情愉快地意识到,人家在找他,在想他。可是他不在场,并没有怎么被她注意。虽然实际上他缺席是做给她看,然而对于那可怜的男孩这却成了苦刑。埃德加整个下午都感到若有所失,没着没落;怀着男孩们特有的顽固的忠诚,他在这漫长的几小时里不停地等待着他的朋友。他觉得要是走开或者独自去干些什么,都像是对友谊的亵渎。他像无头苍蝇似的在走廊里到处乱转,心里却越来越感到不幸。他胡思乱想恍恍惚惚以为男爵遭到了不幸或者无意之中受到侮辱。他心里又急又怕,几乎哭了起来。

等男爵晚上前来就餐,他受到热烈的欢迎。埃德加不顾母亲的警告,也不管别人的惊讶,跳了起来,用两条细小的胳臂拥抱男爵的胸膛。"您在哪儿?您刚才到哪儿去了?"他急急忙忙地叫道,"我们到处找您。"妈妈见他这样不恰当地把自己牵扯进去,脸红了起来,相当严厉地说道:"规矩点,埃德加,坐下!"①(她总是跟孩子说法文,虽然这种语言她也说得并不纯熟,碰到复杂的表达方式很容易搁浅。)埃德加听话地坐下,可是仍然不断地追问男爵。"别忘了,男爵先生想做什么就可以做什么,也许跟我们在一起,他感到无聊。"这一次她可是自己把自己牵扯了进去。男爵心里美滋滋的,他感到这个责备实际上是要求得到他的奉承。他那猎人的本性悚然惊醒。这么快就在这里找到猎物的踪迹,并且发现猎物就近在他的枪口前面,他又是陶醉,又是激动。他的眼睛闪闪发光,鲜血轻快地在血管里奔流。他自己也不知道是怎么回事,话语像喷泉似的从他嘴唇里迸涌而出,正如有些演员感到听众,那充满活力的大众,完全对他们着了迷时,他们才热情奔放起来。每一个天生的好色之徒只要知道博得了女人的欢心,就变得加倍出色,比他自己优秀一倍。男爵也是如此:他能说会道,善于把事情说得活灵活现,可是今天——他喝了几杯香槟,为了庆祝这新交的友谊,他特地订了香槟——他可是超常发挥。他讲述在印度打猎的情形,他是作为一位出身显

---

① 原文为法文。

贵的英国朋友的嘉宾参加狩猎的。这个话题他选得非常聪明,因为这是一个中性的题目,另一方面他又感到,这些异国情调的东西对于这位太太来说是不可企及的,因而也使她分外激动。但是最最着迷的,首先是埃德加,他的眼睛因为兴奋而喷出火焰,他忘了吃忘了喝,眼睛直瞪着说话的人,一个字也不漏掉。他从来也没有抱过希望,会真正看见一个亲身经历过这种惊人事情的人。他只在书本里读到过这些事情。猎虎啦,棕色人种啦,印度人啦,札格那特①啦,那可怕的轮子,把上千个人都埋葬在它的轮辐之下。他以前从来没有想过,真会有这样的人,同样他也不相信会有这种童话里的国度,这一瞬间第一次在他心里激起了某种了不起的感觉。他简直没法把目光从他朋友的身上移开。他屏住呼吸,凝视着他面前的这双打死过老虎的手。他简直不敢提出什么问题,他的声音听上去像发烧似的激动。他那飞速的想象力为他变幻出相应的图画来匹配这些故事,他看见他的朋友高踞在配着紫色鞍褥的大象背上,左右两边是棕色皮肤的人,头上缠着珍贵的头巾,然后突然间从丛林中跳出一只猛虎,露出森森白牙,用前爪袭击大象的鼻子。现在男爵讲的事情就更加有趣了:人们如何巧施小计来捕捉大象,那就是利用驯养了的老象把疯劲十足野性未改的小象引到兽笼里:孩子兴奋得眼睛都喷出火焰来了。这时候——仿佛倏然之间有一把刀落到他的面前——妈妈看了一眼钟,突然说道:"九点了!上床去吧!"②

---

① 札格那特为印度大神维什努的别名,每年三月庆祝其节日,人们用大车载其偶像四处游行,有的信徒甚至伏在地上被大车的巨轮碾死,据说这样可以升天。

② 原文为法文。

埃德加吓得脸色苍白。对于所有的孩子来说,打发到床上去都是一句可怕的话,因为这句话对于他们来说,是在成年人面前所受到的最明显的屈辱,是承认自己还小,还未成年,像孩子似的需要睡眠,是这一切的标志。可是在这最最有趣的时刻,她竟让他听不到这样闻所未闻的事情,这样的耻辱是多么可怕啊!

"再听一个,妈妈,听关于大象的故事,就让我听这个吧!"

他本想苦苦哀求,可是很快就想到他现在是成年人,要有新的尊严。他只是再做一次尝试,可是他母亲今天严厉得出奇:"不行,时间已经晚了,上楼去吧! 听话,埃德加。① 我以后把男爵先生讲的所有的故事都详详细细地说给你听。"

埃德加犹豫了一会儿,平时母亲总是陪他上床的,可是他不愿当着朋友的面苦苦哀求。他那孩子气的骄傲还想为这可怜巴巴的退场争得一点自愿离去的样子。

"真的吗,妈妈? 那你把所有的故事都告诉我,一个不落! 关于大象的那个和其他所有的故事!"

"好吧,我的孩子。"

"待会儿就说! 今天就说!"

"好的,好的,可是现在睡觉去吧,去吧!"埃德加真佩服他自己,居然与男爵和他妈妈握了握手,脸也不红,尽管他喉咙哽咽,差不多要哭出声来。男爵亲切地摸摸他的脑袋,这使他紧绷的脸上绽出一丝微笑。可是紧接着他不得不赶快跑向门口,否则他们会看见,大颗大颗的泪珠正沿着面颊流了

---

① 原文为法文。

下来。

大 象

母亲还在楼下和男爵一起在桌旁坐了一会儿,但是他们不再谈论大象和狩猎。孩子离开他们之后,一阵淡淡的郁闷,一阵迅速消逝的窘迫,侵入他们的谈话之中。最后他们走进前厅,坐在一个角落里。男爵比先前任何时候都更加光彩照人,而她自己则喝了几杯香槟微微有些上火,于是谈话便迅速带有危险的特点。男爵其实谈不上相貌英俊,他只是年纪轻轻,那张肤色黝黑透着英气的娃娃脸,配上剪得短短的头发,显得极有丈夫气,动作麻利,简直有些粗鲁,叫她看了觉得开心。她现在很高兴在近处打量他,也不再害怕他的目光。可是渐渐地他的谈话显得大胆,使她有些心慌意乱,就仿佛他伸手抓向她的身体,在来回摸索,又突然罢手,有一种难以捉摸的贪欲,使得热血涌上她的面颊。可是接着他又轻松地哈哈大笑,无拘无束,充满稚气,使得他表现出来的一切小小的贪欲都显得随随便便,就像孩子气的玩笑嬉闹。有时候她觉得应该把他的一句话生硬地顶回去,可是她天性喜欢卖弄风情,这种无伤大雅的轻佻词语只能刺激她期待进一步的挑逗。这大胆的游戏弄得她痴迷,到末了她甚至尝试着效法他的榜样。她频送秋波,表示芳心暗许,言谈举止之间早已以身相许,甚至容忍他凑到身边,耳鬓厮磨,嗓音在耳,有时肩上都能感觉到他温暖的呼吸在微微颤动。犹如所有的赌徒,他们也忘记了时间,完全沉湎于热烈的谈话之中,直到午夜时分前厅开始熄灯,他们才悚然惊醒。

她霍地跳了起来,心惊胆战,顿时感到,已经大胆地走得太远,平时这种玩火的把戏她也并不陌生,但是现在她那敏锐的本能已经感到,这场游戏已经多么近乎认真。她发现自己已经把握不住自己,不由得打了个寒噤。她心里有什么东西已经开始滑动,令人惊悸地转向这阵旋风。她的头脑里波涛汹涌,恐惧、美酒和热烈的谈话,汇成一片,拼命旋转,无谓的恐惧向她袭来,她一生中在类似的危险时刻已多次经历过这种恐惧,但是没有一次这样令人晕眩,这样强暴粗野。"晚安,晚安,明天早上见。"她急急忙忙地说道,想要脱身跑掉。倒不是为了逃避他,而是逃避这一时刻的危险和她自己内心一种新出现的陌生而漫无把握的情绪。但是男爵却温柔而有力地握住她伸出来道别的手亲吻,不是规规矩矩地只吻一次,而是连吻四五次,用嘴唇从她纤细的指尖一直向上吻到她的手腕,哆哆嗦嗦地吻着,而她则感觉到他那粗硬的小胡子扎在她的手背上使她发痒,激起她身上一片寒噤。一种莫名的温暖而又令人心慌的感觉从手上顺着血液循环,传遍她的全身,激起恐惧的热浪咄咄逼人地猛敲太阳穴,她的脑袋发烧,恐惧,无谓的恐惧在她全身到处跳动,她迅速地把手从他手里挣脱。

"您再待一会儿吧!"男爵低声耳语。可是她已经笨手笨脚慌慌张张地跑掉了。显然恐惧和慌乱才使她这样。她现在心里激动不已,这是那个人所希望的,她感到,她现在方寸已乱,那残忍的灼人的恐惧驱赶着她,她生怕背后的这个男人想跟着她把她一把抓住,可与此同时,就在她逃脱的瞬间,她已经非常遗憾地感到他并没有采取行动。多年来,她无意中朝思暮想的事情,偷情的艳遇,其实满可以在此时此刻发生,她欲念炽烈地贪恋着这种艳遇的贴近的气息。到目前为止,她总是在最后关头又脱身而去,这宏伟的危险的调情,匆匆掠过,然而撩人心曲。可是男爵过于高傲,不屑于利用这有利时机,他对自己的胜利信心十足,不愿在这个女人一时软弱,酒后失态的瞬间像强盗似的把她霸占,相反,一个公平的赌徒只有在对方头脑完全清醒的情况下奋起搏斗和主动献身才感到刺激。反正她逃不出他的掌心,灼热的毒药已在她的血管里抽动,这点他已看见。

上楼时,她在楼梯上站住脚步,手紧紧地压在突突直跳的心上,她得歇一会儿,她的神经已经支持不住。从她的胸中迸出一声叹息,半是因为逃脱了一个危险而感到放心,半是因为遗憾;但这一切都乱成一团,在血液里只是作为一种微微的晕眩在继续扰动。她半闭着眼睛,像醉酒似的摸索着前进,直走到房门口,抓住那冷冰冰的门把,才松了口气。现在她才感到自己到了安全地带!

她轻轻地开门进来。紧接着就吓得退了回去,有什么东西在房子里动了一下,在黑洞洞的房间深处。她那受到刺激的神经直跳起来,她差不多要大声呼救,这时从房里传来睡意浓重的嗓音,轻声说道:"是你吗,妈妈?"

"我的上帝啊,你在这儿干吗?"她冲向卧榻,埃德加就睡在那里,缩成一团,正拼命挣扎着从睡梦中醒来。她首先想到的是孩子一定病了或者需要帮助。

可是埃德加,睡眼惺忪地带着责备的口气说道:"我等了你好半天,后来就睡着了。"

"干吗等我?"

"为了大象啊。"

"什么大象?"

现在她才明白,她答应过孩子,一切都说给他听,今天就说,关于打猎,关于冒险的故事。于是这孩子就偷偷地溜进了她的房间,这个天真幼稚的孩子,信以为真,等她回来,等着等着就睡着了。这怪里怪气的事情使她愤慨。其实她是冲着自己发火,感到有声音在轻轻地诉说她的过错和羞耻,她想大声喊叫,压过这个声音。"马上上床去,你这个不听话的孩子!"她冲着孩子大嚷。埃德加惊讶地望着她,她干吗对他发这么大的火,他又没做错什么事情?可是孩子的惊愕只有使这发火的女人更加生气。"马上回你的房间去。"她怒气冲冲地叫道,因为她感到,她冤枉了孩子。埃德加一声不吭地走了,他实在疲惫不堪,瞌睡像浓雾似的压迫着他,他只是模模糊糊地感觉到,他母亲说话不算数,不知怎的对他很坏。但是他没有反抗,他疲倦得对什么都麻木不仁,另外,他非常生气的是刚才在这儿睡着了。——没有醒着等她。"完全像个小孩子似的。"他愤怒地对自己说,接着又沉入梦乡。

因为从昨天起,他就恨自己还是个孩子。

小小的交锋

男爵睡得很糟。艳遇中断之后去上床睡觉总很危险。一夜睡不安稳,总是乱梦颠倒,很快他就后悔,没有用钢铁的手腕抓住时机。第二天早上,他睡意未消,情绪恶劣地走下楼来,这时孩子从他躲藏的地方向他扑过来,热情洋溢地把他一把抱住,向他提出成百上千个问题,使他苦不堪言。孩子非常高兴,又能有一分钟之久独占他的大朋友,不必和他妈妈分享。他急切地催促他的朋友,应该把故事讲给他一个人,不再说给他妈妈听,因为妈妈虽然做了保证,可是这些奇妙的事情她是一点儿也不会告诉他的。男爵被他吓了一跳,心里很不高兴,勉强掩饰他的恶劣情绪,孩子瞎问一气,扰得他心烦意乱。孩子一面提出幼稚的问题,一面又强烈地表示他的爱慕;这个朋友,他找了半天,从一清早起就一直期待着和这朋友见面,现在终于又和他单独待在一起,他简直幸福极了。

男爵回答时态度粗鲁。这孩子没完没了地在一旁窥伺,老提这些幼稚可笑的问题,尤其是他那不受欢迎的激情开始使男爵感到厌烦。不分白天黑夜老跟一个十二岁的男孩纠缠,老是跟他胡说八道,他已感到疲倦。他现在只想趁热打铁,单单把孩子的母亲抓到手里,而这孩子老是碍手碍脚地夹在中间,他的计划就成了问题。孩子对他表示的这种柔情是他自己不慎唤醒的,现在可使他浑身感到不自在,因为暂时他还没有办法来摆脱这个过于依恋他的朋友。

无论如何,他得尝试一下。一直到十点,——这是他和埃德加的母亲约好同去散步的时间——,他都漫不经心地让孩子滔滔不绝地把热情的话语说个不停,自己不时插上一句两句,免得使孩子伤心,可是他一面听一面翻弄着杂志。等到指针完全垂直的时候,他突然像想起什么事情,请埃德加为他到另外一家饭店去跑一趟,只消一会儿工夫,去打听一下,他的父亲格隆特海姆伯爵是否已经到达。

孩子浑然不觉,为自己终于能为朋友效力而感到欣喜,有幸充当信使而感到骄傲。他立刻跳了起来,发疯似的跑了出去,人们都不胜惊讶地回头张望,可他却很得意,能够显示一下,倘若有送信的差使托付给他,他会多么敏捷伶俐。那儿旅馆的人告诉他,伯爵还没有抵达,此刻也根本没有预告他要来的通知。这个消息,孩子也用刚才狂风般的奔跑带了回来。可是大厅里再也找不到男爵。于是他去敲男爵的房门——也是白费!他焦急不安地跑遍了所有的房间、音乐室和咖啡厅,心情激动地跑去找他妈妈,想去打听男爵的下落:可是妈妈也走了。最后他十分绝望地去问看门人,使他惊讶的是,看门人告诉他,几分钟前他们两人双双离去了!

埃德加耐心地等待着。他一无觉察,也就没往坏处去想。他们可能就离开一会儿,这点他有把握,因为男爵还需要听他的回音呢。可是一等就等了几个钟头,他渐渐感到心里不安。其实自从这个有迷惑力的陌生人侵入他的浑然不觉的孩童的生活,这个孩子便整天神经紧张,急躁不安,心情烦乱。每一种激情在孩子的身体这样精致的机体里都会像在软蜡上那样,印上自己的痕迹。他的眼皮又神经质地眨个不停,他的脸色变得更加苍白。埃德加等啊,等啊,起先是耐心地等待着,接着就激动得要命,最后都快哭出来了。但是他心里还没有产生怀疑。他对这个奇妙的朋友充满了盲目的信任,使他估计是发生了误会,他暗自担心,可能理解错了他得到的使命。

他们两个终于回来了,他们心情欢快地聊着天,一点儿也没有表示惊讶,这可真是奇怪。就仿佛他们并没有怎么特别想他:"我们刚才迎上去找你,因为我们希望会在半路上碰见你,埃迪。"男爵说道,并没有向他打听任务执行得怎么样。孩子吓了一跳,以为他们可能白白地找了他半天,便拼命保证,他只是笔直地沿着马路跑去,他想知道,他们两人选择了什么方向,这时妈妈就干脆打断他们的谈话:"好了,好了!小孩子不要话太多!"

埃德加气得脸涨得通红。这已经是第二次这样卑鄙地试图在他朋友面前贬低他了。她为什么这样干？为什么总把他说成个孩子？可他确信，自己已经不再是孩子了。她显然嫉妒他有了个朋友，想法把这朋友夺到她那边去。不错，肯定也是她故意引男爵走错了路。可是他是不会让她欺侮的，得让她明白这一点，他要给她点颜色看看。埃德加决定今天就餐时一句话也不跟她说，只跟他朋友一个人说话。

可是下面发生的事情对他可残酷了。他最最没有料到的事情发生了：他们根本没有注意到他在赌气。可不是，甚至他们连他本人也没有看见；他们昨天三个人在一起时，他不还是中心吗？他们两个谈话根本不理他，他们彼此揶揄，有说有笑，仿佛他已钻到桌子底下去了。热血直涌上他的面颊，他的喉头好像堵上了一大团东西，噎得他透不过气来。他浑身战栗，意识到自己无力无助。这就是说，他注定了一动不动地坐在这里，眼睁睁地看着他的母亲把他的朋友夺过去，这是他惟一心爱的人。难道他注定了不能反抗，除了沉默，别无他法？他似乎觉得自己恨不得站起身来，突然用两只拳头猛敲桌子，只是为了让他们注意到他，但是他控制住自己，放下刀叉，再也不碰一口食物。这样顽固的绝食，他们也久久没有注意到。直到上最后一道菜的时候，母亲才注意到，问他是不是不舒服。"真恶心。"他心里想道，"她想的总是只有一件事，我是不是病了，其他的她都无所谓。"他冷冷地回答，他没有兴趣，母亲也就随他去了。什么事情，什么东西都无法使他们注意他，男爵似乎已把他忘在脑后，至少一次也没有跟他说话。热泪一阵阵涌进他的眼睛。他不得不施出孩子气的计策，迅速举起餐巾，趁人家还没有看见眼泪已滴落他的面颊，咸滋滋地沾湿了他的嘴唇。午餐终于结束,他舒了口气。

午餐时他母亲建议一同驱车去游览玛利亚-许兹。埃德加听见了,嘴唇咬得紧紧的。这么说她一分钟都不让他和他的朋友单独待在一起。在起身离席时她对他说:"埃德加,你会把学校的功课全都忘记的,你得留在家里,稍微温习一下功课!"这时他的仇恨才从心里猛地升起。他又一次握紧他那小小的孩子的拳头。她总是在他朋友面前羞辱他,总是公开提醒他还是个孩子,得去上学,只是大人容忍,他才跟大人待在一起。他觉得这一次她的目的实在过于明显了,他根本不予回答,而是干脆转过身去。

"啊哈,又受委屈了。"她笑嘻嘻地说道,然后对男爵说,"难道偶尔叫他做点功课,就真的这样难受吗?"

男爵说道:"喏,学习一两个小时的确没有什么坏处。"这个自称为他的朋友,并且嘲笑他是书呆子的人竟说出这种话来。孩子的心顿时发冷发僵。

莫非他们有个默契?他们两个的确串通好了一起来反对他?孩子的目光喷出怒火。"我爸爸不许我在这儿学习,爸爸要我在这儿养病。"孩子随口甩出这么一句,对自己有病洋洋得意,他拼命地死抓住他父亲说的话,死抓住父亲的权威。他把这句话像一种威胁射了出来。最奇怪的是:这句话似乎的的确确使他们两人感到极不自在。母亲别过脸去,手指头神经质地敲着桌子,在他们当中出现了一阵令人难堪的沉默。"随你的便,埃迪。"最后男爵说道,脸上挂着一丝硬挤出来的微笑,"我用不着考试,反正我早就考过了,门门都不及格。"

但埃德加听了这个玩笑并不发笑,只以一道细心打量、认真逼视的目光凝视着他,仿佛想要看透他的灵魂。出什么事了?他们之间发生了什么变化,但孩子不知道,是什么缘故。他不安地把目光扫来扫去,在他心里有一把小锤子在急急忙忙地敲打着:最初的怀疑。

火烧火燎的秘密

"是什么使他们发生这么大的变化?"孩子在往前奔驰的马车里,坐在他们对面,心里暗忖。"为什么他们对我不再像从前那样?为什么我每次看我妈妈,她总避开我的目光?他为什么在我面前总是想法子开玩笑,耍小丑?他们两个不再像昨天、前天那样跟我说话,我几乎觉得他们都换了张面孔。妈妈今天的嘴唇那么红,一定抹了口红,我从来没有看见她这样。他老是皱着眉头,好像受了侮辱似的,我可没有得罪他们,连一句会让他们生气的话也没说。不,我不可能是他们生气的原因,因为他们彼此之间态度也和先前不一样了。他们就像是干了什么坏事,也不敢向自己承认。他们不再像昨天一样聊天,也不再哈哈大笑了。他们态度拘谨,掩盖了什么事情。他们之间不知道有什么秘密,他们不向我泄露,我一定得把这个秘密探听得一清二楚,不惜一切代价。我已经知道这个秘密,想必就是老把我关在门外不让我知道的那种秘密,书上提起过它,歌剧里男人和女人张开双臂面对面地唱歌,互相拥抱,又彼此推开,就是这种秘密。我的法国女教师跟我爸爸的关系不清不楚,后来就给撵走了,大概也是同样的秘密。所有这些事情都联系在一起,这点我感觉到了。我不明白的只是,怎么连起来的。啊,了解这个秘密,一定要了解它,掌握这把打开所有门户的钥匙,不再做孩子——大家什么都瞒着他,不让他看见，不让他知道，——不再让人家随便打发，任意欺骗。现在不干，以后别想再干！我要探出他们的秘密，这个可怕的秘密！"他的额上刻进去一道皱纹，这个身体瘦弱的十二岁的男孩，这样神情严肃地沉思默想，看上去几乎出现了老相，他一眼也不看四外色彩绚丽、不断展现的景色，群山铺着针叶林，呈现一派涤净洗洁、苍翠欲滴的浓绿，山谷沐浴着晚春柔和的光辉。他只是一个劲地凝视着他面前坐在马车后座上的两个人，仿佛用他这热切的目光可以像用鱼钩似的从他们闪烁发亮的眼睛深处，钩出他们的秘密，再也没有比激烈的怀疑更能使人的智力变得犀利无比，再也没有比一次探幽寻胜的行程更能使一个尚未成熟的悟性得到全面发展的可能。有时候其实仅仅只有一道薄薄的木板，把儿童和我们称之为现实的世界分开，只要偶然吹来一阵微风，就能为他们把门打开。

埃德加一下子感到自己非常接近这个陌生的东西，这个巨大的秘密从来没有这样接近过，他觉得这秘密就在眼前，虽说还关得严严地尚未被人参透，但是接近，非常接近。这使他兴奋，也使他突然感到庄严感到严肃，因为不知不觉地他预感到，他已处在童年的边缘。

对面的两个人感觉到面前有一股沉重的阻力，并没有预感到这股阻力来自这个男孩。他们感到三个人一同坐在马车里挤得太紧，有些不便。他们面前的这双眼睛发出沉郁的一闪一闪烈焰使他们坐立不安，他们几乎不敢交谈，不敢对视。他们现在再也无法进行先前的那种轻松的社交谈话。他们已经用惯了情绪热烈、关系亲密的语气，说惯了危险的话语和暗含猥亵的殷勤词句，似乎在悄悄地相互抚摩对方。他们的谈话总是停顿,说不下去。停了一会儿,想继续下去,可是碰到孩子顽固的沉默又一再搁浅。

　　孩子顽强的沉默特别对于母亲是个沉重的负担。她小心翼翼地从旁观察,突然发现,孩子抿紧嘴唇的样子,就和她丈夫发火或者生气的时候极为相似,不由得大吃一惊。偏偏在她玩一次艳遇的捉迷藏游戏时,提醒她想起丈夫,这个念头叫她很不舒服。她觉得这个孩子就像个幽灵,像看守她良心的卫兵,在这狭窄的马车里,在她面前一尺多远的地方,他那双眼睛在暗暗打量,那苍白的额头后面的脑子在小心窥伺。这时埃德加突然抬眼张望,就一瞬间,他们两个立刻垂下目光:他们感到,他们生平第一次在互相窥探。到目前为止,他们彼此都盲目信任。如今在母亲和孩子之间,在他们两人之间,有什么东西突然间已完全变样。他们一生中第一次开始互相观察,他们两人的命运开始彼此分开,两个人已经开始互相暗怀仇恨,这种仇恨刚萌生不久,他们都还不敢承认。

　　马车又在饭店门前停下,三个人都松了口气。这是一次失败的远足,这点大家都感觉到了,可是谁也不敢说出口来。埃德加第一个跳下车来。他的妈妈借口头痛告退,匆匆上楼去了。她感到疲劳,想要单独待一会儿。埃德加和男爵留了下来。男爵付钱给马车夫,看看表,就径直往前厅走去,根本不理会男孩。他从孩子的身旁走过,背部还是那么秀气,那么苗条,步态轻盈,富有节奏,曾使孩子大为着迷,昨天他还试图模仿这种走路的姿势。男爵走了过去,就这样走了过去。显然他已忘记了这个男孩,让他站在马车夫旁边,站在马儿旁边,仿佛他和孩子毫无关系。

　　埃德加看见男爵这样从旁走过,心里有什么东西破碎了。

234

尽管发生那么多事情,他还一直爱着男爵,把他视为偶像。他就这样从旁走过,没有用他的大衣碰碰孩子,没有跟他说一句话,他打心眼里感到绝望,他可是觉得自己什么过失也没有啊。他好不容易使自己保持住镇定自若的神气,现在垮了,他那瘦削的肩膀扛不动勉强装出来的尊严,他又变成一个孩子,矮小、卑微,跟昨天和从前一样。他的内心违背他的意志,继续垮了下去。他迈着急促的颤抖的脚步跟在男爵身后,男爵正要上楼的时候,他拦住去路,用哽咽的声音,含着难以忍住的眼泪说道:

"我怎么得罪您了,您不再理我了?为什么您现在总是这样对待我?还有妈妈?为什么你们老是要把我支走?你们嫌我讨厌还是我干了什么错事?"

男爵吓了一跳。孩子的声音里有什么东西使他心慌意乱,使他心软。他对这个蒙在鼓里的男孩心生同情。"埃迪,你真是个傻瓜!我今天只是心情不好而已,你是个可爱的孩子,我的确很喜欢你。"说着他摸着孩子的脑袋使劲来回摇晃,可是他的脸转开去一半,免得看见孩子这双眼泪汪汪苦苦哀求的大眼睛。他演出的这出喜剧,已经开始使他感到难堪,他其实已经因为这样肆无忌惮地戏弄了这孩子的爱而感到羞愧。这个单薄细小的嗓音,因为暗暗抽泣而颤抖,使他感到痛苦,"现在上楼去吧,埃迪,今天晚上我们又会言归于好的,你会看见的。"他连连安慰孩子。

"可是您不会让妈妈马上打发我上楼睡觉吧,是不是?"

"不会,不会,埃迪,我不会同意的。"男爵微笑着说,"现在快上楼去吧,我得为进晚餐去换衣服了。"

埃德加走了,心里一时欣喜万分。可是不久,那把锤子又在心里敲个不停。从昨天以来,他长大了好几岁;在他这孩子的胸中现在寓居着一个陌生的客人,它就是怀疑。

他等着。这是决定性的一次考验。他们一同坐在桌旁。时间已到九点,可是母亲没有打发他去睡觉。他感到有些忐忑不安。为什么偏偏今天她让他在这儿待这么久,她可是一向都是一丝不苟的啊。是不是男爵末了还是把他的愿望和他俩的谈话都向她泄露了呢?他突然感到说不出的后悔,今天真不该满腔信任地追着去找他。到十点他母亲突然站起身来向男爵告辞。真奇怪,这一位也对他母亲这么早起身上楼,似乎丝毫也不感到惊讶,他也没有像前几天那样一个劲地设法挽留她。孩子心里那把怀疑的铁锤敲得越来越厉害了。

现在必须严格检验一下,他也假装什么都不知道,毫不反抗地跟着他母亲向门口走去。走到门边他蓦然抬起眼睛。果然,在这一瞬间,他捕捉到一道笑吟吟的目光,这是她越过他的脑袋投送给男爵的,一道心照不宣的目光,一道含有什么秘密的目光。这么看来男爵出卖了他。所以她这么早就离席上楼了:他们想今天把他彻底稳住,以便他明天对他们不再碍手碍脚。

"流氓。"他咕噜了一声。

"你说什么?"母亲问道。

"没什么。"他从齿缝里迸出这么一句。现在他也有自己的秘密了,这就是仇恨,对他们两人的无边无际的仇恨。

沉　默

埃德加不再焦躁不安。他终于心境纯净,感情明朗:只有仇恨和公开的敌意。现在他确切知道,是他在妨碍他们,因此和他们在一起,对他来说,已成了一种残忍而又复杂的快感。他脑子里暗暗享受,如何跟他们捣乱,如何把他的全部敌意凝结起来,全力对付他们。他首先给男爵一点颜色瞧瞧。当男爵早上下楼,从埃德加身旁走过,亲切地用一句"早上好啊,埃迪"向他问好时,他坐在圈手椅里动也不动,也不抬头看男爵一眼,只是生硬地咕噜了一声"早"作为回答。"妈妈已经下楼了吗?"埃德加眼睛看着报纸:"我不知道。"

男爵一愣。这突然间怎么啦?"没睡好,埃迪,是不是?"开个玩笑照例该像以往一样缓和一下气氛,可是埃德加只是不屑一顾地向他扔过去一句:"不是。"又继续埋头看报。"傻小子。"男爵暗自咕噜了一声,耸耸肩膀,走了开去。敌意已经公开。

对他母亲,埃德加也态度冷漠,彬彬有礼。她笨拙地试图把他打发到网球场去,他心平气和地顶了回去。他的微笑,只是微微翕起一点嘴唇,因为怨恨而微微牵动一下嘴唇,这个微笑表示,他已不再让人欺骗。"我宁可和你们一起去散步,妈妈。"他说道,假装态度亲切,直视她的眼睛。这个回答显然不合他妈妈的心意。她迟疑片刻,似乎在寻找什么。"在这儿等我。"她最后做出决定,自己去进早餐。

埃德加等着。但是他疑心很重,他那异常活跃的本能现在从他们两人说的每句话里都听出一种秘密的敌意森森的目的。怀疑现在有时候使他眼光特别敏锐,决心特别果断。埃德加并没有像他母亲指示的那样,在前厅里等,而是宁可待在街上,在那里他不仅可以监视大门,还可以监视其他所有的门户。他心里已经有点嗅到欺骗的味道。不过,他们别再想从他手里溜走。他在街上就像他在印第安人故事书里学到的那样,躲在一堆木头后面。大约半小时以后,他看到他的母亲的确从边门走了出来,手里捧着一束非常美丽的玫瑰,后面跟着男爵,那个叛徒,他得意地笑了起来。

两人看来情绪欢快、忘乎所以。他们已经松了口气,不是终于摆脱了他,保住他们的秘密了吗?他们边说边笑,正准备下山往树林里走去。

现在时机到了。埃德加不疾不徐地从木堆后面溜溜达达地走了出来,仿佛纯粹是事出偶然。他非常从容,非常自如地向他们走去,不慌不忙,充分享受他们的惊讶。两个人大为错愕,互相交换了一下惊奇的目光。孩子慢吞吞地,故意装出一副自然而然的神气走了过来,他那嘲弄的目光始终不离他们两人。"啊,你在这儿,埃迪,我们在楼里找了你半天。"母亲终于说道。"她满口谎话,真不要脸。"孩子想道。可是他的嘴唇紧闭着,把仇恨的秘密藏在牙齿后面。

他们三人犹豫不决地站着,彼此互相窥伺。"那咱们走吧。"心情恼怒的女人无可奈何地说道,把一朵美丽的玫瑰揉得稀烂。她的鼻翼又微微颤抖,暴露了她心头的怒火。埃德加站着不动,仿佛这一切与他毫不相干,他抬头仰望蓝天,等到他们迈步,然后他才开始跟上他们。男爵想再做一番努力。"今天有网球比赛,你看过这种比赛吗?"埃德加只是以嗤之以鼻的神气看了他一眼。他根本不再搭理他,只是噘起嘴唇,像是要吹口哨。这就是他的答复。他的仇恨已经公开表露出来。

孩子在场不受欢迎,这件事竟像个噩梦一样压在他们心头。这两个囚犯就这样走在看守后面,暗暗握紧了拳头。其实孩子什么行动也没有,可是就凭着他那窥探的目光和一股子的怨气,已经使得他们越来越无法忍受了。他的目光水汪汪的,含着愤怒的泪水,他那一脸的怨气使得谁也无法和他接近。"走到前头去。"母亲突然怒气冲冲地说道,孩子一个劲地偷听使她心里很不安宁。"别老在我的脚前跳来跳去,这叫我心烦。"埃德加听话照办,可总是走了几步就回过头来。他们要是落后了,他就停下来等,他的目光像《浮士德》里的那头黑狗似的带着梅菲斯特①的奸诈,老在他们身上盘旋,编织起烈火般的仇恨之网,他们两人感到自己已陷在网中,无法挣脱。

他那恶毒的沉默犹如酸剂,破坏了他们欢快的情绪,他的目光使他们的谈话在唇边消失。男爵不敢再说一句表示追求的话语,他火冒三丈,感到这个女人又从他身边滑走。他辛辛苦苦地点燃了她的激情,由于害怕这个叫人讨厌、令人反感的孩子,现在又开始冷却。他们一再试图交谈,可是任何谈话都无法进行。最后他们三人默默无言地在路上,慢吞吞地往前迈步,只听见树木互相碰撞的飒飒声和他们自己怏怏不乐的脚步声。孩子扼杀了他们的谈话。

现在他们三个人都敌意森严。这个被出卖的孩子欣喜欲狂地感到,他们的怒火冲着他这被忽略的小人,却拿他无可奈何。他眨巴着眼睛,以嘲弄的目光不时扫过男爵又气又恼的面孔。他看到男爵的牙齿缝里骂人话咯咯地响,又不得不忍住,免得向他吐了出来,同时也发现他母亲怒火高涨,便像妖魔似的暗暗高兴。他们两人一心盼望有机会向他直扑过去,

---

① 梅菲斯特为歌德诗剧《浮士德》中的魔鬼。

把他一把推开,或者干脆把他干掉。但是他不提供任何机会,他的仇恨是好几小时精密算计的结果,没有暴露任何弱点。

"咱们回去吧!"母亲突然说道。她感到,再也控制不住自己,她非得干点什么不可,受到这样的精神折磨至少得大叫两声。"多么可惜啊。"埃德加平心静气地说,"天气这么晴朗。"

他们两人发现,孩子在嘲弄他们,但是他们什么也不敢说,这个暴君在这两天里学会自我控制真学到家了。他脸上的肌肉没有一丝颤动泄露那尖刻的嘲讽。他们默默无言地又沿着长路走了回来。当母子俩单独待在房子里的时候,母亲依然怒气未消。她气呼呼地把阳伞和手套扔掉,埃德加立刻发现,她的神经还激动无比,正渴望着发泄。可是他想看她发作。为了刺激她发火,他故意留在房里。她在屋里走来走去,又坐了下去,手指在桌上敲打,然后又直跳起来。"你的头发怎么这样乱,到处乱跑,脏得要死!在别人面前真是丢脸。在你这年纪你怎么不知道害臊?"孩子一点也不顶嘴,走过去梳了梳头。孩子保持沉默,这顽固的冷冷的沉默,同时嘴唇因为嘲弄而颤抖,使她简直发疯。她恨不得把他狠揍一顿。"回你房里去!"她冲他嚷道。她受不了他在这儿,埃德加笑容可掬地走了。

现在他们两个在他面前索索直抖,他们惊恐万状,男爵和她害怕跟他待在一起的每个小时,害怕他的眼睛强硬无情的逼视!他们越是感到浑身不舒服,他的目光就越发放射出心满意足的明亮光辉,他的快乐就越发具有挑战的意味。埃德加现在以他孩子的全部残忍,几乎还是动物的残忍,来折磨这两个无力反抗的人。男爵还能控制他的愤怒,因为他一直在希望,能捉弄一下这个孩子,他只想着想达到的目的。但是那位母亲一再失去自控。对她来说,能吼他一顿会感到轻松一点。"别摆弄叉子。"她在就餐时训斥他,"你真是个没规矩的野孩子,根本不配跟大人坐在一起。"埃德加只是一个劲地微笑,脑袋微微歪向一边。他知道,这声吼叫只表示绝望,他们这样自我暴露,他感到得意非凡。他现在的目光非常平静,就像是医生的目光。以前,他也许有些恶毒,这是为了惹他们生气,但是人在仇恨之中,学得很多,学得很快;现在,他只是沉默,沉默,沉默,直到她在他沉默的压力下开始大声吼叫。

他的母亲已经再也受不了了。现在他们吃完饭站起身来,埃德加又想理所当然地亲热地跟着他们,他母亲突然发作起来。她忘记了一切顾忌,终于吐出了实情。她被埃德加缠得忍无可忍,就像一匹被苍蝇叮得发狂的马一样暴跳起来,"你干吗像个三岁孩子似的老跟着我跑?我不愿你老是待在我身边。孩子不该老缠着大人。这点你给我记住,你就自己待一小时嘛。念点什么或者想干什么干什么,让我清静一会儿!你到处乱晃,苦着脸,叫人讨厌,搅得我心烦。"

他终于让她不打自招了!埃德加脸上泛出微笑,男爵和她现在都显得很尴尬。她转过身去,想往前走,心里对自己生气,竟然向孩子承认了她的气恼。可是埃德加只是冷冷地说道:"爸爸不让我一个人在这儿瞎待着。爸爸要我保证,不乱跑乱玩,一直待在你身边。"

他强调"爸爸"这两个字,因为他已经注意到,这两个字对他们两人具有某种震慑力。因此,他父亲不知怎的也被卷进这个灼热的秘密中来了。爸爸想必对他们两个有一种秘密的他所不知道的威力,因为只要一提爸爸似乎就会使他们害怕,使他们不自在。这一次他们也无言以对,他们放下了武器。母亲走在头里,男爵跟她走在一起。他们身后跟着埃德加,但并不是低三下四的像个仆人,而是神情严峻、冷漠无情像个看守。他叮当作响地抖动着缠在他们身上的那根看不见的铁链,他们拼命挣扎,可这根铁链是挣不断的。仇恨锻炼了他那孩子的力量,他这个无知的孩子比他们两个更加强大,秘密捆住了他们两人的手。

两个撒谎的人

但是时间紧迫。男爵只剩下短短的几天,这时间得充分利用。他们感到去对抗一个激怒了的孩子的顽固态度,是徒劳无功的。于是他们采取最后一招,选择可耻的出路:逃跑,只是为了能逃脱他的专横一两个小时。

"把这几封信拿到邮局去寄挂号。"母亲对埃德加说,他们两个站在前厅里,男爵在门外跟一个马车夫讲话。

埃德加疑心重重地接过这两封信。他注意到,以前总是有个仆人给他母亲传递消息的,莫非他们临了又共同准备什么事情来对付他?

他迟疑了一会儿,"你在哪儿等我?"

"这儿。"

"肯定?"

"当然。"

"那你别跑开!那你就在这前厅里等我,一直等到我回来?"他感觉到自己已占优势,便用命令的口吻和他母亲说话。从前天开始发生了许多变化。

然后他就拿着两封信走了。在门口他和男爵碰个正着。两天来,他第一次跟男爵说话。

"我就去寄两封信,妈妈等我回来,请您先别走开。"

男爵迅速往旁边一闪,"当然,当然,我们等你。"

埃德加飞跑到邮局。他得等着,他前面有位先生提了十几个无聊透顶的问题。终于他得以完成任务,拿着收据立刻跑了回来。正好赶上看见他母亲和男爵坐在马车里疾驰而去。

他愤怒得人都发僵了。他差点弯下腰去,捡块石头朝他们扔过去。这么说他们又摆脱他了,然而是用一个多么卑鄙多么可耻的谎言啊!他母亲撒谎,这点他从昨天起就知道了,但是她会这样无耻,竟然无视自己公开的许诺,这使他最后的一点信任也破碎了。自从他看到,他以为是真实情况的话语只是五彩缤纷的肥皂泡,吹胀之后,旋即破裂,化为乌有时,他已不再理解这整个人生。可是究竟是个什么样可怕的秘密,竟促使大人走到欺骗一个孩子,并且像罪犯似的悄悄溜走的地步?在他读过的书里,尽是谋杀、欺骗,不是为了金钱,就是为了权力,或者为了夺取王国。可是这儿的原因是什么呢?这两个人想达到什么目的,他们干吗躲着他,他们谎话连篇,是想掩盖什么呢?他绞尽脑汁,苦苦思索,他朦朦胧胧地感到,这个秘密是他童年时代的门闩,破解这个秘密,就意味着已经成年,终于成为一个男子汉。啊,去掌握这个秘密吧!但是他已不能清晰地思索,想到他们摆脱了他,他便怒火中烧,使他清明的目光变得模糊不清。

他一口气跑进森林,刚好躲进树荫深处,没有人看见他,滚滚热泪便像长江大河夺眶而出。"撒谎的人,狗东西,骗子,流氓!"——他不得不把这些话大声吼出来,要不然他就会活活憋死。愤怒、急躁、气恼、好奇、无助和最后几天的出卖,在他孩子气的斗争里,在他自以为业已成人的幻觉中被强压了下去,如今从他胸中迸涌而出,化作了泪水。这是他童年时代的最后一次哭泣,最后一次最狂野的哭泣,最后一次他像个女孩子似的在流泪中得到欢乐。在这不知所措的愤怒的时刻,他从内心深处哭掉信任、爱情、信念和尊敬——哭掉他整个的童年。

事后回到饭店去的那个男孩,已和原来判若两人。他神情冷凝,行动深思熟虑。他首先回到自己房间,仔仔细细地把脸和眼睛洗洗干净,免得让他们两人看见泪痕而得意扬扬。然后他就准备好如何清算。他耐心地等待着,没有丝毫烦躁不安。

当这两个逃亡者坐的马车在前厅外停下的时候,厅里全是客人。有几位先生在下棋,另外几位在看报,太太们正在闲聊。他们当中一动不动地坐着那孩子,他脸色有些苍白,目光颤抖不已。现在他的母亲和男爵走进门来,蓦地看见他,稍稍有些不好意思,正想结结巴巴地把事先准备好的托辞说出口来,他已经昂首挺胸态度平静地向他们迎了过去,用挑衅的口吻说道:"男爵先生,我想跟您说点事情。"

男爵感到浑身都不自在,他不知怎的觉得自己像被当场抓获的小偷。"好,好,以后再谈,待会儿!"

可是埃德加提高了嗓门,说得响亮而又尖刻,周围的人全都可以听见:"可我要现在跟您说。您的所作所为卑鄙无耻,您欺骗了我。您分明知道妈妈在等我,可您⋯⋯"

"埃德加!"母亲叫道,她看到所有的目光都向她射来,她向他冲了过去。

可是孩子这时发现,他们想大声地压倒他的声音,便突然刺耳地尖叫起来:

"我再一次当着众人的面对您说。您可耻地撒了谎,真是卑鄙,真是卑劣。"

男爵脸色煞白,站在那里,人们抬起头来直瞪着他,有几个发出微笑。

母亲一把抓住激动得浑身哆嗦的孩子。"马上回房间去,要不我就当着大家的面揍你。"她声音沙哑,结结巴巴地说道。

埃德加这时已经又平静下来。刚才情绪这样激动,他感到遗憾。他对自己很不满意,因为其实他是想冷冷地向男爵挑战,但是怒气比他的意志更加狂烈,他镇静自若、不慌不忙地走向楼梯。

"男爵先生,请您原谅他粗野无礼。您也知道,他是个神经质的孩子。"她嗫嚅着说道,被四周凝视着他们的人们投来的不怀好意的目光弄得方寸大乱。这世界上她最害怕的莫过于惹出丑闻。她知道,她现在千万不能失态。她非但没有立刻逃走,反而首先走去问看门人有没有信,还问了些其他无关紧要的事情,然后衣裙窸窣地上楼去了,仿佛什么事情也没有发生。可是在她背后,人们叽叽喳喳,悄声耳语,还有强压下去的一片笑声。

走到半路,她放慢了脚步。面对严峻的场面她总是束手无策。她其实很怕这场争论。她是有过错的,这点她不能否认。再说:她害怕这孩子的目光,害怕这道崭新的、陌生的、如此奇特的目光。这目光使她浑身无力,心里没底。由于害怕,她决定试用软功。因为她清楚地知道,斗争起来,这个被激怒的孩子现在却是强者。

她轻轻地摁动门把,打开房门。孩子坐在那里,态度平静,神情冷漠。他抬起眼睛看她,眼里毫无恐惧之色,甚至都没有流露出好奇的神情。看来他稳操胜券。

"埃德加,"她开始说道,语气尽可能地透着母亲的温柔,"你在想什么呢?我真为你害臊,你怎么能这样没有礼貌,尤其作为一个孩子对一个大人!你马上到男爵先生那儿去道歉。"

埃德加望着窗外。他说的那声"不",仿佛是冲着树木说的。

他那胸有成竹的样子使她心里发毛。

"埃德加,你这是怎么啦?你好像变了个人似的。我都不再认识你了。你平时总是个聪明的乖孩子,能够听人家的话。可是一下子你那神气就像魔鬼附身似的,你有什么看不上男爵的?你不是一直很喜欢他的吗?他也一直对你那么好。"

"不错,那是因为他想认识你。"

她感到不自在起来,"胡说!你胡想些什么呀!你怎么能想出这种事情?"

孩子这下暴跳起来。

"他是个撒谎的家伙,虚伪透顶。他干的事都是算计,都是卑鄙。他想认识你,所以他就跟我好,答应送条狗给我。我不知道,他答应给你什么,他干吗对你那么友好,他一定也想从你那儿得到什么,妈妈,这点是肯定无疑的。要不然他不会这样彬彬有礼,不会这样和蔼可亲。他是个坏人,他撒谎。你好好瞧瞧他,他总是那么虚伪。啊,我恨他,我恨这个卑鄙无耻的撒谎的家伙,这个流氓……"

"埃德加,你怎么能说这样的话。"她方寸大乱,不知道怎么回答。她心里也有所感,觉得孩子说得有理。

"没错,他是个流氓,谁也别想让我改变看法,你得自己去瞧一瞧,他干吗怕我?干吗老躲着我?因为他知道,我已经把他看透,我了解他,这个流氓!"

"你怎么能这么说,怎么能这么说。"她的脑子已经枯竭,只有那两片没有血色的嘴唇反反复复地老是嗫嚅着说这两句话。她现在突然开始产生一种可怕的恐惧,自己也弄不清楚,究竟是怕男爵还是怕孩子。

埃德加发现,他的警告发生了作用,这就诱使他,把她争取到他这边来,争取一个同仇敌忾共同对抗男爵的同志。他温柔地走向他的母亲,和她拥抱,他的声音激动得带有讨好的神气。

"妈妈,"他说道,"你想必自己也注意到了,他没安好心。他让你整个儿的变了个人,是你变了,不是我。他挑唆你来恨我,只是为了独霸你。他肯定要欺骗你,我不知道他答应给你什么。我只知道,他不会守信用的。你得提防着他一点。谁要是骗了一个人,也会骗另一个人。他是个坏人,不能相信他。"

这声音,温柔,几乎带着哭声,听上去就像发自她自己的内心。从昨天起,她心里就有种不舒服的感觉,在跟她说同样的话:说得更加急切,更加紧迫。但是她羞于承认,她儿子说得有理。于是就和许多人一样,恶言相向,来逃避一种强烈的感情造成的窘迫。她挺直了身子。

"小孩子不懂这样的事情。你没资格对这种事情说三道四。你要做的是举止得体,这就是一切。"

埃德加的脸上又布满了寒霜。"随你的便吧。"他严峻地说道,"我反正警告过你了。"

"这么说,你不愿意去赔礼道歉?"

"不。"

母子俩态度生硬地面对面站着,她觉得这事关系到她的权威。

"那你以后就在这儿楼上吃饭,一个人吃。你不道歉,就别跟我们同桌吃饭。我还得教你懂规矩呢。只有等我允许你离开房间,你才能出去。明白了吗?"

埃德加报以微笑。这可恶的微笑似乎已经和他的嘴唇长在一起了。他心里暗暗地对自己生气。他又一次掏心掏肺,还想警告她,警告这撒谎的女人,真是愚不可及。

母亲衣裙窸窣地走了出去,看都不再看他一眼。她害怕他这双刀子一样犀利的眼睛。自从她感到孩子睁大了眼睛把她不愿知道不愿听的事情直截了当地告诉她,这孩子就已经变得使她很不舒服。看见一个内在的声音,她的良心,脱离了她自己,伪装成孩子,她自己的孩子在到处转悠,向她发出警告,这真是可怕。迄今为止,这个孩子伴随着她的生活,成了一个装饰品,一个玩具,某一个可爱可亲的东西,有时也许是个累赘,但始终是她生活的一部分,在同一个潮流中,按照她生活的同样的节拍流动。今天它第一次跳了起来,违抗她的意志。现在想起她的孩子总夹杂进来一些类似仇恨的东西。

可是尽管如此:现在,当她有些疲惫地走下楼梯时,这个孩子气的声音又在她胸中响了起来:"你得提防着他一点。"——没法使这个警告沉默。这时,在她走过时,有面镜子冲着她发亮。她带着询问的神情看着镜子,越来越仔细地朝里观看,直到她的嘴唇在镜子里微带笑意,轻轻张开,接着又呈圆形,好像要说出一句危险的话。她心里的声音还一直在响,但是她把肩膀向后一耸,仿佛要把一切看不见的顾虑全都从身上抖落,然后向镜子投去明亮的一瞥,提起裙子,走下楼去,犹如一个赌徒怀着破釜沉舟的决心,把最后一枚金币,叮当一声扔到赌台上去。

月光下的踪迹

 侍者把饭菜送给软禁在屋里的埃德加,把门关上,在他身后门锁咔嚓一响。孩子愤怒地跳了起来;这显然是奉他母亲的命令行事,把他像头凶恶的野兽关了起来。阴狠的念头从他心里涌起。

 "现在我关在这儿,楼下发生什么事情呢?他们两个现在会谈论些什么呢?末了正在那儿发生那秘密的事,而我却恰好错过了?啊,这个秘密,我跟大人在一起的时候,一直感到这个秘密,它到处都在,夜里他们就关上房门,掩饰这秘密,要是我冷不防走进房去,他们就低声说话,这个大秘密,几天来我觉得它就近在手边,可是我一直没能把它抓住!为了捕捉这个秘密,我什么办法没有想到!我当时从爸爸的书桌里偷出一些书来读,里头有种种样样稀奇古怪的事情,只是我看不明白。就像这秘密上面盖了封印,先得去掉这封印,才能找到它,也许在我身上,也许在别人身上。我问过我们家的使女,求她给我解释书里的这些段落,可是她把我取笑了一番。做小孩子真可怕,充满了好奇心,可是还不许去问人家。在这些大人面前总是显得非常可笑,就仿佛你是个笨蛋,或者是个废物。可是我会弄明白的,我感到,我现在很快就要知道这个秘密,其中一部分已经掌握在我手里。我不把全部秘密掌握到手里,绝不罢休!"

他侧耳倾听,看是否有人走来。窗外一阵微风掠过树木,把镶嵌在树木枝丫间一动不动的月光的明镜吹成千百个形状怪异的碎片。

"他们两个想干的决不会是好事,要不然他们不会用这样卑鄙无耻的谎言来把我支开。肯定他们现在在耻笑我,这两个该诅咒的家伙,他们终于摆脱了我,可是我将笑到最后。我是多么傻啊,让他们把我关在这儿,给他们一段时间自由,而不是黏在他们身上,窥探他们的一举一动。我知道,大人总是大大咧咧的,他们会暴露自己的,他们总以为我们还很小,晚上都要睡觉,他们忘了,我们也会装睡,会偷听,我们也会装傻,其实非常聪明。前不久,我姨妈生孩子,他们早就知道,只是在我面前假装惊讶,仿佛大吃一惊。其实我也知道这事,因为几星期前有个晚上我听他们说起了这事,他们当时以为我睡着了呢。这一次我也要让他们大吃一惊,这两个卑劣的家伙。啊,要是我能隔着门缝偷看,在他们现在觉得安全的时候,悄悄地观察他们就好了。要是我现在打打铃呢,那么使女就会走来把门打开,问我想要什么。或者我可以大叫大嚷,把盘子砸烂,那么他们也会把门打开,这时候我就可以溜出去,偷偷地观察他们。可是不行,我不愿这样干,不要让任何人看见,他们是用多么无耻的态度对待我的。我太骄傲,不能这样做。明天我要对他们进行报复。"

楼下有一个女人的声音在笑。埃德加吓得一哆嗦:这可能是他母亲。她是有理由笑啊,嘲笑他这个无助的小东西:要是他讨厌,就把他锁起来,或者像一堆湿衣服似的扔到一个角落里去。他小心翼翼地把身子探到窗外。不,这不是她,而是几个陌生的疯疯癫癫的姑娘,正在逗弄一个小伙子玩呢。

这时候他发现,他的窗子其实离地面并不太高。他刚发现,便心生一念:从窗口跳出去,现在他们正以为万无一失,去偷听一下。下了这个决心,他高兴得浑身发烧。他仿佛觉得,这一来他童年时代的这个闪闪发光的巨大秘密就完全掌握在他的手里。"跳出去,跳出去!"这声音一直在他心里发颤。根本没有危险。没有人从旁经过,说跳他就跳了。只有碎石发出轻微的沙沙声,谁也没有听见。

这两天里,悄悄地尾随,暗地里埋伏,已经成为他人生的乐趣。现在他绕着饭店轻手轻脚地走着,小心翼翼地避开电灯射出的强烈的光线,他感到欢乐之中夹杂着一阵轻微的恐惧的战栗。他首先把脸蛋小心翼翼地贴在玻璃窗上看看餐厅里的情景。他们通常坐的座位是空的。他继续窥视,从一扇窗移到另一扇窗。他不敢亲自走到饭店里去,惟恐在过道里会冷不丁地和他们撞个正着。哪儿都找不到他们,他差不多快绝望了。可是蓦然间他看见有两个人影在门口出现——他往后一退,躲进黑暗之中——他的母亲和她那如今形影不离的陪伴者走了出来。这么说他来得正是时候。他们在说什么?他听不明白。他们说得声音很轻,而风吹树梢,飒飒作响,过于喧闹。可是现在有一阵笑声清清楚楚地传了过来,是他母亲的声音。他从来没有听见她发出过这样的笑声,一阵响亮得出奇的笑声,像被人挠痒,受到刺激发出来的神经质的笑声,他觉得非常陌生,听了之后吓了一跳。她在纵声大笑。这么说,他们向他隐瞒的,不可能是什么危险的事情,不可能是什么了不起的、强暴有力的事情,埃德加多少有点感到失望。

可是他们干吗要离开饭店呢?现在夜里黑黝黝的,他们两个人要到哪儿去呢?高天之上,大概有巨大无朋的翅膀把强风阵阵送来,因为天空方才还万里无云,星月交辉,现在已是一片昏黑,仿佛有看不见的手抛出漆黑的布,时而把月亮裹了起来,于是夜空变成难以穿透的浓黑一片,几乎看不见路,待一会儿月亮摆脱云层,于是又清辉普照,地面上流淌着冷冷的银色月光。这光和影的游戏神秘莫测,撩人心魄,犹如一个女人时而展露时而遮掩她玉体的魅力。恰好在这时大地又露出它赤裸裸的胴体:埃德加转过脸去,看见路上有两个走路人的侧影,或者不如说一个人影,因为他们两人走的时候贴得这么紧,就仿佛内心恐惧把他们挤成一人。可是现在两人往哪儿去呢?赤松树发出低沉的叹息,树林里热闹非凡,阴森可怕,似乎有人在林中大举狩猎。"我跟着他们。"埃德加心里暗忖,"树林里风声阵阵,树枝乱晃,他们不会听见我的脚步声。"于是他在上面的树丛中轻手轻脚地从一棵树跳到另一棵树,继续从一个阴影跳进另一个阴影,下面他们两个则走在月光如水的宽阔明亮的大路上。他顽强执着地跟随着他们,时而赞美山风喧响,使人听不见他的脚步声,时而又诅咒山风喧闹,把他俩在那儿说的话语吹走,使他一句也听不见。哪怕只有一次,让他能听见他们的谈话,他就有把握获得这个秘密。

山下的两个人浑然不觉地走着,在这广袤迷茫的夜色之中两人独处,他们感到非常幸福,正沉溺在越来越激动的心情之中。没有任何预感警告他们,在上面,在枝叶茂密的黑影之中,他们每走一步都被人追随,有两只眼睛充满仇恨和好奇紧紧地抓住他们。他们倏然间站住脚步。埃德加也立即停步,紧靠着一棵树。他吓得魂不附体。倘若他们现在转身往回走,在他之前回到饭店,倘若他还没有赶回房间,母亲发现他房间里没人,那怎么办?那就一切全完了,那他们就知道,他在暗中窥伺他们,那他就再也别想探听到他们的秘密。可是这两个人犹豫不决,显然意见发生分歧。幸亏这时露出月光,他可以清清楚楚地看到一切。男爵指了指通向下面山谷的那条黑黢黢的狭窄的岔路,那里和这里的大路不一样,月亮把清辉遍洒在岔路上,只是透过浓密的树丛漏出点点滴滴罕见的清光。"他干吗要到那下面去?"埃德加心里一怔,他的母亲似乎说了声"不行",而他,那另一个人却在说服她。埃德加可以从他们的手势看出,他的语气多么急迫。孩子感到一阵惊慌。这人想要他母亲干什么?这个流氓干吗试图把她拽到黑暗中去?他的那些书本对他来说构成了整个世界,从这些书里他突然栩栩如生地回忆起那些谋杀绑票的故事,那些阴森可怕的罪行。肯定,他想谋杀她,为此他把他支走,把她孤零零地一个人引诱到这里来。他是不是应该大声呼救啊?"抓凶手啊!"这声叫喊已经爬到他的嗓子眼了,可是他口干唇燥,什么声音也发不出来。他的神经由于激动绷得很紧,他简直都站不直身子,惊慌之余他伸手去抓一个支撑点——这时在他手下有根树枝咔嚓一声折断了。

那两个人惊慌失措地转过身子,眼睛直瞪着黑暗。埃德加屏住呼吸一声不响地靠着一棵树,夹紧双臂把他小小的身体深深地躲进阴影里,周遭像死一样沉寂。可是他们两人似乎大吃一惊。"咱们回去吧。"他听见他母亲说道。这话从她嘴里说出,听上去心惊肉跳。男爵自己显然也惴惴不安,表示同意。两个人紧紧依偎在一起,步履缓慢地往回走去。他们心事重重,这可是埃德加的运气。他手脚着地,在灌木丛中爬行,双手都磨出血来,一直爬到林中拐弯的地方,从那里再全速奔跑,跑得上气不接下气,一直跑回饭店,然后三步两跳跑到楼上;幸亏他房门的钥匙还插在外面,他打开房门,冲进房间,扑到床上。他先得好好休息几分钟,因为他的心脏在胸膛里狂跳,就像木槌在敲打铿锵作响的钟壁。

然后他才敢站起身来,靠在窗上等他们回来。他等了很长时间,他们想必走得非常缓慢。他小心翼翼地从黑乎乎的窗框里向外探看。现在他们慢步走来,衣服上洒着月光。在这清幽幽的月色中,他们看上去简直像幽灵一样,那令人惬意的战栗又向他袭来,这里是不是有个凶手,由于他在场,才阻止了一个多么可怕的事件发生。他清楚地看到这两张像石灰一样苍白的脸。他母亲的脸上洋溢着心醉神迷的表情,他从来没有见过她的这种神情,男爵则相反,紧绷着脸,怒气冲冲。显然是因为他没有达到目的。

他们已经走得很近,一直走到饭店前面,这两个人影才彼此分开。他们会不会抬起头来看看?没有,谁也没有往楼上看。"他们已经把我忘了。"孩子想道,心里气得要死。同时他又暗自得意,"可是我没忘记你们。你们大概心想,我在睡觉或者我已不在这个世上,但是得叫你们看看你们大错特错了。你们每走一步我都要监视,直到我探到他,这个流氓的秘密为止,这个可怕的秘密,简直叫我无法睡觉。我会扯断联结你们的纽带的。我不睡觉。"

他们两人慢步走进门里,当他们一个接一个走进来的时候,他们两个投出来的侧影又一次拥抱在一起,他们的影子变成一根黑色的尾巴消失在灯光照亮的门里。然后,屋前的广场又闪亮地展现在月光下,犹如一片白雪覆盖的辽阔草地。

袭　击

埃德加喘着气从窗口退了回来。他浑身战栗。他这一生还从来没有这样挨近过神秘莫测的事情。他书本里的那个使人紧张刺激惊险动人的世界,那个充满凶杀和欺骗的世界,在他看来,一直是在童话里,紧挨着梦乡幻境,在远离现实、难以企及的虚幻的地方。可现在一下子他似乎就置身于这令人战栗的世界之中,他整个身心都被这不期而遇的邂逅弄得像患了热病似的颤抖不已。这个神秘兮兮的人,倏然间闯进他们安宁的生活,这人是谁?他一直在寻找偏僻的角落,想把他母亲拽到那黑暗的角落里去,他难道真的是个凶手?可怕的事情似乎就要发生,他不知道该怎么办,明天他要写信或者打电报给他父亲,这点是肯定的。可是难道那事就不会在现在发生,在今天晚上发生?他母亲到现在还没有回房,到现在还和这个可恨的陌生人在一起。

房门外面有一道用裱糊纸做的灵活轻便的门,两门之间有一个狭窄的空间,并不比衣橱的内部更大,他就挤进这一虎口宽的黑暗格子里,以便偷听走廊里的脚步声。因为他已决定,一时一刻也不让他们单独待在一起。现在是午夜时分,走廊里空荡荡的,只有一盏灯投下昏黄的光线。

他觉得这几分钟时间拖长了,长得可怕——他终于听见谨慎的脚步声从楼下传了上来。他竖起耳朵倾听,这不像径直想要回房的人,迅速地迈步向前,而是迟迟疑疑,犹豫不决的脚步,似乎沿着一条极端陡峭的道路,无比艰难地一步步向上走着,一面走,一面不断地悄声耳语,走走停停。埃德加激动得浑身哆嗦。到末了还是他们两个,他还一直和她待在一起?耳语声离得太远,但是脚步声越来越近,虽说还是迟迟疑疑的。现在一下子他听见了男爵那可恶的声音在低声沙哑地说着什么,他没有听明白,可是接下来是他母亲的声音在迅速反抗:"不行,今天不行!不行!"

埃德加颤抖着,他们走近了,他想必听到了一切。向他走来的每一步,不论走得多轻,都使他胸膛作痛。这声音,他觉得无比难听,这个可恶的家伙发出的令人反感的声音正贪婪地追求着!"您别那么残忍,您今天晚上真是美艳绝伦。"又传来另一个声音:"不行,我不可以这么做,我不能这么做,您放开我。"

他母亲的声音充满了这么多恐惧,孩子大吃一惊。他到底要把她怎么样?她为什么害怕?他们越走越近,现在想必就在他的门前。他就站在他们背后,颤抖着,隐着身子,和他们只有一手之隔,只有薄薄的一层布遮着他。声音现在近得就在跟前。

"来吧,玛蒂尔德,来呀!"他又听见他母亲在呻吟,现在声音弱了许多,做着无力的反抗。

可这是怎么回事?他们在黑暗中继续往前走,他的母亲没有走进自己的房间,而是从门前走过!他拽她到哪儿去?

为什么她不再说话？是他堵住了她的嘴巴，卡住了她的脖子？这个念头使他发狂。他用哆哆嗦嗦的手把门推开一条缝，现在他在昏暗的走廊里看见了他们两个。男爵用手臂搂着他母亲的腰，轻轻地领着她往前走。她似乎已经让步了。现在他在自己房间的门口站住。"他要把她拽走。"孩子惊恐万状，"现在他要做出可怕的事情来了。"

他猛的一下子把门打开，冲了出去，扑向他们两人。他的母亲看见黑暗中突然有什么东西向她扑来，吓得尖叫起来，似乎昏了过去，男爵费了好大劲才把她扶住。这时男爵觉得有一只弱小的拳头向他脸上击来，使他的嘴唇重重地打在牙齿上，有什么东西像个猫似的抓住他的身体。他松开受惊的女人，女人迅速地逃跑了。还没弄清是反击什么人，他就盲目地挥拳打去。

孩子知道自己力气比不上他，但是并不让步。现在那渴望已久的时刻终于来到，可以拼命发泄全部被出卖的爱情和积在心里的仇恨。他挥动两只小拳头砸了过去，在狂热的无畏的愤激状态中咬紧嘴唇。男爵现在认出了他，他对这个暗探也是满腔仇恨，这小子使他几天来的心血付之东流，使这场游戏遭到破坏。他狠狠地还击，打到哪儿算哪儿。埃德加呻吟起来，但并不停手，也不呼救。在这午夜的走廊里，他们默默无言，愤怒无比地格斗了一分钟。男爵渐渐意识到他和一个半大不小的孩子在打仗，实在可笑。他紧紧地抓住孩子，想把他甩开。孩子现在感到他的肌肉已经渐渐无力，知道待一会儿就会被打败，会挨揍，便在狂怒之中狠咬那只强壮有力、想要抓住他脖子的手。被咬的人不由自主地发出一声低沉的叫声，松了手——就一秒钟。孩子利用这一秒钟逃回自己的房间,把门闩插上。

这场午夜的搏斗只持续了一分钟。左近没有一个人听见这场战斗,周遭一片寂静,一切都已沉浸在睡梦之中。男爵用手帕拭去手上的血侧耳倾听黑暗中的动静,没有人偷听,只有头上最后一盏灯发出闪烁不定的灯光——他觉得——正在嘲弄他。

暴 风 雨

"是做梦吗?做了个危险的噩梦?"第二天早上,埃德加问道;他头发蓬乱心惊胆战地醒来,脑袋沉重地嗡嗡直响,关节僵硬、发木,现在他看看自己身上,惊讶地发现,他还穿着衣服。他霍地跳了起来,摇摇晃晃地走到镜子前面,吓得直退回来,他看见自己苍白扭曲的脸,额上肿起了一道殷红的伤痕。他费力地收敛心神,胆战心惊地回忆起一切,回忆起昨天夜里在门外走廊里的搏斗,回忆起他跑回房间,然后浑身发烧颤抖,和衣倒在床上,时刻准备逃跑。他想必在床上睡着了,跌进了这沉重昏乱的酣睡,在睡梦中所有这一切又一次重现,只是呈现另一副模样,变得更加可怕,带有汩汩流出的鲜血的潮味。

楼下碎石路上有脚步声沙沙作响,嘈杂的人声像看不见的小鸟儿飞了上来,阳光已经照进屋里,想必已是早上晚些时候,他惊慌地抬头看钟,时针指着午夜,昨天过于激动,忘了上弦。糊里糊涂,不知现在是什么时候,这种心中无数的情绪使他不安,由于不知道究竟发生了什么事情,更加惴惴不安。他赶快梳洗整齐走下楼去,心里七上八下,微微有负疚的感觉。

他妈妈独自一人坐在早餐室里通常坐的位子上。埃德加松了一口气,他的仇人不在,用不着看他那张可恶的脸,昨天他在愤怒之中挥拳打了这张脸,可是当他现在走近桌旁的时候,他感到心里没底。

"早上好。"他问候道。

他母亲不予回答。她甚至没有抬头看他一眼,只是奇怪地以直愣愣的目光眺望着远处的风景。她的脸色非常苍白,眼圈微微发黑,鼻翼神经质地抽动,暴露她心情激动。埃德加咬紧嘴唇。这沉默使他六神无主,他其实并不知道,他昨天是否使男爵伤得很重,妈妈是否会知道他们夜里打了一架。他心中无数,十分难受。但是妈妈的脸绷得那么厉害,他根本不想抬起头来看她,惟恐现在低垂的眼睛会突然从垂下的眼皮里跳出来把他抓住。他变得非常文静,甚至不敢弄出响声。他小心翼翼地端起茶杯,又把它放回去,偷偷地看一眼他母亲的手指,正非常神经质地摆弄着汤勺,这些弯曲的手指头似乎暴露了她内心的怒火。他就这样怀着阴郁的情绪坐了一刻钟,期待着发生什么事情,可是并没有发生。没有一句话,哪怕就说一句话来使他得到解脱。现在他母亲站起来了,可是依然没有看他一眼,他不知道该做什么:是独自坐在这儿的桌旁,还是跟着她走。最后他还是站起身来,低三下四地跟在她后面,她故意忽视他的存在。他始终觉得,跟在她后面是多么可笑。他把步子迈得越来越小,这样就在她身后越离越远。她根本不注意他径自走进自己的房间。等埃德加最后跟着走来,她的门已经关得严严实实。

出了什么事?他可真的弄不清楚了。昨天那种满有把握的情绪已不复存在。莫非他昨天发动袭击竟是做了件错事?

他们正在准备惩罚他还是重新使他遭到屈辱？他感到总有事情发生,什么可怕的事情想必会很快发生。在他们之间暴风雨正在升起,可以感到暴风雨前的郁闷,蓄电的两极之间的强大电压,必须化为闪电才能消散。他就带着这种沉重的预感,熬过了孤独的四个小时,从一个房间蹓到另一个房间,直到他那孩子的颈脖在这无形的重荷之下低了下去,中午他去就餐时,已完全变得低声下气了。

"你好。"他又说道。他非打破这沉默不可,这可怕的胁迫人的沉默,它像一片乌云悬在他的头上。

他母亲仍不回答,把目光从他身旁扫过。埃德加现在又吃了一惊,感到自己正面对着一股经过深思熟虑、凝成一团的怒气,他这一生还从来没有见到过这股怒气。迄今为止,他们的争吵更多的是母亲一时激动发发脾气,而不是伤了感情怒气冲天,消气之后,微微一笑,立刻烟消云散。但是这一次他感觉到,是搅动了她心灵最深层的一股狂野的感情,见到这股被他不慎激起的强大力量他心惊胆战。他简直食不下咽,嗓子眼里干干的,堵得慌,几乎使他窒息。他母亲似乎对这一切都毫不觉察,只有在站起来的时候仿佛随意地扭过头来说道:

"到楼上来,埃德加,我有话跟你说。"

听上去并不像威胁,可是冷得像冰,埃德加听得浑身哆嗦,就仿佛他脖子上突然套上了一根铁链。他的倔强已经被踩得稀烂,像条挨了打的狗,他默默无言地跟着上楼进了她的房间。

她沉默了几分钟,延长他的痛苦。这几分钟里,他听见时钟嘀嗒嘀嗒的响声,屋外有个孩子在笑,他胸膛里心脏在怦怦直跳。但是她似乎也心中无底,因为她现在和他说话,并没有看着他,而是背朝着他。

"我不想再谈你昨天的行为。这真叫丢人。我现在一想起这事,就感到害臊。反正你自作自受。我现在只想跟你说,这是最后一次,我让你跟大人待在一起。我刚才给你爸爸写了封信,给你找个家庭教师或者送你上寄宿学校,去学学怎么讲究礼貌,怎么举止得体。我也就不会再因为你而生这份气了。"

埃德加低着头站在那儿。他感觉到这只是开场白,只是一番威胁,忐忑不安地等着正文。

"你现在立刻去向男爵道歉。"

埃德加浑身一哆嗦,可是她不容他打断她的话。

"男爵今天已经走了。你给他写封信,我来给你口授。"

埃德加的身子又动了一下,可是他母亲态度坚决。

"别顶嘴。这里有纸有墨水,你坐下。"

埃德加抬头看她。她的眼睛冷峻,透着一股子坚定不移的决心。他从来没见过他母亲这副神气,这样严峻,这样镇定。他心里感到恐惧。他坐下来,拿起笔,脸深埋在桌上。

"日期写在上首。写了吗?称呼前面空上一行。好,就这样!尊敬的男爵先生!惊叹号。再空一行。我刚才遗憾地获悉,——写了吗?——遗憾地获悉,您已经离开色默林,——色默林是两个 m——我只好写信向您表示我原本打算亲自做的事情,也就是——写快点,书法不必讲究!——请您原谅,我昨天的举止。家母想必已经告诉过您,我是重病初愈正在康复,容易激动。我往往看到的事情都会夸张,转眼我就后悔……"

趴在桌上的那个弯曲的背脊挺了起来。埃德加别转脸来:他的倔强劲头又恢复了。

"我不写这个,这不是真情!"

"埃德加!"

她的嗓音充满了威胁。

"这不是真实情况。我没干任何需要后悔的事情。我没干任何需要道歉的坏事。我只是在你呼救的时候跑去救你!"

她的嘴唇没有一点血色,她的鼻翼绷得很紧。

"我呼救过吗?你疯了!"

埃德加这下火了,他腾的一下跳了起来。

"没错,昨天夜里他在门外的走廊里抓着你的时候,你叫道:'放开我,放开我。'叫得那么响,我在房里都听得清清楚楚。"

"你撒谎,我从来没有跟男爵一起待在走廊里,他只送我到楼梯口……"

听到这样大胆的谎话,埃德加的心脏都停止了跳动。他说不出话来,他眼睛直瞪瞪地凝视着她。

"你……没在……走廊里?他……没有拦住你?没有使劲抓住你?"

她哈哈大笑,笑得阴冷,毫无感情。

"你在做梦。"

孩子这下子受不了了。他现在已经明白,大人老撒谎,总有些小小的放肆的借口。这些谎言总会钻个空子滑过去,——这些狡猾诡诈、模棱两可的鬼话。但是这样厚颜无耻、明目张胆地当面撒谎,矢口否认,使他整个气疯了。

"那么这脸上的伤痕也是我做的梦？"

"谁知道你跟什么人打了一架。可是我用不着和你展开讨论,你得乖乖地听话,这就完了。坐下写吧！"

她的脸色非常苍白,试图以最后的力气来控制这个局面。

但是在埃德加心里不知怎的,有什么东西破灭了。最后一股信念的火焰熄灭了。他母亲竟然会把真实情况肆意践踏,就像踩灭一根正在燃烧的火柴似的,这一点他没法理解。他的心抽缩起来,凝结成冰,他现在说的话,都变得尖刻,恶毒,毫不克制。

"这么说,这是我在做梦？走廊里的事和这个伤痕？你们两个昨天在月光下林中散步,他想拉你走下山的岔道,这大概也是做梦吧？你以为我像个小孩子似的让你们关在房里？不,我没有像你们想象的那么傻。我知道,那些事我已经知道。"

他放肆地凝视着她的面孔,这使她无力去看她自己儿子的脸,这张就在她跟前,由于仇恨而扭曲的脸。于是她勃然大怒。

"写啊,马上就写！要不……"

"要不怎么样……？"他的声音现在变得放肆,一副挑衅的神气。

"要不我就揍你,像揍小孩子一样。"

埃德加走近一步,一脸嘲讽的神情,只是哈哈大笑。

这时她的手已经打到他的脸上,埃德加叫了起来。就像一个行将淹死的溺水者,双手向身边猛打,耳朵里只听见嗡嗡的响声,眼前泛起一道道红光,他盲目地挥拳还击。他感到他打在什么柔软的东西上面,现在打在脸上,他听见一声尖叫……

　　这声喊叫使他清醒过来。他突然看见了自己。他意识到发生了骇人听闻的事情：他打了自己的母亲。他惊恐万状，既感到羞耻又感到惊骇，他迫切需要马上离开这里，钻到地洞里去，赶快走开，走开，千万别看到这些目光。他冲到门口，飞快地冲下楼梯，穿过房子，奔上大街，走开，快走，就仿佛后面有群疯狗向他追来。

初步领悟

　　一直跑到山下的路边，他终于停住了脚步。他不得不紧紧地靠在一棵树上，他的四肢由于恐惧和激动拼命颤抖，胸部起伏不停，呼哧呼哧地几乎喘不过气来。对自己的所作所为产生的惊恐在他身后猛跑，现在抓住了他的喉咙，使他像发烧似的浑身摇晃。他现在该做什么呢？往哪儿逃跑呢？因为在这儿，在这附近的树林里，离他住的房子只不过十五分钟的路程，他已经感到被人抛弃了。自从他变成独自一人，孤立无援之后，一切都变了样，变得更具敌意，更加可憎。昨天还像兄弟似的在他身边喧闹的树木，今天突然阴沉沉地聚在一起，摆出咄咄逼人的样子。他将遇到的一切，不知还会有几多陌生，几许生疏？孤零零地一个人待在这巨大而陌生的树林里，使这孩子头晕目眩。不，对眼下的境况他还承受不了，他独自一人还承受不起。可是逃到谁那儿去呢？对父亲他怀有畏惧，父亲容易发火，不可亲近，他会立刻把他送回来的。他可不愿意回来，他宁可到不熟悉的陌生世界里去；他觉得，倘若再看见母亲的脸而不联想到他曾用拳头打过，似乎永远也做不到了。

　　这时他忽然想起了他的祖母,这位心地善良、和蔼可亲的老太太,她从小就把他当成宝贝,要是他在家里受到责罚,遭到冤枉,奶奶总会出来保护他。他想到巴登去躲在奶奶家里,直到父母亲息怒;他要从那儿给他们写信,请求他们宽恕。在这一刻钟里,想到自己孤零零地一个人凭着这双毫无经验的手立足于这人世之间,他就变得这样卑微,竟然诅咒他的骄傲,这愚蠢的骄傲,一个陌生人的谎言使他心里萌生出来的这种骄傲。他现在什么也不想,一心只想再当回从前那个孩子,听话耐心,一点也不狂妄自大,他现在体会到狂妄自大真是可笑至极。

　　可是怎么到巴登去呢?怎么飞越这相隔几小时的路程呢?他急急忙忙地抓起一直带在身边的那个小皮钱包。谢天谢地,那枚新的二十个克朗的金币还在闪闪发亮,这是他得到的生日礼物。他一直舍不得花掉这枚金币。不过,他差不多每天都要瞧瞧这枚金币是不是还在,一看见它心里就高兴,觉得自己很阔,然后总是怀着感激的柔情用手帕把它擦得锃亮,直到它像个小太阳似的金光闪闪。可是他猛地想到,这钱够吗?——这个念头使他吓了一跳。他这辈子常坐火车,可从来也没有想过,坐车得付钱,更没想过车钱是多少,是一个克朗还是一百个克朗;他第一次感到,生活中有许多事情他还从来没有想过,在他周围的一切东西,他手指摸到它们,他也摆弄过它们,不知怎的,都有它们自己的价值,有一种特别的分量。一小时前,他还满以为自己无所不知无所不晓,现在他感到,自己漫不经心地从成千上万个秘密旁边走过,他那可怜的智慧在迈向人生的第一个台阶时就栽倒了,为此他感到惭愧。他越来越犹豫不决,他那摇摆不定的脚步越迈越小,直至走到山下的车站。他曾经多少次梦想过这次出逃,多少次想到生活中去闯荡,去当个皇帝或者国王,当个士兵或者诗人,现在他迟迟疑疑地望着那间明亮的小屋,心里只想着,这二十个克朗是否够他乘车去找他祖母。车轨闪亮,一直伸向远方,车站空无一人,显得荒凉。埃德加怯生生地溜向售票处,悄声问道——免得别人听见——到巴登的车票多少钱一张。一个人从昏暗的小房间里向外看,脸上满是惊讶的神情,眼镜后面的两只眼睛冲着这犹犹豫豫的孩子微笑:

"一张全票吗?"

"是的。"埃德加结结巴巴地说道,但是丝毫没有骄傲,更多的是害怕,怕这样票价会太贵。

"六个克朗。"

"给您!"

他心里一块石头落了地,把那枚心爱的锃亮金币递了过去。找回来的钱叮当作响,埃德加一下子又觉得自己说不出的富有。他现在把那张褐色的硬纸车票拿在手里,它保证他获得自由,在他口袋里响起银币奏出的低沉的音乐。

火车时刻表告诉他列车得过二十分钟才进站。埃德加躲在一个角落里,有几个人站在月台上,无所事事,也不想什么。但是,这个忐忑不安的孩子却觉得好像大家的眼睛直盯着他,大家似乎都很惊讶,这样一个小孩已经单独乘车,仿佛出逃和犯罪就刻在他额上似的。终于,从远方传来列车的第一声吼叫,然后列车才隆隆驶来,他终于舒了口气。就是这列车要带他奔向广袤的世界。上车的时候他才注意到,他手里的是张三等车厢的票。以往出门他总是乘坐头等车厢。他又一次感到，这里又有什么东西发生了变化，有些差异他自己都忽视了。他身边的乘客和以往的不同，有几个粗手粗嗓的意大利工人，手里拿着铁锹和铲子，坐在他正对面，目光阴沉，忧郁地望着前方。他们想必在路边干了重活，因为有几个疲惫不堪，身子靠着坚硬肮脏的木头，大张着嘴，在隆隆奔驰的列车中熟睡。埃德加心想，他们干活为了赚钱，可是想不出能挣多少。他又感到，钱不是总会有的东西，而是必须用什么办法去挣的。他第一次意识到，他不言而喻地已经习惯于一种舒舒服服的生活环境，而在他生活的左右两边都有着他的目光从未触及的万丈深渊。他一下子发现，人生有许多使命和天职，他生活的四周堆满了秘密，近在咫尺，伸手就可抓到，可他从未注意。在他独自一人度过的这一小时里，埃德加学到了许多东西，从这狭窄的车厢里，他通过向着野外的窗户开始看到许多东西。在他朦胧的恐惧之中渐渐萌发出一种东西，这还不是幸福，可已经是对人生千姿百态的惊叹了。他虽然是由于恐惧和胆怯而逃跑的，但他时刻都感觉到，这是他第一次独立行动，独立地从他一直忽视的现实生活中经历一些事情。从前，世界对他是个秘密，如今，他自己第一次或许对于父母来说也成了秘密。他便换了个眼光看向窗外。他仿佛觉得，他第一次看见了现实中的一切，仿佛世上万物掀掉了一层纱幕，如今把一切都展现在他的面前，让他看到它们内在的企图和它们行动的神秘脉络。房屋从车旁飞过，宛如被风吹走一样，他不由得想到住在里面的人，他们是富翁还是穷汉，幸福还是不幸，他们是否也像他一样渴望知道一切，也许那里也有孩子，他们也像他似的，在这之前只和天下万物戏耍。举着飘动的小旗站在路边的守路人对他来说第一次不像以往那样只是断了线的木偶和没有生命的玩具,是被人漫不经心、碰巧放在那里的东西。他懂得这是他们的命运,他们对人生的搏斗。车轮旋转得越来越快,现在列车沿着环山的羊肠小道降入山谷,山势越来越和缓,群山越来越遥远,终于进入了平原。他再一次回头眺望,山峦已经影影绰绰地消失在蓝色的氤氲之中,遥远而不可企及;他觉得,群山缓缓地消失在雾气迷漫的天际,他自己的童年仿佛也在那里随之消失。

令人困惑的昏暗

　　但是,到了巴登列车停下来,埃德加独自一人站在灯光全部亮起的月台上,红色和绿色的信号灯射向远方,此时,看见这五光十色的景象,他心里突然间对渐渐低垂的夜幕感到惶恐。白天他还感到踏实,因为四周全是人,可以休息,坐在长凳上,或者站在店铺前面看看橱窗。可是,如果人们全都回家了,各自有一张床,聊聊天,然后平静地度过这夜晚,而他却感到自己有错,不得不独自一人在陌生的孤独中到处乱逛,他又怎么受得了呢?啊,但愿马上头上有个屋顶,不要再在这陌生而空旷的天空下面多待一分钟,这是他惟一明确的感觉。

　　他急急忙忙地沿着熟悉的道路走去,绝不左顾右盼,直到他最终走到祖母住的别墅前面。这幢别墅坐落在宽阔的大街旁边,但并不是一眼就能看见的,而是当中挡着一座精心照管的花园,里面长满了枝叶纷披的常春藤和爬墙虎,然后才是一幢古色古香、令人赏心悦目的白色房屋,宛若翠绿烟霞中的一抹光亮。埃德加像个外人似的,透过铁栅栏窥望。屋里毫无动静,窗户关得严严实实。显然家里所有的人都和客人一起在后花园里。他的手已经摸到冰冷的门把,这时发生了一件奇怪的事情:他一下子觉得,两小时以来他想得那么轻巧、那么自然而然的事情,似乎变得无法付诸实行。叫他怎么走进屋去,跟人家打招呼呢?怎么承受人们的问题,怎么回答呢?倘若他非报告不可,他是悄悄地从母亲身边逃走的,那么叫他怎么经受得住人们射来的第一道目光?怎么解释他那骇人听闻的所作所为?连他自己都已经不再理解他的行为了!屋里有扇门打开了,他突然感到一阵莫名其妙的恐惧,怕有人走过来,于是他继续跑,自己也不知道去哪儿。

跑到疗养地①公园门口,他停住了脚步,因为他看到那里一片昏黑,估计不会有人。他也许可以在那里坐下,终于可以安安静静地思考、休息,弄清楚他的命运。他怯生生地走了进去。前面亮着几盏路灯,赋予树上的嫩叶一片透明的绿茵茵的鬼气森森的朦胧光辉;再往后就得走下山岗,那里在来得过早的春夜的迷乱阴暗中,一切都融成混沌黝黑、翻腾不已的一团。埃德加胆怯地从几个人身边走过,他们在路灯的光线照耀下或者聊天或是看书。他想要单独待一会儿。但是即使在那边,在没有灯光照明的甬道上,在浓荫密布的昏暗中,也并不安宁。那里充满了轻轻的鬼鬼祟祟的话语声和树叶飘落声,夹杂着在柔韧的树叶之间吹拂的风的呼吸、远方拖沓的脚步声、压低了嗓子的喃喃耳语声,还有一种不晓得什么样的

---

① 巴登为维也纳附近的一个著名疗养地。

充满快感的轻声叹息和惊恐呻吟的声响发自人和动物,以及不安地沉睡着的大自然。这是一种危险的骚动不宁,一种隐蔽的、暗藏的、令人担忧的谜样的骚动不宁在这里活动,在树林中的地下翻腾,也许这只和春的来临有关,但却使这不知所措的孩子心惊胆战。

在这深渊一样的黑暗中,他缩着身子,挤在一条长凳上,试图考虑一下,该在家里说些什么。但是思想总是还没抓住,就滑了开去,他控制不住自己的心神,总是不得不只是倾听那低沉的声音,那黑暗中神秘的声音。这昏暗是多么可怕,可又是多么撩人心弦,多么充满神秘的美!究竟是动物还是人,抑或只是微风幽灵般的手,把所有这些喧响声和毕剥声,这嗡嗡声和嘘嘘声交织成一片?他倾听着。这是风儿骚动不宁地从树上轻轻掠过,但是——现在他看得真切——也有人,紧紧拥抱在一起的一对对的情侣,从山下,从灯火通明的城市走了上来,以他们谜样的身姿使黑暗变得充满生机,他们想干什么?他无法理解,他们并不互相交谈,因为他听不见说话的声音,只有脚步声在碎石路上不安宁地沙沙作响。有时,他在林木的空隙处看见他们像影子似的匆匆一闪而过,可总是像一个人似的紧拥在一起,就像他当时看见母亲和男爵那样。这个秘密,这个巨大的、闪闪发光的、灾难性的秘密,原来这里也有。他这时听到脚步声越来越近,还听到压低了的笑声。他倏然害怕走近的人会在这里发现他,便往黑暗中再挤一挤。但是,那两个穿过浓密的夜色摸索着道路走上来的人看也不看他。他们搂在一起从旁走过,埃德加刚舒了口气,他们的脚步突然停了下来,就在他的长凳前。他们的脸紧贴在一起,埃德加什么也看不清楚,他只听见女的嘴里发出一声呻吟,男的结结巴巴地说了一些热烈疯狂的话,一种郁闷的预感穿透他的恐惧,给他带来一阵欢快的战栗。他们就这样待了一分钟,然后继续往前走去,碎石又在他们脚下沙沙作响,不久就消失在黑暗之中。

埃德加浑身一哆嗦。血液现在又涌回他的血管,比先前更热、更温暖。在这令人慌乱的黑暗中,他倏然间感到难以忍受的孤独,他无比强烈地感到需要一个亲切的声音,需要温存的拥抱,需要一间明亮的房间,需要他所挚爱的人们,他仿佛觉得这茫茫黑夜的全部迷惘的昏暗如今全部落到他的心里,炸破了他的胸膛。

他霍然跳起。一心只要回家,回家,不论是在什么地方的家,待在寒碜的或者明亮的房间里,不论以什么方式,只要和人们在一起。人家会怎样对待他呢?让他们打他骂他好了,自从他感觉到这沉沉黑夜和对孤独的恐惧,他已经什么也不再害怕了。

一股力量推拥着他向前走去,他自己也感觉不到自己在跑。蓦然间,他又重新站在别墅前面,手又放在冷冰冰的门把上。他看见灯火通明的窗户透过绿色的枝叶闪闪发光,心里暗想,在每一块明亮的玻璃窗后面是一间他熟悉的房间,里面有他的家人。单单这样挨近他的家人,挨近那些爱他的人,单单这最初的令人宽慰的感觉,就使他感到幸福。他之所以还在犹豫,只是为了更深切地享受这种预感。

突然在他背后有人尖声惊呼:

"埃德加,这是他!"

他祖母的使女看见了他,向他扑过去,抓住他的手。门从里面打开,一条狗一面叫着一面跳到他身上,人们从屋里出来,手里拿着灯,他听见人声嘈杂,又是欢呼,又是惊叫,喊叫声脚步声渐渐走近,乱成一团,人影幢幢,他现在才辨认出来人是谁。最前面是伸开双臂的祖母,她身后——他简直以为是在做梦——跟着他母亲。激越的感情热烈地爆发出来,他泪眼模糊,浑身发抖,惊魂未定地站在那里,犹豫不决,不知该做什么,该说什么,自己也不清楚,他到底感受到什么:是恐惧还是幸福。

最后的梦

　　事情是这样的:他们早已在这里寻找他,等待他了。他的母亲尽管火冒万丈,看见这个激动的孩子疯狂地跑掉也吓了一跳,立刻派人在色默林到处找他。大家顿时激动无比,做出各种危险的估计。这时有位先生带来消息:三点左右他在火车站售票处看见过这个孩子。他母亲很快在售票处打听到,埃德加买了一张去巴登的车票,她立即毫不迟疑地乘车追了过来。行前向巴登,也向维也纳他父亲那里拍了电报,引得大家心情激动,两小时以来所有的人都在忙着寻找这逃跑的孩子。

　　现在他们抓住了他,但是并没有使用武力。他强压着洋洋得意的心情,给领进屋去。但是多么奇怪啊,他丝毫没有感到大家对他的严厉责备,因为他在他们的眼里只看到快乐和疼爱。甚至他们假装生气的样子也只持续了一会儿,然后祖母就泪流满面地拥抱他,谁也不再说他的过错,他觉得大家都对他关怀备至,真是奇妙无比。使女脱下他的外套,给他换上一件更暖和的。祖母问他是不是饿了,或者想要什么东西,他们问个不停,担心这个,担心那个,他简直招架不住了。看到他拘谨的样子,他们就不再问了。他又快活无比地感受到那如此受到轻视,却又业已失去的感觉:自己完全是个孩子。最近几天,他狂妄自大,竟想不要这种感觉,以此换取这种独来独往的骗人的乐趣,想到这点,他就感到羞愧。

隔壁房间里响起电话铃声。他听见母亲的声音,听到个别的几句话:"埃德加……回来了……回到了家里……最后一班车。"他奇怪的是,母亲没有把他痛骂一顿,只是用这样奇怪的含蓄的目光瞅着他。他心里越来越后悔,他恨不得挣脱这里祖母和姑妈对他的照料关怀,走到隔壁房间里去,请求妈妈的宽恕,低声下气地,单独对她说,他愿意重新做小孩,听她的话。可是他刚微微地站起来一点,祖母就惊慌地低声问道:

"你要到哪儿去?"

他满面羞惭地站在那儿。他现在动一动大家就害怕。他把他们大家都吓坏了,现在他们担心他又想逃跑。他们怎么样才会明白,最后悔这次逃跑的不是别人而是他自己!

餐桌已经铺好,他们给他赶做了一顿晚饭。祖母坐在他旁边,目不转睛地看着他。祖母、姑妈和使女一声不响地围在他身边,他感到这份温暖非常奇妙地使他平静下来。只不过他母亲没有到这屋里来,使他心神不定,妈妈要是知道,他现在多么谦卑,她准会来的!

外面有辆马车嘚嘚地驶来,停在屋子前面。他们大家惊恐万状的样子,使得埃德加也忐忑不安起来。祖母走了出去,黑暗中大呼小叫的声音传来传去,他一下子就明白,是他父亲来了。埃德加胆怯地发现,他现在又是独自一人待在屋里,这

273

么单独待一小会儿他便感到六神无主。父亲很严厉,他惟一真正害怕的人就是父亲。埃德加侧耳倾听外面的动静。父亲似乎很激动,他大声说话,火气很大。当中夹杂着祖母和母亲的声音在宽慰他。显然她们都想让他消消火。可是父亲的声音依然很强硬,就和他走过来的脚步一样,脚步声越来越近,已经走到隔壁房间,走到门口,房门一下子打开了。

他父亲非常高大。现在在父亲面前,埃德加感到自己说不出的矮小。父亲走进屋里,神情激动,看上去真在发怒。

"你这小子,怎么心血来潮想到逃跑?你怎么能这样吓唬你母亲?"

他的声音充满了怒气,两只手摆动得很凶。母亲轻手轻脚地跟在他后面走进屋来,脸色非常阴沉。

埃德加没有回答,他觉得需要自我辩解一下,可是叫他怎么诉说,人家欺骗了他,还打了他?父亲能明白吗?

"怎么啦,你不会说话了?出什么事了?你尽管说嘛!有什么事对你不合适?逃跑总得有个原因啊!有人伤害你了吗?"埃德加犹豫着。回忆又使他心头火起,他已经想要控诉了。这时他看见——他的心脏顿时停止了跳动——母亲在父亲背后做了一个奇怪的动作,这个动作起先他没有明白。可是现在她凝视着他,她的眼睛在向他哀求。她轻轻地、非常轻地把手指放在唇上示意他沉默。

孩子觉得,突然有一股暖流,一阵无比强烈的幸福感流遍他的全身。他明白了,妈妈让他保守秘密,她的命运就系于他这小小的孩子的嘴唇之上。他暗自欢呼雀跃,感到极端骄傲,妈妈信任他,心里猛地爆发出一种牺牲自我的勇气,他决意把自己的过错说得严重些,以表示他已是一个男子汉大丈夫。

于是他振作起来:

"不,不,……不,没有什么原因,妈妈待我很好,可是我不听话,表现很坏,……我……我就跑了,因为我心里害怕。"

他父亲十分惊愕地看着他。他什么都想到了,就没想到孩子会这样承认错误,他想发火也发不出来了。

"那好吧,你自己认错,那就好了。我今天也不想再谈这件事了。我想下一次你会好好考虑考虑的!这样的事可别再发生了。"

他站在那儿,凝视着他,他的声音现在柔和多了。

"瞧你脸色多么苍白,不过我觉得,你似乎又长高了不少,我希望你不会再干这种孩子气的事情,你的确不再是小孩子,应该懂事了!"

在这段时间里,埃德加只望着他的母亲。他觉得,妈妈眼里有什么东西在闪烁。难道说,这只是灯光的反射?不,妈妈的眼睛水汪汪的,闪亮亮的,嘴角挂着一丝微笑,在向他道谢。现在大家打发他上床,但是他并不因为他们让他一个人待着而感到悲哀。他有那么多事情要好好想想,那么多色彩斑斓内容丰富的事情。最近几天的痛苦,全都消失在这最初经历的强烈感受之中。神秘地预感到未来的事件,他感到幸福。窗外夜色沉沉,树木在黑暗中飒飒作响。自从他知道,人生是多么丰富多彩,他对人生所怀的焦躁不耐的心情全都消失了。他觉得,他今天是第一次看见人生赤裸裸地呈现在他面前,不再为童年时代的千百种谎言所掩盖,而是显露在它那全部令人欢娱的危险的美丽之中。他从来没有想到过,日子会这样充满着痛苦和欢乐地变换交替,而一想到还有这么多日子在他前面,整个一生在等待着他去揭开秘密,他就感到幸福。他第一次感觉到人生的多姿多彩,第一次以为理解了人的本性,人是互相需要的,即使他们似乎彼此为敌,能为人所爱真是甜蜜无比。他已不能再怀着仇恨去想任何事情、任何人,他无所追悔,甚至对男爵这个诱惑者,他的死敌,他也怀着一种崭新的感激心情,因为男爵给他打开了通向这最初的情感世界的大门。

在黑暗中思考这一切非常甜蜜,令人心旷神怡,这些回忆同梦中的幻景交织在一起,他几乎要入睡了。这时他感到房门仿佛突然打开了,有人轻轻地走来。他并不信以为真,因为他昏昏欲睡,已经睁不开眼睛了。这时,他感到头上的呼吸声,有一张脸柔软、温暖、轻轻地贴在他的脸上,他知道,这是他的母亲,她现在正在吻他,并用手抚弄他的头发。他感觉到了她的吻,感觉到了她的泪水,温柔地回答她的爱抚,并且只把这当作和解,当作是对他沉默所做的感谢。直到后来,多年以后,他才认识到这默默的泪水含有一个不再年轻的女人的誓言,她从此只想属于他,属于她的孩子,放弃任何风流韵事的冒险经历,和一切欲念诀别。他不知道,母亲也感激他使她摆脱了一个不会有任何结果的艳遇,她用这一拥抱把爱情的既苦又甜的负担像一份遗产似的交给他去面对未来的人生。所有这一切,孩子当时还不懂得,但是他感到,这样被人所爱非常幸福,通过这个爱,他已经卷进了这世上的巨大秘密之中。

随后,她把手从他身上挪开,嘴唇离开了他的嘴唇,轻盈的身影飘然而去,只留下一份温暖,一丝气息在他唇上。令人惬意的渴望油然而生,渴望今后能经常感到这样柔软的嘴唇,这样温柔地被人拥抱。但是对这渴望已久的秘密所怀的预感已经为睡意的阴影所笼罩,这几小时里的一切画面又一次色彩缤纷地从他眼前经过,他青年时代的这本书又一次诱人地自行打开了。随后,这孩子入睡了,开始了他人生的更加深沉的梦。

(1911)

张玉书 译

恐　惧[*]

　　伊莲娜太太走下情人家的楼梯,那种莫名其妙的恐惧又向她袭来。突然间一个黑色的陀螺在她眼前旋转起来,发出嗡嗡的响声,她的双膝一阵发冷,完全僵了。她赶紧抓住栏杆,免得一头栽下去。她大着胆子冒险前来已经不是第一次了,这种突如其来的恐惧感她也并不陌生。不管她内心如何抵御,每次回家,她都免不了感到一阵荒唐可笑的害怕。来赴幽会的时候,可容易多了,她让车停在街角,头也不抬,急跑几步,来到房子的大门口,匆匆登上楼梯,她既害怕又心急如焚,进了房间,与情人紧紧拥抱在一起,那短暂的害怕转瞬即逝。可是,每当她要回家时,总是全身一阵发冷,那种神秘莫测的恐惧感涌上心头,恐惧之中夹杂着内疚和无端的幻觉,总以为街上的人一眼就能看出她从哪里来,她仿佛看见他们对她的慌乱报以狡黠的微笑。她在她情人身边的最后几分钟,就有了这种预感,内心越来越不安;她想离开他时,就神经质地焦急得双手发抖。她心不在焉,对他的话只听进去片言只语。他还想再表示热烈的情感,但她匆匆地摆手回绝。她要离开

---

[*] 本篇的删节本于一九二〇年首次发表于柏林的插图周刊《小长篇小说》第十九期。

这里,离开他的住宅、他的房子,摆脱这种冒险的处境,返回她那安静的有产阶级的世界里去。接着,他说了最后几句安慰她的话,可她情绪激动,压根儿没有听进去。她在门后站了一秒钟,倾听有没有人上楼或下楼。恐惧已经站在门外,很不耐烦地抓住她,如此粗暴地压得她的心都不跳了,致使她仿佛是无意识地下了那几级楼梯。

她闭上眼睛,站了一分钟,贪婪地呼吸着幽暗的楼梯间里清凉的空气。这时,上面哪层楼有一扇门砰的一声撞上了锁,她心头一惊,振作起来,匆忙走下楼梯,两只手不由自主地把厚厚的面纱拉得更紧。现在剩下最后、最危险的一关:从别人家的房子走到街上,真可怕。她像跳远运动员起跑那样低下头,下了个狠心,急速向半开的大门走去。

在门口,她和一个正往里走的女人撞了个满怀。她很窘地说了声"对不起",就想从她身旁快步走过去。那女人却堵住门口,怒气冲冲地盯着她,脸上露出嘲弄的神色。"我倒是抓住你了!"她粗声粗气地说,一点不管别人,"当然啰,你是个体面的女人,所谓的体面女人!你一个男人还不够,你有许多钱,你有了一切,还不够,还要从一个可怜的姑娘身上夺去她的情人……"

"天哪……你说什么……你搞错了……"伊莲娜太太断断续续地说,笨拙地想溜出去。但是,那女人用肥胖的身体堵住门口,劈头盖脑地对她说:"我没有搞错……我认识你……你从爱德华那儿来,他是我的朋友……现在我终于抓住你了,现在我明白了,为什么他最近没有时间和我在一起……原来就是由于你……你这个卑劣的……!"

"天哪!"伊莲娜太太轻声地打断她的话,"你别这么喊。"

她一边说,一边不由自主地又退回到走廊里。那个女人冷眼看着她。伊莲娜太太声音颤抖,她害怕了。看得出来,她一筹莫展,这使那个女人心里痛快,并且非常自信、非常满意地微笑着打量她的牺牲品。这股卑劣的痛快劲儿使她的声音都变粗变宽了。

"她们就是这样,这些结了婚的女人,这些高贵文雅的女人,她们偷汉子的时候就是这副样子。蒙上面纱,当然要蒙上面纱,这样日后才能到处扮演体面女人的角色……"

"你,你,你要我干什么?……我根本不认识你……我得走了……"

"走……当然啰,回到丈夫先生那里去……回到温暖的房间里,摆出高贵女人的派头,让用人脱衣服……但是,我们这种人过得怎样,是否饿死,这些事跟这样一位高贵的女人有什么关系呢……这些体面女人还要偷走我们这种人最后一点东西……"

伊莲娜下了个决心,像遵从某个模糊的灵感似的,把手伸进她的钱包,顺手拿出一沓钱票。"喏……你拿去吧……不过让我现在……我再也不到这儿来了……我向你发誓。"

那个女人恶狠狠地瞧了她一眼,收下了钱,喃喃地说了句"没良心的女人!"伊莲娜太太听了这话,全身一怔,但是,她看见对方不再堵住门,就屏住呼吸冲了出去,像自杀的人从塔上跳下来一样。她感到周围的人脸都像鬼脸似的从旁边闪过,她觉得自己在往前跑,两眼发黑,费了很大的劲才跑到一辆停在街角的汽车旁。她一屁股坐到车座上,全身发木,一动不动。后来,司机惊奇地问这位奇特的乘客去哪儿,她呆呆地望着他,过了好一会儿,她那发木的脑袋才明白他说的话。她急匆匆说了句"到南站",突然,她想起那个女人会跟踪她,就说:"快,快,请您开快一点!"

途中,她才感到这次邂逅对她是多大的打击。她摸摸自己的双手,僵硬冰凉,像死了的东西挂在躯体上,她一下子颤抖得身子左右摇晃。喉咙里有点什么苦的东西往上涌,她觉得想吐,同时又感到一种莫名的愤怒,像胸中起了一阵痉挛。她真想喊叫,发作一阵,拿拳头打什么,使自己摆脱这种回想的恐怖,方才那件事已经像鱼钩那样牢牢钩住她的头脑,那张冷漠的脸,那嘲弄似的笑声,那股下层妇女呼吸时喷出来的下流气,那充满了仇恨、骂街似的冲她说了一通卑贱话的丑嘴巴,那对她进行威胁的高高举起的红拳头,都印在她脑海里。恶心的感觉越来越强烈,在喉咙里越来越往上涌。车开得飞快,把她颠得东倒西歪。她正想告诉司机开慢些,又忽然想起她带的钱也许不够付车费,刚才把所有的钞票都给了那个敲诈勒索的女人。她急忙给了个信号,让车停下,突然下了车,又一次使司机感到惊讶。幸好,剩下的钱还够。但是,下车的地方她不熟悉,周围的人你来我往,都很忙碌,他们的每句话,每个眼光都刺痛她。由于害怕,她的两条腿好像软瘫了,很不情愿地往前挪步。可是,她必须回家。她使出所有的力气,一条胡同一条胡同地往前走,步履非常艰难,仿佛在穿越沼泽或者齐膝深的雪地。她终于来到家门口,飞快地冲上楼梯,但马上又放慢脚步,免得别人注意到她的不安。

使女接过大衣,她听见她的小男孩和小女儿在隔壁玩耍,她静下了心,举目所见都是自家的东西,自家的财产,到了安全的地方了,这时她的外表重又恢复了镇定沉着,虽然激动的波涛还在她的心中汹涌起伏,使她感到痛苦。她摘下面纱。

她要显得非常坦然,便用极大的毅力舒展眉眼,走进餐室。桌子上已经摆好晚餐用的餐具,她丈夫在桌旁看报。

"你回来晚了,亲爱的伊莲娜。"他略微带着责备的口吻向她打招呼,站起来亲她的脸颊,一阵羞愧之感在她心底油然而生。他们坐到桌旁,他一边看着报,一边漫不经心地问道:"你上哪儿去了,这么久?"

"我到……我到……到阿梅丽那里去了,她还要买点东西……我跟她一起去了。"她回答道,很快就觉得这个谎没有撒好,对自己的粗心大意很恼火。以往,她都事先想好非常周密的、没有破绽的、经得起检验的谎言;今天可好,她一害怕,把这点给忘了,只好临时应付,回答得很不巧妙。她脑子里转开了,要是她丈夫像他们在剧院看过的戏里那样,给她打电话,询问……

她丈夫问道:"你怎么啦? ……你好像很不安,很慌乱……再说,干吗不摘下帽子。"她再次感到自己的窘态已经被人察觉了,大吃一惊。她急忙起身,走进自己的房间,摘下帽子,对着梳妆镜看了好一会儿自己那双不安的眼睛。慢慢地,她的眼神又变得镇静平稳。接着,她回到餐室。

使女端来晚餐。他们度过一个平平常常的夜晚,也许比平时话更少,更不投机。他们无精打采地交谈了几句,常常愣住了。她的思想不断地顺着刚才回家的路往回走,每当想起那个吓人的敲诈勒索的女人,她都不免一惊。这时,为了获得安全感,她总抬起眼光,温柔地一件一件地扫过周围的东西,这些东西都是作为纪念品或者由于重要而搬进这些房间里来的。她又稍许放心了些。墙上的挂钟不紧不慢地走着,跨过那沉默不语的时光,那均匀的、无忧无虑的嘀嗒嘀嗒的钟声不知不觉地传给她的心某种均衡可靠的节奏感。

第二天早晨,她丈夫去办公室,孩子们去学校,她一个人留在家里。上午阳光明媚,她事后仔细想了想,昨天那次可怕的相遇并不那么使人害怕。伊莲娜先想到的是,她的面纱很厚,那个女人不可能看清她的脸,以后也不可能再认出她来。接着,她思考着采取什么预防措施。她再不会到情人的家里去看他了,因而,这样一次突然袭击的可能性就排除了。剩下的只有偶然再遇上那个女人的危险,而这种情况也不大可能。那天,她很快钻进汽车走了,那个女人不可能跟踪她。那个女人不知道她的名字和住址,也不用担心她根据模糊的脸部特征就能很有把握地认出她来。不过,万一发生这种最坏的情况,伊莲娜太太也准备好了。到那时,她会马上打定主意,保持泰然自若的态度,一切都矢口否认,冷静地坚持说对方搞错了,在某种情况下,她还可以告对方勒索,因为不像在当时当地,对方几乎拿不出什么证据来证明她那次去过她情人家的事。她不愧是首都最著名的辩护律师之一的妻子,她听过自己的丈夫和同行们的许多谈话,知道只有毫不迟疑、非常冷酷才能使敲诈勒索不能得逞,被勒索的人稍一犹豫,稍微露出不安的神色,都只会助长对方的威风,增强对方的优势。

第一个措施是给情人写了一封短信,告诉他明天以及以后几天不能赴约。她痛苦地发现自己原来是接替了那个卑贱的女人去受她情人的宠爱,这刺激了她的高傲感。她怀着更加憎恨的感情检查了一遍信上的话,渴望报复的心理使她对这种冷冰冰的写法感到高兴,她就这样暗示今后去不去在某种程度上要看她的心情是好是坏。

她是在某次晚会上认识这位青年的,一个颇有名气的钢琴家,并且很快,几乎是不知不觉地就成了他的情人。她想要得到他并非由于自己的气质,无论是感官上还是精神上,都没有什么东西把她和他结合在一起;她并不需要他,并没有追求他的强烈愿望,只是因为懒于反抗他的意志,出于某种不安的好奇心,她才倾心于他。从社会效用的意义上说,她生活在一位富裕的、精神上比她强的丈夫身边,本来是幸福的。她是两个孩子的母亲,此外,待在一个风平浪静的有产阶级的安乐窝里,她也感到舒适。她身上没有任何东西——既不是她那由于婚姻的幸福而完全得到满足的性情,也不是妇女们常有的那种在精神兴趣方面正在枯萎下去的感觉——使她感到需要一位情人。但是,世界上也有某种百无聊赖的气氛,如同闷热和暴风雨一样使人感官兴奋,某种圆满和谐的幸福比不幸更有刺激性。饱食终日对人的刺激并不亚于饥肠辘辘;她的生活有保障,毫无风险,正是这一点给了她去追求冒险的好奇心。

正当她感到这种心满意足的生活已是不言而喻的时刻,这位年轻人闯进了她的有产阶级世界里来,在这个天地里,男人们跟她只是开开不痛不痒的玩笑,做些献殷勤的小动作,尊敬地恭维这位"漂亮的太太",却并不真正把她当作女性去追求。现在,这位青年一出现,她自从长成少女以来又一次感到内心深处受到了触动。他身上吸引她的不是别的,而是蒙在他那张五官布局有点过分有趣的脸上并烘托出这张脸来的一层淡淡的哀愁。对于感到自己被饱食终日的有产阶级的人们所包围的她来说,在这无名的哀愁中令人预感到那个更高的世界,她不由自主地把身子探过日常感情的藩篱去观察这个世界；但是，一个女人身上的好奇心总是不自觉地同情欲结合在一起的。在艺术家魅力的感染下，一句与其说是得体不如说是有点过分热情的恭维话脱口而出，引得他从钢琴上抬起头来瞧这个女人，并且第一眼就抓住了她。她心头一惊，同时又感到担惊受怕的快意。他们交谈了几句，一切都像被地底的火焰照得通明炽热。这次谈话使她久久不能忘怀，使她已经萌发的好奇心更加强烈，于是她没有回避在一次公开的音乐会上再次与他见面。此后，他们见面次数多了；很快，他们不再是偶然相遇。他多次对她说，她理解他这位真正的艺术家，能给他提出宝贵的意见，对他来说真是难得。她受宠若惊，心里美滋滋的。短短几个星期以后，当他建议在他家里给她一个人演奏他的最新作品时，她不经思考就信了他的建议，答应了。从他的主观意图来说，给她演奏新曲的许诺也许一半是真的；然而，许诺没有兑现，两人见面后热烈拥抱亲吻，末了，她突然抑制不住自己，把全身心都给了他。她的第一个感觉是对这种突如其来的向性感的转变大为吃惊，笼罩着这种关系的心灵上的恐惧由于她生活中的这一突破被一扫而光，为这次并非出自本意的不贞节行为而感到的内疚，只是部分地被那种刺激情欲的虚荣心平息下去，那就是她自己——她自认为如此——第一次下决心否定了她在其中生活的有产阶级世界。但是，这种神秘的冲动只是在最初的时刻具有巨大的魅力。她的本能暗中抵御这个人，尤其是防备他身上最初诱发了她的好奇心的那种新的、另一类型的东西。使她陶醉于他的演奏的那股热情，待到他贴近她的身体时，却使她不安；她原本不喜欢这种突然的、粗暴的拥抱，她不由自主地把这种毫无顾忌的拥抱同她丈夫的在生活多年之后仍然那样腼腆而又充满敬意的热情加以比较。但她现在一经失节,便一次又一次地去看他,既不觉得幸福,也不觉得失望,而是出于某种义务感和已成习惯后的惰性。没过几个星期,她就把这个青年——她的情人——细心地安排进了她的生活,就像对待她的公婆一样,规定一星期见一次面,但她并不因为有了这种新关系而对旧的生活秩序有一丝一毫的放弃,她只是在某种程度上给她的生活增加了一点内容。这位情人一点也没有改变她舒适的生活格局,他只成了有节制的幸福的某种点缀,譬如第三个孩子或一辆小汽车。她很快就觉得这次冒险非常平淡无奇,犹如某种许可的享受。

现在,当她要为这桩风流韵事付出真正的代价,也就是要承担风险的时候,她才第一次斤斤计较地计算起它的价值来了。她受命运的娇宠,家庭的溺爱,由于家境富裕而几乎无所追求,现在她第一次遇到的忧烦所带来的不快似乎太大了。精神上的无忧无虑她是丝毫也不放弃的,她不假思索就准备为自己的安逸舒适而牺牲她的情人。

她的情人大吃一惊,心乱如麻地草草写了一封信,当天下午就让信使转送给她。他在信中困惑地恳求、哀诉、抱怨,又动摇了她结束这次艳遇的决心。她的情人用非常恳切的言辞请求她至少再见一次面,如果他无意之中做了什么使她伤心的事,那也好借此机会澄清一下。这新的冒险刺激了她,她要继续生他的气,不说什么道理便拒绝到他家去见面,从而在他面前提高自己的身价。她约他到一家小吃店见面,她突然回想起自己还是个女孩子的时候,曾到那里去赴一位演员的约会,那次约会规规矩矩,无忧无虑,现在想来,实在幼稚可笑。她暗自一笑,真奇怪,生活中的罗曼蒂克自结婚以后已枯萎了多年,现在又重新开花吐艳了。这么一想,对昨天与那个女人的意外遭遇,她内心几乎觉得高兴。此时,她又意识到一种真正的感情,如此强烈,如此令人兴奋,使她往日很松弛的神经一直隐隐颤抖,这种情形已经很久没有发生过了。

这次她穿了一件深色的、不引人注意的衣服,换了一顶帽子,万一再遇见那个女人时,可以模糊她的回忆。为了不让人认出自己,她已经准备下一块面纱,但她心里突然产生了一种执拗劲,又把面纱撂下了。她,一位受人尊敬的体面女人,难道因为害怕一个素不相识的人,连街也不敢上了吗?

她踏上街道的第一秒钟,一阵恐惧感在她身上倏忽掠过,一股透心的凉气引起一阵神经质的战栗,仿佛一个人下水之前先把脚尖伸进水去试探时的感觉。只在一秒钟内,这股凉气就透过她的全身而消散了,一种罕有的、由自己心中产生的欢乐突然在她胸中荡漾,这是轻松、有力又富弹性地迈步向前的兴头,如此矫健的步伐,连她自己都不敢相信的。小吃店离得这么近,差一点使她感到遗憾了,因为某种意志这时有节奏地推动着她朝这艳遇的神秘的、磁石般的吸引力迎去。她约定跟他会面一个小时。这时间是短促的,她本能地满有把握地预计到,她的情人已经等在那里了,因此心中颇感自在。她走进小吃店,但见他坐在一个角落里。他一跃而起,激动万分,这既使她觉得可爱迷人,又使她感到难堪。她不得不提醒他压低嗓门,因为他激动得乱了方寸,像从心底里冒出漩涡似的,急切地向她提出了一连串的问题和责难。她不向他暗示自己不赴幽会的真实原因,只说些含混的话,暧昧不明,更惹得他六神无主。这一回,她不让他如愿以偿,踌躇着不作许诺,因为她感觉到,这样神秘地突然摆脱和回绝他,给他多大的刺激……经过半个小时十分紧张的交谈,她同他分手了,既没给他也没答应给他一丝一毫的温柔,此时,一种非常奇特的、仅仅在她还是少女时才有过的感情,在她心中燃烧起来了。她似乎觉得心底深处有一个跳动着的小火苗在闪烁,只等一阵风把它扇成燎过她头顶的熊熊大火。她一边往前走,一边匆匆受领胡同里向她投过来的每一道目光。她赢得这许多男人的青睐,这意外的成功激起了她的好奇心,她多么想看一看自己的面孔,便突然在一家花店橱窗的镜子前停下,在红玫瑰和露珠晶莹的紫罗兰丛中端详自己的美。自从少女时期过后,她还从未感到过如此轻松,如此生气勃勃,无论是新婚后的朝朝夕夕,还是同情人的依偎拥抱,都没有在她身上产生过被火花刺激的感觉,因此,一想到现在就把这热血沸腾的甜蜜的癫狂浪费在安排好了的时间上,她便再也不能忍受了。她气恼地继续往前走去。到了家门口,她又一次犹豫地站住了,再一次敞开胸怀,把这几个小时的火热空气和癫狂迷乱深深地吸进去,直至感觉到它就在自己的心田边上——这次冒险的最后的、正在平息下去的波浪。

这时,有人碰了一下她的肩膀。她转过身去。"您……您又要我干什么?"当她突然看到这张苍白的脸时,大吃一惊,结结巴巴地说;她更加吃惊的是,听见自己说了这句不祥的话。她本来已经盘算过,万一再碰上这个女人,就装作不认识她,一切都矢口否认,和这个诈骗勒索者针锋相对……现在太晚了。

"我在这里已经等了您半个小时了,瓦格纳太太。"

伊莲娜全身一颤。这个女人知道她的姓、她的住址。现在什么都完了,已经落到她的手心里了,没救了。

"瓦格纳太太,我已经等了您半个小时了。"那个女人用威胁的口吻重复着她的话,像是在谴责。

"您要……您到底要我干什么?……"

"您自己清楚,瓦格纳太太。"伊莲娜听到自己的姓又惊颤了一下,"您十分清楚,我为什么来。"

"我以后再也没有见过他……请您别再缠着我……我再也不见他……再也……"

那个女人从容不迫地,直等到伊莲娜激动得再也说不下去的时候,才像对一个下属那样粗暴地说:

"别撒谎!我一直跟着您到了小吃店。"她看见伊莲娜后退了,就嘲弄地补充说,"我眼下没有工作。他们说人浮于事,又说时运不佳,便把我从店里解雇了。您看,谁都利用这种情况,这样,我们这种人也能散散步了……完全跟体面的女人一样。"

她说话时那种冷酷的恶意直刺进伊莲娜的心。这个卑鄙女人毫不掩饰她的残忍,伊莲娜感到束手无策。她非常害怕这个女人又会提高嗓门,或者她的丈夫正巧从旁边走过,那样一切就都完了。这种恐惧心理使她越来越慌乱,她赶紧把手伸进暖手筒,打开钱包,把摸到的钱都掏了出来。

那个不要脸的女人不像上回那样,一触到钱便谦卑地捏住,缩回手去,而是张开五指,像一个爪子,一动不动地停在空中。

"把那个钱包也给我,我的钱就不会丢掉了!"她说,讥诮地歪着的嘴带着一丝假作亲切的微笑。

伊莲娜直视她的眼睛,但仅仅一秒钟。她无法忍受这种卑鄙无耻的嘲弄。她感到恶心,像一阵灼痛传遍全身。离开她,离开她,再也别看到这副嘴脸!她侧过身,动作迅速地把珍贵的钱包递给她,被恐惧驱赶着,奔上楼梯。

她的丈夫还没有回家,所以她可以躺倒在沙发上。她好像被锤子狠狠打了一下,一动不动地躺着。直到听见外面丈夫的声音,她才用尽全身力气挣扎着站起来,精神恍惚、动作笨拙地拖着疲惫的身子走进另一间房间。

如今在家里,不论在哪个房间,她都为恐惧所折磨。许许多多空虚的时光总是反反复复把那次可怕遭遇的具体细节一浪又一浪地冲回到她的记忆中,这时,她十分清楚地认识到自己的处境十分不妙。那女人知道她的名字、她的住址,头两次尝试又非常成功,这样一来,她无疑会不择手段地利用她知情这一点,不断地向她敲诈勒索。以后若干年,那个女人都会像个噩梦似的压在她身上。不论她用多大力气,哪怕绝望挣扎也罢,都无法摆脱,因为她尽管富裕,丈夫也有财产,但是,如果要瞒住她丈夫,她就不可能拿出一笔可观的款项,使她一劳永逸地摆脱那个女人的纠缠。此外,她从丈夫偶然的讲述和他所审理的案件中知道,这些如此狡猾、如此不知廉耻的人的条约和许诺是一文不值的。她估计着,一个月,也许两个月之内,还不会发生厄运,然后,她的外表体面的家庭幸福的大厦必将倒塌,到那时,她一定拉着勒索者同归于尽。这种想法给了她一点小小的安慰。

她现在清楚地感到,这场厄运无法逆转,无法逃脱,真可怕。那么,到底……到底会发生什么事呢?从早到晚,她都在想这个问题。也许有一天,她丈夫收到一封信,她简直已经看见他走进来,脸色苍白,目光阴沉,抓住她的胳膊,问她……接下去呢?……接着会发生什么事?他会做什么?突然,狂乱残暴的恐惧感袭来,她眼前一片昏黑,全部的想象都消失在这昏黑中。她不知道接下去会发生什么事情,她的推测昏昏沉沉地跌下无底深渊。但是,在这样胡思乱想中,她不安地认识到一点:她本来就琢磨不透她的丈夫,无法预测他会作出什么决定。她跟他结婚是父母之命,她没有反对,并且觉得合自己的心意,多少年后也没有失望,到现在,已经在他身边过了八年舒适的、幸福轻轻摇荡着的生活,给他生了孩子,有了一个家,有过无数个肉体上共同生活的时刻;但是现在,当她暗自发问,他可能采取什么态度的时候,她方才明白,原来她是那么不了解他,对他竟然如此陌生。现在她才开始根据他的各种特征忖度他的整个生活,这些特点会向她揭示他的性格。她的恐惧用小锤轻轻地敲出每一个细小的回忆,寻找进入他的心灵密室的通道。

于是,当他在电灯光的照明下,坐在圈手椅里读书的时候,她便从他的脸上去探听,因为他说的话从不泄露他的内心。她像看一个陌生人似的细细观察他的脸,试图从这些熟悉的、突然又变成陌生的特征中猜出他的性格之谜,而这性格是被他们八年漠不关心的共同生活掩埋住了。前额明亮、高贵,像是由一种内在的强烈的精神活动塑造而成,嘴却显得严厉,毫不让步。在非常男性的特征中,一切都很严峻,显出精力和魄力。使她惊讶的是,竟在这张脸上发现了美,她怀着某种欣赏的心情,观察着他的气质中的这种一贯的严肃,这种明显的深沉。真正的秘密肯定隐藏在眼睛里,但是,他低头读书,使她无法观察。于是,她只能凝视他的侧面,探听着,仿佛这条曲线就意味着那惟一一句表示宽恕或者诅咒的话;这张陌生的侧脸,其严峻使她害怕,但在其坚决果断中,她又第一次意识到一种奇特的美。她突然感到,她很喜欢看他,怀着乐趣,怀着骄傲。他从书上抬起头来。她赶紧退回到黑暗处,免得自己焦灼地探询的目光使他产生怀疑。

她三天没有出门,并且不愉快地觉察到,自己突然固守在家已经引起别人的注意,因为一般说来,像她这样好社交的女人,好多个小时,甚至几天不出家门,实在是很奇怪的。

首先察觉这种变化的是她的孩子,尤其是大男孩,他看见妈妈老在家,天真地感到诧异,并非常清楚地说了出来,相反,仆人们只是私下议论,和家庭女教师交换他们的猜测。她寻找各种借口,还想出了很巧妙的理由说明自己有必要留在家里,以此掩人耳目,但纯属徒劳,因为她总是越帮越忙,而且不论她插手到哪里,引起的只是怀疑。她要是机灵的话,就应该聪明地克制自己,譬如静悄悄地待在一个房间里,或者看书,或者做事;可是,她内心的恐惧同任何一种比较强烈的感情一样,在她身上转变为神经过敏,驱使她在各个房间乱转。电话一响,门铃一响,她就心头一震,由于这种敏感,她开始预感到整个生活将要毁了。她感到在家庭这个监牢里度过的三天似乎比婚后的八年还长。

第三天晚上要去赴约,这是几星期前她和丈夫接受了的,现在她不可能毫无充分的理由就突然回绝。如果她不想垮掉的话,毕竟得打破业已建起的、围绕她的生活的无形恐惧的铁栅栏。她需要人做伴,需要摆脱自己,摆脱这种自杀性的恐惧的孤寂,得到几个小时的休息。再说,还有什么地方比在朋友家更安全,更能使她摆脱处处缠着她的无形的跟踪?当她走出家门,当她自那次遭遇后第一次踏上街道的时候,她战栗了,只有一秒钟,恰好一秒钟。她不由得抓住丈夫的胳膊,闭上眼睛,赶紧走完从人行道到停着的汽车旁的那几步路。当她坐在车中,躲在丈夫身旁,穿过夜晚空荡荡的街道疾驶而去时,她内心的沉重负担落下来了,当她踏上那座陌生房子的楼梯时,她知道自己获救了。现在这几小时内,她又可以像以往多年之中那样无忧无虑,那样快活,只是还怀着越来越明确地意识到的欢乐,一个爬出牢房的高墙又回到阳光下的囚犯的欢乐。这里有一道防护墙,挡住了一切跟踪迫害,仇恨不能进入,这里只有爱她、尊重她、崇敬她的人们,只有珠光宝气、时髦阔绰、在轻浮之火的映照下泛起了淡淡红晕的人们,只有终于把她也卷了进去的享乐的轮舞。她步入客厅时,就从其他人的目光中感觉出了自己的漂亮,而有了这种明确意识到的又缺乏多日的感觉,她变得更漂亮了。

旁边音乐诱人,渗入到她火热的肌肤下面。开始跳舞,她不知不觉地已经置身于舞蹈者的漩涡中了。她像是活到现在还不曾跳过舞似的。快速的旋转把她身上沉重的负担全都甩了出去,节奏传进她的四肢,传遍她的全身,产生热情的动作。音乐一停,她何等痛苦地感到了这突如其来的寂静,因为在寂静中可以思想、回忆,"往那些事情上"回忆。烦躁不安的火焰顺着她战栗的肢体往上蹿,随后,她像跳进游泳池,跳进使人清凉镇静、载人漂浮的清水似的,又投入舞蹈的漩涡之中。她以往跳舞一向不多,太节制,太文静,动作太拘谨小心,但现在,这种获释后的欢乐使她陶醉,消除了身体上的一切拘束。她感到自己无休无止地、丝毫不剩地、幸福地溶解了。她感觉着搂抱她的手和胳膊,接触和脱离,说话的气息,逗人发痒的笑声,在血液中颤动的音乐。她的整个身体都紧张,非常紧张,使她觉得身上的衣服在燃烧,她无意识地恨不得脱去所有的衣服,赤身裸体地去深深感受这种醉意。

"伊莲娜,你怎么了?"——她转过身去,摇摇晃晃,眼睛在笑,方才舞伴搂抱的热气犹在。这时,她丈夫非常呆滞的目光冷冷地、严厉地射进她的心。她吓了一跳。难道她跳得太疯了?难道她的疯狂泄露了真情?

"什么……你说什么,弗里茨?"她结结巴巴地说,被他突然射来的目光弄得惊慌失措,这目光好像越来越深地渗入她的身体,现在,她已经感觉到它进入了体内,到了她的心房边上。这双眼睛坚定地在她身上搜索,她真想大声喊出来。

"这真奇怪。"他终于嘟哝了一句。他的声音中含有一种暗暗的惊讶。她不敢问他说这句话是什么意思。他一声不响地走开了。她看着他的肩膀,宽大坚实,上面竖着铁硬的脖子,她不禁全身一阵战栗。像一个杀人犯,这个念头闪电般掠过她的脑海,须臾即逝。此刻,她仿佛是头一回见到她自己的丈夫,并且十分害怕地感到他既强壮又危险。

乐声又起。一位先生向她走来,她机械地抓住他的胳膊。现在,一切都变得沉重了,轻快的音乐再也抬不起她那僵硬的四肢。一种沉重感从心头传到脚上,每跳一步她都觉得疼痛。她不得不请求舞伴放开她。她往回走时不由自主地环视四周,看她丈夫是否在近旁。她大吃一惊。他就站在她身后,仿佛在等她似的,他的目光又直视她的眼睛。他要干什么?他已经知道了什么?她不由得紧了紧衣服,好像她得在他面前保护自己袒露的胸脯。他的沉默和他的目光一样执拗。

"我们走吗?"她胆怯地问道。

"好。"他的声音听起来生硬而不亲切。他走在前面。她又看见他那宽大、吓人的颈项。有人给她披上皮大衣,但她还发冷。他们并排坐在车里，沉默不语。她不敢说话。她隐隐约约地感到一种新的危险。现在，她是两面受敌了。

这天夜里她做了个压抑的梦。一曲陌生的音乐在回荡，一个大厅又高又亮，她走进去，许多人和颜色混合到她的动作中来，这时，一个青年向她挤过来，她好像认识他，又不能完全认出他来，他抓住她的胳膊，和她跳舞。她觉得自在轻柔，惟一一个音乐的波浪把她抬起，她不再触到地面，就这样，他们跳着舞，穿过许多大厅，那里有金色的灯，像星星似的悬在高处，小小的火苗闪烁，墙上有许多镜子，向她投来她自己的微笑，又通过无穷尽的反射把她的身影带到很远的地方。舞蹈越来越热烈，音乐越来越激越。她察觉到，那个青年越来越靠近她的身体，他的手嵌入她袒露的手臂，她感到一种充满痛苦的快意，不由得呻吟起来，现在，当她的眼睛潜入他的眼睛时，她感到自己认出他来了。他好像是个演员，她还是个小姑娘时，曾经远远地热恋过他，她正要幸福地喊出他的名字，但他用一个热烈的亲吻堵住了她轻声的喊叫。就这样，嘴唇贴着嘴唇，身体挨着身体，像驾着一阵清风，飞过一间又一间屋子。墙壁在一旁掠过，她不再感到飘浮着的天花板和流逝的时光，她身子轻盈，四肢关节都脱开了。突然，有人碰了一下她的肩。她停住，音乐也随之停止，灯光熄灭，四周的墙壁黑压压地向她挤来，舞伴也不见了影踪。"把他给我，你这个女贼！"那个可怕的女人——这就是她——大喊一声，震得四壁嘎嘎作响，并用冰冷的手指捏住她的手腕。她起而反抗，听见自己喊了起来，一声嘶哑惊恐的狂叫。她们扭在一起，但是，那个女人比她有力，一把扯下她的珍珠项链，撕碎她的晚礼服，她的胸脯和手臂裸露出来了,上面只挂着些碎布片。突然间,周围又有了人,吵吵嚷嚷地从各个大厅涌来,用讥诮的眼睛凝视着她,这个半裸的女人,那个女人尖声喊道:"她把他从我身边偷走了,这个偷汉子的婆娘,这个婊子!"她不知道该往哪里躲、眼睛该向哪里看,人们越来越走近前来,好奇的、叫骂着的面孔盯着她裸露的身体。现在,她眩晕的目光左顾右盼,寻求援救,她突然看见她丈夫一动不动地站在昏暗的门框里,右手背在身后。她大叫一声,从他身边跑开,跑过许多房间,贪婪的人群在她身后汹涌而来,她感觉到自己的衣服越来越往下滑,她几乎抓不住了。这时,她前面的一扇门开了,她一头从楼梯上冲下去,希望能获救,可是,那个卑鄙的女人又已经等在下面了,她穿着毛料裙子,一双手像爪子。伊莲娜太太闪到一边,发疯似的向远处跑去,但是,那女人在后面紧紧追来,她们两人在黑夜里沿着沉寂的长街追逐着,街灯狞笑着向她们弯下身来。她始终听见那女人的木鞋在她身后作响,可是每当她跑到一个街角时,那女人就从街角跳将出来,到下一个街角又是这样,在每所房子后面,左面,右面,都有那女人躲着窥伺。每次她都跑到前头,拉开了距离,眼看那女人追不上了;可是,那女人又从前头跳了出来,向她扑来,她感到自己的腿不听使唤了。末了,到家门口了,她冲上去,但是,一开门,她的丈夫站在那里,手里拿着一把刀,用穿透性的目光死死盯着她。"你到哪里去了?"他用低沉的声音问。"哪儿也没有去。"她听见自己这样说,身旁已经响起了一阵尖笑。"我看见了!我看见了!"那个女人突然又站在她身旁,面目狰狞地喊道,疯狂地大笑。这时,她丈夫举起刀。"救命!"她喊道,"救命!"

她惊醒了,受惊吓的目光遇到了丈夫的目光。这……这是怎么回事?她在自己的房间里,吊灯灯光微弱,她在家里,躺在自己的床上,只是做了一场梦。可是,她丈夫为什么坐在她的床沿,像观察病人似的看着她?谁把灯开了?为什么他坐在那里,那么严肃,那么一动不动地待着?她吓得全身战栗。她情不自禁地看了看他的手:没有,他手里没拿刀。睡梦中的昏迷和梦境的闪光慢慢消失。她一定做了个梦,在梦中叫喊,把他惊醒了。但是他为什么这么严肃地盯着她,目光这么锐利,严肃得这么无情?

她竭力露出微笑。"怎……怎么回事?你为什么这么看着我?我想,我做了个噩梦。"——"是的,你大喊了一声。我在那间屋里都听见了。"

我喊了些什么?我泄露了什么?她害怕了,他已经知道了什么?她不敢再抬头看他的眼睛。然而,他却十分严肃地低头看着她,平静得出奇。

"你怎么了,伊莲娜?你心里一定有什么事。近几天你完全变了,你好像在发烧似的,容易激动,神情恍惚,睡梦里还喊救命。"

她又竭力露出微笑。"别这样,"他坚持说道,"你什么也不该对我隐瞒。你有什么烦恼,有什么心事?家里的人都发现你变了。你应该信任我,伊莲娜。"

他悄悄地挨近她,她感觉到他的手指触到她赤裸的胳膊,抚摸着,他的眼里有一种奇特的光。她突然感到,她很想投入他的怀抱,紧紧地搂着他,把事情都坦白出来,让他在看见她受苦的时候原谅她,然后她才松手。

吊灯发出暗淡的光,照着她的脸,她感到羞愧。她害怕,难于启齿。

"别担心,弗里茨,"她竭力露出微笑说,同时,一个寒噤,从身上直凉到光着的脚趾,"我只有点烦躁。很快就会过去的。"

他那已经搂住她的手一下抽了回去。当她看到在灯光下他脸色苍白,前额罩上一层苦苦思索的阴影时,她又打了个寒噤。他慢慢站起身。

"我不知道,但我觉得,这些天来你一直有什么事要对我说。只与你我有关的事。现在就我们两个人,伊莲娜。"

她躺着,一动不动,仿佛被他那严肃的、模棱两可的目光催眠了似的。她觉得,现在她只需说三个字,说一声"原谅我",事情就了了,他也不会问为什么。但是,为什么亮着灯,这快嘴的、无耻的、偷听着的灯?她感到,要是在黑暗里她就有勇气说出那句话。亮光粉碎了她的力量。

"那么,你真的没有什么事情要跟我说?"

这种诱惑多么可怕,他的声音多么柔和!她从来没有听见他这样说过话。可是,这亮光,这吊灯,这黄色的、贪婪的光!

她定了定心。"你想到哪里去了!"她笑着说,并为自己做作的声调而暗自吃惊,"难道我睡不好觉就有什么秘密?甚至有什么艳遇?"

这些话听起来多么虚假,多么不真实,她自己都心寒了,她简直害怕自己,每个毛孔都在战栗,她不由得掉转了目光。

"好吧……好好睡觉吧。"他冷冷地说,十分尖刻。声音完全变了。像威胁,或者恶意的凶险的嘲讽。

他说完关了灯。她看着他灰白的身影在门口消失,没有一点声响,淡淡的,像夜间的鬼影,门关上时,她觉得像是棺材上了盖。她感到整个世界都死了,只有在她中空的、僵硬的躯体里,她自己的心脏很响地狂乱地撞击着胸膛,每一次跳动便是一阵痛苦。

第二天,他们共进午餐。两个孩子刚吵了架,费了好大劲儿才让他们安静下来。女用人送进一封信,说是给太太的,送信人等着答复。她惊异地看了看陌生的字迹,赶紧拆开信封,刚看第一行,她的脸就变得刷白了。她猛地站起身来,当她从别人不约而同地表现出的惊异神色中发现自己考虑不慎、举动鲁莽时,她更怕了。

信很短,就两行字:"请立即给送信人一百克朗。"没有署名,没有日期,笔迹显然是有意改变了的,只有这个可怕的咄咄逼人的命令。伊莲娜太太跑进自己的房间去取钱,可是箱子钥匙不知放哪里了,她手忙脚乱地把每个抽屉都翻遍了,最后终于找到了钥匙。她双手颤抖,把钞票叠好塞进一个信封,自己到门口交给等着的男用人,她做这一切完全是无意识的,像是中了催眠术,根本没有想到有犹豫的可能。她离开还不到两分钟,便又回到了餐室。

一片沉默。她又怕又恼地坐下来,正想赶快找个借口,这时,她——她的手抖得厉害,不得不赶紧放下举起的杯子——惊恐万状地发现,方才被那突然袭击弄昏了头,竟把信摊开着放在她的盘子边上。她偷偷把信揉成一团。当她把纸团塞进口袋时,她一抬头,正碰上她丈夫强烈的目光,这探究的、严厉的、刺人的目光,是她前所未见的。近几天来,他才向她投去不信任的目光,给了她一个个猝不及防的打击,震动了她的内心,使她不知如何招架才好。那天舞会上,他就用这种目光攫住她，那天夜里，像一把尖刀闪闪发光地悬在她的睡梦之上的，也是这样的目光。当她还在寻找什么话来打破这紧张的沉默时，她突然回想起一件久已遗忘的事情，那是她丈夫以前讲述的，他身为律师，开庭时站在调查法官对面，这位法官的策略，便是在审讯时用好像是近视的目光查阅着文件，到了真正关键性的问题上，他闪电般地抬起眼睛，像一把匕首似的向冷不防吃了一惊的被告捅去，他全神贯注，目光好似耀眼的闪电，使被告惊慌失措，软弱无力地放弃了精心炮制的谎言。难道他自己也要试一试这种险恶的计谋吗？她不由得害怕了，而且她知道，使他迷恋于他的职业的，是远远超过对律师要求的一种对于心理分析的巨大热情，想到这里，她更加不寒而栗了。为了侦破刑事案件，他可以废寝忘食，就像别人迷恋于赌博和女色那样。在这些进行心理侦查的日子里，他心里仿佛有一团火。他的神经高度紧张，常常半夜三更把早已被人遗忘了的案件判决又翻出来，外表上，却又变得像钢铁一般难以穿透。他吃得少，喝得少，只是一支接一支地抽烟，很少说话，仿佛要留待出庭的那几个小时才倾倒出来。她曾在法庭上看过他发表辩护演说，但再也不想看第二次了，她当时被他那种阴森的热情、演说时那种几乎是凶神恶煞的烈焰、脸上那种深沉和拒人于千里之外的表情吓呆了，现在，她突然又在他威胁似的展开的眉毛下那双逼视的眼睛里看到了他那天的表情。

所有这些遗忘了的回忆在这一秒钟内一齐涌了出来，把嘴边那些编得越来越笨拙的话堵回去。她沉默着，她越觉得这种沉默的危险，她的思绪就越乱。幸好，午餐很快就用完了，孩子们跳起身，高兴地叫嚷着跑进隔壁房间，家庭女教师怎么也制止不住他们的忘乎所以。她丈夫也站起身，头也不回地踏着沉重的脚步走进了隔壁的房间。

他们刚走,她又掏出那封不祥的信。她又匆匆看了一遍:"请立即给送信人一百克朗。"接着把信撕碎,揉成一团,正要往废纸篓里扔,又想到会有人把碎片拼在一起,便又住了手向壁炉探过身去,把纸片扔进了很旺的炉火。白色的火焰顿时往上冲,吞噬了这一威胁,这才使她平静了些。

正在这时,她听见丈夫回来的脚步声已经到了门口。她立即直起身子,由于炉火的烘烤和自己被当场抓获,她满脸通红。炉门开着,这个告密者,她笨拙地想用身体去遮住。但他——好像并不留意地——只是走到桌旁,擦着一根火柴去点燃雪茄烟,当火焰挨近他的脸时,她相信自己看见他的鼻翼抖动了一下,他的这个动作始终是告诉别人他在发火。现在他镇静地向这边看了一眼:"我只想提醒你,你没有义务让我看你的信。如果你愿意对我保守什么秘密,这完全是你的自由。"她沉默不语,也不敢看他。他等了片刻,然后使劲吐了一口烟,脚步沉重地离开了房间。

现在,她什么也不愿去想,只想那么活着,麻醉自己,做些毫无内容、毫无意义的事情来填满她空虚的心。待在家里,她受不了;她感到必须上街,到人群中去,免得由于害怕而变得精神失常。她希望用这一百克朗至少能从勒索者那里买来几天的自由,她决定再冒险出去散一次步,不只是置办些东西,最主要的还是想掩饰自己由于举止态度的变化而引起的家里人的注意。现在她已经有了一种固定的逃遁的方式。像从跳板上跳水那样,她闭起眼睛,从大门口冲进街道上的人流。双脚刚踏上坚硬的石子路面,刚置身于温暖的人流中,她就急匆匆地盲目地往前走,那速度快到一位体面太太可以这样走而又不致引起别人注意的程度。她的眼睛盯着地面,生怕再遇见那凶险的目光。如果有人窥视她,她就只当不知道。但是,她感觉到自己别的什么也没想,只是有人偶尔擦着她的身子时,她就免不了打个冷战。身后的每个声响,每个脚步声,从一旁闪过的每个影子,都使她的神经感到痛苦;只有坐在汽车里或在别人家里,她才能真正地呼吸。

一位先生跟她打招呼。她抬头一看,认出他是自己年轻时家里的一位朋友,灰胡子,和气健谈,平时她总要避开他,因为他有个毛病,逢人便要喋喋不休地诉说他身体上微不足道的或许只是自己瞎想出来的病痛,使人心烦。她还了礼,没有请他做伴,事后却感到遗憾,因为要有个熟人陪着,那个勒索者就不可能突然来跟她搭话了。她犹豫了一会儿,想转过身去,正在这时,她似乎觉得有人从后面急速向她走来。她不假思索地、本能地赶紧往前走去。她因为害怕,感觉特别灵敏,她感到背后那个人似乎也加快了脚步,越来越近,于是她也越走越快,虽然她知道,最终她逃脱不了那个人的跟踪。她觉得后面的脚步越来越近,预感到那只手随时都会碰到她的肩膀,她的肩膀开始颤抖起来。她愈想加快脚步,两条腿愈加沉重。现在,她感到跟踪者近在咫尺。紧跟着,有人从后面喊了一声"伊莲娜!"声音十分急切,然而却很轻。这声音是谁,她得先想一想,但肯定不是那个可怕的女人,那个可怕的不幸使者。她松了一口气,转过身去,原来是她的情人;她突然一下子停住脚步,他几乎撞到她身上。他脸色苍白,眼神迷茫,情绪激动,看见她不知所措的样子,他显出羞愧的表情。他迟疑地伸出手,看见她没有伸过她的手,他又把手放下了。她只是直愣愣地看着他,一秒钟,两秒钟,他的出现太出乎她的意料了。在这些恐惧的日子里,她忘记的恰好是他。但是现在,她从近处看着他那苍白的询问着的脸,见到那副茫然不知所措的空虚的表情和眼里种种不可捉摸的神情,她心中突然升起了一股怒火。她双唇颤抖,想说句什么话,脸上的激动显而易见,使他吃惊得只是结结巴巴地挤出一句:"伊莲娜,你怎么了?"当他看见她很不耐烦的表情时,又完全意识到了自己的过错,便补充说,"我到底做了什么对不住你的事情?"

她勉强压住怒气,盯着他。"您做了什么对不住我的事?"她嘲笑着说,"没有!什么事也没有!只有好事!只有愉快的事!"

他惊讶得半张着嘴,加上那失魂落魄的目光,使他的外表显得更呆笨更可笑了。"啊,伊莲娜!……伊莲娜!"

"别在这儿招惹别人的注意!"她粗暴地冲他说道,"您别对我演喜剧了。她肯定就在旁边偷看,您那位清白的女朋友,过后她又要来袭击我了……"

"谁?……你说的到底是谁?"

她恨不得一拳向他的脸上打去,这张呆滞可笑、扭歪了的脸。她已经感到自己的手紧紧攥住了阳伞。她还从未这样蔑视、憎恨过一个人。

"不过伊莲娜……伊莲娜,"他越发迷惘地结结巴巴地说,"我做了什么对不起你的事?……你突然就不来了……我日日夜夜等着你……今天,我已经在你家门前站了整整一天,等着能和你说一分钟话。"

"你在等……原来这样……你也在等!"她说了这么一句不清不楚的话,她感到这是愤怒。对准他的脸打去,真叫人痛

303

快!但是,她控制住自己,非常厌恶地看着他,仿佛在考虑,要不要痛骂他一句,把全部郁积在心头的怒火喷到他的脸上去。等了片刻,她突然转过身,头也不回,挤进了熙熙攘攘的人群。他还站在那里,恳求似的伸出手,直到街上的人流把他攫住,卷走,像流水带走了落叶,那树叶摇晃,打转,抗拒着,但终于不由自主地被冲走了。

但是,天意安排,她不该抱过多的好希望。第二天就来了一张条,又劈头打了她一鞭,惊起了她那已经麻木的恐惧感。这次要求二百克朗,她一点没有违抗就给了。勒索的金额直线上涨,真使她害怕,物质上她也感到承受不了,虽然她家境富裕,然而她不可能不惹人注目地筹集更大的款项。那怎么办呢?她知道,明天会要四百,很快就会提到一千,她给得越多,要得也越多,到得最后,一旦她拿不出钱时,就会来一封匿名信,她就彻底崩溃。她买来的只是时间,一个喘息的时机,两天,三天,也许一个星期的休息时间,但这是多么可怕的、毫无价值的、充满痛苦与紧张的时间啊!她内心的恐惧像恶魔似的追逐她,她书也看不进去,什么事也做不了。她觉得自己病了。有时,她突然心跳得厉害,不得不坐下,她全身到处都觉得沉重,痛苦疲惫,却又毫无睡意。尽管心惊肉跳,却又得装出一副笑脸,做出很高兴的样子,不让别人感到她是费了多大的劲才装得这么开心,她每日每时毫无意义地折磨自己所浪费了的精力,可真是英雄的神力!

她觉得周围的人中间只有一个人好像感觉到一点在她心中翻腾着的可怕的事情,因为只有他在偷偷观察她。她觉察到了,她的丈夫无时无刻不在观察研究她,正像她也时刻在防备他一样,这迫使她不得不加倍小心。他们日日夜夜蹑手蹑脚地互相盯梢,好像互相在兜圈子,都想侦查出对方的秘密,而把自己的秘密隐藏起来。最近一段时间,她的丈夫也变了。最初那几天,他好比在宗教裁判所里,那种严厉实在吓人,现在,他变得关心体贴,使她不禁想起新婚时的情景。他把她当作病人对待,细心周到,这使她迷惑不解。她很奇特地浑身战栗着,感觉到了他有时向她递来解围的话,使她非常容易坦白认错,她理解他的意图,对他的好心既感激又高兴。她也感觉到,随着爱慕之情的复苏,她在他面前的羞愧之感也增加了,并且比原先她对他的不信任更使她难以说出真情。

在这些日子里,他和她面对面非常明确地谈了一次。她刚从外面回来,听见前厅有人大声说话,那是她丈夫的声音,又尖又响,还有家庭女教师吵架似的喋喋不休的声音,还夹杂着啼哭和抽泣声。她第一个感觉是惊吓。每当她听见家里有大声或者激动的喧闹时,她就会全身战栗。她对于一切不同寻常的事情的反应便是害怕,急于知道分晓的害怕,那封信已经来了?秘密已被揭露了?每当她打开家门,总用询问的目光扫过每个人的脸,想要从这些脸上看出她不在家的时候发生了什么事没有,是不是灾难已经降临。这一次,她很快就听出只是孩子吵架,一次小规模的临时审讯,她便放了心。前几天,一个姨妈给男孩子带来一件玩具,一匹五彩的小马,小女孩得到的礼物小,便生了气。她要这小马,但争不到手,结果,她哥哥连摸也不让她摸,她先是气得大喊大叫,后来就沉下脸来,噘着嘴,沉默着,硬是一句话也不说。第二天早晨,那匹小马不翼而飞,怎么找也找不到,后来,有人偶然在炉子里发现了,已经拆坏了,木头部分被砸成了碎片,五彩的皮也给剥了下来,肚子里的东西全掏空了。怀疑自然落到小女孩身上;男孩子放声大哭,跑到父亲那里去告可恶的妹妹的状,审讯刚刚开始。

小规模的庭审很快就作出了裁决。起先,小女孩矢口否认,自然是胆怯地低垂着她的目光,声音颤抖,泄露了天机。女教师的证词对她不利,她听见小女孩在发火时威胁说要把马从窗口扔下去。小女孩竭力否认,然而没有用。她一阵伤心绝望,抽抽噎噎哭起来。伊莲娜只看着她的丈夫;她觉得,他似乎不是在审孩子,而是在审理她自己的命运,因为也许明天,她就会这样站在他面前,一样地颤抖着,声音同样忽高忽低地跳动着。起先,小女儿坚持她编的谎言,她丈夫便严厉地盯着她,一字一句地追问她,打破她的防线,即使她不回答,他也不发火。随后,当她由抵赖变成结结巴巴地含糊其词时,他就和蔼地规劝她,论证这一行为有内在的必然性,在某种程度上原谅了她一怒之下考虑欠周,干出了这么一件叫人厌恶的事情,根本没想到这样做会伤她哥哥的心。他振振有词地给这女孩子讲了可以原谅的一面,接着又热情而恳切地对这个越来越没有主意的小女孩说明,这种行为既是可以理解的,又是应当受谴责的,讲得她终于掉下了眼泪,号啕大哭。不一会儿,在泪雨的遮掩下,她结结巴巴地承认了。

伊莲娜赶紧冲过去,搂住这哭泣的小女孩,但小女孩却愤怒地一把推开了她。她的丈夫也提醒她不要这样急急忙忙地表示同情,他不想对这件过错不加惩罚就草草了事;于是,他宣判了处罚:不许女孩去参加明天的一项活动,而这是她几个星期以来就盼望着的,因此,处罚虽轻,这孩子却很在意。她一听这判决,便大声哭喊;男孩在一旁胜利地大声欢呼起来,可是,他这种为时过早的、恶意的讥诮随即也给他带来了惩罚,由于他幸灾乐祸,原来允许他去参加那个儿童庆祝活动,现在也不准了。两个孩子终于退下去了,他们都很伤心,惟一的安慰是两人都受了惩罚。只剩下伊莲娜和她丈夫。

这时,她感到机会终于来了,可以借谈论女孩子的过失和认错来谈她自己了。她懂得,如果她给孩子说情而他能听得进去,那么,她也许就可以壮着胆子为自己说情了。"弗里茨,你说,"她开了口,"你真的不让孩子明天去参加吗?他们一定会非常伤心的,尤其是小女儿。她的过失其实并没有严重到这种地步。为什么要这样严厉地惩罚他们呢?你不替我们的小女儿感到难过吗?"

他看着她。

"你问我是不是替她难过?我的回答是,今天不会难过。事实上,她受了处罚反倒好受些。昨天,她才不幸哩,毁了那匹可怜的玩具马,塞在炉子里,全家人到处寻找,她白天黑夜都害怕别人会发现,而且一定会发现的。恐惧比惩罚还糟,惩罚毕竟是某种确定的东西,或重或轻,总比极不确定的要好,总比没有尽头的害怕紧张要好。一旦做错事的人愿受惩罚,他反倒轻松了。你不要被哭声所迷惑,只不过现在哭了出来罢了,以前是憋在心里。憋在心里比哭出来糟得多。"

她抬眼看他。她觉得他的每句话似乎都是对着她讲的。可是,他好像根本就没有注意她。

"确实是这样的,你可以相信我,我从法庭上,从调查中知道这个道理。被告最苦的是隐瞒,是在恐惧的逼迫下,对付千百个小小的、隐蔽的进攻,为自己的谎言辩护。看着被告闪烁其词,缩成一团,可真是害怕呀,因为要他吐出一个'是'字来,人们就不得不像用铁钩钩东西那样,从他挣扎着的肉体里钩出来似的。有时,这个'是'字已经到了喉咙口,一股不可抗拒的力量已经把它从里面挤到上面,他们哽住了,话就要脱口而出了,这时,一股恶的力量向他们袭来,就是那种不可理解的抗拒与害怕的感情,于是他们又把话咽了下去。接着,这种斗争又重新开始。有时,法官比被告更加苦恼。然而,被告总是把法官看作敌人,而实际上法官是帮助他们的恩人。而我身为他们的辩护律师,本该警告我的委托人,老实说,也就是使他们的谎言不露破绽,但是,我内心里却往往不敢这样做,因为他们不认罪时受的苦比认罪并受应得的惩罚时受的苦还大。我始终不理解,有的人明知有危险,却偏要去干某件事,事后又没有勇气去承认。我认为,对认罪的恐惧毕竟小得多,比不上犯某种罪行时的恐惧。"

"你认为……阻止人们说出真情的……始终……只是害怕吗?难道不可能……难道不可能是羞惭……是羞于说出真情……羞于当众出丑?"

他诧异地抬起头来。平常他没有听她答复的习惯。可是这个字眼把他迷住了。

"羞惭,你说……这……这也只是一种惧怕……但稍好一些……不是惧怕惩罚,而是……啊,我懂了……"

他站起身,情绪异常激动,来回走着。这个想法好像击中了他心中的什么东西,它抽搐了一下,剧烈地动起来。他突然站住了。

"我承认这话不错……羞惭,在许多人面前,在陌生人面前感到羞惭……在流氓无赖面前,他们从报上读到别人的遭遇时,就像吞吃黄油面包那样……但是,至少可以在亲近的人面前承认嘛……"

"也许……"她不得不扭过脸去,因为他这样地紧盯着她,她感到自己的声音在颤抖,"也许……在最亲近的人面前,最感羞惭。"

他仿佛被某种内心的力量一把抓住似的突然停住了脚步。

"你是说……你是说……"他的声音突然变了,变得柔软而低沉,"你是说,海伦在别人面前会更容易认错……也许在女教师面前……她……"

"我坚信这一点……正好在你面前,她做了那么顽强的反抗……因为……因为对她说来,你的判决是最重要的……因为……因为……她……她最爱你……"

他又站住了。

"你……你也许是正确的……甚至肯定是正确的……这可真奇怪……偏偏这一点我从来没有想到过。不过你是对的,我不希望你以为我不会原谅人……我不愿这样……我正是希望你不要这样看,伊莲娜……"

他端详着她,她感到在他的目光下自己的脸红了。他这样说是有意还是巧合,阴险的巧合?她始终感到自己拿不定主意,实在可怕。

"判决无效,"现在,他脸上似乎露出一丝明朗的表情,"海伦自由了,我亲自去向她宣布。你现在该对我满意了吧?你还有什么愿望……你……你看……你看,我今天多么宽宏大量……也许因为我及时改正了一项不公正的判决而感到高兴。做这种事总让人感到轻松,伊莲娜,始终如此……"

她相信自己听懂了他这样强调的意思。她身不由己地走近他,她已经感到了那句话在往上冒;同时,他也向她走过来,仿佛要赶紧把压抑着她的东西从她手里接过来。这时,她看见他眼光里有一种渴望听到供认的欲念,刹那间,她的全部勇气都垮了。她疲乏地垂下手来,转过身去。她感到,这是徒劳的,她永远不会说出那句解脱的话,这句话在她内心燃烧着,搅得她不得安宁。警告像近处的雷声隆隆地向她滚来,但是她知道,她躲不过这场暴风雨。在她心灵深处,她渴求的正是她迄今为止害怕的、使人解脱的闪电:败露。

看来,她的愿望要得到满足了,比她预料的要快。现在,斗争持续了十四天,伊莲娜感到自己的力量快耗尽了。那个女人已经有四天没来打扰了,恐惧已经侵入她的身体,溶化在她的血液中,只要门铃一响,她就一跃而起,赶在仆人前面,亲自去及时截住那个敲诈勒索的女人的信。每付一笔钱她就买到一晚上的安宁,买到和孩子们一起安静地待上几小时,买到一次散步。

又是一阵铃声把她拽出房间来到门口。她打开门,第一眼就诧异地看到一位陌生太太,身穿一套新衣,头戴一顶时式帽子。接着,她大惊失色地倒退了几步,她认出了那个勒索者的可憎的面孔。

"啊哈,是您自己,瓦格纳太太,太好了。我有重要的事跟您谈。"她不等伊莲娜回答,便进了门。伊莲娜用颤抖的手扶在门把上,吓呆了。那个女人放下伞,一把刺眼的红色阳伞,显然是用她勒索来的钱买的第一批赃物。她非常镇静自若地往里走,仿佛在她自己家里一样,她得意地、简直带着安详的感情观看华丽的陈设,主人没有请,她就继续向通往客厅的半开着的门走去。"这里进去,对吧?"她以略带嘲讽的口吻问道。受惊的伊莲娜一直说不出话来,正想要挡住她,她却安慰似的补充说:"要是您为难的话,我们可以很快就谈完的。"

伊莲娜太太跟着她,没说半个不字。勒索者就在自己的家里,并且这样肆无忌惮,而她自己却害怕得要死,想到这里,她完全蒙了。她觉得自己仿佛在梦中遇到了这一切。

"您这里真不错,真美,"那个女人一边坐下,一边很惬意地赞赏着,"啊,坐在这里真舒服。还有这么多画。到这里一比,才发现我们这种人多么寒酸。您这里真美好,真美好,瓦格纳太太。"

现在,她看见这个女罪犯在自己的房间里这么舒服惬意,她的怒火终于爆发了。"您到底要干什么,敲竹杠的女人?一直跟到我家里来了!但是,我不会让您折磨死的。我会……"

"您别说得那么响,"另一个用一种侮辱性的亲切口气打断她说,"门还开着呢,用人们会听见的。我倒无所谓。我什么也不否认,我的上帝,即使坐牢也不比现在过的穷日子差。可是您,瓦格纳太太,倒该小心点。如果您真有必要发作一场的话,我想还是先把门关上的好。可是,话说在头里,咒骂对我不起任何作用。"

伊莲娜方才一怒之下得到的力量,由于这个女人毫不动摇,便又完全崩溃了。她像一个等着老师布置作业的孩子那样不安地站在那里,几乎是忍气吞声。

"好吧,瓦格纳太太,恕我开门见山。我的处境不妙,这您知道。我早就和您说过。现在我需要钱付利息。这笔利息我早就该还了,另外还有些别的用场。我想终于该了结一下了。所以我来找您,请您帮个忙,拿个四百克朗。"

"我办不到,"伊莲娜结结巴巴地说,数目这么大,使她大吃一惊,她也确实没有这么多现金,"我现在真的没有这笔钱。这个月我已经给过您三百克朗了。我从哪儿去弄这么多钱?"

"喏,您想一想就会有办法的。像您这样富裕的女人要多少就有多少。您必须拿出来。瓦格纳太太,您想一想就会有办法的。"

"可是我真的没有这笔钱。我很愿意给您。可是这么多我实在没有。我能给您一点……也许一百克朗……"

"我说了,我需要四百克朗。"她像是被这个过分的要求伤害了感情,毫不客气地说了这句话。

"可是我没有。"伊莲娜绝望地喊道。她一边在想,要是她丈夫现在来了怎么办,他随时都会回来的。"我向您发誓,我没有那么多钱……"

"那您就想办法凑齐,人家会借给您的。"

"我没有办法。"

那个女人从上到下打量她,好像估量她的身价。

"好……譬如这个戒指……典了这个戒指不就行了。首饰我当然不懂行……我一件也不曾有过……不过我想,典四百克朗是不成问题的……"

"典戒指。"伊莲娜不禁脱口喊了出来。这是她的结婚戒指,镶有一块非常贵重而漂亮的宝石,使它价值连城,只有这枚戒指,她从来也没有摘下来过。

"喏,干吗不行?我把当票给您寄回来,您什么时候想去赎出来都可以。您一定会重新得到它的。我不会留着它。像我这样一个穷女人要这样贵重的戒指干什么?"

"您为什么要跟踪我?为什么折磨我?我不能给……我不能。您一定理解这一点!……您看,我能做的都做了。您一定得理解这一点。请您发发善心吧!"

"可有谁对我发过善心?他们险些让我饿死。干吗偏要我怜悯这样一个富贵太太?"

伊莲娜还想顶回去。这时她听到——她的血都停住不流了——外面有一扇门碰上了。准是她丈夫从办公室回来了。她不假思索从手指上摘下戒指,递给等着的那个女人,她很快把戒指收了起来。

"您别害怕,我这就走。"那个女人点点头,她得意地看到了伊莲娜脸上不可言状的恐惧,以及如何紧张地侧耳倾听前厅的动静,那里清楚地传来了男人的脚步声。她打开门,向正往里走的伊莲娜的丈夫打了个招呼,他也抬头看了她一眼,似乎并没有特别注意她。一转眼她就走了。

那个女人身后的门刚碰上,伊莲娜用最后一点力气对丈夫解释说:"这位太太来打听点事。"挨过了最糟糕的一秒钟。她丈夫没有搭理,一声不响地走进餐室,午饭已经摆好了。

伊莲娜感觉到,手指上原先被戒指的凉飕飕的金属环保护着的地方,仿佛被空气灼伤了,人人都会看伤疤似的看这块无遮掩的地方。吃饭时,她一直在藏这只手,她这么躲躲藏藏的时候,一种奇特的过度受刺激的感觉在要弄她,她丈夫的目光不断地掠过她的手,似乎在跟踪那只手的每个动作。她费尽心机引开他的注意力,不断地向他提出问题,使谈话不间断。她不停地说话,同她的丈夫,同孩子们,同家庭女教师,一再地用小小的神经质的火焰点燃谈话,但她总是喘不过气来,一再话说半截就哽在了喉咙里。她竭力装作兴高采烈,也让别人快活,她逗弄孩子,挑动他们互相斗嘴,但是,两个孩子不吵也不笑。她自己也觉得,她的高兴有几分虚假,使别人下意识地感到有些异样。她越装越糟。末了,她疲乏了,不作声了。

别的人也都一言不发;她只听见盘子的轻微声响,以及心中涌出的恐惧的声音。这时,她的丈夫突然说:"今天你的戒指到哪儿去了?"

她打了一个冷战。心里有个声音大声地说:完了!然而她的下意识还在进行抵抗。她感到,现在她全身的力量又凝聚在一起了。再说一句话,说一个字。再编一次谎话,最后的一次谎话。

"我……我把戒指送去擦了。"

仿佛谎话给了她力量,她语气坚定地补充说:"后天我去取回。"后天,现在她给捆住了。现在,她给自己定了期限,突然有一种新的感觉渗入到纷乱的恐惧中来,一种很快便要知道分晓的幸福感,有什么在心中产生了,一种新的力量,生的力量和死的力量。

上午,她烧毁书信,整理好各种小物件,但是,她避免见到她的孩子和心爱的一切。现在,她只想躲开生活,免得它带着乐趣和诱惑来贴近她,使她产生无谓的犹豫,增加她实现已下定的决心时的困难。随后,她再次上街,最末一回向命运挑战,准备着,甚至迫不及待地想遇上那个敲诈的女人。她又急匆匆地沿街走去,但不再有那种愈益紧张的感觉。她的身子已经渐觉疲乏了,她走啊走着,像是出于某种义务感,走了两个钟头。哪里也找不到那个女人。但是失望已不再使她痛苦。她几乎不再希望遇上那个女人了,只觉得自己全身无力。她瞧着人们的脸,全都是陌生的,全都是死气沉沉的。一切都已经离她很遥远,都已经失去了,不再属于她了。

她扳着手指数着到天黑还有几个小时,她大吃一惊,竟然还有那么多小时,真奇怪,告别原来只需要这么少的时间。一旦知道了所有东西都不能带走时,它们显得多么没有价值!好像是睡意又向她袭来了。她又机械地走到街上,任其所至,既不想也不看。在一个十字路口,一个马车夫在最后一刻勒住马,她只见车辕已经横在自己面前。车夫粗鲁地骂起来,她还没有转过身去心里就想,这是解救呢还是推迟。一个偶然事件就可以省去她自己去下决心了。她疲乏地继续往前走,因为这样倒也自在:什么也不想,只在心中迷乱地感到一种末日来临的模糊印象,像一层雾,轻轻地、慢慢地降下来,笼罩了一切。

她偶然抬起头看看是什么街名时,不禁打了个冷战,她迷迷糊糊地乱逛到她以前的情人的楼前来了。难道这是个信号?他也许能帮助她,他肯定知道那个女人的地址。她高兴得几乎双手颤抖起来。她怎么一直没想到这一点呢?这可是最简单的办法呀!他现在一定得跟她一起去找那个女人,永远了结这件事情。他一定得强迫她停止勒索,也许给她一笔钱,让她离开这个城市。她突然觉得很遗憾,她最近一段时间对这可怜人的态度太坏了,不过他会帮她的忙,这一点她很有把握。真奇怪,救星现在才来,现在,在这最后的时刻。

她急匆匆地走上楼梯,按了门铃。没人开门。她屏息静听,仿佛听见了门后有小心翼翼的脚步声。她又按了一次门铃。又是一片寂静。里面又一阵轻微的响动。她失去了耐心,便不停地按铃,这可是关系到她的性命啊!

门后终于有了响动,门锁咔嚓一声响,门开了一条窄缝。"是我。"她赶紧说。

这时,他像是吃了一惊,把门打开了。"是你……是您……尊敬的夫人,"他结结巴巴地说,显然很尴尬,"我……请您原谅……我丝毫没有想到……您会来访……请原谅我衣着不整。"他指了指衬衣袖子。他的衬衣半敞着,没有领子。

"我有急事和您谈……您一定得帮我忙,"她神经质地说,因为他还一直让她像个乞丐似的站在过道里。她略带愠怒地补了一句:"您就不愿让我进去,听我说一分钟的话?"

"请进,"他窘迫地斜视着喃喃地说,"只是我现在……我不知道该……"

"您一定得听我说。原本就是您的错。您有责任帮助我……您一定得给我弄回戒指,您必须这样做。至少您得告诉我地址……她总在跟踪我,现在她却跑了……您必须,您听着,您必须……"

他呆呆地看着她。现在她才注意到,她气喘吁吁说出的话前言不搭后语。

"是这样的……您不知道……就是说,您的情人,您以前的情人,这个女人当时看见我离开您家,从此她就总缠着我不放,对我敲诈勒索……她要把我折磨死了……现在她已经把我的戒指拿走了,我,我一定得要回来。今天晚上我必须拿回戒指,我说了,今天晚上……您不想帮助我对付这个女人吗?"

"可是……可是我……"

"你愿不愿意?"

"您说的那个女人我确实不知道。我从来没有跟敲诈勒索的女人有过什么瓜葛。"他几乎粗暴地说。

"这样……您不认识她。那她是凭空捏造啰。她可是知道您的名字和我的住址。也许她敲诈勒索也不是真的。也许我只是在做梦。"

她尖声大笑。她觉得很不是味。他脑子里闪过一个念头,她可能疯了,瞧她的眼睛闪着这样的光。她神经错乱了,语无伦次。他胆怯地环视四周。

"请您安静一点……尊敬的夫人……我向您担保,您搞错了。完全不可能,必定是……不,我自己都不知道是怎么回事。这类女人我不认识。我可以很肯定地对您说,您一定搞错了……"

"这么说,您不愿帮助我?"

"当然愿意……只要我能够帮忙。"

"那么……请跟我来。我们一起去找她……"

"找谁……找谁去?"她抓住他的胳膊。他再次感到一阵害怕,她准是疯了。

"找她去……您究竟愿不愿意去?"

"当然……当然……"——她那样强烈地催逼他,使他更加怀疑她是疯了——"当然……当然……"

"那就来吧……这是关系到我的生死问题!"

他硬是不让自己笑出来。然后,他一下子板起面孔来。

"对不起,尊敬的夫人……眼下我不能去……我在上钢琴课……现在我不能中断……"

"原来如此……原来如此……"她冲着他的脸尖声大笑

起来,"您是这样上钢琴课的……敞着衬衫……骗子!"她顿生一念,往前冲去。他设法挡住她。"难道她,那个女诈骗犯在您这里不成?原来你们是一伙的。她从我这里敲诈到的钱,也许是你们两人分的。但是,我要抓住她。现在我什么也不怕了。"她大声喊起来。他抓住她,但她同他扭打,挣脱开,向卧室的门冲去。

一个身影赶紧往后闪,显然刚才在门口偷听。伊莲娜失神地凝视着一个衣衫凌乱的陌生女人,那女人赶紧转过脸。她的情人跟着跑过来,想阻挡伊莲娜,避免发生什么不幸。他当她疯了,可是,她已经从房间里退出来了。"对不起。"她喃喃地说了一句。她完全糊涂了。她莫名其妙了,只感到恶心,恶心透顶,疲惫不堪。

"对不起,"当她看见他不安地目送她走时,她又说,"明天……明天您就会明白这一切……就是说,……我自己也莫名其妙。"她像对一个陌生人似的对他说。没有丝毫东西能使她回忆起她一度属于这个男人,她连自己的身体都感觉不到了。现在,事情比以前更乱了,她只知道肯定有一个说的是谎话。但是她太累了,既不能想也不能看。她闭上眼睛,走下楼梯,像一名被判决的犯人走向断头台。

她走出房子,街上已经黑了。她脑中闪过一个念头,也许这个女刽子手现在在那边等着,也许到最后一刻还能得救。她觉得必须双手合十,向被遗忘了的上帝祈祷。噢,哪怕再能买到几个月的时间,再过几个月就到夏天,那时就到这个敲诈勒索的女人不可能到的地方去,在草地和庄稼地之间和和平平地度过一个夏天,那该多好啊。她贪婪地向已经黑暗的街道侦查。她似乎看见那边一幢楼房的门洞里有一个人影在窥视，而当她走近时，那人影已经缩回到过道里去了。有一瞬间，她好像发现那个人影与她丈夫有些相似。她突然在街上感到了他和他的目光，不禁害怕起来。今天这是第二次了。她犹豫着，没让自己去搞个明白。但那人影已消失在暗影中了。她心绪不宁地继续往前走，感到颈项上有一种异常紧张的感觉，好像后面有人用灼人的目光盯着她。她又回过身去。一个人也没有。

不远处就是药房。她微微一颤，走了进去。药剂师接过药方，开始配方。在这一分钟里，她把一切尽收眼底：闪闪发光的秤，小巧精致的砝码，小小的标签，上面柜子里一排贴着生疏的拉丁文名字的药物，她下意识地一个个字母地看了一遍。她听见时钟嘀嗒嘀嗒地响，嗅到了奇特的香味——又腻又甜的药味，她一下子回想起自己小时候总是请求母亲让她去抓药，她喜欢这种药味，喜欢看到许多闪闪发光的奇特药盘。这时，她突然想起自己没有向母亲告别，她觉得太对不起这个可怜的女人了。她知道了一定会大惊失色的，她想着，心中不免害怕。这时，药剂师已经从一个大肚容器里往一只蓝色小瓶里倒淡色的药水，一滴一滴数着。她呆呆地看着，死神如何从大容器流入小瓶，不久就要从这个小瓶流入她的血管，她全身感到一阵冰冷。药剂师把瓶塞塞进装满药水的小瓶，在这个危险的圆形小瓶外贴上一张纸条。她盯着他正在操作的手指，昏昏沉沉，处在一种催眠状态中。这个可怕的想法使她所有的感官都麻木了、僵化了。

"请付两克朗。"药剂师说。她从呆滞麻木的状态中苏醒过来,陌生地环视四周。接着她机械地把手伸进口袋去掏钱。她好像还在做梦似的,眼睁睁地瞧着钱币,却没有立刻认出是钱,迟疑了许久才把钱数出来。

这时,她感到她的胳膊被推到了一边,听见钱扔进玻璃碗的清脆响声。一只手从她旁边向前伸过来,抓住了小药瓶。

她不由自主地回过头去。她的目光呆住了。站在她后面的是她的丈夫,双唇紧闭,脸色铁青,前额上汗珠闪亮。

她觉得快要晕过去了,只好靠在桌子上。她一下子明白过来,刚才在那幢楼房门洞里窥视的就是他;在那时,她身上有什么东西已经预感到是他了,在这短暂的一秒钟里她乱糟糟地想了很多。

"来。"他用一种低沉的哽噎的声音说。她凝视着他,在她的意识的一个模糊而遥远的领域里,产生了一种惊异:她竟听从了他的话。她的两条腿跟着走了,她自己毫无知觉。

他们并排走过街道。谁也不看谁。那个小药瓶他还一直拿在手里。有一会儿他停下来,擦了擦额头上的汗。她也木然地、身不由己地跟着站住。但她不敢看他。谁也不说一句话,街上的嘈杂声在他们之间汹涌起伏。

到了楼梯口,他让她走在前头。他一不在她身旁,她就走不稳,摇晃了起来。她停下脚步,抓住楼梯栏杆。他去扶她的胳膊。他的手刚一碰到她,她就一颤,赶紧走上最后几级楼梯。

她走进房间。他跟在后面。墙壁在黑暗中闪光,屋里的家具什物几乎都看不清。他们始终还没说一句话。他撕下贴在瓶外的纸,打开瓶盖,倒掉里面的药,接着,使劲把药瓶扔到角落里。砰的一声,她吓了一跳。

他们沉默又沉默。她感觉到他在克制自己,只是感觉到,没有抬头去看。他终于向她走过来。走近了,离得很近了。她能感觉到他的粗声呼吸,她那呆滞的、像是蒙了一层雾霭的目光看着他眼睛的光芒在黑暗的房间里闪耀着向她逼近。她等着听他发怒,战栗着呆呆地瞧着他伸过来抓她的有力的手。她的心脏停止了跳动,只有神经像绷紧的琴弦那样在震动;她等着他责备惩罚,她几乎在渴望他发火。但他仍然一言不发,她非常诧异地感到,他是轻柔地走过来的。"伊莲娜,"他说,他的声音听起来异常柔和,"我们还要折磨自己多长时间?"

这时,她突如其来地、痉挛似的爆发出一声拼命的喊叫,像一声毫无意义的野兽的吼叫,几个星期来郁积在胸中、强压在心里的啜泣终于一下子迸发出来了。一只愤怒的手仿佛在她的体内抓住了她,猛烈地摇晃她,她像喝醉了酒似的晃动,要不是他扶住了她,她就摔倒了。

"伊莲娜。"他安慰她,"伊莲娜,伊莲娜。"他越来越轻,越来越温柔地叫着她的名字,仿佛他能用这越来越温柔的说话声音平息她痉挛的神经的绝望骚动。但是,回答他的只有啜泣,号叫,在她全身翻腾着的痛苦的波涛。他搀着、扶着身体不停抽搐的伊莲娜到了沙发旁,让她躺下。但是,啜泣仍然不止。这痉挛性的哭泣像触电似的摇撼着她的四肢,一阵阵的战栗和寒噤流遍她那备受折磨的身体。数周以来,她的神经紧张地等待着发生最不堪忍受的事情,现在,她的神经绷断了,内心的痛苦毫无约束地流遍她毫无感觉的身体。

他异常激动地扶着她战栗的身体,抓着她冰凉的手,先是安慰地,尔后是怀着恐惧和激情狂乱地吻她的衣服,吻她的脖子,但是那瘫在沙发上的身子依然抽搐不止,那终于像开了闸似的啜泣的浪涛从体内滚滚涌出。他摸了摸她的脸,脸上冰凉,满面泪水,他感到了她太阳穴上砰砰跳动的血管。一种不可言状的惧怕向他袭来。他跪倒在地,贴近她的脸,和她说话。

"伊莲娜,"他一次又一次地抚摩她,"你为什么哭……现在……现在什么事情都过去了……你干吗折磨自己……你不用再害怕了……她再也不会来了,再也不会来了……"

她的身体又一阵抽搐,他用两只手按着她。他不断地吻她,结结巴巴地、前言不搭后语地说着道歉的话:

"不会了……再也不会了……我向你发誓……我没有想到你会如此害怕……我只是想喊你……喊你回来尽你的义务……只想让你离开他……永远离开他……回到我们身边来……我偶然听说这件事情以后,没有别的办法……我可不能当面跟你说……我想……我一直在想,你会回来的……因此我派她去,派这个可怜的女人,让她把你赶回来……她是个可怜的女人,一个女演员,被解雇了……她本来不愿干,可是我要这么办……我现在明白了,这样做不对……可是我想让你回来……我一再向你表示,我准备……准备原谅你,我愿意原谅你,可是你没有理解我……可是这样……我没想到会把你弄成这样……我看着这些事情,比你还痛苦……你一举一动我都在观察……只是为了孩子,你知道,为了孩子,我不得不强迫你……不过现在一切都过去了……事情会变好的……"

她昏昏沉沉地听着他的话,好像远在天边又近在耳旁,她一点也听不懂。她脑袋里嗡嗡乱响,压倒了一切别的声音,各种思想纷至沓来,无法形成清晰的感觉。她感到他在抚摩她,吻她,亲她,她也感到自己的已经冷却的眼泪,但是,她又感到,体内热血在叮当作响,继而发出一种低沉的隆隆的声响,越来越强,最后像猛烈撞击的震耳欲聋的钟声。接着,她的感觉完全模糊了。她从昏迷中醒来,迷迷糊糊地感到有人给她脱衣服,她好像透过无数层云雾看见了丈夫的面容,慈祥而忧虑。接着,她深深地坠落到黑暗中去,进入长期缺乏的、黑沉沉的、无梦的睡眠之中。

她第二天早晨睁开眼睛时,房间里已经大亮。她感到自己神志清爽了,云雾已经消散,血液也清了,像被一场暴风雨洗刷干净了。她试图回忆发生了什么事,但她仍然觉得一切都是一场梦。就像一个人在睡梦中飘浮着穿过一个个房间那样,她觉得这种朦胧的感觉不真实,轻飘飘的。她摸摸自己的手,看看自己是否真的醒着。

她大吃一惊:戒指在手指上闪闪发光。她一下子完全苏醒了。那些在半昏迷状态中听到的毫无条理的话,和一种隐隐的预感现在突然明确地联系到一起了。一下子她什么都明白了:丈夫的盘问,情人的惊讶,所有的网眼都展开了,她看见了自己曾经一度被卷在里面的可怕的网。她感到又恼怒又羞愧,她的神经又开始颤抖,她几乎后悔不该从这种没有噩梦、没有恐惧的睡眠中苏醒过来。

这时,旁边屋里响起一阵笑声。两个孩子已经起床,吵吵闹闹像早晨唧唧喳喳的小鸟。她清清楚楚地听出了男孩子的声音,她第一次诧异地感到他的声音多么像他的父亲。一丝微笑飞到她的唇上,静静地在那里休憩。她闭着眼睛,深深地享受着这一切,这是她的生活,现在也是她的幸福。她心里还感到有一点轻微的痛楚,但是这是一种可望消失的痛苦,灼人,可是像完全结疤以前火辣辣的伤口。

(1920)

赵登荣 译

外国文学名著丛书

［奥地利］斯·茨威格／著

茨威格中短篇小说选 下

张玉书 等／译

"外国文学名著丛书"编委会

人民文学出版社

马来狂人[*]

一九一二年三月在那不勒斯的码头上，正当一艘巨型远洋客轮卸货的时候，发生了一件奇怪的不幸事件，各家报纸对此进行了大量的报道，可是都添枝加叶，渲染得神乎其神。我虽然也是"海洋号"上的乘客，但却和其他乘客一样，未能亲眼看见这一离奇的事件，因为事件发生在深夜轮船装煤卸货的时候，我们为了避开嘈杂的声响，都下船登岸，到咖啡馆或者剧院消磨这段时光去了。尽管如此，我总认为，当时我未曾公开宣布的某些推测正好可以澄清那桩耸人听闻的事件，而且如今年代相隔久远，也使我可以利用当时一次推心置腹的谈话的材料，这次谈话是直接在那个离奇插曲之前进行的。

我准备乘"海洋号"返回欧洲。当我到加尔各答船舶代理处去订票的时候，办事员耸耸肩膀表示遗憾。他还不知道是否能给我保留一个舱位，现在正好是雨季之前，船上的票总是在澳大利亚就卖得一张不剩，他先得等新加坡发来的电报。使我欣慰的是，第二天他通知我，他可以给我签一个舱位，当

---

[*] 本篇于一九二二年在小说集《马来狂人》（莱比锡海岛出版社出版）中首次发表。

然,这只是一个不大舒适的舱位,在甲板底下,而且是在船的中部。我已经迫不及待地要返回老家了,因此我不多加犹豫,就叫他把这舱位签给我。

办事员给我说的情况一点不错。船上很挤,舱房很坏,是个又窄又小靠近蒸汽机的正方形角落,只有一扇圆窗送来一点微弱的亮光。滞重混浊的空气散发出油腻和霉烂的臭味。电风扇像只发了疯的铁蝙蝠在头上呼呼地旋转,简直一刻也摆脱不了它。脚下不断传来机器格达格达的声音,似乎有个运煤的小工喘着气一刻不停地在爬同一道扶梯。头上不断听见散步甲板上来来往往的拖沓的脚步声。所以我把皮箱往那灰色横栏构成的又霉又湿的坟墓里一塞,便赶紧逃回到甲板上来。甘美的和风掠过波面,从陆地上吹来,我从船舱里爬上来,像吸龙涎香似的痛吸了一口这甘美柔和的清风。

但是散步甲板上也拥挤不堪,骚乱不宁,到处是人,悠悠忽忽,五光十色。大家到了船上,无所事事,过分兴奋,便一面聊天,一面来回走动。女人们娇声娇气地嬉笑逗乐,人们不断地在甲板上狭窄的通道里兜着圈子,人群叽里呱啦地闲聊,从甲板上的椅子前面乱哄哄地一拥而过,然后转回来再碰头,碰了头再去转。这一切不知怎么叫我很不舒服。我看见了一个新的天地,很多画面迅速地互相交融,一一映入我的眼帘。于是我想把这些刚刚看到的东西加以思索、分解、整理、重新塑造;然而在这拥挤的通道上没有一刻安宁。书上的字句随着聊着天从旁闪过的人影化成一片模糊。在这无遮无拦人来人往的轮船过道上简直不可能独处一隅。

足足三天之久,我试着独处一隅,无可奈何地望着人、望着海,但是大海始终是那副模样,一片澄蓝,空空荡荡,只在日落的时候突然被泼上各种色彩。经过七十二小时之后,船上的人我都看熟了。每一张脸我都熟而又熟,女人们的尖声大笑不再惹我心烦,身旁两位荷兰军官橐橐的靴声也不再使我冒火。那么只好逃走,但是船舱里又热又湿,大厅里又有那些英国姑娘一个劲地用她们颇不高明的技巧在钢琴上弹奏着节奏生硬的圆舞曲。末了我只好毅然决然地把日夜颠倒过来,一到下午我就灌上几杯啤酒,喝得昏昏沉沉,然后钻进船舱,一觉睡到晚饭和舞会之后。

等我醒来,我那小棺材似的船舱里已经一片昏黑,闷得叫人难受。电风扇我已经关掉,空气又腻又潮,太阳穴像受着文火烧烤。我神志昏迷,过了好几分钟,才弄清楚这是何时、我身在何地。反正午夜大概已经过去,因为我既没听见音乐,也没听见不停的拖沓的脚步声,只有机器,这条鳄鱼的搏动的心脏,正气喘吁吁地把这咯吱作响的船身送到举目难辨的地方。

我摸索着登上甲板。甲板上空无一人。我抬起头来望了一眼阴森森的烟囱高塔和幽灵似的微微闪光的桅杆,一片奇幻的光亮突然射进我的眼帘。夜空发亮。和天幕上晶光闪烁的星星相比,夜空自是昏暗的,可是不然,它也发光,仿佛天际有一幅天鹅绒的帷幕遮住了满天强烈的光芒,仿佛光华四射的群星只是天窗和缝隙,从那里泄出难以描摹的光亮。我一生中从来没有看见过天空像那天晚上那样湛蓝清冷,可是又燃烧着、充溢着从星月中泻下的光线,像是从神秘莫测的天穹深处燃烧出来似的。轮船的边缘涂着白漆,映着月光,在天鹅绒似的深色海面上鲜明地显现出来。锚索、帆桁、一切窄长的、一切有棱有角的全都融化在这片漫溢的清光里。桅杆上的电灯,以及更高处瞭望台上的圆窗,都像悬空高挂在天际,人间这些昏黄的星星夹杂在天上光辉的星座之间。

那神奇的南十字星座正在我的头顶上,像是给人用闪闪发光的钻石钉子钉在浩渺的太空中,在天上轻轻浮荡,其实只是轮船在晃动。这个泗水的巨人微微地颤动着,喘着气,一上一下,一上一下冲破黑浪前进。我站着抬头仰望,仿佛正在沐浴,温水从头顶上灌下,不过这不是水而是光,洁白微温的光冲洗着我的手,柔和地浇淋着我的肩和我的头,似乎一直沁入我的内心。因为我突然俗念顿消,神清气爽。我轻松舒畅地呼吸,唇上突然像碰到了一剂清凉的饮料,这是空气,夹着果子的芬芳和远方海岛的香气,柔和,清醇,使人微醉。我上船以来,第一次感到那神圣的梦幻的欢乐和另外一种更肉感的欢乐,那就是想把我的肉体投进我周围的温柔之中。我想躺下来,举目仰望那白色的象形文字。但是躺椅和沙发都搬走了,在这空旷的散步甲板上找不到一处供人休憩冥想的所在。

我于是摸索着往前走,渐渐地走到轮船的前部,光线似乎越来越猛地从各种物件上向我射来,使我两眼发花。这洁白刺目的星光简直叫我痛苦,我直想躲进一个隐蔽的所在,直挺挺地仰卧在一床草席上,身上照不到星光,它只能在我上方,映照在我身边的物件上面,我就像从暗室里眺望外面的景色。最后我终于磕磕绊绊地迈过锚索,绕过铁绞盘,一直走近龙骨,俯身下望,只见船头冲进一片浓黑,溶化在水里的月光向两边分开,泡沫飞溅。铁犁一个劲地在这翻滚的黑泥地上起伏,我感觉到这被征服的元素①的一切痛苦,也感觉到这场耀眼的游戏中尘世威力的一切快乐。我看得出神,竟忘了时间

----

① 指水、火、土、空气。

的流逝。我这样站着已经一小时了呢,还是仅仅才几分钟?轮船像一只巨大的摇篮,一上一下地颠簸着我,使我忘记了时间的推移。我只感到疲乏,这种疲乏又像是一种快感。我直想睡觉,想做梦,可是又不愿离开这神奇的魔力,走进我的棺材。我不自觉地用脚去探身下的一堆锚索。我望了下去,双目紧闭,可是眼前并非完全黑暗,因为银色的清辉倾泻在我的眼上、身上。我觉得身下海水轻声作响,头上这个世界的银白清流发出难以听见的声音。这种响声逐渐涌入我的血液,我不再意识到自己的存在,我不知道这呼吸声是我自己发出的还是远远搏动的轮船的心脏发出的。我随波漂流,渐渐地迷失在这午夜的骚扰不宁的响声之中。

紧挨我身旁有人轻轻地干咳了一声,把我吓了一跳。我几乎已经沉入梦幻的境地,此刻不由得惊醒了。我先前一直双目紧闭,这时睁开眼睛四下探望,眼前的白光刺得我眼花。就在我正对面,在船壁的阴影里有个东西一闪一闪,像是眼镜的反光。这时又有圆圆的一颗大火星一亮,一只烟斗。在我坐下来的时候,只是低头看了一下泡沫飞溅的船头,抬头望了一下南十字星座,显然没有看见这位邻人,他大概一直动也不动地坐在这里。我还有点神志恍惚,便不由自主地用德语说了声:"对不起!"——"啊,哪里……"有人从暗处用德语回答了一声。

在黑暗里和一个人默默地坐在一起,紧紧地挨着他,可是又看不见他,我简直难以形容,这有多么古怪,多么可怕。我不由得产生这样一种感觉,仿佛这人在盯着我看,就像我正盯着看他一样。但是我们头上辉映涌流的月光很强,除了对方在阴影中的轮廓,谁也看不清谁。我觉得只听见他的呼吸声和他吸烟斗的吱吱声。

这种沉默难以忍受。我恨不得马上走开。但是这又显得太粗暴,太唐突。窘迫之余我便取出一支香烟。火柴一亮,火光照亮这狭小的空间有一秒钟之久。我在眼镜后面看见一张陌生的面孔,无论是在吃饭的时候还是散步的时候,我在船上都没有看见过。不知是因为突然的火光刺痛了我的眼睛,还是一阵幻觉,他的脸显得怪模怪样,又阴沉又可怕,不像人脸。可是我还没有来得及看清他的五官,那匆匆亮了一下的脸庞又被黑暗所吞噬。我只看见一个轮廓,黑魆魆的躲在暗处,时而还看见烟斗的一圈红光,嵌在空中。谁也不说话,这种沉默像赤道的空气一样郁闷憋人。

我终于忍受不住,便站起身来客气地说了一声:"晚安。"

"晚安。"从黑暗里传来一声回答,声音沙哑生硬,好像嗓子生了锈似的。

我磕磕绊绊地往前走,穿过索具,绕过木柱,费了很大的劲。我身后响起一阵匆匆忙忙、跌跌撞撞的脚步声。我方才的邻人走来了。我不由自主地停住脚步。他并不挨近我,我透过黑暗从他的步态感觉到他心里有些恐惧和愁闷。

"对不起,"他急急忙忙地说道,"我有一件事情求您。我……我……"——他口吃起来,由于窘迫一时说不下去——"我……我完全因为私人的……纯粹是私人的原因,才躲在这里……一件伤心事……我避免和船上的人们来往……我指的并不是您……不是这个意思,不是……我只想求您……别跟船上任何人说,您在这儿看见过我,那我就感激不尽了……都是些私人的原因,此刻阻止我和人们来往……

是呀……可是……如果您对旁人谈起,有人夜里待在这儿……我会感到很难堪的……我……"话说到这里又卡住了。我赶紧打消他的困惑,向他保证,一定满足他的愿望。我们握了握手。我便回到我的舱房里,昏昏沉沉地睡了一觉,做了很多离奇古怪、乱七八糟的梦。

我遵守诺言,对船上的任何人都没说起这次奇遇,尽管诱惑并不小。因为在航海途中,一点小事情,例如地平线上出现了一角船帆,从海里跳出一只海豚,一段新发现的艳史,一句不甚高明的笑话,都会变成了不起的事件。同时好奇心又折磨着我,我酷想多知道一些关于这位不寻常的旅客的事情。我翻遍了旅客名册,寻找一个可能是他的名字,我打量船上的旅客,看他们是否可能和他有关系。整个白天我急躁难耐,原来我一心只在等待夜晚来临,不知是否还会再遇见他。谜一般的心理现象对我一向具有很大的威力,简直使我坐立不安,我总想弄清楚事物的内在关系,这种欲望使我血液奔流。我只要一看见怪人,就可能迸发出一种想了解他的激情,这和那种想占有女人的激情相差无几。白天我百无聊赖,时间空空地打发过去。我早早地上床睡觉,知道我会在午夜醒来,心事会把我叫醒。

果然不错,我在昨天同样的时刻醒来。夜光表面上,长短针重叠成一条发光的线。我急急忙忙走出闷热的船舱,进入更加郁闷的黑夜。

群星像昨夜一样辉耀,把漫天的清辉倾泻在颤动的船身上,南十字星座高悬天际,晶光闪耀。一切都和昨天一样——在赤道地带白天和黑夜比我们的地区更像孪生姐妹——不过我的心里再没有昨天那种柔情涌流、如痴如梦的恍惚之感。

不晓得什么东西吸引着我,使我慌乱,我知道它吸引我到哪里去:到船角那堆黑魆魆的船索旁去,不知道那个神秘的男人是否又呆呆地坐在那里。头上响起船上的钟声。这使我移步向前。我一步一步地往前走,心里既有反感,可又受到吸引。我还没有走到船壁那里,突然有个东西在那儿亮了一下,像是一只火红的眼睛,那是烟斗。原来他已经坐在那儿了。

我不禁吓得倒退了几步,站住了身子。再过一刹那我可能就走开了。这时在那边黑暗里有什么东西窸窸窣窣动了一下,站了起来,向前走了两步,猝然间我听见他的声音就在我的尽跟前,他压低了嗓子,声调很客气。

"对不起,"他说,"您显然是想回到您的老位子上去,我觉得您看见了我便退了回去。您请坐吧,我正要走。"

我急忙对他说,他尽管留在这儿好了。我之所以退了回来,只是为了不打扰他。"您一点也不打扰我,"他说道,声调里透着一点愁苦,"相反,有个伴我反而快乐。十天以来我一句话也没有说过……其实好几年都没有说话了……真不好过,也许正因为什么事都得咽进肚里,几乎憋死我了……我在船舱里坐不下去,这个……这个棺材……我受不了啦……船上的人我也受不了,他们成天嘻嘻哈哈……我现在受不了这种笑声……我在船舱里都听见这种笑声,我堵起耳朵……当然,他们不知道……他们就是不知道,即使知道,这跟他们这些陌生人又有什么相干……"

他又停住了。可是突然又急急忙忙地说道:"我不愿麻烦您……请原谅我的唠叨!"

他鞠了个躬,打算走开。可是我急忙申辩:"您丝毫也不麻烦我,能在这儿静静地听人说几句话,我也同样高兴……您抽支烟吧?"

他拿了一支烟。我给点上火。火光里,这张脸又从黝黑的船边上显现出来,可是现在是正对着我:镜片后面的一双眼睛正仔细地端详着我的脸,神情急切,有股疯狂的劲头。我不觉吃了一惊。我感觉到这个人有话想说,而且非说不可。我知道,为了帮助他,我得沉默静听。

我们又坐了下来。他那儿还有一把椅子,他请我坐下。我们的香烟一闪一闪地发光,他的烟头骚动不安地在黑暗里颤动,我由此看出他的手在发抖。可是我不作声,他也不吭气。突然他轻声问我:"您很累了吧?"

"不,一点不累。"

从暗处传来的声音又犹豫了一阵。"我有一点事情很想请教您……也就是说,我有一点事情想告诉您。我知道,我知道得很清楚,刚遇见一个人,就向他倾吐心曲,这是多么荒谬。但是……我此刻……我此刻正处在一种可怕的心理状态中……我现在非跟什么人谈谈不可……否则我就毁了……您一定会理解这点,要是我……要是我刚才跟您说……我知道,您帮不了我的忙……但是我已经沉默得生起病来了……而在旁人看来,一个病人总是可笑的……"

我打断他的话,请他不要折磨自己。有什么话尽管跟我说……我当然不可能应承他什么事情,但是人人都有义务表示乐于助人。倘若看见有人陷于困境,自然就有义务予以帮助……

"有义务……表示乐于助人……有义务,设法帮助别人……那么说,您也认为,您也认为人人有义务……有义务表示乐于助人。"

这句话他一连说了三次。这种迟钝的固执的重复的语气,我听了很厌恶。这人是不是发疯了?是不是喝醉了?

可是,仿佛我把心里的这种推测大声嚷了出来似的,他突然用一种截然不同的声调说道:"您也许会把我当作疯子或者醉汉。不是,我不是疯子——现在还不是。只是您方才说的那句话很奇怪地打动了我的心……很奇怪,因为此刻折磨着我的,正是这句话:是否人人有义务……有义务……"

他又口吃起来。于是他干脆住口,振作一下又开始说道:

"我是一个医生。对于医生来说常常有一些情况,一些可怕的情况……就说是边缘情况吧,碰到这类情况,一个人简直不知道自己是否有一种笼统的义务……因为,不仅有一种对旁人的义务,还有一种对自己的义务,一种对国家的义务,一种对科学的义务。医生应该帮助别人,当然,医生的存在可不就是为了助人……但是这种信条终究是理论上的……到底帮助别人应该帮到什么地步?……您是一个陌生人,我跟您素昧平生,我请求您不要告诉别人您曾看见过我……好,您守口如瓶,您尽了义务……我请求您和我说几句话,因为我沉默得快要死了……您愿意听我说……好……但是,尽这些义务是容易的……可是万一我请求您,把我抓起来扔到海里去……那么您的殷勤好意,您的助人愿望便到头了。反正迟早有个尽头……只要一牵连到自己的生命,牵连到自己的责任,那就完了……迟早非有个尽头不可……迟早这种义务要停止的……难道说恰恰在医生身上不该停止吗?难道仅仅因为他有一张拉丁文的文凭就非得是一个拯救普天下苍生的救世主不成?要是有一个女……有一个人跑来,要求他做一个高尚的人,热心助人而又心地善良,难道他就的确非抛弃他的生命,非变成一个心无杂念的人不可?是啊,义务总有个限度,在力不从心的时候,恰好在这时候……"

他又顿住了,振作了一下。

"请您原谅……我一说就激动起来……可是我并没有喝醉……还没有喝醉……我老实告诉您,我现在也常常醉酒,在这难堪的寂寞之中……请您想一想,足足七年之久,我几乎纯粹生活在土人和野兽当中……简直不会心平气和地说话了。一开口,话语就夺口而出……请您等一等……好,我想起来了……我方才想请问您,想告诉您一件事,请教您一下,在那种情况下,人究竟有没有助人的义务……像天使那样纯洁无邪地助人,人究竟……可是我怕说来就话长了。您真的不累吗?"

"不累,一点不累。"

"我……我感谢您……您不喝点吗?"

他伸手到身后暗处去摸索了一阵。什么东西撞在一起,发出叮当的响声,那是他搁在身边的两三个、好几个酒瓶。他递给我一杯威士忌,我略微抿了一口,他却举起杯来一饮而尽。我们沉默了一会儿。钟响了:十二点半。

"好吧……我想向您叙述一件事情。请您假设,有一个医生,在一座小城市里……或者根本就在乡下……一个医生,他……一个医生……他……"

他又顿住了。然后他突然把他的椅子往我身边挪了一下。"这样说不成。我得把一切事情直截了当地告诉您,从头说起,否则您不会明白……这件事不能打比方,不能抽象地谈……我必须把我的具体事情说给您听。不该那么羞羞答答、藏头露尾地讲……人家在我面前也是脱得赤条条一丝不挂的,把他们身上的癣、大小便给我看……要想得到医治,不可含糊其词,不可有任何隐瞒……所以我不跟您说一个虚无缥缈的医生的事情……我脱得赤条条的对您说:我……在这该死的寂寞之中,在这可诅咒的国度里我已经忘记了害羞是怎么回事。这个可诅咒的国度吞噬人的灵魂,吸尽人的骨髓。"

我大概做了一个什么动作,因为他又住口不说了。

"啊,您表示抗议……我明白,您看见印度欣喜若狂,神庙,棕榈树,为期两个月的旅行中所看到的全部罗曼蒂克的风光,这一切您都非常喜欢。不错,热带风光是富有魔力的,要是您望着火车、汽车或者人力车驶过热带地区的话。七年前我初到印度的时候,感觉也是如此。什么事情我都梦想着去做,我要学当地的语言,用原文阅读那些经典,研究地方病,进行科学研究。调查土人的心理状况——或者像欧洲人的俗话所说的——做一个传播人道和文明的传教士。到这里来的人都有着同样的梦想。可是在这座看不见的玻璃房子里,人的力量渐渐耗尽,无论吞服多少奎宁,还是要得热病。热病一直侵入骨髓,人就变得虚弱懒散,软弱无力,成了水母。如果欧洲人离开大城市,来到一个该死的罪恶的小镇,不知怎的,就会判若两人,迟早都会受到损害,有的酗酒,有的抽鸦片,有的打人,变成野兽——每个人都会沾上一种毛病。他们都向往着欧洲,梦想着有朝一日又能在一条大街上漫步,在一间豁亮的石头房间里和白种人坐在一起。他们年复一年地这样梦想着,可是等到休假的时候来到,人已经变得过于懒惰,不愿动身。他们知道自己在大洋彼岸已为人所遗忘,无亲无故,就像这大海中人人踩踏的贝壳。于是他们便留下来，待在这炎热潮湿的森林里潦倒颓丧。我把自己出卖给这座烂泥窝的那一天，真该诅咒……

"话说回来，我这样做也并非完全出于自愿。我在德国学过医，成为一个货真价实的医学士，一个高明的医生，甚至在莱比锡医院里谋得一个职位。一本业已湮没无闻的某一年的医学杂志当时曾经为一种新的针剂大吹大擂，而第一个研制出这种针剂的就是我。这时我堕入了情网。我在医院里认识了一个女人。这个女人把她的情人折磨到发狂的地步，结果她的情人竟开枪打她。不久我也变得和那个情人一样疯狂。这个女人神态高傲，冷若冰霜，把我弄得神魂颠倒。我总是受那些惯于颐指气使的、厚颜无耻的女人的辖制。而这一个呢，把我收拾得服服帖帖，我简直对她百依百顺。我——咳，有什么不可讲的呢，事情都过去七年了——我为了她的缘故挪用了医院里的公款。事情败露之后，闹得天翻地覆。我的一个叔叔暗中打点，事态总算没有扩大，可是我的前程就此断送。当时我正好听说，荷兰政府招募医生到殖民地去，并且预支给应招者一笔钱。我当时立刻想到，这必定不会是什么好差使，所以才预先给钱。我知道，在这些热病蔓延的种植园里，死人坟墓上十字架数目的增长比我们这儿快三倍。可是一个人年轻的时候，总以为热病和死神只会光顾别人。再说我当时也没有多加选择的余地。我就乘车前往鹿特丹，签了十年的合同，拿了一大沓钞票。一半我寄回家去给我叔叔，还有一半在那儿的码头区叫一个女人给弄走了。这个女人把我身上所有的东西都骗个精光，就因为她跟那条该死的母狗长得一模一样，我就这样身无分文、没有怀表、不抱幻想地从欧

337

洲扬帆远航。我们的船驶出港口的时候,我并不特别忧伤。我坐在甲板上,跟您一样,望着南十字星座和棕榈树,心胸开阔起来——啊,树林,孤寂,宁静,我梦想着!好——寂寞我可是领略了个够。人家没有把我安插到贝塔维亚或者泗水去,没有安插到有人、有俱乐部、有高尔夫球、有书、有报的城市里去,而是——咳,地名和正题无关——调到一个小镇上,离最近的一个城市也有两天的路程。有那么几个既无聊又干瘦的官员,几个欧亚混血儿,我成天就跟这些人厮混,除此之外,远近只有树林、种植园、丛莽和沼泽。

"起先日子还过得去。我进行各式各样的研究;有一次,副总督在驱车出巡的时候翻车压断了腿,我在没有助手的情况下给他做了手术,人们对此哄传了好一阵;我收集当地土人的毒药和武器;我从事成百件小事,使自己不至于萎靡不振。可是从欧洲带来的力气还没有耗完的时候,这样做还行,不久我就委顿了。仅有的几个欧洲人叫我看了厌烦,我和他们断绝了来往,我没事就喝酒,胡思乱想。只要再熬三年,合同期满,我将拿到一笔退休金,就可以返回欧洲,重新开始新的生活。其实我本来就无所事事地等待着,等待着。要是她……要是这件事情不发生的话,我到今天还这么坐着干等呢。"

黑暗中说话的声音停住了。烟斗的火光也不亮了。周围一片寂静,我一下子又听见海水拍击龙骨泡沫飞溅的声音和轮机的遥远而低沉的心脏搏动。我很想再点起一支香烟,可是我怕火柴猛地一亮,照在他的脸上。他一个劲地沉默不语。我不知道,他是说完了,迷糊了,还是睡着了,他的沉默是如此深沉。

　　船上的大钟干脆有力地敲了一下：一点钟。他悚然一惊：我又听见玻璃杯碰击的声音。显然他又伸手到脚下去摸威士忌。轻轻地咕嘟一声，他喝了一口——突然又响起了他的声音，可是这声音现在似乎变得更加紧张急切，更加热情激越。

　　"是啊……请您等一等……是啊，情况就是这样。我就这样干坐在我那该诅咒的小窝里，就像一只蜘蛛待在蛛网里，好几个月，一动也不动。雨季刚过去，已经一连几个星期，雨水拍打着屋顶，没有一个人，没有一个欧洲人来过，整日价坐在屋里和我的黄皮肤女仆们做伴，喝我的上等威士忌。我当时恰好情绪低落，日夜思念欧洲：我只要在哪本小说里读到阳光普照的大街和白皮肤的女人，我的手指就激动得抖个不住。我没法向你完全描述我当时的情况，这是一种热带病，一种时而袭来的寒热病似的猛烈却又无力的怀乡病。我记得我当时正坐着看一张地图，梦想着进行种种旅行。这时有人使劲地敲门。站在外面的一个听差和一个女仆，都惊讶得瞪大了眼睛：他们比手画脚地说：有位太太来了，是位夫人，是个白种女人。

　　"我霍地站起。方才我没听见有汽车开过来的声响。一个白种女人到这个丛莽世界里来？

　　"我想到楼下去，可是刚举步又猛地退了回来。我向镜子里瞥了一眼，匆匆忙忙地整理了一下我的衣服。我心烦意乱、焦灼不安，为不愉快的预感所折磨，因为我不知道在这个世界上会有人出于友好的动机前来看我。我终于走下楼去。

　　"有位太太在前厅等候，看见我就快步迎了上来。一张厚厚的乘汽车用的防尘面纱遮住了她的脸。我想向她问好，

339

可是她很快地就接过话头。'您好,大夫,'她用英语十分流畅地说道——我觉得有点过于流畅,就像是事先练好的——'请原谅我这个不速之客。我们刚才正巧在镇上,我们的汽车就停在那儿,'——我脑子里飞快地闪过一个念头,干吗她不把汽车一直开到门口——'我突然想起,您就住在这儿。我已经听人谈起很多您的事。您上次给副总督动手术,真是妙手回春,现在他的腿已完好如初,他跟从前一样玩高尔夫球了。是啊,我们还一直在谈论这件事呢,我们宁愿不要我们那里所有的怨气冲天的外科医生和另外两个大夫,换您到我们那儿去。说真的,您怎么老不在城里露面,您过的日子活像个苦行僧……'

"她就这样叽里呱啦地说个没完,越说越急,根本不让我有插嘴的余地。她喋喋不休地说了这番傻话,我听出她有些心烦意乱、心神不定,我自己也不觉烦躁不安起来。我暗忖她干吗说个没完没了,干吗不把面纱摘了?她在发烧吗?她病了吗?她是不是疯了?我变得越来越不安了,因为我发现我这样一声不响地站在她面前,听凭她劈头盖脑地给我浇上一场倾盆大雨似的废话,显得非常可笑。最后她终于稍稍停顿了一下,我才能请她到楼上去。她对听差一摆手,让他留下,然后走在我的前面,迈步上楼。

"'您这儿真美,'她一面在我屋里四下环顾,一面说道,'啊,这么多漂亮的书!这些书我都想读它一遍!'她走到书架跟前,仔细端详着书名。自从我迎上前去接待她以来,她这是第一次有那么一分钟没吭声。

"'我可以给您沏杯茶吗?'我问道。

"她也不转过身来,还是一个劲地只看书名。'不用,谢谢您,大夫……我们马上又得继续上路……我没多少时间……只不过是一次小小的远足……啊,您这儿还有福楼拜,这个作家我喜欢极了……妙极了,真是妙不可言,这本《情感教育》……我发现,您还读法文书呢……您懂的东西真多啊!……不错,德国人,德国人在学校里什么都学了……掌握那么多外语,真了不起!……副总督对您的本事坚信不疑,他老是说,只有您一个人给他做手术,他信得过。……我们城里那位好心的外科医生只能陪着打打桥牌……话说回来,您知道吗……'——直到现在她还背冲着我——'今天我自己脑子里也闪过这么个念头,我得找您请教请教……刚才我们恰好从这儿路过,我就想……我看您现在大概正忙着吧……那我宁可下次再来!'

"'你干脆把牌亮出来吧!'我当时心中暗想。可是我不动声色,只是对她说,现在还是不论什么时候,只要她愿意,为她效劳对我来说都是三生有幸的事。

"'不是什么了不起的病,'她说着把身子转过一半来,同时从书架上取下一本书,随便翻看着,'不是什么了不起的病……小毛病……妇女的病……头晕、昏厥。今天早上我们的汽车拐了个弯,我就突然栽倒了,昏死过去……听差不得不在汽车里扶着我,取水给我喝……咳,说不定司机开得太快了,您说呢,大夫?'

"'我没法这样随便判断。您经常这样昏倒吗?'

"'不……啊,是的……近来老是这样……恰好在最近一段时间……是的……老是这样晕眩恶心。'

"她又站在书架子前面,把书塞回去,另外抽出一本,翻阅着。真奇怪,她干吗翻书的时候老是这么……这么心烦意

341

乱啊？干吗她不把面纱掀起来看人啊？我故意一声不吭,让她等着,我觉得这样挺有意思。最后她终于又开口了,还是她那喋喋不休、满不在乎的口气。

"'这不是什么严重的病吧,大夫,是不是？不是热带病……不是什么危险的病……'

"'我得先看看,您有没有发烧。请让我按按您的脉……'

"我向她走去。她稍稍地往旁边躲了一下。

"'不用,不用,我没有发烧……肯定没有发烧……自从出现这种昏厥现象以后,我每天自己量热度。从来没发烧,一点问题也没有,总是三十六度四。我的胃也没病。'

"我迟疑了一会儿。整个这段时间里,我心里总有这么一个疑团:我感觉到,这个女人有求于我,人家到这个丛莽里来,总不是来谈福楼拜的吧。我让她等了一两分钟,然后我直截了当地说道:'请原谅,我可以非常坦率地提几个问题吗？'

"'当然可以,大夫！您是大夫嘛！'她回答道,可是说着她又转过身去,背冲着我,摆弄起书来了。

"'您生过孩子吗？'

"'生过,有个儿子。'

"'您过去……您以前……我是说,您生孩子以前,您有过类似的情形吗？'

"'有过。'

"她的声音现在完全变了。变得清清楚楚,十分肯定,不再是喋喋不休的神经质的语气。

"'请您原谅我提这个问题……您现在是不是可能又处在类似的情形之中了呢？'

"'是的。'

"她这两个字说得斩钉截铁,像小刀一样锋利。她转过去的头,丝毫也不颤动。

"'夫人,也许最好让我给您进行一次全身检查……请您到另一间屋子里去,好吗?'

"这时她猛地转过身来。我透过面纱,感觉到一股冷森森的、坚决的目光向我直射过来。

"'不了……这没有必要……我对自己的情况心里完全有数。'"

那声音迟疑了一会儿。斟满酒的杯子在黑暗里又闪了一下。

"好吧,请您接着听吧……不过,请您首先花片刻时间,设法把这事好好考虑一下。一个男子在孤寂之中消沉下去,冷不防有个女人闯到他的跟前,几年来这是第一个白种女人踏进他的房间……突然之间我感觉到,屋里有了什么不祥的东西,有一种危险。我感到一阵寒噤:这个女人的钢铁般的坚定使我毛骨悚然。她走进屋来,滔滔不绝地说个没完,接着一下子就提出她的要求,就像拔出一把匕首一样。因为她所要求于我的事,我已经知道,我马上就知道了——女人们要求我做这样的事,这并不是第一次。不过她们来的时候都是另外一副模样,要么羞惭满面,要么苦苦哀求,她们是流着眼泪来求我的。可是这一位……是啊,这一位却是钢铁般的男子汉似的坚决……我从第一秒钟起就感觉到,这个女人比我坚强……她要我屈服,就能使我屈服于她的意志,可是……可是……我心里也有一些恶的东西,我心里的男子汉在抵抗,有那么一股子怒火,因为……我刚才已经说过了……从第一秒钟起,是啊,我还没看见这个女人,我就觉得她是个敌人。

"我先保持沉默,沉默得执拗而顽固。我感到,她隔着面纱盯着我,目不转睛,带着挑战的神气,想逼我说话。可是我并不那么轻易就屈服。我开始说话,可是……说得拐弯抹角……我无意识地也模仿起她那种喋喋不休、漫不经心的口气。我假装不明白她的意思,因为——我不知道,您是否能够体会这点——我要逼得她把态度放明朗点,我不愿意自己凑上去,而是要……人家来央求我……尤其要她来求我,因为她是这样专横倨傲……因为我知道,就是女人的这种骄矜傲慢、冷若冰霜的态度使我觉得自愧不如,低她们一头。

"于是我信口胡诌,说这不是什么严重的病,这种昏厥是妇女正常的生活现象,非但不是什么坏事,相反,它几乎还保证健康发育。我广为引证医学杂志上登载的病例……我一个劲地说啊说啊,随随便便,轻描淡写,始终把她的情况看成是无足轻重的小事一桩……我一直等着她来打断我的话头。我知道,我这么说她是受不了的。

"果然她插嘴了,口气很尖厉,还做了个手势,仿佛要把这些安慰人的空话全都抹掉似的。

"'大夫,使我不安的不是这个。在我生我儿子的那会儿,我的身体比较好……可是现在我的身体不是那么好①……我的心脏有病……'

"'啊,心脏有病,'我重复了一遍,假装焦虑不安的样子,'那我得马上检查一下。'我动了一下,像是想站起来去取听诊器似的。

---

① 原文为英文。

344

"可是她马上就插嘴了。她的声音现在又尖厉又坚决——就像在下命令。

"'我的心脏有病,大夫,我必须请您相信我跟您说的话。我不愿意进行体格检查浪费许多时间——我认为,您可以对我表示更大的信任。我至少已经向您表示了足够的信任。'

"现在战斗打响了,这是公开的挑战。我接受了她的挑战。

"'信任的前提是坦率,无保留的坦率。请您把话说清楚,我是个大夫。首先请您把面纱摘了,坐下来,别去摸那些书,别绕圈子。没有人戴着面纱去瞧病的。'

"她盯着我,身体挺得笔直,神情高傲。她犹豫了一会儿,然后坐下来,撩起面纱。我看见了一张脸,就像我所害怕的那样,是张看不透的脸,表情严峻,不露声色,具有一种不受年龄影响的美,长着一双灰色的英国人的眼睛,看上去异常平静,实际上在这双眼睛背后可以想象出各式各样热烈的情欲。这张嘴唇极薄、抿得很紧的嘴,如果自己不愿意说,是不会泄露任何秘密的。我们互相盯着看了一分钟之久——她的眼睛里既含有命令,同时又含有询问的神气,一种冷酷的、钢铁般的残忍的表情,我忍受不住,情不自禁地把眼光移到旁边。

"她用手指的关节轻轻地敲着桌子。这么说她也心烦意乱。然后她突然很快地说道:'大夫,您知道我找您干什么吗,还是说,您并不知道?'

"'我想我是知道的。可是让我们摊开来明说吧。您想结束您目前的状况……您要我使您摆脱昏厥和恶心,办法是……把病根彻底清除。是这个意思吗?'

"'是的。'

"就像刑斧坠落,咔嚓一响,这两个字吐了出来。

"'您是否也知道,这样的尝试是危险的……对我们双方都危险?'

"'知道。'

"'法律是不许我这样干的?'

"'有那么一些情况,非但不禁止这么干,反而还认为有必要这么干呢。'

"'可那是要有一份医生的诊断书的。'

"'您会找到这份诊断书的。您是医生。'

"她说这话的时候,目不转睛地盯着我,目光明亮,眼睛眨也不眨。这是一道命令,我这个软骨头浑身颤抖,对她的意志这种魔鬼似的专横跋扈暗自钦佩。可是我还在挣扎,我不愿意暴露出自己已经被踩得粉碎。——'千万别让步得太快!多添点麻烦!逼得她来求你。'一种莫名的欲望在我心里一闪。

"'这事并不永远取决于大夫的主观意愿。可是我准备和医院里的一位同事……'

"'我不要您的同事……我是来找您的。'

"'我可以问一下吗,干吗偏偏找我?'

"她冷冷地看我一眼。

"'我不怕把实话对您说。因为您住在偏僻的地方,您并不认识我——因为您是个医术高明的大夫,因为您……'说到这里她第一次迟疑了一下——'大概不会在这个地区再待多久,特别是您……如果您能带一大笔钱回家去的话。'

"我感到浑身一阵寒噤。这样精确的盘算,这种铁一样的生意经使我震惊晕眩。到现在为止,她还没有开口央求过我——可是一切早已计算得清清楚楚,首先对我进行多方侦查,然后一下把我抓住。我觉得她这种魔鬼般的意志咄咄逼人,可是我凭着全部的怒火奋起抵抗。我再一次强迫我自己采取就事论事的态度——几乎是嘲讽的态度。

"'而这一大笔钱您打算……打算给我支配?'

"'为了酬谢您的帮助,也为了让您立即动身。'

"'您知道吗,这样一来我的退休金可就吹了?'

"'我将赔偿您的损失。'

"'您的意思非常清楚……不过我要求您更明确些。您打算提出多大一笔款子作为酬金?'

"'一万两千盾,阿姆斯特丹银行兑现的现金支票。'

"我浑身哆嗦……我浑身发抖,因为愤怒……也因为赞佩。她什么都计算好了,这么一大笔款子,还有支付的方式,这样我就被迫动身离境,她还不认识我,就已经掂了我的分量,把我给收买了,她的意志早已预先在支配我了。我恨不得扇她两个嘴巴……可是我,我浑身哆嗦地站了起来——她也站了起来——四只眼睛互相逼视着,我看到这张不肯央求的紧闭的嘴,和她那不肯屈服的傲气凛然的额头,这时我突然产生……一种……一种残暴的欲念。她想必也有所感觉,因为她扬起了眉毛,就像人家想撵走一个讨厌的家伙似的。我们两人之间的仇恨突然赤裸裸地表现出来了。我知道,她恨我,因为她需要我,而我恨她,因为……因为她不肯央求我。这一秒钟的沉默实际上是我们两人第一次真正开诚布公的交谈。然后像条爬虫咬了我一口似的,我突然闪过一个念头,我就对她说……对她说……

"可是请您等一等,要不然您会错误理解我干的事情……我说的话的……我得先向您解释一下……这个疯狂的念头是怎么在我脑子里出现的……"

黑暗里玻璃杯又轻轻地碰击了一下。那人的声音更激动了。

"我并不是想宽恕我自己,为我自己辩护,洗刷我自己……可是要不然您不会明白的……我不知道我以往的为人是否善良,不过……我想,我一直是乐于助人的……在那儿生活糟得不行,能够用学到的那点科学知识救人一命,是惟一的快乐,是一种莫大的乐趣……的确是这样,我最美好的时刻乃是,一个黄皮肤的小伙子跑来,吓得脸色青里透白,脚上给蛇咬了一口,肿得老高,哭着号着,求我别把他的腿锯掉,而我终于成功地救了他。要是有一个女人发着高烧卧病在床,我会驱车一小时去出诊——就是像这个女人要求我做的事,我也帮过忙,我还在欧洲的医院里工作的时候,就帮过这种忙。但是在这种情况下你至少觉得,这个人是需要你的,你至少知道,你救了某人一命,或者使某人免于绝望——这种别人需要你的感觉,你在帮助别人的时候,自己也需要这种感觉。

"可是这个女人——我不知道,我能不能向你描绘我的心情——她激怒了我,她像逛大街似的溜溜达达地走进屋来,从这一瞬间起,她那傲气十足的架势就激起我的反抗——我该怎么说才好呢——她把我身上一切被压抑着的、一切隐蔽着的、一切恶的东西都激发起来进行抵抗。她到这儿来耍贵妇人的派头,冷若冰霜,不可接近,把性命攸关的事情,当作一笔买卖,这简直使我怒不可遏……再说……再说……话说到底,总不是因为打打高尔夫球就把肚子给弄大的吧……我知道……这就是说……我突然一下子——我当时就闪过了这么一个念头——说不定非常清楚地想起,这个淡漠的女人,这个高傲的女人,这个冷若冰霜的女人,我只要在看她的时候,带点抵御的神气,稍微有点拒绝的样子,她那铁灰色的眼睛上面,眉毛便笔直地竖了起来,可是在两三个月之前,她曾经跟一个男人在床上滚来滚去,像畜生似的赤条条一丝不挂,说不定浪得兴起,淫声艳语不绝,两个身体汇成一体,就像两个嘴唇交吻。在她神情高傲、摆出一副拒人于千里之外的冷漠神气,活像一个英国军官那样地盯着我看的时候,我脑海里闪过的就是这个火烧火燎的念头……于是我心里的一切都紧张了起来……我一心只想凌辱她……从这一瞬间起,我透过她的衣服,看见她赤裸裸的肉体,从这一瞬间起,我活着只有一个念头,那就是把她占有,从她那倔强的嘴唇里挤出一声呻吟,像那个、像另外那个我不认识的男子那样,在销魂荡魄之际触摸一下这个冷淡高傲的女人的肉体。这点……这点我想向您解释一下。我这个人不论有多么堕落,可我作为医生从来没有试图乘人之危……但是这一次,并不是因为欲火,并不是因为性欲,的的确确不是这样……要是这样,我会承认的……这一次只是强烈地渴望煞煞这股傲气……作为一个男人来煞这股傲气……我想,我已经跟您说过,神态高傲、近乎冷漠的女人一向对我具有某种威力……可现在又加上在这儿生活了七年没有和一个白种女人在一起,我简直一点抵抗力也没有了……因为本地的姑娘,这些叽叽喳喳纤小秀气的鸟儿,只要有个白人,有个'洋老爷'要她们,她们就毕恭毕敬地浑身哆嗦,低三下四地委身相从,她们对你总是张开怀抱的,总是准备咯咯地轻声娇笑着来侍候你……可恰好是她们的顺从和奴性使你败兴……现在你明白了吧？要是突然之间出现了一个女人，傲气十足，满腔仇恨，从头到脚包得严严实实，连手指尖都深藏不露，可是同时又闪耀着神秘的光彩，蕴藏着往日的激情……这样一个女人突然大胆放肆地走进一个男人、一个孤寂饥饿、与世隔绝的人形野兽的笼子里来，你明白了吧？这会对我产生什么样令人晕眩的影响。这一点……我说出这一点，只是为了好让您明白随后发生的事。于是……我满怀着某种邪恶的贪欲，想到她赤身裸体、娇媚肉感、恣意销魂的情景，心里如醉如痴，我仿佛全身振奋了起来，外表上却装出无动于衷的样子。我神情冷漠地说道：'一万两千盾？……不干，为这么点钱我是不会干这件事的。'

"她凝视着我，脸色有些发白了。她大概已经感觉到，我这样反抗并不是出于贪财。可是她还是问了一句：'那么您要什么呢？'

"我不再用冷漠的口气说话。'咱们干脆把牌亮开来吧！我不是生意人……我不是《罗密欧与朱丽叶》里的那个可怜的药剂师，为了一点昧良心的赂金①，出卖他的毒药……我也许跟生意人正好相反……您会发现，通过这条途径您的愿望是不能实现的。'

"'这么说您不愿意干？'

"'给钱不干。'

"霎时间我们两人当中出现了一片寂静，静到了我第一次听见她呼吸的声音。

"'此外您还能希望得到什么别的东西呢？'

---

① 原文为英文。

"这下我再也控制不住自己了。

"'我首先希望您……您别像跟个小贩似的而是要像跟一个人似的跟我说话,如果您需要我的帮助,别一上来就搬出您那些可耻的钱来,而是请求……我这个人去帮助您这个人……我不仅仅是个医生,我不单单只有看病的时间……我也有别的时间……也许您正好是在这样一种时间里来到我这里……'

"她沉默了片刻。然后她的嘴轻轻一撇,微微颤抖了一下,很快地说道:

"'这么说,要是我求您……您就会干这事的啰?'

"'您马上又想做笔交易了——您只有在我先答应您的情况下,您才肯请求。可是您先得央求我——然后我才会答复您。'她把头一昂,就像匹桀骜不驯的马一样。她怒容满面地直视着我。

"'不——我不会求您,宁死也不求您!'

"这时候一股怒火涌上我的心头,一股炽热的毫无道理的怒火。

"'您不愿意央求,那我就自己提出要求。我想,我不必明确说出口来了吧——您知道,我希望从您那儿得到什么。然后——然后我就会帮助您。'

"她目不转睛地瞪了我一会儿。然后——啊,我没法,我没法说,这有多么可怕——然后她的脸一绷,猛地一下子笑了起来……她用一种无可名状的轻蔑神气冲着我的脸哈哈大笑……这种轻蔑神气,使我无地自容……同时又使我心醉神迷。这种轻蔑的笑声犹如一声爆炸,来得那么突然,可说是骤然发作,被一股巨大的力强烈地触发了出来,我……是啊,我简直要匍匐在地,去吻她的脚。前后不过一秒钟之久……就像是一道霹雳,我觉得浑身在着火……这时她已经扭转身子,快步向门口走去。

"我身不由己地想追上去……向她道歉……苦苦求她……我的力气已经完全瓦解了……她又一次扭过头来说道……不,是下达命令:

"'您千万不要冒险跟踪我或者盯我的梢……您这样做要后悔的。'

"说罢砰的一下关上了房门。"

说到这里他又迟疑了,又沉默了……又只听见哗哗的水声,仿佛月亮的清辉一泻千里。接着终于又响起了他的声音。

"房门砰的一声给关上了……可是我一动不动地站在原地……我似乎被她的那道命令给催眠了……我听见她走下楼梯,关上大门……我听见了一切,我一心只想追上去,我不知道,是想把她叫回来,还是想打她或者掐死她,反正想追上她,追上她……可是我动弹不得,我的四肢像触了电似的全都麻痹了……我被这道目光的专横的闪电击中了,一直击中我的骨髓……我知道,这是无法解释的,无法叙述的……这话也许听上去很可笑,可我确实就那么站着,呆若木鸡……过了好几分钟,也许是五分钟,说不定是十分钟,这才从原地挪动了脚步……

"可是我刚挪动第一只脚,就急不可耐地快跑起来……我一下子飞奔下楼,……她可能只走完了那条通向镇里去的马路……我冲到车棚去取自行车,发现忘了带钥匙,于是我使劲扳开竹子编的棚门,弄得噼啪乱响,折断了好些竹子……我纵身跳上自行车,飞快地向她追去……我必须……我必须趁她还没走到小轿车跟前,就追上她。我非跟她谈谈不可……

"马路从我身旁掠过……现在我才发现,我刚才在楼上木鸡似的呆呆地站了有多久……因为我发现她已经到了树林那儿拐弯的地方,就在镇子口上,听差陪着她,她正迈着直挺挺的僵硬步伐急急忙忙地向前走去……可是她大概也看见了我,因为她跟听差说了几句话,听差就停步留了下来,她一个人继续往前走。……她想干吗?……她干吗要把听差留下?……她想和我谈话,不让他听见?……我拼命蹬我自行车的踏脚……突然之间有样东西从马路边上向我扑了过来……是那个听差……我刚来得及把车往边上一拐,就一下摔了出去……

"我骂骂咧咧地爬起来……情不自禁地举起拳头,想给这个蠢货一下,可是他跳开了……我扶起自行车,想重新上车……可是这个混蛋又跳过来一把抓住自行车,用他那蹩脚的英语说道:'您待在这儿。'①

"您没在热带地区待过……您不知道,这样一个黄种混蛋抓住一个白人'老爷'的自行车,还命令这位'老爷'待在那儿不许动,在那儿是怎样的放肆行为。我非但不予回答,反而照着他的脸一拳打去……他晃了几晃,可是抓住自行车不放……他那双眼睛,那双胆怯的小眼睛睁得大大的,流露出奴性十足的恐怖神情,可是他的手紧紧抓住车把,死也不放……'You remain here.'他又嗫嚅了一遍。幸亏我身边没带手枪,

---

① 原文为英文。

要不然我会一枪把他打死的。'滚开,你这个流氓!'我只吼了一声。他缩着脖子,盯着我看,可是他的手抓着车把不放。我又照着他的脑袋打了一拳,他还是不松手。这下我可火冒三丈了……我发现她已经走了,说不定已经溜掉了……于是我用真正拳击的方式,在他下巴颏上猛击一拳,他像一阵旋风似的倒了下去。现在自行车又到了我的手里……可是等我跳上去,车子却骑不动……刚才使劲把车子夺来夺去,钢丝拧弯了……我两手哆哆嗦嗦地,企图把钢丝扳直……可是不行……我就把车扔在道上,就扔在那个无赖身边。他流着血从地上爬起来,赶紧往旁边一闪……然后,啊不,您没法体会,在那大庭广众之下,这是多么可笑,一个欧洲人……咳,我已经不知道自己在干什么……我心里只有一个念头,跟着她,追上她……于是我就跑,活像个疯子沿着马路往前飞跑,两边茅屋里那些黄种人十分惊讶地挤在门口,看一个白种人,看这个医生在那儿猛跑。

"我汗水淋漓地赶到镇上……我第一句话就问:小轿车在哪儿?……刚刚开走……大家都非常惊异地望着我,我在他们眼里,大概活像个疯子,满身尘土,一头的汗,人还没站住,就大叫大嚷地发问……我看见马路那头汽车风驰电掣而去,卷起一股白烟……她逃跑成功了……成功了,正如她那坚定的盘算,坚定到残忍地步的盘算的一切细节都必然成功一样。

"可是逃跑对她也无济于事……在热带地方的欧洲人当中是没有秘密可言的……大家彼此全都认识,事无巨细都会引人注目……她的司机在镇公所的平房里不是白白待了一小时的……几分钟之后,什么情况我全都知道了……我知道了她是谁,……她住在城里……住在首府,从这儿坐火车去要八小时的路程……她是,咱们就这么说吧,她是一个大商人的妻子,家资万贯,出身高贵,是个英国女人。我知道,她丈夫到美国去了五个月,过几天就要回来,接她一起回欧洲去……可是她——这个念头像毒药似的烧灼着我周身的血液——她目前的状况至多只能再维持两三个月……

"到此为止,所发生的一切事情,我还能使您明白……之所以能使您明白,大概只是因为到这一瞬间为止,我还能理解我自己……我还能作为医生对我自己的状况做出诊断。可是从此刻起,我就像发了高烧似的……我失去了对自己的控制……这就是说,我知道自己所做的一切是多么荒诞不经,可是我已控制不住我自己……我已经不再理解我自己……我像着了魔似的,奔向我的目标,一个劲地往前跑……您且等一等……说不定我还是能使您理解……您知道马来狂是怎么回事吗?"

"马来狂?……我好像记得……这是在马来人当中流行的一种癫狂症……"

"不仅是癫狂……这是一种疯病,一种狂犬病……一种狂暴的、荒诞的偏执狂的发作,任何一种酒精中毒都无法与它相提并论……我住在当地的时候曾经亲自研究过几个病例——观察别人的情况总是非常聪明非常冷静的——可是并没有揭示出这种疯病起源的可怕秘密……反正无论如何总是和气候有点关系,和这种郁闷压抑的气氛有关,就像一阵暴风雨压迫着人的神经,直到神经崩裂……所以说马来狂……是啊,马来狂……就是这样:一个马来人,随便哪一个,非常普通,非常和善,慢慢地啜饮着自己家酿的酒……就这么坐在那儿,神情呆滞,样子冷漠,有气无力……类似我坐在自己房间里那样……突然猛地一下子他跳起身来,抓了一把匕首便跑上街去……他笔直地往前跑,一个劲地往前跑……自己也不知道往哪儿跑……不论是人还是畜生,如果拦住他的去路,他就用马来匕首把他捅倒在地,这种嗜血的醉意只有使他更加激昂暴烈……他一面狂奔,一面口吐白沫,像疯子一样号叫……他不断地跑呀跑呀……不东张西望,不左顾右盼,只是一个劲地尖声号叫,握着血淋淋的匕首,笔直往前狂奔猛跑,叫人看了毛骨悚然……村里的人都知道,没有任何力量能够拦住一个马来狂人……所以只要有个狂人跑来,大家都高声喊叫,互相警告:'马来狂!马来狂!'大家都四下奔逃……可是他视而不见,听而不闻,只是一个劲地跑,见人捅人,见什么捅什么……直到人家把他像条疯狗似的一枪打死,或者他自己口吐白沫倒地身亡。

"我有一次从我那平房的窗口看到了这么一幕……真叫人毛骨悚然……可是正因为我看见过这种场面,我才理解自己那些日子的行为……因为我恰好就是这样,可怕的眼光直勾勾地盯着前方,既不左顾右盼,又不东张西望,就这样着了魔似的奔了出去……去追这个女人……我已经记不清楚,这一切事情我是怎么干的,所有的一切都是在狂奔疯跑之中以快到荒唐的速度从我身边一掠而过……我知道了这个女人的一切事情之后,知道了她的姓名、她的住宅、她的命运之后,不出十分钟,不,五分钟,不,不出两分钟,我就骑上一辆迅速借来的自行车冲回家去,扔了一套衣服在箱子里,取了点钱,坐上一辆汽车赶到火车站……乘火车走了,没向镇上的官员请假,也没找个人来代替我行医,屋子也没上锁,就扔在那儿不管了……仆人们围着我,那些女用人一脸惊奇,连连发问……我一句话也不回答,头也不回……便乘车到火车站,坐下一班车到城里去……这个女人踏进我的房间不过一个小时,我就把我的全部生活抛在身后,像个马来狂人似的奔到一片空虚之中……

"我笔直向前跑,用我的脑袋去撞墙壁……晚上六点钟我到达城里……六点十分我赶到她家里,让用人给我通报……您可以理解,这是我所能做的最荒唐、最愚蠢的事情……可是马来狂人在狂奔的时候是睁眼瞎,他看不见自己在往哪儿跑……几分钟之后用人出来了,彬彬有礼,冷淡地说……夫人有点不舒服,不能见客。

"我跄跄跆跆地走出大门……又绕着这幢房子转了一个小时,着了魔似的还抱着这样一种荒诞的希望:她说不定会来找我……最后我才在海滨饭店要了个房间,带着两瓶威士忌到房里去……这两瓶酒和双倍剂量的安眠药帮了我的忙……我终于沉入梦乡……这昏昏沉沉的睡眠是我在生死之间狂奔时唯一的休息。"

船钟敲响了。有力地敲了两下,那饱满的声音仍在像一池死水似的几乎静止不动的空气里振动,然后消失在龙骨下不断溅起的轻柔的水声之中,这水声一直执拗地伴着这个人情绪激昂的说话声。黑暗中坐在我对面的这个人想必吓了一跳,他的话戛然而止。我又听见他的手伸去摸酒瓶,又听见轻轻的咕嘟咕嘟的声音。然后他仿佛平静了下来,声音更加坚定地又开始说道:

"从这一瞬间开始,以后的时间我没法向您叙述。今天回想起来,我当时一定在发烧,反正我非常激动亢奋,近乎疯狂——正如我刚才跟您描绘的那样,是个马来狂人。但是请您不要忘记,我到达城里的时间是星期二夜间,而到星期六——我在城里才听说——她丈夫就要乘'伊比利亚半岛及东方航运公司'的轮船从横滨来,所以说只剩下三天时间,只剩下短短的三天时间来下决心,找人帮忙了。请您理解这一点:我知道,我必须立即帮助她,可我连跟她说句话都不可能。我急于想要为我可笑而又疯狂的举止向她赔不是,恰好就是这种迫切愿望,驱使我继续向前。我知道每秒钟都非常宝贵,我知道这对她来说是生死攸关的事情,可是我连接近她,哪怕只在她耳边说句话,给她做个手势的可能也没有,因为恰好是我穷追不舍的激烈蠢笨的神态把她吓了一跳。就仿佛……啊,您等等,……就仿佛一个人追在别人身后,想警告那人有凶手想杀害他,可是被追的人反而把警告的人当成了凶手,继续向前跑,直到毁灭为止……她只把我看作一个马来狂人,紧紧地追着她,想使她受到屈辱,而我呢……可怕的矛盾恰好就在这里——我根本不再想那桩事了……我已经心力交瘁,我只想帮助她,只想为她效劳……为了帮助她,我简直可以去杀人,去犯罪……可是她,她对此一无所知。我第二天早上一醒过来,就马上跑到她家里去,听差站在门口,就是脸上给我揍了一拳的那个听差,他远远地看见了我——他大概是在那儿等我——马上一闪身溜进门去。说不定他只是进去悄悄地为我通报……说不定……啊,这样让人琢磨不透,真折磨得我好苦啊……说不定他们已经做好了一切准备来接待我……可是我一看见那个听差,就想起了我的耻辱,于是我不敢再去访问这个女人……我的双膝不住地哆嗦。走到门槛前我又扭转身走了开去……我走开了,而她也许正在同样痛苦的煎熬之中一个劲地等着我呢。

"我不知道我在这个陌生的城市里还有什么事情好做,这个城市在我的脚下像火焰燃烧似的发烫……我突然闪过一个念头,马上叫了一辆汽车,去见副总督,就是当年我在我们镇上抢救过的那一位,我让仆人给我通报求见……我的外表想必已经带上一点使人感到惊愕的东西,因为他看见我的时候,目光里露出一些惊讶,他那彬彬有礼的举止也含有若干不安,……说不定他已经看出我是个马来狂人。我开门见山地对他说,我请求调到城里来工作,我在原来的岗位上已经再也活不下去了……我必须马上换换地方……他瞅着我……我没法向您形容,他瞅我时的那副神气……就像大夫在打量一个病人……'神经崩溃,亲爱的大夫,'他于是说道,'这种情况我非常了解。好吧,这事可以安排;不过请您稍为等一等……咱们就说稍等四个星期吧。……我先得找个人来接替您的工作。'——'我等不及了,我一天也等不了。'我回答道。他又用那种奇特的眼光注视了我一下。'非这么办不可啊,大夫,'他神情严肃地说道,'那个镇上总不能没有大夫啊。不过我答应您,我今天就开始办理这件事情。'我咬紧牙关站在那里,一动不动:我第一次清楚地感觉到,我是一个被人出钱买来的人,是个奴隶。我全身细胞都奋起反抗,可是这位圆滑老练的副总督抢在我的前头说,'您已经长久不和人们交往,大夫,长此以往是要得病的。我们大家都不胜惊讶,您从不进城,从不休假。您需要更多的社交活动,更多的兴奋刺激。您至少今天晚上得来,我们今天在政府大楼里举行招待会。您将看到全区的头面人物,有些人早就想认识您了,他们常常问

起您,希望您到城里来。'

"最后一句话使我精神为之一振。问起过我?莫非是她问起过我?我突然之间变了个人:我立即极有礼貌地感谢他的邀请,保证一定准时前来。我也的确到得非常准时,实在太准时了。我先得跟您说,我心急如火,头一个来到政府大楼宽敞的大厅里。四周全是默不作声的黄皮肤的仆人,他们光着脚一颠一颠地跑来跑去,并且——我心烦意乱地感觉到——在背后偷偷地笑话我。在他们悄无声息地进行准备的时候,足足有一刻钟的工夫。我是惟一的欧洲人,孤零零地就我一人,连我背心口袋里装的怀表发出的嘀嗒声都听到了。接着,终于来了几个政府官员,携带着他们的家眷。最后总督也来了,他跟我进行了一次较长时间的谈话,我认为,我对答得热忱而又巧妙,直到……直到后来,我突然感到一阵神秘的烦躁,一点灵性也没有了,说话也结结巴巴起来。尽管我是背冲着大厅的门,但我一下子感觉到她进入了大厅,她一定在大厅里了。我没法向您说清楚,为什么这种突然产生的确信这样使我惶惑迷惘,我还在和总督交谈,他的声音还在我耳边震响的时候,我已经感到她就站在我背后什么地方。幸亏总督一会儿就结束了和我的谈话,我相信,要不然我会猛地扭转身去的,我神经的这种神秘的抽动是如此强烈,而我的欲念给撩拨得如此炽烈。果然,等我转过身去,发现她正好站在刚才我的感觉无意识地预感到她站立的那个地方。她穿一身黄色的跳舞服装,裸露着瘦削、纯净的双肩,像象牙似的发出黯淡的光泽,站在一群人中间谈天说地。她笑容满面,可是我觉得,她脸上表情有些紧张。我走近她的身边——她不可能看见我或者不愿意看见我——注视着她薄薄的嘴唇四周漾起的讨人喜欢的、彬彬有礼的微笑。这笑靥又重新使我心醉神迷,因为它……唉,因为我清楚地知道,这是谎言,这是高超的技艺,这是出色的装假的本事。我脑子里突然闪过一个念头,今天是星期三,星期六她丈夫就要乘船来了……她怎么还能这样微笑……这样胸有成竹,这样无忧无虑,怎么还能懒洋洋地在手里摆弄她的扇子,而不是恐慌之余,把扇子使劲搓揉,捏得粉碎?我……我这个陌生人尚且两天来一直在为那个时刻心惊胆战……我这个陌生人尚且感情极度紧张地分担着她的惧怕、她的惊恐……而她却来参加舞会,并且微笑着,微笑着,微笑着……

"我们身后奏起了音乐,舞会开始了。一个年纪比较大的军官向她求舞,她向正在闲聊的这群人道个歉,便离开了他们,挽着那个军官的胳膊到另一间大厅里去,正好从我身边走过。她一眼瞥见我,脸上的肌肉便猛的一下子绷紧了。……但这只不过是一秒钟的时间,然后像是认出了我,便像对一个有一面之缘的熟人那样点头致意(我还没来得及决定究竟跟不跟她打招呼),说了声'晚上好,大夫'就过去了。谁也猜不出来,在这灰绿色的眼神里究竟深藏着什么,而我呢,我自己也不知道。她为什么打招呼?……她为什么一下子又认得我了呢?……这究竟是摈斥,还是接近,还是说这仅仅不过是因为出乎意料而发窘?我没法向您形容,我当时待在那儿,心情是多么激动,我内心的激情全都被挑逗起来,压缩在我的心头,随时有可能一触即发。我瞥见她懒洋洋地偎依着这位军官跳着华尔兹舞,额头上闪烁着无忧无虑的冷漠清光,而我明明知道,她……她跟我一样心里只有那件事……在这儿就我们两个人共有着一个可怕的秘密……她却跳着华尔兹……在这几秒钟内,我的恐惧,我的贪欲和我的赞佩变得比以往任何时候都更加强烈。我不知道,是否有人在仔细端详着我,但是可以肯定,她在掩盖,我在暴露,我的举止使我的暴露远远超过她的掩盖——我根本不可能去看另一个方向,我必须……是啊,我必须目不转睛地望着她,我远远地、远远地抓她那张难以接近的脸,看看这张面具是否会有一秒钟落下来。她想必也很不舒服地感觉到了我的这道凝神注视的目光。她挽着舞伴的胳臂走回来的时候,飞快地瞟了我一眼,像是严厉地对我发号施令,又像是挥手把我撵走;在她的额头上又显出了那道小皱纹,表示出高傲的愤怒,这道皱纹我在第一次和她见面时就看见过的。

"可是……可是……我已经跟您说过了……我犯了马来狂,我既不左顾右盼,也不东张西望。我马上就明白了她的意思——这目光是说:别引人注目!克制一点!我知道,她……我该怎么说才好呢?……她要求我在这大庭广众之下检点举止态度……我懂得,如果我现在回家去,明天肯定会受到她的接待,她只希望现在,只希望现在避免受到我的这种引人注目的亲昵态度的威胁,她担心——这担心是多么有道理啊——由于我的笨拙会闹出一场戏来……您瞧,我什么都明白,我懂得了这道命令式的灰色目光的含义,但是……我内心的冲动过于强烈,我非跟她说话不可。于是我摇摇晃晃地向那群人走去,她就站在他们当中闲谈,尽管在场的人我只认得几个,我还是往这个松散的圈子凑过去,只是渴望着听听她说话,可总是那么像条挨了揍的狗似的心惊肉跳地缩着脖子怕见她的目光,这目光有时冷冰冰地从我身上扫过,仿佛我是我挨着的那些布门帘里的一条,或是轻轻流动的空气。可是我站着,渴望着听她跟我说句话,渴望着她能做出一个默契的暗示,我眼睛直愣愣地站在这群闲谈的人们当中,活像一块石头。我那神气想必已经变得够引人注目的了,因为谁也不跟我说一句话,我这可笑的模样摆在那儿,她一定受罪死了。

"我不知道我这样在那儿站了有多少时间,好像站了一辈子……我没法摆脱这种意志的魔力。恰好是我这股顽固的疯劲使我浑身麻痹……可是她再也受不了啦……她突然以优美绝伦的轻盈姿态转向在场的先生们,说道:'我有点累了……我想今天早点上床休息……晚安!'……说着她就一点头——这是社交场上少见的——从我身边飘然而去……我眼前还看见她额上那条直竖的皱纹,然后只看见她的背脊,那雪白的、冷漠的、赤裸的背脊。足足过了一秒钟我才理解到她已经走了,今天晚上,这救命的最后一天晚上,我再也不能看见她,再也不能跟她说话了……我还直挺挺地站了一会儿,我这才理解到……于是……于是……

"不过请您等一等……请等一等……否则您无法理解我干的事情的荒唐和愚蠢……我首先得向您描述一下那整个房间……这是政府大厦的宏伟大厅,给灯光照得如同白昼,宽大无比的大厅几乎是空荡荡的……男男女女都成双成对地跳舞去了,男人们赌钱去了……只在角落里散立着几小堆人在那儿谈天……所以说大厅是空荡荡的,每一个动作都会引人注目,并且被刺眼的灯光照得一清二楚……她摆动高挑的身躯,迈着缓慢而轻盈的步伐走过这宽敞的大厅,不时用她那难以形容的姿态回答人家的致意。她身上那股优美、冷峻、尊严、安详的神气使我心醉。……我呢,我留在原地,我已经跟您说过了,在我弄明白她已经走了之前,我仿佛瘫了似的……等我弄明白,她已经走到大厅的那一头,快到门口了……于是……啊,今天回想起来,我还羞惭得无地自容……我突然心里一惊,我就跑——您听听:我跑……我不是走,而是穿着咯咯直响的皮鞋,引起很大的回声,跑过大厅去追她……我听见我自己的脚步声,我看见众人的目光都不胜惊讶地注视着我……我羞愧得简直可以马上死去……我一面跑,一面就已经清楚地意识到这种举动的疯狂,可是我已经……我已经没有退路了……我在门口追上了她……她转过身来……她的眼睛像一把灰色的钢刀扎进我的心窝,她气得鼻翼不住地翕动……我刚想结结巴巴地开口说话……她……她突然扬声大笑起来……笑得清脆响亮,无忧无虑,发自内心,并且大声说道……声音大得大家都能听见……‘啊,大夫,您到现在才想起给我儿子开的药方啊……你们这些搞科学的先生们真是……’几个站在近处的人都好心好意地跟着笑了起来……我领会了她的意思,她无比巧妙地挽救了这一局面,我佩服得五体投地……我伸手到皮夹子里,从处方本上撕下一张空白的方子,她懒洋洋地接了过去,然后……再一次冷冷地微笑致谢……翩然而去……我在最初一秒钟感到心里轻松……我发现,她无比巧妙地弥补了我的疯狂,控制了局势,但是我也立刻明白,对我来说,全都完了,这个女人由于我干了这件发昏的傻事,一定恨我,一定把我恨之入骨……我现在哪怕上百次上千次地登门求见,她也会把我像条狗似的撵走。

"我踉踉跄跄地走过大厅……我注意到,人们都在瞅我……我想必看上去非常奇怪……我走到饮酒的柜台前面,一连灌了三四杯白兰地……这才免于晕倒在地……我的神经再也支持不住,它们好像都扯断了……然后我从一道旁门悄悄地溜了出去,像个罪犯似的。……不论把世界上哪个王国赏给我,我也不愿意再一次穿过她那刺耳的笑声还在四壁萦绕的大厅……我往前走……我已经说不上我往哪儿走……进了几家小酒店,喝得烂醉如泥……就像一个想借酒浇愁的人一样,只求一醉……但是我……并没有完全麻木……她的笑声一直在我耳边,尖厉而又凶狠……这笑声,这该死的笑声我怎么也压不下去……后来我又在码头上踯躅了半天……我的手枪留在家里了,要不然我会一枪把我自己打死的。我的脑子里别的什么也不想,只想着抽屉左边的木匣子里放着的手枪……我只想着这一件事,我走回家去。

"我后来之所以没有自杀……我向您发誓,不是因为贪生怕死……扳动一下上了膛的枪的冰凉的扳机,本来对我倒是一种解脱。……可是我该怎么向您解释才好呢……我觉得我还得尽一个义务……是啊,助人的义务,该死的义务……她可能还需要我,她需要我,这个念头使我发狂……等我回到家里,已经是星期四的清晨了,而星期六……我已经跟您说过了,星期六船就到了。这个女人,这个心性高傲、目无下尘的女人在她丈夫面前,在众人面前,忍受不了这样的羞辱,绝对活不下去,这我是一清二楚的。……我毫无意义地浪费了宝贵的时间,荒唐冒失的行为使我根本无法及时给她任何帮助,啊,想到这些,我痛苦不堪……一连几个小时,是啊,我向您发誓,一连几个小时我在房间里团团乱转,走来走去,绞尽脑汁在想,怎么才能接近她,怎么才能弥补我的一切过错,怎么才能帮助她……因为她再也不会让我迈进她的门槛,这点我是心里有数的。……我的每一根神经还感觉到她的笑声和她的鼻翼愤怒的抽动……一连几小时,的确一连几小时,我就这样在狭小的斗室里来回跑来跑去,老是那么三米距离……天已经亮了,已经是上午了……

"突然我念头一转,向桌子猛扑过来……我抽出一沓信纸,动笔给她写信。……什么都写出来……写一封像狗一样摇尾乞怜的信。我在信里请求她的宽恕,把我自己骂成一个疯子,一个罪犯……我苦苦哀求她充分信赖我……我发誓,下个钟头就走,离开这座城市,离开这个殖民地,只要她愿意,我就离开这个世界……只不过她得宽恕我,信任我,在这最后一小时,在这最后的时刻,让我帮助她……我就这样一口气飞快地写了二十页信纸……这封信想必疯疯癫癫,没法形容,活像热昏时的呓语,胡话连篇。等我从桌边站起,早已浑身是汗……房间在我眼前左右摇晃,我不得不喝下一杯凉水……然后我才试图把信再读一遍……可是读了开头几句我就感到不寒而栗……我哆哆嗦嗦地把信折好,摸到一个信封……突然我又闪过一个念头。我一下子明白了那句真正举足轻重的话。我再一次抓起钢笔,在最后一页添了这么一句:'我在海滨饭店等候着一句宽恕的话。要是到七点我还得不到任何回音,我就开枪自杀。'

"然后我就封好信封,打铃叫来一个侍者,让他把这封信送去。终于把该说的话都说了——全都说了!"

在我们身边响起玻璃瓶碰地和滚动的声音。他的动作太猛,一下子把威士忌酒瓶碰倒在地。我听见他的手在地上乱摸,找那酒瓶,然后突然一把抓住了瓶子。他猛地一扬手,把喝空了的酒瓶扔出甲板。他沉默了几分钟,然后又像说胡话似的往下说,比先前说得更加激动、更加匆忙。

"我已经不再是虔诚的基督徒了……对我来说,既无天堂也无地狱。……要是真有一个地狱,我也不怕它了,因为地狱也不可能比那天上午直到傍晚我度过的那几个钟头更加难熬。……请您设想一下吧,一间斗室在中午如火的烈日之下,给晒得又闷又热……一间小屋,只有桌子、椅子和床……桌上除了一只怀表和一把手枪外别无他物,桌子旁边坐着一个人……这个人什么事也不干,只是直愣愣地瞪着桌子,瞪着怀表的秒针……这个人不吃不喝不抽烟,一动不动……这个人老是……您听着:一连三小时之久,老是目不转睛地盯着白色的圆形表面,盯着那根小小的秒针,它正嘀嗒嘀嗒响着直转圈子……我就这样……就这样度过了这一天,等着、等着、一个劲地等着……可是就像一个马来狂人干事似的,我的等待是毫无意义的、带着兽性的、疯狂的执拗劲,一味死等。

"算了,我不给您描绘这些时刻了……这是没法描绘的……我自己也弄不明白,一个人怎么可能经历了这样的事情居然没有发疯……于是……到三点二十二分……这时间我记得很清楚,我的眼睛是瞪着怀表的……突然有人敲门……我霍地跳起身来……像老虎捕食似的跳了起来,一下子奔过整个房间跑到门口,一把拉开房门……一个胆战心惊的中国小男孩站在门外,手里拿着一张折好的纸条,我贪婪地把纸条一把抓在手里,那孩子已经一溜烟跑掉了,跑得无影无踪。我打开纸条想看看内容……可是我读不下去。……我眼前红红绿绿的一片,旋转个不停……请您设想一下我内心的痛苦,我终于收到了她写的字句……可是这些字句在我眼前不住地抖动,活蹦乱跳……我把脑袋浸在冷水里……这样我的神志才清醒一些……我再把纸条拿来,看到上面写着:'太晚了!不过请在家里等着!也许我还会叫您!'

"这张皱成一团的纸不晓得是从哪张广告纸上撕下来的,纸上没有签名,铅笔写的字迹潦草杂乱,看得出来,这字体本来是很稳健有力的……我不明白,为什么这张纸条这样使我内心受到震动……纸条上带有一丝恐怖和秘密,好像是在逃亡中写的,站在窗龛边,或者坐在向前行驶的车子里写的……有一种难以形容的害怕、匆忙、惊讶的成分从这张秘密纸条里冷飕飕地袭入我的灵魂……可是……可是我还是很高兴:她写信给我了,我还用不着死,我还可以帮助她……说不定……我还可以……啊,我沉溺在最最荒诞不经的推测和希望之中,完全忘乎所以了……我千百次地把这纸条读了又读,吻了又吻,翻来覆去地仔细研究,看有没有一个被人遗忘、没有读到的字……我的梦幻变得越来越深沉,越来越混乱,这是一种睁眼做梦的奇妙无比的状态……一种麻痹状态,介乎沉睡和清醒之间的一种既滞重又灵活的状态,也许只延续了十几分钟,也许延续了几个小时……

"我猛地惊醒过来……不是有人在敲门吗?……我屏住呼吸……一分钟、两分钟,毫无动静,静寂无声……接着又听见一阵轻微的声响,好像有只老鼠在挠门,一阵轻微的、然而激烈的敲门声……我跳起身来,脑袋还有点眩晕,一把把门打开——门口站着那个听差,她的听差,就是那会儿被我打得满嘴鲜血的那个听差……他那褐色的脸像死人一样灰白,他那慌乱的眼神预示着不幸……我立刻感到心惊肉跳……'出……出什么事了?'我只能嗫嚅地说出这么一句话。'快来吧!'①他说道……其他什么话也没说……我立刻发疯似的

---

① 原文为英文。

冲下楼梯,他紧跟着我……一辆小轿车等在门口,我们上车……'出什么事了?'我问他。……他浑身哆嗦地凝视着我,咬紧嘴唇,一声不吭。……我又问他一遍——他死不开口……我恨不得照他脸上又给他一拳,可是……恰好是他对他女主人的那种义犬似的忠心感动了我……我就不再发问了……小汽车风驰电掣般穿街过巷,行人慌忙向两边散开,咒骂之声不绝。小车离开了坐落在海滨的欧洲人聚居地区,进入下城,继续向前,一直进入中国人居住区的那些人声嘈杂、弯曲狭窄的街道。……最后我们终于开进一条窄巷,在一个非常偏僻的地方……汽车在一幢低矮的房子前面停下……这幢房子肮脏不堪,似乎缩成一团,门前上着排门,点着一支蜡烛……就是那种暗藏着烟馆和妓院的小破房之一,不是贼窝就是窝主的家……听差匆匆忙忙地敲门……门缝后面有个人悄声说话,盘问再三……我再也忍受不住了,便从车座上一跃而起,撞开虚掩着的大门……一个中国老太婆尖叫一声,往里面逃去……听差跟在我的身后,引着我穿过走廊……打开另外一扇门……这扇门通向一间里屋,里面弥漫着烧酒和凝结的鲜血的臭味……有什么东西在屋里哼哼……我摸索着走进屋去……"

他的声音又顿住了。等他再开口的时候,与其说是说话,毋宁说是啜泣。

"我……我摸索着走进屋里……在那儿……在一张肮脏的席子上……躺着一个不住呻吟的人……痛得缩成一团……那躺着的人就是她……

"在黑暗中我没法看见她的脸……我的眼睛还没习惯屋

里的黑暗……所以我只好用手摸过去……她的手……很热……热得发烫……她在发烧,发着高烧……我感到一阵寒噤……马上什么都明白了……她为了躲开我,逃到这里来……让一个龌龊的中国老太婆把她的身体任意宰割,只是由于希望在这儿能更好地保守秘密……她宁可让一个魔鬼似的老巫婆把她谋杀,也不肯依赖我……只是因为我这个疯子……我没有照顾她的自尊心,没有马上帮助她……她怕我比怕死还厉害……

"我大叫点灯。听差跳了起来,那可恶的中国女人两手哆哆嗦嗦地端来一盏直冒黑烟的煤油灯……我得压住满腔怒火,不然我会跳上去卡住那个黄皮肤无赖的脖子……他们把灯放在桌上……油灯把明亮的黄色灯光投到那备受苦楚的肉体上面……突然之间我杂念顿消,全部苦闷,全部愤怒,所有郁积在心的情欲的污水脓血全都没了……我又只是一个医生,一个助人为业、感觉敏锐、富有经验的人……我忘记了我自己……我头脑清醒、感觉清晰地和那可怕的事情进行斗争……我梦里贪求的她那赤裸裸的肉体,我现在摸上去,只把它当作……我该怎么说才好呢……当作物质,当作器官……我感觉到的不是她,而只是在和死神抗争的一条生命,只是那个在极度痛苦中蜷缩抽搐的人……她的鲜血,她那神圣的热血流得我两只手上全是,可是我感觉到她的鲜血,既不感到快乐,也不感到恐怖……我只是个医生……我只看到她的痛苦……并且发现……

"并且立刻发现,一切全都完了,除非发生一个奇迹……那个该死的老婆子笨手笨脚地已经把她弄伤了,流血过多已经半死了……在这发出阵阵臭气的小屋里,我连一点止血的药也没有,甚至干净的水也不可得……我摸上去,所有的东西都脏得要命……

"'我们必须马上去医院。'我说道。可是我刚说完,这个备受折磨的肉体立刻痉挛地挣扎着撑了起来。'不……不去……宁死也不去……别让人家知道……谁也不让知道……回家……回家……'

"我明白了……她现在只为这个秘密,只为她的名誉在搏斗,而不是为她的生命……于是——我服从了……听差抬来一乘轿子……我们把她安置在里面……仿佛她已经是一具死尸,浑身无力,发着高烧……我们抬着她穿过黑夜……回家……用人们大吃一惊,七嘴八舌地问东问西,我们把他们驱散……像小偷似的把她抬进她自己的房间,闩上房门……然后开始和死神展开斗争,展开一场漫长的斗争……"

突然之间有一只手紧紧地抓住我的胳膊,我又惊又痛,几乎叫出声来。这张脸在黑暗中突然一下子像鬼脸似的凑得很近,我看见他的白牙在他突然发火的时候露了出来,看见他的两个镜片在幽微的月光反射之下像两只巨大的猫眼在微微发光。他现在不再说话了——他被一阵狂暴的愤怒所震撼,大声吼叫:

"您这个陌生人,懒洋洋地在这儿坐在一张甲板上的椅子里,您这个周游全球的陌生人,您可知道,死人是怎么回事?您可曾亲自见过死人的场面?您看见过没有,身体如何拱起来,发青的指甲如何向空中乱抓,喉咙口如何呼呼痰喘,手脚如何抽搐,每一个手指都在使劲抵抗那可怕的事情,眼睛又如何在一种非语言所能形容的恐怖之中瞪出,这些您都看见过没有?您这个无所事事的大闲人,您这个周游世界的旅行家,您在这儿侈谈助人,把它当作一种义务,您可曾亲身经历过这一切?我作为医生常常看见死人,把这当作是临床病例,看作是事实……对这进行了所谓的研究——可是亲身经历一个人死却只有一次,就在那天夜里我自己经历了,我自己也跟着死去了……在那个可怕的夜晚,我坐在那里,绞尽脑汁,想尽办法,想找到一点什么东西,发明一点什么东西,来止住那不停地流着的鲜血,来把高烧压下去,这高烧在我眼皮底下把她活活烧死;想发明一点什么东西来抵抗那越逼越近的死神,我竟无法把它从床边驱走。您知道吗?身为医生,自以为无所不晓,能治百病,像您所如此明智地说的——自以为有义务救人助人——结果竟坐在一个垂死的女人的床头,无能为力,明知她要死,却束手无策……只知道这一点,这件可怕的事,那就是即使把自己身上的每根血管切开,也帮不了她的忙……眼睁睁地看着这个亲爱的肉体可怜地流血过多而死,受尽痛苦的折磨,摸摸脉搏,跳得飞快,同时脉息越来越弱……就在你的手指底下,脉息渐渐消失……身为医生,却一筹莫展,毫无办法……只能呆呆地坐着,像教堂里的干瘪老太婆,嘴里念念有词地诵经祈祷,然后又握紧了拳头,向着可怜的上帝发狠,心里明明知道,根本就没有什么上帝……您明白吗?您懂吗?……我只有一点不明白,那就是怎么搞的,在这样的时刻,为什么别人不跟着死去……为什么别人睡了一觉第二天又起来,刷牙洗脸,系上领带……为什么人家也经历了我所感到的一切居然还能再生活下去?我感觉到,她的呼吸渐渐微弱,我为之搏斗、为之斗争的这第一个人,我使出我心灵的全部力量想要保住的这第一个人……她渐渐地从我手底下溜走了……不知道溜到哪里去……一分钟一分钟地,越溜越快,而我热昏的脑子竟想不出一点办法来留住这个人……

"另外,为了使我的痛苦变得加倍的剧烈,还有……我就这样呆呆地坐在她的床边——为了减轻她的痛苦,我已经给她打了吗啡,我看见她躺着,双颊滚烫,脸色灰白——是啊,我就这样呆呆地坐着。我觉得背后有两只眼睛,带着一种可怕的紧张的神情,直盯着我……那个听差坐在我背后的地板上,缩成一团,嘴里喃喃低语,在念什么祈祷词……要是我的目光和他的目光相遇,那么,……啊,不,我没法形容这个……在他那狗一样的目光里总流露出一些乞求……一些感激的神情……与此同时,他向我举起双手,仿佛想求我救救她……您明白吗?他向我举起他的双手,好像我是上帝,而我这无能为力的可怜虫,心里清楚地知道,一切全都完了……我在这儿就跟在地板上满处乱爬的一只蚂蚁一样,毫无用处。啊,这种目光折磨得我好苦,这种对我的医术所抱的狂热的、粗野的希望……使我痛苦不堪,我简直要冲着他大喊大叫,拿脚踢他……可是我感觉到,通过我们两人共同的对她的爱……通过这个秘密……我们两人相依为命……他坐在我背后,缩成一团,像头潜伏着的野兽,像个黑魆魆的线圈,……我刚说要什么东西,他就马上跳起来,赤着脚,悄没声地哆哆嗦嗦地满怀希望地把东西递给我,仿佛这就是救命的药,这就是救星……我知道,为了救她的命,他可以把自己的血管切开……这个女人就是这样,她对人就有这么大的力量……而我却连救活她一滴鲜血的力量也没有。……啊,这一夜,这可怕的一夜,这在生死之间飘摇不定的漫长无边的黑夜!

"天快亮的时候她又醒了过来……她睁开眼睛……现在这双眼睛再也没有高傲、冷峻的神情……这双眼睛在屋子里四下环顾,仿佛感到陌生,眼睛水汪汪的,一看便知道在发烧……然后她凝视我:她似乎在沉思,想回忆起我的脸……突然……我看出来……她想起来了……因为她脸上显出一种恐惧、拒绝的神气……有一股敌意,有些害怕,……她使劲地挪动她的两臂拼命挣扎,仿佛她想逃走……远远地、远远地躲开我……我发现,她想起了那件事……想起了当初那个时刻……可是接着她又转念一想……她望着我,平静了一些,沉重地呼吸着……我感觉到,她想说话,想说什么……她的双手又开始使劲握了起来……她想撑起身子,可是她太虚弱了……我安慰她,我向她俯下身子……于是她痛苦地、久久地望着我……她的嘴唇微微地动了几动……她说的话只不过是最后一些行将消逝的声音……

"'谁也不会知道吧?……不会知道吧?'

"'不会,'我说话的时候,拼命带有说服力,'我向您保证。'

"但是她的眼睛还流露出不安的神色……她用发烧的嘴唇,含糊不清地吐出一句话,'您向我发誓……谁也不会知道……发誓!'我举起我的手指,好像指天发誓。她凝视着我……带着一种无法形容的眼神……这眼神柔和、温暖,充满了感激……是的,的确,的确充满了感激……她还想说点什么,但是她太虚弱,说不出话。她直挺挺地躺在那里,因为使劲,浑身虚脱,双目紧闭。然后那可怕的事情开始了……她还整整搏斗了一个钟头,一小时沉重的时刻:一直到早晨她才完了……"

他沉默了很久。直到中甲板上船钟在寂静中当、当、当敲了三下,三点钟了,我才发现,他好长时间没有说话了。月色更加惨淡无光,可是另外一种黄色的光线已经骚动不安地在空气中颤抖,海风不时轻轻掠过,像是微风吹拂。过半小时,再过半小时,天就要亮了,在明亮的天光照耀下,这些恐惧就会消散。他脸上的轮廓,我现在看得更加清楚了,因为我们这个角落里,阴影已经不是这么浓密、黝黑——他摘掉了头上的便帽,在他光秃的头颅底下,他那受苦受难的脸显得更加阴森可怕。可是那双闪闪发光的镜片又冲着我,他振作了起来,他的嗓音带着一种嘲讽的尖刻的口气。

"这下子她是完了——可是我还没完。我独自一人守着尸体,独自一人在一幢陌生的房子里,独自一人在一座不知秘密为何物的城市里,而我……却得去保守这个秘密……是啊,请您设想一下当时整个的情形吧:这个殖民地上流社会的一位太太,身体健康,前一天晚上还在政府大厦的舞会上跳舞,现在突然躺在床上死了……有个陌生的医生守着她,据说是她用人找来的。……屋里谁也没有看见,他什么时候来的,从哪儿来的……他们夜里用一乘轿子把她抬了进来,然后关上房门……等到早上她就死了……等人死了才把用人都叫了来,突然之间房子里哭声震天。……邻居一下子就知道了,全城都知道了……只有一个人在那儿,他应该把一切解释清楚……这就是我这个陌生人,从偏远的小镇上来的医生……这可真是个令人愉快的处境,是不是?

"我知道,我还面临着什么样的考验。幸亏那个听差在我身边,那个好样的小伙子,他从我的眼色里看出每一个暗示——这个迟钝的黄皮肤的动物也明白,这儿还有一场恶仗要打。我只给他说了一句:'太太希望,不让任何人知道发生了什么事情。'他用他那狗一样水汪汪的,但是坚决果断的目光直视着我的眼睛说:'是,先生!'①再无别的话了。可是他把地板上的血迹拭擦干净,把一切都收拾得整整齐齐——正是他的果断坚决也使我重新变得果断坚决了。

"我知道,在我的一生中,精力这样充沛旺盛,我还从来没有过,而且今后也永远不会再有。当一个人一切全都失去了的时候,他会像一个绝望的人一样,为最后那点东西拼命战斗的。这最后的东西便是她的遗嘱,便是这个秘密。我十分平静地接待一切来客,把同样的一个编造出来的故事说给他们听,诸如这个女人派她的听差去请医生,路上碰巧遇到了我。可是我一面似乎冷静地在谈,一面却在等……一直等着决定性的一招……等着那位验尸的法医,得等他来了以后,我们才能把她收殓,把这秘密随同她装进棺材……请您别忘了,这天已经是星期四,而星期六她丈夫就来了……

"到九点钟我终于听人通报,法医来了。我叫人请他进来——从职位上讲,他是我的上司,同时又是我的敌手,她当时非常轻蔑地谈到过的,正是这个医生,此人显然已经知道我想调动工作。我第一眼就已经感觉到:他对我怀有敌意。可是恰好是这一点,使我振作起精神。

"还在前厅里他就开口问道:'某某太太,'他说了她的姓名——'是什么时候去世的?'

"'早上六点钟。'

"'她什么时候派人去找您的?'

"'昨晚十一点钟。'

---

① 原文为英文。

"'您知道吗,我是她的私人医生?'

"'知道,但是事情紧迫……而且……死者明确表示要找我诊治。她不许人另找别的医生。'

"他眼睛死盯着我:在他那脸色苍白、有些虚胖的脸上泛起了一阵红晕,我感觉到,他冒火了。可是我正好需要他冒火——我身上全部精力都亢奋起来,迫切希望速战速决,因为我感觉到,时间一长,我的神经是支持不住的。他本想回敬几句含有敌意的话,结果只是满不在乎地说道:'您刚才认为,可以用不着我,可是我的职务使我有责任证实她确已死去,以及……她是如何致死的。'

"我没有回答,让他走在我的前面。然后我退回去,锁上房门,把钥匙放在桌上。他十分惊讶地扬起眉毛:'这是什么意思?'

"我神色安详地走到他的面前:

"'这里的问题不是确定致死的原因,而是——另找一个原因。这位太太把我叫来,是因为她做了一次失败的手术,叫我给她治疗这次手术的后果。……我已经无法挽救她的性命,但是我答应她,挽救她的名誉,这是我一定要办到的。因此我请您帮助我!'

"他惊讶得双目圆睁。'要我这么一个官方医生在这儿掩盖一桩罪行?'他嗫嚅地说道,'您说的话总不是这个意思吧?'

"'不错,是这个意思,我不得不希望您这么办。'

"'叫我为您的罪行……'

"'我已经跟您说过了,这位太太的身体我碰也没有碰过,要不然……要不然我此刻不会站在您的面前,要不然我早已把我自己给结果了。她已经补赎了她的过失——如果您愿意这么说的话——别人用不着知道这事。我不能容忍这位太太的名誉现在毫无必要地受到玷污.'

"我的这种斩钉截铁的语气只有使他更加恼火。'您不能容忍……好啊……现在您倒成了我的上级……或者您至少以为已经是我的上级了……您倒试试对我发号施令吧……我一开头就想到了,要是把您从您那个犄角里叫来,准有什么肮脏的勾当……您可真是开了个光明正大的好诊所,这就是个好样品……不过现在我要检查,我,您尽可放心,我签字的这份记录,将是正确无误的。我不会在谎言上签上我的名字的.'

"我的神气泰然自若。

"'不过——这次您可是非签不可。因为不签您是走不出这个房间的.'

"说着我把手伸进口袋——我身边并没有带手枪。可是他吓得一哆嗦。我朝他面前跨了一步,直瞪着他。

"'您听着,我要跟您说几句……免得走极端。我对我自己的这条命毫不在乎……对别人的命也不在乎——我反正已经到了这步田地……我在乎的只有一件事,那就是遵守我的诺言,对这次死亡的方式保密……您听我说:我用人格担保,只要您签署了死亡证明书,说这位太太是死于……就说是死于一个偶然的原因,那我在本周之内就离开这个城市,离开印度……只要您要我死,那么只要一旦棺材入土,我确有把握,没有人……您懂吗:没有人——再会去追查这件事,我就拿起我的手枪,把我自己打死。这样做大概会使您满足了吧——这也应该使您满足了.'

"我的嗓音想必含有一些威胁,一些危险的东西,因为当我不由自主地向他逼近的时候,他就直往后躲,双目圆睁,满脸惊恐,就像……就像人们看见马来狂人手里挥舞着匕首发疯似的飞奔而来,吓得四处逃散时的那副神气。……一下子他的态度就变了……不晓得怎么搞得像是矮了一截,全身瘫痪了。他那强硬的态度终于彻底垮了。他还叽里咕噜说了几句,进行一次最后的非常软弱的反抗:'我活了一辈子,这可是第一次签署一份假的死亡证明书……反正总会找到一种方式……人们也知道,发生了什么事情……我总不能这么随随便便地……'

"'当然不能随随便便地干,'我顺水推舟,给他打气——我的太阳穴像针扎似的催我:'快点!快点!'——'不过现在既然您已经知道,您要是不干,只能侮辱一个活人,而使一个死者蒙受可怕的伤害,那您肯定不会犹豫不决了。'

"他点点头。我们走到桌边。几分钟以后证明书写好了(后来又在报上发表,令人信服地描绘了一场心脏麻痹)。完事之后他站起来,凝视着我:

"'您这个星期就动身,是不是?'

"'人格担保。'

"他又瞅了我一眼。我感觉到,他想装出严厉、冷淡的神气。'我马上去弄棺材。'他说道,为了掩盖他的窘迫。可是我心里有什么东西,使我难过得……这么……这么厉害——突然他把手伸给我,以一种骤发的亲切友好的态度跟我握手。'愿您好自为之。'他说道——我不明白,他是什么意思。莫非我病了?还是……疯了?我陪他到房门口,打开房门——可是我最后只有一点力气,在他背后关上房门。接着太阳穴又开始针扎起来,我感到天旋地转,恰好在她的床前,我瘫倒在地……就像……就像马来狂人跑到最后,神经崩裂,扑倒在地,神志昏迷。"

他又顿住了。我身上感到有些寒意:莫非是此刻轻轻从船上呼啸而过的晨风带来的第一阵骤寒?可是这张受尽折磨的脸——此刻已被晨光的反照映得清晰可辨——又振作起来:

"我这样在席子上躺了多少时间,我不知道。有人碰碰我的身体。我一惊而起。是那个听差畏畏缩缩地站在我的面前,还是那副卑躬屈膝的样子,神色不安地注视着我的眼睛。

"'有人想进来……想看看她。'

"'谁也不许进来。'

"'是……可是……'

"他的眼睛里满是惊恐的神气。他想说什么,可是又不敢说。这头忠实的动物不知怎的在忍受着一种痛苦。

"'是谁呀?'

"他浑身哆嗦着凝视着我,好像怕我揍他似的。然后他说道——他没有提名道姓……这样一个低等的生物,一下子怎么会那么懂事?有些时候,一种难以形容的机警使非常鲁钝的人也变得机敏狡黠,这是怎么搞的?……然后他非常……非常胆战心惊地说道……'就是他。'

"我一跃而起,立刻全都明白了,并且立刻如饥似渴、迫不及待地想见见这个陌生男人。您瞧,真是怪事……在所有这些痛苦之中,又是渴望、又是惊恐、又是忙乱的热昏之中,我竟然整个儿把'他'给忘了……我忘记了,还有一个男人参与了这件事情……这个女人爱过他,并且把她不愿给我的东西,热情奔放地奉献给了他……十二小时、二十四小时以前我可能还恨他,还会把他撕成碎片……可是现在……我、我没法向您描述,我是如何迫切地希望看见他……爱他,因为她爱过他。

"我一步就跳到门口。一个年轻的、非常年轻的金发军官站在门外,举止异常笨拙,身材极其瘦削,脸色非常苍白。看上去像个孩子,真是……真是太年轻了……同时使我受到难以名状的震动的,乃是他拼命想装出一副大丈夫的样子,拼命想维持他的仪表……掩盖他内心的激动……他举手敬礼的时候,我立刻发现,他的手在发抖。……我恨不得跟他拥抱……因为他完全符合我的愿望,我希望占有这个女人的男子不是一个勾引妇女的能手,不是傲气冲天的家伙……不是这样,她是委身给一个半大的孩子,一个纯洁的、温柔的男人。

"这个年轻人非常拘谨地站在我的面前。我那贪婪的目光,我热情欢迎的姿态,只有使他更加慌乱。他嘴唇上面的小胡子不时抽动,泄露了他内心的骚动……这位年轻的军官,这个孩子不得不使劲控制自己,免得失声痛哭。

"'请原谅,'他终于开口说道,'我很希望能……再见一见……太太。'

"我无意识地、完全不由自主地伸出我的手臂,搂着他,搂着这个陌生人的肩膀,像搀扶一个病人似的扶着他走。他不胜惊讶地望着我,眼睛里充满了无限的温暖和感激……在这一瞬间,我们两人都明白了,我们之间有某种共同的东西……我们走去看死者……她躺在那里,盖着雪白的亚麻布,浑身洁白……我感觉到,我在他身边,使他感到压抑……所以我退后几步,让他单独跟死者待在一起。他慢慢地走过去……拖着脚步,一步步向前挪……我从他的肩膀看出,他心如刀绞,肝肠寸断……他走着,就像一个人顶着猛烈的风暴,一步步向前走……突然,在她的床前,他跪倒在地……正像我先前晕倒一样。

"我马上跳上前去,把他搀起来,扶到一张沙发上去坐下。他不再害臊,失声痛哭,倾吐他心里的痛苦。我一句话也说不出来——只是无意识地用手抚摩他那像孩子的头发一样柔软的金发。他抓住我的手……非常温柔,但有些心惊胆战……我突然发现他目不转睛地望着我……

"'请您把实话告诉我,大夫,'他结结巴巴地说道,'她是自杀的吗?'

"'不是。'我说道。

"'这么说是人家……我的意思是……是别人害得她死去的?'

"'不是。'我又说道,虽然我喉咙里堵得厉害,真想冲着他大叫:'害死她的是我!是我!是我!……还有你!……是我们两个!再就是她的倔强,她那不幸的倔强!'可是我忍住了。我又重复一遍:'不是……谁也没有过错……这是厄运!'

"'我没法相信,'他呻吟道,'我没法相信这件事情。前天她还参加舞会,笑容满面,跟我打招呼。这怎么可能,怎么会发生这样的事情?'

"我给他编了很长的一篇谎话。即使在他面前,我也没有泄露那个秘密。以后这几天,我们在一起谈心,就像两个兄弟,仿佛被那种把我们联结起来的感情笼罩着,我们彼此之间并不互相披露这种感情;但是我们彼此都感觉到,我们整个生命都联系在这个女人身上……有时候话都已经涌到我的嘴边,但是我又咬紧牙关忍住了——他从来也不知道,这个女人怀了他的孩子……她要我打掉这个孩子,他的孩子,最后她和这个孩子一起堕入了深渊。可是我躲在他那儿的那几天,我们只是谈她……因为——我刚才忘了跟您说了,人家在到处找我……她的丈夫回来了,那时棺材已经盖上……他不愿意相信检查结果……人们议论纷纷……她的丈夫派人找我……叫我见他,我受不了,我知道,她在这个丈夫身边受了不少罪……我藏了起来……四天四夜我足不逾户,我们两个都没离开他的寓所……她的情人给我改名换姓在船上弄到一个舱位,让我逃走……我像个贼似的半夜三更溜上甲板,免得有人认出我来……我把我所拥有的一切全都丢下……我的房子,里面有我七年来的全部科研成果……我的财产,全部家当……全都敞开地搁在那里,谁想拿都可以去拿……政府机构的先生们大概早已把我除名,因为我没有请假,擅离职守……可是我不能再生活在这房子里,在这城市里……这个世界上的一切都使我回忆起她……我像个小偷连夜出逃……只想躲开她……只想忘却一切……

"可是……等我半夜里……一上船……我的朋友陪我在一起……这时候……这时候他们恰好用起重机把什么东西拉上来……四四方方,黑黝黝的……她的棺材……您听着:是她的棺材……她一直追我到这儿,就像我以前老是跟踪追她一样……我只好站在一边,假装是个陌生人,因为她的丈夫也上了船……他护送灵柩到英国去……说不定到了英国他会叫人开棺验尸……他又把她夺了过去……现在她又属于他了……

不再属于我们……我们……我们两个……可是我还在这儿……我将跟着一起去,直到最后的时刻……他永远也不会知道的,永远也不得让他知道……我会捍卫她的秘密的,我会抵御任何尝试……抵御这个恶棍,就是因为害怕这个恶棍,她走上了死路……他什么也不会知道……她的秘密属于我,就归我一人所有……

"现在您懂了吧……现在您明白了吧……为什么我不能看见船上的人……不能听见他们调情交媾时的笑声……因为在那下面,在货舱里,在一包包的茶叶和巴西胡桃当中,安放着她的棺材……那儿我去不了,底舱锁上了……但是我清清楚楚地感觉到,每时每刻都知道,她在那里……尽管人家在这儿演奏华尔兹和探戈舞曲……我这想法也是够痴的,大海汹涌澎湃,席卷了千百万死人,我们脚踩的每一尺土地底下,都有一具尸体在腐烂……可是我受不了,如果人们在这儿举行假面舞会,淫荡地嬉笑,我受不了……我感觉到这个死者,我知道,她要我干什么……我知道,我还得再尽一个义务……我的事还没有完……她的秘密还没有得救……她还没有放过我……"

从船的中部传来拖沓的脚步声和墩布击地的噼啪声,水手们开始打扫甲板。他猛地一惊,好像受到意外的袭击,他那紧张的脸上带有一股子惊慌失措的神情。他站起身来,嘴里喃喃自语:"我走了……我走了。"

看见他这副模样,真叫人难过:他那失魂落魄的眼神,一双眼皮虚肿的眼睛,不知是因为喝酒还是流泪,两眼发红。他回避我对他的关心,我从他弯腰曲背的样子看出他的羞惭,无限的羞惭,竟然把内心的隐私泄露给我,泄露给这茫茫的黑夜。我不由自主地说道：

"我也许今天下午到您的船舱去看望您，可以吗？"

他凝视着我——一股嘲讽、倔强、玩世不恭的神气在他嘴角泛起，他用一种恶毒的神气吐出每一个字：

"啊哈……您那绝妙的助人为乐的义务……啊哈……您就是用这条格言撺掇得我喋喋不休地说个没完。不过谢谢，先生，我敬谢不敏。您别以为，我把五脏六腑乃至肚肠里的屎粪都抖搂在您的面前以后，此刻我心里会轻松一点。谁也没法把我那残破不堪的一生再重新拼凑补全……我是白白给尊敬的荷兰政府服务了一场……退休金是吹了，我回到欧洲去，又是条可怜的狗，一条跟在棺材后面呜呜啜泣的狗……发马来狂的人是不可能长时间不受惩罚的，到头来总会倒地身死，我希望，我不久也到头了……不敢当，先生，您好意的拜访，我谢谢啦……我在船舱里自有我自己的伙伴……好几瓶陈年威士忌有时安慰安慰我……还有我以前的老朋友，我那诚实的勃朗宁手枪，可惜我没有及时找它帮忙……归根到底，它帮起忙来比一切空话更为有效……请您别再费心了……一个人剩下的惟一人权不就是：爱怎么死就怎么死吗？……同时不受别人帮助的骚扰。"

他又带着嘲讽的神气，甚至可以说带有挑衅的意味瞥了我一眼，但我感觉到，这不过是羞惭，无限的羞惭。然后他缩起肩膀，也没打招呼，就转过身去，奇怪地迈着斜步，拖拖沓沓地走过已经被天光照亮的甲板，向船舱走去。从此以后我再也没有见过他。当天夜里和第二天夜里我都到原来的地方去找他，可是白费力气。他消失得无影无踪，要不是在旅客当中有另外一个人引起我的注意，我简直会以为做了一场梦，或者看见了一个奇异的幻象。此人手臂上系了一块黑纱,是个荷兰大商人,人家向我证实,他的妻子刚刚死于一场热带病。我看见他神情严肃、表情痛苦地远离别人,踱来踱去,想到我竟然知道他最隐秘的忧愁,使我产生一种神秘的羞怯。每次他从旁走过,我都闪到一边,为的是别一眼泄露,我对他的命运竟比他自己知道得还多。

随后,在那不勒斯港口发生了那个奇怪的不幸事件,我认为在那个陌生人叙述的故事里,可以找到这个事件的解释。那天晚上大部分乘客都离船登岸,我自己上歌剧院听歌剧去了,后来又到罗马大街的一家露天咖啡馆去坐了一会儿。当我们坐着一只划子返回轮船的时候,我注意到,有几只小船打着火把和电石灯正围着大船找什么东西,上面黑洞洞的甲板上意大利警察和宪兵走来走去,景象神秘。我问一个水手,出了什么事,他避而不答,我立刻看出,上面有命令,叫他们保密。等到第二天,海船又安然如故,丝毫没有发生意外事故的痕迹,向着热那亚继续驶去,这时,船上打听不到任何消息。直到后来,我才在意大利的报纸上,读到那不勒斯码头上发生的那次所谓的不幸事件的报道,当然加了浪漫主义的花草。据记者报道,说是为了不惊扰旅客,荷兰殖民地的一位高贵的太太的灵柩,选在一个夜深人静的时刻,从轮船上卸到小船上去。人们当着这位丈夫的面把棺材顺着绳梯往下放,这时从高处的甲板上突然有样沉重的东西摔了下来,连同正在一起往下放棺材的杠夫和丈夫全都一起掉进海里。有家报纸说,是个疯子从梯子上跌下去,摔在绳梯上;另一家报纸掩饰道,绳梯因为负荷过重,是自行断裂的。反正看来轮船公司已经采取了各种措施,来掩盖详细的真实情况。人们颇为费劲地用小艇从水里救起杠夫和死者的丈夫,而铅棺则径直沉入海底,无法打捞。同时在另一条消息里简短地提了一笔,说是在码头上漂起了一个约莫四十岁左右的男尸,这对公众来说,似乎和那个用浪漫主义的笔触报道的不幸事件毫无关系;可我刚一读了这行仓促的报道,就仿佛觉得透过报纸,有一张像月亮一样苍白的脸、架着两块闪闪发光的镜片,突然又一次鬼气森森地凝视着我。

(1922)

张玉书 译

一个陌生女人的来信[*]

著名小说家 R 到山里去进行了一次为时三天的郊游之后,这天清晨返回维也纳,在火车站买了一份报纸。他看了一眼日期,突然想起,今天是他的生日。"四十一岁了。"这个念头很快地在他脑子里一闪,他心里既不高兴也不难过。他随意翻阅了一下沙沙作响的报纸篇页,便乘坐小轿车回到他的寓所。仆人告诉他,在他离家期间有两位客人来访,有几个人打来电话,然后用一个托盘把收集起来的邮件交给他。他懒洋洋地看了一眼,有几封信的寄信人引起他的兴趣,他就拆开信封看看;有一封信字迹陌生,摸上去挺厚,他就先把它搁在一边。这时仆人端上茶来,他就舒舒服服地往靠背椅上一靠,再一次信手翻阅一下报纸和几份印刷品;然后点上一支雪茄,这才伸手把那封搁在一边的信拿过来。

这封信大约有二三十页,是个陌生女人的笔迹,写得非常潦草,与其说是一封信,毋宁说是一份手稿。他不由自主地再一次去摸摸信封,看看里面是不是有什么附件没取出来,可是信封是空的。无论信封还是信纸都没写上寄信人的地址,甚

---

[*] 本篇于一九二二年一月一日在维也纳《新自由报》上首次发表,同年收入小说集《马来狂人》(莱比锡海岛出版社)中。

至连个签名也没有。他心想:"真怪。"又把信拿到手里来看。"你,从来也没有认识过我的你啊!"这句话写在顶头,算是称呼,算是标题。他不胜惊讶地停了下来;这是指的他呢,还是指的一个想象中的人呢?他的好奇心突然被激起。他开始往下念:

我的儿子昨天死了——为了这条幼小娇弱的生命,我和死神搏斗了三天三夜,我在他的床边足足坐了四十个小时,当时流感袭击着他,他发着高烧,可怜的身子烧得滚烫。我把冷毛巾放在他发烫的额头上,成天成夜地把他那双不时抽动的小手握在我的手里。到第三天晚上我自己垮了。我的眼睛再也支持不住,我自己也不知道,我的眼皮就合上了。我坐在一把硬椅子上睡了三四个钟头,就在这时候,死神把他夺走了。这个温柔的可怜孩子此刻就躺在那儿,躺在他那窄小的儿童床上,和他死去的时候一样;他的眼睛,他那双聪明的黑眼睛,刚刚给合上了,他的双手也给合拢来,搁在他的白衬衫上面,床的四角高高地燃着四支蜡烛。我不敢往床上看,我动也不敢动,因为烛光一闪,影子就会从他脸上和他紧闭着的嘴上掠过,于是看上去,仿佛他脸上的肌肉在动,我会以为,他没有死,他还会醒来,还会用他那清脆的嗓子给我说些孩子气的温柔话儿。可是我知道,他死了,我不愿意往床上看,免得再一次心存希望,免得再一次失望。我知道,我知道,我的儿子昨天死了——现在我在这个世界上只有你,只有你一个人,而你对我一无所知,你正在寻欢作乐,什么也不知道,或者正在跟人家嬉笑调情。我只有你,你从来也没有认识过我,而我却始终爱着你。

我把第五支蜡烛取来放在这张桌子上,我就在这张桌子上写信给你。我怎能孤单单地守着我死了的孩子,而不向人倾吐我心底的衷情呢?而在这可怕的时刻,不跟你说又叫我去跟谁说呢?你过去是我的一切,现在也是我的一切啊!也许我没法跟你说得清清楚楚,也许你也不明白我的意思——我的脑袋现在完全发木,两个太阳穴在抽动,像有人用锤子在敲,我的四肢都在发疼。我想我在发烧,说不定也得了流感,此刻流感正在挨家挨户地蔓延扩散,要是得了流感倒好了,那我就可以和我的孩子一起去了,省得我自己动手来了结我的残生。有时候我眼前一片漆黑,也许我连这封信都写不完——可是我一定要竭尽我的全力,振作起来,和你谈一次,就谈这一次。你啊,我的亲爱的,从来也没有认识过我的你啊!

我要和你单独谈谈,第一次把一切都告诉你;我要让你知道我整个的一生,我的一生一直是属于你的,而你对我的一生却始终一无所知。可是只有我死了——此刻使我四肢忽冷忽热的疾病确实意味着我的生命即将终结——你再也用不着回答我了,我才让你知道我的秘密。要是我还得再活下去,我就把这封信撕掉,我将继续保持沉默,就像我过去一直沉默一样。可是如果你手里拿着这封信,那你就知道,是个已死的女人在这里向你诉说她的身世、她的生活,从她有意识的时候起,一直到她生命的最后一刻为止,她的生命始终是属于你的。看到我这些话你不要害怕;一个死者别无企求,她既不要求别人的爱,也不要求同情和慰藉。我对你只有一个要求,那就是请你相信我那向你吐露隐衷的痛苦的心所告诉你的一切。请你相信我说的一切,这是我对你的惟一请求:一个人在自己的独生子死去的时刻是不会说谎的。

我要把我整个的一生都向你倾诉,我这一生实在说起来是从我认识你的那一天才开始的。在这以前,我的生活只是阴惨惨、乱糟糟的一团,我再也不会想起它来,它像是一个地窖,堆满了尘封霉湿的人和物,上面还结着蛛网,对于这些,我的心早已非常淡漠。你在我生活中出现的时候,我十三岁,就住在你现在住的那幢房子里,此刻你就在这幢房子里,手里拿着这封信——我生命的最后一息。我和你住在同一层楼,正好门对着门。你肯定再也想不起我们,想不起那个寒酸的会计员的寡妇(她总是穿着孝服)和她那尚未长成的瘦小女儿——我们深居简出,不声不响,仿佛沉浸在我们小资产阶级的穷酸气氛之中,你也许从来没有听说过我们的姓名,因为我们的门上没有挂牌子,没有人来看望我们,没有人来打听我们。况且事情已经过去好久了,有十五六年了,你一定什么也不知道,我亲爱的。可是我呢,啊,我热烈地回忆起每一个细节,我清清楚楚地记得我第一次听人家说起你,第一次看到你的那一天,不,那一小时,就像发生在今天,我又怎么能不记得呢?因为就是那时候世界才为我而开始啊。耐心点,亲爱的,等我把一切都从头说起,我求你,听我谈自己谈一刻钟,别厌倦,我爱了你一辈子也没有厌倦啊!

在你搬进来以前,你那屋子里住的人丑恶凶狠,吵架成性。他们自己穷得要命,却特别嫌恶邻居的贫穷,他们恨我们,因为我们不愿意染上他们那种破落的无产者的粗野。这家的丈夫是个酒鬼,老是揍老婆;我们常常睡到半夜被椅子倒地、盘子摔碎的声音惊醒,有一次那老婆给打得头破血流,披头散发地逃到楼梯上面,那个酒鬼在她身后粗声大叫,最后大家都开门出来,威胁他要去叫警察,风波才算平息。我母亲从一开始就避免和这家人有任何来往,禁止我和这家的孩子一块儿玩,他们于是一有机会就在我身上找碴出气。他们要是在大街上碰到我,就在我身后嚷些脏话,有一次他们用挺硬的雪球砸我,砸得我额头流血。全楼的人怀着一种共同的本能,都恨这家人,突然有一天出了事,我记得,那个男人偷东西给抓了起来,那个老婆只好带着她那点家当搬出去,这下我们大家都松了一口气。招租的条子在大门上贴了几天,后来又给揭下来了,从门房那里很快传开了消息,说是有个作家,一位单身的文静的先生租了这个住宅。当时我第一次听到你的姓名。

几天之后,油漆匠、粉刷匠、清洁工、裱糊匠就来打扫收拾屋子,屋子给原来的那家人住过,脏极了。于是楼里只听见一阵阵叮叮当当的敲打声、拖地声、刮墙声,可是我母亲倒很满意,她说,这一来对面讨厌的那一家子总算再也不会和我们为邻了。而你本人呢,即使在搬家的时候我也没见到你的面;搬迁的全部工作都是你的仆人照料的,这个小个子的男仆,神态严肃,头发灰白,总是轻声轻气、十分冷静地带着一种居高临下的神气指挥着全部工作。他给我们大家留下了深刻的印象,因为首先,在我们这幢坐落在郊区的房子里,上等男仆可是一件十分新颖的事物,其次因为他对所有的人都客气得要命,可是又不因此而降低身份,把自己混同于一般的仆役,和他们亲密无间地谈天说地。他从第一天起就毕恭毕敬地和我母亲打招呼,把她当作一位有身份的太太;甚至对我这个小毛丫头,他也总是态度和蔼、神情严肃。他提起你的名字,总是带着一种尊敬的神气,一种特别的敬意——别人马上就看出,他和你的关系,远远超出一般主仆之间的关系。为此我是多么喜欢他啊!这个善良的老约翰,尽管我心里暗暗地忌妒他,能够老是待在你的身边,老是可以侍候你。

我把这一切都告诉你,亲爱的,把这一切琐碎的简直可笑的事情喋喋不休地说给你听,是为了让你明白,你从一开始就对我这个生性腼腆、胆怯羞涩的女孩子具有这样巨大的力量。你自己还没有进入我的生活,你的身边就出现了一个光环,一种富有、奇特、神秘的氛围——我们住在这幢郊区房子的人一直非常好奇地、急不可待地等你搬进来住(生活在狭小天地里的人们,对门口发生的一切新鲜事儿总是非常好奇的)。有一天下午,我放学回家,看见搬运车停在楼前,这时我心里对你的好奇心大大地增长起来。大部分家具,凡是笨重的大件,搬运夫早已把它们抬上楼去了;还有一些零星小件正在往上拿。我站在门口,惊奇地望着一切,因为你所有的东西都很奇特,都是那么别致,我从来也没有见过;有印度的佛像,意大利的雕刻,色彩鲜艳刺目的巨幅油画,末了又搬来好些书,好看极了,我从来没想到过,书会这么好看。这些书都码在门口,你的仆人把它们拿起来,用掸子仔细地把每本书上的灰尘都掸掉。我好奇心切,轻手轻脚地围着那堆越码越高的书堆,边走边看,你的仆人既不把我撵走,也不鼓励我走近;所以我一本书也不敢碰,尽管我心里真想摸摸有些书的软皮封面。我只是怯生生地从旁边看看书的标题:这里有法文书、英文书,还有些书究竟是什么文写的,我也不认识。我想,我真会一连几小时傻看下去的,可是我母亲把我叫回去了。

整个晚上我都不由自主地老想着你,而我当时还不认识你呢。我自己只有十几本书,价钱都很便宜,都是用破烂的硬纸做的封面,这些书我爱若至宝,读了又读。这时我就寻思,这个人有那么多漂亮的书,这些书他都读过,他还懂那么多文字,那么有钱,同时又那么有学问,这个人该长成一副什么模样呢?一想到这么多书,我心里不由得产生一种超凡脱俗的敬畏之情。我试图想象你的模样:你是个戴眼镜的老先生,蓄着长长的白胡子,就像我们的地理老师一样,所不同的是,你更和善,更漂亮,更温雅——我不知道,为什么我在当时就确有把握地认为,你准长得漂亮,因为我当时想象中的你还是个老头呢。在那天夜里,我还不认识你,我就第一次做梦梦见了你。

第二天你搬进来住了,可是尽管我拼命侦查,还是没能见你的面——这只有使我更加好奇。最后,到第三天,我才看见你。你的模样和我的想象完全不同,跟我那孩子气的想象中的老爷爷形象毫不沾边,我感到非常意外,深受震惊。我梦见的是一位戴眼镜的和蔼可亲的老年人,可你一出现——原来你的模样跟你今天的样子完全相似,原来你这个人始终没有变化,尽管岁月在你身上缓缓地流逝!你穿着一身浅褐色的迷人的运动服,上楼的时候总是两级一步,步伐轻捷,活泼灵敏,显得十分潇洒。你把帽子拿在手里,所以我一眼就看见了你的容光焕发、表情生动的脸,长了一头漂亮光泽的头发,我的惊讶简直难以形容:的确,你是那样年轻、漂亮,身材颀长,动作灵巧,英俊潇洒,我真的吓了一跳。你说这事不是很奇怪吗,在这最初的瞬间我就非常清晰地感觉到你所具有的独特之处,不仅是我,凡是和你认识的人都怀着一种意外的心情在你身上一再感觉到:你是一个具有双重人格的人,既是一个轻浮、贪玩、喜欢奇遇的热情少年,同时又是一个在你从事的那门艺术方面无比严肃、认真负责、极为渊博、很有学问的长者。我当时无意识地感觉到了后来每个人在你身上都得到的那种印象：你过着一种双重生活，既有对外界开放的光亮的一面，另外还有十分阴暗的一面，这一面只有你一个人知道——这种最深藏的两面性是你一生的秘密，我这个十三岁的姑娘，第一眼就感觉到了你身上的这种两重性，当时像着了魔似的被你吸引住了。

你现在明白了吧，亲爱的，你当时对我这个孩子该是一个多么不可思议的奇迹，一个多么诱人的谜啊！这是一位大家尊敬的人物，因为他写了好些书，因为他在另一个大世界里声名卓著，可是现在突然发现这个人年轻潇洒，是个性格开朗的二十五岁的青年！还要我对你说吗，从这天起，在我们这所房子里，在我整个可怜的儿童世界里，除了你再也没有什么别的东西使我感兴趣；我本着一个十三岁的女孩的全部傻劲儿，全部追根究底的执拗劲头，只对你的生活、只对你的存在感兴趣！我仔细地观察你，观察你的出入起居，观察那些来找你的人，所有这一切，非但没有削弱、反而增强了我对你这个人的好奇心，因为来看你的人形形色色，各不相同，这就表现出了你性格中的两重性。有时来了一帮年轻人，是你的同学，一批不修边幅的大学生，你跟他们一起高声大笑、发疯胡闹，有时候又有些太太乘着小轿车来。有一次歌剧院经理来了，那个伟大的指挥家，我只有满怀敬意地从远处看见他站在乐谱架前。再就是一些还在上商业学校的姑娘们，她们很不好意思地一闪身就溜进门去，来的女人很多，多极了。我并不觉得这有什么奇怪，有一天早上我上学去的时候，看见有位太太脸上蒙着厚厚的面纱从你屋里出来，我也不觉得这有什么特别——我那时才十三岁,怀着一种热烈的好奇心,刺探你的行踪,偷看你的举动,我还是个孩子,不知道这种好奇心就已经是爱情了。可是我还清楚地记得,亲爱的,我整个地爱上你,永远迷上你的那一天,那个时刻。那天,我跟一个女同学去散了一会儿步,我们俩站在大门口闲聊。这时驰来一辆小汽车,车刚停下,你就以你那种迫不及待的、轻捷灵巧的方式从车上一跃而下,这样子至今还叫我动心。你下了车想走进门去,我情不自禁地给你把门打开,这样我就挡了你的道,我俩差点撞在一起。你看了我一眼,那眼光温暖、柔和、深情,似乎是对我的爱抚,你冲着我微微一笑,我没法形容,只好说:含情脉脉地冲我一笑,用一种非常轻柔的、简直可说是亲昵的声音对我说:"多谢,小姐。"

全部经过就是这样,亲爱的;可是从我接触到你那充满柔情蜜意的眼光之时起,我就完全属于你了。后来,不久之后我就知道,你这道目光好像把对方拥抱起来,吸引到你身边,既脉脉含情,又荡人心魄,这是一个天生的诱惑者的眼光,你向每一个从你身边走过的女人都投以这样的目光,向每一个卖东西给你的女店员,向每一个给你开门的使女都投以这样的目光。这种眼光在你身上并不是有意识地表示多情和爱慕,而是你对女人怀有的柔情使你一看见她们,你的眼光便不知不觉地变得温柔起来。可是我这个十三岁的孩子对此一无所知:我心里像着了火似的。我以为,你的柔情蜜意只针对我,是给我一个人的。就在这一瞬间,我这个还没有成年的姑娘一下子就成长为一个女人,而这个女人从此永远属于你了。

"这人是谁啊?"我的女同学问道。我一下子答不上来。你的名字我怎么也说不出口;就在这一秒钟,在这惟一的一秒钟里,你的名字在我心目中变得无比神圣,成了我心里的秘密。"唉,住在我们楼里的一位先生呗!"我结结巴巴笨嘴拙舌地说道。"那他看你一眼,你干吗脸涨得通红啊?"我的女同学以一个好管闲事的女孩子的阴坏神气,连讥带讽地说道。可是因为我感到她的讥刺正好捅着了我心里的秘密,血就更往脸颊上涌。窘迫之余我生气了。我恶狠狠地说了她一句:"蠢丫头!"我当时真恨不得把她活活勒死。可是她笑得更欢,嘲讽的神气更加厉害,末了我发现,我火得没法,眼睛里都噙满了眼泪。我不理她,一口气跑上楼去了。

从这一秒钟起,我就爱上了你。我知道,女人们经常向你这个娇纵惯了的人说这句话。可是请相信我,没有一个女人像我这样死心塌地、舍身忘己地爱过你,我对你从不变心,过去是这样,一直是这样,因为世界上没有什么东西可以比得上一个孩子暗中怀有的不为人所觉察的爱情,因为这种爱情不抱希望,低声下气,曲意逢迎,委身屈从,热情奔放,这和一个成年妇女的那种欲火炽烈、不知不觉中贪求无厌的爱情完全不同。只有孤独的孩子才能把全部热情集聚起来,其他的人在社交活动中早已滥用了自己的感情,和人亲切交往中早已把感情消磨殆尽,他们经常听人谈论爱情,在小说里常常读到爱情,他们知道,爱情乃是人们共同的命运。他们玩弄爱情,就像摆弄一个玩具,他们夸耀自己恋爱的经历,就像男孩抽了第一支香烟而洋洋得意。可我身边没有别人,我没法向别人诉说我的心事,没有人指点我、提醒我,我毫无阅历,毫无思想准备:我一头栽进我的命运,就像跌进一个深渊。我心里只有一个人,那就是你,我睡梦中也只看见你,我把你视为知音:我的父亲早已去世,我的母亲成天心情压抑,郁郁寡欢,靠养老金生活,总是胆小怕事,所以和我也不贴心;那些多少有点变坏的女同学叫我反感,她们轻佻地把爱情看成儿戏,而在我的心目中,爱情却是我至高无上的激情——所以我把原来分散零乱的全部感情,把我整个紧缩起来而又一再急切向外迸涌的心灵都奉献给你。我该怎么对你说才好呢?任何比喻都嫌不足,你是我的一切,是我整个的生命。世上万物因为和你有关才存在,我生活中的一切只有和你连在一起才有意义。你使我的整个生活变了样。我原来在学校里学习一直平平常常,不好不坏,现在突然一跃而成为全班第一,我如饥似渴地念了好些书,常常念到深夜,因为我知道,你喜欢书;我突然以一种近乎倔强的毅力练起钢琴来了,使我母亲不胜惊讶,因为我想,你是热爱音乐的。我把我的衣服刷了又刷,缝了又缝,就是为了在你面前显得干干净净,讨人喜欢。我那条旧校服罩裙(是我母亲穿的一件家常便服改的)的左侧打了个四四方方的补丁,我觉得讨厌极了。我怕你看见这个补丁会看不起我,所以我跑上楼梯的时候,总把书包盖着那个地方,我害怕得浑身哆嗦,惟恐你会看见那个补丁。可这是多么傻气啊!你在那次以后从来也没有、几乎从来也没有正眼看过我一眼。

而我呢,我可以说整天什么也不干,就是在等着你,在窥探你的一举一动。在我们家的房门上面有一个小小的黄铜窥视孔,透过这个圆形小孔可以一直看到你的房门。这个窥视孔就是我投向世界的眼睛——啊,亲爱的,你可别笑,我那几个月,那几年,手里拿着一本书,一下午一下午地就坐在小孔跟前,坐在冰冷的门廊里守候着你,提心吊胆地生怕母亲疑心,我的心紧张得像根琴弦,你一出现,它就颤个不停。直到今天想到这些,我都并不害臊。我的心始终为你而紧张,为你而颤动;可是你对此毫无感觉,就像你口袋里装了怀表,你对它绷紧的发条没有感觉一样。这根发条在暗中耐心地数着你的钟点,计算着你的时间,以它听不见的心跳陪着你东奔西走,而你在它那嘀嗒不停的几百万秒当中,只有一次向它匆匆瞥了一眼。你的什么事情我都知道,我知道你的每一个生活习惯,认得你的每一条领带、每一套衣服,认得你的一个一个朋友,并且不久就能把他们加以区分,把他们分成我喜欢的和我讨厌的两类:我从十三岁到十六岁,每一小时都是在你身上度过的。啊,我干了多少傻事啊!我亲吻你的手摸过的门把,我偷了一个你进门之前扔掉的雪茄烟头,这个烟头我视若圣物,因为你的嘴唇接触过它。晚上我上百次地借故跑下楼去,到胡同里去看看你哪间屋里还亮着灯光,用这样的办法来感觉你那看不见的存在,在想象中亲近你。你出门旅行的那些礼拜里——我一看见那善良的约翰把你的黄色旅行袋提下楼,我的心便吓得停止了跳动——那些礼拜里我虽生犹死,活着没有一点意思。我心情恶劣,百无聊赖,茫茫然不知所从,我得十分小心,不让我母亲从我哭肿了的眼睛看出我绝望的心绪。

　　我知道,我现在告诉你的这些事都是滑稽可笑的荒唐行径,孩子气的蠢事。我应该为这些事而感到羞耻,可是我并不这样,因为我对你的爱从来没有像在这种天真的感情流露中表现得更纯洁更热烈的了。要我说,我简直可以一连几小时,一连几天几夜地跟你说,我当时是如何和你一起生活的,而你则几乎没跟我打过一个照面,因为每次我在楼梯上遇见你,躲也躲不开了,我就一低头从你身边跑上楼去,为了怕见你那火辣辣的眼光,就像一个人怕火烧着,而纵身跳水投河一样。要

399

我讲，我可以一连几小时，一连几天几夜地跟你讲你早已忘却的那些岁月，我可以给你展开一份你整个一生的全部日历；可是我不愿使你无聊，不愿使你难受。我只想把我童年时代最美好的一个经历再告诉你，我求你别嘲笑我，因为这只不过是微不足道的小事一桩，而对我这个孩子来说，这可是了不起的一件大事。大概是个星期天，你出门旅行去了，你的仆人把他拍打干净的笨重地毯从敞开着的房门拖进屋去。这个好心人干这个活非常吃力，我不晓得从哪儿来的一股勇气，便走过去问他要不要我帮忙。他很惊讶，可还是让我帮了他一把，于是我就看见了你寓所的内部——我实在没法告诉你，我当时怀着何等敬畏甚至虔诚的心情！我看见了你的天地，你的书桌，你经常坐在这张书桌旁边，桌上供了一个蓝色的水晶花瓶，瓶里插着几朵鲜花，我看见了你的柜子、你的画、你的书。我只是匆匆忙忙向你的生活偷偷望了一眼，因为你的忠仆约翰一定不会让我仔细观看的，可是就这么一眼我已把你屋里的整个气氛都吸收进来，使我无论醒着或是睡着都有足够的营养供我沉思梦想。

　　这匆匆而过的一分钟是我童年时代最幸福的时刻。我要把这个时刻告诉你，是为了让你——你这个从来也没有认识过我的人啊——终于开始感到，有一个生命依恋着你，并且为你而憔悴。我要把这个最幸福的时刻告诉你，同时我要把那最可怕的时刻也告诉你，可惜这二者竟挨得如此之近！我刚才已经跟你说过了，为了你的缘故，我什么都忘了，我没有注意我的母亲，我对谁也不关心。我没有发现，有个上了年纪的男人，一位因斯布鲁克地方的商人和我母亲沾着远亲，这时经常来做客，一待就是好长时间；是啊，这只有使我高兴，因为他有时带我母亲去看戏,这样我就可以一个人待在家里,想你,守着看你回来,这可是我惟一的至高无上的幸福啊!结果有一天我母亲把我叫到她房里去,唠唠叨叨说了好些,说是要和我严肃地谈谈。我的脸唰的一下发白了,我的心突然怦怦直跳:莫非她预感到了什么,猜到了什么不成?我的第一个念头就想到你,想到我的秘密,它是我和外界发生联系的纽带。可是我妈自己倒显得非常忸怩,她温柔地吻了我一两下(平时她是从来不吻我的),把我拉到沙发上坐在她的身边,然后吞吞吐吐、羞羞答答地开始说道,她的亲戚是个死了妻子的单身汉,现在向她求婚,而她主要是为我着想,决定接受他的请求。一股热血涌到我的心里,我心里只有一个念头,我想到你。"那咱们还住在这儿吧?"我只能结结巴巴地说出这么一句话。"不,我们搬到因斯布鲁克去住,斐迪南在那儿有一座漂亮的别墅。"她说的其他话语我都没有听见。我突然眼前一黑。后来我听说,我当时晕过去了。我听见我母亲对我那位等在门背后的继父低声说,我突然伸开双手向后一仰,就像铅块似的跌到地上。以后几天发生过什么事情,我这么一个无权自主的孩子又怎能顶得住他们压倒一切的意志,这些我都没法向你形容:直到现在,我一想到当时,我这握笔的手就抖了起来。我真正的秘密又不能泄露,结果我的反对在他们看来就纯粹是脾气倔强、固执己见、心眼狠毒的表现。谁也不再搭理我,一切都背着我进行。他们利用我上学的时间搬运东西:等我放学回家,总有一件家具搬走了或者卖掉了。我眼睁睁地看着我的家搬空了,我的生活也随之毁掉了。有一次我回家吃午饭,搬运工人正在包装家具,把所有的东西都搬走。在空荡荡的房间里放着收拾停当的箱子以及给我母亲和我准备的两张行军床:我们还得在这儿过一夜,最后一夜,明天就乘车到因斯布鲁克去。

在这最后一天我突然果断地感觉到,不在你的身边,我就没法活下去。除了你我不知道还有什么别的救星。我一辈子也说不清楚,我当时是怎么想的,在这绝望的时刻,我是否真正能够头脑清醒地进行思考,可是突然——我妈不在家——我站起身来,身上穿着校服,走到对面去找你。不,我不是走过去的:一种内在的力量像磁铁,把我僵手僵脚地、四肢哆嗦地吸到你的门前。我已经跟你说过了,我自己也不明白,我到底打算怎么样:我想跪倒在你的脚下,求你收留我做你的丫头,做你的奴隶。我怕你会取笑一个十五岁的女孩子的这种纯洁无邪的狂热之情,可是亲爱的,要是你知道,我当时如何站在门外寒气彻骨的走廊里,吓得浑身僵直,可是又被一股难以捉摸的力量所驱使,移步向前,我如何使了大劲儿,挪动抖个不住的胳臂,伸出手去——这场斗争经过了可怕的几秒钟,真像是永恒一样漫长——用指头去按你的门铃,要是你知道了这一切,你就不会取笑了。刺耳的铃声至今还在我耳边震响,接下来是一片寂静,我的心脏停止了跳动,我周身的鲜血也凝结不动,我凝神静听,看你是否走来开门。

可是你没有来。谁也没有来。那天下午你显然不在家,约翰大概出去办事了,所以我只好摇摇晃晃地拖着脚步回到我们搬空了家具、残破不堪的寓所,门铃的响声依然在我耳际萦绕,我精疲力竭地倒在一床旅行毯上,从你的门口到我家一共四步路,走得我疲惫不堪,仿佛在深深的雪地里跋涉了几个小时似的。尽管筋疲力尽,我仍想在他们把我拖走之前看你一眼,和你说说话的决心依然没有泯灭。我向你发誓,这里面丝毫不掺杂情欲的念头,我当时还是个天真无邪的姑娘,除了你以外实在别无所想:我一心只想看见你,再见你一面,紧紧地依偎在你的身上,于是整整一夜,这可怕的漫长的一夜,亲爱的,我一直等着你。我妈刚躺下睡着,我就轻手轻脚溜到门廊里,支着耳朵倾听你什么时候回家。我整夜都等着你,这可是个严寒冰冻的一月之夜啊。我疲惫困倦,四肢酸疼,门廊里已经没有椅子可坐,我就趴在地上,从门底下透过来阵阵寒风。我穿着单薄的衣裳躺在冰冷的使人浑身作疼的硬地板上,我没拿毯子,我不想让自己暖和,惟恐一暖和就会睡着,听不见你的脚步声。躺在那里浑身都疼,我的两脚抽筋,蜷缩起来,我的两臂索索直抖:我只好一次次地站起身来,在这可怕的黑咕隆咚的门廊里实在冷得要命。可是我等着,等着,等着你,就像等待我的命运。

终于——大概是在凌晨两三点钟吧——我听见楼下有人用钥匙打开大门,然后有脚步声顺着楼梯上来。刹那间我觉得寒意顿消,浑身发热,我轻轻地打开房门,想冲到你的跟前,扑在你的脚下。……啊,我真不知道,我这个傻姑娘当时会干出什么事来。脚步声越来越近,蜡烛光晃晃悠悠地从楼梯照了上来。我握着门把,浑身哆嗦。上楼来的,真是你吗?

是的,上来的是你,亲爱的——可你不是一个人回来的。我听到一阵娇媚的轻笑,绸衣拖地的窸窣声和你低声说话的声音——你是和一个女人一起回来的。

我不知道,我这一夜是怎么熬过来的。第二天早上八点钟他们把我拖到因斯布鲁克去了;我已经一点反抗的力气也没有了。

我的儿子昨天夜里死了——如果现在我果真还得继续活下去的话,我又要孤零零地一个人生活了。明天他们要来,那些黝黑、粗笨的陌生男人,带口棺材来,我将把我可怜的惟一的孩子装到棺材里去。也许朋友们也会来,带来些花圈,可是鲜花放在棺材上又有什么用?他们会来安慰我,给我说些什么话;可是他们能帮我什么忙呢?我知道,事后我又得独自一人生活。世界上再也没有比置身于人群之中却又孤独生活更可怕的了。我当时,在因斯布鲁克度过的漫无止境的两年时间里,体会到了这一点。从我十六岁到十八岁的那两年,我简直像个囚犯,像个遭到摒弃的人似的,生活在我的家人中间。我的继父是个性情平和、沉默寡言的男子,他对我很好,我母亲似乎为了补赎一个无意中犯的过错,对我总是百依百顺;年轻人围着我,讨好我;可是我执拗地拒他们于千里之外。离开了你,我不愿意高高兴兴、心满意足地生活,我沉湎于我那阴郁的小天地里,自己折磨自己,孤独寂寥地生活。他们给我买的花花绿绿的新衣服,我穿也不穿;我拒绝去听音乐会,拒绝去看戏,拒绝跟人家一起快快活活地出去远足郊游。我几乎足不逾户,很少上街。亲爱的,你相信吗?我在这座小城市里住了两年之久,认识的街道还不到十条。我成天悲愁,一心只想悲愁;我看不见你,也就什么也不想要,只想从中得到某种陶醉。再说,我只是热切地想要在心灵深处和你单独待在一起,我不愿意使我分心。我一个人坐在家里,一坐几小时,一坐一整天,什么事也不做,就是想你,把成百件细小的往事翻来覆去想个不停,回想起每一次和你见面,每一次等候你的情形,我把这些小小的插曲想了又想,就像看戏一样。因为我把往日的每一秒钟都重复了无数次,所以我整个童年时代都记得一清二楚,过去这些年每一分钟对我都是那样生动、具体,仿佛这是昨天发生的事情。

我当时心思完全集中在你的身上。我把你写的书都买了来;只要你的名字一登在报上,这天就成了我的节日。你相信吗,你的书我念了又念,不知念了多少遍,你书中每一行我都背得出来。要是有人半夜里把我从睡梦中唤醒,从你的书里孤零零地给我念上一行,我今天,时隔十三年,我今天还能接着往下背,就像在做梦一样:你写的每一句话,对我来说都是福音书和祷告词啊。整个世界只是因为和你有关才存在:我在维也纳的报纸上查看音乐会和戏剧首次公演的广告,心里只有一个念头,那就是什么演出会使你感兴趣,一到晚上,我就在远方陪伴着你:此刻他走进剧院大厅了,此刻他坐下了。这样的事情我梦见了不下一千次,因为我曾经有一次亲眼在音乐会上看见过你。

可是干吗说这些事情呢,干吗要把一个孤独的孩子的这种疯狂的、自己折磨自己的、如此悲惨、如此绝望的狂热之情告诉一个对此毫无所感、一无所知的人呢?我当时难道还是个孩子吗?我已经十七岁,转眼就满十八岁了——年轻人开始在大街上扭过头来看我了,可是他们只是使我生气发火。因为要我在脑子里想着和别人恋爱,而不是爱你,哪怕仅仅是闹着玩,这种念头我都觉得难以理解、难以想象的陌生,稍稍动心在我看来就已经是在犯罪了。我对你的激情依然一如既往,只不过随着我身体的发育,随着我情欲的觉醒而和过去有所不同,它变得更加炽烈、更加含有肉体的成分,更加具有女性的气息。当年潜伏在那个不懂事的女孩子的下意识里、驱使她去拉你的门铃的那个朦朦胧胧的愿望,现在却成了我惟一的思想:把我奉献给你,完全委身于你。

　　我周围的人认为我腼腆,说我害羞脸嫩,我咬紧牙关,不把我的秘密告诉任何人。可是在我心里却产生了一个钢铁般的意志。我一心一意只想着一件事:回到维也纳,回到你身边。经过努力,我的意志得以如愿以偿,不管它在别人看来是何等荒谬绝伦,何等难以理解。我的继父很有资财,他把我看做他自己亲生的女儿。可是我一个劲儿地顽固坚持,要自己挣钱养活自己,最后我终于达到了目的,前往维也纳去投奔一个亲戚,在一家规模很大的服装店里当了职员。难道用得着我告诉你,在一个雾气迷蒙的秋日傍晚,我终于!终于!来到了维也纳,我首先是到哪儿去吗?我把箱子存在火车站,跳上一辆电车,——我觉得这电车开得多么慢啊,它每停一站我就心里冒火——跑到那幢房子跟前。你的窗户还亮着灯光,我整个心怦怦直跳。到这时候,这座城市,这座对我说来如此陌生,如此毫无意义地在我身边喧嚣轰响的城市,才获得了生气,到这时候,我才重新复活,因为我感觉到了你的存在,你,我永恒的梦。我没有想到,我对你的心灵来说,无论是相隔无数的山川峡谷,还是在你和我那抬头仰望的目光之间只相隔你窗户的一层玻璃,其实都是同样遥远。我抬头看啊,看啊:那儿有灯光,那儿是房子,那儿是你,那儿就是我的天地。两年来我朝思暮想的这一时刻,如今总算盼到了。这个漫长的夜晚,天气温和,夜雾弥漫,我一直站在你的窗下,直到灯光熄灭。然后我才去寻找我的住处。

　　以后每天晚上我都这样站在你的房前。我在店里干活一直干到六点,活很重,很累人,可是我很喜欢这个活儿,因为工作一忙,就使我不至于那么痛切地感到我自己内心的骚乱。

等到铁制的卷帘式的百叶窗哗的一下在我身后落下,我就径直奔向我心爱的目的地。我心里惟一的心愿就是,只想看你一眼,只想和你见一次面,只想远远地用我的目光搂抱你的脸!大约过了一个星期,我终于遇见你了,而且恰好是在我没有料想到的一瞬间:我正抬头窥视你的窗口,你突然穿过马路走了过来。我一下子又成了那个十三岁的小姑娘,我觉得热血涌向我的面颊;我违背了我内心强烈的、渴望看见你眼睛的欲望,不由自主地一低头,像身后有追兵似的,飞快地从你旁边跑了过去。事后我为这种女学生似的羞怯畏缩的逃跑行为感到害臊,因为现在我不是已经打定主意了吗:我一心只想遇见你,我在找你,经过这些好不容易熬过来的岁月,我希望你认出我是谁,希望你注意我,希望为你所爱。

可是你好长一段时间都没有注意到我,尽管我每天晚上都站在你的胡同里,即使风雪交加,维也纳凛冽刺骨的寒风吹个不停,也不例外。有时候我白白等了几个小时,有时候我等了半天,你终于和朋友一起从家里走了出来,有两次我还看见你和女人在一起——我看见一个陌生女人和你手挽着手紧紧依偎着往外走,我的心猛地一下抽缩起来,把我的灵魂撕裂,这时我突然感到我已长大成人,感到心里有种新的异样的感觉。我并不觉得意外,我从童年时代起就知道老有女人来访问你,可是现在我突然感到一阵肉体上的痛苦,我心里感情起伏,恨你和另外一个女人这样明显地表示出肉体上的亲昵,可同时自己也渴望着能得到这种亲昵。出于一种幼稚的自尊心,我一整天没到你房子前面去,我以往就有这种幼稚的自尊心,说不定我今天还依然是这样。可是这个倔强赌气的夜晚变得非常空虚,这一晚多么可怕啊!第二天晚上我又忍气吞声地站在你的房前,等啊等啊,命运注定,我一生就这样站在你紧闭着的生活前面等着。

有一天晚上,你终于注意到我了。我早已看见你远远地走来,我赶忙振作精神,别到时候又躲开你。事情也真凑巧,恰好有辆卡车停在街上卸货,把马路弄得很窄,你只好擦着我的身边走过去。你那漫不经心的目光不由自主地向我身上一扫而过,它刚和我专注的目光一接触,立刻又变成了那种专门对付女人的目光——勾起往事,我大吃一惊!——又成了那种充满柔情蜜意的目光,既脉脉含情,又荡人心魄,又成了那种把对方紧紧拥抱起来的勾魂摄魄的目光,这种目光从前第一次把我唤醒,使我一下子从孩子变成了女人,变成了恋人。你的目光和我的目光就这样接触了一秒钟、两秒钟,我的目光没法和你的目光分开,也不愿意和它分开——接着你就从我身边过去了。我的心跳个不停:我身不由己地不得不放慢脚步,一种难以克服的好奇心驱使我扭过头去,看见你停住了脚步,正回过头来看我。你非常好奇、极感兴趣地仔细观察我,我从你的神气立刻看出,你没有认出我来。

你没有认出我来,当时没有认出我,也从来没有认出过我。亲爱的,我该怎么向你形容我那一瞬间失望的心情呢。当时我是第一次遭受这种命运,这种不为你所认出的命运,我一辈子都忍受着这种命运,随着这种命运而死;没有被你认出来,一直没有被你认出来。叫我怎么向你描绘这种失望的心情呢!因为你瞧,在因斯布鲁克的这两年,我每时每刻都在想念你,我别的什么也不干,只是设想我们在维也纳的重逢该是什么情景,我随着自己情绪的好坏,想象出最幸福的和最恶劣的可能性。如果可以这么说的话,我是在梦里把这一切都过了一遍;在我心情阴郁的时刻我设想过:你会把我拒之于门外,会看不起我,因为我太低贱,太丑陋,太讨厌。你的憎恶、冷酷、淡漠所表现出来的种种形式,我在热烈活跃的想象的幻境里都经历过了——可是这点,就这一点,即使我心情再阴沉,自卑感再严重,我也不敢考虑,这是最可怕的一点:那就是你根本没有注意到有我这么一个人存在。今天我懂得了——唉,是你教我明白的!——对于一个男人来说,一个少女、一个女人的脸想必是变化多端的东西,因为它在大多数情况下只是一面镜子,时而是炽热激情之镜,时而是天真烂漫之镜,时而又是疲劳困倦之镜,正如镜中的人影一样转瞬即逝,那么一个男子也就更容易忘却一个女人的容貌,因为年龄会在她的脸上投下光线,或者布满阴影,而服装又会把它时而这样时而那样地加以衬托。只有伤心失意的女人才会真正懂得个中的奥秘。可我当时还是个少女,我还不能理解你的健忘,我自己毫无节制没完没了地想你,结果我竟产生了错觉,以为你一定也常常在想我,常常在等我;要是我确切知道,我在你心目中什么也不是,你从来也没有想过我一丝一毫,我又怎么活得下去呢!你的目光告诉我,你一点也不认识我,你一点也想不起你的生活和我的生活有细如蛛丝的联系:你的这种目光使我如梦初醒,使我第一次跌到现实之中,第一次预感到我的命运。

你当时没有认出我是谁。两天之后我们又一次邂逅,你的目光以某种亲昵的神气拥抱我,这时你又没有认出,我是那个曾经爱过你的、被你唤醒的姑娘,你只认出,我是两天之前在同一个地方和你对面相遇的那个十八岁的美丽姑娘。你亲切地看我一眼,神情不胜惊讶,嘴角泛起一丝淡淡的微笑。你又和我擦肩而过,又马上放慢脚步:我浑身战栗,我心里欢呼,我暗中祈祷,你会走来跟我打招呼。我感到,我第一次为你而活跃起来:我也放慢了脚步,我不躲着你。突然我头也没回,便感觉到你就在我的身后,我知道,这下子我就要第一次听到你用我喜欢的声音跟我说话了。我这种期待的心情,使我四肢酥麻,我正担心,我不得不停住脚步,心简直像小鹿似的狂奔猛跳——这时你走到我旁边来了。你跟我攀谈,一副高高兴兴的神气,仿佛我们是老朋友似的——唉,你对我一点预感也没有,你对我的生活从来也没有任何预感!——你跟我攀谈起来,是那样落落大方,富有魅力,甚至使我也能回答你的话。我们一起走完了整整一条胡同。然后你就问我,是否愿意和你一起去吃晚饭。我说好吧。我又怎敢拒不接受你的邀请呢?

我们一起在一家小饭馆里吃饭——你还记得吗,这饭馆在哪儿? 一定记不得了,这样的晚饭对你一定有的是,你肯定分不清了,因为我对你来说,又算得了什么呢? 不过是几百个女人当中的一个,只不过是连绵不断的一系列艳遇中的一桩而已。又有什么事情会使你回忆起我来呢:我话说得很少,因为在你身边,听你说话已经使我幸福到了极点。我不愿意因为提个问题,说句蠢话而浪费一秒钟的时间。你给了我这一小时,我对你非常感谢,我永远也不会忘记这个时间。你的举止使我感到,我对你怀有的那种热情的敬意完全应该,你的态度是那样温文尔雅,恰当得体,丝毫没有急迫逼人之势,丝毫不想匆匆表示温柔缠绵,从一开始就是那种稳重亲切、一见如故的神气。我是早就决定把我整个的意志和生命都奉献给你了,即使原来没有这种想法,你当时的态度也会赢得我的心的。唉,你是不知道,我痴痴地等了你五年!你没使我失望,我心里是多么喜不自胜啊!

天色已晚,我们离开饭馆。走到饭馆门口,你问我是否急于回家,是否还有一点时间。我事实上已经早有准备,这我怎么能瞒着你!我就说,我还有时间。你稍微迟疑了一会儿,然后问我,是否愿意到你家去坐一会儿,随便谈谈。我觉得这是不言而喻的事,就脱口而出说了句:"好吧!"我立刻发现,我答应得这么快,你感到难过或者感到愉快,反正你显然是深感意外的。今天我明白了,为什么你感到惊愕;现在我才知道,女人通常总要装出毫无准备的样子,假装惊吓万状,或者怒不可遏,即使她们实际上迫不及待地急于委身于人,一定要等到男人哀求再三,谎话连篇,发誓赌咒,做出种种诺言,这才转嗔为喜,半推半就。我知道,说不定只有以卖笑为职业的女人,只有妓女才会毫无保留地欣然接受这样的邀请,要不然就只有天真烂漫、还没有长大成人的女孩子才会这样。而在我的心里——这你又怎么料想得到——只不过是化为言语的意志,经过千百个日日夜夜的集聚而今迸涌开来的相思啊。反正当时的情况是这样:你吃了一惊,我开始使你对我感起兴趣来了。我发现,我们一起往前走的时候,你一面和我说话,一面略带惊讶地在旁边偷偷地打量我。你的感觉在觉察人的种种感情时总像具有魔法似的确有把握,你此刻立即感到,在这个小鸟依人似的美丽姑娘身上有些不同寻常的东西,有着一个秘密。于是你顿时好奇心大发,你绕着圈子试探性地提出许多问题,我从中觉察到,你一心想要探听这个秘密。可是我避开了:我宁可在你面前显得有些傻气,也不愿向你泄露我的秘密。我们一起上楼到你的寓所里去。原谅我,亲爱的,要是我对你说,你不能明白,这条走廊,这道楼梯对我意味着什么,我感到什么样的陶醉,什么样的迷惘,什么样的疯狂的、痛苦的、几乎是致命的幸福。直到现在,我一想起这一切,不能不潸然泪下,可是我的眼泪已经流干了。我感觉到,那里的每一件东西都渗透了我的激情,都是我童年时代的相思的象征:在这个大门口我千百次地等待过你,在这座楼梯上我总是偷听你的脚步声,在那儿我第一次看见你,透过这个窥视孔我几乎看得灵魂出窍,我曾经有一次跪在你门前的小地毯上,听到你房门的钥匙咯嘞一响,我从我躲着的地方吃惊地跳起。我整个童年,我全部激情都寓于这几米长的空间之中,我整个的一生都在这里,如今一切都如愿以偿,我和你走在一起,和你一起,在你的楼里,在我们的楼里,我过去的生活犹如一股洪流向我劈头盖脑地冲了下来。你想想吧——我这话听起来也许很俗气,可是我不知道还有什么别的说法——一直到你的房门口为止,一切都是现实的、沉闷的、平凡的世界,在你房门口,便开始了儿童的魔法世界,阿拉丁①的王国;你想想吧,我千百次望眼欲穿地盯着你的房门口,现在我如醉如痴地迈步走了进去,你想象不到——充其量只能模糊地感到,永远也不会完全知道,我的亲爱的!——这迅速流逝的一分钟从我的生活中究竟带走了什么。

那天晚上,我整夜待在你的身边。你没有想到,在这之前,还从来没有一个男人亲近过我,还没有一个男人接触过或者看见过我的身体。可是你又怎么会想到这个呢,亲爱的,因为我对你一点也不抗拒,我忍住了因为害羞而产生的任何迟

---

① 阿拉丁,《一千零一夜》中的人物。

疑不决,只是为了别让你猜出我对你的爱情的秘密,这个秘密准会叫你吓一跳的——因为你只喜欢轻松愉快、游戏人生、无牵无挂。你生怕干预别人的命运。你愿意滥用你的感情,用在大家身上,用在所有的人身上,可是不愿意做出任何牺牲。我现在对你说,我委身于你时,我是个处女,我求你,千万别误解我!我不是责怪你!你并没有勾引我、欺骗我、引诱我——是我自己挤到你的跟前,扑到你的怀里,一头栽进我的命运之中。我永远永远也不会责怪你,不会的,我只会永远感谢你,因为这一夜对我来说真是无比的欢娱、极度的幸福!我在黑夜里一睁开眼睛,感到你在我的身边,我不觉感到奇怪,怎么群星不在我的头上闪烁,因为我感到身子已经飞升上天。不,我亲爱的,我从来也没有后悔过,从来也没有因为这一时刻而后悔过。我还记得,你睡熟了,我听见你的呼吸,摸到你的身体,感到我自己这么紧挨着你,我幸福得在黑暗中哭了起来。

　　第二天一早我急着要走。我得到店里去上班,我也想在你的仆人进来以前离去,别让他看见我。我穿戴完毕站在你的面前,你把我搂在怀里,久久地凝视着我;莫非是一阵模糊而遥远的回忆在你心头翻滚,还是说你只不过觉得我当时容光焕发、美丽动人呢?然后你就在我的唇上吻了一下。我轻轻地挣脱身子,想要走了。这时你问我:"你不想带几朵花走吗?"我说好吧。你就从书桌上供的那只蓝色的水晶花瓶里(唉,我小时候那次偷偷地看了你房里一眼,从此就认得这个花瓶了)取出四朵白玫瑰来给了我。后来一连几天我还吻着这些花儿。

　　在这之前,我们约好了某个晚上见面。我去了,那天晚上又是那么销魂,那么甜蜜。你又和我一起过了第三夜。然后你就对我说,你要动身出门去了——啊,我从童年时代起就对你出门旅行恨得要死!——你答应我,一回来就通知我。我给了你一个留局待取的地址——我的姓名我不愿告诉你。我把我的秘密锁在我的心底。你又给了我几朵玫瑰作为临别纪念——作为临别纪念。

这两个月里我每天去问……别说了,何必跟你描绘这种由于期待、绝望而引起的地狱般的折磨。我不责怪你,我爱你就是爱你这个样子——感情热烈而生性健忘,一往情深却爱不专一。我就爱你是这么个人,只爱你是这么个人,你过去一直是这样,现在依然还是这样。我从你灯火通明的窗口看出,你早已出门回家,可是你没有写信给我。在我一生最后的时刻我也没有收到过你一行手迹,我把我的一生都献给你了,可是我没收到过你一封信。我等啊,等啊,像个绝望的女人似的等啊。可是你没有来叫我,你一封信也没有写给我……一个字也没有……

我的儿子昨天死了——这也是你的儿子,亲爱的,这是那三夜销魂荡魄缱绻柔情的结晶,我向你发誓,人在死神的阴影笼罩之下是不会撒谎的。他是我俩的孩子,我向你发誓,因为自从我委身于你之后,一直到孩子离开我的身体,没有一个男子碰过我的身体。被你接触之后,我自己也觉得我的身体是神圣的,我怎么能把我的身体同时分赠给你和别的男人呢?你是我的一切,而别的男人只不过是我生活中匆匆来去的过客。他是我俩的孩子,亲爱的,是我那心甘情愿的爱情和你那无忧无虑的、任意挥霍的、几乎是无意识的缱绻柔情的结晶,他是我俩的孩子,我们的儿子,我们惟一的孩子。你于是要问了——也许大吃一惊,也许只不过有些诧异——你要问了,亲爱的,这么多年漫长的岁月,我为什么一直把这孩子的事情瞒着你,直到今天才告诉你呢?此刻他躺在这里,在黑暗中沉睡,永远沉睡,准备离去,永远也不回来,永不回来!可是你叫我怎么能告诉你呢?像我这样一个女人,心甘情愿地和你过了三夜,不加反抗,可说是满心渴望地向你张开了我的怀抱,像我这样一个匆匆邂逅的无名女人,你是永远、永远也不会相信,她会对你,对你这么一个不忠实的男人坚贞不渝的,你是永远也不会坦然无疑地承认这孩子是你的亲生子的!即使我的话使你觉得似真非假,你也不可能完全消除这种隐蔽的怀疑:我见你有钱,企图把另一笔风流账转嫁在你的身上,硬说他是你的儿子。你会对我疑心,在你我之间会存在一片阴影,一片淡淡的怀疑的阴影。我不愿意这样。再说,我了解你;我对你十分了解,你自己对自己还没了解到这种地步;我知道你在恋爱之中只喜欢轻松愉快,无忧无虑,欢娱游戏,突然一下子当上了父亲,突然一下子得对另一个人的命运负责,你一定觉得不是滋味。你这个只有在无拘无束自由自在的情况下才能呼吸生活的人,一定会觉得和我有了某种牵连。你一定会因为这种牵连而恨我——我知道,你会恨我的,会违背你自己清醒的意志恨我的。也许只不过几个小时,也许只不过短短的几分钟,你会觉得我讨厌,觉得我可恨——而我是有自尊心的,我要你一辈子想到我的时候,心里没有忧愁。我宁可独自承担一切后果,也不愿变成你的一个累赘。我希望你想起我来,总是怀着爱情,怀着感激:在这点上,我愿意在你结交的所有女人当中,成为独一无二的一个。可是当然啰,你从来也没有想过我,你已经把我忘得一干二净。

我不是责怪你,我亲爱的,我不责怪你。如果有时候从我的笔端流露出一丝怨尤,那么请你原谅我吧!——我的孩子,我们的孩子死了,在摇曳不定的烛光映照下躺在那里;我冲着天主,握紧了拳头,管天主叫凶手,我心情悲愁,感觉昏乱。请原谅我的怨诉,原谅我吧!我也知道,你心地善良,打心眼里乐于助人。你帮助每一个人,即便是素不相识的人来求你,你也给予帮助。可是你的善心好意是如此奇特,它公开亮在每个人的面前,人人可取,要取多少取多少,你的善心好意广大无边,可是,请原谅,它是不爽快的。它要人家提醒,要人家自己去拿。你只在人家向你求援,向你恳求的时候,你才帮助别人,你帮助人是出于害羞,出于软弱,而不是出于心愿。让我坦率地跟你说吧,在你眼里,困厄苦难中的人们,不见得比你快乐幸福中的兄弟更加可爱。像你这种类型的人,即使是其中心地最善良的人,求他们帮助也是很难的。有一次,我还是个孩子,我通过窥视孔看见有个乞丐拉你的门铃,你给了他一些钱。他还没开口,你就很快把钱给了他,可是你给他钱的时候,有某种害怕的神气,而且相当匆忙,巴不得他马上就走,仿佛你怕正视他的眼睛似的。你帮助人家的时候表现出来的惶惶不安、羞怯腼腆、怕人感谢的样子,我永远也忘不了。所以我从来也不去找你。不错,我知道,你当时是会帮助我的,即使不能确定这是你的孩子,你也会帮助我的。你会安慰我,给我钱,给我一大笔钱,可是总会带着那种暗暗的焦躁情绪,想把这桩麻烦事情从身边推开。是啊,我相信,你甚至会劝我及时把孩子打掉。我最害怕的莫过于此了——因为只要你要求,我什么事情不会去干呢!我怎么可能拒绝你的任何请求呢!而这孩子可是我的命根子,因为他是你的骨肉啊,他是你,又不再是你。你这个幸福的无忧无虑的人,我一直不能把你留住,我想,现在你永远交给我了,禁锢在我的身体里,和我的生命连在一起。这下子我终于把你抓住了,我可以在我的血管里感觉到你在生长,你的生命在生长,我可以哺育你,喂养你,爱抚你,亲吻你,只要我的心灵有这样的渴望。你瞧,亲爱的,正因为如此,我一知道我怀了一个你的孩子,我便感到如此幸福,正因为如此,我才把这件事瞒着你:这下你再也不会从我身边溜走了。

当然,亲爱的,这些日子并不像我脑子里预想的那样,尽是些幸福的时光,也有几个月充满了恐怖和苦难,充满了对人们的卑劣的憎恶。我的日子很不好过。临产前几个月我不能再到店里去上班,要不然会引起亲戚们的注意,把这事告诉我家。我不想向我母亲要钱——所以我便靠变卖手头那点首饰来维持我直到临产时的那段时间的生活。产前一个礼拜,我最后的几枚金币被一个洗衣妇从柜子里偷走了,我只好到一个产科医院去生孩子,只有一贫如洗的女人,被人遗弃遭人遗忘的女人万不得已才到那儿去,就在这些穷困潦倒的社会渣滓当中,孩子,你的孩子呱呱坠地了。那儿真叫人活不下去:陌生、陌生,一切全都陌生,我们躺在那儿的那些人,互不相识,孤独苦寂,互相仇视,只是被穷困、被同样的苦痛驱赶到这间抑郁沉闷的、充满了哥罗仿和鲜血的气味、充满了喊叫和呻吟的病房里来。穷人不得不遭受的凌辱,精神上和肉体上的耻辱,我在那儿都受到了。我忍受着和娼妓之类的病人朝夕相处之苦,她们卑鄙地欺侮着命运相同的病友;我忍受着年轻医生的玩世不恭的态度,他们脸上挂着讥讽的微笑,把盖在这些没有抵抗能力的女人身上的被单掀起来,带着一种虚假的科学态度在她们身上摸来摸去;我忍受着女管理员的无餍的贪欲——啊,在那里,一个人的羞耻心被人们的目光钉在十字架上,备受他们的毒言恶语的鞭笞。只有写着病人姓名的那块牌子还算是她,因为床上躺着的只不过是一块抽搐颤动的肉,让好奇的人东摸西摸,只不过是观看和研究的一个对象而已——啊,那些在自己家里为自己温柔地等待着的丈夫生孩子的妇女不会知道,孤立无援,无力自卫,仿佛在实验桌上生孩子是怎么回事!我要是在哪本书里念到地狱这个词,直到今天我还会突然不由自主地想到那间让我吃足苦头的拥挤不堪、水汽弥漫、充满了呻吟、笑语和惨叫的病房,想到这座使羞耻心备受凌辱的屠宰场。

原谅我,请原谅我说了这些事。可是也就是这一次,我才谈到这些事,以后永远也不再说了。我对此整整沉默了十一年,不久我就要默不作声直到地老天荒:总得有这么一次,让我嚷一嚷,让我说出来,我付出了多大的代价,才得到这个孩子,这个孩子是我的全部幸福,如今他躺在那里,已经停止了呼吸。我看见孩子的微笑,听见他的声音,我在幸福陶醉之中早已把那些苦难的时刻忘得一干二净;可是现在,孩子死了,这些痛苦又历历如在眼前,我这一次、就是这一次,不得不从心眼里把它们叫喊出来。可是我并不抱怨你,我只怨天主,是天主使这痛苦变得如此无谓。我不怪你,我向你发誓,我从来也没有对你生过气、发过火。即使在我的身体因为阵痛扭作一团的时刻,即使在痛苦把我的灵魂撕裂的瞬间,我也没有在天主面前控告过你;我从来没有后悔过那几夜,从来没有谴责过我对你的爱情。我始终爱你,一直赞美着你我相遇的那个时刻。要是我还得再去一次这样的地狱,并且事先知道,我将受到什么样的折磨,我也不惜再受一次,我的亲爱的,再受一次,再受千百次!

我的孩子昨天死了——你从来没有见过他。你从来也没有从这个俊美的小人儿、你的孩子身旁走过时扫他一眼,你连偶然匆匆相遇的机会也没有。我生了这个孩子之后,就隐居起来,很长时间不和你见面;我对你的相思不像原来那样痛苦了,我觉得,我对你的爱也不像原来那样热狂了,自从上天把他赐给我以后,我为我的爱情受的苦至少不像原来那样厉害了。我不愿把自己一分为二,一半给你,一半给他,所以我就全力照看孩子,不再管你这个幸运儿,你没有我也活得很自在,可是孩子需要我,我得抚养他,我可以吻他,可以把他搂在怀里。我似乎已经摆脱了对你朝思暮想的焦躁心情,摆脱了我的厄运,似乎由于你的另一个你、实际上是我的另一个你而得救了——只是在难得的、非常难得的情况下,我心里才会产生低三下四地到你房前去的念头。我只干一件事:每逢你的生日,总要给你送去一束白玫瑰,和你在我们恩爱的第一夜之后送给我的那些花一模一样。在这十年、在这十一年之间你有没有问过一次,是谁送来的花?也许你曾经回忆起你从前赠过这种玫瑰花的那个女人?我不知道,我也不会知道你的回答。我只是暗地里把花递给你,一年一次,唤醒你对那一时刻的回忆——这对我来说,已经心满意足了。

你从来没有见过他,没有见过我们可怜的孩子——今天我埋怨我自己,不该不让你见他,因为你要是见了他,你会爱他的。你从来没有见过这个可怜的男孩,没有看过他微笑,没有见他轻轻地抬起眼睑,然后用他那聪明的黑眼睛——你的眼睛!——向我、向全世界投来一道明亮而欢快的光芒。啊,他是多么开朗、多么可爱啊:你性格中全部轻佻的成分在他身上天真地重演了,你的迅速的活跃的想象力在他身上得到再现;他可以一连几小时着迷似的玩着玩具,就像你游戏人生一样,然后又扬起眉毛,一本正经地坐着看书。他变得越来越像你;在他身上,你特有的那种严肃认真和玩笑戏谑兼而有之的两重性也已经开始明显地发展起来。他越像你,我越爱他。他学习很好,说起法文来,就像小喜鹊般滔滔不绝,他的作业本是全班最整洁的,他的相貌多么漂亮,穿着他的黑丝绒的衣服或者白色的水兵服显得多么英俊。他无论走到哪儿,总是最时髦的;每次我带着他在格拉多①的海滩上散步,妇女们都站住脚步,摸摸他金色的长发,他在色默林滑雪橇玩,人们都扭过头来欣赏他。他是这样的漂亮,这样的娇嫩,这样的可人意儿;去年他进了德莱瑟中学的寄宿学校②,穿上制服,佩了短剑,看上去活像十八世纪的宫廷侍童!——可是他现在身上除了一件小衬衫一无所有,可怜的孩子,他躺在那儿,嘴唇苍白,双手合在一起。

你说不定要问我,我怎么可能让孩子在富裕的环境里受到教育呢,怎么可能使他过一种上流社会的光明、快乐的生活呢。我最心爱的人儿,我是在黑暗中跟你说话;我没有羞耻感,我要把这件事告诉你,可是别害怕,亲爱的——我卖身了。我倒没有变成人们称之为街头野鸡的那种人,没有变成妓女,可是我卖身了。我有一些有钱的男友,阔气的情人:最初是我

---

① 格拉多,意大利格尔茨省的一个城市,位于亚得里亚海滨,是个著名的海滨浴场。
② 德莱瑟中学系维也纳的一所贵族子弟学校,附属于德莱瑟学院,该学院为奥地利女皇玛丽亚·德莱瑟于一七四六年所创建。

去找他们,后来他们就来找我,因为我——这一点你可曾注意到?——长得非常美。每一个我委身相与的男子都喜欢我,他们大家都感谢我,都依恋我,都爱我,只有你,只有你不是这样,我的亲爱的!

我告诉你,我卖身了,你会因此鄙视我吗?不会,我知道,你不会鄙视我。我知道,你一切全都明白,你也会明白,我这样做只是为了你,为了你的另一个自我,为了你的孩子。我在产科医院的那间病房里接触到贫穷的可怕,我知道,在这个世界上,穷人总是遭人践踏、受人凌辱,总是牺牲品。我不愿意、我绝不愿意我的孩子、你那聪明美丽的孩子注定了在这深深的底层,在陋巷的垃圾堆中,在霉烂、下贱的环境之中,在一间后屋的龌龊空气中长大成人。不能让他那娇嫩的嘴唇去说那些粗俚的语言,不能让他那白净的身体去穿穷人家发霉的皱巴巴的衣衫——你的孩子应该拥有一切,应该享有人间一切财富,一切轻松愉快,他应该也上升到你的高度,进入你的生活圈子。

因此,只是因为这个缘故,我的爱人,我卖身了。这对我来说也不算什么牺牲,因为人家一般称之为名誉、耻辱的东西,对我来说纯粹是空洞的概念:我的身体只属于你一个人,既然你不爱我,那么我的身体怎么着了我也觉得无所谓。我对男人们的爱抚,甚至他们最深沉的激情,全都无动于衷,尽管我对他们当中有些人不得不深表敬意,他们的爱情得不到报答,我很同情,这也使我回忆起我自己的命运,因而常常使我深受震动。我认识的这些男人,对我都很体贴,他们大家都宠我、惯我、尊重我。尤其是那位帝国伯爵,一个年岁较大的鳏夫,他为了让这个没有父亲的孩子、你的儿子能上德莱瑟中学学习,到处奔走,托人说情——他像爱女儿那样地爱我。他向我求婚,求了三四次——我要是答应了,今天可能已经当上了伯爵夫人,成为蒂罗尔地方一座美好无比的府邸的女主人,可以无忧无虑地生活,孩子将会有一个温柔可亲的父亲,把他看成掌上明珠,而我身边将会有一个性情平和、品格高贵、心地善良的丈夫——不论他如何一而再,再而三地催逼我,不论我的拒绝如何伤他的心,我始终没有答应他。也许我拒绝他是愚蠢的,否则我此刻便会在什么地方安静地生活,并且受到保护,而这招人疼爱的孩子便会和我在一起,可是——我干吗不向你承认这一点呢——我不愿意拴住自己的手脚,我要随时为你保持自由。在我内心深处,在我的潜意识里,我往日的孩子的梦还没有破灭:说不定你还会再一次把我叫到你的身边,哪怕只是叫去一个小时也好。为了这可能有的一小时相会,我拒绝了所有人的求婚,好一听到你的呼唤,就能应召而去。自我从童年觉醒过来以后,我整个的一生无非就是等待,等待着你的意志!

这个时刻的确来到了。可是你并不知道,你并没有感到,我的亲爱的!就是在这个时刻,你也没有认出我来——你永远、永远、永远也没有认出我来!在这之前我已多次遇见过你,在剧院里,在音乐会上,在普拉特尔①,在马路上——每次我的心都猛地一抽,可是你的眼光从我身上滑了过去:从外表看来,我已经完全变了模样,我从一个腼腆的小姑娘,变成了一个女人,就像他们说的,妩媚娇美,打扮得艳丽动人,为一群倾慕者簇拥着:你怎么能想象,我就是

---

① 维也纳的公园。

在你卧室的昏暗灯光照耀下的那个羞怯的少女呢？有时候，和我走在一起的先生们当中有一个向你问好。你回答了他的问候，抬眼看我：可是你的目光是客气的、陌生的，表示出赞赏的神气，却从未表示出你认出我来了，陌生，可怕的陌生啊。你老是认不出我是谁，我对此几乎习以为常，可是我还记得，有一次这简直使我痛苦不堪：我和一个朋友一起坐在歌剧院的一个包厢里，隔壁的包厢里坐着你。演奏序曲的时候灯光熄灭了，我看不见你的脸，只感到你的呼吸就在我的身边，就跟那天夜里一样近，你的手支在我们这个包厢的铺着天鹅绒的栏杆上，你那秀气的、纤细的手。我不由得产生一阵阵强烈的欲望，想俯下身去谦卑地亲吻一下这只陌生的、我如此心爱的手，我从前曾经受到过这只手的温柔的拥抱啊。耳边乐声靡靡，撩人心弦，我的那种欲望变得越来越炽烈，我不得不使劲挣扎，拼命挺起身子，因为有股力量如此强烈地把我的嘴唇吸引到你那亲爱的手上去。第一幕演完，我求我的朋友和我一起离开剧院。在黑暗里你对我这样陌生，可又挨我这么近，我简直受不了。

可是这时刻来到了，又一次来到了，在我这浪费掉的一生中这是最后一次。差不多正好是在一年之前，在你生日的第二天。真奇怪：我每时每刻都想念着你，因为你的生日我总像一个节日一样地庆祝。一大清早我就出门去买了一些白玫瑰花，像以往每年一样，派人给你送去，以纪念你已经忘却的那个时刻。下午我和孩子一起乘车出去，我带他到戴默尔点心铺①去，晚上带他上剧院。我希望，孩子从小也能感到这个日

---

① 戴默尔点心铺，维也纳的高级点心店。

子是个神秘的纪念日,虽然他并不知道它的意义。第二天我就和我当时的情人待在一起,他是布律恩地方一个年轻、富有的工厂主,我和他已经同居了两年。他娇纵我,对我体贴入微,和别人一样,他也想和我结婚,而我也像对待别人一样,似乎无缘无故地拒绝了他的请求,尽管他给我和孩子送了许多礼物,而且本人也很亲切可爱。他这人心肠极好,虽说有些呆板,对我有些低三下四。我们一起去听音乐会,在那儿遇到了一些寻欢作乐的朋友,然后在环城路的一家饭馆里吃晚饭。席间,在笑语闲聊之中,我建议再到一家舞厅去玩。这种灯红酒绿花天酒地的舞厅,我一向十分厌恶,平时要是有人建议到那儿去,我一定反对,可是这一次——简直像有一股难以捉摸的魔术般的力量,在我心里驱使我突然不知不觉地做出这样一个建议。在座的人十分兴奋,立即高兴地表示赞同——可是这一次我却突然感到有一种难以解释的强烈愿望,仿佛在那儿有什么特别的东西等着我似的。他们大家都习惯于对我百依百顺,便迅速地站起身来。我们到舞厅去,喝着香槟酒,我心里突然一下子产生一种从来不曾有过的非常疯狂的、近乎痛苦的高兴劲儿。我喝了一杯又一杯,跟着他们一起唱些撩人心怀的歌曲,心里简直可说有一种按捺不住的欲望,想跳舞,想欢呼。可是突然——我仿佛觉得有一样冰凉的或者火烫的东西猛地落在我的心上——我挺起身子:你和几个朋友坐在邻桌,你用赞赏的渴慕的目光看着我,就用你那一向撩拨得我心荡神驰的目光看着我。十年来第一次,你又以你全部不自觉的激烈的威力盯着看我。我颤抖起来,举起的杯子几乎失手跌落。幸亏同桌的人没有注意到我的心慌意乱:它消失在哄笑和音乐的喧闹声中。

你的目光变得越来越火烧火燎,使我浑身发烧,坐立不安。我不知道,是你终于、终于认出我来了呢,还是你把我当作新欢,当作另外一个女人,当作一个陌生女人在追求?热血一下子涌上我的双颊,我心不在焉地回答着同桌的人跟我说的话。你想必注意到,我被你的目光搅得多么心神不安。你不让别人觉察,微微地摆动一下脑袋向我示意,要我到前厅去一会儿。接着你故意用明显的动作付账,跟你的伙伴们告别,走了出去,行前再一次向我暗示,你在外面等我。我浑身哆嗦,好像发冷,又好像发烧,我没法回答别人提出的问题,也没法控制我周身沸腾奔流的热血。恰好这时有一对黑人舞蹈家脚后跟踩得噼啪乱响,嘴里尖声大叫,跳起一种古里古怪的新式舞蹈来;大家都在注视着他们,我便利用了这一瞬间。我站起来,对我的男友说,我出去一下,马上回来,就尾随你走了出去。

你站在外面前厅里,衣帽间旁边,等着我。我一出来,你的眼睛就发亮了。你微笑着快步迎了上来;我立即看出,你没有认出我来,没有认出当年那个小姑娘,也没有认出后来那个少女,你又一次把我当作一个新相遇的女人,当作一个素不相识的女人来追求。"您可不可以也给我一小时时间呢?"你用亲切的语气问我——从你那确有把握的样子我感觉到,你把我当作一个夜间卖笑的女人了。"好吧。"我说道。十多年前那个少女在幽暗的马路上就用这同一个声音抖颤,可是自然而然地表示赞同的"好吧"回答你的。"我们什么时候可以见面呢?"你问道。"您什么时候想见我都行。"我回答道——我在你面前是没有羞耻感的。你稍微有些惊讶地凝视着我,惊讶之中含有怀疑、好奇的成分,就和从前你见我很快接受你的请求时表示惊诧不已一样。"现在行吗?"你问道,口气有些迟疑。"行,"我说,"咱们走吧。"我想到衣帽间去取我的大衣。

我突然想起,衣帽票在我的男友手里,我们的大衣是一起存放的。回去向他要票,势必要唠唠叨叨地解释一番,另一方面,和你待在一起的时候,是我多年来梦寐以求的,要我放弃,我也不愿意。所以我一秒钟也不迟疑:我只取了一块围巾披在晚礼服上,就走到夜雾弥漫、潮湿阴冷的黑夜里去,撇开我的大衣不顾,撇开那个温柔多情的好心人不顾,这些年来就是他养活我的,而我却当着他朋友的面,丢他的脸,使他变成一个可笑的傻瓜;供养了几年的情妇遇到一个陌生男子一招手就会跟着跑掉。啊,我内心深处非常清楚地意识到,我对一个诚实的朋友干了多么卑鄙恶劣、多么忘恩负义、多么下作无耻的事情,我感觉到,我的行为是可笑的,我由于疯狂,使一个善良的人永远蒙受致命的创伤,我感觉到,我已把我的生活彻底毁掉——可是我急不可耐地想再一次亲吻你的嘴唇,想再一次听你温柔地对我说话,与之相比,友谊对我又算得了什么,我的存在又算得了什么?我就是这样爱你的,如今一切都已消逝,一切都已过去,我可以把这话告诉你了。我相信只要你叫我,我就是已经躺在尸床上,也会突然涌出一股力量,使我站起身来,跟着你走。

门口停着一辆轿车,我们驱车到你的寓所。我又听见你的声音,我又感到你温存地待在我的身边,我又和从前一样如醉如痴,又和从前一样感到天真的幸福。相隔十多年,我第一次又登上你的楼梯,我的心情——不说了,不说了,我没法向你描绘,在那几秒钟里我是如何对于一切都有双重的感觉,既感到逝去的岁月,也感到眼前的时光,而在一切和一切之中,我只感觉到你。你的房间没有多少变化,多了几张画,多了几本书,有的地方多了几件新的家具,可是一切在我看来还是那么亲切。书桌上供着花瓶,里面插着玫瑰花——我的玫瑰花,是前一天你过生日我派人给你送来的,以此纪念一个你记不得了的女人,即使此刻,她近在你的眼前,手握着手,嘴唇紧贴着嘴唇,你也认不出她来。可是,我还是很高兴,你供着这些鲜花:毕竟还有我的一点气息、我的爱情的一缕呼吸包围着你。

你把我搂在怀里。我又在你那里度过了一个销魂之夜。可是即使我脱去衣服赤身裸体,你也没有认出我是谁。我幸福地接受你那熟练的温存和爱抚,我发现,你的激情对一位情人和一个妓女是一样看待,不加区别的。你放纵你的情欲,毫不节制,不假思索地挥霍你的感情。你对我,对于一个从夜总会里带来的女人是这样温柔,这样高尚,这样亲切而又充满敬意,同时在享受女人方面又是那样充满激情;我陶醉于过去的幸福之中,又一次感觉到你本质中这独特的两重性,在肉欲的激情之中含有智慧的精神的激情,这在当年使我这个小姑娘都成了你的奴隶。我从来没有看见过一个男人在温存抚爱之际这样贪图享受片刻的欢娱,这样放纵自己的感情,把内心深处披露无遗——而事后竟然烟消云散,全都归于遗忘,简直遗忘得不近人情。可我自己也忘乎所以了:在黑暗中躺在你身边的我究竟是谁啊?是从前那个心急如火的小姑娘吗?是你孩子的母亲,还是一个陌生女人?啊,在这激情之夜,一切是如此亲切,如此熟悉,可一切又是如此异乎寻常的新鲜。我祷告上苍,但愿这一夜永远延续下去。

可是黎明还是来临了,我们起得很晚,你请我和你一同进早餐。有一个没有露面的用人很谨慎地在餐室里摆好了早点,我们一起喝茶,闲聊。你又用你那坦率诚挚的亲昵态度和我说话,绝不提任何不得体的问题,绝不对我这个人表示任何好奇心。你不问我叫什么名字,也不问我住在哪里:我对你来说,又不过是一次艳遇,一个无名的女人,一段热情的时光,最后在遗忘的烟雾中消失得无影无踪。你告诉我,你现在又要出远门到北非去,去两三个月;我在幸福之中又战栗起来,因为在我耳边又轰轰地响起这样的声音:完了,完了,忘了!我恨不得扑倒在你的脚下,喊道:"带我去吧,这样你终于会认出我来,过了这么多年,你终于会认出我是谁!"可是我在你的面前是如此羞怯,胆小,奴性十足,性格软弱。我只能说一句:"多遗憾啊!"你微笑着望着我说:"你真的觉得遗憾吗?"

这时候一股突发的野劲儿抓住了我。我站起来,长时间目不转睛地盯着你看。然后我说道:"我爱的那个男人也老是出门到外地去。"我凝视着你,直视着你眼睛里的瞳仁。"现在,现在他要认出我来了!"我身上每一根神经都颤抖起来。可是你冲着我微笑,安慰我:"他会回来的。"——"是的,"我回答道,"会回来的,可是回来就什么都忘了。"

我说这话的腔调里一定有一种特殊的激烈的东西。因为你也站起来,注视着我,态度不胜惊讶,非常亲切。你抓住我的双肩,说道:"美好的东西是忘不了的,我是不会忘记你的。"你说着,你的目光一直射进我的心灵深处,仿佛想把我的形象牢牢记住似的。我感到你的目光一直进入我的身体,在里面探索、感觉、吮吸着我整个的生命,这时我相信,盲人终于重见光明。他要认出我来了,他要认出我来了!这个念头使我整个灵魂都颤抖起来。

可是你没有认出我来。没有,你没有认出我是谁,我对你来说,从来也没有像这一瞬间那样陌生,否则——你绝不会干出几分钟之后干的事情。你吻我,又一次狂热地吻我。头发给弄乱了,我只好再梳理一下。我正好站在镜子前面,从镜子里我看到——我简直又羞又惊,几乎跌倒在地——我看到你非常谨慎地把几张大钞票塞进我的暖手筒。我在这一瞬间怎么会没有叫出声来,没有扇你一个嘴巴呢!——我从小就爱你,并且是你儿子的母亲,可你却为了这一夜付钱给我!我对你来说不是别的,只不过是夜总会的一个妓女而已。你竟然付钱给我!被你遗忘还不够,我还得受到这样的侮辱。

我急忙收拾我的东西。我要走,赶快离开。我心里太痛苦了。我抓起我的帽子,帽子就搁在书桌上,靠近那只插着白玫瑰、我的玫瑰的那只花瓶。我心里又产生一个强烈的愿望,不可抗拒的愿望:我想再尝试一次来提醒你:"你愿意给我一朵你的白玫瑰吗?"——"当然乐意。"你说着马上就取了一朵。"可是这些花也许是一个女人、一个爱你的女人送给你的吧?"我说道。"也许是,"你说,"我不知道,是人家送给我的,我不知道是谁送的;所以我才这么喜欢它们。"我盯着看你,"也许是一个被你遗忘的女人送的!"你脸上露出一副惊愕的神气。我目不转睛地注视着你:"认出我来,认出我来吧!"我的目光叫道。可是你的眼睛微笑着,亲切然而一无所知。你又吻了我一下。可是你没有认出我来。

我快步向门口走去,因为我感觉到,我的眼泪就要夺眶而

429

出,可不能叫你看见我落泪。在前屋我几乎和你的仆人约翰撞个满怀,我出去时走得太急了。他胆怯地赶快跳到一边,一把拉开通向走廊的门,让我出去,就在这一秒钟,你听见了吗?——就在我正面看他、噙着眼泪看这形容苍老的老人的这一刹那,他的眼睛突然一亮。就在这一秒钟,你听见了吗?就在这一瞬间老人认出我来了,可他从我童年时代起就没有看见过我呢。为了他认出我,我恨不得跪倒在他面前,吻他的双手。我只是把你用来鞭笞我的钞票匆忙地从暖手筒里掏出来,塞在他的手里。他哆嗦着,惊慌失措地抬眼看我——他在这一秒钟里对我的了解比你一辈子对我的了解还多。所有的人都娇纵我,宠爱我,大家对我都好——只有你,只有你把我忘得干干净净,只有你,只有你从来也没认出我!

  我的孩子昨天死了,我们的孩子——现在我在这世界上再也没有别的人可以爱,除了你。可你是我的什么人呢,你从来也没有认出我是谁,你从我身边走过,犹如从一道河边走过,你碰到我的身上犹如碰在一块石头身上,你总是走啊,走啊,不断向前走啊,可是叫我永远等着。曾经有一度我以为把你抓住了,在孩子身上抓住了你,你这飘忽不定的人儿。可是有其父必有其子:一夜之间他就残忍地撇开我走了,一去永不复回。我又是孤零零的一个人,比过去任何时候都更加孤苦伶仃。我一无所有,你身上的东西我一无所有——再也没有孩子了,没有一句话,没有一行字,没有一丝回忆,要是有人在你面前提到我的名字,你也会像陌生人似的充耳不闻。既然我对你来说虽生犹死,我又何必不乐于死去,既然你已离我而去,我又何必不远远走开?不,亲爱的,我不是埋怨你,我不想把我的悲苦抛进你欢乐的生活。不要担心我会继续逼着你——请原谅我,此时此刻,我的孩子死了,躺在那里,没人理睬,总得让我一吐心中的积郁。就这一次我得和你说说,然后我再默默地回到我的黑暗中去,就像这些年来我一直默默地待在你的身边一样。可是只要我活着,你永远也听不到我这呼喊——只有等我死去,你才会收到我的这份遗嘱,收到一个女人的遗嘱,她爱你胜过所有的人,而你从来也没认出她来,她始终在等着你,而你从来也不去叫她。也许说不定你在这以后会来叫我,而我将第一次对你不忠,我已经死了,再也不会听见你的呼唤:我没有给你留下一张照片,没有给你留下一个印记,就像你也什么都没给我留下一样;今后你将永远也认不出我,永远也认不出我。我活着命运如此,我死后命运也将依然如此。我不想叫你在我最后的时刻来看我,我走了,你不知道我的姓名,也不知道我的相貌。我死得很轻松,因为你在远处并不感到我死。要是我的死会使你痛苦,那我就咽不下最后一口气。

  我再也写不下去了……我的头晕得厉害……我的四肢疼痛,我在发烧……我想我得马上躺下去。也许一会儿这劲头就会过去,也许命运对我开一次恩,我用不着亲眼看着他们如何把孩子抬走……我实在写不下去了,别了,亲爱的,别了,我感谢你……过去那样,就很好,不管怎么着,很好……我要为此感谢你,直到生命的最后一息。我心里很舒服:要说的我都跟你说了,你现在知道了,不,你只是感觉到,我是多么爱你,而这爱情不会让你受到任何牵累。我不会使你若有所失——这使我感到安慰。你那美好光明的生活不会有一丝一毫的改变……我的死并不给你增添痛苦……这使我感到安慰,你啊,我亲爱的。

可是谁……谁还会在你的生日给你送白玫瑰呢？啊，花瓶将要空空地供在那里，一年一度在你四周吹拂的微弱的气息，我的轻微的呼吸，也将就此消散！亲爱的，听我说，求求你……这是我对你的第一个也是最后一个请求……为了让我高兴高兴，每年你过生日的时候——过生日的那天，每个人总想到他自己——去买些玫瑰花，插在花瓶里。照我说的去做吧，亲爱的，就像别人一年一度为一个亲爱的死者做一台弥撒一样。可我已经不相信天主，不要人家给我做弥撒，我只相信你，我只爱你，只愿在你身上继续活下去……唉，一年就只活那么一天，只是默默地，完全是不声不响地活那么一天，就像我从前活在你的身边一样……我求你，照我说的去做，亲爱的……这是我对你的第一个请求，也是最后一个请求……我感谢你……我爱你，我爱你……永别了……

他两手哆嗦，把信放下。然后他长时间地凝神沉思。他模模糊糊地回忆起一个邻家的小姑娘，一个少女，一个夜总会的女人，可是这些回忆，朦胧不清，混乱不堪，就像哗哗流淌的河水底下的一块石头，闪烁不定，变幻莫测。阴影不时涌来，又倏忽散去，终于构不成一个图形。他感觉到一些感情上的蛛丝马迹，可是怎么也回想不起来。他仿佛觉得，所有这些形象他都梦见过，常常在深沉的梦里见到过，然而也只是梦见过而已。

他的目光忽然落到他面前书桌上的那只蓝花瓶上。瓶里是空的，这些年来第一次在他生日这一天花瓶是空的，没有插花。他悚然一惊：仿佛觉得有一扇看不见的门突然被打开了，阴冷的穿堂风从另外一个世界吹进了他寂静的房间。他感觉到死亡,感觉到不朽的爱情:百感千愁一时涌上他的心头,他隐约想起了那个看不见的女人,她飘浮不定,然而热烈奔放,犹如远方传来的一阵乐声。

(1922)

张玉书 译

女人和大地[*]

　　那个炎热的夏天,由于缺雨干旱,全国歉收,多年来留在百姓的记忆里,人们至今心有余悸。早在六、七两月,就只有零星小雨洒在干渴的田地里,等到日历翻到八月,便一个雨点也不下了。即使在这高处,在蒂罗尔的高山谷地里,空气也炽热火烫,呈现出火和尘土交织在一起的番红花的颜色。我和许多人原来却幻想在这里找到凉爽。一大清早昏黄呆滞的太阳就直晒着,宛如一个热病患者从空荡荡的天上凝望着业已熄灭的大地,一小时一小时地过去,一片白蒙蒙的窒人的水汽从正午黄铜般的大锅里渐渐溢出,笼罩着整个山谷。当然,远方什么地方耸立着一块块巍峨的白云石,上面闪烁着积雪,晶莹、纯净,但只有眼睛凭记忆感觉到那清凉的寒光,带着渴望的心情,望着远方的雪岩,思忖也许此时那儿的山风喧嚣地呼啸着绕着山岩飞旋,使人痛苦;而在这儿,在山谷里,不分黑夜还是白天,总有一股贪婪的热气涌来,用千百张嘴唇,把你身上的水分吸干。在这由逐渐枯萎的植物、慢慢干枯的叶丛和不断干涸的小溪汇成的日益沉沦的世界里,一切生气勃勃的

---

[*] 本篇于一九二二年在小说集《马来狂人》(莱比锡海岛出版社)中首次发表。

活动也渐渐从内部停歇,时间一小时一小时地流逝,慢吞吞地,懒洋洋地。我和其他人一样,差不多都是在房间里度过这无限漫长的时日,半裸着身子,倚着遮得严严实实的窗户,无可奈何地等待着天气转变,等待着凉风吹来,迟钝而无奈地梦想着下雨和风暴。不久,这个愿望也枯萎了,变成一种沉思,麻木不仁,毫无意志,就像那渴望甘霖的小草在低头沉思,就像一动不动,萦绕着水汽的树林做着郁闷的昏梦。

一天天过去,天气越来越热,雨水还是一直不肯落下。太阳从早到晚向下直射,它那黄色的折磨人的目光,渐渐带有一个疯子的呆滞顽固的劲头。仿佛整个生命都要停顿,一切都静止不动,动物不再喧闹,从白茫茫的田野里传来的只有颤动的热浪发出的轻微的吟唱般的声音,这沸腾的世界里蒸汽弥漫的嗡嗡声,其他别无声响。我本想出门到树林里去,浓荫在林木中颤抖,蓝茵茵的,我想躺在那儿,躲开烈日的这道黄色的凝固不动的目光,但是走这区区几步路我已觉得太多。于是我坐在旅馆门前的一把藤椅里,一连一两个小时缩在遮阴的屋檐投在卵石甬道上的那一片狭窄的阴影里。当那薄薄的四边形的阴影缩短,太阳又爬到我手上,我便挪动一下椅子,然后又躺下,呆呆地凝望着这迟钝的光线,既不感到时间的流逝,也没有愿望和意志。时间融化在这可怕的郁闷之中,时时刻刻都被煮烂,化开,变成炎热的毫无意义的梦幻。我除了感到灼人的空气从外面侵击我的毛孔,热烈跳动的血液在体内急促地用铁锤敲打,其他别无所感。

突然我觉得,似乎有一阵呼吸声掠过大自然,不知从哪里响起一声热烈的充满渴望的叹息。我挺起身子。这难道不是风吗?我已经忘记,这是怎么回事,我那干枯欲裂的肺叶没能痛饮这股清凉已经为时太久,我还没有感觉到风已吹到我的身边,我正蜷缩在屋檐阴影的一角;但是对面山坡上的树木想必已预感到有陌生的东西来到,因为一下子,它们就开始轻轻摇摆,仿佛它们低头凑在一起互相耳语。树荫也变得骚动不宁,似乎有个活物激动地在它们身上跳来跳去,突然,远方某处升起一种低沉的颤音。可不是:风儿掠过人间,一片耳语,一阵风声,一声轻响,一股深沉的管风琴般的轰鸣,然后是更为强烈、更加沉重的一击。仿佛为一阵突兀的惊恐所刺激,大街上蓦然扬起灰尘,犹如烟雾缭绕的云彩,全都向着一个方向,不知道栖息在暗处什么地方的鸟儿突然从空中飞过,黑压压的一片,马儿的鼻孔喷着白沫,远处山谷里牲口在嘶叫。不知道什么强有力的东西猛然醒来,想必就在附近,大地已经知道了它,树林和动物也都知道了它,天宇现在也蒙上了一层灰色的纱幕。

我激动得浑身颤抖,我浑身的血被炎热的细密尖针所刺激,我的神经毕剥乱响,紧张起来,我从来也没有像现在这样预感到风带来的快感,暴风雨带来的幸福的欢乐。风来了,向我吹来,越来越大,宣告自己的来临,风儿慢慢地卷起一团团柔软的云朵,在山峦背后呼呼地喘息,仿佛有人在那里滚动着一个巨大的重物。有时候这阵阵喘息会突然停顿,就像疲极休息一样,于是索索直抖的枞树又慢慢地静止,仿佛想要侧耳细听,我的心也跟着颤个不停。无论我的目光投向哪里,到处都像我心里一样充满了期待,大地扩展了它的裂缝:它们就像一张张干渴而开裂的嘴,我在自己身上也有同样的感觉,一个个毛孔张开,张大,为了寻找清凉,寻找雨水清冷的使人战栗的快乐。我的手指不由自主地绷紧,仿佛想抓住云彩,把它们更快地从天上拉到这干渴欲绝的世界上来。

可是云彩已经来临,被看不见的手推着,缓缓地滚来,使天色渐渐阴暗,这些圆滚滚的鼓鼓囊囊的大口袋。你看,它们因为充满雨意,变得沉重而浓黑,它们轰轰隆隆地前来,如果互相撞击,就像结实笨重的东西,咕哝个不停。有时一道轻轻的闪电掠过它们黝黑的表面,犹如嚓的一声划亮火柴,燃起蓝色的火焰,凶险地,越来越近地逼了过来。由于浓密,云彩变得越来越黑,铅色的苍穹像剧院里沉重的帷幕徐徐垂落。现在整个空间都蒙上了一片黑色,温暖的停滞的空气压缩在一起,期待之中出现最后一次停顿,沉寂无声,令人心惊胆战。世上万物都被这降落到深处的浓黑重物所扼杀,鸟儿不再鸣叫,树木屏住呼吸,连小草也不敢再颤动;天空犹如一口金属的棺材,把这炎热的世界都装在里面,万物都僵在那里,期待着第一道闪电。我屏住呼吸,站在那儿,双手紧紧地攥在一起,我浑身绷紧,怀着奇妙甘美的恐惧,它使我纹丝不动。我听见背后人们跑来跑去,从树林里跑出来,从旅馆的大门里跑出来,从四面八方逃了过来;使女们放下百叶窗,砰砰地关上窗户。所有的人都突然活动起来,激动万分,挪动位置,做些准备,挤来挤去。只有我一动不动地站着,浑身发烧,沉默不语,因为我心里一切都压迫成一声喊叫,我的喉头已感觉到这声叫喊,看到第一道闪电时的快乐的叫喊。

这时我突然听见紧挨着我背后有人发出一声叹息,从受到压抑的胸口猛然爆发出一句充满渴望的话,带有哀求的意味,和这声叹息融成一片:"但愿马上就下雨啊!"这声音,从备受压抑的感觉里喷出的这一声,是这样的狂野,充满了原始的力,仿佛是这干渴的土地,这备受折磨、被铅块一样的天空压得透不过气的大地自身,用它干裂的嘴唇说出来的话。我转过身子,在我身后站着一个少女。这句话显然是她说的。因为她的嘴唇,那苍白的、秀气的弧形嘴唇,还张开着,似乎在渴望着什么。她的胳臂扶着门,轻轻地颤抖着。她不是在跟我说话,她不是在跟谁说话,她俯身朝向外面的大地,好像俯向一道深渊。她的目光茫然地直瞪着外面的黑暗,瞪着悬挂在枞树丛上的黑暗。她的目光黝黑空漠,这道目光,深不见底,凝望着深邃的苍穹。它的贪欲,只伸向天上,伸向凝聚成堆的云层深处,伸向笼罩大地的风暴。它碰也不碰我,所以我可以不受打扰地观察这个陌生的女郎,看见她的胸口如何渐渐隆起,有什么东西噎着她,向上振动。她的咽喉从敞开的衣领中显露出来,她那娇嫩纤细的骨骼一阵颤抖,最后,嘴唇也颤动不已,干渴地张了开来,又说道:"但愿它真要下雨啊。"对我来说,这又是整个郁闷已极的世界在呻吟。她那宛如塑像的身姿,她那茫然无神的目光里,有一种梦游似的幻梦般的神情。她站在那里,穿着一身洁白明亮的衣衫,衬着铅色的天空,我觉得她就是整个憔悴枯萎的大自然的干渴和期待的化身。

　　有什么东西唑唑的一响,坠落在我身边的草丛之中。有什么东西重重地啄了一下窗棂。什么东西在灼热的碎石上发出轻微的摩擦声,蓦然间到处都是这种轻微的唑唑作响的声音。我突然理解到,感觉到,这是雨点沉重地滴落下来了,那最初的即将化为水汽的雨点,那轰轰作响、使人凉爽的瓢泼大雨的幸福的使者。啊,开始了!已经开始了。一种忘怀,一种幸福的醉意向我袭来。我从未这样清醒。我向前跳去,伸手接住一个雨点。它啪的一声打在我的手指上,沉重而又清冷。

我摘下帽子,为了在我的头发上、额上更强烈地感到这种湿润的快乐。我浑身发抖,因为迫不及待地想让雨水在我身体的四周喧腾,在我身上,在我温暖的干燥欲裂的皮肤上,在张开的毛孔里,感觉到雨水一直渗入我那奔腾不已的血液里面。这噼啪溅落的雨点,现在还是稀稀拉拉的,但我已预感到它们在大量地降落,我已听见这些打开的闸门汹涌澎湃喧哗翻腾。我已经感觉到林上的天空坍塌下来,落在这熊熊燃烧的郁闷已极的世界上。

但是奇怪:雨点并没有落得更快,你可以数得清楚,一滴,一滴,一滴地落了下来,只听见轻微的沙沙声,咝咝声,呼呼声,在左边,在右边。但是这些声音没有汇成一阕大雨滂沱的宏伟喧闹的乐曲。雨点迟疑地滴落,节奏不是变得更快,而是变慢,越来越慢,最后突然静止。仿佛钟表上秒针的嘀嗒声倏然停止,时间凝固不动。我的心因为焦躁不安已经烧得火热,突然冷却下来。我等啊等啊,可是什么事情也没发生。天空皱着阴郁的额头,以漆黑呆滞的目光向下窥望。有几分钟之久,周遭一片死寂。然后仿佛有一道轻微的嘲弄的闪光掠过,从西方开始,高空渐渐明亮,云层堆积的高墙渐渐融解,它们发出轻轻的隆隆声,越滚越远。它们那深不可测的黝黑变得越来越浅,越来越淡。在闪亮的地平线上,那窥伺着的大地未能得到满足,显得无奈而失望,仿佛由于愤怒,最后一阵轻微的战栗穿过林中树木。树木低头、弯腰,然后把已经贪婪地伸出的丛叶之手,又软弱无力地垂落下来,如同死去了一般。云层形成的纱幔变得越来越透明,一道恶狠狠的凶险的亮光笼罩着这无力抵抗的世界。什么也没有发生,暴风雨已经过去。

我浑身哆嗦。我感到愤怒,是一种无可奈何,因为失望和遭到背叛的无能为力的愤慨。我恨不得大声喊叫,或者发疯发狂。我真想砸烂什么东西,真想去干什么邪恶或者危险的事情,体验一种荒唐的复仇的需要。我在自己身上感觉到整个遭到背叛的大自然所经受的痛苦,感觉到各种小草的干渴,街道的炽热,森林的烟雾,石灰石的灼人的火焰和受到欺骗的整个世界的饥渴。我的神经像电线一样燃烧:它们像受到电击而抽动,远远地传到带电的空气之中。它们像许多纤细的火苗,在我绷紧的皮肤底下燃烧。一切都使我疼痛,所有的声响都有尖刺,所有的一切都像被小小的火焰团团围住,目光不论看到什么,都自我燃烧。我内心最深层的本质被激动,平素在我迟钝的头脑里沉睡的许多沉寂、死去的感官,像许多小小的鼻孔张了开来,每个鼻孔都使我感觉到火焰。我已经不再知道,到底哪一个是我的激动,哪一个是世界的激动;在我和世界之间的一层薄薄的感觉的薄膜已被撕破,激起的惟一共同点乃是失望。当我发热病似的俯身凝望那渐渐充满万家灯火的山谷时,我感觉到,每一盏灯都直射进我的心田,每一颗星都燃烧着我的血液。这是同样漫无节制的亢奋热狂的激动,在心里,在外面,以一种痛苦的魔力,我觉得四周膨胀起来的一切,仿佛都挤进我的体内,在那里生长和燃烧。我觉得,仿佛从我最内在的本质里迸发出来的神秘、活泼的核心正在燃烧,正逐个深入到多种多样的形式中去。我感觉到一切,以感官的魔术般的清醒感觉到每一片树叶的愤怒,感觉到现在耷拉着尾巴,在门边溜来溜去的狗的呆滞目光,我感觉到一切,而这一切都使我痛苦。我的身子几乎真的开始燃烧起来了。现在我用手指去抓门上的木头,手指下面便像火绒似的轻轻地毕剥作响,发出干燥的焦煳味。

招呼大家进晚餐的锣声响起。这铜锣的声响一直传到我的心灵深处。这声音也使我疼痛。我转过身去。先前在这儿惊恐激动地从旁跑过的人们都到哪儿去了?刚才作为干渴思饮的世界站在这儿的她,她在哪里?我在因失望而迷乱的几分钟内把她忘得干干净净。所有的人都消失了,我独自一人站在这沉默无语的大自然里,我再一次用目光扫视了一下高空和远方。天空现在空无一物,但是并不纯净。点点繁星蒙着一层轻纱,一层绿茵茵的紧绷绷的纱幕,升向天空的月亮发出猫眼似的凶光,天上的一切都惨白灰暗,带着阴险的嘲弄神情。下面深处,在这摇摆不定的天体底下,夜色朦胧黑暗,发出幽幽的磷光,宛如一片热带的海洋,带着一个灰心丧气的女人的备受痛苦、充满欲念的呼吸。天上是最后一抹明亮的、嘲弄的光亮,下面是一片郁闷的黑暗,疲倦而又沉重。天和地彼此敌视,它们之间进行着一场阴森可怕的沉默的斗争。我深深地吸了口气,吸进去的只是激动。我伸手去抓小草。草儿干得像木头,在我的手指缝里毕剥作响,闪出幽幽的绿光。

锣声又一次敲响,这死气沉沉的声音使我反感。我不饿,我不想见人,但是外面这孤独的闷热实在太可怕。整个沉重的天空都默默地压在我的胸上,我感到我再也忍受不了它那铅块一样沉重的压力。我走进餐厅,人们已经坐在他们的小桌旁边。他们低声说话,可是我觉得他们的声音太响,因为触及我受刺激的神经的一切,都折磨着我:嘴唇的悄声细语,刀叉的轻声撞击,盘子的锐声刮动,每一个手势,每一次呼吸,每一道目光。一切都抽搐到我的身体里面,使我痛苦。我必须控制住我自己,免得干出荒唐的事情,因为我从我的脉搏感觉到这一点:我所有的感官都在发烧。我不得不去注视这些人中的每一个,看见他们这样平心静气,馋相毕露,泰然自若地坐着,我就对他们每一个人都怀有仇恨。与此同时,我自己却在炽烈燃烧,看到他们饱餐一顿,心安理得地坐在那里,对于整个世界的痛苦无动于衷,对于在干渴欲绝的大地胸怀里涌动的沉寂无声的狂乱毫无感觉,一股莫名的妒忌攫住了我。我用目光向所有的人发起进攻,是不是有人也有同感,但是所有的人似乎都迟钝不堪,无忧无虑。这里只有人在休息,在呼吸,怡然自得,他们头脑清醒,没有感觉,身体健康,而我是惟一的病人,只有我感染了这世界的热病。侍者给我把饭菜端来,我尝了一口,可是无法下咽。我接触到的一切,都反对我。我身上有太多的郁闷、干渴,充满了那受苦、生病、备受折磨的大自然的灼热蒸汽。

我旁边有把椅子挪动了一下,我吃了一惊。每一个声响现在碰到我都像是块热铁。我向那儿望去,陌生人——我还不认识的新邻居——坐在那里,一位年长的先生和他的妻子,性情平和的市民阶层的人物,圆圆的眼睛,从容不迫,面颊一动一动正在咀嚼。在他们对面,坐着一个年轻的姑娘,她的背半冲着我,显然是他们的女儿。我只看见她白皙的纤细的脖颈,上面是黑里泛蓝的浓密的头发,宛如一只钢盔。她一动不动地坐在那里,从她那僵硬的姿势,我认出她就是先前站在露台上的那个姑娘,宛如一朵白色的干渴的鲜花,如饥似渴地迎着雨水舒展开来。她那纤小、略显病态的细长手指,不安地摆弄着刀叉,可是并没有发出声响。她身边的宁静使我感到舒适,她也一口没吃她的食物。只有一次,她的手急匆匆地贪婪地伸向玻璃杯。啊,她也感觉到了这个世界的热病。我从她这饥渴的动作幸福地感觉到了这点。一种亲切的关怀使我把目光柔和地投向她的脖颈。我现在感觉到一个人,绝无仅有的一个没有背离大自然的人。这个人也随着这世界的熊熊烈焰一同燃烧。我希望她知道我们之间的这种兄弟般的关系。我真恨不得向她大喊:"你来感觉一下我吧!来感觉一下我吧!我也像你一样清醒,我也在受苦!感觉一下我吧!感觉一下我吧!"我用我的愿望做成的灼热的磁铁拥抱着她,我凝视着她的背脊,从远处轻轻抚摩她的头发,用目光紧盯着她,用嘴唇呼唤她,紧紧地拥抱她。我盯着她,直盯着她,把我全部寒热抛了出去,以便她能像姐妹似的感觉到它。但是她没有转过身来,直挺挺地坐着,宛如一座雕像,冷漠而陌生。没有人帮助我。连她也没感觉到我。世界也没有附在她的身上,我在独自燃烧。

啊,这里里外外的郁闷,我再也忍受不住了。这些热菜发出的蒸汽,油腻腻的,甜丝丝的,折磨着我。每一个声响一直钻进我的神经。我感到我的血液在翻腾,知道我快要昏倒在紫色的晕眩之中。我身上的一切都渴望着清凉和远处。这样紧挨着人们,这沉闷的感觉,把我压垮了。我旁边有一扇窗,我把它推开,使窗户洞开。妙极了:那里又是神秘莫测,我血液里的这种不安定的闪烁,只消融在广袤无垠的夜空之中。月亮在天上发出乳黄色的幽光,犹如一只发炎的眼睛,周围是蒸汽汇成的一道红圈,一片苍白的雾霭鬼气森森地掠过田野。蟋蟀热狂地唧唧直叫;空气似乎到处都被发出尖声锐叫的金属琴弦所绷紧。在这中间有时候还夹杂着一两声青蛙慌乱的轻叫,群狗齐吠,大声嚎叫;远处不知什么地方野兽在咆哮,我想到,在这样的夜晚,寒热会使母牛的奶水中毒。大自然生了病,便是在那里也是这种寂静的愤怒的狂暴。我凝望窗外,就像窥视一面感情的镜子。我整个的生命伸出窗外,我的郁闷和这大地的郁闷融成一片,结合在沉默湿润的拥抱之中。

我身边又有椅子在挪动,我又吓了一跳。晚餐已经用毕,人们大声喧哗地站起身来:我邻桌的客人站起来,从我身旁走过。先是父亲,从从容容,酒足饭饱,目光亲切,含有笑意,然后是母亲,最后是女儿。现在我才看到她的脸。她的脸色苍白泛黄,宛如外面的月亮,带有同样黯然病态的颜色,她的嘴唇一直半张着,还和先前一样。她悄无声息地走着,可是步履并不轻盈。她身上有一种松弛无力、萎靡不振的神气,很奇怪地使我想起自己的感觉。我感到她走近,心情激动。我心里有什么东西希望和她亲近,最好她能以她的白色衣裙碰我一下,或者在她走过时我能感到她秀发的幽香。这时她看了我一眼,她的目光滞重黝黑,直刺进我的心里,然后就扎在那里,深深地咬住,使我只感觉到它。她那明亮的面庞就此消失,我眼前只感觉到这蒙眬深黑的目光,我栽了进去,就像跌进一道深渊。她又向前迈了一步,但是她的目光没有放开我,犹如一支黑色的长矛深深地钻进我的身体。我感到它扎得越来越深,现在它的尖头一直刺到我的心上,在那里停住不动。一秒钟两秒钟,她定睛直望着我。我屏住呼吸,有几秒钟之久,我感到我毫无力气地被这瞳仁的黑色磁铁吸了过去。然后,她从我身边走过,我立刻感到我的血液像从一个伤口迸涌而出,激动地在我全身流动。

这——这是怎么回事?我像从死亡中醒来,莫非是我自己的寒热使我这样心神迷乱,以至一个从旁走过的少女匆匆扫我一眼就使我完全忘乎所以?可是我觉得,就在她这样凝神看我的时候,我仿佛感觉到同样寂静的狂暴,感觉到一种憔悴衰萎、干渴欲死的无效的贪婪,此刻正在宇宙万物之中,在红色月亮的目光中,在土地干渴的嘴唇上,在野兽嚎叫的痛苦中向我显现。这种贪婪也同样在我身上闪烁和颤抖。啊,在这奇幻闷热的夜晚,宇宙万物乱成一团,一切全都消融,化为这种感觉:期待和焦灼! 这究竟是我的疯狂,还是世界的疯狂? 我很激动,想要知道答案,于是我尾随她走进大厅。她在那儿挨着父母亲坐下,静静地靠在一张沙发上。在她低垂的眼皮底下看不见她那危险的目光。她在看一本书,但是我不相信她看进去了。我确信,倘若她的感觉和我一样,倘若她也在忍受这郁闷欲死的世界所受的无谓的痛苦,那么她在静静观察的时候就不可能休息,这只是躲避别人好奇心的一种伪装,一种障眼法。我在她对面坐下,直瞪着她,我狂热地等待着那使我着魔的目光,不知它是否还会再来,为我解开它的秘密,但是她一动不动,她的手漠然地把书一页一页地翻过去,可是始终低垂着目光。我在对面等着,等着,越等越感到燥热,不知什么谜样的意志力紧张起来,绷得像肌肉一样有劲,完全变成肉体的力量,为了打破她的这种惺惺作态。人们在那儿慢条斯理地谈话、抽烟、玩牌,在所有这些人中间,现在开始了一场无声的搏斗。我感觉到,她在抗拒,不许自己抬起头来看我,但是她越抵抗,我就越执拗。我坚强有力,因为我身上有着整个干渴的土地的期待和失望的世界的饥渴的火焰。就像夜晚潮湿的郁闷还一直涌向我的毛孔,我的意志也使劲逼向她的意志。我知道,她不久一定会看我一眼,她一定会这样做。我们身后的客厅里有人开始弹奏钢琴。音符宛如珍珠,轻轻地流泻过来,音调时高时低,匆匆掠过。那边有一帮人大声喧哗,对一个什么愚蠢的玩笑发出哄笑。我听到、感觉到正在发生的一切。但是一分钟也没有放松我的凝视。我现在大声数着正在流逝的一秒一秒,我的眼睛却死死盯着她的眼皮,想要从远处,通过意志的催眠术,使她倔强地低垂着的脑袋抬起。时间一分一分地涌流过去——与此同时,那边一直有音符流泻过来——我已经感到,我的力气在渐渐衰退——突然,她猛地抬起头来,直视着我,笔直地望着我,又是那同样的无止境的目光,一片黝黑可怕,拼命吮吸的虚无,一种不容抗拒的把我吮吸进去的干渴。我愣愣地一直看到这对瞳孔之中,就像望进一架照相机的黑孔,我感觉这照相机先把我的脸吸进那陌生的血液之中,而我又从自己身上冲将出去;我脚下的地面消失,我体味到这令人眩晕的跌落时的全部甜蜜。我还听见我头上那淙淙作响的音符在忽上忽下地流动,但我已不再知道是在什么地方遇到这件事。我的血液迸涌而出,我的呼吸停顿。我意识到这一分钟,这一小时,或者永恒正在使我窒息。——这时她的眼皮又耷拉下来。我像一个行将溺死的人又浮出水面,浑身发冷,热病和危险使我颤抖不已。

我环顾四周,对面人群中又只坐着一个身材苗条的年轻姑娘,正静静地低头看书,纹丝不动,宛如一座雕像,只有她薄裙底下的膝盖在微微颤动。我的双手也在哆嗦。我知道,这期待和抵抗的狂荡游戏现在又将开始。我又不得不一连几分钟紧张地要求,然后突然之间又被一道目光吸入漆黑的火焰之中。我的双鬓潮湿,全身血液沸腾。我再也忍受不住。我站起来,头也不回地走了出去。

这灯火辉煌的房子前面,黑夜广阔邈遥。山谷似乎已经沉没,天空闪亮,濡湿黝黑,犹如湿漉漉的苔藓。就是在这里也毫无凉意,一直还不凉爽。就是在这里,也到处是同样的干渴和醉意的危险结合,我在血液之中感觉到它。有一些不健康的、潮湿的东西,好像热病病人冒出的汗水覆盖在田野之上,田野散发出乳白色的蒸汽,远处火舌颤动,幽幽地穿过沉重的空气,犹如鬼火。一道黄圈围在月亮四周,使它目光凶狠。我无限疲倦。有一把藤椅,还是白天忘在那里的:我坐在椅子里,一动不动,伸手伸脚地坐着。只在我顺从地偎依着柔软的藤条时,我才蓦地感到这郁闷美妙无比。它不再折磨我,它只是温柔地、淫荡地向我凑过来,我不再抗拒它。我紧闭双眼,什么也不看,为了更强烈地感觉到大自然的存在,这活生生的东西此刻正拥抱着我。夜,活像一只水螅,一个柔软光滑拼命吮吸的东西现在从四面八方向我逼近,用千百张嘴触碰我。我躺着,感到自己的力量在衰退,正委身于拥抱着我,依偎着我,紧搂着我,吸着我的血的什么东西。我第一次在这郁闷的搂抱中放荡地感觉到自己像个女人似的消融在这委身的温柔快感之中。一下子毫不抵抗,只是把身体完全委与这个世界,使我感到一阵甜蜜的战栗。这看不见的东西正温柔地触摸我的皮肤,渐渐浸入我的肌肤,使我四肢百骸变得更加松快,这真是美妙无比。我不复抵抗感官的这种酥软松弛。我听任自己滑进这种新的感觉,我只是蒙眬地幻梦似的感觉到这夜和先前的目光,女人和大地,只感觉到,这一切融为一体,迷失在这融合之中,无比甘美。我有时觉得,仿佛这片黑暗只是她,而那阵触及我肢体的温暖,就是她的身体,正和我的身体一样,消融在这夜色之中。我一面在睡梦中还感觉到她,一面消失在这种淫荡的迷失状况汇成的这阵黝黑、温暖的波浪之中。

不知什么东西使我悚然惊醒。我以全部感官探向四周,可总是神思恍惚。然后我看见了,我认出了,我正闭着双眼靠在那里,沉入睡眠之中。我想必睡着了,睡了一个钟头或者说不定好几个钟头,因为旅馆的大厅里,灯光已经熄灭,大家都早已回房休息。我的头发湿漉漉地贴在我的鬓角,这幻梦般无梦的睡意,犹如一片灼热的露水落到我的身上。我昏昏沉沉地站起身来,回到屋子里去。我的心情烦乱,但是我的四周也是一片紊乱。有什么东西在远处发出粗犷凄厉的叫声,有时候一道闪电凶险地一亮,掠过天空。空气里有火和火星的味道,群山后面有阴险奸猾的闪电亮起,在我心里,回忆和预感发出幽幽的磷光。我真想留在那里沉思、享受并且融入这神秘的景况;但是时间已晚,我走进屋里。

大厅里已经空无一人,在一盏电灯黯淡的光影中,椅子七零八落地散放在各处。大厅里阒无人迹的空旷显得鬼气森然。我不由自主地在一张椅子里想象那奇特的女性的娇柔形象,她用目光使我如此目眩神迷。她的目光在我心灵深处依然栩栩如生,它动了一动,我感到它在黑暗中正照射着我,一种神秘的预感告诉我它在这四壁之间的什么地方醒着,它的允诺还在我的血液里漫无目的地到处蹿动,依然还是这样郁闷!我刚把眼睛闭上,就在眼皮后面感到紫色的火星。这炽热的白昼还在我心里闪闪发光,这震颤潮湿、幽光闪烁、光怪陆离的夜晚还在我身上发出阵阵寒热。

但我不能老待在这前厅里,周围一片昏黑,空寂无人。于是我走上楼梯,其实我心里还不想上楼。我内心还有一种我无法制伏的抗拒力。我疲惫不堪,可又觉得去睡觉还嫌太早。说不清楚的一种透视一切的神秘预感告诉我还会有一些奇遇。我的感官伸出去,窥探活生生的温暖的东西。仿佛有敏锐灵活的触角从我身上伸出,伸向楼梯,触碰各个房间,正如先前伸向大自然,此刻我把全部感觉都投进这幢房子。我感觉到房子里许多人的睡眠,他们均匀的呼吸,他们稠黏浓黑的血液沉重地在无梦的酣睡中涌流,感觉到他们天真无知的安宁和平静,但是也感觉到一种说不清的力量磁铁般地吸引着我。我预感到有什么东西和我一样,醒着没睡。是那道目光,还是大地把这精致的紫色的疯狂注入我的心中?我相信透过墙壁,感觉到一种不知是什么样的柔软东西,一股小小的不安的火焰在我心里颤抖,在我血液里吸引着,并没有燃烧尽净。我厌恶地登上楼梯,可还是走一步停一停,从我内心出发倾听着;不仅仅用我的耳朵,而是用我的全部感官。没有什么事情使我感到惊奇,我心里的一切都窥伺着一件闻所未闻的、稀奇古怪的事情,因为我知道,没有奇事发生,夜晚不会终结,没有闪电出现,郁闷不会停止。我站在楼梯上侧耳倾听时,我又一次变成外面整个的世界,正无奈地伸欠着,呼唤着暴风雨。但是什么都静止不动。只有轻轻的呼吸声穿过这寂静无风的房子。我疲倦而失望地走上最后几步楼梯,想到我那寂寞的房间犹如一口棺材,我就不寒而栗。

房门的把手在黑暗中不安地闪光,摸上去潮湿而温暖。我打开房门,房间深处的窗户洞开,显出一个黝黑的夜的方框,外面林中浓密的枞树树梢当中,闪现出一块蒙上云翳的天空。屋里屋外,世界和房间,全都漆黑。只有——奇怪而费解——窗框旁边,直立着细长的一条在微微发亮,宛如一道失落的月光。我不胜惊讶地近前去看看,在这月色迷蒙的黑夜里,是什么在那里发出这样明亮的微光。我再走近一些,那儿

449

动了一下。我诧异不已：可是并不吃惊，因为在这个夜晚，我心里也有一些东西，奇妙地准备接受奇幻古怪的事情，一切都已事先想过，并且在幻梦中已意识到。遇见什么都不会使我感到奇怪，而遇见这个我尤其不感到奇怪，因为的确如此：是她站在那里，是我每上一步楼梯，在这沉睡的房子里每走一步，都无意识地想到的她，我那火星直冒的感官通过板壁和房门感觉到她醒着。我看见她的脸只是一片微光，围在她身旁的白色的夜的大氅宛如一片氤氲。她倚窗而立，整个心灵伸向窗外的大地，被深处熠熠闪光的镜子神秘地吸引到她的命运中去，她看上去像是童话中的人物，浮在池面上的奥菲利娅①。

  我再走近一些，怯生生地，同时又心情激动地走近一些。我的动作发出的声音想必也传到她的耳边，她转过身来。她的脸庞陷入阴影之中。我不知道，她是否真的看见了我，是否听见我的脚步声，因为她的动作并没有悚然警觉的样子，既不惊慌，也不反抗。在我们身边一切都非常宁静。墙上一只小钟嘀嗒嘀嗒地响着，周遭一直非常寂静，然后她突然低声地、出人意料地说道："我是这样害怕。"她在跟谁说话？她认出我来了吗？她指的是我？她是在说梦话？这是今天下午在门外说话的同样的声音，同样的声调，因为乌云渐渐逼近而颤抖不已。那时她的目光还根本没有注意到我。这很古怪，可我既不感到惊奇，也不因而慌乱。我向她走去，想安慰她，我握住她的手。她摸上去像是火绒，又热又干，在我的手掌里，她握紧的手指都软软地纷纷松开。她一声不响地把手交给我。

---

  ① 莎士比亚名剧《哈姆雷特》中的女主人公，因爱情绝望而投水自尽。

她身上的一切都是软绵绵的,没有任何抵抗力,仿佛已经完全麻木。只有她的嘴唇像从远方再一次悄声耳语:"我是这样害怕!我是这样害怕。"然后化为一声叹息,仿佛在窒息中说道:"唉,多闷啊!"这一声从远方传来可又是轻声耳语,就像是我们两人之间的一个秘密。但我还是感到:她不是跟我说话。

我抓住她的胳臂。她只是微微哆嗦一下,就像今天下午暴风雨前的树木。但是她并不反抗。我更紧地抓住她,她就放松了。柔弱无力,没有反抗,宛如一股温暖的奔泻的波浪,她的肩膀靠在我身上。现在她紧紧挨着我的胸口,我可以嗅到她皮肤发出的闷热和她秀发散发的潮湿的蒸汽。我一动不动,她一声不吭。这一切都很古怪,我的好奇心被激起,我越来越焦躁急切。我用嘴唇碰一碰她的头发——她没有抵抗。于是我吻她的嘴唇。她的嘴唇又干又热,我一吻,她的嘴唇便突然张开,为了在我的唇上痛饮,但并不是干渴欲死、激情如炽,而是像孩子那样静静的松软无力的贪婪的吮吸。我觉得她像是一个渴得快死的人。她那苗条的、透过薄薄的衣衫温热地起伏不停的身体也像她的嘴唇一样吮吸着我,犹如先前外面的黑夜,疲软无力,但却充满一种静静的、醉意醺然的贪婪。我搂着她——我的感官更加炽烈地燃烧起来——我就感觉到温暖潮湿的土地紧贴着我,如同那炽热无力、烧得通红的大地今天躺在那里,干渴地期待着使人松快的阵雨。我吻她,吻了又吻,我感到,似乎正在她身上享受着广袤无垠的、郁闷期待的世界,从她滚烫的面颊上散发出来的这股暖意,仿佛是田野的蒸汽,那阵阵战栗的大地,仿佛在她那柔软、温暖的乳房上呼吸。

451

我那到处漫游的嘴唇想要向上移到她的眼皮上,移到她的眼睛上去,我曾如此心惊肉跳地感觉过她眼睛的黝黑的火焰。我抬起头来想看看她的脸,在静观中更强烈地享受一切,可是这时,我出乎意料地看到,她的眼皮紧闭。她躺在那里,宛如一张石雕的希腊面具,没有眼睛,没有知觉,是已经死去的奥菲利娅漂浮在水面上,毫无感觉的苍白面庞浮出深色的流水。我大吃一惊,第一次意识到这件奇妙无比的事件的真相。我惊慌失措地发现,我是在拥吻一个没有知觉的女人,在搂抱一个醉酒、生病、失去感觉的梦游女,只因夜间的郁闷像一个赤红的凶险的月亮,驱使她来到我身边,这是一个不知道自己在做什么,说不定对我也并无强烈要求的女人。我大吃一惊,她在我的臂弯里变得沉重起来,我想让这个丧失意志的少女轻轻地滑到沙发上,滑到床上,不要趁她迷醉时窃取欢乐,不要得到说不定她自己并不愿给予,而只是她心里的妖魔、她血液的主宰者想要给予的东西。可是她刚感觉到我放松了,就开始轻声呻吟起来:"别放开我!别放开我!"她连连央告,她的嘴唇吮吸得更加热烈,她的身体使劲地凑过来。她那双目紧闭的脸痛苦地紧张起来,我惊慌地感到,她想醒,可又醒不过来,她那醉意浓烈的感官在这癫狂的囚牢里大声喊叫,想要恢复知觉。像铅一样沉重的睡眠的面具下面有什么东西在拼命挣扎,想从它着迷中邪的状况中挣脱出来,恰好这一点对我是个危险的诱惑,驱使我来唤醒她。我的神经焦灼不安,急于看到她醒过来,看到她说话,看到她是个真正的人,而不是一个梦游者。我无论如何要从她那耽于享受的躯体里逼出这一真情。我把她搂到怀里,使劲摇晃她,用牙齿咬她的嘴唇,用手指掐她的手臂,为了让她最终睁开眼睛,然后神志清醒地去享受,此刻只是她身上的一种冲动在这里浑浑噩噩地享受着一切。但是她只是来回扭动,被掐得发痛而呻吟。"使劲一点!使劲一点!"她结结巴巴地说,充满一种荒唐的激情,使我激动,使我自己也变得荒唐起来。我感到,她已经快要醒来,从她紧闭的眼皮看,她就要醒来,因为她的眼皮已经在不安地抽动。我把她搂得更紧,更深地进入她的身体。突然我感觉到,一滴眼泪沿着她的面颊滚下,我把它饮去,带着咸味。我越使劲压她,她的胸口就起伏得越厉害,她呻吟不已,她的四肢痉挛起来,仿佛想挣断什么可怕的东西,挣脱一个用睡眠把她勒住的铁圈。突然——像一道闪电掠过风狂雨骤的世界——她心里的什么东西裂成两半。一下子,她在我的怀抱里又变成沉甸甸的、直往下坠的重物,她的嘴唇放开我,两手垂落,我把她放回到床上,她躺在那里活像一个死人。我吓了一跳,不由自主地触摸她,碰碰她的手臂和她的面颊。它们摸上去像石头一样又冷又僵。只有头上太阳穴那里,血液还按着颤抖的节拍轻轻地突突直跳。她躺在那里,宛如一尊大理石的雕像,面颊湿漉漉的,满是眼泪,呼吸轻轻地抚弄着紧张的鼻翼。有时候一阵抽搐轻轻透过她的全身,这是激动的血液渐渐平缓的余波,可是胸部的起伏已经越来越弱,越来越弱。她似乎变得越来越像一尊塑像。越来越有人性,越来越有孩子气,她脸上的轮廓越来越明亮,越来越放松。痉挛已经消失。她微微入睡。她睡着了。

我坐在床沿上,哆哆嗦嗦地向她弯下身子。她躺在那里,一个安详平和的孩子,双目紧闭,嘴唇微露笑意,内心的梦境使她面部充满生气。我弯下身子,凑得很近,看见她脸上的每一根线条,面颊上感觉到她呼吸的气息。我凑得越近去看她,她就变得离我越远,越加神秘。因为这个像石头一样躺着的姑娘被一个郁闷之夜的灼热浪潮冲到我的身旁,冲到我这陌生人的身旁,现在像死人一样冲刷到岸边。她和她的感官此刻究竟在哪里呢?躺在我手里的姑娘,究竟是谁?她从哪里来?她属于谁?我对她一无所知。我只是一直感到,没有任何东西把我和她联系在一起。我凝视着她,一连几分钟,只有挂在上面的钟匆忙地嘀嗒嘀嗒直响,我试图从她那无言无声的脸上看出什么,可是她脸上没有任何东西是我熟悉的。我真想在这儿,在我身边,在我房里,紧挨着我的生活,把她从这个陌生的睡眠中唤醒,可同时我又害怕她醒来,害怕她清醒的感官投来的第一瞥目光。于是我默默地坐在那儿,也许坐了一个小时,或者两个小时,俯身望着这个陌生少女的睡眠。我渐渐感到,在这里和我偶遇的仿佛不是一个女人,不是一个人,而是黑夜自己,是这干渴欲绝受尽折磨的大自然的秘密在向我敞开胸怀。我觉得,仿佛是整个灼热的世界,连同它那郁闷尽消的感官在这里躺在我的手下,仿佛是土地不堪折磨,挣扎着抬起身子,把她当作信使从这稀奇古怪、光怪陆离的夜晚派了出来。

  什么东西在我背后哗啦一响。我像个罪犯似的直蹿起来。窗户又哗啦一响,似乎有个大拳头在摇晃它。我跳起来。有个陌生的东西站在窗前:一个已经状貌大变的夜,焕然一新,危机四伏,黝黑闪亮,狂野地骚动不已。一阵呼啸,一片可怕的喧腾,已经涌上天空的黑塔,从黑夜里向我扑面袭来,寒冷、潮湿、狂暴地一击:这是风。它从黑暗中跳出,强劲而又激烈,它的拳头摇撼着窗户,敲击着房屋。黑暗犹如一个可怕的咽喉,张得老大,云层涌来,急骤匆忙地建造起漆黑的高墙,不知什么东西狂暴有力地在天地之间迅疾地呼啸而过。顽固的闷热被这狂野的洪流席卷而去,一切都在涌流、延伸、蠕动,疯狂的窜动从天空的这一头驰向另一头,牢固地扎根在地里的树木,被这风暴的看不见的呼呼作响迅疾飞舞的鞭子抽打得连声呻吟。突然一道白光闪过,把一切都撕成两半:一个闪电把苍穹一下劈开,直到地面。闪电过后雷声隆隆,仿佛全部浓云都滚落深渊。我背后有什么东西动弹了一下。她惊得直起身子。闪电把睡意从她的眼前一把撕去。她迷惘地环顾四周。"怎么回事?"她说,"我在哪儿?"她的声音和先前完全不同。惊恐在嗓音里颤抖,但语调已变得清朗、尖细、纯净,如同新发酵后澄净的空气。又来一道闪电打开了大地的框架:我迅即看见枞树丛照亮了,轮廓分明,被风暴吹得东摇西晃,我看见云团像疯狂的野兽在天上狂奔、猛窜,房间照得雪白,比她苍白的面颊还白:她跳起身来。她的动作一下子变得无拘无束,我从来没有看见过她这样自由无羁。她在黑暗中凝视着我。我感到她的目光比黑夜还黑。"您是谁……我在哪儿?"她结结巴巴地说道,惊恐万状地把敞开的衣服一把拢在胸前。我走过去想安慰她,可是她躲开了。"您要干什么?"她看见我走近,使足全部力量叫道。我想找一句话来抚慰她,和她攀谈,可这时我才发现,我并不知道她的名字。又是一道闪电把光亮投进房间。墙壁像抹了硫黄,闪闪发光,白得像石灰一样。她一身洁白站在我的面前,惊恐之中伸出双臂来抵御我,在她那如今已经清醒的目光里是无边无际的仇恨。雷声响起,黑暗又向我们坠落,我想在黑暗中抓住她,安慰她,向她解释一番,可是徒劳。她猛然挣脱身子,又是一道闪电,给她指出房门,她一下推开房门跑了出去。门砰的一声关上,恰好一声霹雳击来,仿佛整个苍穹都坠落到地上。

然后是无休止的喧腾,千道溪流从无涯的高处泻落,犹如万丈飞瀑,风暴把它们像万条湿漉漉的绳索哗啦啦地来回甩动。有时风暴把一股股冰冷的水流和甜蜜芳香的空气从窗外抛进来。我战栗着站在那里,直到我的头发淋湿,浑身滴水,连连寒战。但是我幸福已极,感觉到这纯净的元素——水,我的郁闷似乎也在这阵阵闪电之中散去。我快活得想大声喊叫。我又能够呼吸,又神清气爽,在这种极度欢乐的感觉中,我忘记了一切。我像泥土,像大地一样地把这股清凉吸入体内:幸福的战栗使我从头到脚摇晃起来,犹如树木,在雨水湿淋淋的皮鞭抽打之下,飒飒作响地摇晃个不停。天和地的这场淫荡的搏斗美得露出妖气。这是一个宏伟壮观的新婚之夜,我一面体验一面享受它的欢乐。天空用一道道闪电探身向下,用一阵阵雷鸣冲向震颤不已的大地,在这发出呻吟的黑暗之中,高处和低处疯狂般汇成一片,就像异性的互相渗入。树木因为极度欢乐而呻吟不已,越来越炽烈的闪电,在天际相互交错,人们看到天空灼热的血管突现出来四处乱窜,和条条通道形成的湿淋淋的水沟交织在一起。一切都破碎崩裂,坍塌倾圮,黑夜和世界———一股奇妙的新的气息,融入田野的芳香和天空火辣辣的氤氲,凉飕飕地侵入我的身体。憋了三个星期的火焰,在这场搏斗中喷射出来,我心里也感到一阵轻松。我觉得,这雨水仿佛喧闹着涌进我的毛孔,风儿仿佛吹透了我的胸膛,涤荡着我胸中的火气,我不再孤立地、兴奋地感觉到我自己和我的体验,我只是世界,只是风暴,只是阵雨,只是寓于大自然的充溢丰腴之中的生命和夜。然后,一切都慢慢平静下来,闪电只是蓝幽幽地掠过地平线,不再凶险,雷声只是像老爸爸似的咕噜几声,以示警告,而雨水的喧声在逐渐绵软的风中变得富有节奏,这时我也感到声音越来越轻,我自己也感到疲倦。我的颤动不已的神经也像音乐一样发出响声,柔和的放松的感觉潜入我的四肢。啊,现在和大自然一同沉沉睡去,然后和它一同醒来!我脱去衣服,上床睡觉。床上还印有柔软的陌生的形状。我模模糊糊地感觉到她,又一次让我记起这古怪的奇遇,但是我已不再明白。窗外的雨喧腾不已,涤净了我脑子里的思想。我感到一切只是幻梦。我还一个劲地想追忆我遇到的事情,但雨水仍在喧腾,这柔和的淙淙作响的夜是个奇妙无比的摇篮,我沉入夜的怀抱,在它的瞌睡中蒙眬入睡。

第二天早晨我走到窗前,看见世界已完全变样。大地沐浴着灿烂的阳光,清澈明净,轮廓分明,显得欢快而又开朗。大地的上空高悬着一面闪亮、宁静的明镜,地平线远远画出湛蓝的一道弧线,界线清晰。天空无限高邈,昨日它还低低地沉落到田野之中,使田野丰腴茂盛,可现在它是那么遥远,像宇宙一样广阔,在任何地方都不再和大地相交,和它的妻子——那芳香馥郁、呼吸频频、得到餍足的大地——毫无关联。一道蓝色的深渊在天地之间闪着寒光,它们互相凝望,不怀任何欲望,这天空和大地已经互相视同陌路。

我下楼走进大厅。人们已经聚在那里。他们的气质已和可怕、闷热的那几周大不相同。大家都生气勃勃,十分活跃。他们笑声朗朗,嗓音铿锵响亮,富有韵律,妨碍他们活动的迟缓滞重已经消失,缠绕他们的郁闷纽带已经脱落。我在他们当中坐下,完全不含敌意。一种说不清的好奇促使我寻找那个少女,睡眠几乎把她的形象从我脑海里抹去。的确,我寻找的她就坐在邻桌,坐在她父母亲当中。她情绪开朗,肩膀轻松。我听见她在笑,笑声清朗,无忧无虑。我好奇地用我的目光把她抱住。她没有注意到我。她在讲述什么使她开心的事,其间夹着孩子气的笑声,宛如一串珍珠滚落。终于她也不时向我这边张望,目光匆匆接触之际,她的笑声不由自主地停住。她更加使劲地瞪着我。有什么东西使她感到惊讶,她的眉毛挑了起来,眼睛严峻而紧张地向我发出询问,她的脸上渐渐出现一种费劲的、备受折磨的神情,仿佛极想回忆起什么,而又想不起来。我和她四目相对,充满希望地期待着,看她是否有一点激动或羞愧的神情向我示意,可是她又掉转目光看往别处。一分钟后她的目光又转了回来,想弄明白是怎么回事。她的目光又一次审视我的脸。只是一秒钟,漫长而紧张的一秒钟,我感到她目光中射出的坚硬、刺人的金属探针深深地刺进我的心里;可是后来她的眼睛又放心地放开了我,从她目光中大大方方的光芒,从她脑袋几乎可说是快活的扭动,我感觉到她一清醒过来,对我就一无所知,我们的结合随着那魔幻的黑夜已永远沉没。我们两个又和天地一样彼此陌生,相隔遥远。她和她的父母亲说话,无忧无虑地摇动她那纤细的处女的双肩,微笑中,她的牙齿在薄薄的嘴唇里欢快地闪亮,而几小时前我却在她的唇边痛饮了整个世界的干渴和郁闷。

(1922)

张玉书 译

日内瓦湖畔的一个插曲

一九一八年夏天的一个夜晚,在日内瓦湖边靠近瑞士小镇维勒内夫的地方,有个渔夫驾着小船,在湖上发现了一个奇怪的东西。划到近处一看,原来是一只用几块松散的木板捆在一起做成的木筏,一个赤身裸体的男人用木板当桨,正笨手笨脚地想往前划。渔夫大吃一惊,赶忙划过去,把这个筋疲力尽的人拉到自己的船上,用渔网凑合着盖住他的赤裸的身体,然后试着和他攀谈。那人冻得浑身发抖,怯生生地蜷缩在小船的角落里,回答的时候却说着另一种语言,跟渔夫说的话没有半点相似。折腾了半天也没有结果,这位乐于助人的渔夫只好作罢,拉起渔网,加快速度,把小船向岸边划去。

湖畔的轮廓在熹微的晨光中显现,这位裸体人的脸也随之明亮起来。阔大的嘴边长满了乱蓬蓬的胡子,口中发出一阵孩子气的笑声。他举起一只手,指指对面,一再表示询问,其实他心里已经多少有数,便嗫嚅着说出了三个字,听上去好像是"罗西亚"①。船头越靠近湖岸,他说话的声音就越显得高兴。最后,船底终于擦着湖边;等待渔夫捕鱼归来的女眷

---

① 即俄罗斯的谐音。

们,尖叫着四下跑开,就像从前瑙西卡①的侍女们看见渔网里的裸体男人时一样;过了一会儿,村里各式各样的男人,被这稀奇古怪的消息所吸引,才渐渐围了上来。当地勇敢的村长忠于职守,也神气十足地走过来。他根据上级的指示,凭着战时的丰富经验,立刻明白,此人准是逃兵,肯定是从法兰西那边的岸上游过来的。他摆出架势要进行一次官方审讯,可是这个尝试却令他大费周折,很快就显得不伦不类,毫无价值,因为这个裸体人(有几个居民方才已扔给他一件外套和一条帆布裤子)不论问他什么问题,总是带着询问的神气重复叫道:"罗西亚? 罗西亚?"而且越说越胆怯,越说越心虚。村长一看自己的尝试不成,便做出明白无误的手势命令此人跟他走。这时村里的青年人已经醒来,在他们的喧闹声中,这个浑身湿漉漉的汉子,穿着松松垮垮的裤子和上衣,赤着两只脚被带到了村公所,拘留在那里。他不作反抗,也不吭一声,那双明亮的眼睛由于失望而变得黯然神伤,他的高耸的双肩似乎受到沉重的打击,蜷缩起来。

这时,抓到一条人鱼的消息已经在附近的几家饭店里传开。有几位日子过得单调沉闷的女士和先生,很高兴有这样一个愉快醒脾的插曲,都过来观赏这个野人。一位女士把高级的夹心糖送给他吃,他却像个猴子似的,疑心重重地把糖搁在一边。一位先生给他照相,大家都高高兴兴地围着他七嘴八舌地说个不停。最后,一位饭店经理走来,他曾经久居国

---

① 荷马史诗《奥德赛》中的人物。瑙西卡为阿尔利诺国王的女儿,和她的侍女们在海边嬉戏,发现一丝不挂的俄底修斯漂流到该岛,侍女们吓得四下逃散。

外,会说几种外语,他先后用德语、意大利语、英语,最后用俄语和这个惊慌失措的汉子说话。这个受惊之人,一听到他的乡音,就惊跳起来。在他温和敦厚的脸上布满了笑容,嘴咧得老大。突然间,他镇定而又坦率地讲述起他的全部故事。故事很长,说得颠三倒四,有的地方连这位客串的翻译也没听明白,可是这个人的命运大致就像下面所说的那样:

他在俄国作战。有一天,他和成千上万个其他人一起被装进车厢,走了很远的路程;然后又被装上船,走的时间更长;他们到过一些地方,那里热得够呛,就像他所说的,肉里的骨头都给烤软了。最后,他们又到什么地方上了岸,被装进车厢,然后突然间冲上一个山坡,详细情况他不得而知,因为一开始一颗子弹就击中了他的腿。翻译把大家的提问和此人的回答翻译之后,大家立刻明白这个逃亡者是被调到法国作战的那些俄国师团中的士兵。这些人走了半个地球,他们穿过西伯利亚,经过海参崴,被派往法国前线。大家都对他表示某种同情,可同时也很好奇,并想知道,是什么促使他尝试这奇特的逃亡。这个俄国人带着又宽厚又狡猾的微笑,很乐意地往下叙述:他刚养好伤,就问护理人员,俄国在哪儿,他们给他指了指方向。通过太阳和星辰的位置,他大致确定了方位,于是便悄悄地逃走,夜里步行,白天躲在干草堆里,避开巡逻兵。有十天的时间,他一直吃着采撷来的果子和乞讨来的面包,最后来到这个湖边。说到这里,他的解释就不太清楚了。他似乎是说,他出生在贝加尔湖边,以为湖的对岸就是俄国,他在晚霞夕照中已经看到了对岸摇曳不定的线条。总而言之,他从一间茅屋里偷了两根木头,脸朝下趴在木头上,用一块木板做桨,游到湖里,然后渔夫就在湖上发现了他。他讲完他那含糊不清的故事以后,战战兢兢地问道,他是否明天就可以回到家里。这个问题刚一翻完,就由于他的无知,而引起了一阵哄堂大笑。可是,笑声很快就变成了感动和同情。这人忐忑不安,可怜兮兮地环顾四周;每个人都塞给他几个银币或几张钞票。

这时通过电话联系,从蒙特罗赶来一位职位较高的警官,他费了不少劲儿才对发生的事情做了一份记录。不仅是因为这位客串的翻译水平不高,同时也因为这个陌生人太无知,对于西欧人士来说,这种无知简直难以理解。除了知道自己名叫波里斯之外,他似乎对他自身也一无所知。他对自己故乡那个村子的描述混乱不堪。不久,人们总算弄明白,他们是麦切尔斯基公爵的农奴(虽然这种徭役已经取消了三十多年,他还是自称农奴),他和妻子跟三个孩子住在离大湖五十俄里的地方。于是人们就商量,如何安排他的命运,而他则目光呆滞、缩着肩膀站在这伙七嘴八舌争论不休的人们中间:一些人认为,应该把他送到伯尔尼的俄国公使馆去,另一些人则担心这个措施会使他又被送回到法国。警官表示这个问题实在难办:究竟把他当作逃兵对待呢,还是当作没有证件的外国人?镇上的书记官从一开始就反对把这个陌生的食客收留在这里养起来。有个法国人神情激动地叫道:对于这样一个可耻的开小差的家伙,根本用不着这样费事,他得干活,要不就送他回去。两个女人则激烈反对,认为他遭到这种不幸的命运完全是无辜的,把人家从自己的家乡派到一个陌生的国度去,原本就是犯罪。眼看这个偶然事件即将演变成一场政治争吵,突然间有位老先生,一个丹麦人发了话,他语气强劲地宣称,他愿为这个人支付八天的生活费。在这八天里,当局应该和公使馆达成协议。一个意想不到的解决方案,既可使官方也可使民间各派都感到满意。

讨论越来越激烈。与此同时,这个逃亡分子渐渐抬起他怯生生的目光,一动不动地盯着饭店经理的嘴唇。他知道,在这伙人当中只有此人能明白无误地告诉他,他的命运将会如何。他朦朦胧胧地感觉到,似乎是他的存在激起了这场骚乱;这时,话语的喧嚷平息下来,他完全无意识地在寂静中哀求似的向那位经理举起双手,就像女人在圣像前做的那样。这个手势动人心魄,以不可抗拒之势打动了每一个人。经理亲切地向他走去,安慰他,叫他不要害怕,他完全可以安安全全地待在这里,以后的这段日子,他会安排他住在他的饭店里。俄国人想吻他的手,可经理直往后退,把手缩了回去,然后指了指旁边的房子。这是一个小旅馆,他将吃住在那里。经理又跟他说了几句亲切的话语来安慰他,便沿着大街向自己的饭店走去,并一面挥手向他致意。

逃亡者一动不动地目送着他。这唯一懂得他语言的人刚一走开,他那豁然开朗的脸又阴沉下来。他用眷恋的目光望着那人渐渐远去,直到他走向坐落在高处的饭店;他丝毫也不理睬其余的人,这些人对他奇怪的举止或表示惊讶或感到可笑。有一个人同情地碰碰他,指了指那家旅馆;他沉重的肩膀仿佛松弛下来,他低着头走进门去。有人给他开了酒吧间,他挤到桌旁,女招待在桌上放了杯烧酒,向他问好。然后他就整个上午低垂着目光,一动不动地坐在那里。村里的孩子不断地从窗口向里窥望,并大声哄笑,向他叫喊些什么——可他头也不抬。进屋来的人好奇地打量他,他目光死盯着桌子,佝着背坐在那里,一副羞怯、害怕的样子。中午吃饭的时候,一群人在屋里大声说笑,好多他听不懂的话在他身边喧响,他可怕地意识到自己是个陌生人,在大家都很活跃的情况下,只有他一人又聋又哑地坐着,两只手哆嗦得那么厉害,几乎无法把勺子从汤里举起来。突然间,一股泪水沿着他的面颊流下,沉重地滴落在桌子上,他怯生生地环顾四周,别人也看到了他的泪水,大家一下子都沉默不语,他羞愧无比:那沉重的头发蓬乱的脑袋低得更加厉害,几乎碰到黑木的桌面。

直到晚上他都一直这样坐着。客人进进出出,他感觉不到他们,他们也不再感觉到他:他坐在火炉的阴影里,只不过是一片影子,他两手重重地撑着桌子,大家都忘了他的存在,谁也没有注意到他在朦胧的夜色中突然站了起来,像只野兽似的迈着沉重的步子,向高处的饭店走去。他在饭店门前站了一个小时,两个小时,谦卑地把帽子拿在手里,眼睛不看任何人。这个奇怪的形象,一动不动,黑黝黝地像根木头桩子插在灯火辉煌的饭店门口的地上。这个形象终于引起了一个小厮的注意,他把经理找来。经理用俄语和他打招呼时,这张阴沉的脸上又闪现出一道光亮。

"你要什么,波里斯?"经理友善地问道。

"请您原谅,"他嗫嚅着说道,"我只想知道……我是不是可以回家。"

"当然,波里斯,你当然可以回家。"经理微笑着答道。

"明天就可以回家吗?"

这下经理的脸色也严肃起来。波里斯的话简直就是哀求,经理脸上的微笑顿时一扫而光。

"不行,波里斯……现在还不行,要等打完仗以后。"

"什么时候打完仗?战争什么时候结束?"

"上帝才知道,我们凡人是不知道的。"

"早一点不行吗?我不能早一点回去吗?"

"不行,波里斯。"

"路真的那么远吗?"

"是的。"

"得走许多天吗?"

"得许多天。"

"我能走,先生!我有力气,我不会走累的。"

"但是你没法走,波里斯,这中间有道国境线。"

"国境线?"他迟钝地望着。这个词他很陌生,然后他就以他那奇特的执拗劲说道:

"我会游过湖去。"

经理几乎笑了起来,可是他心里很难过,便柔声地向那俄国人解释:"不行,波里斯,这样干不行。国境线那边就是外国,人家不让你过去。"

"可是我又不加害他们!我已经把我的步枪扔掉了。要是我求他们看在基督的分上,为什么他们不让我回到我妻子身边去呢?"

经理的心情越来越沉重,他感到非常难过。"不行,"他说道,"他们不会让你过去的,波里斯。人们现在已经不再听基督的话了。"

"那么我该怎么办,先生?我可不能待在这里啊!这里的人听不懂我说的话,我也听不懂他们。"

"你会学会的,波里斯。"

"不,先生。"俄国人低低地垂下头去,"我什么也学不会,我只会在地里干活,其他什么也不会,叫我在这儿做什么呢?

我要回家!请您给我指指路吧!"

"现在没路可走,波里斯。"

"可是,先生,他们总不能禁止我回家,回到我妻子和孩子身边去吧,我已经不再是当兵的了。"

"他们会禁止你回去的,波里斯。"

"那么沙皇呢?"他突如其来地问道,期待和敬畏使他浑身颤抖。

"已经没有沙皇了,波里斯,他们把他给废了。"

"没有沙皇了?"他目光呆滞地凝视着对方,最后一道光亮从他的目光中消失,然后疲惫不堪地说道,"这么说,我回不了家了。"

"现在还不行。得等一等,波里斯。"

"等很久吗?"

"我不知道。"

黑暗中的这张脸变得越来越阴沉:"我已经等了那么久!我不能再等下去了。给我指指路,我要去试试!"

"无路可走,波里斯,他们在国境线上就会把你抓住。待在这儿吧,我们会给你找活干的!"

"这儿的人不懂我的话,我也不明白他们。"他固执地重复说道,"我在这儿活不下去!帮帮我,先生!"

"我帮不了,波里斯。"

"看在基督的分上帮帮我,先生!帮帮我,我实在受不了了!"

"我没法帮你,波里斯,现在谁也帮不了谁。"

他们默默无言地面对面站着。波里斯用手把帽子转个不停。"他们为什么把我从家里抓走?他们说,我得保卫俄罗斯,保卫沙皇,可是俄罗斯离这儿那么远,你刚才说,他们把沙皇……您怎么说来着?"

"废了。"

"废了。"他大感不解地重复一遍这两个字,"我现在该干什么呢,先生? 我得回家! 我的孩子哭着嚷着叫我,我在这儿活不下去! 帮帮我,先生! 帮帮我!"

"我帮不了,波里斯。"

"就没人能帮我吗?"

"现在没人。"

俄国人把头垂得更低,然后突然闷声闷气地说道:"我谢谢你,先生。"然后转过身去。

他非常缓慢地向山坡下走去,经理久久地看着他的背影,心里纳闷,他没有朝旅馆走去,而是沿着石级向湖边走去。经理深深地叹了口气,又回到饭店去处理自己的事情。

第二天早上,同一个渔夫发现了那个淹死的人的赤裸裸的尸体,这可是纯属巧合。死者把人家送给他的裤子、帽子和外套仔仔细细地放在岸上,赤条条地跳入湖水中,就像他从湖里来时一样。对这一事件官方作了记录。不知道这个陌生人的姓名,便在他坟上立了一个便宜的木十字架,人们用这种小十字架来纪念那些无名氏的命运。如今这种十字架插遍了我们整个欧洲,从这一头直到那一头。

(1922)

张玉书 译

看不见的珍藏*

（德国通货膨胀时期**的一个插曲）

列车开出德累斯顿，过了两站，一位上了年纪的先生登上我们的车厢，彬彬有礼地跟大家打招呼，然后抬起眼睛，像跟老朋友问好似的再一次向我点头致意。我一下子想不起，他究竟是谁；可是等他微微含笑地道了他的姓名，我立刻回忆起来：他是柏林最有声望的艺术古玩商之一，战前①和平时期我常常到他店里去参观并且购买旧书和作家手迹。我们起先东拉西扯，随便聊聊。接着他话锋一转，突然说道：

"我得跟您说说，我刚从哪儿来。因为这个插曲可以说是我这个老古玩商三十七年来从来没有遇见过的奇事。您大概自己也知道，自从钞票的价值像逸出的煤气似的，转眼化为乌有，现在古玩市场上是个什么情况：暴发户们突然对哥特式的圣母像和古版书，古老的蚀刻画和画像大感兴趣；你怎么也满足不了他们的要求，甚至得拼命抵抗，不让他们把你店里的东西一抢而光。他们简直恨不得把你衬衫袖口上的纽扣和桌子上的台灯都抢购了去。所以越来越需要源

---

    * 本篇第一次发表于一九二四年。
   ** 指二十世纪二十年代至三十年代初。
   ① 指第一次世界大战前。

源不断地收进新货——请原谅,我竟突然把这些我们一向带有敬畏之心提起的东西叫作货物——但是这帮家伙已经叫人习惯于把一部绝妙的威尼斯古版书看作是多少多少美金,把古埃齐诺①的素描看作是几张一百法郎钞票的化身。对于这些突然间抢购成癖的家伙无孔不入的钻劲儿,你怎么抵挡也是无济于事的。所以我一夜之间又给刮得一干二净。我们这家老店是我父亲从我祖父手里接过来的,现在店里只有一些极其寒碜的破烂货,从前连北方的街头小贩也不会把它们放到他们的手推小车上去。我羞愧已极,恨不得关上店门,停业不干。

"正在这种狼狈的境地,我忽然想到,不妨把我们过去的旧账本拿来查一查,找出几个往日的老主顾,说不定我又能从他们那儿捞回几个复本。这种老主顾的花名册像一片坟地,特别在现在这个时候,实际上提供不了多少线索。我们大部分老主顾早就被迫把他们的收藏拍卖掉了,或者早已去世,对于硕果仅存的少数几个,也不能抱多大希望。这时我突然翻到一捆书信,大概是我们最早的一位老主顾写来的。他从一九一四年大战爆发以来从来没有向我们订购或者打听过什么东西,所以我压根儿把他给忘了。他和我们的通信,几乎可以追溯到六十年以前,这可一点也不夸张。他在我父亲和我祖父手里就已经买过东西了,可是我记不得在我自己经手的三十七年里他曾经踏进过我们的店铺。所有的一切都表示出,他大概是个古怪的、旧式的滑稽

---

① 古埃齐诺(1591—1666),原名乔万尼·弗朗切斯柯·巴尔比哀利,意大利折中画派画家。

人物,是门采尔或者斯比茨维克①笔下那种早已销声匿迹的德国人。这种人极少活到我们这个时代,作为罕见稀有的怪人,有时散居在一些外省的小城市里。他的手书是书法的珍品,写得工工整整,钱数下面用尺子画上红线,而且每次总把数目字写上两遍,以免出错;除此以外,他还用从来信裁下来的没写字的白纸和翻转过来的旧信封写信,凡此种种,表明一个不可救药的外省人生性小气和节约成癖。这些稀奇古怪的文件上面,除了他的签名之外,还签署着他全部复杂的头衔:'退休林务官兼经济顾问官,退休中尉,一级铁十字勋章获得者'。这位一八七〇年战争的老兵,现在如果还活着的话,想必至少已有八十岁了。可是这位滑稽可笑、节约成癖的老人作为古代蚀刻画的收藏家却表现出极不寻常的聪明才智,异常丰富的专门知识和高雅不凡的艺术趣味。我把他将近六十年的订单慢慢地加以整理,其中第一张订单还是用银币计价的呢,我发现,这个不显眼的外省人在花一个塔勒②可以买一大堆最精美的德国木刻的时代,一定已经不声不响地收集了一批铜版画,这些藏画可以和那些暴发户的名气很大的收藏相比而毫不逊色。因为,单单半个世纪里他在我们店里每次用几个马克、几个芬尼买下的东西加在一起,到今天也已价值连城了。除此之外,还可以料想,他在拍卖行里和其他商人手里一定也捞了不少便宜货。当然,他从一九一四年以来,没有再寄来过订

---

① 阿道夫·门采尔(1815—1905),德国现实主义画家;卡尔·斯比茨维克(1808—1885),德国画家,其作品多取材于德国小城市的生活。
② 塔勒,德国旧制银币,十六世纪以来流行于大部分德意志国家。

单。可是我对古玩市场上的各种行情是十分熟悉的,这样一批版画如果公开拍卖或者私下出售,一定瞒不过我。所以说,这位奇人想必现在还依然健在,或者这批收藏现在就在他的继承人手里。

"这件事情引起了我的兴趣,所以第二天,也就是昨天晚上,我立刻跳上火车,径直前往一个在萨克森①比比皆是的寒碜不堪的外省小城。我走出小火车站,沿着这座小城的主要大街信步走着。我简直觉得难以置信,在这么一些外观平淡无奇、情调低级庸俗、按照小市民的口味修饰起来的房子当中,在某一个房间里面,居然会住着一个拥有伦勃朗②的无比精美的画幅以及全套丢勒③和曼台涅④的铜版画的人。我到邮局去打听,有没有一个叫这个名字的林务官或者经济顾问官住在这里。使我惊讶的是,人们告诉我,这位老先生确实还活着。于是我在午饭之前便动身前去拜访——老实说,我心里多少有些紧张。

"我毫不费劲地找到了他的寓所,就在那种简陋的外省楼房的三层楼上。这种楼房大概是上世纪六十年代一位善于投机的蹩脚建筑师匆匆忙忙盖起来的。二层楼住着一位诚实的裁缝师傅。三楼左侧挂着一块闪闪发亮的铜牌,刻着邮政局长的名字,在右侧终于看到了写着这位林务官兼经济顾问官姓名的瓷牌。我犹犹豫豫地拉了一下门铃,一位年纪相当

---

① 萨克森,德国东部原德意志境内一个王国,帝国统一后,为一个行省。
② 伦勃朗(1606—1669),荷兰著名画家。
③ 丢勒(1471—1528),德国著名画家。
④ 曼台涅(1431—1506),意大利北部影响最大的画家,文艺复兴早期的代表人物。

大的白发老太太,头上戴着一顶干干净净的黑色小帽,马上把门打开。我把名片递给她,并且问她林务官先生是否见客。她先是不胜惊讶、有些怀疑地看了我一眼,然后看看我的名片。在这座与世隔绝的小城市里,在这么一幢旧式房子里,从外地有客来访似乎是件大事。可是她和蔼地叫我稍等,便拿着名片,进屋去了。我听见她在屋里轻声耳语,接着突然听见一个洪亮的、大声喊叫的男人声音:'啊……柏林来的 R 先生,从那家大古玩店来的……请他进来,请他进来……我非常高兴看见他!'这时老太太已经踩着碎步很快地走了回来,请我进起居室。

"我脱下衣帽,走了进去,在这间陈设简单的起居室当中,我看见一个年事很高但是身体还很强健的老人直挺挺地站着,他蓄着浓密的髭须,穿一身镶边的、半似军装的家常便服,十分亲切地向我伸出双手。这个手势显然表示出喜悦的、发自内心的欢迎,可是他直挺僵硬地站在那里的神气似乎和这种欢迎有些矛盾。他一步也不向我迎过来,我只好凑上前去,握他的手。我心里有点不大自在。可是等我想去握他手的时候,我发现这两只手一动不动地保持着水平的位置,不来握我的手,而是等我去握它们。一下子我全明白了:这人是个瞎子。

"我从小看见瞎子心里就觉得很不舒服。想到这种人好端端的是个活人,可同时又知道,他对我的感觉,不像我对他的感觉那样,心里总不免有些羞惭和不大自在。就是现在,我在这对向上翘起的浓密的白眉毛下面,看见了这双凝望着前方,却一无所见的死眼睛时,我也得克服我心里最初的惊恐。可是这位盲人不让我有时间去感到不是滋味,我的手一碰到他的手,他就使劲儿地握起来,并且用一种热烈的、高高兴兴的大声嚷嚷的方式重新向我问好:'真是稀客!'他笑容满面地向我说道,'的确是个奇迹,柏林的大老板居然会来光临寒舍……不过,要是这样一位商人先生坐上火车的话,咱们可得多加小心啊!……咱们家乡有句俗话:吉卜赛人来了,快把房门和口袋关好……是啊,我可以想象,您干吗要来找我。在我们可怜的、日益衰败的德国,现在生意可是很不景气,没有买主了,于是大老板们又想起了旧日的老主顾,又来寻找他们的羊群了。不过我怕您在我这儿交不到什么好运,我们这些可怜的老退休人员要是有口面包吃就该心满意足了。您们现在的价格像发疯似的往上涨,我们可是没法奉陪啊……我们这号人是永远退出了。'

"我赶快向他解释,说他误会了我的来意。我到他这儿来,并不是想要卖给他些什么东西,我只不过是恰好路过这里,不愿错过这一机会来拜访他一下,他是我们这个字号多年的老主顾,并且是德国最大的收藏家之一。我刚把'德国最大的收藏家'这几个字说出口,这位老人的脸上便发生了奇怪的变化。他依然僵硬地直立在屋子当中,可是他的脸上突然发亮,表现出最内在的得意。他把脸转向他估计是他妻子站着的那个方向,仿佛想说:'你听见了吗!'接着转过脸来对我说话,声音里充满了快乐,丝毫没有刚才讲话时那种老军人的粗暴语气,而是温柔地,简直可以说是含情脉脉地说道:

"'您的确太好了……不过您也不至于白跑一趟。我要让您看点东西,这可不是您每天都看得见的东西,即使在您那富丽豪华的柏林城里也不是每天都能看到的。……给您看几幅画,就是在阿尔柏尔提那①和那该诅咒的巴黎也找不到比它们更为精美的东西……可不是,收集了六十年,就会收集到各式各样的东西,这些东西平时是不会随便放在马路上的。路易丝,把柜子的钥匙给我!'

"这时,却发生了一件出乎意料的事情。原来站在他旁边的老太太,一面客气地微笑着,一面亲切地静听我们谈话,这时她突然向我哀求似的举起她的双手,同时用她的脑袋做了一个激烈反对的动作。我起先还不明白,她这是什么意思。接着她就走到她丈夫跟前,把两只手轻轻地放在他的肩上,提醒他道:'可是赫尔瓦特,您也不问问这位先生有没有工夫看你的藏画,现在是吃午饭的时候了。吃完饭你又得休息一小时,这是大夫再三嘱咐的。等吃完饭再把你那些东西给这位先生看,我们再一起喝咖啡,不是更好吗?再说阿纳玛丽那时候也在家,这些东西她比我懂得多,可以帮帮你的忙!'

"她刚说了这些话,又一次越过这个丝毫未起疑心的人的脑袋,向我重复她那急切的央求手势。这下我明白她的意思了。她希望我拒绝马上参观他的画,所以我立即编出一个借口,说有人请我吃饭。当然能看看他的收藏,对我来说是件乐事,并且也是莫大的荣幸,不过得到下午三点以后,那时候我将乐于前来。

"老人像个被人把最心爱的玩具拿走了的孩子似的生起气来。他转过身去,嘟囔着说道:'当然啰,这些柏林的大人先生们总是忙得没有工夫的。可是这一次您可得腾出时间

---

① 阿尔柏尔提那,闻名世界的维也纳艺术陈列馆,内有丰富的收藏,为萨克逊-台逊的阿尔柏特·卡西米尔公爵于一七七六年所创建,因而得名。

来,因为我给您看的不是三五幅画,而是二十七本,每本专门收藏一位大师的作品,而且差不多每一本都是夹得挺满的。那好吧,下午三点;可是请准时,要不然我们就看不完了。'

"他又一次向空中把手伸出来等我握,'您等着瞧吧,您会高兴——或者恼火的。而您越恼火,我就越高兴。我们这些收藏家就是这样:一切都为我们自己,什么也不留给别人!'他再一次和我使劲儿地握握手。

"老太太一直送我到门口。在整个这段时间里,我注意到她一直忐忑不安,显出一副又尴尬又提心吊胆的神气。可是现在刚走到门口,她就压低了嗓子,结结巴巴地说道:'可以让……可以让……我的女儿阿纳玛丽在您到我家来之前,去接您吗?……由于种种原因……这样比较妥当……您大概是在旅馆里用饭吧?'

"'是的。令爱来接我,我非常高兴,我将感到非常荣幸。'我说。

"果然,一小时以后,我在市集广场边上的那家旅馆的小餐厅里刚吃完午饭,一个不太年轻的姑娘走了进来。她的衣着十分朴素,一进来就举目四下里找人。我向她走去,进行自我介绍,并且告诉她,我已准备就绪,可以马上跟她一起去看藏画。可是她的脸唰的一下子涨得通红,像她母亲一样,表现出慌乱和尴尬的神气。她问能不能先跟我说几句话。我立刻发现,她有为难之处。每当她鼓起勇气,想要说话的时候,这片局促不安、飘忽不定的红晕便一直升到她的额角,她的手指摆弄着衣服。末了,她终于断断续续地说了起来,说的时候又一再重新陷入迷惘:

"'我母亲打发我来找您……她什么都跟我说了……我

们有一件事要求您……我们是想趁您还没去见我父亲,先告诉您一下……我父亲当然要把他的收藏拿给您看,可是这些藏画已经不全了……缺了好几幅……可惜甚至要说,缺了相当多……'

"说到这里,她又不得不喘口气,然后她突然凝视着我,急急忙忙地往下说道:

"'我必须非常坦率地跟您说……您知道现在这时势,您什么都会明白的……大战爆发以后,我父亲的双目完全失明,在这以前,他的视力就常常出毛病。一激动干脆使他的视力全都丧失了——最初,尽管他已是七十六岁高龄,还一个劲儿地要参军去和法国作战,后来军队没能像一八七〇年那样长驱直入,他就生气得不得了,于是视力很快地一天不如一天。不过除了眼睛以外,他身子骨儿还十分硬朗,不久以前他还能一连几小时地出去散步,甚至出去打猎,这是他喜爱的消遣。现在可是没法出去散步了,他剩下的唯一乐趣就是他的藏画。他每天都看……这就是说,他看是看不了啦,他现在什么也看不见,可是他每天下午把所有的画夹都拿出来,至少可以把这些画摸一摸,一张一张地摸,总是按照同样的顺序,几十年下来,他都背熟了……现在别的东西再也引不起他的兴趣了,我老得把报上各种拍卖的消息念给他听。他听见价钱涨得越高,他就越高兴……因为……可怕的就是这个:父亲对于物价和时势一点也不懂……他不知道,我们已经坐吃山空,靠他一个月的养老金,还维持不了我们两天的生活……加上我妹夫又阵亡了,留下我妹妹拖着四个孩子——可是我父亲对于我们这些物质上的困难一无所知。我们起先省了又省,比从前更节省,可是无济于事。后来我们开始变卖东西——我们当然不碰他心爱的藏画……我们变卖了仅有的那点首饰,可是,我的天,这又值得了多少!六十年来,我父亲可是把能够省下来的每一个铜板全都用来买画了啊。有一天家里什么也没有了……我们真不知道这日子该怎么过下去。这时候……这时候,我母亲和我就卖了一幅画。父亲当然绝对不会答应我们卖画,他根本不知道,日子多么难过,他根本想象不到,要想在黑市市场上去弄点粮食回来有多么不容易。他也不知道,我们已经打了败仗,阿尔萨斯和洛林已经割让出去,我们念报的时候,再也不把这些消息念给他听,免得他生气激动。

"'我们卖掉的是很珍贵的一幅画,是幅伦勃朗的蚀刻画。商人给我们出价好几千马克,我们指望用这笔钱维持几年生活,可是您也知道,货币贬值得多么厉害……我们把剩下的钱存进了银行,可是两个月以后,这笔钱就一文不值了。我们只好再卖一张,又卖一张,商人总是迟迟不付钱,等钱寄来,已经值不了多少。后来我们就到拍卖行去试试,可就是在拍卖行里,尽管人家出价几百万,我们也还是受骗上当……等到这几百万到我们手里,早已变成了一堆毫无价值的废纸。就这样,我父亲收藏中最好的珍品,包括几幅名画在内,全都慢慢地散失了,仅仅为了维持我们最可怜的生活。我父亲对此一点也不知道。

"'所以今天您一来,我母亲就吓坏了……因为要是我父亲把那些画夹子打开给您看,那么一切都败露了……这些旧的厚纸框子,我父亲一摸就知道,里头夹的是什么。我们把一些仿制品或者类似的画页塞在里面,代替那些卖掉的画页。这样他摸的时候,就不会有所觉察。只要他能摸能数这些画页(这些画的顺序他清清楚楚地记在脑海里),那他就跟从前看得见这些画的时候同样的高兴。而平时在这种小城市里，我父亲也认为没有什么人有资格看他的宝贝……他把每一张画都爱若至宝，我相信，如果他知道，他手里摸着的这些画都已经四下散失了，他一定会心碎的。自从德累斯顿蚀刻画馆的前任馆长逝世以后，您是这些年来他的第一个知音，他愿意把画夹子打开来给您看。所以我请求您……'

"这个不复年轻的姑娘突然举起双手，眼里闪着泪花。

"'……我们请求您……别让他伤心……别让我们难过……请您别把他这最后一个幻想给毁掉，请您帮助我们，让他相信，他将向您描绘的所有画幅，还依然存在……要是他猜到了真情，他准保活不下去。也许我们是做了一件对不起他的事，但我们也是没有别的法子：人总得活啊……人的性命，我妹妹的四个孤儿，总比印了画的纸重要一些吧……到今天为止，我们一直没有剥夺过他的这个乐趣；他很高兴，每天下午能把他的画夹子翻上三个钟头，跟每幅画都像跟个人似的说上一阵。今天……今天说不定会是他最幸福的日子。他盼了好些年，只盼着有朝一日能让一位识货的人看看他心爱的宝贝；我请您……我举起双手恳请您，别破坏了他的这个快乐。'

"她这番话说得这样动人心弦，我现在复述起来，根本不可能把这种感情表达出来。我的天，作为一个商人我曾经看见过许多人被人卑鄙地洗劫一空，被通货膨胀整得倾家荡产，他们上百年祖传的财宝被人用一个黄油面包的代价给骗走……但是命运在这儿创造了一个特别的例子，使我心里特别激动。不言而喻，我答应她守口如瓶，并且尽力帮忙。

"我们于是一起到她家去——路上我十分愤怒地听说，

人们用便宜得吓人的价钱欺骗了这些可怜的无知的女人,但是这更坚定了我竭尽全力帮助她们的决心。我们登上楼梯,刚推开门,就听见起居室里传来老人高兴的大嗓门:'进来!进来!'凭着盲人敏锐的听觉,他一定在我们上楼的时候就听见我们的脚步声了。

"'赫尔瓦特急于把他的宝贝给您看,今天中午都睡不着了。'老太太含笑对我说。她女儿的一个眼色已经使她明白,我完全同意帮忙,老太太放心了。桌上摊了一大堆画夹子,像是在等人去看。盲人一摸到我的手,也不多打招呼,就一把抓住我的手臂,把我按在软椅上。

"'好,现在我们马上就开始看吧!——要看的东西很多,而柏林来的先生们又老是没有工夫!第一个夹子里全是大师丢勒的作品,您自己马上就可以看出来,收集得相当齐全——而且一幅比一幅精美。喏,您自己可以判断,您瞧瞧!'——说着他打开画夹的第一幅,'这是《大马图》①。'

"于是他轻轻地、小心翼翼地,就像人家平时拿一样容易打碎的东西似的,用指尖从画夹子里取出一个硬纸框,里面嵌着一张发黄的空白的纸。他热情洋溢地把这张一文不值的废纸举到面前,细细地看了几分钟之久,可是实际上什么也没看见。他叉开手指兴高采烈地把这张白纸举到眼前,整个脸上十分迷人地表现出一个看得见的人的那种凝神注视的神情。他那瞳仁僵死、目光发直的眼睛,不知道是由于纸上的反光,还是来自内心的喜悦——突然发亮,闪烁着一种智慧的光芒。

"'怎么样,'他颇为得意地说道,'您看见过比这幅更加

———————

① 丢勒的名画,作于一五〇五年。

精美的复印画吗?每个细部的线条印得多么清晰,轮廓多么分明——我把这张画和德累斯顿复印版的画比较过,德累斯顿版那张显得平板多了。再看看它的来历!瞧这儿——'他把画页翻了过来,用指甲极为精确地指着这张白纸的某些地方,使我不由自主地望了一眼,看那儿是不是真的还盖着图章——'您看,这儿是那格勒藏画的图章,这儿是收藏家雷米和艾斯代勒的图章。这些在我之前拥有这幅画的著名收藏家大概一辈子也料想不到,这幅画居然有一天会跑到这间斗室里来。'

"听到这位丝毫没起疑心的老人这样热情奔放地夸耀一张空空如也的白纸,我背上起了一阵寒噤。看见他用指甲毫厘不差地指着只在他的想象中还存在的看不见的收藏家的图章,真叫人毛骨悚然。由于恐怖,我的嗓子眼堵得厉害,我不知道该怎么回答才好。我慌乱中抬起眼睛看了看那两个女人,又看见老太太浑身哆嗦,十分激动地举起双手,向我恳求。于是我振作一下,开始扮演我的角色:

"'简直叫人拍案叫绝!'我终于结结巴巴地说道,'真是一张印得精美绝伦的画!'老人的脸上马上显出得意的神气,'不过,这还算不了什么,'他洋洋得意地说,'您还得先看看《忧愁》①,或者《基督受难》②,这可是一幅精工印制的画。这种质量的画,还从来没有印过第二回呢。您瞧瞧,'说着他的手指又十分轻柔地抚摸着一幅他想象中的画——'瞧瞧这颜

---

① 《忧愁》是丢勒的名画,作于一五一四年,画面是一天使托腮沉思。
② 《基督受难》是丢勒以基督被钉在十字架上这一故事为题材的绘画。共两套,大《基督受难》图作于一四九八至一五一〇年,小《基督受难》图作于一五〇七至一五一二年。

色多么新鲜,笔力多么遒劲,色调多么温暖。柏林的老板们和博物馆的专家们见了,都要为之神魂颠倒呢。'

"他就这样滔滔不绝、洋洋得意地边说边让我看画夹,足足忙了两个小时。我和他共同欣赏这一百张或者两百张空白的废纸或者蹩脚的仿制品,而这些东西在这个可悲的丝毫没起疑心的盲人的记忆里还是真实存在的,以至于他可以毫无差错、按照准确无误的顺序、精确入微地夸奖并且描写每一幅画。啊,我没法向您描述,这是多么使人毛骨悚然!这个看不见的珍藏,早已随风四散、荡然无存,可是对于这个盲人,对于这个令人感动的受骗者来说,还完整无缺地存在着。他从幻觉产生的激情是如此强烈,以至于我差一点也开始相信它们还依然存在。只有一次,他似乎觉察到什么,险些可怕地打破了他那梦游病患者的稳健,使他不能热情洋溢地说下去。他拿起一张伦勃朗的《安提俄珀》①(这是一幅试印的复制品,原来的确非常值钱),又在夸奖印刷的清晰,说着,他那感觉敏锐的神经质的指头,十分钟爱地顺着印刷的线条,重描这幅图画。可是他那已经训练得十分敏感的触觉神经在这张陌生的纸上没有摸到那些凹纹,于是他突然皱起眉头,他的声音也慌乱了:'这不是……这不是《安提俄珀》吧?'他喃喃自语,神情有些狼狈。我马上采取行动,急忙从他手里把这幅夹在框子里的画取过来,热情洋溢地大肆描绘我也熟悉的这幅蚀刻画的一切可能有的细节。盲人的那张已经变得颇为尴尬的脸便松弛了下来。我越赞扬,这个饱经沧桑、老态龙钟的老人身

---

① 安提俄珀,希腊神话中英勇善战的阿玛宗族的女王之妹,为忒修斯之妻,希波吕托斯之母。

上便越发显出快活的样子,显出一股发自内心的深情。'总算找到了一个识货的行家!'他洋洋得意地掉转脸去冲着他的妻女欢呼起来,'总算找到一个懂行的,你们也听听,我的这些画多么值钱。他们总是疑虑重重地怪我把所有的钱都拿来买了画。这话倒也不假,六十年来,我既不喝酒,也不抽烟,不旅行,不看戏,也不买书,总是省了又省,省下钱来买这些画。有朝一日,等我不在人间了,你们会看见……你们将成为富翁,比我们城里谁都有钱,就跟德累斯顿最大的阔佬一样有钱。那时候,你们就会对我干的这件傻事感到高兴了。可是只要我活一天,这些画就一幅也不许拿出我的房子……你们先得把我抬出去埋了,再把我的收藏拿走。'

"他说着,用手指温柔地抚摸一下那些早已空空如也的画夹,就像抚摸一些有生命的东西似的。这是一副既可怕又动人的场面,因为在进行大战的这些年里,我还从来没有在一个德国人的脸上看到过这样纯净的幸福的表情。他身边站着他的妻子和女儿,她们跟那位德国大师①的蚀刻画上的妇女形象十分神秘地相像。画上这些妇女前来瞻仰救世主的坟墓,在这已经打开的空无一物的墓穴前面,她们脸上既显出恐怖害怕的表情,同时又显出一种虔诚、高兴看见奇迹的狂喜。那些女门徒的脸上被救世主的神力感染得光芒四射,这两个日益衰老、饱经风霜、愁苦可怜的小资产阶级妇女的脸上则洋溢着老人的这种天真烂漫、幸福无比的喜悦,她们一面含笑,一面流泪,这样激动人心的景象,我还从来没有见过。可是这老人听我的夸奖,真是听个没够。所以他一个劲儿地翻着画

---

① 指丢勒。这里说的蚀刻画就是丢勒的名画《基督受难》图。

页,如饥似渴地听我说的每一句话。等到最后,人们终于把这些骗人的画夹推到一边,老人很不乐意地腾出地方来放咖啡的时候,我才松了一口气。可是和这位似乎年轻了三十岁的老人热烈、高涨的欢快情绪,和他疯疯癫癫的高兴劲头相比,我这种含有内疚感的轻松又算得了什么!他滔滔不绝地讲了成百上千个买画觅宝的小故事,一再站起身来,不要人家帮一点忙,自己去抽出一幅又一幅画来:他像喝了酒似的带有醉意,情绪高昂。等我末了说,我得告辞了,他简直吓了一大跳,像个使气任性的孩子般显出一脸不高兴的样子,赌气地跺着脚说:这不行,您还没有看完一半呢。两个女人好说歹说,才让这个倔强的生气的老人明白,他不能多耽搁我,要不然我会误了火车的。

"经过绝望的挣扎,他终于顺从了。我们握别的时候,他的声音变得非常柔和,他握住我的两只手,他的手指带着一个盲人的全部表达力,爱抚似的沿着我的手一直抚摸到我的手腕,似乎想多了解我一点,并且向我表达言语所不能表达的爱情。'您光临寒舍,给我带来了极大极大的快乐,'他开口说道,带着一种发自内心的激动情绪,这我永远也不会忘记,'我终于又能和一个行家一起看一遍我心爱的藏画,这对我来说真是个幸福。可是您会看到,您不是白白到我这个瞎老头子这儿来了一趟。我让我太太作证,我在这儿答应您,在我的遗嘱里加上一条,委托您那久享盛誉的字号来拍卖我的收藏。您应该得到管理这批不为人所知的宝藏的荣誉,'说到这里,他把手亲热地放在这些早已洗劫一空的画夹上面,'一直管理到它四散到世界各地之日为止。请您答应我一件事:请您印个漂亮的藏画目录,这将成为我的墓碑,我也不需要更

好的墓碑了。'

"我望了一眼他的妻子和女儿,她们两个紧紧挨在一起,有时候一阵战栗从一个人的身上传到另一个人身上,仿佛两个人是一个身体,在那儿同受震动,一齐发颤。我自己这时的心情是十分庄严肃穆的,因为这位动人的毫无疑心的老人把他那看不见的、早已荡然无存的收藏像个宝贝似的托我保管。我深受感动地答应他去办这件实际上我永远无法照办的事。老人的死沉沉的瞳仁又为之一亮,我感到,他从内心渴望真正感觉到我的存在:我从他对我的温柔情意,从他的手指带着感激和许愿的意思使劲握着我的手指时的亲热样子,感觉到了他的这种愿望。

"两个女人送我到门口。她们不敢说话,因为老人耳朵尖,每句话都会听见,但是她们一面望着我,一面流泪,她们的眼光是多么温暖,多么富有感激之情。我恍恍惚惚地摸索着走下楼梯,心里其实十分羞愧:我像童话里的天使似的降临到一个穷人的家里,使一个瞎子在一小时内重见光明,我用的办法是帮人进行了一次虔诚的欺骗,极为放肆地大撒其谎,而我自己实际上是作为一个卑鄙的商人跑来,想狡猾地从别人手里骗走几件珍贵的东西的。可是我得到的,远远不止这些:在这阴暗迟钝、郁郁寡欢的时代,我又一次生动地感觉到纯粹的热情,一种纯粹是对艺术而发的精神上的快感,这种感情我们这些人似乎早已忘怀了。我心里充满——我不能用别的方法表达———种敬畏的感情,虽然我不知为什么,又一直感到羞惭。

"我已经走在大街上了,上面咣当一响打开了一扇窗户,我听见有人在叫我的名字:确实不错,老人不听劝阻,一定要用他失明的双眼,朝着他以为我走的那个方向目送我。他把身子猛伸到窗外,他的妻女只好小心地扶着他。他挥动手绢,叫道:'一路平安!'他的嗓音高高兴兴,像个少年人一样清新爽朗。这是一个令人难忘的情景:楼上的窗口露出一张白发老人的高高兴兴的笑脸,凌驾于大街上愁眉苦脸、熙熙攘攘、忙忙碌碌的人群之上,由一片善意幻觉的白云托着,远远脱离了我们这个严酷的现实世界。我不觉又想起了那句含有深意的老话——我记得好像是歌德说的——'收藏家是幸福的人!'"

(1924)

张玉书 译

一个女人一生中的二十四小时

大战①爆发前十年,我当时下榻在里维埃拉②的一家小旅馆里。那天我们餐桌上进行了一场热烈的讨论,这场讨论不知不觉地变成了激烈的争论,甚至快到了反目成仇恶言相向的地步。世人大多想象力贫乏,只要事情和他们没有直接关联,不像尖锥似的猛刺进他们的肌肤,他们绝对无动于衷;可是若在他们眼前出了点事,哪怕只是小事一桩,直接触动他们的感觉,他们便情绪激动,激烈得异乎寻常。平时漠不关心,此时一反常态,感情暴烈,冲动得不合时宜,又相当过火。

我们餐桌旁的这批人这次也是如此。大家几乎全都来自有产阶级,平时和和气气地"闲聊"③一会儿,彼此开些无伤大雅、无关痛痒的玩笑,用餐之后大多立即各奔东西:那对德国夫妇,出门远足,览胜摄影;心宽体胖的丹麦人去忙他那无聊的钓鱼勾当;高贵的英国太太回去看书;那对意大利夫妇到蒙特卡洛④去碰运气;而我则在花园的椅子上坐一会儿,无所事事,或者去写点东西。可这一次,肝火极旺的讨论把我们大家

---

① 指第一次世界大战。
② 里维埃拉在地中海之滨,为意大利和法国接壤处。
③ 原文为英文。
④ 世界闻名的赌城,在摩纳哥境内。

全拴在了一起。倘若有人一跃而起,那并不是像平时那样,彬彬有礼地起身告退,而是勃然大怒,火冒三丈。我前面说过,怒气已达狂暴的程度。

使得我们这一桌人情绪如此激动的事情说来也确实离奇。我们七个人借住的这家小旅馆,外表虽说像座独门独户的别墅——唉,从窗口眺望巉岩嶙峋的海岸,景色多么奇妙!——实际上它只是宏大的皇宫饭店的侧翼,收费比较低廉;中间连着一座花园,这样,我们这些侧楼里的住客和大饭店的客人始终保持联系。前一天,大饭店里发生了一件不折不扣的绯闻。一个年轻的法国人乘坐午间列车,于中午十二点二十分来到这里(我不由自主地这样精确记下时间,因为无论对于这个插曲还是作为我们激烈讨论的主题,时间都至关紧要),租下了靠近海边朝大海的房间,这本身就说明此人的景况颇为优裕。但是,使他引人注目、讨人喜欢的不只是他那隐而不露的帅气,主要在于他那异乎寻常、令人欣悦的俊美:他长了一张少女般的容长脸儿,性感热情的唇上长着柔丝般金黄色的髭须,白皙的额上飘动着柔软的波浪形棕色鬈发,柔和的眼睛好像用目光给人以爱抚。全身上下显得气度俊逸,温婉动人,但是毫不惺惺作态矫揉造作。远远一看,他会使人联想到大时装公司橱窗里那些玫瑰色的蜡人,握着精致的手杖斜着身子骄矜作态,代表着理想的男性美,走近一看,却毫无卖弄姿色的印象。因为他身上(真是极为罕见!)那种美丽可爱乃是天性,与生俱在,仿佛发自肌肤。他从旁走过,向大家逐个问好,态度谦和而又亲切;他时刻保持着优雅的风度,一有机会就表露出来,毫不勉强,看着真叫人舒服。倘若有位太太向衣帽间走去,他就赶过去代她取出大衣;他向每个孩子都投过去一道亲切的目光,或者说句开玩笑的话,显得既和蔼可亲又蛮有分寸——简而言之,他似乎是那种上帝的宠儿,他们仗着漂亮的脸庞和青春的魅力取悦于人,从屡试不爽的感觉生出自信,而自信心又进而转为优雅风度。对于饭店里绝大多数年纪较大、体弱有病的客人来说,他的存在不啻功德无量的善举。青春如此美妙地把优雅风度赋予他,他便迈着青春的胜利步伐,挟着灵动轻捷和生命活力的劲风,不可阻挡地进入众人的心田,赢得大家的好感。他来了不过两小时,就和里昂来的那位身躯肥大、大腹便便的工厂主的两个女儿——十二岁的阿奈特和十三岁的布朗施——打起网球来了,她俩的母亲,秀丽娇柔、态度收敛的昂里哀特太太则文静地微笑着,观看她的小女儿像两个羽毛未丰的小鸟无意识地卖弄风情,和这个年轻的陌生人调情。傍晚,他在我们棋桌旁观局一个小时,一面看棋,一面悠闲自在地讲些精彩的轶事趣闻,然后陪着昂里哀特太太在露台上来回踱了很久,而她的丈夫则和往常一样正同生意场上的朋友一起玩多米诺①;晚上,我发现他和饭店的女秘书一起在办公室的阴影里交谈,亲密得令人生疑。第二天早上,他陪着我的丹麦伙伴出去钓鱼,垂钓知识之丰富令人惊讶,然后和里昂的工厂主谈了半天政治,证明他也是一个极佳的谈话对手,因为不时可以听见那位胖先生洪亮的笑声压倒了屋外传来的阵阵涛声。午餐后——我这样按照时间顺序逐段进行报道,对于了解事情的实际情况,非常必要——他再一次单独和昂里哀特太太一起坐在花园里喝黑咖啡达一小时之久,接着又和她的两个小女儿打了一场

---

① 一种骨牌。

网球,还和那对德国夫妇在大厅里闲聊一阵。六点钟,我出去寄信,在火车站碰见他。他急匆匆地向我走来,似乎非道歉不可似的告诉我,有人突然叫他回去,不过过两天他就回来。晚上,在餐厅里的确没有看见他,不过只是不见他的身影而已,因为所有的餐桌上,人们异口同声都在谈论他,交口称赞他那愉快开朗的生活态度。

夜里,大约十一点钟左右,我坐在房里,想把一本书读完,突然通过敞开的窗子,听见花园里人声嘈杂,喊声不绝,那边饭店里显然骚动不宁。我与其说是出于好奇,倒不如说是感到不安,立即快步走完两楼之间的五十步路,赶到饭店里去,发现那里客人和职工情绪激动,乱成一团。原来,昂里哀特太太每晚在她丈夫按照习惯准时和来自纳穆尔的朋友玩多米诺时,总到海边的露台上去散步,可她这时还没有回来,大家担心她遭到不测。平时气定神闲、动作迟缓的丈夫,此时活像一头公牛似的一次次冲到海滩上,向夜空中呼喊:"昂里哀特!昂里哀特!"由于激动,嗓音都变了,听上去活像一头受到致命一击的硕大无朋的野兽发出的可怕而原始的声音。侍役们和小厮们激动地在楼梯上跑上跑下,所有的客人都被惊醒,给警察局也打了电话。在这一片慌乱中,那位肥肥胖胖的丈夫,敞着背心,跌跌绊绊地跑来跑去,连哭带号地向夜空中高喊:"昂里哀特!昂里哀特!"这时,楼上的两个孩子也被惊醒,她们穿着睡衣,从窗口往下呼唤她们的母亲。父亲又冲上楼去,安慰她们。

接着发生的事情惊心动魄,简直难以重述,因为受打击过于沉重,情绪猛然紧张,神情往往具有强烈的悲剧色彩,以致无论图画抑或话语,均无法以同样雷霆般的强力予以再现。

突然,那位肥硕沉重的丈夫踩着咯吱直响的楼梯走下楼来,神色大变,倦容满面,可是怒形于色。他手里拿着一封信,"请您叫大家回来吧!"他对饭店的大班说道,声音几乎听不明白:"请您把所有的人都叫回来吧,用不着找了。我的太太已经抛弃我了。"

这个受到致命打击的人,天性里有着超人般的自持力,面对周围这么多人,依然竭力控制住自己。大家好奇地挤过来看他,此刻突然都大吃一惊,一个个羞愧地转过脸去,惘然不知所措。他身上剩下的力量仅够他摇摇晃晃目不旁视地从我们身旁走过,在阅览室里把灯关掉,然后听见他那笨重肥胖的身躯倒在圈手椅里,发出一声闷响,接着便听见一阵狂烈的、野兽狂嗥般的哭泣声,只有从未哭泣过的男人才会这样失声痛哭。这样深切的悲痛,对于我们每一个人,也包括最低下的仆役在内,都有一种使人麻痹的力量。没有一个侍者,没有一个出于好奇悄悄走来的客人敢露出一丝微笑或说出一句表示惋惜的话。大家默默无语,面对这场摧毁一切的感情发泄,我们似乎也感到羞愧无比,一个接一个地溜回各自的房间,只有这个被击倒在地的人在那间黑暗的房间里抽搐,啜泣,独自一人,形影相吊;全楼的灯光慢慢熄灭,人们悄声耳语,低声诉说,喃喃细语。

这样一个晴天霹雳似的事件,就发生在我们眼前,直接触动我们的感觉,不言而喻,它正好适合于使平素只惯于懒散、悠闲地消磨时光的那些人大受刺激。但是,在我们餐桌上后来猛然爆发、激烈得几乎挥拳动武的热烈争论,虽说起因是这令人惊愕的事件,但实质上却更是一次关于原则问题的论战,是水火不容的人生观之间的激烈冲突。——那个内心完全崩溃的丈夫满脸怒火,却又无可奈何,他一时冲动,把那封信搓成一团,扔到地板上,一个侍女看了那封信,口无遮拦,泄露了内情——立刻便尽人皆知,昂里哀特太太并非独自一人出走,而是如约去追随那个年轻的法国人。(于是大多数人对这个法国人的好感顿时烟消云散。)其实,乍一看,事情完全可以理解,这位娇小玲珑的包法利夫人①,用一位态度潇洒、年轻英俊的漂亮小伙子替换了她那大腹便便、土里土气的丈夫。但是使屋里所有人如此愤慨的乃是:无论是那位工厂主,还是他的两个女儿,甚至包括昂里哀特太太自己,在这之前都从未见过这位情圣。这就是说,露台上那次历时两小时的夜谈和花园里历时一小时的同喝咖啡,就足以挑动一个大约三十三岁,品行无懈可击的女人,使她一夜之间抛弃丈夫和两个孩子,不顾风险去追随那个素不相识的年轻帅哥。我们餐桌旁的这批人异口同声地把这个显然一目了然的事实视为这对情侣狡黠异常的迷魂阵,诡计多端的障眼法:昂里哀特太太不言而喻和这个青年男子暗中早有交往,这个勾魂摄魄的能手只不过是来确定一下情奔的最后细节而已,因为——他们这样推论——一个正经女人,和人家认识了只有两个小时,人家一声呼哨她就立刻弃家私奔,这是绝不可能的事。于是,我觉得表示一下异议倒也十分有趣,便竭力进行辩护:一个女人,多年来对无聊的婚后生活深感失望,内心早已有所准备,碰到强劲攻势就会委身相从,这不仅完全可能,甚至极为可信。

我这出人意表的反对意见,很快引起普遍争论,尤其是两

---

① 包法利夫人为法国作家福楼拜同名的长篇小说的女主人公,为争取恋爱自由而无视社会习俗。

对夫妇的观点更使争论激化。无论是德国夫妇还是意大利夫妇都把"一见钟情"①斥为蠢话,是庸俗小说中的胡思乱想,她们对此表示鄙夷,一副侮辱人的样子。

这场争吵从喝汤时开始到吃布丁时结束,它那狂风暴雨般的过程,现在毫无必要再详详细细地重述一遍:那些"旅馆餐桌"②的常客惯于发表宏论才思敏捷,而一般人偶尔席间发生争执火气很旺,所持的论据,通常却是老生常谈,大多是匆忙之中随手抓来的陈词滥调。我们的争论何以急转直下,竟变成恶言相向的局面,这点也难以解释。我想,火气是始于两位先生情不自禁地表白,自己的太太绝不可能做出这样肤浅放任的事来。可惜他们又找不到更有力的证明,除了对我说:只有凭着单身汉碰巧轻易得手骗取芳心的事例来判断女性心理的人才会说出这种话来。这已经多少有些使我生气,那位德国太太接着以教训人的口气有声有色地说出下面这番道理:世上有两种女人,一种是正经的女人,另一种是"天生的婊子",而她认为,昂里哀特太太想必就属于后者。这时我可失去了耐心,我的口气也厉害起来,我说:一个女人一生中有些时刻会不受意志的管束,自己也不明白,就屈服于神秘的力量,这是明显的事实,硬不承认只不过是害怕自己的本能,害怕我们天性中的妖魔成分,想要掩饰这种内心的恐惧而已。有些人觉得自己比那些"易受勾引的人"更加坚强,更有道德,更为纯洁,似乎便感到欣慰。而我个人认为,一个女人倘若自由自在地、激情满怀地顺从自己的本能,要比通常所见的那样,依偎在自己丈夫的怀抱里闭着眼睛欺骗丈夫,要诚实得

---

①② 原文为法文。

多。我大致上这样说了一通。谈话中火气越来越大,别人对可怜的昂里哀特太太攻击得越是凶猛,我对她的辩护也就越发热烈(其实远远超过我内在的真实感情)。对这两对夫妇,我的这种热情,用大学生的行话说,可是公开挑战。他们这组不甚和谐的四重唱,如今同仇敌忾,向我发起凶猛的进攻。那位丹麦老人,脸上乐呵呵的,手里拿着一只跑表,仿佛在看足球比赛,坐在一边活像裁判,不得不用指关节不时敲敲桌子,发出警告:"请注意风度!"①但是每次只缓和了片刻。有位先生已经涨红了脸从桌旁跳起来三次,他太太费了很大劲才使他平静下来——简而言之,要是C太太不突然插话,再过十几分钟,我们的争论就可能以大打出手告终,而现在一场口舌之争终于像怒涛浇上油脂,渐趋平息。

C太太是位年迈的英国太太,她一头白发,举止高雅,是我们这桌人未经选举的名誉主席。她端端正正地坐在自己的座位上,默不作声,对每个人都同样和蔼可亲,饶有兴趣地侧耳倾听别人说话,那模样使人心情舒畅,单看她的仪表神态就叫人心旷神怡,她那身上的贵族气派,散发出一种神安气定心神收敛的奇妙风采。她对每个人都保持一定的距离,同时又善于对每个人都极有分寸地表示特别的亲切;她通常总是坐在花园里看书,有时弹弹钢琴,很少看见她和人交往或者跟人长谈。大家几乎都不注意她,可她却对我们大家有一种特殊的威力。譬如现在,她第一次介入我们的谈话,我们大家便立即不约而同地感到难堪,觉得嗓门太高,举止失控。正好那位德国先生霍地跳起身来,又给轻轻地带到桌旁重新坐下,从而

---

① 原文为英文。

出现了一个令人难受的间歇。C太太趁此机会,出乎意料地抬起她那双清澈的灰色眼睛,游移不决地看了我一会儿,然后以她的方式重提这个话题,态度鲜明客观,口气冷静明确:"要是我理解正确的话,您认为昂里哀特太太,认为一个女人,会无辜地卷入一场突如其来的冒险之中,您认为有些行动,这样一个女人一小时前自己也认为绝对不可能发生,根本无法让她对这些行动负责,是吗?"

"我对此坚信不疑,夫人。"

"这样一来,任何道德评判全都毫无意义,道德上的任何越轨也都得到了辩护。倘若您的确认为,法国人称之为'出于激情之罪'①不算犯罪,那么国家的司法机关还有什么必要存在?在这种事情上好意善心并不多见,而您却好心多得惊人。"她笑吟吟地又补充了一句,"才在每桩犯罪行为里找到激情,并用这种激情来为之开脱。"她说这番话,语调清朗,几乎欢快,使我感到非常舒服,我不由自主地模仿她那就事论事的态度,同样半开玩笑半认真地回答道:"国家的司法制度对这种事情的判决肯定比我严峻很多;它有责任,毫不徇情地维护普遍的风化习俗:职责所在,它只能判刑而不是宽恕,而我作为一介平民不明白,为什么非得自愿承担检察官的角色不可:我宁可做一个职业辩护律师。对我个人来说,理解别人远比审判别人更为快乐。"

C太太用她那清澈的灰色眼睛直愣愣地看了我好一阵,一直迟疑着。我已经担心,她可能没有完全听明白我的意思,准备用英文把刚才的话重复一遍。可是她又继续提问,神气

~~~~~~~~~~

① 原文为法文。

494

分外严肃,仿佛在进行口试:"一个女人抛弃了自己的丈夫和两个孩子,随便跟人私奔,自己也不知道那人是否值得她爱,您难道不觉得这事可鄙或者丑恶吗?一个根本不算年轻的女人,为自己的孩子着想,也该教育自己自尊自爱,却举止如此轻浮,行为如此不知检点,您难道真的能够宽恕这样一个女人?"

"我向您重复一遍,夫人。"我坚持己见,"在这桩案例里我拒绝进行审问或者做出判决。我完全可以向您承认,我方才有些言过其实——这个可怜的昂里哀特太太肯定不是英雄人物,甚至并不具有冒险家的性格,绝对不是'恋爱能手'①。据我所知,她只是一个平平常常性格软弱的女人,我对她怀有一些敬意,因为她敢于顺从自己的意志,但是我更感到遗憾,因为她肯定明天,说不定今天就会异常不幸。她的行动也许很蠢,肯定操之过急,但绝不下流,绝不卑鄙,我始终坚决认为,任何人都没有权利去轻视这个可怜的不幸的女人。"

"您自己,您到现在还对她怀有同样的敬意和尊重吗?一个是前天还和您在一起的值得敬重的女人,另外一个是昨天跟素昧平生的男人离家出走的女人,对这两个女人,您会完全不加区别吗?"

"没有区别。毫无区别,一点区别也没有。"

"真是这样吗?"②她情不自禁地说起英语来了,整个谈话似乎非常奇怪地使她动心。她沉思了片刻,她那清澈的目光又一次投向我,带着询问的神气。

① 原文为法文。
② 原文为英文。

"倘若您明天遇见昂里哀特太太,假如说在尼斯遇见她挎着那个年轻人的胳臂,您还会向她问好吗?"

"那还用说。"

"还会跟她说话吗?"

"那是当然。"

"您会——如果您……如果您已经结了婚,您会把这样一个女人介绍给您的太太吗?就仿佛什么事也没发生似的?"

"那是当然。"

"您真会这样做吗?"① 她又说起英语来了,语气充满了怀疑和惊奇。

"我肯定会这样做的。"② 我也下意识地同样用英语回答。

C太太不作声了,她似乎还一直在拼命思索。突然她凝视着我说道,似乎对自己的勇气感到惊讶:"我不知道,我会不会那样做。没准我也可能那样做的。"③ 说着她以那种难以形容的稳重沉着神气站起身来,亲切地伸手给我,只有英国人才善于以这种方式最后结束一次谈话,而不显得唐突失礼。由于她的影响,我们桌上又风平浪静,大家都打心眼里感激她。我们刚才还怒目相向,现在又相当客气地互相致意,已经颇为危险的紧张气氛凭几句轻松的玩笑话又缓和下来。

尽管我们的争论最后似乎是以骑士风度告终,但是那次激烈爆发的恼怒不免使我的对立面和我之间彼此有些疏远。那对德国夫妇态度收敛,而那对意大利夫妇在以后几天则兴

———————

①②③ 原文为英文。

冲冲地一再以嘲弄的口吻问我,是否听到什么关于"昂里哀特太太"①的消息。虽然我们谈吐举止温文尔雅,但是我们餐桌上原来那种互相信任、不拘形式的亲切关系却不可挽回地受到了一定程度的破坏。

那次争论之后,C太太对我特别亲切。相比之下,我当时的几个对头对待我的那种连嘲带讽的冷淡态度便显得分外突出。她平素一向矜持,除了用餐时几乎从不和人交谈,现在却多次找机会在花园里和我打招呼,我甚至要说,是找机会表示对我格外垂爱,因为她平时神情高贵态度矜持,进行一次私人交谈,便像给人以特别恩宠似的。不错,说实话,我真要说,她简直是在存心找我,是在利用一切机会和我攀谈,而且做得这样明显,她若不是一个白发苍苍的老太太,我简直会想入非非了。等我们一聊,话题就不可避免地会引到那个出发点,回到昂里哀特太太身上。C太太指责这个不守本分的女人心志不坚,水性杨花,似乎从中获得一种神秘的快感。可与此同时,看见我坚决表示同情那个娇柔纤弱的女人,世上任何事物都无法使我改变初衷,她对我不可动摇的坚决态度似乎又深感欣慰。她把我们的谈话一再引向这个方向,最后我自己也弄不清楚,这种奇特的、近乎古怪的执拗,我究竟该怎么去想它才好。

这样过了几天,大约五六天,她一句话也没有泄露,这种谈话对她如何至关紧要,但是事情确实如此,这点我已看得清清楚楚。一次散步时,我稍带提了一句,我待在这儿的时间已经不多,我打算后天动身。这时,她平素宁静安详的脸上突然

---

① 原文为意大利文。

显出特别紧张的表情,宛如一片乌云掠过了她那海水一样灰碧色的眼睛:"多么可惜啊!我本来还有好多话要和您说呢。"从这一瞬间起,她显得心慌意乱忐忑不安,让人看出她在讲话时正想着别的什么事情,她为之念念不忘分散心神。最后,这种魂不守舍的状况使她自己也很不自在,她突然沉默片刻,冷不丁地伸手给我:"我发现,没法说清楚到底想跟您谈些什么。我宁可写信给您。"接着她就快步向旅馆走去,步履急促,完全不像我平时常见的那样。

果然这天晚上,正好在晚餐之前,我在房间里发现一封信,是她那遒劲奔放的笔迹。可惜我处理青年时代的书信文件过于轻率,无法在此引用该信的原文,只能以大概的内容提示一下她实际上问我,是否可以把她生活中的一些事情说给我听。她写道,那段插曲已是遥远的往事,实际上和她现在的生活已无牵连,既然我后天就要动身,这就使她更容易启齿,把二十多年来一直埋在心底折磨着她、使她难忘的事情向我倾诉。倘若这样一次谈话我不感到有些唐突,她将请求我给她这一小时会晤。

我在这里只是记下了此信的内容——这封信当时引起了我极大的兴趣:这是封英文信,单凭这点就使此信具有高度的明晰和果决。可是叫我回信,我却难以下笔。我撕掉了三个草稿,才写好回信:

"您对我如此信任,我深感荣幸。倘若您要求我,诚实地回答,那我答应您,一定照办。请告诉我,您心里想要相告的一切,我当然不能向您强求更多。但是,请叙述时对您自己和对我都能以实相告。请您相信我:我把您的信任视为一种殊荣。"

这张纸条晚上传到她的房间里,第二天早上我就发现了回信:

"您说得一点不错:只说一半实话,毫无价值,只有说出全部实情才有意义。我将竭尽全力,无论对您还是对我自己都无所隐瞒。请您晚餐后到我房里来——我已六十七岁,对流言蜚语已无所畏惧。因为在花园里或是身边有人,我都无法开口。请您相信我,下这决心很不容易。"

白天,我们在用餐时还见过面,客客气气地谈些无关紧要的事情。可是饭后在花园里,她一见我,就马上躲开,神色显然有些慌乱,看到这位白发苍苍的老太太在前面像个害羞的少女似的逃进一条两旁种了五针松的林荫道,我既感到难堪,同时也深受感动。

晚上在约定的时间,我去敲门,房门应声打开:房里灯光幽暗,只有桌上的一盏小台灯把一道黄色的灯光投向那原来朦胧昏黑的房间。C太太大大方方地向我走来,请我在一把圈手椅里坐下,自己坐在我的对面:这些动作,我觉得都是精心安排的,可还是出现了冷场的局面,显然有违她的意志。冷场是由于她难下决心。冷场的时间越拖越长,我不敢冒失地说句什么话,打破这一沉默,因为我感到,这里有一个坚强的意志正在使劲挣扎,力图克服一股强大的阻力。从楼下休憩室里不时隐隐约约地传来断断续续的华尔兹舞曲的乐声,我屏息凝神,侧耳倾听,仿佛想要减轻寂静无声造成的沉重压力。她似乎也痛苦地感受到沉默造成的不自然的紧张状态,因为突然她振作起来,像要纵身起跳,立刻开口说话:

"只有第一句话难说出口。两天来我一直准备着把话说得清清楚楚,而且实话实说:但愿我能办到。我竟然把这件事情原原本本地告诉您,告诉一个陌生人,对此也许您现在还不理解。但是没有一天,甚至没有一小时,我不在想这一特定事情。您不妨相信我这老年人说的话:一个人一辈子只死死地盯着看一生中唯一的一点,只盯着看其中唯一的一天,实在无法忍受。因为我要告诉您的事情,只发生在我这六十七年生命中的二十四小时之内而已。我经常自我宽慰,甚至达到发疯的地步,我对自己说:要是一生中有那么一个瞬间干了点荒唐的事情,那也算不了什么,但是你摆脱不了我们用把握不定的概念称之为良心的东西。上次听您这样冷静客观地谈论昂里哀特事件,那时候,我心里就想:倘若我下定决心,向什么人无拘无束地谈谈我一生中的那一天,也许这毫无意义的追忆回想和没完没了的自我谴责就可到此结束。我若不是信奉英国国教,而是个天主教徒,我早已利用忏悔的机会说出这件隐瞒已久的事情,使之得到赦免——但是我们得不到这种安慰,所以我今天做出这一奇特的尝试,向您叙述一切,以求自我解脱。我知道,这一切非常古怪,可是您毫不迟疑地接受了我的建议,为此我向您表示感谢。

"好了,我已经说过,我只想向您叙述我生活中绝无仅有的一天——其余一切我都觉得毫无意义,对于别人也极端乏味。直到我四十二岁时,我的生活一步也没越出习俗的常轨。我的父母亲是苏格兰富有的乡绅,我们拥有几家大工厂和许多田产,过着乡间贵族式的生活,一年里大部分时间住在我们的庄园里,冬天社交季节则住在伦敦。十八岁上,我在社交场合认识了我的丈夫,他是名门望族 R 家的次子,在印度的军中服役了十年。我们很快就结了婚,在我们社交圈子里过着无忧无虑的生活，一年中三个月住在伦敦，三个月待在我们的花园里，其余时间在意大利、西班牙和法国游览。我们的婚姻生活从未蒙上轻微的云翳。我们的两个儿子，今天已经长大成人。在我四十岁那年，我的丈夫突然去世。他在热带度过的岁月里染上了肝病；他这次犯病，真是可怕，前后不到两个礼拜，我就失去了他。我的长子当时已经参加工作，小儿子在上大学——于是一夜之间我就落得个孤身一人，像我这样的人习惯于家人团聚、生活温馨，一旦孑然一身形影相吊，实在苦不堪言。在这空荡荡的房子里，每样东西都使我想起痛失心爱丈夫的悲惨事实，我觉得哪怕在那儿再多待一天，也不可能。于是我决定，以后几年，只要儿子们还未成家，我就游山玩水。

"从此时此刻起，我基本上认为我的生活已毫无意义，毫无用处。二十三年来和我朝夕相处情投意合的男人已经死去，孩子们并不需要我，我担心我的抑郁和忧伤会破坏他们的青春，我自己已无所祈求，也无所渴慕。我起先移居巴黎，由于百无聊赖，便去逛逛商店，参观参观博物馆；可是身边的这座城市和各种事物，我觉得异常陌生。我避开人们，我受不了他们见我身穿丧服，便彬彬有礼地向我投来表示惋惜的那种目光。我这几个月到处游荡，心情沉重，目不旁骛，这种吉卜赛人似的流浪生涯究竟是如何度过的，我已无从再叙：我只知道，我常有只求速死了此残生的愿望，只是自己无力加速这渴望已久的事情。

"在我居孀的第二年，也就是在我四十二岁那年，我在三月末跑到蒙特卡洛，自己并不承认这是逃跑，而是为了打发那已经变得毫无价值且无法消磨的时光。老实说：这是由于百无聊赖,由于心里感到空空洞洞,仿佛泛起一阵恶心,使人深受折磨,这种空洞的感觉至少要用小小的外界刺激来予以填补。我越是心如止水,就越发感到有股强烈的力量把我推到那生活的陀螺转得最快的地方去;对于毫无生活经历的人来说,别人激烈的感情波动,依然是自己神经的经历,犹如看戏或听音乐。

"因此我也常去赌场,看到别人脸上欢天喜地或者惊愕万分的神色,像潮水似的涌来涌去,而我的内心则一直处于可怕的退潮状态,这倒对我是个刺激。再说我丈夫生前偶尔也喜欢到赌场去玩玩,虽然并不轻率任性。我是怀着某种并非故意的虔敬心情忠实地继续保持着他往日的种种习惯,就在那里开始了那二十四小时,它比任何赌博都更为激动人心,我的命运多年来一直为之困扰。

"那天中午,我还和我们家的一个亲戚封·M公爵夫人共进午餐。晚饭后我觉得还不够疲劳,没法立即上床睡觉,于是就走进赌场;我自己并不下注,只在各个赌台之间溜溜达达地走来走去,以特殊方式观看那些混杂的赌客。我说:以特殊方式是指先夫教我的那种方式,有一次我看人赌博看得厌烦了,向他抱怨:老看同样的那么几张脸,实在无聊,在软椅上坐上几个钟头才敢下注的干瘪老太婆,老奸巨猾的职业赌棍和玩纸牌的娼妓,全都是些令人生疑的家伙,乌七八糟地凑在一起,您也知道这帮人根本不像蹩脚小说里描绘的那样花里胡哨、罗曼蒂克,仿佛是些'时髦的花朵'①和欧洲贵族。其实二十年前的赌场,远比现在更吸引人,桌上滚来滚去的还是看得

---

① 原文为法文。时髦的花朵,即高雅人士。

见的现金，发出脆声的钞票，金光闪闪的拿破仑金币和厚厚实实的五法郎银币，而在现代新建的富丽堂皇的赌城里则是一批市民化的赌客，假充旅游者在那儿毫无情趣地把特色全无的筹码输个精光，便算了事。可是就在当年我已经觉得这些脸无动于衷，神情相似，没有多少吸引力。我丈夫的个人嗜好是手相术，一种阐释手相的学问。他后来教给我一种特殊的观赏方法，远比无精打采地站在一边要有趣得多，刺激得多，紧张得多，也就是：永远不去看脸，只看桌子这个四方形，而在这四方形里，也只看人的双手，只看手的特殊动作。我不知道，您自己是否碰巧有机会眼睛只看绿色的桌子，只看那绿色的方块，方块当中一颗弹子像个醉汉似的摇摇晃晃地从一个数字蹦到另一个数字，在一个个画成四方形的格子里，一张张钞票飞旋，一块块银币金币跌落，犹如播种，然后管台子的用耙竿像锋利的镰刀似的一下子把它们悉数割去，或者把它们当作麦穗推到赢家面前。从这样的角度进行观察，唯一发生变化的只有一双双手——在绿色的桌子四周有许多神志清醒、骚动不宁、静心等待的手，从各自不同的袖管里探出头来。每只手都是一头猛兽，准备一跃而起，它们形状各异，颜色不同，有的光溜溜毫无修饰，有的戴着指环和丁零作响的手链，有的长满茸毛活像野兽，有的汗湿弯曲活像鳗鱼，但由于极度焦躁不耐全都紧张得微微颤抖。

"我情不自禁地老想到赛马场，开始比赛时，得使劲把亢奋的马匹勒住，免得它们抢先奔出：这些马匹也同样浑身战栗，昂起头颅，扬起前蹄。从这些手如何等待，如何伸出，如何停住，就可看出其主人是何许人：手若紧抓不放，他必然个性贪婪；手若松弛无力，他必然挥霍成性；手若安详平静，他必然工于算计;手腕颤动不已,他必然绝望已极;抓钱的手势可以闪电般暴露出成百种性格,有人把钱揉成一团,有人神经质地把钱几乎搓碎,有人筋疲力尽,手掌懒得动弹,下注时竟让钱放在那儿不去动它。我知道,有句俗话说,赌博见人品,可我要说:赌博时的手显示人品更为清晰。因为所有赌徒,或者说,差不多所有的赌徒都很快就学会控制自己的面部表情——他们在上面,在衣领上面,都带着不动感情的冷漠面具——他们迫使嘴角的皱纹向下牵动,咬紧牙关控制内心的激动,不让眼睛流露出明显的焦灼情绪。他们使青筋直暴的面部肌肉平复下来,装出一副故作高贵、无动于衷的神情。可是正因为他们拼命集中注意力来控制面部,控制他们品质最明显的部分,就忘记了双手,忘记了有人只观察他们的手,从双手猜出脸上漾着笑意的嘴唇和故作坦然的目光所想隐瞒的一切。而这时,手已把它埋得最深的秘密毫无顾忌地泄露无遗。因为必然会出现这一瞬间,所有这些费了九牛二虎之力才控制住的手指似乎沉睡未醒会从他们高雅的慵懒状态中一跃而起:这就是转盘里的弹子掉进码池,哄然报出中彩数字的那一秒钟,这一秒钟里成百只手,或者五百只手不由自主地凭着原始的本能,各自做出自己的动作,因人而异,各不相同。谁若像我一样,特别熟悉我丈夫的那种嗜好,惯于观察这个手的竞技场,定会感到千差万别的性格总以各不相同出人意料的方式暴露出来,远比戏剧或是音乐更为激动人心:我没法向您描述,这个手究竟有几千种表演方法,有的活像野兽长着毛茸茸弯曲的手指,像蜘蛛似的把钱牢牢抓住;有的神经质地颤抖不已,长着血色全无的指甲,几乎不敢去拿钱;有的高贵,有的低下,有的残暴,有的羞怯,有的足智多谋,有的似乎讷讷不吐——但是它们各自都显得与众不同,因为每双手都表现出一个独特的人生,只有那些管台子人的四五双手除外,这些人的手纯属机器,运作起来冷静精确,纯粹处理业务,完全置身事外,和那些越发活跃的手相比,就像一架数钞机上噼啪作响的钢铁开关。但是,即便是这几双冷静的手由于和它们激情如炽求战心切的兄弟形成对比,因而也令人惊讶不已:我想说,它们与众不同,身穿制服,犹如警察站在人潮汹涌群情激愤的民众暴乱之中。另外再加上对我个人的刺激:一连看了几天我已经熟悉了某些手的许多习惯和爱好;几天之后,我已经在它们当中找到了熟人,把它们像人似的分成讨人喜欢的和令人讨厌的两类;有的手没有风度,贪得无厌,令我十分反感,我总把目光移开,就像看见不堪入目的污秽。可是桌上出现的每一只新手对我都是一番经历,引起我的好奇:我往往忘了去看上面的那张脸,这高高在上的脸,连着衣服领子,只不过是一张冷冷的社交场上的面具,一动不动地置于常礼服衬衫或明艳的胸脯之上。

"那天晚上我走进赌场,从两张挤得水泄不通的赌台旁走过,走向第三张台子,已经准备好几枚金币,突然听见一个声音,我大吃一惊——在那无人讲话,空气紧张,仿佛因为寂静而隆隆有声的间歇时间——每当弹子跑得筋疲力尽生气全无,只在两个数字当中跌跌撞撞时,就会出现这种间歇时间——这时,我听见正对面有一种奇特的声响,一种喀啦啪嚓的声响,就像手指的关节折断。我不由自主地向对面投去惊讶的目光。我看见——的确,我大吃一惊!——两只我还从未见过的手,一只右手和一只左手,像两头凶狠的野兽互相纠缠在一起,十分紧张地弓起身子,互相揪斗,互相推拒,结果指关节咔嚓作响,发出核桃开裂的那种脆声。这是两只罕见的美丽的手,细长纤巧,不同寻常,可是肌肉绷紧——色泽白皙,指甲没有血色,修成秀气的弧形,泛出珍珠的光泽。整个晚上我一直看着这双手——是的,凝视着这异乎寻常、简直可说绝无仅有的一双手——可是首先使我如此深感意外的乃是它们表现出来的激情,它们的激情如炽的表情,这种痉挛似的互相纠结,互相推拒。我顿时意识到,这里有个精力充沛的人,正把他全部激情都挤到指尖上去,免得自己被这激情炸得粉碎。而现在……在弹子以轻轻的脆声掉进码池,管台子的人报了数字的这一秒钟……这两只手突然分开倒下,活像两头野兽同时被一粒子弹打个对穿。它们倒了下来,双双倒下,的确死掉了,而不仅仅是筋疲力尽,它们倒下了,这样活灵活现地表现出无力、失望,如遭雷殛,一命呜呼,我简直无法用言语形容。因为我过去从未见过,此后也再未见过这样能说话的手,每一块肌肉都是一张嘴,激情几乎从所有的毛孔涌出,让人感觉得到。它们在这绿呢的桌面上躺了片刻,就像被抛出水面的海蜇平躺在水边,毫无生气。然后有一只手,右手从指尖开始又费劲地爬了起来,颤抖着缩回去,转着圈,摇摇晃晃地旋转不已,突然又神经质地抓起一个筹码,犹豫不决地把它像个小轮子似的放在拇指和食指的指尖上转动。突然,这只手像头豹子一样敏捷灵巧地弓起身子,把一枚一百法郎的筹码扔到,简直该说吐到黑格子的中央。那只一动不动睡在一边的左手也像听到一声号令,立刻骚动起来;它直起身子,轻轻地溜到,甚至可说是偷偷地爬到那只索索直抖的右手旁边,这只兄弟般的右手似乎由于方才一掷已疲惫不堪。两只手现在躺在一起,微微战栗,却用指关节悄无声地敲着桌子,犹如生了寒热病,上牙直打下牙。——不,我没有,还从来没有见过一双手有这样传神的表达能力,从来没有见过激动和紧张会表现得这样震撼人心。在这穹顶的房间里的其他一切,各个大厅传出纷乱的嗡嗡声响,管台人发出街头小贩似的喊声,人们熙来攘往,弹子来回窜动,它从高处抛下,此刻在光滑的圆形木笼子里发疯似的跳动不已——五光十色的景象,嘤嘤嗡嗡的杂音,汇成炫目刺耳的众多印象,飞快地掠过我的神经。可是突然间,我觉得一切全都显得死气沉沉,僵木呆滞,就因为旁边有这两只颤抖不已、连连喘息、焦急等待、冻得发抖的手,有这双闻所未闻见所罕见的手,我像中了邪似的直盯着它们。

"可是我终于按捺不住,我非得看看这双魔力无穷的手究竟属于谁,看看此人的脸究竟长得如何,我提心吊胆地——不错,的确提心吊胆地,因为我害怕这双手!把我的目光慢慢地沿着袖子,沿着瘦削的肩膀向上移动。我又大吃一惊,因为这张脸和那双手一样,说的是同样漫无节制荒诞激越的语言,具有同样娇柔,近乎女性的美丽,表达的是同样可怕的狠劲。我从未见过这样一张脸,一张这样暴露内心、放纵自己的脸,我有充分的机会从容不迫地观赏它,犹如观赏一张面具,观赏一尊没有眼睛的雕像:这只着了魔的眼睛一秒钟也不左顾右盼,在睁开的眼皮底下,眼珠凝固不动,黑黝黝地宛如一粒没有生气的玻璃珠子,映照出另一个呈桃花心木色的弹子傻气十足疯疯癫癫地在圆形的轮盘小匣子里骨碌、跳动。我必须再说一遍:我从未见过一张这样紧张、这样迷人的脸。它是一张二十四岁左右的年轻人的脸,清秀娇嫩,稍嫌狭长,然而表情丰富。这张脸正巧和那双手一样,也显得缺乏男子气概,更像是一个纵情玩耍的男孩的脸——但是所有这一切我是后来才注意到的,因为当时这张脸布满了强烈的贪婪和疯狂的表情。双唇薄薄的嘴微微张开,带着渴求的神情,露出一半牙齿,十步以外就可以看见,牙齿像发寒热似的上下打个不住,与此同时,嘴唇张开,凝固不动。一绺发亮的金色头发湿漉漉地贴在额上,就像跌了一跤,头发向前耷拉。鼻翼不断翕动,仿佛那儿有看不见的细小波浪在皮肤下面涌动。这完全向前倾斜的脑袋,无意识地越来越往前凑,使人感到,他已完全被吸引到那小弹子的旋转之中;这时我才明白这两只手为什么痉挛似的握在一起:只有互相对握,只有这样抽搐,这个失去重心的身体才能保持平衡。我从未——我必须再重述一遍——见过一张脸,如此公开,如此兽性勃发,毫不害羞地把激情赤裸裸地爆发出来。我凝视着它,凝视着这张脸……为它如痴如狂的神情所深深吸引,弄得心往神驰,正如他的目光着魔似的直盯着那旋转的弹子的跳跃和颤动。从这一秒钟起,我再也看不见大厅里其他任何东西,和这张脸上喷射出来的火焰相比,我觉得一切都显得苍白、迟钝、模糊、暗淡。也许有一小时之久,我越过众人,只观察这一个人,只注意他的每个手势:管台子的人正好把二十枚金币向那两只贪婪的手推了过去,他的眼睛便顿时闪出耀眼的光芒,死命纠结的两只手,似乎被炸药炸开,手指震得四下分散,索索直抖。一刹那间,这张脸突然变得容光焕发,异常年轻,皱纹舒展开来,眼睛开始闪闪发光,直往前倾的身体轻快矫健地向上挺直——突然之间他像个骑士,全身放松地坐在那里,一脸洋洋得意的神气,手指头摆弄着圆圆的金币,又是炫耀又是抚爱,让它们互相撞击、跳舞,弄得叮当乱响。然后,他又心神不定地转过头去,扫视了一下绿呢桌面,像只小猎犬,翕动鼻翼到处乱嗅,寻找真正猎物的踪迹,然后倏然间迅速地一抖手,将一把金币全都倒进一个小方格里。接着,他又立即开始那种急切窥伺,那种紧张期待,他的嘴唇又像触电似的颤动不已,两只手又痉挛似的纠结在一起,男孩般的脸上又布满了欲念炽烈的期待。最后,这一触即发的紧张情绪骤然间化为极度失望:这张方才还像孩子一样兴奋的脸,顿时憔悴不堪,变得灰败而又苍老,目光呆滞,黯然失色,而这一切变化仅仅发生在一秒钟之内,就在弹子落进他猜错的一个号码里去的那一秒钟。他输了:他直愣愣地呆看了好几秒钟,目光近乎痴呆,就仿佛他什么也不明白似的;可是等管台子的人高声一喊,像鞭子猛抽一下,他又伸出手指抓来一把金币。但是信心已经丧失,他先把那几枚金币放在一个格子里,然后,改变主意,又把它们挪到第二个格子里;弹子已经滚动起来,他突然灵机一动,用直打哆嗦的手,又把两张揉得皱巴巴的钞票迅速地扔进方格里去。

"这抽风似的忽赢忽输,忽上忽下,一刻不停地大约持续了一个小时。在这一小时里,我片刻也没有把我着迷神往的目光从这张时刻变幻的脸上移开,各种激情像潮水似的涌上这张脸,又倏而退去;我的眼睛紧盯着这双富有魔力的手,它们用每块肌肉把喷泉似的时升时落的感情的不同尺度都非常形象生动地表现出来。我在剧院里也从来没有这样紧张地看过一个演员的脸像看这张脸,种种色彩和感觉一刻不停地在这张脸上变换,宛如光和阴在一片风景上交替出现,不停转换。我看戏时从未这样全身心地关注过剧情,像关心这陌生人激动情绪的反映。倘若当时有人观察我,必然会把我这目不转睛的凝视看成是受到催眠,而我当时不知怎的也的确像是目迷神眩。——我简直没法把目光从这表情时刻变化的面部移开,屋里其他一切,灯光啦,笑声啦,人影啦,目光啦,混成一片,只是模模糊糊地在我身边浮动,犹如一阵黄色的烟雾,而在烟雾之中突出一张脸,宛如火焰之中的火焰。我什么也听不见,什么也感觉不到,我觉察不到人群在我身边直往前挤,别人的手触角似的突然伸出,扔钱出去,或者捞钱回来;我看不见弹子,也听不见管台子人的声音,我看到发生的一切都像是在梦中,反映在这双手上,由于情绪兴奋和感情冲动像透过凹镜大为扩张。因为要知道弹子究竟掉进红格还是黑格,是在滚动还是已经停顿,我用不着去看轮盘:这张激情汹涌的脸神经敏锐、表情丰富。每个阶段的输和赢、期待和失望,都像火烧的裂痕印在这张脸上。

"可是接着就出现了一个惊心动魄的瞬间——整个晚上,我心里一直隐隐害怕会有这一瞬间,它像一场即将来临的暴风雨悬在我紧张的神经之上,现在突然把我的神经撕成两半。弹子又一次以那轻轻的噼噼啪啪的脆声转了一圈,那一秒钟又猛地出现,两百张嘴唇屏住呼吸,直到管台子的人报出——这次是:〇——同时他迅急伸出耙竿从四面八方把叮当乱响的钱币和发出脆声的钞票耙了过去。在这一瞬间这两只痉挛似的纠结在一起的手做出了一个触目惊心的动作:它们似乎一跃而起,想抓住什么并不存在的东西,然后不靠外力,只凭本身的惯性,又跌落到桌上,仿佛筋疲力尽气息奄奄;可是突然它们又一次活跃起来,急急忙忙地从桌上一跃而到自己身上,像野猫似的沿着身体忽上忽下,忽左忽右,乱爬一气,神经慌乱地伸进所有的口袋,看是否还有一张被遗忘的钞票塞在什么地方。可是它们每次都是一无所获地退了回来,然后又继续开始这毫无意义毫无用处的搜寻,一次又一次。

与此同时轮盘又重新旋转起来,别人继续下注,钱币叮当乱响,椅子挪来挪去,上百种细小的杂音混在一起,嗡嗡直响,充满整座大厅。我心惊胆战,浑身哆嗦,我清清楚楚地当场亲身感受了这一切,就仿佛是我自己的手指,在揉皱的上衣里乱掏各个口袋,乱摸每道衣褶,拼命寻找那张或许还在的钞票。突然间,我对面的这个人霍地站起身来——就像有人忽然感到不适站起来,直直身子,以免窒息似的;在他身后,椅子啪的一声倒在地上。可他根本没有觉察,也不注意那些邻座,径自脚步沉重地从桌旁走开。大家畏畏缩缩地纷纷避开这摇摇晃晃的人,惊讶不已。

"看到这番景象我吓呆了。因为我顿时明白,此人要向何处走去:他是走向死亡。谁若这样站起身来,绝不会回到旅馆,走进酒店,去找女人,去乘火车,绝不会回到任何形式的生活中去,而是直接投进那无底深渊。即便是在这座魔窟里泡得感情极端冷漠的常客也会看出,此人不论是在家里、银行里或是亲友那里都不会再得到任何支持,他是坐在这里把最后一笔钱,把他的性命孤注一掷,现在脚步踉跄地不知走向哪里,但肯定是往绝处走去。我一直在担心,从最初的一瞬起我就着魔似的感到,这次赌的绝非一般的输赢,而是更高的什么东西。这时我看到生命突然从他眼里消逝,死亡把这张方才还生气盎然的脸涂上一抹灰败,我心里一震,一道黑黝黝的闪电击入我的体内。此人猛地离开座位,摇摇晃晃地走开时——他那形象生动的手势我还历历在目——我也不由自主地拼命用手撑住我自己,因为他摇摇晃晃的样子现在也从他身上传到我的体内,犹如先前他的紧张侵入我的血管和神经。可是接着我也被他吸引,身不由己地跟着他:我自己并不愿意

511

这样做，可我的脚却向前移动。这一切完全是在无意识的情况下进行的，根本不是我自己在这样做，而是自然而然地发生了这样的事情：我谁也不予注意，对我自己也毫无感觉，就跑进通向门口的走廊。

"他站在衣帽间，仆人把大衣拿给他。但是他的手臂已经不听使唤：于是那个恭顺的仆人费了好大劲才帮他穿进袖子，就像帮助一个瘫痪病人一样。我看见他机械地把手伸进背心的口袋，想给仆人一点小费，可是手指又空空地缩了回来。这时他似乎又突然回忆起了一切，神情窘迫，结结巴巴地向仆人说了句什么，又和先前一样，猛不丁地向前一冲，接着完全像个醉汉似的跌跌绊绊地走下赌场的台阶。那个仆人站在台阶上，目送了他一阵，脸上先是一副轻蔑的神气，然后才露出会心的微笑。

"这个场面是如此的震撼人心，我简直羞于在一旁观看。我不由自主地把脸转开，很不好意思，像在剧院的舞台上那样观看别人的绝望——然后那莫名其妙的恐惧又突然推我向前。我迅速地让仆役把大衣递给我，脑子里也没有什么明确的想法，完全机械地，像是凭着一股冲动，我急急忙忙地跟着这个陌生人走进黑暗中去。"

C 太太讲到这里，停顿了片刻。她一动不动地坐在我的对面，以她特有的平心静气、就事论事的神气几乎毫不间断地叙述着，只有内心早有准备，对发生的事情仔细整理过的人才会这样。现在她第一次住口，犹豫了一会儿，突然中止叙述，直接对我说道：

"我答应过您和我自己，"她有些不安地开始说道，"绝对真实地讲出所有的事情来,不过现在我必须要求您对我的真挚也给予充分的信任,不要认为我当时的行为别有动机。即使真的另有所图,我今天也不会羞于承认,但是在这件事上,这样估计却是完全错误的。所以我必须强调,我当时到大街上去追赶这个彻底崩溃的赌徒,丝毫不是由于对这个年轻人产生了爱恋之情——我根本没有想过他是个男人,我当时已是一个四十开外的女人,事实上,在我丈夫去世以后,我从来没有正眼看过任何一个男人。我的心已是止水槁木,我向您明确指出这一点,而且非把这事告诉您不可,因为否则您就无法了解以后发生的种种事情有多么可怕。当然,另一方面,也讲不清楚究竟是一份什么感情当时如此强烈地驱使我去追随那个不幸的人:这里面有好奇的成分,但主要是一种可怕的恐惧心理,或者说得更确切些,是唯恐什么可怕的事情将会发生的恐惧心理,我从第一刻起就隐隐约约地感到有什么可怕的事情像阴云似的笼罩在这个年轻人身上。但是这些感觉无法分解无法剖析,尤其因为它们过于强劲突兀,过于迅猛急遽地交织在一起——也许我当时的所作所为只是一种助人的举动,完全出于本能,就像看见大街上有个孩子冲着汽车奔去,你去把他一把拉住;或许也可以这样解释,有些自己不会游泳的人看到有人即将淹死便跟着从桥上纵身跳下?干脆就有一种魔力在吸引他们,有个意志在推着他们往下跳,他们自己都还来不及思考,去做这件大胆的行动究竟有没有意义。恰好就是这样,我当时想也不想,也没有清醒的考虑就跟着那个不幸的人走出大厅,来到门口,又从门口走向路边的露台。

"我确信,无论是您还是任何一个目光清晰感觉灵敏的人都无法摆脱这种充满恐惧的好奇心,因为看到那个最多不过二十四岁的年轻人,步履艰难,犹如白发老人,脚步踉跄,犹如一个醉汉,全身骨头像被打断,整个人像散了架似的晃晃悠悠地从台阶蹭到马路边的露台上,还有什么比这更令人不寒而栗的景象呢。他在那儿像个麻包似的扑通一下倒在一张长凳上,这个动作又使我浑身哆嗦地感到:这个人算完了,只有死人,或者一个全身肌肉都已丧失活力的人才会这样倒下。他的脑袋斜歪着,倒在长凳的靠背上,两只胳臂松软无力地垂在地上,在灯光摇曳的街灯射出的半明半暗的光线里,每个从旁路过的行人都会把他当作一个开枪自杀的人。我无法解释,为什么我心里会突然涌出这样一个念头,但是它突然出现,生动具体得伸手可以摸到,真实得令人战栗,真实得使人害怕。——就这样,在这一秒钟里,我看见他在我面前,作为一个开枪自杀的人,我不由得确信他口袋里揣着一把手枪,明天人们会发现他直挺挺地躺在这张长椅或别的长椅上,气息全无,鲜血淋漓,因为他倒下的样子,完全像块石头掉进深渊,若不掉到地底,绝对不会停住;我从来没有看见过人的身体会这样表现疲惫和绝望。

"现在请您设想一下我当时的处境:我就站在那个一动不动、彻底崩溃的人坐的椅子后面,相距不过二三十步,惘然不知所措,强烈的愿望驱使我向前伸出援手,而代代相传的羞怯又使我裹足不前,不敢在大街上和陌生男人谈话。天空阴云密布,街上的煤气灯发出摇曳不定的昏黄灯光,偶尔才有人影匆匆闪过,因为已近午夜时分。我是几乎独自一人和这自杀者一起待在这花园里。我有五次、十次之多鼓起勇气,向他走去,可是每次羞怯又把我猛地拽了回来,或者说不定是出于本能,我打内心深处预感到,失足跌倒的人会拉着前来相救的人一起摔倒。这样左思右想,举棋不定,我自己也清楚地感到这处境实在毫无意义,非常可笑。尽管如此,我还是开不了口,也迈不动腿,既不能有所行动,也不能把他撂下不管。差不多有一小时之久,我犹豫不决地在露台上踱来踱去,我对您这样说,希望您能相信我。这简直是无穷无尽的一小时,在这一小时里,一片看不见的大海里的千重细浪把时间撕得粉碎。这个彻底垮掉的人的这副模样深深地震撼了我,使我不忍离去。

"可是我还是没有勇气说一句话,做一件事。这整个后半夜我都会这样站着傻等,或者说不定最后会聪明起来,为了不给自己惹事,于是转身回家。我甚至相信,已经下定决心,让这可怜虫就这样无可奈何地躺在那里,但是一股极为强劲的外力做出了决定,使我无法再犹豫不决。原来,这时下起雨来了。整个晚上海风吹个不停,把雨意浓重的厚厚春云聚在一起,人们心肺憋闷,都感到天快压下来了,压得极低——突然雨点噼噼啪啪地打了下来,接着大雨滂沱。雨水被风驱赶,汇成沉重的雨柱,我不由自主地逃到一个售货亭的檐下避雨。尽管我打开了伞,那阵阵狂风依然把雨水吹到我的衣服上面。噼啪乱响的雨点沉重地打在地上,我的脸上、手上依然感到被雨点溅起的冷飕飕的尘土。

"然而——在这天上决口似的倾盆大雨的浇灌之下,那个可怜的家伙依然静静地坐在凳上,一动不动。事隔二十五年,回忆起这番可怕的景象我至今还感到嗓子眼堵得厉害。雨水从屋檐滴落、流淌,城里传来汽车的轰鸣,左右两边都有翻起大衣领子的人在急急奔逃,凡是有生命的东西,都在慌慌张张地奔跑逃窜,寻找躲雨的地方,无论是人还是野兽都对这狂风骤雨显得非常害怕——只有那边椅子上的这个人,这黑糊糊的一团动也不动。我方才已经跟您说过,这个人天生有一种魔力,可以通过他的动作和姿态把他的每一种感情形象生动地表现出来。他就这样静坐不动,这样一动不动毫无感觉地坐在急风暴雨之中,似乎过度疲劳,都无法站起身来走动几步,去寻找一个避雨的屋顶,对于自己的生命完全采取无动于衷的态度。但是世界上没有任何东西,可以把绝望、把彻头彻尾的自暴自弃、把真正的虽生犹死的状况表现得这样震撼人心。任何雕塑家,任何诗人,无论是米开朗琪罗还是但丁,都从来没有像这个活生生的人那样让我如此动情、如此揪心地感觉到这极端绝望的姿势,这人世间最深沉的苦难。此人听凭雨水浇淋,全身松软无力,过于疲惫,再也动弹不得,无法自我保护。

"这使我动心,我不能坐视不理。我猛地一下子冒着鞭笞一样使人肌肤生痛的暴雨跑了过去,摇晃椅子上淋得透湿的那个人。'跟我来。'我拉住他的手臂。他那失神的眼睛艰难地向上直瞪。他似乎渐渐恢复了一点意识,可是并没听懂我说的话。'跟我来。'我再一次拉拉他那湿漉漉的袖子,我简直要生气了。他慢慢地站了起来,摇摇晃晃地完全听人摆布。'您要干吗?'他问道。我无言以对。因为我自己也不知道,把他带到哪儿去:只是别让他再被这冷雨浇淋,别让他由于极端绝望想要自杀似的毫无意义地坐在这里。我拽住他的胳臂不放,拉着这个完全丧失意志的人一直往前,走向售货亭。那里有条向前伸出的狭窄的屋檐,至少可以使他多少受到一些保护,免遭狂风暴雨的袭击。下一步怎么办,我不知道,我也不想知道,只想把这人拉到干燥的地方去,拉到一角屋檐底下:以后的事情我当时想也没有想过。

"我们两个就这样并排站在窄窄的一条干燥的地方,背后是锁着门的售货亭的墙壁,头上只有小小的一条屋檐,急雨下个不停,突然刮来的阵阵狂风不时狡猾地从屋檐下把凉飕飕的雨水吹到我们的衣服上和脸上。这种情况实在难以忍受。我总不能在这个浑身湿透的陌生男人身边老待下去。可是另一方面,既然把他拉到这里,总不能一句话也不说就干脆把他撂在那儿,怎么也得做点什么吧;我逐渐迫使自己头脑清晰地进行思索。我想最好叫辆马车送他回家,然后自己回家:到了明天他总会自己想办法的。于是我就问身边一动不动地站着的这个人,他直愣愣地凝视着风狂雨骤的黑夜:'您住在哪儿?'

"'我没有住处……我是今天傍晚才从尼斯来的……我那儿是没法去的。'

"最后一句话,我没有马上听懂。后来我才悟过来,此人把我当作……当作一个神女,这种女人夜里成群结队地在这赌场周围转来转去,希望从那些手气好的赌徒或者醉汉身上捞到几个钱。话说回来,你叫他能有什么别的想法呢。因为现在,在我向您追诉这件事的时候,我才体会到我当时的处境实在令人难以置信,简直可说荒诞绝伦——你叫他对我还能有什么别的想法呢,我把他从凳子上拉起来,不由分说地拽着他跟我一起走,这也的确不是淑女的行为。但是我并不是立即意识到这一点。直到后来,我才渐渐悟到他对我这个人所产生的这个可怕的误会。然而已经为时太晚,否则我绝不会说出下面这几句话。我当时说道:'那就到旅馆去要个房间好了。这儿您可不能再待下去了,您现在得找个地方安顿

下来。'

"此刻我可是马上就感觉到他那可怕的误会了。因为他根本没有转过脸来,而是以某种嘲讽的神气表示拒绝:'不,我不要房间,我什么也不需要了。你不必费劲想从我这儿得到什么。你可找错人了,我一个子儿也没有。'

"这番话又是说得那么可怕,那无动于衷的神气令人心悸;这个身上滴水衣服湿透的人站在那里,心力交瘁,浑身无力地靠在墙上,使我深受震撼,我根本没有时间去顾及自己受到的一次小小的愚蠢的侮辱。我只感到,从我看见他跟跟跄跄地走出大厅的第一个瞬间起便开始感到,以及在这不可思议的一小时里又不断感到的事情:这里有个人,年纪轻轻,充满活力,正濒临死亡的边缘,我非救他不可。我向他走近几步。

"'别担心钱,您跟我来!您不能老待在这儿,我会给您安排住处的。什么也不用操心,跟我来吧!'

"他转过头来,这时雨在我们身边沉闷地下个不停,檐口的积水哗哗地浇在我们脚边,我感到他在黑暗中第一次努力想要看清我的面孔。他的身体也似乎慢慢地从麻木不仁的状态中苏醒过来。

"'那就随你的便吧。'他说道,表示让步,'我什么都无所谓……说到底,干吗不去呢?咱们走吧。'我撑开伞,他走到我的身边,挽住我的胳膊。这种突如其来的亲昵状态我觉得很不舒服,我简直吃了一惊,吓得心脏也开始发颤。但是我没有勇气禁止他这样做;因为如果我现在把他推开,他就会掉进无底深渊,那我到现在为止所做的一切尝试全都白费了。我们又退回几步,向赌场走去。这时我才意识到,我不知道该拿他怎么办。我迅速地思考一下,最好给他找家饭店,塞点钱给他,让他在那儿过夜,明天可以回家;我没再想到其他什么。一辆辆马车急匆匆地驶到赌场门前,我叫住一辆,我们坐进车里。马车夫问我到哪儿去——起先我不知道怎么回答。可我突然想起我身旁的这个浑身湿透、衣服滴水的人,高级饭店是一家也住不进去的——另一方面,我也的确涉世不深,根本没有想到会引起胡乱猜疑,就冲着马车夫叫道:'哪家普通旅馆都行!'

"马车夫漠不关心,他自己也被大雨淋得湿透,就驱马向前。我身旁这个陌生人一言不发。车轮隆隆直响,雨水强劲地猛击车窗的玻璃:在这黑洞洞的、没有灯光、像棺材一样的方形车厢里,我仿佛觉得是在运送一具尸体。我竭力思索,想找出一句什么话来冲淡这默默相处的奇怪而恐怖的气氛,可我什么话也想不出来。几分钟以后马车停住,我先下车,付钱给车夫,同时那个人仿佛瞌睡懵懂地下车把车门关上。我们就这样站在一家陌生小旅馆的门前,上面伸出一个穹形玻璃屋檐,使一小块地方免遭雨水袭击。四周不停地下雨,单调得使人心烦,把密不透风的黑夜切成丝丝缕缕。

"这个陌生人站立不住,身不由己地靠在墙上。他那湿透的帽子和揉皱的衣服一个劲地滴水。他站在那儿,活像一个刚从河里捞上来的几乎淹死的人,神志还很昏迷。他靠着的那一小块墙上,有一小股水往下流淌。可是他一点也不使劲抖一抖身上的衣服,脱下帽子来甩一甩,水滴从他的帽子上一个劲地顺着额头和脸往下淌。他完全无动于衷地站着。我没法跟您说,这种万念皆灰的样子是多么强烈地震撼了我的心。

"现在得有所行动。我从口袋里掏出钱来。'这儿有一百法郎,'我说道,'您在这儿要间房间,明天乘车回尼斯去。'

"他不胜惊讶地抬起头来。'我在赌场里观察了您半天',我发现他有些迟疑,便催促他,'我知道您把钱都输光了。我担心,您正想去干什么傻事。接受人家的帮助并不丢脸……喏,您拿去吧!'

"可是他把我的手推开。我没想到,他会断然拒绝。'你是个好人,'他说道,'可是别糟踏你的钱了。我已经无可救药。这一夜我睡不睡,完全无关紧要,反正明天一切都要完蛋。我是无药可救的了。'

"'不,您一定得拿去。'我逼着他,'明天您的想法就会改变。现在您先进去,好好睡一觉,忘记一切。大白天事情就会是另外的样子。'

"我又一次把钱塞给他,他几乎是态度激烈地把我的手推开。'别这样,'他闷声闷气地重复道,'这毫无意义。我宁可在外面了结,免得在这儿把人家的房间沾上血污。一百个法郎救不了我,一千个法郎也没用。明天我又会拿着这最后几个法郎走进赌场,不把一切输个精光,我是不会罢手的。何必重头再来一次呢,我已经受够了。'

"您没法估量这阴沉的语气如何深深地刺进我的灵魂,可是请您设想一下:离开您不过两英寸远站着一个头脑清醒的年轻人,他活着,在呼吸,你很清楚,如果不竭尽全力,不出两小时,这个有思想、会说话、能呼吸的人,就会变成一具死尸。我心里说不出的生气、冒火,一心只想战胜他这毫无意义的抗拒。我一把抓住他的胳臂:'别再说这些傻话了!现在您给我进去,租个房间,明天一早我来送您上火车。您必须离开这里,明天必须乘车回家。我要不亲自看见您拿着车票乘上火车,我决不罢休。年纪轻轻,不该因为输了几百法郎或者上千法郎就不想活了。这是怯懦,是一时愤怒懊恼造成的,是愚蠢的歇斯底里发作,明天您自己会觉得我是有道理的!'

"'明天!'他着重地重复了一遍,口气阴郁得出奇,而且带有嘲讽的神气,'明天!但愿您知道我明天会在哪儿!倘若我自己能知道就好了,我自己还真的有点想知道这事呢。不,你回家去吧,我的宝贝,别瞎操心,别白扔钱了!'

"可是我不再让步。我似乎中了邪着了魔,我使劲抓住他的手,把钞票塞进他的手里。'拿着这钱,马上进去!'说着毅然决然地走过去拉响门铃,'好了,现在我已经拉过门铃了。门房马上就来,您进去躺下睡觉。明早九点我在这儿门口等您,立即送您上火车。其他的事情您不用担心,我会把必要的事情全都办好的,让您一直回到家里。现在您立刻上床美美地睡上一觉,什么也不要去想!'

"这一瞬间门里钥匙咯嘞一响,门房打开大门。

"'来吧!'他突然说道,声音生硬坚定,含有怒气。我感到我的手腕被他用手指紧紧握住。我吓了一跳……吓得灵魂出窍,浑身瘫软,仿佛遭到电击,我的脑子都吓糊涂了……我想挣扎,想挣脱他的手指,可是我的意志已经麻木……我……您能理解……我……门房站在那里等着,表情极不耐烦,在这门房面前,我羞于和一个陌生人拉拉扯扯,争来争去。这样……就这样一下子我也站在旅馆里面了;我想说,想说点什么,可是嗓子堵住了……他的手沉重地压在我的胳臂上,不容我违抗……我模模糊糊地感到我不知不觉地被这只手拉上了楼梯……钥匙咯嘞一响……突然我和这个陌生人就单独待在一个陌生的房间里,不知是哪家旅馆,我到今天还不知道这家旅馆的名字。"

C太太这时又停止讲述,突然站了起来,嗓子似乎有些不太听她使唤。她走到窗前,默默地向窗外看了几分钟,或许只是把额头靠在冰冷的窗玻璃上。我没有勇气去仔细地看她,因为观察一位情绪激动的老太太,我会感到非常难堪。所以我静静地坐着,不提问题,也不作声,只是等她以不疾不徐的脚步走回来,在我对面坐下。

"好啦——现在最难叙述的部分已经说出口了。我再一次向您保证,我可以凭着对我来说神圣的一切,凭着我的名誉和我的孩子们,向您发誓,直到那一秒钟,我根本还没有想过和这个陌生人会有什么……什么关系,我的的确确没有任何清醒的意愿,是啊,完全是无意识地,从我平坦的人生道路上突然失足掉进深坑,陷入这样的境地。我希望您相信我。我已向我自己发过誓,对您和对我自己都说实话,所以我再向您重复一次,我只是助人心切热心过头,而不是由于任何别的感情,不是由于个人的感情,也就是说丝毫没有任何个人愿望,也没有任何预感,而卷入这一悲剧性的冒险经历之中。那天夜里,在那间房间里发生的事,请您别让我叙述了。那一夜的每一秒钟,我自己都没有忘记,也永远不愿忘记。因为那天夜里我在和一个人搏斗,为了挽救他的生命,因为,我再重复一遍:这是一场生死攸关的搏斗。我的每一根神经都明白无误地感觉到,这个陌生人,这个已经毁了一半的人,受到致命的威胁,正以全部渴望和激情,在抓住最后一线希望。他抓着我,就仿佛已经感觉到深渊就在脚下,而我则奋不顾身,尽我所有来救他。这样的时刻一个人也许一生只能经历一次,而且千百万人当中也只有一个人能够经历——即便是我,倘若没有这个可怕的偶然事件,我也决不会料到,一个自暴自弃、无可挽救的人,会这样心急火燎地拼命挣扎,以狂暴难驯的贪欲来再一次吮吸生命,吮吸每一滴鲜血。我远离人生的一切妖魔般的力量已有二十年之久,倘若没有这个可怕的偶然事件,我也永远不会理解,大自然神通广大奇妙无比,有时候会把热和冷,生和死,欢欣和绝望,压缩在短短的几秒之中。那一夜充满了搏斗和对话,激情、愤怒和仇恨,哀求的眼泪和醉意的泪水,使我感到竟像有一千年之久,而我们两个人,紧紧相拥,摇摇晃晃地跌进深渊,一个求死心切,另一个则浑然不觉,一旦脱出这阵致命的混乱状态,我们全都和先前判若两人,彻头彻尾发生了变化,具有不同的感官和不同的感觉。

"但是我不愿谈论这事。我描绘不出也不愿描绘。只有在第二天早上我醒来时的那极端可怕的一刻,我得说给您听。我从未曾经历过的铅块一样的沉睡中醒来,从无比深沉的黑夜醒来,待了很久,才勉强睁开眼睛。我第一眼看见的便是头上的一片陌生的天花板,环顾四周,只见一间从未见过的陌生房间,非常难看,我都不知道自己是怎么跑到这房里来的。我起先安慰自己,说这还是个梦,我刚从阴郁黯淡、混乱不堪的昏睡中进入这个显得较为明亮、较为透明的梦境。——但是窗前已是晨曦,明亮刺目,是明白无误的真正阳光。楼下传来街上马车的轰鸣声,电车的铃声和嘈杂的人声——于是我明白,我不是在做梦,已经清醒。我不由自主地坐起身子,想把一切弄弄清楚,好好思考一番,这时⋯⋯我的目光往旁边一移⋯⋯我看见⋯⋯我永远也没法向您形容我当时的惊恐。我看见有个素不相识的人睡在我的旁边,同在这张宽阔的床上……可是我不认识他,不认识他,根本不认识,这个半裸的陌生人……不,这种惊恐,我知道,无法描绘:这种惊恐如此可怕地落在我的身上,我浑身无力直往后倒。然而这不是真正的晕厥,不是全然不省人事,相反:我以闪电般的速度意识到这一切可又同样无法解释这一切。我突然发现自己与一个素不相识的人躺在一张陌生的床上,而且是在一个非常可疑的下等旅馆里,我感到恶心、羞愧,只求一死。我还记得清清楚楚,我的心脏停止了跳动,我屏住呼吸,仿佛这样一来我的生命,尤其是我的意识可以就此熄灭。这清晰的,清晰得可怕的意识,它什么都理解,却又什么都不明白。

"我永远也无法知道,我这样四肢冰冷地躺了多久:死人大概也这样僵硬地躺在棺材里吧。我知道,我闭上了眼睛,祈求天上的什么神力,但愿这一切不是真的,但愿这一切纯属虚幻。然而我敏锐的感觉不允许我再自我欺骗,我听见隔壁房间有人说话,水管的水哗哗地流,门外走廊里有脚步声,所有这些迹象都无情地证明我的感觉清醒无误。这令人憎恶的状况究竟持续了多久,我记不清楚:这种时刻和生活中正常时间的长度不尽相同,但是陡然间,另一种恐惧向我袭来,一种急促的令人心悸的恐惧:这个陌生人,我连他的姓名也不知道,现在可能醒来和我说话。我立刻意识到,只有一条出路,趁他没醒,穿好衣服赶快逃走。不要再让他看见我,不要再和他说话。及时撤退,赶快撤退,退到我自己的生活中去,怎么都行,退到我的饭店里,立即乘下一班火车,离开这个该死的地方,离开这个国家,永远不要再遇见他,永远不要再看见他,谁也不能为此作证,既无从指责,也毫不知情。这个思想驱散了我心里无能为力的情绪:我小心翼翼,像小偷似的轻手轻脚,一寸一寸地(免得弄出响声)挪下床来,摸到我的衣服,小心谨慎地穿起来,每秒钟我都胆战心惊,唯恐他会醒来。眼看着我已穿着完毕,我已经成功了,只有我的帽子撂在那一边的床脚下,我蹑手蹑脚地摸过去,把它捡起:——在这一瞬间我忍不住:我必须向这个陌生人的脸再瞥上一眼,他像一块陨石从天而降掉进我的生活,可是……说也奇怪,因为躺在那里熟睡的这个陌生的年轻人——对我来说的确陌生:乍一看我根本认不出昨天的那张脸。因为那个受到致命打击、情绪异常激动的人的脸上原有的那种为激情所驱使,极端激愤无比紧张的神情已荡然无存——这里的这位,容貌截然不同,是张孩子气的脸,活像一个男孩,显得纯洁宁静,开朗欢快。他的嘴唇,昨天还恶狠狠地紧咬在牙齿里,此刻在睡梦中柔和地咧开,半弯着漾出一丝微笑;金黄色的鬈发披在毫无皱纹的额前,均匀的呼吸像一道道柔和的波浪从胸部静静地掠过他正在休憩中的全身。

"您也许还记得,我先前跟您说过,我从来没有在任何人身上看到过贪婪和激情会像这个陌生人在赌台旁表现得如此强烈,如此肆无忌惮。而现在我跟您说,我从来没有看见过这样纯洁欢快、真正幸福的酣睡,即使在孩子们身上也从未见过,沉睡中的婴儿有时会发出一种开朗欢快天使般的光辉。在这张脸上,各种感情表现得生动鲜明,淋漓尽致,一派置身乐园、无牵无挂、内心负担全都摆脱、无拘无束、获得拯救的样子。看到这副令人深感意外的景象,一切恐怖,一切惊惶犹如一袭沉重的黑色大氅从我身上脱落——我不再感到羞愧,不,我几乎感到快乐。这可怕的,难以理解的事情,突然之间对我来说,有了意义。想到这个娇嫩、俊美的年轻人如今欢快而恬静地躺在这里,宛如一朵鲜花,倘若没有我的献身,定会摔成碎片,鲜血淋漓,面目全非,气息全无,眼珠迸裂,不知在哪块山岩上被人发现。是我拯救了他,他已经获救,我感到高兴,我为此感到自豪。于是我以——我没法换种说法,只能说——母亲般的眼光看着这个沉睡中的人。我又一次生下他来,让他重获生命——这比生我自己的孩子更为痛苦。在这间陈旧、污秽的房间里,在这家令人恶心、龌龊不堪的临时旅馆里,我心头涌起一种感觉——也许您听了会觉得可笑——就像在教堂里,奇迹发生超凡成圣而深感幸福。我一生中最为可怕的一秒钟如今派生出第二个一秒钟,最令人惊惶、最动人心弦的一秒钟。

"也许我的动作声音太响?也许我不由自主地说了什么?我不知道。可是突然间,那个沉睡的人睁开眼睛,我大吃一惊,直往后退。他惊讶地环顾四周——就像方才我自己那样——他也似乎从没有尽头的深渊和令人迷惘的混乱中艰难地爬了出来。他的目光非常费劲地扫视一下这间从未见过的陌生房间,然后不胜惊讶地落在我的身上。可是他还没来得及开口说话或者开始回忆,我已经稳住心神。我不容他说话,不让他提问或表示亲昵,昨天、昨夜的事不得再重新发生,对此不作任何解释,也不进行任何讨论。

"'我现在得走了,'我很快地对他说,'您待在这儿,穿上衣服。十二点钟我在赌场门口和您碰头:我将在那儿安排好其他一切。'

"他还来不及回答,我就一溜烟地逃了出去,就为了别再看到那个房间,我头也不回地跑出旅馆,我既不知道这旅馆的名字,也同样不知道和我共度一夜的那个陌生人的姓名。"

C太太停止她的叙述片刻。她声音里的一切紧张、痛苦均已消失:宛如一辆马车费尽艰辛爬上山去,然后从已经攀登的高峰轻松迅速地驰向山谷,现在她就以轻快的语气飞速地继续叙说下去:

"于是,我急匆匆地穿过大街,赶回我住的饭店。街上晨光明媚,一场风暴刮走了街上的郁闷,天宇清澄,我心头痛苦的感觉也一扫而空。您别忘记,我方才跟您说过:先夫去世以后,我已完全抛弃了我个人的生活。我的孩子们不需要我,我自己也不知如何安排余生。活着并无明确的目标,生活乃是谬误。现在我出乎意料地获得了一个任务:我挽救了一个人,我竭尽全力把他从毁灭之中拉了出来。只剩下一点小小的困难还须克服,然后这个任务也就彻底完成。于是我跑回我的饭店。门房看见我在早上九点才回来,向我投来惊愕的目光。昨天发生的事情,不再使我心里受到羞耻和懊恼的重压,而是感到生的意愿又突然恢复。于是精神振奋,我又出乎意外地重新感到不虚此生,一股暖流穿过我生机充盈的血管。我回到房里,迅速更衣,不自觉地(后来我才发现)脱下丧服,换上一件色彩更加鲜艳的衣裳,然后上银行取款,赶到火车站,打听列车开出的时间;我以自己都感到惊讶的果决态度,又另外办了几件事,赴了几次约会,现在一切就绪,只等着命运抛给我的那个人上车出发,便最后完成对他的拯救。

"当然,现在亲自去和他见面,这还需要勇气,因为昨天的一切都发生在黑暗之中,发生在一阵旋风之中,就仿佛两块石头为山洪冲下,突然碰在一起;我们两人面对面几乎并不相识,我甚至都没把握,那个陌生人是否还认得出我。昨天——事属偶然,是两个人一时昏头纵情陶醉恣意疯狂,今天却有必要,比昨天更公开地向他显出我的真相,因为我现在不得不作为一个活生生的人向他迎面走去,把我这个人,这张脸展现在他眼前。

"但是后来发生的事情却比我想象的容易得多。到了约定时间,我刚走近赌场,一个年轻人就从长凳上一跃而起,向我奔了过来。他那大吃一惊的神气和他每一个传神的动作都显得淳朴自然,富有稚气,毫无城府,满腔幸福:他飞奔过来,眼里充满了喜悦,同时放射出感激和崇敬的光芒,一看到我的眼睛在他面前显得慌乱局促,他便立刻谦卑地低下眼睛。在一般人身上很少看到感激之情。恰好是感激涕零的人找不到表达感激的方式,他们神情慌乱,沉默不语,感到羞愧,有时故作别扭,以掩饰自己的感情。可是在这个人身上,上帝似乎像一个神秘莫测的雕刻家,把一切感情以生动优美的姿势表现出来,活像雕塑,那种表达感激的姿势也光彩照人,像有一股激情从身体内部迸发出来。他弯下腰来吻我的手,恭顺地低下他那男孩似的轮廓清秀的脑袋,有一分钟之久,恭恭敬敬地垂着头,只是轻轻触及一下我的指头,然后才后退一步,向我问好,动人地凝视着我。他的每句话都说得庄重规矩,几分钟以后,我最后的一丝忧惧也烟消云散。身边的景物都像着了魔法,显得分外光艳,宛如明镜,映照出我开朗欢快的心境:昨天大海还怒涛汹涌,此刻一平如镜,波光粼粼,轻漾的微波下面,卵石泛着白光。魔窟似的赌场衬着万里无云、蓝缎似的天宇显得光洁明亮。我们昨天为瓢泼大雨所逼曾在一座售货亭的檐下避雨,今天这座亭子开门营业,原来是爿花店:一簇簇白的、红的、绿的、五色斑斓的大小花卉摆得花团锦簇,一个年轻姑娘身穿花色刺目的上衣向人兜售鲜花。

"我邀请他在一家小餐馆里共进午餐;这个陌生的年轻人在那里向我讲述了他的悲剧性的冒险故事。我在绿呢赌台上看见他神经质地索索发抖的手,当时曾对他的身世有过最初的预感,他的故事证实了我的猜测。他出生在奥属波兰的一个贵族之家,家里为他安排的是外交官的前程,他在维也纳上了大学,一个月前以优异成绩通过了他的初级考试。为了庆祝这个喜庆日子,他的一位在参谋总部当高级军官的叔父——他就寄居在叔父家里——便用一辆马车把他带到普拉特尔去玩,作为褒奖。他们一同前往赛马场。叔叔财运亨通,连赢三次:他们用赢来的厚厚一叠钞票在一家豪华餐厅共进晚餐。第二天,这位未来的外交官收到他父亲寄来的一笔钱,奖励他考试成功。这笔钱相当于他一个月的生活费;若在两天前,他还会觉得这笔钱数目可观,可是由于赢钱容易,他已经觉得这笔钱无足轻重,微不足道。于是饭后他又驱车前往赛马场,大笔下注,狂赌一气。他吉星高照,或者不如说,他晦气临头,赌完最后一次赛马,离开普拉特尔,他手里的钱增加了三倍。于是赌博的疯狂向他袭来,他时而在赛马场,时而在咖啡馆或者俱乐部,耗尽了他的时间、学业、神经,尤其是他的金钱。他再也不能思维,再也不能安眠,尤其不能控制自己。有一次夜里他在俱乐部输得精光,回到家里脱衣上床时,在背心口袋里又找到一张忘记的钞票,皱巴巴的,塞在那儿。他忍不住,又穿上衣服,到处乱跑,最后不知在哪家咖啡馆里找到几个赌多米诺的人,就坐下来和他们一直赌到天亮。他已经出嫁的姐姐有一次帮他摆脱困境,向高利贷者偿付了他的债款,这些人见他是贵族世家的继承人,都非常乐意借钱给他。有一阵子,他手气很好,可是往后运气越来越坏。他输得越多,他那尚未偿还的贷款和限定日期的名誉担保就使他越发渴望大赢一场,反败为胜。他早已把他的怀表,他的衣服拿去当掉,最后可怕的事情终于发生:他从柜子里偷窃了老婶娘平时不常戴的两只大耳环。他当掉一个,得了一大笔钱,当天晚上他就赢了四倍。可是他非但没把耳环赎回,反而孤注一掷,把钱全部输光。在他离家出走时,他的偷窃行为还未被人发现。于是他当掉了第二只耳环,灵机一动,乘火车来到蒙特卡洛,妄想在轮盘赌上得到他梦寐以求的财富。他在这里已经把箱子、衣服和雨伞全都卖掉,只剩下一把手枪、四粒子弹和一枚镶了宝石的小十字架,这是他教母,X侯爵夫人送给他的,他舍不得把它变卖。可是昨天下午他把这枚小十字架也卖掉了,得了五十法郎,就为了晚上能最后一搏,在诱人至极的赌博上试试运气,拼个死活。他向我诉说这一切时,显得性格活泼开朗,灵气十足,神态优雅动人。我仔细听着,深受震撼,又感动又激动;但是丝毫也不生气,一刻也不介意这个和我同桌进餐的人竟是小偷。我是个一生清白的、无懈可击的女人,和人交往要求严格遵守传统,符合身份。倘若昨天有人对我稍加暗示,说我会和一个素不相识、和我儿子年纪相仿,而且偷过珍珠耳环的年轻人亲密无间地坐在一起——我一定会认为那人准是精神失常。可是在他叙述时,我没有一霎感到恐怖,因为他把这一切说得这样自然,这样充满激情,结果他的行动竟成为某种寒热,某种疾病的描述,并非令人憎恶的事情。谁若亲自像我这样在昨夜经历了这些急风暴雨般的意外事件,'不可能'这三个字就会对他一下子失去意义。在那十个小时里,对现实获得的知识远比以往以资产阶级方式度过的四十年里的经历要丰富得多。

"但是在他的那番忏悔中有另外一点使我大吃一惊,那就是他眼睛里的那股热病似的光芒。当他谈到他赌博的激情时,这光芒使他脸上的神经像触电似的抽动。单单这么复述一遍,他就兴奋起来,他那表情生动的脸,把每一种紧张情绪都再现出来,清晰得令人害怕,时而充满欢乐,时而痛苦万状。他的手,这双奇妙的手,骨骼纤细,神经过敏,又变得和猛兽一样,活像在赌台上,时而追捕,时而逃窜。我看见他叙述时,这双手从手腕起突然颤抖不已,手指使劲弯曲,握成拳头,然后猛地松开,又重新绞成一团。讲到他偷耳环时,这双手(我不由自主地浑身一哆嗦)闪电似的往前一蹿,做了一个迅速偷窃的动作:我简直好像看见他的手指疯狂扑向那件首饰,急忙把它紧握在手掌里。我怀着一种无名的惊恐,清楚看到,此人中毒太深,他那嗜赌的激情已把他周身血液直到最后一滴全都毒害。

"只有这一点是他叙述过程中使我心惊胆战无比震惊的:一个头脑清晰、天性无忧无虑的年轻人竟然这样可怜地受制于一种荒唐的激情。于是,我认为我的首要责任乃是亲切地说服我的这个萍水相逢的被保护人,他必须立即离开蒙特卡洛,这里的诱惑实在危险,他必须今天就回到家里,趁耳环遗失尚未被人觉察,他的前程尚未永远断送。我答应给他路费,给他赎取首饰的钱,但条件是:他今天就得动身,他得凭自己的名誉向我起誓,再也不碰一张纸牌,或者进行任何赌博。

"我永远也不会忘记当我答应帮助他时,这个业已毁掉的陌生人,如何怀着感激的热情听我说话。起先神情谦卑,渐渐情绪高昂,他简直像在吞饮我说的一字一句,突然他伸出双手,越过桌子,以一种在我记忆中难以磨灭的姿势,抓住我的双手,仿佛是在膜拜神明,发誓许愿。他那双明亮的、平时有些慌乱的眼睛里噙着泪水,由于幸福激动,全身神经质地颤抖。我已经多少次试图向您描述过他的姿势神情具有独一无二的表达能力,但是这一个神态我却无法向您形容。因为这是一种如此喜极而狂、超凡脱俗的幸福感,平时一般人的脸是无法向我们表现出这种幸福之感的,只有当你从睡梦中醒来,自以为见到了一个天使的脸庞悄然消逝时留下的白影可以和它相比。

"为什么要对此讳莫如深:我经受不住他这眼光的逼视。感激之情使人幸福,因为这种感情极难清清楚楚地亲身经历,温存的柔情使人舒服,我这人四平八稳、生性冷淡,他的这种强烈的感情流露对我来说确是使人心情舒畅、使人无比幸福的新鲜感觉。再说:随着这个受到震撼、遭到践踏的人,这四外的景色经过昨夜这场大雨,也像着了魔似的苏醒过来。我们走出餐馆时,宁静无波的大海万里澄碧,晶莹光亮,直伸天际,水天交融,只有在那高天之上,衬着另一派蔚蓝,时而有海鸥翱翔,掠过一道白光。您熟悉里维埃拉一带的景色。它总是那么秀丽宜人,但是它也总是像张明信片似的把它饱满的色彩极为舒展地在人们眼前平坦延伸,恰似一位慵懒的睡美人,漫不经心地听凭众人的目光欣赏,它那永远柔顺的姿态几乎含有东方色彩。但有时候,虽然非常罕见,也会有那么几天,这位美人站起身来,一展身姿,披着绚丽浓艳的色彩,仿佛强劲有力地向你呼唤,发出奇幻怪异的光芒,洋洋得意地向你抛洒鲜花般的缤纷五彩。这位美人热情似火,情欲如炽。经历了雨急风狂,天昏地黑的一夜风暴,那天正好也是这样一个热情奔放的日子,大街冲洗得洁白发亮,天上一片澄蓝,遍地灌木丛生,缀满杂花,色彩斑斓,如火如炬,四外簇叶浓密,青翠欲滴,暑气顿消,阳光灿烂,周围的群山骤然逼近,轮廓更为鲜明:它们似乎好奇心切,渴望挨近这座洗涤一净,光彩熠熠的小城。纵目四望,处处都能感到大自然的激动和鼓舞,不由得使人心旷神怡。'我们去雇辆马车,'我说道,'沿着科尔尼契①去兜风吧。'

"他兴高采烈地点点头:这个年轻人来到这里,似乎现在才发现大自然,开始欣赏它的景色。在此之前,只看见空气污浊的赌场大厅弥漫着蒸气和汗臭,挤满了丑陋、变形的人群,和一个粗暴灰暗喧闹不已的大海。可是现在,阳光普照的海滩宛如一把硕大无朋的扇子张开在我们面前,纵目远眺,从一端移到另一端,一望无际,令人倍感欣喜。我们乘坐马车徐徐前进(那时还没有汽车),沿着那条风光绮丽的道路,途经许多别墅,遇见不少游客,一幢幢别墅掩映在翠绿的五针松树丛中,驰过这样的别墅,就会上百次地涌现这样一个隐秘的愿望:但愿能住在这里,宁静无扰,心满意足,远离尘嚣!

"我这一生中可曾有过比那一小时更幸福的时光?我不知道。这个年轻人在我身旁坐在车上,昨天他还陷入死亡和灾难之中,现在正惊愕地望着太阳泻下的白光,若干年的岁月似乎从他身上消逝,他仿佛又变成一个孩子,一个醉心于嬉戏的俊美男孩,睁着一双喜极而狂,可又充满敬畏的眼睛。在他

---

① 是里维埃拉的海滨大道,在尼斯和斯派齐亚之间,全长三十公里,景色变幻,极为优美。一八○五年依古罗马人建的大道改建。

身上最使我心醉的乃是他那体贴入微的柔情:马车爬上陡坡,马儿拉车费劲,他便灵巧地跳下车去,到后面帮着推车。我要是提到一朵花的名字,或指一指路边的一朵花,他就奔过去把它摘来。被昨天的雨水引出来的一只小乌龟正艰难地在路上爬行,他就把它捡起来,小心翼翼地放回绿草丛中,不让后面驰来的马车把它碾碎。与此同时,他兴高采烈地讲述最逗乐最优美的事情:我相信,这种笑声,对他是一种拯救,因为他心里突然充满喜悦,心情无比陶醉,若不开怀大笑,非得引吭高歌,纵身雀跃或者大干疯事不可。

"后来,我们爬上高坡,慢慢地驰过一个极小的村庄,这时,他突然彬彬有礼地举帽致意。我为之愕然:这个身在客地的陌生人,他在向谁致意?我这一问,他脸上微微一红,几乎是道歉似的向我解释:我们刚刚经过一座教堂,在他们波兰,也像在一切笃信天主教的国家里一样,人们从小就养成习惯,每过一座教堂或礼拜堂,都要脱帽。对于宗教的这种美好的敬畏之情深深地打动了我,我立刻也想到他说起过的那枚小十字架。我问他,是否虔信宗教。他多少有些羞涩,神情谦逊地承认,他希望能享有这种恩宠,我便突然闪过一个念头:'停车!'我对马车夫叫道,急急忙忙地下了马车。他不胜惊讶地跟着我:'我们上哪儿去?'我只是答道:'跟我来!'他陪着我返回去走向教堂。这是一座砖砌的乡下教堂。里面的墙上刷了石灰,灰暗阴森,空荡荡的,门敞开着,一团黄色的光柱射进教堂内部的阴暗,蓝幽幽的阴影里显出一座小小的祭坛,两支蜡烛,像两只视线模糊的眼睛,从香烟缭绕温暖幽暗的微光中向外张望。我们走进教堂,他脱下帽子,把手在圣水缸里蘸了蘸,然后画个十字,单膝下跪。他刚站起来,我就拉住他:

'您到祭坛去,'我催促他,'或者到您崇敬的哪座圣像跟前去,照我说的话发个誓。'他瞪着我看,一脸惊愕,简直像是大吃一惊。但是他很快就明白了我的意思,便走到一座神龛前,画个十字,驯从地跪下。'照我说的,重复一遍,'我说道,自己也激动得浑身哆嗦,'照我的话说:我发誓——''我发誓——'他重复道,我接着说:'我永远不再赌钱,任何赌博都不参加,永远不再让我的生命和荣誉受这种激情的威胁。'

"他浑身颤抖着重复了这些话,这些话清晰响亮地在这空荡荡的教堂里回响。然后宁静了片刻,静得可以听见外面微风吹过树梢,树叶飒飒作响。突然,他像一个赎罪者匍匐在地,怀着狂热的激情,用我从未听见过的波兰语快速、混乱、连珠炮似的说出了一串话,我听不懂它的意思,但这想必是一段激情满怀的祈祷,一段表示感激和悔恨的祈祷,因为这篇感情激越的忏悔不时使他谦卑地向跪凳低下头去,这些陌生的声音越来越奔放地一再重复,以难以言传的热诚吐出来的同一个字变得越来越激烈。我在此之前和自此之后,都从来没有在世上任何教堂里听人这样祷告过。他的双手痉挛似的紧紧抓着木头的跪凳,内心刮起的飓风使他全身震颤,时而把它抬起,时而又把它掀倒。他什么也看不见,什么也感觉不到:似乎已身在另一个世界,置身于使人脱胎换骨的炼狱之火里,或者飞升到更为神圣的天体之中。最后,他缓缓站起身来,画个十字,艰难地转过身来。他的双膝索索直抖,脸色苍白,像是精疲力竭。他一看见我,眼睛立即闪闪发光,脸上泛起一阵纯洁的真正虔诚的微笑,他那神驰心迷的脸庞顿时容光焕发。他走到我跟前,按照俄罗斯的方式深深地低下头,握住我的双手,十分崇敬地用嘴唇轻轻碰了一碰我的手:'是上帝把您派到我这儿来的。我为此向他致谢。'我不知道该说什么才好。但是我真的希望,在这些低矮的跪凳之上管风琴会突然开始轰鸣,因为我感到,我的目的已经达到:我已经把这个人永远挽救过来了。

"我们走出教堂,回到这五月艳阳天晶莹明亮灿烂辉煌的阳光中去:我觉得世界变得比任何时候都更美好。我们又继续乘车缓缓地沿着山坡上的道路驶行两小时,美妙景色尽收眼底,峰回路转,展现新的景色。可是我们不再说话。在这样奔放地表达过感情之后,每句话都只会冲淡情绪。偶然和他的目光相遇,我都不得不害臊地把我的目光移开:看见我自己创造的奇迹,我心里受到的震撼实在过于强烈。

"下午五点左右我们回到蒙特卡洛。一次亲友的约会,我已来不及推辞,我还得前去赴约。其实我内心深处也渴望休息一下,感情极度紧张之后需要松弛一阵。因为我得到的幸福实在太多。我觉得经历了我一生中从未体验过的这种过分炽热的狂喜状态,我必须休整一下。因此,我请我的被保护人到我下榻的饭店里来待一会儿;在我的房间里,我把他的旅费和赎取首饰的钱交给他。我们约定,我去赴约时,他去买车票,晚上七点我们在火车站的入站大厅碰头,在途经热那亚送他回家的那次列车离站前半小时。我正要把五张钞票递给他,他的嘴唇突然变得异样的苍白:'别……别……给钱……我求您,别给我钱!'这几句话从牙缝里挤出来,而他的手指神经质地惊慌失措地一边颤抖,一边直往后缩,'别给钱……别给我钱……我看见钱受不了。'他又重复一遍,仿佛他满心厌恶或者极度惊恐。但是我排除了他的羞愧,安慰他道,这笔钱只是借给他的,他要是觉得别扭,可以给我立张借据。'好的,好的……立张借据。'他喃喃地说道,移开目光,捏着钞票胡乱一折,就仿佛是什么黏糊糊的脏东西沾在手指上,看也不看就塞进口袋,然后在一张纸上龙飞凤舞地匆匆写下几句话。等他抬起头来,额上已沁出了汗水:在他身体里面似乎有什么东西一阵阵地直往上涌。他把那张纸塞给我的时候,全身一阵哆嗦。突然间——我吓得不由自主地直往后退——他跪倒在地,亲吻我的衣边。这个姿势真无法形容:它那无比强劲的力量,使我不禁浑身战栗。一阵奇怪的寒噤穿过我的全身,我茫然不知所措,只能结结巴巴地说:'您这样懂得感激,我谢谢您。不过现在请您走吧!晚上七点我们在火车站的入口大厅再道别吧。'

"他凝视着我,眼睛湿润,闪着感动的光芒,有一瞬我以为,他想说什么,有一瞬我觉得,他想挨近我。可是接着,他突然又一次深深地深深地鞠了一躬,然后离开了房间。"

C太太说到这里,停止叙述。她站起身来,走到窗前,眺望窗外,长时间一动不动地站着:我看着她轮廓清晰的背影,发现她在轻轻地颤抖。她突然果断地转过身来,她那双一直保持平静显得无动于衷的双手,猛然向两边使劲分开,像要撕碎什么。然后她坚强地,简直可以说勇敢地凝视着我,又重新开始叙述:

"我答应过您,绝对坦率真诚。我现在发现,发这个誓是多么必要。因为此刻我强迫自己第一次有条不紊地把那一小时的整个过程描述一番,寻找明确的语言来形容当时还绞成一团乱麻似的感情时,我当时并不明白,或者只是不愿明白的很多事情,到现在我才懂得清清楚楚,因此我要冷酷而坚决地把真相说给我自己听,也说给您听:当时,在那个年轻人离开房间,我独自一人在屋里留下那一秒钟,我——仿佛感到一阵晕眩——胸口似乎挨了人家重重的一击:不晓得什么东西给了我致命的痛楚,但是我那被保护人的充满敬意的态度如此动人,怎么会使我这样痛苦这样伤心,我当时并不知道,或者我也并不想知道。

"可是现在,我强迫自己冷酷地,有条不紊地把一切往事像与我无关的事情一样从我心里倾吐出来,有您作证,容不得我隐瞒,容不得令人羞愧的感情胆怯地东躲西藏,今天,我才清楚地知道:当时使我如此痛苦的,乃是失望……我失望的是……那个年轻人这样听话地走了……他丝毫也不曾设法留住我,跟我待在一起……我刚刚试图让他动身回家,他就谦卑地、非常尊敬地表示顺从……而不是想法把我搂在怀里……他仅仅把我当作一个在他生活道路上出现的圣女来表示尊敬……而没有感觉到我是一个女人。

"这就是我当时感到的那个失望……一种我自己也不曾向自己承认的失望,当时没有承认,以后也没有承认,但是一个女人的感觉无所不知,用不着话语和意识。因为……现在我不再自我欺骗——倘若此人当时搂住我,恳求我,我会跟着他走,直到天涯海角,我会不惜玷污我自己的和我孩子们的姓氏……我会不顾别人的流言蜚语和我内心的理性,和他一同私奔,就像那位昂里哀特太太和前一天还不相识的那个法国人一同出走……我不会问,跑到哪儿去,要待多久,不会回顾一下我以往的生活……我会为这个人把我的金钱、我的姓氏、我的财产、我的名誉全都牺牲……我会心甘情愿地去沿街乞讨,只要他愿意,这世界上可能没有什么低三下四的事情,我不会去做,只要他说一句话,向我走近一步,只要他试图抓住我,人们称之为羞耻和顾虑的东西,我都会全部抛弃。在这一秒钟里,我是完完全全操纵在他手里。但是……我方才已经说过——这个人神情古怪晕晕乎乎,竟然不再看我,不再看我这个女人一眼……而我当时完完全全地倾心于他,心中的烈火为他熊熊燃烧。当孤零零地只剩下我一个人时,我才感觉到这些。刚才他那容光焕发简直像天使一样的脸庞把我的激情掀起,这股激情如今又跌落我郁闷的胸中,在被人遗忘、空虚落寞的胸怀中翻腾不已。我振作起来,打点精神,那次约会使我倍感憎恶。我仿佛觉得额上套了一个沉重的铁盔,压得我摇摇晃晃:当我最后到另一家饭店去见我的亲戚时,我的思想和我的步履一样散乱。大家聊得起劲,我却沉闷地坐着,偶尔抬起头来,看到的是一张张死板的脸孔,不由得一次次暗暗吃惊,这些脸和那张被云彩的光影变幻弄得生气勃勃的脸相比,我觉得就像面具一样,或者业已冻僵。这次社交聚会令人不寒而栗,死气沉沉,我就像坐在一批死人当中。我把糖块放进杯子,心不在焉地跟着闲聊,在我心里就像被血液的阵阵跳动所驱使,总是涌现出那张脸,观看这张脸,已经成为我的极大快乐,可再过一两个小时我就要最后一次见到它了——想想真是可怕!我想必不由自主地轻轻叹了口气,或者发出了呻吟,因为突然间,我丈夫的表姐弯下腰来问我怎么了,是不是有点不舒服,说我看上去脸色这样苍白,这样难看。于是这意料之外的问题帮我很快毫不费力地找到一个借口,我说我的确有点偏头痛,因此我请她允许我不引人注目地悄悄离去。

"就这样我摆脱了应酬,立即赶回我的饭店。一到那里,孑然一身,我又感到空虚寂寥,被人遗忘,灼人的落寞之感难以排遣,于是我强烈地渴望见到那个年轻人,今天我将和他永别。我在房间里踱来踱去,毫无必要地打开百叶窗,换了衣服和缎带,立刻去照镜子,仔细打量,看我这样打扮是不是能吸引他的目光。我倏然间明白我自己的心意了:做出一切努力,只要不失去他!在感情冲动的一秒钟内,这个意愿变成了决心。我跑下楼去找到门房,告诉他,我要乘当晚的列车动身。那么现在就必须赶快行动:我打铃叫来使女,请她帮我收拾行李——时间紧迫。我们两个争先恐后,急急忙忙地把衣服和小件用品塞进皮箱,梦想着这整个的意外惊喜:我将如何送他到列车跟前,正当他在最后的、真正是最后时刻伸手和我告别时,突然我也登上了列车,和这惊愕不已的人待在一起,和他一同度过这一夜——只要他要我,就和他一同度过今后无数个夜晚……一股陶醉的兴奋的醉意在我的血液里飞旋。有时候我把衣服扔进箱子里,平白无故地大笑起来,弄得使女瞠目结舌:这时我自己也感到,我的脑子已经乱套。侍者来拎箱子时,我先莫名其妙地瞪着他看:我的情绪如此激动,感情强烈翻腾,实在难以思考一些具体的事情。

"时间紧迫,估计快七点了,充其量离开车还有二十分钟——当然,我自己安慰自己,现在我到车站去已经不再是去送别。我已决定一路上陪着他,他愿意要多久,走多远都行。侍者已先把箱子拎出去,我急急忙忙跑到饭店账房去结账。经理已经把钱找还给我,我正要离去,这时有只手温柔地拍了一下我的肩膀。我吓了一跳。这是我的表姐,我刚才说身体不适,她很不放心,便来探望。我只觉眼前一黑,现在我可不需要她,耽搁每一分钟都意味着后果严重的损失,可是为了不致失礼,我至少要和她寒暄一阵。'你必须上床睡觉。'她催促道,'你肯定在发烧。'可能我也的确发烧,因为我太阳穴上脉搏像敲鼓似的怦怦直跳,有时候我感到眼前升起一片蓝影,很快就会晕倒。但是我挣扎着,努力装出感激的样子,其实每句话都叫我着急,我恨不得把她这不合时宜的关怀一脚踢开。可是这位不速之客偏偏待着不走,待着,待着,把科伦香水递给我,并且不容分说,亲自给我把香水抹在太阳穴上,而我则数着分分秒秒,同时想着他,想着如何才能找个借口摆脱这使人痛苦的关怀。我越是焦躁不安,她越觉得我情况可疑:最后,她几乎硬要逼我回房上床躺下。就在她逼我回房时,我冷不丁地看见大厅中央的墙上时钟指着:七点半差两分,而七点三十五分火车就要开走。我像一个彻底绝望的人,听天由命,什么都不管不顾,猛地把手伸给我的表姐:'再见吧,我得走了!'也不管她那惊愕的目光,我头也不回就从满面惊奇的饭店仆役们身边跑过,冲出门去,奔上大街,直奔车站。我远远地看见那个拿着行李等着我的侍者正激动地向我招手,我知道这已是紧要关头,我拼命冲向检票口,可是检票员又拦着我,我忘了买票,我竭力想说服检票员,让我先上站台再说,可这时列车已经开动:我直愣愣地望着,浑身颤抖不已,只想从哪一个车厢的窗口至少还能看到他的一道目光,他在招手,在致意。可是列车飞快地向前滑行,我已无法看到他的面孔。火车越来越快地从旁开过,一分钟后,除了烟雾缭绕的一片乌云之外,在我发黑的眼前已空无一物。

"我大概像尊泥塑木雕似的在那儿站着,天知道,站了多久,那个侍者大概叫了我几次我都不理,才壮起胆子碰了碰我的手臂。这时我才猛然惊醒。他问我,是否把行李再运回饭店。我花了几分钟时间终于定下神来思索;不,这是不可能的。我离开饭店时,举止那样可笑,动作手忙脚乱,我不能再回去,也不愿再回去,永远也不再回去;于是我便吩咐他把行李寄存在库房里,迫不及待地想一个人待一会儿。在这之后,我站在大厅里,身边不断地人来人往,人声嘈杂,人们时而密集,时而分散。这时,我才试图思考,想想清楚,如何摆脱这愤怒、悔恨和绝望交织而成的痛苦心情。因为——为什么不承认呢?——由于我自己的过错,错过了见他最后一面的机会,这个念头像炽热的利刃在我心里无情地来回乱绞。这把灼热火红的利刃往我心里戳得越来越狠,使我不胜痛苦,我简直要大声喊叫起来。只有完全没有激情的人,才会在他们一生中绝无仅有的动情时刻,也许有这种突发的势如雪崩猛如飓风的激情发作。多年未曾使用过的力量郁积成愤懑怨恨,从我胸中直冲下来,奔流湍急。无论在此之前或自此以后,我都从未经历过此刻所经历的相似的惊讶愤怒和无可奈何,我原准备去做最放肆大胆的事情,原准备把我洁身自好、注意操守、检点收敛的一生一举抛弃,突然发现面前是堵墙,我的激情用额头无力地撞在墙上,显得毫无意义。我接下来所做的事,怎么可能不是毫无意义的呢,说出来真是傻气,甚至是愚蠢,我简直羞于启齿——可是我答应过我自己,也答应过您,毫无隐瞒:于是那时我……我又去寻找他……这就是说,我寻找和他共同度过的每一秒钟……一股强烈的力量吸引我重访我们昨天共同待过的所有的地方,去看花园里的那条长凳,我在那里把他拉走,去看赌场大厅,我在那里第一次看见他,是的,甚至想上那个下流旅馆,只是为了再一次、再一次重温旧事。明天我要乘着马车沿着科尔尼契再一次旧地重游,以便每句话、每个手势都能在我脑海里重现——是的,我心烦意乱,竟变得这样无谓,这样稚气十足。可是请您想一想,那么多事情向我涌来,疾如闪电——我简直别无其他感受,只感觉到那沉重的一击,使人晕眩。可是现在,我从迷乱中惊醒,醒得过于突兀,想要把逝去的种种一步一步地再加领略重新品味,借助于那种我们称之为回忆的自我欺骗的魔力。当然,这些事情人们或许理解或许并不理解。也许真要理解它们,需要有颗熊熊燃烧的心。

"这样我就先到赌场大厅去,寻找他在那儿坐过的那把椅子,在许多只手当中想象出他的一双手来。我走了进去:我知道,我第一次看见他的地方,是第二间屋左边的那张赌台,他的每一个姿势我还历历在目:我就是像个梦游者似的闭上眼睛,伸出双手,也会找到他的座位。于是我走了进去,径直穿过大厅。我刚从门口把目光转向那纷乱的人群……我觉得发生了一件稀奇的事情,就在我梦想中他所在的那个位子上,那里坐着——这是热病造成的幻觉吧!……他,的确是他……是他……是的……正像我方才在梦想中看到的那样……正像昨天那样,他眼睛直愣愣地望着弹子,脸色像幽灵一样苍白……但这是他……他……他,不会看错……

"我这一惊,非同小可,简直要大声喊叫起来。但是我控制住了因为无谓的幻觉而产生的惊恐,紧紧闭上双眼。'你疯了……你在做梦……你在发烧。'我对我自己说,'这是不可能的,你产生了幻觉……他在半小时前已经离开这里坐车走了。'然后我才把眼睛又重新睁开。但是可怕极了:他依然坐在那里,恰好和先前一样。真的是他,不会看错……即使在一百万只手当中,我也能认出这双手来……不,我没有做梦,这的的确确是他。他没有遵守向我发的誓言,没有乘车离去。

这个疯子坐在那里,把我给他当路费的钱,带到这绿呢桌旁,沉湎于激情之中,完全忘记自我地在这里赌博,而我却无比绝望地为他而心摧肠断。

"一股无形的力量驱使我向前:怒气使我视线模糊,我气得两眼发红,这个背叛誓言的人如此可耻地欺骗了我,无视我的信任、我的感情、我的献身,我恨不得跳上去,卡住他的脖子把他捏死。但是我还是控制住自己。我故意慢吞吞地(我费了多大的劲啊!)走到桌边,正好站在他对面。一位先生彬彬有礼地给我让座。在我和他之间只隔着两米宽的绿呢桌面,我可以清清楚楚地看他的脸,就像坐在包厢里看戏一样。就是这张脸,两小时前我还看见它光彩照人,满是感激之情,灵辉映照,获得神的恩典,而现在又完全消融在激情的地狱之火中,抽搐不已。他的这双手,就是这双手,今天下午在他发着最神圣的誓言时,我还看见它们紧紧地抓住教堂里跪凳的木头,现在它们又弯曲着手指,在钱堆里乱抓一气,活像贪欲无度的吸血鬼,因为他赢了,他想必赢了许多钱,赢了非常多的钱:在他面前乱糟糟的一大堆筹码,金路易和钞票闪闪发光,随随便便地胡乱堆在那里。他的指头,他的索索直抖的神经质的手指,无比惬意地在钱堆里伸展搓揉。我看见它们轻轻抚摸着这些钱,把一张张钞票抓来摊开,把一个个硬币拿来旋转,轻轻摩挲,然后突然一下子满满地抓起一把钱扔到一个方格的中央。他的鼻翼立即开始飞快地抽搐,管台子的人的喊声使他眼睛大张,他那贪婪地闪闪发光的眼睛从钱堆移到蹦蹦直跳的弹子上。他的灵魂似乎已从身上涌流出去,而他的双肘却似乎用钉子牢牢地钉在绿呢桌上。他那完全着迷发疯的神态比前一天晚上表现得更加可怕,更加令人不寒而栗,因为他现在的一举一动,都在扼杀我心中的另一幅肖像,那是幅衬在金色背景上闪闪发光的肖像,我一时轻信,把它存在我的心里。

"我们两个就这样相隔两米各自呼吸着,我凝视着他,而他却丝毫也没有注意到我。他不看我,他谁也不看,他的目光只是滑向钱,只是随着滚回来的弹子惶惑不安地闪动着,他所有的感官全都囚禁在这个疯狂的绿色圈子里,在那里窜来窜去。对于这个赌瘾大发的人来说,整个世界,整个人类都溶解在这块绷紧了绿呢的四方形中。我知道,尽管我在这里一连站上几个小时,他也绝不会意识到我的存在。

"但是我已无法再忍受下去,我突然下定决心,绕着赌台走到他背后,用手抓住他的肩膀。他抬起头来,目光闪烁不定,有一秒钟之久,他那玻璃一样的眼珠,陌生地望着我,活像一个被人费力地从梦中摇醒的醉汉,目光依然昏昏沉沉地蒸腾着发自内心的烟雾。然后,他似乎认出了我,他的嘴角颤抖着往上一咧,他喜形于色地仰望着我,用一种慌乱神秘的亲热劲结结巴巴地低声说道:'手气很好……我一进来,看见他在这儿,马上就知道……我马上就知道了……'我不明白他是什么意思,我只发现,他赌得都陶醉了。这个疯子已经忘记了一切,忘了他的誓言,忘了他的约会,忘记了我,忘记了整个世界。但是即使在他着迷发疯的时候,他那狂喜的神情依然使我那样着迷,我不由自主地顺着他说的话,不胜惊讶地问道,到底是谁在这儿。

"'那儿,那个独臂的俄国老将军。'他悄声说道,完全凑到我的身边,不让别人偷听到这个具有魔力的秘密,'那儿,就是那个长着白色连鬓胡子的人,他背后还站着一个用人。

545

他老是赢钱,我昨天就注意到他了。他准有一套诀窍,我现在老跟着他下注。……他昨天也老赢……只不过我犯了个错误,昨天在他走了以后,还接着赌……这是我的错……他昨天大概赢了两万法郎……他今天也是每次必赢……我现在老跟着他下注……现在……'

"他说了一半,突然住口,因为管台子的人大叫一声:'请各位下注!'①他已经把目光移开,死盯着那个座位。那个白胡子的俄国人神气十足、非常潇洒地坐在那里,先从容不迫地拿起一枚金币,然后犹豫不决地又拿起第二枚金币一齐放在第四格里。我面前的这双迫不及待的手立即伸进那堆钱,抓起一大把金币,扔到同一个格子里。一分钟后,管台子的人叫道:'〇',用耙竿一抢,把桌上的钱全部扫光。他望着那些奔流而去的钱,像是在看一个奇迹。您以为,他这时会回过头来看我一眼?不,他早已把我忘得干干净净,我已经完全从他的生活中沉没、消失、彻底退出。他无比紧张的目光只死盯着那位俄国将军,那人漫不经心地又把两枚金币捏在手里,犹豫不决,看押在哪个数目字上。

"我无法向您形容我当时的气恼和绝望。但是请您设想一下我的感情:我为他抛弃了全部生活,可我对他来说,只相当于一只苍蝇,懒洋洋地把手轻轻一挥就能赶走。我又感到一阵愤怒。我使劲地一把抓住他的胳臂,他吓了一跳。

"'马上站起来!'我向他轻声耳语,但口气却是在下命令,'想一想,您今天在教堂里发的什么誓言,您真是个背弃誓言卑鄙无耻的家伙!'

---

① 原文为法文。

"他凝视着我,一脸惶恐,脸色苍白,眼里突然流露出可怜的神气,活像一只挨了打的狗。他的嘴唇不住地颤抖。他似乎一下子记起了一切业已忘怀的事情,仿佛对自己也感到一种恐惧。

"'好……好……'他结结巴巴地说道,'啊,我的上帝,我的上帝……好……我就来,请您原谅……'

"这时他的手已把所有的钱全都揽在一起,起初动作快捷迅猛,猛的一振,似乎在振作精神,接着,渐渐地变得越来越有气无力,仿佛遇到一股逆流又冲了回来。他的目光重新落在刚刚下注的俄国将军身上。

"'请再等一等……'他飞快地把五枚金币扔在俄国人下注的那一格里……'只赌这一把……我向您发誓,我马上就来……只赌这一把……只还……'

"他的声音又消失了。弹子开始滚动,吸引了他的注意力。这个着了魔的人,摆脱了我,也摆脱了他自己,轮盘旋转不已,小弹子在木槽里滚动跳跃,他也跟着滚进了光滑的木槽。管台子的人又叫了起来,耙子又把他的五枚金币扒走,他又输了。可是他没有转过头来,他忘了我,忘了誓言,也忘了他在一分钟前跟我说的话。他那双贪婪的手已经又痉挛地伸向那越来越小的钱堆,他那双如醉如狂的眼睛闪闪发光,只是死盯着那块吸引他意志的磁铁,死盯着对面那个会给他带来好运的赌客。

"我的耐心已到极限。我再一次摇撼他,但这次摇得非常使劲,'马上站起来!马上!……您说过只赌一把……'

"可是这时发生了意想不到的事。他突然猛地转过身来看着我,不过那张脸已不再有谦卑恭顺惶恐慌乱的神情,而是一个疯子的脸,他怒容满面,眼睛冒火,嘴唇气得不住地颤抖。'您别烦我!'他冲着我大吼,'滚开! 您给我带来晦气,每次您在这儿,我就输!昨天您让我输了钱,今天又是这样,您给我走开!'

"我霎时愣住了,可是他一发疯,我也怒不可遏。

"'我给你带来晦气?'我对他喊道,'你这个骗子,你这个小偷,你向我发誓……'可是我说不下去了,因为这个中了邪的家伙从座位上跳起来,猛地把我推开,根本不顾身边引起的混乱,'您别打扰我!'他不顾一切地大声嚷道。

"'您不是我的监护人……去,去……把您的钱拿去。'他把好几张一百法郎的钞票向我扔过来,'现在您别再烦我了!'

"他像个着了魔的人,非常大声地把这些话吼了出来,丝毫不顾身旁有上百个人围着,大家瞪眼望着,窃窃私语,指指点点,讪笑不已。从隔壁大厅里也有些好奇的人挤了过来。我仿佛觉得身上的衣服被人剥光,一丝不挂地站在这些好奇的人群面前。……'夫人,请安静!'①管台子的人粗暴地大声叫道,一面用耙竿敲着桌子。这句话,冲着我,这个下贱东西的这句话是冲着我说的。我受到凌辱,满面羞惭,站在这些交头接耳窃窃私语的好奇之徒面前,活像一个妓女,人家把钱向她劈头盖脑地扔了过去。两三百只放肆无礼的眼睛盯着我的脸。我低着头直往后躲,想把目光移向旁边,避开这盆装满侮辱、羞耻的脏水。这时,我的目光忽然正对着两只惊恐万状的眼睛,它们像利刃一样锋利,这是我的表姐。她失魂落魄地看

---

① 原文为法文。

着我,大张着嘴,像是大吃一惊,把一只手高高举起。

"这番景象深深印在我的心里:趁她还一动不动地站在那里,还没有从惊愕中缓过神来,我立即冲出大厅:我的力气只够让我冲到那张长凳上,就是那个着了魔的人昨天晚上倒在上面的那张长凳。我也同样毫无力气,精疲力竭,彻底崩溃地倒在那张坚硬、无情的木头凳子上。——

"这事已经过去了二十四年,可是我一回想起那一瞬间,回想起我在千百个陌生人面前被他嘲弄的皮鞭抽得跌倒在地,我血管里的鲜血立刻冷凝成冰。我又吃惊地感觉到,我们一直大言不惭地称之为灵魂、精神、感情的东西,我们称之为痛苦的东西,是多么软弱、可怜、微不足道啊。这些东西即使大到难以估量的程度,也完全无力把我们受苦受难的肉体,我们受尽折磨的身体炸得粉碎——因为我们会熬过这些时刻,血液继续奔流,而不是像一棵大树遭到雷劈电殛,立即连根拔起,倒地死去。这种痛苦只有一下子,一瞬间,折断了我的关节,我跌倒在那张长凳上,呼吸停顿,感觉迟钝,预感到非死不可的极度快乐。可是我刚才说过,痛苦是胆小鬼,碰到强劲有力的求生的欲望,它就缩了回去,扎在我们肉体里的这种恋生之心远比我们精神里一切求死之欲都更加强烈。我的感情遭到这样的摧残,我自己也无法解释,我又怎么站了起来,可事实上我是站起来了,当然心里并不明白,该做什么。我突然想到,我的箱子还存放在火车站,我立即迫切希望到那儿去:走吧,走吧,走吧,快从这儿走开,离开这座该死的地狱魔窟。我谁也不理,径直赶到火车站,打听下一班去巴黎的火车什么时候开出。守门人对我说,十点钟。我立即办好托运行李的手续。十点——那么离开那次可怕的邂逅正好是二十四小时,

549

这二十四小时,充满了各式各样荒谬绝伦的感情,犹如疾风暴雨交替出现疯狂施虐,我的内心世界从此永被摧毁。可我起先什么感觉也没有,脑子里只有一个字永远像在敲打在抽动:走,走,走……我额上的脉搏猛跳,像一个楔子一个劲地敲进我的太阳穴:走!走!走!离开这座城市,离开我自己,回到家里去,回到我的亲人身边,回到从前的、我自己的生活中去!我连夜乘车前往巴黎,在那里换车,直接前往布洛涅,从布洛涅到多佛,从多佛到伦敦,从伦敦到我儿子那儿——一路疾驰,快捷如飞,我既不思索,也不思想,足足四十八小时不睡、不吃、不说一句话,在这四十八小时里,咔哒咔哒的车轮只是重复着:走吧!走吧!走吧!最后,我突然在我儿子的乡间别墅出现,人人感到意外,全都大吃一惊:我的举止,我的眼神,想必有些异样,泄露了我的秘密。我的儿子想和我拥抱接吻,我躲开了:我觉得我的嘴唇已经受到玷污,想到他的嘴唇将触及我的嘴唇,我就无法忍受。我任何问题也不回答,只要求洗一个澡。因为我迫切需要连同旅途的尘埃一起把我身上所有的污垢全都洗净,这些污垢似乎还是来自这个着了魔的人,这个一文不值的人身上的激情。然后我脚步沉重地上楼到我房间里去,一连睡了十二个,十四个小时,睡得死沉死沉,活像一块石头,在此之前和从此以后我都从来没有这样睡过,这样睡了一觉之后我就知道,躺在棺材里寿终正寝是怎么回事。我的亲人对我关怀备至,仿佛照顾一个病人,但是他们的柔情只能使我痛苦。我羞于接受他们的敬畏,他们的尊敬,我不得不时时留意别突然地大声喊叫起来:为了疯狂的荒唐的激情,我背叛他们,忘记他们,抛弃他们到何等地步。

"后来我漫无目的地又前往一座法国小城。那里我无人认识,因为一种幻想纠缠着我,我总觉得每个人看我一眼,就可以看出我的耻辱、我的变化。我深深地感到被人出卖、被人玷污,直到灵魂深处。有时候我清晨醒来躺在床上,心里会惊恐万状,害怕睁开眼睛,对那天夜里的回忆又会向我袭来:我突然在一个半裸的陌生人身旁醒来,于是我会和当时一样,一心只想立即死去。

"但是最后,时间对于一切感情有深沉的力量,年龄对此有奇怪的削弱作用。我们感到死亡渐渐临近,它浓黑的阴影已横在路上,这时一切事情也就不显得那么刺目,不再浸入我们内在的感官,大大失去其危险的威力,我渐渐地摆脱了惊恐。多年之后,我在一次社交场合遇到奥地利公使馆的一位参赞,一位年轻的波兰人,我问起那个家族,他告诉我,这是他堂兄的家族,这位堂兄的一个儿子十年前在蒙特卡洛开枪自杀了。我听了这话都没有一点颤抖。这事几乎已不再使我痛苦:也许——何必否认这点自私之心呢?——这甚至还使我感到舒服呢,因为我一直担心说不定什么时候会碰见他——可这一来,最后的恐惧也消失了,我现在除了自己的记忆,再也没有别的证人来反对我自己了,从此以后我平静了许多。人变老其实并不意味别的,只意味着不再对往事感到害怕。

"现在您大概可以懂得,为什么我会突然和您谈起我自己的命运来。您为昂里哀特太太辩护,热情洋溢地宣称,二十四小时完全可能决定一个女人的命运,我当时觉得这指的是我:我感谢您,因为我第一次感到我的行动为别人所认同。这时我心想:能够爽爽快快地把心里话倾吐出来,也许会消除压抑人的那道最后的魔障和永远不能释怀的这块心病,这样我明天也许又可以前往蒙特卡洛,踏进曾和我命运相遇的同一座赌场大厅,而不再对他,也不再对我自己怀有任何怨恨。那时,压迫我灵魂的一块石头就会滚落,沉重地压在往事之上,使之不再复活。我能把一切说给您听,对我真有好处。我现在轻松多了,几乎感到心里快活……我为此感谢您。"

说完这几句话,她突然站起身来,我感到,她已叙述完毕。我有些尴尬,想找一句合适的话说,可是她想必感觉到我的为难,连忙把手一挥:

"不,您什么也别说……我不想要您给我什么回答或者对我说什么……我感谢您认真地听我说话,祝您一路平安。"

她站在我对面,伸手和我握别。我不由自主地抬头看她的脸。这位老妇人这样慈祥,同时又稍带羞怯地站在我的面前。我觉得她的脸奇妙感人。突然间,她的两颊泛起一阵红晕,直升到她的白发,不知这是往日激情的反射,还是心情慌乱的结果。

她站在那里活像一个少女,往事的回忆使她像新娘一样慌乱,自己的坦白使她羞怯。我不由自主地深受感动。我迫切想要用一句话向她表示我对她的崇敬之情,可是我的咽喉梗塞,说不出话。于是我低下头,恭恭敬敬地吻了吻她那枯萎得像秋叶似的微微颤抖的手。

(1927)

张玉书 译

里昂的婚礼*

一七九三年十一月十二日,巴雷尔①在法兰西国民公会②针对发动叛乱、终被攻克的里昂城提出了那项杀气腾腾的提案,该提案以下面这两个简洁凝练的句子结尾:"里昂反对自由,里昂不复存在。"他要求拆除城里全部房屋,把这叛乱之城夷为平地,城里的纪念性建筑物应该全都化为灰烬,甚至该城的城名也应该取消。国民公会犹豫了八天之久,迟迟没有同意把法国的第二大城这样彻底地毁掉,即使在法令签署之后,人民代表库东③也只是采取拖拉的态度来对付这道杀人放火的命令,他心里有底,知道罗伯斯庇尔会默许他这种态度。为了虚张声势,他把民众召集到贝勒古广场上,场面非常壮观。他象征性地用银锤敲击一下决定毁掉的房屋。可是去砸那些建造得富丽堂皇的门面时,镐头总是迟疑不决,断头机用得更少,难得看见铡刀闷声闷气隆隆直响地砍将下来。这出人意料的温和态度使人们渐渐放下心来,被内战和长达

---

* 本篇于一九二七年八月在柏林《雕鹗》杂志上首次发表。
① 巴雷尔·德·维安差克(1755—1841),法国大革命时的激进分子。
② 国民公会,一七九二年九月二十一日至一七九五年十月二十六日期间的法国最高权力机构。
③ 乔治·库东(1755—1794),法国革命时的激进分子。

几个月之久的围困弄得惊惶不安的城市又缓过劲来,敢于暗抱一线希望。可是这位心地仁慈、执行命令不力的人民代表被突然召回,取代他的是科洛·德布瓦①和富歇②。他们两个便身佩人民代表的绶带出现在阿弗朗希城——因为在共和国的法令里,里昂从此就叫这个名字。于是一夜之间,原来仅仅是一道措辞慷慨激昂借以吓唬百姓的敕令变成了狰狞可怕的现实。这两位新上任的人民代表在给公安委员会的第一个报告里这样写道:"迄今为止,这里毫无行动。"急迫之情,跃然纸上,他们想以此证明自己的爱国主义热忱,并且把那位态度较为温和的前任告了一状。他们立刻采取可怕的行动,来执行那道法令。人称"里昂刽子手"的富歇,日后当了奥特朗托公爵③。这位一切合法原则的捍卫者很不喜欢人家向他再提这些往事。

现在拆除房屋不再是用镐头一下一下慢慢地挖掘,而是埋上火药,把最最富丽豪华的房屋一排一排地炸毁。不再用"极不可靠、不敷需要"的断头机来行刑,而是用霰弹射击,集体枪杀,把几百个犯人一举消灭。司法机构每天得到新的严令,变得异常狠毒,大杀无辜,像镰刀似的,一天天把大群的人像麦秸似的割倒在地。把死尸装进棺材挖坑掩埋实在过于迟缓,那迅急奔流的罗讷河水早已把尸体冲走。嫌疑犯人山人海,几座监狱早已人满为患。于是公共建筑物的地窖、学校和

---

① 让·玛丽·科洛·德布瓦(1750—1796),法国大革命时的激进分子,里昂大屠杀的执行者。
② 约瑟夫·富歇(1759—1820),法国政客,在大革命时期、拿破仑帝国及波旁王朝复辟时期均担任要职,被称为三朝元老。
③ 富歇在拿破仑帝国时期被封为奥特朗托公爵,任警察总监。

修道院都用来收容犯人,当然只能暂时收容,因为死神的镰刀很快就会砍来,同一个人躺在同一堆稻草上取暖的时间,难得长达一夜以上。

在血淋淋的那个月的某一天,冰冷酷寒,又有一群犯人被驱赶到市政厅的地窖里,在那里暂时待在一起,相处的时间短得可悲。中午的时候,这些犯人挨个带到政府委员面前,草草了事地随便一问,就决定了他们的命运。如今这六十四个犯人,有男有女,杂乱地坐在低矮的有拱顶的地窖里。那里昏暗潮湿,散发着酒桶和腐物的霉味。前屋的壁炉里,有一点微弱的炉火,与其说给这幽暗的地窖增添了热气,毋宁说给它染上了一抹红色。大部分犯人躺在各自的草袋上面,神情漠然,其余的人凑到那张唯一获准放在这里的木桌旁边,借着摇曳的烛光,急急忙忙地书写诀别信,因为他们知道,他们的生命将比这冷屋里发出蓝色幽光的蜡烛结束得更早。他们当中没有一个人不是用耳语的声调说话,于是从冰冷寂静的大街上传来的轰隆隆的地雷爆炸声,以及紧接着的哗啦啦的房屋倒塌声,听上去便分外清晰、沉重。由于事件的发展迅速异常,这批备受厄运折磨的苦命人已失去了细致感受、清晰思维的一切能力。他们大多数人一动不动、一言不发地靠在这阴暗的地窖里,就像待在他们的坟墓旁边,不再抱任何希望,也不关心周围的世界,心如死水,不起波澜。

晚上快七点钟的时候,门口突然响起一阵坚定有力的脚步声,枪托碰得直响,生锈的门闩被拉开,发出刺耳的尖音。大家吃了一惊,不由自主地抬起头来:莫非一反平素那可怜的习惯,连一夜也不让过,他们最后的时刻现在就已经来临?门开处,一阵寒风吹来,蜡烛的火苗直蹿,蓝幽幽的,仿佛想摆脱

555

蜡烛,凌空飞去。随着烛光的颤动,人们心怀恐惧,不知即将来临的事情是凶是吉。可是一会儿人们又惊魂稍定,狱卒带来的无非是一拨新增添的犯人,人数大约二十左右。他默默无言地把他们带下阶梯,送进这间挤满了人的房间。并没有指给他们什么特定的位置。然后沉重的铁门又轰隆隆地重新关上。

囚徒们望着新来的犯人,目光并不友好,因为在人们的天性里有个奇怪的特点,不论在哪里,总是急急忙忙地适应环境,哪怕为时极其短暂,也希望安顿妥帖,仿佛这是他们的权利。所以,先来的囚徒已经不由自主地把这间空气滞重、发出霉味的房间,长了绿毛的草垫,壁炉旁的位置看成他们的私有财产。每一个新来的犯人在他们看来都是不招自来、会侵犯他们利益的家伙。而刚才带进来的这批犯人想必也清楚地感觉到先来的囚徒身上发出冷森森的敌意,尽管这种敌意在这死亡将至的时刻显得多么无聊。因为,说也奇怪,同是天涯沦落人,他们和先来的囚徒既不互相问候,也不彼此攀谈,他们并不要求在桌子旁边或草垫上面分得一角,而只是挤在一个角落里,沉默不语,心情沉郁。如果说在这之前,悬在拱顶上的寂静已经压得人难以忍受,那么现在由于无谓地激起的紧张空气,这种寂静更使人感到阴森逼人。

因此,有人突然发出一声呼喊,听上去就分外悦耳、爽朗,仿佛来自另一个世界。这是一声响亮的、几乎是颤抖的呼喊,它打破了室内的寂静,以不可阻挡之势,把最最麻木不仁的人也都从死水槁木般的心境中惊醒。这是刚才和别的犯人一起新来的一个少女,她突然跳了起来,像要摔倒似的,向前伸出双臂,颤声连呼:"罗伯特!罗伯特!"向一个青年男子直扑过去。那个青年和另外一些囚犯隔开几步,待在一旁,靠着窗前的铁栅栏,这时也向那少女奔了过来。紧接着这两个年轻人身体紧紧偎依,嘴唇紧紧吻合,就像两股火焰合在一起熊熊燃烧那样恳切真挚。那涌流不止的欢乐之泪在他俩的面颊上交流,他们的呜咽像是发自同一个行将爆裂的咽喉。他们停顿片刻,不相信他们真的拥抱在一起,眼前的事情简直难以置信,不由得惊恐万状。可是一转眼,他们又重新紧紧拥抱,可能情绪更加炽热。他们一个劲地痛哭流涕,哀哀抽泣,连说带嚷,旁若无人,沉溺于无限的柔情之中,完全不顾身边的同伴。这些难友无比惊讶,因而也都振作起来,慢慢地挨近这对年轻人。

原来这位少女和市政府一位高级官员的儿子罗伯特·德·L……自幼青梅竹马,几个月前刚刚订婚。教堂里已经贴出他们即将结婚的公告,婚礼的日子恰好订在鲜血横流的那一天。就在这一天,公安委员会的军队进攻里昂。新郎在佩西将军的队伍里和共和国作战,这时自然有责任陪伴这位保王党将军去进行那绝望的突围。一连几个星期得不到新郎的消息,姑娘于是壮起胆子,暗存希望,认为新郎业已越过边境,安全到达瑞士境内。突然,市里的一个文书告诉她,密探打听出新郎躲在一个农家的田庄里,昨天已被押送革命法庭。大胆的姑娘刚一听到未婚夫被俘,无疑会被判处死刑的消息,立即以神秘莫测、不可理解的勇气把办不到的事情办到了,只有妇女在极端危险的瞬间才会有这种勇气。她亲自一直闯到不可接近的人民代表的身边,乞求人民代表为她的未婚夫开恩。她先匍匐在科洛·德布瓦的脚下,这位人民代表态度粗暴地一口回绝,说他对叛徒绝不开恩。姑娘紧接着跑去找富歇。此人心肠冷酷,并不亚于科洛·德布瓦,不过手段更加狡猾。他看见这年轻姑娘已经绝望,也受到感动,为了不让自己动心,便信口撒谎,说他很愿干预此事,去偏袒姑娘的未婚夫,可是他看见——说到这里,这位老奸巨猾、善于蒙骗别人的家伙便懒洋洋地透过手执的长柄眼镜向一张毫不相干的纸上扫了一眼——今天上午罗伯特·德·L.……已在勃罗托的田野上被枪毙。这个诡计多端的家伙把姑娘完全给蒙住了:姑娘立刻相信未婚夫已经死去,可是她并没有像一般女人那样,沉溺于痛苦之中,不作任何反抗。此刻生命对她已经毫无意义,活不活都无所谓。她从头发上摘下革命的徽章,扔在地上用双脚猛踩,一面大叫大嚷,透过所有洞开的房门,到处都听得见。她骂富歇和他那些急急忙忙赶来的部下全是嗜血如命的暴徒、刽子手、胆小如鼠的罪犯。士兵们把她捆绑起来拖出房去的时候,她听见富歇在向他的麻脸秘书口授逮捕她的命令。

所有这一切——这个烈性姑娘几乎是欢欢喜喜地向围在旁边的人们说道——她已觉得无足轻重,不再放在心上。相反,一想到很快就能追随她那已被处死的未婚夫,她感到心满意足,无比陶醉。一切转瞬即逝,这种感觉透过她的全身,使她暗自欢欣。审讯时她干脆什么问题也不回答,甚至当看守把她和后来的那批犯人一起推进这座监狱的时候,她连眼皮也不抬一下。因为她知道心上人已死,她自己正幸福地在这死亡的路上向他靠近,那么,这个世界上还有什么事情使她牵肠挂肚?所以她也就完全漠不关心地在一个犄角里坐下。后来,她的目光刚刚适应屋里的黑暗,就发现一个年轻人的姿态与众不同。这个青年靠着窗口默默沉思,那模样和她未婚夫平常出神凝视的神情真是出奇的相似。她竭力不让自己心里产生这样一个荒谬虚妄的希望,尽管如此,她还是站了起来。恰好在这一瞬间,那个青年走近了蜡烛的光圈。她大吃一惊,真不明白在这魂飞魄散的一秒钟里,她竟然没有死去,因为她清楚地感觉到,当她突然发现那早已被认为惨遭杀害的未婚夫竟然活生生地站在她面前时,她的心像是一个活物要从她胸口跳将出来。事后她说起来还一直激动不已。

姑娘以飞快的速度急急忙忙讲了上面这番话。与此同时,她的手一直紧握着她心上人的手,一刻也不松开。她一个劲地紧紧依偎着她的未婚夫,一次又一次地重新投入他的怀抱,仿佛她对心上人就在身边还一直心里不大踏实。这两个年轻人表现出真挚缠绵的柔情,这动人的场景奇妙地使他们的难友内心受到强烈的震撼。这些人方才还麻木不仁,疲惫不堪,漠不关心,不动任何感情,此刻突然变得热情洋溢,情绪活跃,挤在这一对如此奇特地结合在一起的情侣周围。看到他俩这极不寻常的遭遇,每个人都忘却了自己的命运。每个人心里都有一种强烈的愿望,想对他们说句话,表示关怀、赞许或者同情,但是这情绪激昂的姑娘抱着一种如醉似狂的自豪神气拒绝接受别人的惋惜。她说,不,她很幸福,无比的幸福,因为她现在知道,她将在同一时刻和她的心上人一起死去,谁也不必去为对方悲泣。只有一点美中不足,那就是她不得不用她娘家的姓,她还不能作为她心上人已经婚配的妻子和他一同去见天主。

她这番话说得非常坦然,毫无企图,几乎刚一说完就已忘记。她一次又一次地和她的心上人热烈拥抱,所以没有注意到,罗伯特的一位战友被她的这一愿望所深深地感动,此时已小心翼翼地溜到一旁,和一位年纪稍大的男子开始低声耳语。他悄声说出的那些话似乎使那人非常震动,因为那人马上挣扎着站起身来,艰难地挪动脚步向这对情侣走去。他对他们俩说,他是图尔农的一个拒绝宣誓①的神父——他身上的农民装束其实根本叫人看不出他的身份——因为有人告密才被逮捕,来到这里。尽管他现在没有神父的衣裳,可他心里依然意识到他所担负的职务和他拥有的神父的权力。既然他俩的结婚公告早已宣布,何况两人已被判决,婚礼不容拖延,所以他乐于冒着风险,立即满足他俩这一完全合法的强烈愿望,在这儿,由他们的这些难友和那无所不在的天主作证,把他俩结为夫妻。

年轻姑娘做梦也没有想到,她的愿望能够又一次实现,她不胜惊讶地凝视着她的未婚夫,脸上带着疑问的神情。她的未婚夫回答她的是一道喜出望外的发亮的目光。于是少女便在坚硬的石板地上屈膝下跪,亲吻神父的手,请求他就在这鄙陋的屋里为他们举行婚礼,因为她感到自己思想纯净,此刻完全充满了神圣的感情。在场的人听说这阴郁的死屋刹那间将变成教堂,内心深受震撼,不由自主地都被这位未婚妻的激动心情所感染,急急忙忙分头去做各式各样的事情,借以拼命掩饰自己内心的激动。男人们把为数甚少的几把椅子搬来排好,在一个铁制的钉在十字架上的耶稣像旁边把几支蜡烛排成笔直的一行,就这样凑合着把那张桌子布置成一个祭坛。妇女们则把富有同情心的人在她们入狱时慨然相赠的少量鲜花匆匆编成一顶细细的花冠,戴在姑娘的头上。这时神父和

---

① 法国大革命时凡拒绝宣誓效忠革命政府的神父均遭迫害。

她的未婚夫一起走进旁边的房间,先听新郎的忏悔,再听新娘的忏悔。等到这对恋人走近这座临时的祭坛,屋里顿时鸦雀无声。有几分钟之久,屋里静得出奇,以致看守的士兵怀疑里面发生了什么可疑的事情,突然一下打开牢门,走进屋来。他一看见屋里正在准备进行的奇怪事情,他那张黝黑的农民面孔不由自主地变得神情严肃,充满了敬畏之情。他站在门口,不打扰他们,就这样在这不寻常的婚礼上,他自己也变成了沉默的证人。

神父走到桌前,用简短的几句话宣布,人们若想谦恭地在天主面前互相结合,那么教堂到处都是,祭坛哪里都有。说罢屈膝下跪,在场的人全都随着一起跪下。屋里是那样的宁静,连微弱的蜡烛光也稳稳的,一动不动。然后神父在寂静中问道,他们两人是否愿意同生共死,永远结合。姑娘用坚定的声音回答:"愿意同生共死。"这个"死"字刚才还叫人不寒而栗,现在响彻这寂静无声的房间,清越,爽朗,不再有丝毫恐惧的味道。于是神父把他俩的手放在一起,宣布他们结为夫妻:"我奉圣母圣教会之命,以圣父圣子圣灵的名义把你们结为夫妻。"①

婚配仪式到此结束。新婚夫妇亲吻神父的手,囚犯们纷纷挤上前来,每个人都要向他们说一句特别亲切的话来表示心意。此时此刻没有人想到死。就是感觉到死的人,也不再感到恐惧。

与此同时,方才婚配时担任证婚人的那个朋友又和另外几个难友低声耳语,接着只见他们又开始奇怪地忙乱起来。

---

① 此处原文为拉丁文。

男人们从旁边的小屋里把草包一个个搬出来,新婚夫妇还完全沉浸在梦幻般的婚礼之中,对于屋里的忙乱景象丝毫没有觉察。这时,那位朋友走到他们跟前,笑吟吟地告诉他们,在他俩新婚的大喜日子里,他和难友们很想赠送给新婚夫妇一件礼物,可是对于自己的生命都朝不保夕的人来说,还有什么人间的礼物可以馈赠!所以他们只想奉献一样东西,只有这个礼品才会使新婚夫妇感到愉快,觉得珍贵,那就是让他们两人安安静静地单独度过这一新婚之夜,这最后一夜。难友们宁愿自己在外屋再挤一挤,以便腾出那间比较小的里屋,完全供他们两人支配。那个朋友又补了一句:"充分利用这短暂的几小时光阴吧,生命流逝,片刻也不会再还给我们。在这种瞬间谁若有幸还能得到爱情,就该尽情享受。"

姑娘羞得满面通红,一直红到发根,可是她的丈夫却坦然地直视这位朋友的眼睛,感动地紧握他那兄弟般的手。他们一句话也不说,只是互相凝视。于是,没人大声指挥,男人们自动地排在新郎身边,妇女们排在新娘身边,大家神情庄严地举着蜡烛把一对新人送进那间从死神手里借来的斗室。由于心里充满同情,他们竟无意识地又想起了这种无比古老的婚礼习俗。

接着他们在新娘新郎身后轻轻地关上房门,谁也不敢对他俩即将度过的新婚之夜说一句不得体的话或者开一个庸俗的玩笑。因为自从他们对自己的命运无能为力,可是还能分给别人一点幸福以来,一种特别庄严的感情一直默默地笼罩在大家心头。每个人心里都对这个婚礼暗自感激,它使他们分散心神,不去思考自己不可避免的命运。于是这些囚犯在黑暗中东一个西一个或醒或睡,各自躺在自己的草垫上,直到黎明。在这充满了众人呼吸的房间里,难得响起一声叹息。

等到第二天早上士兵们进来,要把这八十四个犯人带上刑场去的时候,发现大家都早已醒来,并且一切准备就绪。只有新婚夫妇睡的那间屋子还毫无动静,他们两人疲惫不堪,甚至枪托撞击的沉重响声也没有把他们惊醒。那位傧相便轻手轻脚地跑进那屋,免得刽子手去粗暴地把这对幸福的新人唤醒。他俩松松地搂抱在一起,躺在那里。新娘的手放在新郎的颈后,像是忘了抽回来。即使在睡梦中脸上的表情凝固不动,他俩的脸庞也散发出幸福的光辉,松弛平和,使得那位富有同情心的朋友不忍心扰乱这样的安宁。但是他不能迟疑,只好先摇摇新郎,以急迫的心情提醒他身在何处。新郎迷迷糊糊地睁开眼睛,猛地想起自己的处境,便满腔柔情地把自己的妻子扶着坐了起来。新娘睁眼一看,像个孩子似的大吃一惊,这只是因为冰冷无情的现实来得过于突然。然后她冲着丈夫会心地微微一笑,说道:"我已经准备好了!"

新郎新娘手拉着手走进外屋,大家都不由自主地往两边闪开,给他们让道,于是无意之中这对新婚夫妇就在前面带路,领着犯人们走上死亡之途。尽管人们对上刑场的悲哀队伍早已习以为常,大家还是无比惊愕地目送这支奇怪的队伍渐渐走去。因为领头的这两个人,一个青年军官和那个头戴新娘花冠的姑娘身上散发出一种如此不同寻常的欢快情绪,可说是满有把握的幸福神情,即便是感觉迟钝的心灵也会充满敬畏之情,感觉到这里蕴藏着一个崇高的秘密。其他的囚犯也不像平时去法场受刑的死囚那样脚步踉跄、步履蹒跚地往前挪动脚步,而是每人都用火辣辣的目光,怀着坚定不移的信任,紧紧盯着这对新婚夫妇。他们两人出乎意料地三次实现自己的愿望,这两个幸福的人身上想必会再发生一个奇迹,一定会再发生一个奇迹,那最后的奇迹,从而使他们大家在九死一生的绝境中获救。

然而人生中虽常有奇妙的事情,但真正的奇迹并不多见,当时在里昂城里成为家常便饭的事情终于发生了。这一伙人被带过大桥,领到勃罗托的沼泽地里,十二队步兵在那里等候着他们。平均三支步枪的枪筒瞄准着一个人。人们把这些囚犯一队队排好。一梭子子弹打来,把他们大家都撂倒在地。接着士兵们就把还在流血不止的尸体扔进罗讷河,湍急的流水麻木不仁地把这些陌生人的面孔和命运都冲到河底。只有那顶新娘的花冠从那位即将沉入江心的新娘头上轻轻地脱落,还在漫无目的地、非常异样地在滚滚向前的波浪上面漂浮了一阵。最后这顶花冠也终于消失了。关于那个从死神嘴边夺得的,因而值得纪念的新婚之夜的记忆也随之消失,久久被人遗忘。

(1927)

张玉书 译

旧书贩门德尔[*]

又是在维也纳，也是从城外访客归来，我意外地遇上了一场倾盆大雨。这场雨像用湿的皮鞭轻巧地把人们赶进了屋门和地下室。我也赶忙寻找一个能避雨的处所。幸好如今的维也纳，每一个角落都有一家咖啡馆在等候顾客上门。我两肩湿透、帽子滴水，于是逃进了马路正对面的那一家。从内部看，这是一家因袭旧式样、格局几乎千篇一律的那种市郊咖啡馆，没有内城那些模仿德国的音乐茶座里的时髦赝品装饰，完全是旧维也纳的市民风，坐满了下层百姓，他们买报纸花的钱要比买点心花的钱多。现在正值晚饭前后，本来已经浑浊的空气，加上缭绕的烟雾，仿佛一块厚厚的蓝条纹大理石。然而，崭新的天鹅绒沙发，以及锃亮的铝制柜台，却使这家咖啡馆显得很整洁。匆忙之中，我根本没有留意去看店外的招牌。再说，这又有何必要呢？——我现在暖暖和和地坐在此地，不耐烦地透过灰蓝的淌水的玻璃向外望去，这场恼人的大雨什么时候能高抬贵手，容我继续赶那几公里的路程呢？

因此，我无所事事地坐在此地，开始沉浸到那种闲散怠惰

---

[*] 本篇于一九二九年在海岛出版社出版的小说集《小编年史》中首次发表。

的气氛中去。每一家真正的维也纳咖啡馆,都弥漫着这种气氛,无形的,像麻醉剂一样。出于这种空虚感,我开始一个挨一个地打量那些顾客,这间烟雾腾腾的房间里的人工光线①使他们的眼睛周围蒙上了一层不健康的灰色;我望着柜台后面的那位小姐,看她如何机械地给侍者手里的每一杯咖啡分放糖块和小匙;我半清醒但无意识地读着墙上极其无聊的招贴与广告。这样的昏昏沉沉几乎令人感到舒适。但是,猝然之间,我莫名其妙地被拽出我的半昏睡状态,内心萌生了一种感触,模模糊糊的,像是轻微的牙疼刚开始,但不知是从哪里疼起来的,不知是左边还是右边,是上腭还是下腭。我感觉到的只是一种暗暗的紧张,一种心神不宁。因为突然间——我说不出是由于什么缘故——我意识到多年以前我一定来过此地,对于某件往事的记忆把我同这几面墙壁,同这些椅子和桌子,同这间陌生的、烟雾弥漫的房间联系在一起。

但是,我越是有意要把握住这一记忆,它越是又奸又猾地缩回去,好像一个水母,在意识的最深处隐隐约约地闪烁着,可是够不着也抓不住它。我徒劳地用目光钳住每一件家具陈设;有些东西我不熟悉,这是肯定无疑的,比如柜台和叮当作响的自动售货机,又比如墙上用假的黑黄檀木制的棕色贴面,这些必定是后来添置的。不过没错,没错,我曾经到过此地,在二十年或者更长的时间以前。我要捉住同很久以前的自我有关的往事,它像嵌在木头里的钉子,藏在看不见的地方。我拼命使所有的感觉器官延伸进这个房间,同时又延伸到我的自身里面去,可是,真该死!我够不着它,够不着这个已经消

---

① 指蜡烛、煤气灯、电灯、霓虹灯等发出的光。

失得无影无踪、淹没在我心中的记忆。

　　我生自己的气,就像一个人办不成某件事情,从而发觉心智力量的欠缺和不完善时,总会这样对自己恼火。但是,我没有放弃抓住这个记忆的希望。我知道,只要手里有一个小钩子就行,因为我的记忆力是特殊类型的,说好也好,说坏也坏,一方面它固执得很,不听使唤,另一方面却又十分可靠,简直难以用笔墨来形容。无论是事件或者人的相貌,阅读所得或者亲身经历,我的记忆力都能将它们吞进它的冥府似的黑暗深处,如果不加强迫,单靠意志的召唤,它是什么也不肯吐出来的。我只需抓住瞬间的滞留物,一张风景明信片,一个信封上的几行字,一份烟熏的报纸,遗忘了的往事就会像钓钩上的鱼颤动着被拉出浑浊湍急的水面,完全是感性的、真实的。我于是回忆起了一个人的所有细节,他的嘴巴,他发笑时嘴里左边没牙的窟窿,这笑声的支离破碎,小胡子的颤动,以及在笑声中露出来的另一副新的面容——我立即在想象中看到了他的完整形象,并且记起了这个人几年前对我讲的每一句话。为了感性地看到和感觉到以往的人和事,我始终需要来自现实的某种感性的刺激,某种小小的帮助。我于是闭上眼睛,用心回想,以便形成那种神秘的钓钩去捉住它。但是什么也没有!我又一次一无所得!已被遗忘了,被掩埋了!我恨死了两个太阳穴之间这个糟糕的、不听使唤的记忆器官,真想用拳头打自己的脑门,一如摇晃一台坏了的自动售货机似的,因为你要的东西它偏不输送出来。不行,我怎么也坐不住了,记忆器官失灵竟使我如此激动,我真的恼火了,便站起身来,想消消气。但是,真稀奇——我在店里刚走了几步,最初的、发出磷火的、朦朦胧胧的印象开始在我脑海里闪闪烁烁地出现了。

我记起来,从柜台往右走去,那里准有一间没有窗户的、单靠人工光线照明的房间。对了,果真如此。是这间屋,墙壁裱糊得同当年不一样了,但大小没变,是这间轮廓渐趋模糊的长方形后屋,是这间活动室。我本能地扫了一眼四周的每一件实物,我的神经在欢快地颤动,我感觉到自己马上就能把一切都弄明白了。屋里闲搁着两张台球桌,像两个无声的绿色烂泥塘,屋角是几张牌桌,其中一张桌旁,坐着两位枢密顾问或者教授在对弈。在紧挨着铁炉子的角落里——由那里可以通往电话间,立着一张小方桌。这时,突然一道闪电,使我豁亮了,我心里一热,高兴得全身一颤,我立即想起来了:天哪!这是门德尔的座位,雅科布·门德尔,旧书贩门德尔,事隔二十年,我又来到他的总店,上阿尔泽街的格鲁克咖啡馆。雅科布·门德尔,我怎么把他给忘了呢,这等不可理解地忘却了他这么长久,这个稀奇古怪的人,这个传奇式的人物,这个罕有的世界奇迹,在大学里和一个崇敬他的小圈子里他是颇有名望的;这个书籍魔术师,这个旧书贩,他每天从早到晚一动不动地坐在这里,知识的象征,格鲁克咖啡馆的荣誉,我怎么让他从记忆里消失了呢!

我把目光收到眼皮后面转向自己的内心,只有一秒钟的时间,如同从雕刻家透亮的心中,已经升起了他的不会错认的立体形象。我立即看到了他如何栩栩如生地始终坐在那边,坐在那张肮脏的灰色大理石面的小方桌旁,桌上无论什么时候都堆放着书籍和杂志。我看到他如何一动不动地坚毅地坐在那里,他的目光透过眼镜片像施催眠术似的死盯着某一本书。我看到他如何坐在那里哼哼唧唧地诵读,他的身子和不经心梳理的、头发脱了好几处的脑袋前后摇晃着,这是在东方犹太人小学里养成的习惯。他在此地这张桌子旁,也只在这张桌子旁,阅读他的目录和书籍,并且按照在塔木德①学校里人家教给他的读书方式,低声吟诵,身子前后摇晃,活像一个黑色的摇篮。根据虔诚的教徒的看法,正如一个孩子,通过这种施催眠术般的有节奏的上下摇晃,便能沉入梦乡,那么,由于闲着无事的身躯的摇晃和摆动,人的精神也易于集中,好去接受智慧的恩典。事实上,这个雅科布·门德尔确实看不见也听不到周围的一切。在他旁边打台球的人喧哗吵闹,电话铃阵阵作响,侍者来去奔忙、刷地板、给火炉添煤,他一概察觉不到。有一次,一块燃烧着的煤从火炉里掉出来,在离他两步远的地方烧焦了镶木地板,冒起烟来。一个客人闻到了臭味,这才发现了危险,奔过去,赶紧扑灭。可他呢,这个雅科布·门德尔,仅仅离开两步远,而且已经被烟熏着了,却一点也没有察觉。因为他在读书,他读起书来就像信徒在祈祷,赌徒在赌博,醉酒的人麻木地望着空荡荡处发愣。这样全神贯注真是令人感动,自那以后,我见到其他人各式各样的读书的情形,都觉得不过尔尔了。当时还很年轻的我,在这个加利曾②旧书贩雅科布·门德尔身上,第一次看到了全神贯注的伟大奥秘;它造就了艺术家和学者,使人变成真正的智者,也使人变成十足的呆子,酿成了这种对书本着魔的悲剧性的福与祸。

当年是由大学里一位年长的同学带我去见他的。我那时

---

① "塔木德"是希伯来词语的音译,意为"犹太教法典"。此处指犹太教会学校。
② 加利曾,波兰地区名。一七七二年至一七九五年俄、奥、普三国瓜分波兰时,该地区划归奥地利。一部分划归俄国。

569

正在研究甚至今天还很少有人知道的帕拉切尔苏斯①派医生和磁力治疗医生梅斯梅尔②,可是并不顺利,因为有关的著作难以获得。我这个老实的新生去向图书馆管理员打听,他不客气地对我说,找参考文献是我的事情,他管不着。那位同学第一次向我说起他的名字。"我带你去找门德尔,"他对我说,"他什么都知道,什么都能弄到手,他能从很少有人知道的德国旧书店里把最难找的书给你弄来。他是维也纳最能干的人,此外还是一个怪人,一头绝种的史前食书巨兽。"

就这样,我们两人踏进了格鲁克咖啡馆。我看见他,旧书贩门德尔坐在那里,戴着眼镜,满脸胡子,全身着黑,摇晃着身子在读书,活像风中的一丛幽暗的灌木。我们走上前去,他没有察觉。他仍旧坐着读书,上身像宝塔似的在桌子上方前后摆动,他后面的钩子上,挂着他那件破旧的黑大衣,口袋里塞满了杂志和书单。我的那位朋友使劲咳嗽,好让他知道我们来找他了。但是,厚眼镜几乎贴在书上的门德尔还是没有察觉。末了,我的朋友像敲门似的用力敲桌面。门德尔终于呆呆地抬起头来,机械地迅速把笨重的钢丝边眼镜推到前额上,直竖的灰白眉毛下一双奇特的眼睛正盯着我们,机警的黑色小眼睛,像蟒蛇的舌头一般又尖又灵巧,闪闪发亮。我的朋友把我介绍给他,接着,我说明了来意。我按照我朋友出的鬼主意,一上来就假装生气地抱怨那个图书馆管理员,说他对我询问的事根本不愿意回答。门德尔听了,将身子往后一靠,小心

---

① 帕拉切尔苏斯(1493—1541),瑞士医生、自然科学家及哲学家,曾发明多种新药,并将小剂量毒剂用于医疗。
② 梅斯梅尔(1734—1815),奥地利医生,当代催眠术的先驱。他认为有一种动物磁力存在,能治疗人体疾病。

翼翼地啐了一口唾沫,随后哈哈一笑,带着很重的东方口音说:"他不愿答复?不——他答复不了!他是个讨厌家伙,一头该挨揍的灰毛驴子。我认识他,天晓得,已经干了整整二十年了,到现在还什么都没有学会。拿薪金,这是他们惟一会干的事!他们还不如去搬运砖头呢,这些博士先生们,省得白白坐在书堆里。"

随着这一通发泄,坚冰打破了,一个亲切的手势邀我第一次坐到这张涂满了字的大理石面四方桌旁,坐到这个我还不熟悉的向嗜书者启示奥秘的祭坛旁。我赶紧说明自己想找动物磁性说产生之时的有关著作,以及后人赞成和反对梅斯梅尔的专著和论文。我刚谈完,门德尔就把左眼闭上了一秒钟,活像一个在瞄准射击的射手。但是,这种凝神思索的表情确确实实只延续了一秒钟之久,接着,他像在念一份无形的书籍目录似的,一口气说出二三十打①书来,而且每一本都说明了出版地点、年份和大致的价格。我惊呆了。我尽管有精神准备,却没料到他有这等能耐。我惊愕的神态看来使他感到高兴,他紧接着又在自己记忆的键盘上继续弹奏我的主题的奇妙变奏曲。他问我,是否想了解一点有关梦游者的情况,了解催眠术的最初尝试,了解加斯纳②、驱魔术、基督教科学派③和布拉瓦茨基夫人④?于是,他又倒背如流地列举出若干人

---

① 欧美人习惯用"打"这个量词,一打为十二件。
② 约翰·加斯纳(1727—1779),奥地利催眠术家。
③ 基督教科学派,主张信仰疗法的基督教教派,由玛丽·贝克—埃迪女士(1821—1910)在美国创建,十九世纪末传入德国。
④ 布拉瓦茨基夫人,原名叶·贝·布拉瓦茨卡娅(1831—1891),俄国女作家,曾游历北美、印度,受佛教影响,创建"通神学协会",主张修身养性以达到与彼岸世界直接交往的境界。

名、书名,并做了种种说明。这时我才明白,我遇到的这个雅科布·门德尔是个记忆力非凡的奇才,是一本有两条腿的百科词典或者包罗万象的图书目录。我迷惘地呆望着这位图书界的怪杰,完全被这个不修边幅、衣着邋遢,甚至有点讨厌的加利曾旧书贩吸引住了。他一口气给我列举了大约八十个人名,对自己打出了这张王牌,表面上满不在乎,内心里却颇为得意,并掏出了一块本来大概是白色的手帕擦了擦眼镜。为了稍稍掩饰一下我惊讶的心情,我吞吞吐吐地问他,这些书籍他最多能搞到多少。"试试看能搞多少吧,"他咕哝着说,"您明天早晨再来,我门德尔会给您搞到一些的,没找到的再到别处去找。一个人只要有头脑,就会走运的。"我客气地道了谢,也纯粹由于客套,我接着就干了一件大蠢事:我竟建议他把我想要的书记在一张纸条上。就在这同一瞬间,我感觉到我的那位朋友用胳膊肘捅了我一下,他想告诫我。但是太晚了!门德尔已经向我掷来一道目光。怎样的目光啊!既是洋洋得意又是受了侮辱,既是嘲讽又是高傲,简直是国王的目光,是莎士比亚戏剧中麦克白的目光,当麦克达夫要求这位不可战胜的英雄不战而降时他射出的目光。随后,门德尔又哈哈一笑,喉咙上的大喉结引人注目地上下滚动,他显然吃力地把一句粗话咽了下去。他本来有理由讲任何可能想得出来的粗话,他,善良、正直的旧书贩门德尔,因为只有陌生人,只有一无所知的人才会向他,向雅科布·门德尔提出这样一个侮辱性的要求,要他像一个书店学徒或者图书馆服务员那样把书名记下来,似乎这个无与伦比的,这个金刚钻似的旧书贩的大脑竟然需要这样糟糕的辅助手段。我后来才懂得自己客气地提出这样一个要求,是怎样地伤了这个怪人的心,因为这个矮小、落魄、满脸胡子,又是驼背的犹太人雅科布·门德尔,在记忆力方面却是个顶天立地的巨人。在这个石灰色的、肮脏的、像布满灰色苔藓的前额后面,是一册无形的天书,原来印在每一本书的封面上的人名和书名,都像用钢水浇铸似的铸在了上面。不论是昨天出版的书,还是两百年前出版的书,他都能一下子确切地说出出版地点、作者、新旧价格,并以正确无误的想象力记起每一本书的装帧、插图以及摹写本。不论是曾经到过他手里的书,还是他仅仅在别处的书店或者图书馆里见到过的书,都如同在他的眼前,一清二楚,如同正在创作的艺术家能清晰地看到他胸中的、外人还看不见的形象那样。当他看到雷根斯堡①某家旧书店的目录上某一本书要价六马克时,他便能记起,两年前维也纳一次拍卖时,另一本同样的书卖四克朗,同时还记起买主是谁。是的,雅科布·门德尔从不忘记一个书名,一个数字,他熟悉图书界这个永远运行、经常变化的宇宙里的每一棵植物,每一条纤毛虫,每一颗星星。他比专门家更了解每一门专业,比图书馆管理员更掌握图书馆,比书店老板更熟悉大多数书店的库存,尽管他们有书单和索引卡片,而他却没有,但他有记忆的魔法,有这种无与伦比的记忆力,这种只有通过成百个不同的例子才能真正说明其非凡的记忆力。当然,要训练和形成这种正确无误到神奇地步的记忆力,只有通过一个对于达到任何完善的造诣都适用的秘诀,那就是全神贯注。事实上,这个怪人除去书籍以外对世事一无所知;对他来说,世上的一切现象,只有到了改铸成为铅字,集中在一本书里,甚至可说到了被封存的地步

---

① 雷根斯堡,德国地名。

时,才开始变成真实的。但是就在他读这些书的时候,他也不注意它们的内容,无论是故事情节或者精神实质,惟有人名、价格、装帧、封面能引起他的热情。总而言之,他读书不是为了生产和创造,而仅仅是把数以十万计的人名和书名的索引印在一头哺乳类动物的大脑皮层上,而通常这种索引都是写在图书目录上的。雅科布·门德尔这种对旧书的特殊记忆力是独一无二、完美无缺的,作为一种特异现象,它绝不亚于拿破仑对人的相貌、梅佐芳蒂斯①对语言、拉斯克尔②对象棋的开局、布索尼③对音乐的记忆力,如果请他去开讲座,授他以公职,那么,这个头脑将会使成千上万,甚至几十万大学生和学者受益匪浅,使他们惊叹不已。这还将有益于各门科学。至于我们称之为图书馆的那些公共宝库,也将得到一份无可比拟的财富。但是,对于他,对于这个微不足道的、没有教养的、最多只上过塔木德学校的加利曾旧书贩,这个上层社会是永远紧锁着大门的。因此,他这种奇妙的才能只能作为一种神秘科学,在格鲁克咖啡馆那张大理石面小方桌旁发挥它的作用。可是,如果有朝一日来了一位大心理学家(在我们的思想界,还始终没有人做这种工作),也像布丰④在对动物的变种进行整理分类时那样坚持不懈地对我们称之为记忆力的这种神奇的力量进行研究,逐一描述其所有的活动方式、种类、原始形式,阐明它的各种变体,那么,这位心理学家必将永远怀念雅科布·门德尔,怀念这个记忆价格和书名的天才,怀

---

① 梅佐芳蒂斯(1774—1849),意大利语言学家。
② 拉斯克尔,德国象棋名手,一八九四年的世界象棋冠军。
③ 布索尼(1866—1924),意大利钢琴演奏家、作曲家。
④ 布丰(1707—1788),法国博物学家,著有《博物学史》。

念这位古旧书籍科学的无名大师。

就职业而论,对于不知底细的人来说,雅科布·门德尔自然只是一个小小的旧书贩。每逢星期日,在《新自由报》和《新维也纳日报》上总要刊登这样一份固定不变的广告:"收购旧书,出价最优,从速前来,门德尔,上阿尔泽街",下面是电话号码,实际上是格鲁克咖啡馆的电话。他到书库里去翻寻,每星期总要同一个年老的、蓄着帝王须的脚夫搬几口袋书到他的总店去,尔后又从那里搬走,因为他没有进行正常图书交易的执照。因此,这始终是一种小买卖,一种进项有限的活动。大学生从他那里买教科书,一学年完了,又经他的手转售给下一届大学生。此外,他还居间介绍和替人购买任何所需的书籍。只加极少的手续费。在他那里,好的建议是廉价的。但是,金钱在他的世界内部是没有地盘的;因为人家从未见他变过样,他总是那一身破旧的衣服,早晨、下午和晚上,他喝牛奶,啃两个面包,中午吃一点人家替他从饭馆取来的食物。他不抽烟,不玩也不赌,甚至可以说,他没有活着,活着的只是眼镜后面的一双眼睛,这双眼睛从不懈怠地用文字、书名和人名去喂那谜一般的生物——大脑。这一堆软软的、可怕的物质贪婪地将这无数的符号吮吸进去,好似一片草场在吮吸千万滴雨水。他对人不感兴趣,在人的一切情感中,他也许只知道一种,自然是最属人之常情的虚荣。如果有人走访了上百个地方遍寻未获,才来找他指教,而他能一下子就回答来人的询问,惟有这个才能使他得意,给他乐趣。或许还有一点;那就是在维也纳和维也纳以外的地方,有数十人尊重和需要他的知识。在任何一个我们称之为大都市的这种庞杂的数百万人的密集体里,始终只能在少数几个点上,炸出若干小小的平面,由它们来反映这同一个宇宙,但大多数人是看不见的,惟有对行家,对意气相投的人来说,是极其珍贵的。这些书籍行家全都知道雅科布·门德尔。正如谁要询问某种音乐书报,就会到音乐之友社去找欧塞比乌斯·曼迪车夫斯基。他头戴灰色便帽,和善地坐在那里,周围是卷宗和乐谱,只要他一抬头,便能笑眯眯地解决最困难的问题。又如直到今天,谁要从旧维也纳的戏剧和文化中得到启示,谁就肯定会去找人所共知的格洛西神甫,同样,维也纳若干嗜好书籍的人,一遇到某个特别硬的坚果要咬开时,就会自然而然、坚信不疑地到格鲁克咖啡馆去找雅科布·门德尔。如果在这些人来求教时,谁能从旁观察门德尔,就会使像我这样好奇心重的年轻人产生一种特殊的快感。如果有谁拿来一本次书搁在他面前,他便轻蔑地敲敲封皮,只咕哝一声"两个克朗"了事。相反,如果是某种珍本或孤本,他会毕恭毕敬地把身子往后挪动,在书的下面垫上一张纸,仿佛他突然对自己那肮脏的、沾满墨水的、指甲缝里全是黑垢的手指感到害羞了。随后,他怀着莫大的敬意,小心翼翼地一页接一页地轻轻翻阅这本罕见的书。在这样的时刻,谁也无法使他分心,正如一个真心诚意的教徒在祈祷时,是谁也扰乱不了的。事实上,这样的仔细观看、抚摩、嗅探、掂量,这样的每个动作,都像是仪式上的,是前后次序有定规的宗教礼拜仪式上的。他的驼背前挪后移,一边咕哝着、哼哼着、搔头发,发出一些引人注意的元音。一个延长的、几乎是深感惊讶地吐出的"Ah"和"Oh",表示醉心的欣赏;如果发现缺页,或者有一页被虫蛀了时,便是一声急促的、仿佛被吓了一跳似的"Oi"或"Oiweh"。末了,他恭敬地把这本厚书放在手上掂量,半闭着眼睛,把这个笨重的长方形又闻又嗅,宛如一位多愁善感的少女在闻一朵晚香玉时那么动情。在进行这一套有点麻烦的程序的时候,书的所有者当然得耐着性子。但是,在检查结束之后,门德尔便会热心地,甚至是热情地提供情况,而且少不了要添上种种涉及面很广的有关轶事,以及关于同类版本价格的富于戏剧效果的报道。在这样的时刻,他仿佛变得开朗了,年轻了,有生气了。只有一件事会使他感到极度愤慨,那就是某个初到此地来的人,要为他做了这番估价而付钱给他。这时,他会气愤地断然拒绝,就像一位画廊顾问气愤地断然拒绝某个到处旅游的美国人为了他的讲解而要往他手里塞小费。因为能允许门德尔把一本珍贵的书拿在手上,就等于能允许别人同自己心上的女人相会。这些个瞬间便是他的柏拉图式的爱情之夜。能左右他的惟有书,从来不是钱。因此,一些大收藏家,其中有普林斯顿大学的创建人,都想请他当他们的图书馆的顾问和采购员,但是枉费心机,雅科布·门德尔一概拒绝。他只想待在格鲁克咖啡馆。三十三年前,他,一个驼背小青年,胡子还是黑色的,又细又软,前额上是涡形鬈发,从东方到维也纳来学习,想得到犹太法学博士学位。但过不多久,他离弃了严峻的惟一的神耶和华,投身到光彩夺目、变化万千的书籍的多神世界中去。当时他首先找到了这家格鲁克咖啡馆,它渐渐变成了他的书坊,他的总店,他的邮局,他的世界。如同一位天文学家,孤寂地站在天文台上,通过望远镜的圆孔,天天夜里观察无数的星星,观察它们神秘的运行,它们变化莫测的混乱无序,它们的熄灭和复燃,雅科布·门德尔则在这张四方桌旁,通过他的眼镜,观察另一个同样永恒地运行着、变化着的书籍的宇宙,观察我们的世界之上的这个世界。

不言而喻,他在格鲁克咖啡馆是被视若上宾的。在我们的眼里,这家咖啡馆的名声与其说靠音乐家、《阿尔赛斯特》和《伊菲革涅亚》的作曲者克里斯托夫·威利巴尔德·格鲁克①的庇佑,倒不如说是同门德尔的无形讲坛联系在一起的。同古旧的樱桃木柜台、两张绿呢打满补丁的台球桌和铜咖啡壶一样,门德尔也是这家咖啡馆财物清单上的一件动产,他的桌子如同一处圣地似的受到保护。因为他有无数的主顾和询问者,他们一来,店里的职工就很有礼貌地硬要他们吃点、喝点什么,所以,他的科学所赚来的钱,较大部分实际上流进了领班②道伊布勒挂在屁股后面的那只大皮夹里。反过来,旧书贩门德尔也享有多种特权。打电话免费,他的信人家给收,还替他办各种事情;年老、正直的厕所清洁女工替他刷大衣,钉纽扣,每周替他洗一小包衣服。人家替他到邻近的饭店去取午餐,只有他一人能得到这种待遇。另外,每天早晨,老板施坦德哈特纳先生亲自来到他的桌子旁向他问好,埋头在书堆里的雅科布·门德尔自然多半没有察觉。早晨八点整他进店,直到人家熄灯时他才离开。他从来不同别的顾客说话,也不看任何报纸,有了什么变化他都不会发现。有一次,施坦德哈特纳先生彬彬有礼地问他,在电灯下读书是不是比以前在煤气灯黯淡、抖动的光线下读书要好一些,他这才惊讶地抬起头来呆望着电灯泡。尽管安装电灯花了好几天时间,又敲又凿,又吵又闹,这样的变化他竟全然不知。只有数以十亿计的黑色纤毛虫般的铅印文字,通过眼镜框的两个圆孔,通过两个

---

① 克里斯托夫·威利巴尔德·格鲁克(1714—1787),德国歌剧作曲家。暮年定居维也纳。
② 领班,即店里管算账收款的侍者头儿。

闪光的、吸收着的镜片,过滤到他的大脑中去,其余的一切事件,均似无谓的喧哗,从他身边一掠而过。他确实就在这一个地方,在这张四方桌旁,阅读、比较、计算,度过了三十多年,度过了他一生中全部清醒的光阴,像做着一场持续的、惟独被睡眠中断的梦。

因此,当我恍恍惚惚看到雅科布·门德尔宣示神谕的大理石桌子空空的,仿佛立在这间屋里的一块墓碑时,我突然产生了一种恐怖感。现在,人到中年时,我才懂得,有多少东西随同每一个这样的人一起消失了,首先因为在我们这个无可挽救地变得愈益单调的世界上,一切独一无二的东西日复一日地变得稀罕珍贵了。接着,我想到,年轻而无经验的我,当时出于一次深刻的预感,曾经非常喜爱这个雅科布·门德尔。可是,我竟然忘却过,尽管是在战争的年代里①,是我在一种像他那样专心致志于自己工作的情况下,但也不应该啊!现在,面对这张空桌子,我感到羞愧,对不住他,同时又产生了一种新的好奇心。

他到哪里去了呢?他的情况又怎样呢?我招呼侍者过来,向他打听。一位姓门德尔的先生,对不起,我不认识他,我们店里不见有姓门德尔的先生来过。不过,领班也许会知道的。领班腆着尖肚皮笨重地移动身子慢慢蹭过来,他犹豫着,思索着:不知道,连他也不知道一位姓门德尔的先生。不过,我要打听的是不是曼德尔先生,弗洛里安尼巷的缝纫用品店的曼德尔呢?我觉得嘴唇上有一种苦味,万物无常的滋味:如果风已经把我们脚后留下的最后的痕迹都吹掉的话,那么人

---

① 指第一次世界大战。

活着是为什么呢?一个人,在这间若干平方米的房间里阅读、思想、谈话、呼吸了三十年,或许四十年,可是,仅仅离去三四年光景,来了一个新法老,便无人再知晓约瑟了,在格鲁克咖啡馆里也无人再知晓雅科布·门德尔,旧书贩门德尔了!我几乎有些恼火地问领班,我能不能同施坦德哈特纳先生交谈呢?旧职工里还有没有谁在呢?哦,施坦德哈特纳先生,我的上帝,他早就把这家咖啡馆卖掉了,他已经故世了,原来的领班,他现在在克雷姆斯附近靠自己的产业过活。没有了,再没有人在这儿了……对,有了!有了!施波席尔太太还在此地,厕所清洁女工(俗话叫作巧克力太太)。不过,她肯定记不得一个个的顾客了。我随即想到:雅科布·门德尔这个人人家是忘不了的,于是,便让领班请她来见我。

她来了,施波席尔太太白发蓬乱,有点水肿的腿一步一步从厕所间走来,一边还在匆匆地用布擦她通红的手,显然是刚打扫完她那阴暗的小间,或者刚擦完窗户。我立刻由她的慌张神态察觉,这样突如其来地把她叫到前面来,叫到这家咖啡馆里高雅房间的大电灯下来,使她不高兴。因此,她先是猜疑地瞧我,用一种目光由下往上地瞧我,一种十分小心地压低了的目光。我找她,有何贵干呀?但是,我刚开口打听雅科布·门德尔,她就睁大了眼睛盯着我,眼珠仿佛要夺眶而出,她抖动着耸起肩膀。"我的上帝,这个可怜的门德尔先生,竟然还有人想着他!是啊,可怜的门德尔先生。"——她几乎在哭泣了,她感动极了。老年人逢到别人使他们回忆起他们的青春岁月,回忆起某一段已被遗忘的、美好共处的光阴时,总会这样的。我问到他是不是还活着。"哦,我的上帝,这个可怜的门德尔先生,五六年,不,七年,他去世已经有七年了。这么一位可爱、善良的先生,想想看,我认识他有多久了,二十五年都不止了,我进店时,他已经在这儿了。说起他们是怎么弄得他死去的,这真是件可耻的事情啊!"她越来越激动了,并问我是不是他的亲戚。她说,从来没有人关心过他,从来没有人打听过他——他遭遇的事情,我是不是一点都不知道呀?

不知道,一点都不知道,我说;给我讲一讲吧,原原本本地讲一讲吧!这个善良的老妇人显出了胆怯和拘束的神态,不断地擦她的那双湿手。我懂了,一个厕所清洁女工,系着肮脏的围裙,白发蓬乱,站在这咖啡馆的大厅里,这使她感到难堪;另外,她一直怯生生地左顾右盼,看是不是有哪个侍者在一旁听着。我于是向她提议,我们到活动室里去吧,坐到门德尔的老座位上去,请她在那儿把事情的始末讲给我听。她感激地向我点点头表示同意,感激我懂得她的心思。她,这个已经有点摇摇晃晃的老妇人走在前面,我在后面跟着。两名侍者惊讶地望着我们的背影,他们觉察到了此中必有缘故,若干顾客也对我们这悬殊的一对感到惊异。接着,在活动室里那张四方桌旁,她向我讲述了雅科布·门德尔,旧书贩门德尔的沉沦(后来,其他人的叙述,又给我增补了某些细节)。

就是啊,他后来,她这样讲述道,在战争开始以后,也还一直来的,天天一早,七点半钟就到这里坐着,整天研究着,同以往一模一样,是啊,他们大家都有这种感觉,而且还常常谈到,他可能根本就不知道已经在打仗了。我可是了解的,他从来不看报纸,也从来不同别人交谈;尽管卖报的大声叫喊"号外,号外",所有其他的人都跑步围上去时,他也从不站起身来,从不在一旁听着。他同样一点也没有注意到,弗兰茨,那个侍者不在了(他在戈尔利采①附近阵亡了),也不知道施坦德哈特纳先生的儿子在普热梅希尔被俘虏了。面包越来越不像样,人家给他喝的已经不是牛奶而是代用咖啡了,可是他却从来没有说过一句话。只有一次,他觉得有点奇怪,怎么现在来这儿的大学生这么少呢?如此而已。——"我的上帝,这个可怜人哪,除了他的书以外,再没有别的事使他高兴和担忧过。"

可是,后来有一天,灾祸临头了。上午十一点,一个晴天,一名警官领着一名秘密警察到这里来了,那个秘密警察指了指纽扣眼里的蔷薇花饰徽章②,开口问道,有没有一个名叫雅科布·门德尔的人常到这里来。接着,他们马上走到这张桌子边上来找门德尔,他还糊里糊涂地以为是来卖旧书的,或者是来请教他的呢。但他们立即要他跟着走一趟,就把他带走了。这对这家咖啡馆是个真正的耻辱,所有的人都围到了可怜的门德尔先生周围。他呢?站在那两个人中间,眼镜移在前额上头发下面,望望这个,瞧瞧那个,不知道他们到底找他干什么。大家当即对那个警官说,这一定是搞错了,像门德尔先生这样的人,是连只苍蝇都不会伤害的。可是,那个秘密警察马上对大家吼叫起来,说他们不得干涉公务行动。于是,他们把他带走了。在这以后,他很长一段时间没有再来,有两年之久。我今天还不清楚,当时他们干吗要把他带走。"不过我可以发誓,"她,这个老妇人激动地说,"门德尔先生是不会干不法事情的。他们一定搞错了,我敢担保。这是对这个可

---

① 戈尔利采,波兰地名。一九一五年奥军和俄军在这一带交战,三月,俄军攻陷后文提到的普热梅希尔要塞。
② 奥国秘密警察的特别标记。

怜的、无辜的人的犯罪行为,犯罪行为!"

她的话一点不假,这个令人感动的、善良的施波席尔太太。我们的朋友雅科布·门德尔确实没有做过任何不法的事情,他只是干了一件糊涂的、一件动人的、一件甚至在那个疯狂的时期里也完全难以令人相信的蠢事,这只能用这个怪人的专心致志,用他像生活在月球上似的远离现实来解释。事情是这样的:一天,负责监视与外国往来邮件的军事检查局截获一张明信片,是某一个名叫雅科布·门德尔的人所写,按规定贴足了寄国外的邮票,但是——简直令人难以相信——是寄到敌对国家去的,收件人是让·拉波戴尔书商,地址是巴黎格雷涅尔沿河街,一个名叫雅科布·门德尔的人在明信片上抱怨说,最近的八期《法国图书通报》月刊他都没有收到,可是他已经预付了全年的订费。那个被征调来的下级检查官,原来是位文科中学教授,个人爱好罗曼语言文学,现在被换上一套蓝色的国民军服装,当这张明信片落到他手里时,他吃了一惊。一个愚蠢的玩笑,他想道。他每星期要检查两千封信,从中搜寻和发现有问题的内容和有间谍嫌疑的用语,但还从未有过一件如此荒唐的东西落到他手指底下来。一个人从奥地利寄信到法国,还毫无顾忌地写上自己的姓名和地址,漫不经心地把一张寄往交战国的明信片就这么简单地往信箱里一扔,仿佛自从一九一四年以来这些边界上并没有架上铁丝网,仿佛在上帝创造的白昼里,法国、德国、奥国和俄国并没有使对方男性居民的数目逐日减少几千人。因此,起先他把这张明信片当作一件稀奇东西塞进了自己的抽屉,没有向上级报告这件荒唐事。但是,几星期以后,又来了一张明信片,又是这个雅科布·门德尔写的,寄给一个叫约翰·阿尔德里奇的书商,地址是伦敦霍尔本广场,问他能否给自己买最近的几期《文物》杂志,落款又是这个怪人雅科布·门德尔,而且天真透顶地写上了他的详细地址。这时,这位被人套上一身制服的文科中学教授觉得这件上装有点紧了。难道这种笨拙的玩笑竟是某种暗语,自有谜一般的含义吗?总而言之,他站起身来,后跟橐的一声并拢,把两张明信片都放到了少校的桌上。这位少校高高地耸起了肩膀:怪事!他先通知警察局,要他们调查究竟有无雅科布·门德尔此人。一小时以后,雅科布·门德尔已被逮捕,这个意外的遭遇把他搞得晕头转向,他根本没有弄清是怎么回事时,已被带到了少校那里。少校把神秘的明信片放到他的面前,问他承认不承认自己就是寄信人。这种严厉的问话口气激怒了门德尔,而首先是由于他在阅读一本重要图书目录时被他们打断了,他几乎是粗声粗气地说,这两张明信片自然是他写的。订阅的刊物,钱都付清了,自然有权去索取。坐在圈手椅里的少校向邻桌旁的少尉转过身去。两人会心地互相瞥了一眼:一个十足的白痴!接着,少校考虑,是把这个糊涂蛋厉声训斥一通,随后撵走呢,还是把事情认真地查问一番。在任何一个这类机关里,遇到这类拿不定主意的尴尬情况时,总会决定先搞一份问话记录再说。搞一份记录总是好的嘛!即使没有什么用处,但也没有什么害处,只不过填满一张毫无意义的纸,增添到成百万张这样的纸张里面去。

这一回,却使一个可怜的、稀里糊涂的人遭了殃,因为刚问到第三个问题,就出现了非常倒霉的情况。人家先问他的姓名:雅科布,正名是贾因克夫·门德尔。职业:小贩(他没有书商执照,只有一张小贩许可证)。第三个问题却成了灾祸:出生地点。雅科布·门德尔回答说是佩特里考①附近的一个小地方。少校皱起了眉头。佩特里考,不是在俄属波兰地区内,在边境附近吗? 可疑! 十分可疑! 他于是更加严厉地盘问门德尔,什么时候获得奥地利公民权的。门德尔眼镜后面的一双眼睛模模糊糊地、惊异地呆望着少校:他说不清楚。见鬼! 他到底有没有证件。说明他身份的证件除了小贩许可证以外,别的什么也没有。少校的眉头皱得更紧了。好吧,他的国籍究竟是怎么回事,得让他讲清楚才行。他父亲是什么国籍,是奥地利人还是俄国人? 雅科布·门德尔镇静地回答说:自然是俄国人。那么,他本人呢? 他呀,三十三年前就偷越了俄国边境,从那时起就一直住在维也纳。少校越来越不安了。他什么时候入奥地利国籍的? 为什么要入? 门德尔反问道。他从来不关心这类事情。这么说,他还是个俄国公民,对吗? 这样无聊的盘问早就使门德尔心烦了,他无所谓地回答说:"本来就是。"

这样干脆的答复把少校吓了一跳,他身子往后倒去,弄得圈手椅嘎吱作响。竟然有这等事情! 在战争期间,在一九一五年底,在塔尔努夫②和大规模攻势之后,一个身份不明的俄国人在维也纳,在奥地利的首都随心所欲地到处乱闯,还寄信到法国和英国去,而警察局居然撒手不管。难怪新闻界的傻瓜们对康拉德·封·赫岑道夫③不能立即挺进华沙感到奇怪,总参谋部的傻瓜们对军队的每一次调动都被间谍把情报

---

① 佩特里考,今波兰彼得库夫。
② 塔尔努夫,波兰地名,一九一五年九月,奥军在此突破俄军阵地,并协同德军在东线发动了大规模攻势。
③ 康拉德·封·赫岑道夫,奥地利陆军元帅。

送给了俄国感到惊讶。这时,那个少尉也站了起来,问话变成了严厉的审讯。他,一个外国人,为什么不立即向当局报告?门德尔,始终没往坏处想,用他的唱歌似的犹太腔答道:"为什么要立即报告呢?"少校认为,这种反问是一种挑衅,便气势汹汹地问他,看到了布告没有?没有!难道他连报纸都不看?不看!

这两个军官盯着由于闹不清是怎么回事而急出汗来的雅科布·门德尔发愣,仿佛月亮掉到他们的办公室里来了。接着,响起了拨电话的声音,打字机的声音,传令兵跑上跑下,雅科布·门德尔被交给卫戍部队监狱负责看管,准备下一步把他送进集中营。人家叫他跟两名士兵走时,他还莫名其妙地瞪着眼睛发傻。他不知道人家要拿他干什么,但他本来也没有任何担忧的事。这个戴着金色领章、说话粗暴的人能对他有什么坏打算呢?在他的超脱现实的书籍世界里,没有战争,没有不谅解,而只有关于数字和文字、书名和人名的知识,以及不倦的求知欲。因此,他随和地夹在两名士兵中间下了楼梯。到了警察局,人家拿走了他大衣口袋里所有的书,并要他交出藏有几百张重要的书单和主顾地址的皮夹,这时,他才勃然大怒,动手打人。人家只好把他绑起来。这中间,他的眼镜掉到了地上,他的这架观察精神世界的魔术望远镜跌个粉碎。两天以后,人家让他穿上单薄的夏服,押送他进了科马诺姆①附近的俄国平民俘虏的集中营。

在集中营的这两年里,没有书,没有他所心爱的书,没有钱,处在这所大监狱里冷漠的、粗鲁的、多半是文盲的难友中

---

① 科马诺姆,匈牙利地名。

间,雅科布·门德尔经受了怎样的心灵上的恐惧;他像一只被折断翅膀的鹰离开了天空似的,离开了超脱人世的、对他来说是惟一的书籍世界后,在那里又饱尝了怎样的苦楚——关于这些,却找不到任何目击者来提供情况。但是,从疯狂中清醒过来的世界,已经渐渐认识到,在这场战争的一切暴行和犯罪的侵犯中,没有一件比下面的行为更无意义、更多余、因而在道义上更不可饶恕的了,那就是把一无所知的、早已超过工作年龄的侨民抓起来,集中在一处,用铁丝网圈起来,而这些人都是侨居多年,并把异国当作故乡,由于真诚相信客居权利——这种权利甚至在通古斯人和阿劳加尼亚人①那里也被视为神圣的——因而没有及时逃亡。这是破坏文明的罪行。在法国、德国和英国,在我们这个发了狂的欧洲的任何一处,都同样丧失理智地犯下了这一罪行。雅科布·门德尔或许也会像数以百计的其他无辜者一样,在这种围场里变成神经错乱,或者因患痢疾、因体力衰竭、因心灵受到严重损害而可怜地死去。幸亏一个偶然情况,一个惟独在奥地利才会发生的偶然情况,恰好及时地把他再一次拉回他的世界中来。在他失踪以后,一些身份高贵的主顾仍然按照他原来的地址多次给他去信。前施蒂里亚总督、纹章学著作的狂热收藏者勋伯格伯爵,前神学系主任、为奥古斯丁②著作撰写评注的齐根菲尔德,八十岁高龄、还在不断修改自己的回忆录的退休海军元帅埃德勒·封·皮塞克,所有这些门德尔的保护人,都不断有信给他。这些投寄到格鲁克咖啡馆的信件中,有一些转到集

---

① 通古斯人是西突尼斯一带的居民;阿劳加尼亚人是智利与阿根廷一带的印第安人。
② 奥古斯丁(345—430),中世纪北非主教,著有《忏悔录》。

中营给这个下落不明的人,这些信碰巧落到那里一位好心的上尉手里。门德尔自从眼镜被人打碎以后,由于没钱配一副新的,便一直像一只鼹鼠,灰色、失明,沉默地蹲在角落里。这么一个矮小、半瞎、肮脏的犹太人,竟然结识如此高贵的人物,这使那位上尉颇觉惊讶。有这样的朋友的,本人必定不同寻常。因此,他允许门德尔答复这些来信,并请求他的保护人替他说情。结果并非石沉大海,显贵们以及那位系主任,本着一切收藏家团结一致的精神,频繁联系,并且递上了他们的联名担保书,这样,旧书贩门德尔在监禁了两年多之后,于一九一七年获释返回维也纳,当然附有条件,那就是每天到警察局汇报一次。不过,他毕竟返回到自由的天地,返回到他的又破旧又窄小的阁楼里来了,他又能去逛他心爱的书店,而首先是回到格鲁克咖啡馆。

出了黑暗地狱的门德尔如何返回格鲁克咖啡馆,可以由正直的施波席尔太太根据自己的亲身见闻来向我描述了。"——天——耶稣,马利亚,约瑟,保佑我呀!我不相信,我信不过自己的眼睛了——门被推开了,您也知道,他平日进门时就是这样,歪着身子,把门推开一道缝,这时,他跌跌撞撞地走进了咖啡馆,他,门德尔先生。他穿着破烂的、满是补丁的军大衣,头上戴着什么,也许原来是顶帽子,一顶人家扔掉的破帽子。他没围围巾,那副模样真像个死人,灰白的脸色,灰白的头发,干瘦得叫人可怜。但是,他进来了,仿佛什么事情也没有发生过,他什么也不问,什么也不说,往这张桌子走去,脱掉大衣,不过不像以前那么灵巧了,而是边脱边吁吁地喘息。他同以前不一样,什么书也没有带,只是坐下来,一句话不说,只是用完全没神的、鼓出的眼睛瞪着前面发愣。后来,我们把过去从德国寄来的整捆书籍杂志给他搬来了,他这才渐渐地开始阅读。不过,他已不再是以前的那个门德尔了。"

是的,他已判若两人,不再是世界奇迹,不再是一切图书的神奇的索引柜了。当年见到过他的人,都痛心地向我谈到了这一事实。他的原来是宁静的、仅仅像在睡梦中阅读的目光,看来已被扰乱,无法挽救;又有什么被撞毁了:流血的恐怖像一颗彗星,疯狂乱飞,撞在了他的书籍宇宙中这颗怪僻而平和的、这颗昴宿星团中最亮的星球上。几十年来,他的眼睛看惯了书刊上无声的、纤细的、昆虫脚似的铅印文字,可是,在那个四周架着铁丝网的关押人的围场里,这双眼睛必定看到过可怕的事情,因为那对原先是滴溜转动的、嘲讽地闪闪发亮的眼球,已被沉重的眼皮遮住了,在修过的、好不容易用细线扎在一起的眼镜后面,原先是那么活泼的眼睛,现在是半睡不醒,两圈红晕,蒙蒙眬眬。更加糟糕的是:他的记忆器官,这座奇异的艺术建筑,必定有一根圆柱倾倒了,整个结构已陷于紊乱。因为我们的大脑构造精细,它是用最精细的材料制造的控制台,是我们的心智的精密仪器,只要一根微血管被堵塞,一根神经受震动,一个细胞疲劳过度,只要一个这样的分子错了位置,就足以使这个绝妙地聚集着千变万化的天体和声的心灵顿时沉寂。在门德尔的记忆器官里,在这独一无二的心智的键盘上,琴键的装置失灵了。偶或有人来请教他时,他便才枯智竭地呆望着来人,人家对他说的话,他听不太懂,他听错了,或者一听即忘。门德尔已不再是门德尔了,正如这个世界已不再是这个世界。他不再身子前后摇晃着全神贯注地读书了,他多半坐着发呆,眼镜只是机械地冲着书本,旁人弄不清他是在阅读,还是在瞌睡。有好几次,施波席尔太太这样讲述道,他的脑袋沉重地撞到书上,大白天里就昏昏入睡了。有些时候,他又一连几个钟头望着电石气灯——这是在那些煤炭紧张的年头里,人家放在他桌上的——陌生的、有臭味的亮光出神。是啊,门德尔已不再是门德尔了,不再是世界奇迹了,而是疲倦地喘息着的、不中用的一堆胡子和衣裳,毫无意义地堆在原来的彼提阿①的座椅上;他不再被看作格鲁克咖啡馆的荣誉,而是被看作一个带来耻辱的人,一个散发臭气、叫人恶心的脏鬼,一个讨人厌的、毫无用处的寄食者。

新老板就是这么看待他的。此人名叫弗洛里安·古特纳,雷茨人,在一九一九年这个饥荒的年头里,做面粉和黄油的黑市买卖发了横财,他花言巧语,用迅速贬值的八万克朗纸币从老实的施坦德哈特纳手里买下了格鲁克咖啡馆。这个农夫出身的老板,手腕精明,抓住时机,迅速把这家古朴的咖啡馆修饰一新,及时用贬值的钞票添置安乐椅,修筑大理石门洞,并已在谈判,要买下隔壁的饭店,加建一个音乐茶座。在这样迫不及待地翻新装饰的过程中,这个加利曾寄食者自然十分碍他的手脚。这个家伙从清晨直到夜晚独占一张桌子,但一天总共只喝两杯咖啡,吃五个面包,虽说施坦德哈特纳特别叮嘱他千万关照这位老顾客,并且向他说明这个雅科布·门德尔是怎样的一位重要人物,在移交财产清单时,施坦德哈特纳甚至把门德尔作为这笔交易的一项附带义务托付给古特纳。但是,弗洛里安·古特纳在添置新家具和锃亮的铝制柜台时,也换上了一副这个牟利时期的铁石心肠,他只等着找到一个借口,把这个市郊破烂堆里剩下的最后一件讨厌东西,从

---

① 彼提阿,希腊神话中特尔斐阿波罗神殿里宣示神谕的女先知。

他那已是气派高雅的店堂里清扫出去。看来良机快来了,因为雅科布·门德尔境况很糟。他积蓄下来的最后的钞票,在通货膨胀这台碎纸机中被磨成了粉末,他的主顾们也星散了。再去当旧书贩,爬楼梯,挨门逐户地收旧书,这个疲乏的人已经没有力气了。他穷极潦倒了。别人由成百种小小的迹象察觉到了这一点。他已经很少让人去饭店给他取食物,连数目有限的咖啡和面包钱他也老是拖欠,有一回甚至拖欠了三个星期。那时候,领班就要把他撵到大街上去。幸亏这位正直的施波席尔太太,这个厕所清洁女工可怜他,替他担保。

过了一个月,不幸的事情发生了。那个新领班早已在结账时多次发现面包的数目不对。除掉拿走的和付了钱的以外,总还短少。他自然立即怀疑上了门德尔,因为那个年迈的、走道都不稳的脚夫已经多次向他抱怨,说门德尔欠了他半年的账,他一分钱也还不出来。领班于是格外注意,两天以后,他躲在围火炉的挡板后面,眼看雅科布·门德尔偷偷从桌旁站起身来,走进前室,飞快地从面包篮里拿出两个小面包,饿慌了似的一下子塞进嘴里,于是,当场把他逮住。有了真凭实据,现在那些缺少的面包可有下落了。领班马上向古特纳先生报告了此事。古特纳早在寻找借口,如今喜出望外。他当众训斥门德尔,说他犯了偷窃罪,甚至假装宽宏大量地说,他不想马上报警,但命令他立即滚蛋,永远见鬼去。雅科布·门德尔只是发抖,什么话都不说,摇摇晃晃地从他的座位上站起来,走了。

"多么悲惨啊!"施波席尔太太是这样形容他的离去的,"我永远忘不了他是怎样站起身来的,眼镜推到前额上,脸色煞白,像一条毛巾。他来不及把大衣穿上,虽说是在一月里,

591

您是知道的,那一年可冷哪!他吓坏了,连书都忘在桌上了,我是过后才发现的,还想追上去给他呢。可是他已经跌跌撞撞地出了门。我不敢到街上去,因为古特纳先生站在门口,冲着他的背影破口大骂,过路的人都站住了,围拢来。是啊,真是可耻,我羞愧得要命!这种事情老施坦德哈特纳先生是做不出来的,他不会因为几个小面包把人撵走的,他在的话,门德尔白吃一辈子都行。可是今天的人哪,都是没心肝的。把一个三十多年天天坐在这儿的人撵走——真是可耻,见了上帝,我可不对这件事情负责任——我不负。"

她,这个善良的妇人,变得十分激动,并以老年人冲动时的唠叨劲,翻来覆去地讲这件丑事,讲施坦德哈特纳先生是不会这样的。我不得不问她,我们的门德尔后来怎样了,她是否再见到过他。这时,她失去了常态,愈加激动了。

"每天我从他的桌旁走过时,每一回,您可以相信我的话,我心里就一震。我总是想,他现在会在哪里,可怜的门德尔先生,如果我知道他住在哪里,我会给他带些暖和的东西去的,因为他能从哪儿去挣生火和吃饭的钱呢?就我所知,他在世上没有亲戚。我始终听不到一点点消息,末了,我已经以为他不在人世了,我再也见不到他了。我已经在考虑,是不是让人替他念一段弥撒祭词。因为他是个好人,我们相识二十五年都不止了。

"可是,一天清晨,七点半,对,在二月间,我正在擦黄铜窗栏杆,突然(我是说,我心里一震),突然,门开了,门德尔进来了。您知道,他总是迷迷糊糊、歪着身子挤进来的,可是,这一回不同了。我马上发觉,他东倒西歪,一双眼睛忽闪忽闪,我的上帝,瞧他那副模样,只剩下骨头和胡子了!我看到他这副模样,立刻就明白了。我立刻就想到,他什么都不知道,他在睡觉,大白天出来梦游,他什么都忘了,小面包,古特纳先生,以及他们可耻地把他撵走,他连自己都不知道了。感谢上帝!古特纳先生还没来,领班也正在喝咖啡。我赶紧跑过去,好告诉他,别待在这儿,别让那个野蛮家伙再撵一回。"说到这里,她担心地回头看看,马上改口说,"我是说古特纳先生。接着,我喊他:'门德尔先生!'他抬起头来,两眼发直。这一眨眼的工夫,我的上帝,真可怕呀!这一眨眼的工夫,他准是什么都记起来了,因为他马上打了一个哆嗦,开始发抖,不只是手指抖,不,全身都抖,从肩膀都可以看出他在发抖,他又急急忙忙朝门口跌撞过去。到了门口,他摔倒了。我们赶紧打电话给急救站,随后,他们把他弄走了,他在发烧。晚上,他就死了,肺炎,高烧,这是医生讲的。他还讲,门德尔来我们这里时,已经失去了知觉。只能是睡着觉的人才会这样进来的。我的上帝,一个人三十六年天天这样坐在这儿,这张桌子可不就是他的家了。"

关于他,我们还谈了很久。我们是认识这位怪人的最后两个,我,当时还年轻,是他使我第一次感受到一种包罗万象的精神生活,尽管他的存在像微生物似的微不足道;她,这个穷困、劳累的厕所清洁女工,从未读过书,她同自己贫困的下层社会里的这个同伴有联系,仅仅是由于二十五年来她一直替他刷大衣、钉纽扣。可是,在他的这张已成陈迹的桌子旁,共同召来他的亡灵时,我们却能相互理解,而且理解得那么深。因为回忆总能把人们联系在一起,怀着爱的回忆更其如此。谈着谈着,她突然想起一件事:"耶稣,我怎么会忘了呢?那本书还在我那儿,就是他当时留在桌上的那本。我上哪儿找他,归还他呢? 后来,也没别人告失,我想,就留下它作个纪念吧。这也不是什么犯法的事,对吗?"她匆匆回到后面她的小房间里把书拿了来。我好不费力地强压住了一丝微笑,因为始终以捉弄为乐、有时又爱挖苦的命运,喜欢恶作剧地给震撼人心的事添上滑稽可笑的成分。这是海恩编的《日耳曼恋爱与新奇文学书目》第二卷,它是任何藏书者都熟知的言情文学书目。恰恰是这本言情书目录——书籍各有其命运——作为这位已故魔术师最后的遗物,落到了无知者这双磨破的、裂口的手里,并被当作祈祷书保存下来。我费力地抿着嘴唇,强压住本能地由心中流出的微笑,而这些微的犹豫却使这位正直的妇人感到莫名其妙。我的意思是什么呢?这是本珍贵的书,或是什么呢?

我亲切地同她握手告别。"您只管放心保存吧,我们的老朋友门德尔只会高兴的,至少几千个为一本书而感激他的人中,有一个人还想着他。"我说完告辞而去。在这位正直的老妇人面前,我感到羞愧,她单纯地却又最富人情味地忠于这位死者。因为她,这个未受过教育的女人,至少保存了一本书,为了更好地纪念他;但是我,我却多少年来一直把旧书贩门德尔忘在了脑后,而恰恰是我,应该知道,人们写书只为越过自己的生存去同众人建立联系,并维护自身来抵御一切生命的严酷的对立面:无常和被遗忘。

(1929)

胡其鼎 译

无形的压力[*]

妻还酣睡着，呼吸均匀有力。她的嘴半张着，似乎想绽出一丝微笑或者说句什么话，在使人平静的被子下面，她年轻丰满的胸脯柔和地隆起。窗口露出最初的晨曦，但是冬日的黎明晨光熹微。日夜交错时半明半暗的光芒游移不定地在酣睡的万物之上涌动，掩盖着它们的形体。

费迪南轻手轻脚地起了床，自己也不知道为什么。他现在往往工作做了一半，会突然抓起帽子快步走出屋子，到田野里去，越走越快，越跑越快，直到精疲力竭，突然在陌生地区的不知什么地方站住，双膝索索发抖，太阳穴的脉搏突突直跳，或者他在热烈的谈话中间，突然抬头凝视，再也听不懂别人说的话，听不见别人提的问题，非得使劲控制自己才能收住心神。或者晚上脱衣服时他会走神，把脱下的鞋拿在手里发愣，呆呆地坐在床沿上，直到妻子叫他，或者靴子突然骨隆隆地掉到地上，他才悚然惊醒。

他此刻刚从有些闷热的卧室走到阳台上，觉得有些寒意。他不由自主地把双肘紧贴身体，好暖和一些。眼前山坡下的

---

[*] 本篇于一九二九年在维也纳施特罗姆出版社的《小说半月刊》第二期首次发表。

景色还完全笼罩在浓雾之中。平时从他那建在高处的小屋远眺,苏黎世湖宛如一面磨光的镜子,倒映出天上匆匆驰过的片片白云。今天在湖面上涌动着一层厚厚的乳白色泡沫。他的目光所及,手所触摸,一切全都潮湿、昏暗、滑溜、灰暗。树上滴下水珠,梁上渗出潮气,渐渐从雾气中升起的世界,就像一个刚从洪流中逃出的人,身上还一串串地往下滴水。透过浓雾,传来人声,咕噜咕噜,沉闷模糊,犹如溺水者的痰喘。有时也传来铁锤敲打的声音和远方教堂的钟声。平素如此清朗的钟声此时听上去湿淋淋的,像是锈铁的响声。在他和他周围的世界之间横亘着一片潮湿的黑暗。

他觉得寒气袭人。可他仍然站着,双手更深地插在衣袋里,期待着雾散天晴,一览无余的景色。浓雾犹如一张灰纸,开始慢慢地从下往上卷起,他感到无限眷恋山坡下这可爱的景致,他知道一切都井然有序,只是被清晨的雾霭遮盖,那美丽景色明晰清楚的线条平时使他自己的心境豁然开朗。多少次,由于心烦意乱他走到这窗前,从眼前平和宁静的景色找到慰藉;对岸的房屋,亲切友好地一幢挨着一幢,一艘汽艇轻巧安稳地分开澄蓝的水面,一群海鸥,欢快地在湖岸的上空飞翔,从红色的烟囱里冒出缕缕炊烟,像弯曲的银线冉冉上升,飘入连续不断的午间钟声,所有这一切如此明显地告诉他:和平!和平!他分明了解这个世界的疯狂,竟然会一反常态,相信这些美丽的标记,他竟然会因为这新选择的故乡而有好几小时忘记了他的故国。

几个月前,他为了逃避这个时代,逃避周围的人,从正在交战的国家来到瑞士,感到他那残破不堪、伤痕累累、被恐惧和惊慌弄得烦乱不堪的心灵,在这里渐渐平复,伤口渐渐愈合。这里的景色使他心绪宁和,那纯净的线条和色彩呼唤他去从事艺术创作,因此每当眼前景色幽暗,就像在这破晓时分,浓雾把他眼前的一切全都遮盖之时,他总感到自己已和从前判若两人,并且又有动力推他向前。这时他心里突然对一切在山下笼罩在黑暗中的人们,对他故乡的人们,对那些也是这样沉没在远方的人们产生无限的同情,对他们和他们的命运有着无限的同情,无限渴望和他们紧密相连。

在雾霭中的什么地方,教堂钟楼的钟敲了四下,然后为了报时,又以更清亮的声音,敲了八下,钟声响彻三月的清晨。他觉得自己置身于高塔的尖端,说不出的孤独。眼前是广袤的世界,他的妻子在身后她梦乡的黑暗之中。他内心深处萌生强烈的欲望,想撕破雾气筑成的这道柔软的墙壁,到个什么地方去感受自己确已醒来,生命确实存在。他仿佛把目光从自己身上射向远方,他觉得在村子尽头,在坡下灰蒙蒙的一片之中,沿着曲曲弯弯的羊肠小道,道路一直向上延伸,通向山冈,仿佛那里有什么东西在慢慢地挪动,是人还是动物。很小的形体为薄雾所遮盖,走了过来,他先是感到一阵喜悦,除他以外居然还有人醒着,可同时也感到好奇,焦急、病态的好奇。那灰色的形体现在向前移动的地方,有个十字路口,通向邻村,或者通到山上:那陌生人似乎在那儿稍稍犹豫了一下,吁了口气,然后慢悠悠地沿着羊肠小道登上山来。

费迪南感到一阵不安。这陌生人是谁,他问自己,是什么无形的压力驱使他离开他昏暗的卧室的温暖,像我一样,走出门去,踏入这清晨的寒冷?他是要到我这儿来?他想找我干什么?现在,近处雾已稍散,他认出来了:这是邮差。每天早晨,钟敲八下,他就爬到这山上来。费迪南知道是他,也想象得出他那木然的脸,蓄着水手的红胡须,须根已经变白,还戴着一副蓝眼镜。他姓鲁斯鲍姆①,而费迪南则管他叫"鲁斯克纳克"②,因为他动作生硬,神态俨然。这个邮差总是把那黑色的大包威严地往右边一甩,然后庄重地把信件交给人家。看到邮差一步一步地迈步登山,把邮袋挎在左边,努力迈动短腿,神色相当凝重地走着,费迪南不由得想笑。

可是突然间他感到自己的双膝直哆嗦。举到眼睛上的手像瘫痪了似的掉了下来。今天,昨天,这几个礼拜的不安,又一下子涌来。他心里感觉到,这个人正向他走来,一步一步地,是冲他一个人来的。他自己也不知道是怎么回事,就打开房门,从他酣睡着的妻子身边溜过去,急急忙忙地走下楼梯,沿着两旁都是篱笆的小道迎着来人走下坡去。在花园门旁,他碰上了邮差。"您有……您有……"他连说了三次才把话说出口来,"您有什么东西给我吗?"

邮差抬起沾满雾气的眼镜看看他。"是的,是的。"他猛地一下把黑邮包向右边一甩,伸出手指——因为在寒雾中冻得又湿又红活像粗大的蚯蚓——在信件中掏摸,费迪南索索直抖。邮差终于把信掏了出来,一个褐色的大信封,上面印着"官方文件"四个大字,下面是他的姓名。"请签字。"邮差说道,舔湿复写笔,把登记簿递给他。费迪南很快地写下了他的名字,由于激动,字迹无法辨认。

然后他抓过那只又红又肥的手递给他的那封信。但是,他的手指如此僵硬,信件从指间滑落,掉到地上,掉进湿土和

---

① 鲁斯鲍姆,德文意为"胡桃树"。
② 鲁斯克纳克,德文意为"胡桃夹子",柴可夫斯基的芭蕾舞剧《胡桃夹子》中的人物。

潮湿的落叶之中。他弯下身子去捡信，一股霉烂的恶臭直冲他的鼻腔。

就是那件事。现在他知道几周来是什么东西扰乱了他内心的安宁了：就是这封信。他违心地期待着从荒唐、粗野的远方给他寄来的这封信，这封信寻找着他，用死板的、打字机打出的字句扑向他那热气腾腾的生命，扑向他的自由。他感觉到这封信从不晓得什么地方向他走来，就像一个在翠绿的密林中巡逻的骑兵，感觉到一根看不见的冷冰冰的枪管向他瞄准，里面装了一小粒铅丸，想射进他的肌肤深处。看来反抗是白费力气。他一夜夜在脑子里想来想去的那些小小的诡计，全是徒劳：现在他们还是找到他了。不到八个月以前在边界那边，他赤身裸体站在军医面前，因为寒冷和恶心而浑身发抖。那军医就像一个马贩子，捏捏他手臂上的肌肉。他从这种屈辱认识到，在这个时代，人的尊严已丧失殆尽，欧洲已堕落到奴役之中。两个月之久，他强忍着在爱国主义滥调的污浊空气中生活，但是渐渐地，他感到憋气。他身边的人张嘴说话，他就觉得看见他们舌头上粘着谎言的黄苔。他们的话，使他反感。看到冻得发抖的妇女们，天还没亮，就拿着装土豆的空口袋，坐在市场的台阶上，他的心都碎了：他攥紧双拳，到处溜来溜去，感到自己火气很旺，而且充满仇恨。由于自己的愤怒荏弱无力，他对自己也产生反感。多亏有人为他说情，他终于得以和他的妻子一起移居瑞士：他越过国境线时，血液突然涌上面颊。他脚步踉跄，不得不紧紧抓住柱子。他第一次又感到自己是人，感到生活、事实、意志、力量又属于他。他的肺叶张开，从空气中呼吸自由。祖国，现在对他来说只是监狱和压力。异国成了他的世界故乡,欧洲成了人类。

但是这种欢快、轻松的感觉并没有持续多久。恐惧又接着涌来。他感到,带着他的名字,他不知怎的还陷在后面这片血腥的密林之中,他感到有什么东西,他既不知道,也不认识,却知道他,不肯放过他,有一只彻夜不眠的冷冰冰的眼睛,从看不见的什么地方正窥视着他。他于是缩着脖子,躲在壳里,不看报纸,这就不会看到要他报到的命令,更换住宅,掩盖自己的踪迹,让人把信件都寄给他的妻子,留局待领,避免和人交往,免得人家提出问题。他隐姓埋名,遁迹于苏黎世湖畔的这个小村子里,向农民借了一幢小屋。他从不进城,而是派妻子去买画布和颜料。但是他始终很明白:在某一个抽屉里,在千万张纸片当中夹着一张纸。他知道,有一天他们不知何地,不知何时,会拉开这个抽屉——他听见,有人关上抽屉,听见打字机嘀嘀嗒嗒地响着,写下了他的姓名,他知道,这封信随后就会传来传去,直到最后把他找到为止。

如今这封信,冷冷地,具体地,在他的手指当中沙沙作响。费迪南努力使自己保持平静。"这张纸在这儿对我来说算得了什么?"他自言自语,"明天,后天,在这儿的灌木丛上将会开放出成千上万张,几十万张纸片,每一张都和这张一样和我无关。这'官方文件'四个字是什么意思?我非读它不可吗?我在人们当中并不担任什么官方职务,也没有任何官方职务可以把我管住。我的名字怎么在这儿——这难道就是我?谁能强迫我说,我就是它。谁能强迫我非读这里面写的东西不可?要是我读也不读就把它撕掉,纸片就一直飘到湖边,我就一无所知,别人也一无所知,没有一颗水珠会比原来更快地从树上滴落地上,我嘴唇呼出的气息也不会变样!除非我想要知道,我才知道有这张纸,它怎么可能使我不安？可我不想知道它。除了我的自由,我什么也不要。"

手指一使劲,想把那硬硬的信封撕破,撕成碎片。但是奇怪:肌肉不听他的使唤。他自己手上不知有什么东西违背他的意志,因为他的手不听使唤。他整个灵魂都希望他的手指把信封撕碎,它们却小心翼翼地把信封打开,哆哆嗦嗦地把一张白纸展开。上面写着他已经知道的事情:"号码34.729F。根据M市区司令部的指示,请阁下至迟于三月二十二日前往M市区司令部八号房间报到,再次接受兵役合格检查。军方证件由苏黎世领事馆转交,为此,您务必亲自前往领取。"

一小时以后,他又走进房间,妻子笑吟吟地迎上前来,手里捧着一束没有扎好的春花,妻的脸庞无忧无虑,光彩照人。"瞧,"她说道,"我找到什么了！这些花就在那儿,在屋后的草地里盛开,而在树木之间的背阴地里还有残雪呢。"为了让妻高兴,他接过了鲜花,向花束弯下身子,免得看见他的心上人无忧无虑的眼睛,然后急匆匆地逃到小阁楼上,他的画室就布置在那里。

可是工作很不顺手。他刚把一块空白的画布放在面前,上面就突然出现那封信上用打字机打的字句。调色板上的颜料,看上去像是泥泞和鲜血。他不由得想到脓血和伤口。他的自画像放在半明半暗的地方,让他看见下巴下面有个领章。"疯狂！疯狂！"他大声嚷道,脚跺着地,把这些杂乱的图像驱走。但是他的双手索索直抖,膝盖下面的地面在摇晃。他不得不坐下,坐在小板凳上,缩成一团,直到他妻子叫他去吃午饭。

每一口饭都噎住他。上面,在嗓子眼里,塞着什么苦涩的东西,他每次都先得把它咽下去,而它每次又翻了上来。他弯着身子默默无语地坐着,发现妻在观察他。突然他感到妻的手轻轻地放在他的手上。"你怎么了,费迪南?"他没有回答。"你是不是得到坏消息了?"他只是点了点头,使劲地咽了一口唾沫。"军方的消息?"他又点点头。妻沉默了,他也沉默不语。这个思想一下子挺立在屋里的什物中间,粗大而又沉重,把一切全都挤到一边。它抻手抻脚黏黏糊糊地贴在刚动过的饭菜上,它像一只潮乎乎的蜗牛,爬到他们的脖子上,使他们直打寒噤。他们不敢彼此对望,只是弯着腰坐在那里,一声不响。这个思想形成的难以忍受的重负就压在他们身上。

　　最后,妻问道——她的嗓音里有什么东西破碎了——"他们叫你去领事馆了?"——"是的。"——"你去吗?"他哆嗦了一下,"我不知道。不过我不去不行啊。"——"为什么不去不行?你在瑞士,他们没法对你发号施令。你在这儿是自由的。"他从咬紧的牙齿缝里恶狠狠地喷出一句:"自由!在今天谁还有自由?"——"每个想要自由的人都有自由。你尤其自由。这是什么?——"她把他放在面前的那张纸轻蔑地扔在一边。——"这对你有什么约束力,这张废纸,一个可怜见的官厅书记员涂过的废纸,对你,对你这个活生生的人,对你这个自由自在的人有什么约束力?它能把你怎么样?"——"这张纸是没有力量,但是把它寄来的人可有力量。"——"是谁把它寄来的?是哪一个人寄来的?那是部机器,是架巨型的杀人机器。可是它抓不住你。"——"它抓住了千百万人,为什么偏偏抓不住我?"——"因为你不愿意。"——"那些人也不愿意。"——"可是他们当时没有自由。

他们是站在枪林当中,所以他们就去了。但没有一个是自愿去的。没有一个人会从瑞士回到这地狱里去。"

妻控制住自己的激动,因为她看到,他很痛苦。她心里涌上一股同情,就像是对一个孩子。

"费迪南,"妻说道,依偎着他,"你现在设法头脑冷静地想想。你吓坏了,我明白,这阴险的野兽突然扑到你身上,这是会使人惊慌的。可你想想,我们是估计到这封信会来的。我们谈这种可能性已经谈了上百次。我为你感到骄傲,因为我知道,你会把它撕成碎片,你不会让你自己去干杀人勾当。你不知道吗?"——"我知道,鲍拉,我知道,但是……"——"你现在别说话。"她催促道,"你现在不知怎么搞的,已经给抓住了。想想我们的多次谈话,想想你写的那份材料——就在写字台左边的抽屉里——你在这文件上宣称,永远也不拿起一件武器。你已经下定决心……"他跳起身来。"我从来就不坚定,从来就心里没底。一切都是谎言,是躲避我的恐惧。我说这些话是为了自我陶醉。可是这一切只有在我还自由的时候才是真的。我从来就知道,他们一叫我,我就变得软弱。你说的吧,我在他们面前发抖?他们可什么也不是啊——只要他们没有真的到我心里去,否则他们就是空气,空话,什么也不是。可是我在自己面前发抖,因为我一向知道,他们一叫我,我就会去。"——"费迪南,你要去吗?"——"不,不,不。"他一跺脚,站了起来,"我不要,我不要,我心里一点儿也不愿意。可是我会违反我自己的意志去的。他们的威力的可怕之处,就是你会违背自己的意志,违背自己的信念去为他们效劳。如果你还有意志的话——可是你手里刚拿到这么一张纸,你的意志就化为乌有,你就服从。你又变成一个小学生:老师一叫,你就站起来,浑身发抖。"——"可是费迪南,谁在叫你呢?是祖国吗?是个书记员在叫你!一个百无聊赖的办公室的奴隶!再说,即便是国家也没权力强迫一个人去杀人啊,没有权力……"——"我知道,我知道。你现在再引证托尔斯泰的话吧!我可知道一切论据啊:你难道还不明白,我不相信他们有权力叫我去,不相信我有责任跟他们走。我只知道一种责任,那就是做人、工作。我在人类之外,别无祖国,我没有杀人的野心,这一切我都知道,鲍拉,这一切我和你一样看得清清楚楚——只不过,他们已经抓住了我,他们在叫我,我知道,尽管有上述种种,我还是会去。"——"为什么?为什么?我问你:为什么?"他呻吟道:"我不知道。也许因为现在世界上疯狂比理性更强。也许因为我不是英雄,正因为如此,我不敢逃走……我没法解释这事,这是一种说不清的压力:我没法砸烂这勒死了两千万人的锁链。我做不到!"

他把脸埋在两只手里。他们头上的时钟走来走去,活像一个站在时间岗亭前的哨兵。妻在微微地哆嗦。"有人在叫你去,这我明白,虽然我并不理解。可是难道你就没有听见这里也有呼唤你的声音吗?难道这里就没有什么东西值得你留恋?"他猛地跳了起来。"我的画?我的工作?不!我已经没法再作画了。今天我就感觉到这点。我已经生活在那边,不再生活在这里。现在,当全世界都变成瓦砾的时候,再为自己工作,这是犯罪。不该再为自己感受,不该再单单为自己生活!"

她站起来,转过身去。"我从来也不认为,你是单单在为自己生活着。我以为……我从前以为,我对你来说也是世界的一部分。"她说不下去了,泪如泉涌,使她语不成声。他想安慰她。可是在她的眼泪后面射出的却是愤怒,把他吓退了。"去吧。"她说道,"你去呀!我对你来说,算什么呢?还抵不上这一张废纸。那么你要走,你就走吧。"

"我不想去,"他用拳头无奈而愤怒地敲着桌子,"我不想去。但是他们要我去。他们坚强,而我软弱。他们几千年来锻炼了他们的意志,他们组织严密,诡计多端,他们早有准备,像个晴天霹雳,向我们袭来。他们有意志,而我只有神经。这是一场力量悬殊的斗争。你没法对付一台机器。倘若他们是人,你还可以抵抗。可这是一部机器,一部屠夫的机器,一台没有灵魂的工具,既没心脏,也没理性,你没法反抗它。"

"要是非反抗不可,是能够反抗的。"她现在像疯了似的叫道,"你不能反抗,我能!你要是软弱,我可不软弱,我不会屈服于这样一张破纸,我不会为了一句话把活生生的一条命送掉。只要我还能影响你,你不会去的。你病了,我敢保证。你是个神经质的人,盘子碰出声音,你就会吓一跳。每个医生都会看出这一点。你就在这儿进行体检吧,我跟你一起去,我将把一切都告诉医生。他们一定会放过你。你必须抵抗,咬紧牙关,坚决贯彻你的意志。你想想雅诺,你那位巴黎朋友:他让人把他关在疯人院里,观察了三个月,他们用检查来折磨他,可是他挺过来了,直到他们把他放掉。你必须表示不愿意。千万不能投降。事关全局:别忘了,他们要你的命,你的自由,你的一切。你必须抵抗。"

"抵抗!怎么能抵抗?他们比所有的人都强,他们是全世界最强大的。"

"这话不对!只有在大家都愿意跟他们走的时候,他们才强大。人总比概念强大,但他必须保持他的人格,有他自己的意志。他必须知道他是人,想永远做人。那么,他们现在用来麻醉人的所有的话,祖国啦,责任啦,英雄业绩啦,全都会变成空话,发出血腥味,发出温热的活生生的人血的血腥味。你老实说吧,难道你的祖国就像你的生命一样重要?难道一个换了君主的省份,对你来说就和你用来作画的右手一样亲近?我们用我们的思想和我们的鲜血在我们心里树立一种无形的正义,你除了相信这种正义之外,还相信什么别的正义吗?不,我知道,不信!因此如果你要去,你是在对自己撒谎……"

"我不愿意去……"

"这不够,你已经根本没有自己的意志,你让人家决定你的意志,这就是你的罪行。你把自己交付给你深恶痛绝的东西,你为此投入你的生命。你为什么不愿意去干你自己信仰的事情?为你自己的思想流血——那好!可是为什么为别人的思想去流血?费迪南,别忘了,如果你有足够的意志,愿意保持自由,那么,那边的那些人会是什么呢?凶恶的傻瓜而已!如果你意志不够坚强,他们抓住你了,那你自己就是个傻瓜。你自己老是对我说……"

"是的,我说过,一切都说过,胡说一气,胡说一气,为了给我自己壮胆。我说过大话,就像孩子在阴森的树林里,因为心里害怕而唱歌一样。这一切都是谎话,现在我毛骨悚然地感觉到了这点。因为我一直知道,他们要是叫我,我就去……"

"你去?费迪南!费迪南!"

"不是我!不是我!是我心里的什么东西去了——它已经走了。我跟你说过的,我心里的什么东西站了起来,像学童站在老师面前,浑身哆嗦,百依百顺!与此同时说的话,我全都听见,我知道,你的话一点不错,千真万确,符合人性,十分必要——这是我唯一该做,必须做的事情——这点我明白,我很明白,因此如果我去,那就非常卑鄙。但是我要去,我已经鬼迷心窍了!你瞧不起我好了!我自己也瞧不起我自己。但是我没有别的办法,我非去不可!"

他用两个拳头猛敲着面前的桌子。在他的目光里闪烁着一些迟钝的、兽性的、囚徒似的东西。她不敢直视他。她爱他,唯恐自己会瞧不起他。餐桌上的饭菜还没撤走,放着的肉已经冷却,活像死尸,面包又黑又皱,活像炉渣。饭菜闷热的蒸汽弥漫整个房间。她感到一阵恶心,直冲咽喉,对一切都感到恶心。她推开窗户。空气涌入房内;三月份湛蓝的天空在她轻轻抽搐的肩上升起,朵朵白云掠过她的秀发。

"看,"她说道,声音更低,"往外看!只看一次,我求你了。也许我说的话,并不全对。话总说不到点子上。不过我现在看到的,却是千真万确的,它不会骗人。山下有个农夫在扶犁,他年轻,强壮。为什么他不让别人把他杀死呢?因为他的国家没有打仗,因为他的田地离开那边有一段距离,那边的法律就不适用于他。你现在就在这个国家,那边的法律也管不着你。一项看不见的法律,只在若干个计程碑以内有效,越过这些碑石就不再有效,这样的法律能是真的吗?看到这里的和平景象,你难道感觉不到这种法律的荒唐?费迪南,你瞧,湖上的天空是多么晴朗,你瞧,这缤纷的色彩,正等着大家去观赏愉悦,你到窗边来,再对我说一遍,你愿意去……"

"我不愿意!我不愿意!你知道我不愿意去!干吗非要我看这些?我什么都知道,都知道,都知道!你只是折磨我!

你说的每句话都使我痛苦。什么都对我无济于事！无济于事！"

看到他这样痛苦,妻子心软了。同情使她力量消失。她轻轻地转过身来。

"什么时候……费迪南……他们要你什么时候……到领事馆去？"

"明天！其实,昨天就该去了。但是这封信没送到我手里。他们今天才找到我。明天我非去不可了。"

"你明天要是不去呢？让他们等好了。他们在这儿拿你无可奈何。我们对这事并不着急。让他们等上八天吧。我写信告诉他们,你病倒在床上。我哥哥也这样干过,从而赢得了两个礼拜时间。最糟的情况,无非是他们不相信你,把领事馆的医生派到山上来。跟这位医生也许可以谈谈。不穿制服的人,总有更多的人性。也许他看见了你的画,认识到这样一个人是不该上前线的。就算这帮不了忙,至少也赢得了八天时间。"

他默不作声,妻感到,这沉默是反对她的意见。

"费迪南,答应我,你别明天就去！让他们等着。你得做点精神准备。你现在六神无主,他们爱怎么摆布你就怎么摆布你。明天没准他们还比较强大。过了八天,说不定你就比他们坚强。你想一想,这样做,我们往后的日子会多么美好。费迪南,费迪南,你听见了吗？"

她使劲摇晃他的身子。他目光空空洞洞地望着她。在这呆滞茫然的目光里,没有一点她说的话的痕迹。只有从她不知道的深处升起的恐惧和惊慌。渐渐地他才把心思收回来。

"你说得有道理,"他终于说道,"你说得对。这事不急。

他们能把我怎么样?你说得对。我明天肯定不去。后天也不去。你说得对。难道这封信一定会找到我?我就不能出门去远足吗?我就不许生病吗?不行——我给那个邮差签了字。不过这没关系。你说得对。我得好好想想!你说得对。你说得对!"

他站起身来,开始在屋里走来走去。"你说得对,你说得对。"他机械地重复着,但是听上去并不完全信服,"你说得对,你说得对。"——他完全心不在焉地,思想迟钝地老重复着这句话。妻感觉到,他的思想是在别的什么地方,远远离开这里,早就跟那边的人在一起,早就置身于厄运之中。这没完没了的"你说得对,你说得对",只是从嘴唇边滑出来的一句话而已,她再也听不下去了。她轻手轻脚地走了出去,听见他还一连几个小时在房里踱来踱去。就像一个俘虏囚禁在他的牢房里。

晚上他仍然碰都没碰他的晚餐。他身上有一股子僵硬呆滞,心不在焉的神气。直到夜里,妻才在身边感觉到他活生生的恐惧;他紧紧搂住妻的柔软温暖的肉体,仿佛想逃到妻的身上,他热烈地抽搐着把妻紧紧搂在怀里。可是妻明白,这不是爱情而是遁逃。一阵痉挛,在他一阵热吻之中,妻感觉到一滴眼泪,苦涩带有咸味。然后他又默不作声地躺着。有时候妻听见他在呻吟,于是把手伸过去给他。他握住妻的手,仿佛在她手上找到了依傍。妻不说话;只有一次,妻听见他抽泣,便想安慰他:"你不是还有八天吗。现在别想这事。"——可是妻自己也感到羞愧,竟然劝他去想别的事情,因为从他冰凉的手狂跳的心,她感觉到,只有这一个思想占据了他,并且对他发号施令。没有任何奇迹能把他从这个念头中解救出来。

在这屋子里,沉默和黑暗从来没有像现在这样沉重。全世界的惊恐都冷冰冰地集中在这四壁之间。只有挂钟坚定不移地往前走着,这钢铁的哨兵,一步步地往前走着。妻知道,每走一步,这个人,她身边的这个心爱的活生生的人就离她远一步。她再也忍受不下去了,她跳了起来,把钟摆握住。现在再也没有时间了,只剩下恐惧和沉默。他们两个默默地躺着,挨在一起,一宿无眠,直到天明。在他们心里,思潮起伏,一刻不停。

他起床的时候,还依然是冬日清晨,光线昏暗,绒毛一样的寒霜浓雾沉重地笼罩在湖上,他迅速地披上衣服,犹豫不决、茫无头绪地从一个房间快步走到另一个房间,接着又走回来,直到他突然一把抓起帽子和大衣,轻轻打开屋子的大门。后来他常常回忆起,他的手碰到冰冷的门索索直抖,他胆怯地回头张望,看是否有人在一旁窥探他的行动。果然,他的狗像看见一个蹑手蹑脚的小偷似的向他扑来,认出是他,又低下头来温顺地让他爱抚,然后拼命地摆动尾巴,只想能陪他同行。可是他摆手把它赶了回去——他不敢出声。接着,自己也没有意识到他的慌张,就突然沿着羊肠小道,快步走下山去。有时候,他停下来,回头看看他的房子慢慢消失在雾气之中,然后他又被无形的力量推着往前,他跑了起来,磕磕绊绊地,仿佛有人在追他。他一直跑到山下的车站,到那儿才停住脚步,汗湿的衣服冒出热气,额上沁出了汗珠。

有几个农民和普通人站在车站上,他们都认识他,向他问好。有的人似乎情绪不坏,想和他攀谈,可是他躲开他们,缩到一边。他心里又羞又怕,现在没法和人家谈天。然而面对着这潮湿的铁轨空等一气,他又感到痛苦。自己也不知道在干什么,他站上一架磅秤,扔进去一枚硬币,望着挂在指针上面的那块小镜子,看见自己气色灰败、汗水淋漓、直冒热气的脸,一直等他走下磅秤,钱币在秤里掉下,叮当乱响,他才发现,他忘了看指针标的数目字。"我疯了,完全疯了。"他轻轻地喃喃自语。他对自己感到恐惧。他坐在凳子上,想强迫自己把所有的事情想想清楚。可是信号钟声在他身边猛然响起,吓得他直蹿起来。火车头已经在远处吼叫。列车轰隆轰隆地开来,他跳进一节车厢,有张报纸脏兮兮地掉在地上。他捡起报纸,直瞪着它,却不知道在读些什么。他只看见自己的双手拿着报纸,抖得越来越厉害。

列车停住。苏黎世到了。他摇摇晃晃地下车。他知道,那无形的力量要带着他到哪儿去,他感觉到他自己的意志在进行反抗,可是软弱无力,越来越弱。他还不时进行小小的意志力的检验。他站在一个广告牌前面,强迫自己从头到尾把这广告读上一遍,以此证明他还能自由地控制自己。"我不着急。"他小声地对自己说。可是这句话还挂在这喃喃自语的唇上,那无形的力量已经带着他往前走去。他心里烦乱不堪,焦躁异常,就像一台马达,催他向前。他束手无策,东张西望,想找一辆汽车。他的双腿一个劲地哆嗦。有辆汽车从旁开过。他叫住车子,跳了上去,像个自杀的人一头栽进河里。报了街名:领事馆的那条街。

汽车呼的一下驶去。他身子往后一靠闭上眼睛。他觉得自己仿佛风驰电掣般驶向深渊。他觉得汽车以高速度把他带向他的命运,这速度给他一种轻微的快感。这样被动地待着,他觉得很舒服。车已经停住。他下车付了钱,跨进电梯。不知怎的,这种快感又一次出现,这样机械地让人驱车疾驰,并且被电梯带着直往上升,仿佛不是他自己在干这一切,而是一股力量,那陌生的捉摸不定的力量,在强迫他这样干。

领事馆的门还关着。他摁了一下门铃。没人回答。他的心猛地一抽:回家,快走,快下楼梯!可是他又摁一次门铃。门里响起拖沓的缓慢的脚步声。一个仆人折腾半天把门打开,穿着衬衫,手里拿着抹布,显然是在打扫各个办公室。"您要干吗……"仆人没好气地冲着他嚷道。"通知我……到领事馆来的。"他结结巴巴地说道,居然在一个仆人面前这样语无伦次,他又感到无比羞愧。

仆人生气地转过身子,放肆地说道:"您就不能念一念下面牌子上写的:办公时间是十点至十二点,现在这儿没人。"不等他说话,仆人就砰的一下把门关上。

费迪南站在那里,缩成一团。心里感到羞愧。他看了看表。现在是七点十分。"疯了!我是疯了!"他喏喏地说道。像个年迈苍苍的老人,哆哆嗦嗦地走下楼梯。

两个半小时——这段空白的时间他觉得可怕,因为每等一分钟,他就感到耗去一分力量。现在他振作起来,有所准备,一切都预作周密思考,每句话都要说得恰当妥帖,整个场面都在心里预演了一遍。可现在这两个小时像道铁幕落在他和他那贮存的力量之间。他惊慌失措地感到,心里的全部热劲已经消散,想好的话在仓皇遁逃之际奔突乱窜互相碰撞,一句一句地从他的记忆里抹去。

他原来是这样设想的:他一到领事馆,立即让人通报要见负责军事事宜的处长,他和此人有一面之交。有一次他在朋友那里认识了这位处长,并且和他谈了一些无关痛痒的事情。不论怎么说,他反正认识他的对手,一个贵族分子,穿着时髦,善于交际,自以为态度友好,为此沾沾自喜。喜欢表现自己为人慷慨,心胸宽大,竭力不使自己以官员的面貌出现。这些人都有这种虚荣心,他们不知怎的都希望被人看成是外交官,是能够自己做主的人物,费迪南就打算押宝押在这一点上:让人通报,带着社交界彬彬有礼的风度,先和此人泛泛地谈谈一般性的事情,然后问起他夫人是否安好。这位处长必然会给他让座,递上香烟,然后看他沉默不语便客客气气地问道:"有什么事我能为阁下效劳?"得由这位处长开口问他,这点很重要,不可忘记。接着他就相当冷漠,无动于衷地答道:"我收到一封信,要我到 M 市去进行体检。这想必是个误会。我当时曾经明确无误地被宣布是不适合服兵役的。"这话必须说得非常冷淡,让此公马上看出,他把这件事只看成小事一桩。这位处长紧接着便——他很熟悉这人漫不经心的神气——拿起这封信来,向他解释,这次只不过是复查,他想必在报纸上早已看到过军方的要求,以前体检不合格的人这次也得报名参加。接着他就又一次非常冷淡地耸耸肩膀,说道:"原来如此!我根本不看报,我没那份时间。我得工作。"对方想必马上就会看出,他对这场战争是多么漠不关心,是多么自信,多么无拘无束。这位处长当然得向他解释,他必须服从这个要求,处长本人对此深表遗憾,不过军事当局以及其他等等,说到这里,大概是态度严厉的时候了。"我明白,"他必须这样说,"可是我现在完全无法中断我的工作。我已经和人家有约在先,要举办一次我个人全部作品的画展,我不能把我的合作者弃之不顾。我说了话就要讲信用。"他接着要向这位处长建议,或者推迟他体检的日期,或者让这里领事馆的医生为他复查。

到此为止,一切都蛮有把握。从这里开始,便会出现几种可能性。要么这位处长干脆利索地表示同意,那么至少赢得了时间。可是万一此人客客气气地——以那种冷冰冰的、躲躲闪闪的神气突然摆出公事公办的面孔——向他解释,这可超出了他的职权范围,无法通融。那就必须显出坚决的态度。他必须首先站起身来,走近桌子,声音坚定,必须非常非常坚定,不屈不挠,以一种发自内心的果断口气说道:"这点我明白,不过请您记录在案,本人由于经济方面的责任,无法立即应召,我得先尽这道义上的责任。为此推迟三周。本人自担风险。不言而喻,本人并不想逃避对祖国应尽的义务。"对于这几句挖空心思想出来的话,他特别得意。"记录在案""经济方面的责任"——这些词听上去就事论事,全是公文的腔调。倘若这位处长还让他注意这件事情法律上的后果,就该把嗓音变得更加严峻,冷漠地及时了结这段公案。"我懂得法律,也很清楚法律上的后果。但是对别人的承诺,对本人来说便是最高的法律。为了遵守这个法律,本人必须承担任何风险。"然后迅速地鞠一躬,干脆利索地中断这次谈话,向门口走去!必须让他们看看,他并不是普通的工人或者学徒,等着人家打发他走,而是一个自己做主的人,谈话什么时候结束,由他做出决定。

他踱来踱去,把这场该说的话默默地背诵了三遍,整体结构,语气他都非常满意,他已经迫不及待地盼着那个时刻到来,就像演员等着人家暗示,好接着说出自己的台词一样。只有一处他还觉得不太称心:"本人并不想逃避对祖国应尽的义务。"谈话必须多少有点爱国主义的客气成分,这点必须要有,以便让人家看到,他并不是执意违抗,不过还没做好准备,他虽然承认——当然只是在他们面前承认——这必要性,但并不认为适用于他自己。——"爱国主义的责任"——这个词书卷气太重,太像陈词滥调。他考虑了一下,也许换成:"我知道,祖国需要我。"不行,这更可笑。或者最好是:"我并不想逃避祖国对我的召唤。"这样是好一些。不过也不行,这一处他不喜欢。奴气太重,这样鞠躬,身子多弯了几厘米。他继续斟酌。最好说得非常简练:"我知道,我的责任是什么。"——对,这才对。这句话可以翻过来倒过去,可以理解也可以误解。听上去简洁明确。这句话完全可以说得独断专行:"我知道,我的责任是什么。"——几乎像是个威胁。现在一切都很妥帖。但是,他又神经质地看了看表。时间还是过得太慢,现在才八点。

  他沿着马路信步向前,不知道往哪儿去。于是他走进一家咖啡馆,想看看报纸。可是他感到,那些字句使他心烦,报上也到处写着祖国和责任,这些词句扰乱了他的方案。他喝了一杯甜酒,又喝第二杯,为了压一压他喉咙口的苦味。他苦思冥想如何打发这些时间,一面把他假想的谈话碎片一而再地拼凑起来。突然他摸了摸自己的面颊:"没刮脸,我没刮脸!"他急忙跑到对面理发馆去,剃头,洗发,花去了他半小时的等待时间。接着,他又想起,他必须穿着时髦。这在领事馆里非常重要。他们对穷鬼才趾高气扬,呼幺喝六,你要是衣着时髦,谈笑自若,举止潇洒,他们就立刻对你另眼相看。这个想法使他陶醉。他让人家把他的外套刷得干干净净,跑去买了一副手套。他挑来挑去,费了不少心思。黄颜色,不知怎的过于扎眼,太像花花公子;珠灰色收敛些,效果更好。然后他又在马路上瞎逛。在一家裁缝铺的镜子面前,他把自己端详一番,正一正领带。手上还显得空空的,他忽然想到,拿根手杖可以使他的访问显得随随便便,满不在乎。他又赶快跑过去,挑选了一根手杖。等他走出商店,钟楼上正好敲响九点三刻。他再一次背诵他的台词。棒极了。新的版本是:"我知道,我的责任是什么。"现在这是最强有力的一句。他现在心里有底,非常坚定地迈开大步,跑上楼梯,轻快得像个男孩。

一分钟以后,仆人刚把门打开,他心里猛地一惊,感到他可能打错了算盘,这使他心烦意乱。一切都不像他所预期的那样。他问起那位处长,仆人对他说,秘书先生有客。他得等一等。说着,不大客气地指了指一排椅子当中的一张,已经有三个人苦着脸坐在那儿。他愤慨地在座位上坐下,心含敌意地感觉到,他在这儿只不过是处理一件事情,了结一个问题,只不过是个案件。他旁边的人在互相诉说他们藐小的命运;其中一个哭腔哭调有气无力地说道,他在法国拘留营里关了两年,这儿人家也不愿预支他回国的路费;另一个抱怨在任何地方都没有人帮他找一份工作,他有三个孩子。费迪南气得心里直颤:他们是让他坐在申请救济者的座位上。他发现,这些小人物低三下四可又怨气冲天的样子不知怎的惹他冒火。他想把那番讲话再从头到尾理它一遍,可是这些家伙的胡言乱语扰乱了他的思路。他恨不得冲着他们大叫:"住口,你们这些无赖!"或者从口袋里掏出钱来打发他们回家,但是他的意志完全瘫痪,他和他们一样,手里拿着帽子,跟他们坐在一起,另外,不断的人来人往,在房门口进进出出,也使他心乱如麻。每个人走来他都担心是个熟人,会看见他在这儿坐在申请救济者的座位上。只要有扇门打开,他心里就已经跳了起来,做好准备,然后又失望地缩了回去。他越来越清楚地感到,他现在必须走掉,赶快逃走,趁他的精力还没有完全消失。有一次他振作起来,起身对那个像警卫一样站在他们身边的仆人说道:"我可以明天再来。"可是仆人却安慰他:"秘书先生马上就有空了。"他的膝盖立刻弯了下来。他在这儿是个俘虏,没有反抗。

终于衣裙窸窣作响,一位太太走出门来,满脸笑容,神气活现地以一种优越的目光骄矜地从等候着的人们身旁走过。仆人已经在喊:"秘书先生现在有空了。"费迪南站起来。他发现他把手杖和手套放在窗台上了,可是发现得太晚,要返回去已不可能,门已经打开,回头看了半眼,被这些杂乱无章的思想弄得昏头昏脑,就这样,他走了进去。处长坐在办公桌旁看什么东西,现在抬头匆匆看了一眼,和他点点头,并没有请这位等着的来者坐下,客气而又冷淡地说道:"啊,我们的艺术大师①。马上就完,马上就完。"他站起来,向旁边的房间叫道:"请把费迪南·R 的档案拿来,前天就办好了,您知道的,召集令已经寄上。"说着他已经又坐了下去,"连您也要离开我们了!好吧,但愿您在瑞士的这段时间过得很好。话说回来,您气色很好。"说着已经在匆匆地翻阅文书给他拿来的档案,"前往 M 市报到……对……对……没错……一切都没问题……我已经叫人把证件都准备好了……您大概用不着旅费补偿金吧?"费迪南站着,心里没底,听见自己的嘴唇结结巴

---

① 原文为拉丁文。

巴地说道:"不用……不用。"处长在那张纸上签了名,把纸递给他:"原来您是应该明天就起程的,不过事情也不是那么急如星火。让您最后一幅杰作上的油彩干一干吧。倘若您还需要一两天来处理一下您的各种事情,就由我来承担责任吧。祖国也不在乎这一两天。"费迪南感到,这是一个玩笑,应该对此微笑一下,他的确怀着内心的恐惧感觉到,他的嘴唇彬彬有礼地弯了一弯。"说几句,我现在得说几句。"他心里在翻腾,"别像根棍似的这样站着。"终于他挤出了两句:"应征入伍的命令就够了……我另外……不需要护照了吗?""用不着,用不着。"处长笑道,"在国境线上不会有人找您麻烦的。再说,您已经报到了。好吧,一路平安!"处长把手伸给他。费迪南感到这是打发他走。他眼前一黑,赶快摸到门边,心里直犯恶心。"往右,请往右走。"他身后的声音说道。他走错门了。处长这时已经给他把那扇正确的出去的门打开,他在神志昏乱之中觉得看见处长脸上挂着一丝微笑。"谢谢,谢谢……您不必费心了。"他还结结巴巴地说道,而对自己这种多此一举的礼貌心里直冒火。刚走到外面,仆人把手杖和手套递给他,他就想起:"经济方面的责任……记录在案。"他这辈子从来没有这样羞愧过:他还向此人表示感谢,彬彬有礼地表示感谢!但是他连愤怒也愤怒不起来。他脸色苍白地走下楼梯,只感到走路的并不是他自己。那股力量,那股陌生的,毫无怜悯之心的力量,已经攫住了他,这股力量把整个世界踩在自己脚下。

下午很晚他才回到家里。他脚后跟作痛,一连几小时,他漫无目的地到处乱跑,三次路过家门又退了回去;最后他想从后面通过长满葡萄的山坡,从隐蔽的小道溜回家去。可是那条忠实的狗已经发现了他。它狂吠乱叫,扑到他身上,热情地猛摇尾巴。他的妻子站在门口,他一眼就看出,她什么都知道了。他一句话也不说,跟着妻走了进去,他羞愧得抬不起头来。

可是妻没有发火。她并没有看他,显然避免使他痛苦。妻把一些冷肉放在桌上。他顺从地坐下,这时妻走到他的身边。"费迪南,"妻说道,声音颤抖得很厉害,"你病了。现在没法和你说话。我不想责备你,你现在的行动可不是发自内心,我感觉到你是多么痛苦。但是有一点请你答应我,在这件事上,你事先不和我商量,请不要采取任何行动。"

他沉默不语。他妻子的声音变得更加激动。

"我从来没有干预过你的个人事务,让你一直有做出决定的充分自由,这曾是我的荣誉感之所在。但是你现在不仅在玩弄你自己的生命,也在玩弄我的生命。我们花了好几年的时间来建设我们的幸福,我不会像你这样轻易地把我们的幸福放弃,为了国家,为了杀人,为了你的虚荣心和你的软弱。不会把它放弃给任何人,你听见了吗,不会给任何人!你在他们面前软弱,我可不软弱。我知道这关系到什么。我绝不让步。"

他一直一声不吭,这种奴性十足自觉有罪的沉默,渐渐使妻冒起火来。"我不会让一张破纸从我身边夺走任何东西,以谋杀告终的法律我是概不承认的。我不会在任何衙门面前折断我的脊梁骨。你们这些男人现在都被各种意识形态给毁了,想的是政治和伦理,我们女人的感觉却直截了当。我也知道祖国意味着什么,但我知道,今天她是什么:是谋杀和奴役,你可以属于你的人民,但是如果各国人民都发疯了,你用不着和他们一起发疯。如果你对他们来说只是数字、号码、工具、炮灰,我却觉得你是一个活生生的人,我拒绝把你交给他们。我不放弃你。我从来没有狂妄自大到为你做出什么决定,但是现在,我有责任保护你;迄今为止我一直是个头脑清楚的人,知道心里想干什么,而现在你已经变成了一部昏头昏脑、破烂不堪、只会尽责任的机器,意志力已经完全被摧毁,就和那边的千百万牺牲品一样。他们为了逮住你,已经抓住了你的神经,可是他们把我给忘了,我从来没有像现在这样坚强。"

他径自呆滞地沉默不语。在他身上已经没有任何抵抗力,既不抵抗别人,也不抵抗她。

妻挺直了身子,像一个战士准备战斗。她的嗓音坚定、果断,充满力量。

"他们在领事馆跟你说了些什么?我要知道。"这句话就是一道命令。他疲惫不堪地拿出那张纸,递给她。妻皱起眉头读了一遍,咬紧牙关。然后带着鄙夷的神情把它扔在桌上。

"这些先生们倒挺着急的!明天就得走!你大概还向他们表示了感谢,把脚后跟碰得咔嚓一响,摆出唯命是从的样子。'明天前去报到'!前去报到!还不如说:前去做奴隶。不,还没有到这种地步!还远远没到这种地步!"

费迪南站起来。他脸色苍白,他的手痉挛地抓住沙发。"鲍拉,咱们别自己骗自己了。已经到了这种地步!你找不到出路。我曾经试图反抗。可是不行。我就是——这张纸。即使我把它撕成碎片,我也依然是它。别再让我心烦了。反正在这儿没有自由。每个小时我都会感到,在那边有什么在召唤我,在摸索着找我,在拉我,拽我。到了那边我会感到轻松些,在监狱里也会有一种自由。只要你还在国外,觉得自己在逃来逃去,你就一直不会觉得自由。再说,为什么马上就想到最坏的结果?他们第一次把我退回来了,为什么这次就不会把我退回来呢?说不定他们不发武器给我,我甚至可以肯定,我会得到某种轻松的差使。为什么马上就想到最坏的可能性?也许根本就不是这么危险,也许我会交上好运。"

他的妻子寸步不让。"现在问题已经不在这里,费迪南。不在于他们给你的差事轻松或者沉重。而在于你是否为你深恶痛绝的人去效劳。你是否愿意违背你的信念,参与这世界上最大的犯罪行为。因为谁不拒绝,谁就是帮凶。你可以拒绝,所以你必须拒绝。"

"我能拒绝?我什么也不能,什么也干不了啦!从前使我坚强的一切,我对这种疯狂的反感,仇恨和愤怒,这一切,如今把我压垮了。别折磨我了,我求你,别折磨我,别跟我说这样的话。"

"不是我说这样的话。你应该对自己说,他们没有权利来支配一个活人。"

"权利!好一个权利!现在这世界上哪儿还有权利?人家已经把权利给谋杀了。每个人都有自己的权利,可是他们,他们却有权力,现在权力就是一切。"

"他们为什么拥有权力?因为你们把权力给了他们。你们胆怯一天,他们就拥有权力一天。人类现在称之为怪物的一切,是由世界各国十个意志坚强的人组成的,十个人又可以把这一切加以摧毁。一个人,一个活人若不承认这权力,这权力就得完蛋。可是只要你们缩着脖子说,也许我能滑过去,只要你们躲来躲去,想从他们指缝中溜过去,而不是一举击中他们的心脏,那么你们就一直是他们的奴才,不配有更好的待遇。一个人,如果他是个男子汉,就不能自己趴倒在地;你得说'不',而不是任人宰割,这才是你今天唯一的责任。"

"可是鲍拉……你想什么……我应该……"

"如果你心里说'不',你就应该说'不'。你知道,我爱你的生命,爱你的自由,爱你的工作。可是如果你今天对我说,我必须到那边去,跟手枪去诉说权利,如果我知道,你非这样做不可,那我将对你说:你去吧!可是如果你为了一个你自己也不相信的谎言回国去,由于软弱,由于神经质,由于抱着可以滑过去的希望,那我就看不起你。是的,我就看不起你!你若是作为人,为了人类,为了你的信念要回国去,我不拦你。可是为了在野兽当中去当个野兽,在奴隶当中当个奴隶,那我就坚决反对你回去。你可以为你自己的思想而牺牲自己,而不应该为了别人的疯狂。让那些相信这种疯狂的人去为祖国而死吧……"

"鲍拉!"他不由自主地站了起来。

"你是不是觉得我的话说得太没遮拦了?你是不是已经感到下级军官在你背后用军棍抽你?你别害怕!我们还在瑞士。你要我沉默不语或者对你说:你不会出什么事的。可是现在已经没有时间来多愁善感了。现在事关全局,关系到我和你!"

"鲍拉!"他又试图打断她。

"不,我已经不再同情你。我是把你当作一个自由人才选择你,爱你的。我看不起软骨头和自欺欺人的家伙。为什么要我同情你?在你心目中,我算什么呢?一个军曹涂满了一张废纸,你马上就抛弃我,跟着他跑。可是我不让人家把我抛弃之后,又捡起来:现在你决定吧!是要他们还是要我!是看不起他们还是看不起我!我知道,如果你留下,我们会遭到沉重的打击,我将再也见不到我的父母和兄弟姐妹,他们会阻止我们回国,可是我认了,只要你跟我在一起。但是你现在如果把我俩拆散,那就是永远分手。"

他只是一个劲地呻吟。可是妻却因为怒火中烧而劲头十足。

"要我,还是要他们!第三条道路是没有的!费迪南,趁现在还有时间,你好好想想。我常常觉得很伤心,因为我们没有孩子。现在我第一次为此感到高兴。我不想给软骨头生孩子,不愿抚养战争的孤儿。我从来没有比现在更依恋你,而我却使你痛苦。但是我跟你说:这次出走不是演习,这是离别。你若是为了应征入伍,为了追随这些身穿制服的杀人犯而离开我,那这一去就不用回来了。我不和罪犯分享一个人,不和吸血鬼,不和国家分享一个人。有他无我。你现在自己选择吧!"

妻已经走到门口并且在身后把门使劲关上,他还浑身哆嗦地站着。门砰的一响震得他膝盖发软。他只好坐下缩成一团,脑子麻木,一筹莫展。脑袋无力地倒在两个握紧的拳头上。他终于爆发出来:他像一个小孩似的失声痛哭。

整个下午妻不再进房间,可他感觉到,她的意志就站在门外,敌意森然,全副武装。同时他也知道,那另一个意志,一个钢铁的驱动轮,冷冷地插进他的胸中,驱使他向前。有时候他试图把各个细节从头到尾细想一遍,可是思想老是集中不起来。他呆呆地坐在那里沉思,而这时候,他最后一丝安宁已经粉碎,他变得心烦意乱,坐立不安,只感到他生命的两端似乎被超人的力量所抓住,在使劲地往外拽,他只盼能从中间断裂成两半。

为了找点事做,他去翻弄书桌的抽屉,撕掉一些信件,瞪眼看着另外一些信件,可一句话也看不明白,摇摇晃晃地在屋里走动,又坐下去,烦躁使他跳起,疲劳又使他坐下,弄得他精疲力竭。他蓦地感到他的手正在整理旅途所需的物品,从沙发底下把背包拉出来,他直瞪着自己的双手,这双手用不着他的意志,自己就目标明确地把这一切都做了。当背包突然收拾停当放在桌上的时候,他开始浑身发抖,他觉得两个肩膀变得沉重,仿佛这背包已经压在上面,里面装着这时代的全部重量。

门开了,妻走了进来,手里拿着煤油灯。灯放在桌上,发出一圈亮光,照着准备好的背包。隐蔽的耻辱,如今被灯光照亮,从黑暗中显现出来。他结结巴巴地说道:"这只是为防万一……我还有时间……我……"可是一道目光,凝固不动,坚如石头,毫无表情,打断了他说的话,使之消散。妻凝视着他,长达几分钟,牙齿咬着抿紧的嘴唇,残忍而又顽强。她一动不动,最后像要晕厥似的身子微微摇晃,把目光射到他身上。她唇边的紧张松弛下来。可是她背过身去,一阵抽搐从她的肩头传到全身,她没有回头,就离他而去。

几分钟后,使女走来,端来了他一个人的饭菜。他旁边惯常由妻坐的那个座位空着。他心里充满了难以名状的感觉,一眼望过去,看到了残酷的象征:背包就放在小沙发上。

他觉得,他已经走了,已经离去,对于这幢房子来说,业已死亡:墙黑黝黝的,煤油灯的光圈照不到墙上。屋外,在陌生的灯光后面,山风凛冽的夜晚使人感到压抑。远方一切都静谧无声,高邈的天空无言地覆盖着地面,只增添了寂寞之感。他感到,身边的一切,房子、景色、作品和妻子,一件一件地在他心里死去,他那波澜壮阔的生活也突然干涸,紧压着他那突突跳动的心脏。他突然感到需要爱情,需要温暖亲切的话语。他感到自己准备接受一切忠告,只要能重新回到往日生活的轨道上来。悲愁超过了阵阵涌来的烦躁,他像孩子似的渴望得到小小的温存,这使离别时高昂激越的感觉化为乌有。

他走到门口,轻轻地碰了一下门把。它动也不动。门上了锁。他迟疑地敲敲门,没有回答。他再敲一次。他的心也跟着怦怦直跳。一切都沉寂无声。于是他知道:一切都完了。一阵寒气向他袭来。他关了灯,和衣躺在沙发上,盖上他的毯子:他现在一心希望一切都坍塌和遗忘。他又一次仔细倾听。似乎觉得听见近处有什么声音。他向房门的方向谛听。房门僵硬地站在木头门框里。什么声音也没有。他的脑袋又倒了下去。

突然下面有什么东西轻轻地碰他。他吓得直跳起来,可是惊吓很快就变成了感动。那条狗刚才跟着使女溜进门来,趴在沙发底下;现在蹭到他身边来,用温暖的舌头舔他的手。动物的无知的爱使他心里感到无比温暖,因为这爱来自已经死灭的宇宙,因为它是往日生活中最后一点还属于他的东西。他弯下身子像拥抱人似的抱着那条狗。他感到,这世界上居然还有一点东西爱他,不轻视他。我对它来说还不是机器,不是杀人工具,不是驯服的软骨头,而是通过爱,互相亲近的人。他一个劲地用手温柔地抚摩那柔软的毛皮。狗跟他挨得更近,仿佛知道他的孤独。他们两个一起轻轻地呼吸,渐渐地都沉沉入睡。

等他醒来,他又神清气爽,在闪亮的玻璃窗外,是个晴朗的清晨的曙光:山风已经吹走了蒙在万物之上的阴影,湖面晶莹闪亮,映出远山白色的轮廓和连绵不断的山峦。费迪南一跃而起,由于睡过了头还有些晕晕乎乎,目光触及已经打好的背包,他就完全清醒过来。一下子他什么都想起来了。可是在大白天,一切显得轻松一些。

"我干吗把这背包打起来?"他问自己。

"干吗?可我还不想出门呢。现在春天来临。我要作画。并不是那么火烧眉毛。他不是自己跟我说了吗,还有几天时间。连动物也不会自己跑到屠宰场去。我妻子说得对:这是对她,对我,对大家的犯罪行为。说到底他们也不会把我怎么样。如果我晚一些到达,说不定会关我几个礼拜禁闭,可是当兵不也是坐牢吗?我在社会地位上毫无野心。是的,我觉得,在这个奴役的时代不唯命是从是个光荣。我不再想出发了。我待在这儿。我要先为我这儿的风景作画,以便我日后知道,我曾经在什么地方有过幸福的时光。在这幅画没有装进画框之前,我是不走的。我不让人家把我像头母牛似的赶来赶去。我不着急。"

他拿起背包,把它挥动起来,扔到墙犄角里。他在扔的时候感到自己坚强有力,感到心情舒畅。他在他神清气爽之际,迫切想要试试他的意志力。他从皮包里取出那张纸,想把它撕掉,他把纸条展开。

可是真怪,这些军方的词句发出的魔力又重新控制住他。他开始读起来:"您务必……"这句话打到他的心上。这仿佛是道不容违反的命令。不知怎的,他感到自己摇晃起来。那无名的东西又从他心里升起。他的手开始索索直抖。力量消失净尽。不知从哪儿涌来一股寒气,就像吹过一道穿堂风,心里又感到不安,陌生意志那钢铁钟表的机簧又开始在他心里转动,所有的神经都紧张起来,一直绷到手脚的关节。他不由自主地看了看钟。"还有时间。"他喃喃自语,可是不明白自己到底指的是什么,是指驶向边境的早车,还是他自己定的期限。这种神秘的内心抽动犹如席卷一切的猛然退落的潮水,又冒了出来,比以往更加强烈,因为碰到最后的反抗,同时又心生恐惧,某种一筹莫展的恐惧,唯恐就要屈服。他知道:现在要是没有人拉住他,他就完了。

他摸到妻子房间的房门,使劲地侧耳倾听。毫无动静。他的指关节犹犹豫豫地敲敲门。一片沉寂。他再敲一次。仍是一片沉寂。他小心翼翼地摁下门把。门没上锁,可是室内空无一人,床上没人,被褥零乱。他吓了一跳。轻轻地呼唤妻的名字,没有回答。他更加不安:"鲍拉!"然后他满屋子大声喊叫,像一个遭到突然袭击的人:"鲍拉!鲍拉!鲍拉!"没有一点动静。他摸索着走进厨房。厨房里空无一人。他惘然若失,这可怕的感觉在他心里颤抖。他摸到楼上他的画室里,也不知是想干什么:是想向画室告别还是想让画室挽留住他。可是这里也没人。就是他那条忠犬也不见踪影。大家都抛弃了他,寂寞之感强劲地向他袭来,摧毁了他最后的一点力量。

他又穿过空荡荡的屋子回到他的房间,抓起他的背包。

627

不知怎的,他屈服于这无形的压力,反而觉得自己轻松了不少。"这是妻的过错,"他自言自语,"她一个人的过错。她为什么走掉?她应该留住我才对,这是她的责任。她完全可以救我于困境之中,可是她已经不愿再救我了。她看不起我。她的爱已经消失了。她让我跌倒:所以我就跌倒了。我的鲜血洒在她身上!这是她的过错,不是我的,是她一个人的过错。"

在房子前面,他再一次转过身去。是不是会从什么地方传来一声呼唤,一句充满爱情的话。是不是有什么东西想用拳头砸烂他心里那台叫人服从的钢铁机器。可是没人说话。没人呼喊。没人露面。大家都抛弃他了,他感到自己已掉进无底深渊。他蓦然心生一念,再走十步走到湖边,从桥上纵身跳下,没入宏大的平和之中,是不是更加好些。

教堂塔楼的钟声响起,沉重而又严峻。从平素如此可爱的晴空降下这严峻的呼声,像猛抽一鞭,把他惊起。还有十分钟:然后列车就要开来,然后一切就都过去,干净彻底,无可挽救。还有十分钟:可是他已经不再感到这十分钟是自由,他像有人追赶,拼命地向前奔去,摇摇晃晃,跑跑停停,气喘吁吁地向前跑,唯恐误车,吓得要命,越跑越快,越跑越急,直到他突然跑到月台上,几乎和栏杆前的什么人撞个满怀,他才止步。

他大吃一惊。背包从他不住哆嗦的手上滑落。站在面前的是他的妻,脸色苍白,一夜没睡的样子,充满严肃悲哀的目光向他身上射来。

"我知道,你会来的。三天前我就知道了。可是我并不想离开你。从一清早我就等在这里,从头班车等起,我将在这儿等到末班车。只要我还有口气,他们就别想抓到你。费迪南,你好好想想啊!你自己不是说过,还有时间,干吗这么着急?"

他忐忑不安地直瞪着妻。

"只不过……我已经报名了……他们在等我……"

"谁在等你?奴役和死亡也许在等你。此外没有别人!你快醒悟吧,费迪南。你感觉一下,你现在还是自由的,完全自由,谁也没有力量控制你,谁也不能对你发号施令,你听见吗,你是自由的,自由的,自由的!我要千百遍地对你说,上万遍地对你说,每小时每分钟对你说,直到你自己也感觉到,你是自由的!自由的!自由的!"

"我求求你。"他轻声说道,两个农民从旁走过,好奇地转过头来,"别说得这么大声。人家都在看……"

"人家!人家!"她愤怒地叫道,"人家跟我有什么相干?要是你给炮弹打得血肉横飞,或者打断了腿,瘸着走回家来,人家帮得了我什么忙?什么人家,人家的同情,人家的爱,人家的感激,我一概嗤之以鼻——我只要你这个人,你这自由的活人。我要你自由,自由——符合人的身份,不要你去当炮灰……"

"鲍拉!"他想设法使这个冒火的女人息怒。妻将他一把推开,"你快给我丢开你那胆怯的、愚蠢的恐惧!我是在一个自由的国家,我想说什么就可以说什么,我不是奴才。我不放你回去做奴才!费迪南,你要是坐车走,我就扑在火车头前面……"

"鲍拉!"他又把妻抓住。可是她脸上突然显出痛苦的表情。"不,"她说道,"我不想撒谎。说不定我也太胆怯。千百

629

万妇女在人家把她们的丈夫,他们的儿子拖走的时候,都太胆怯——没有一个女人做出她们必须做的事情。我们也中了你们怯懦的毒。要是你乘车走了,我将做些什么呢?呼天抢地痛哭一场,跑到教堂里去求上帝保佑你得到一个轻松的差使。然后说不定还去嘲笑那些没有去的人。在这个时代一切都有可能。"

"鲍拉。"他握住她的双手,"既然这是非干不可的事,你何必使我心情这么沉重?"

"要我让你轻松一点?不,就得让你心情沉重,无限沉重,要尽我所能地让你心情沉重。我站在这里:你必须用你的双脚把我踩烂。我绝不放你走。"

这时响起急促的信号钟声,他猛地惊起,脸色苍白,激动万分,抓起他的背包。可是妻已一把夺过背包堵在他面前。"给我。"他呻吟道。"绝不,绝不!"妻气喘吁吁地说道,一面和他争夺。旁边的农民围了过来,哈哈大笑。火上浇油,疯疯癫癫的喊叫声一阵阵飞来,正在玩耍的孩子也跑了过来。但他们两个还像拼命似的愤怒地使尽全身的力气争夺背包。

这一瞬间火车头长吼一声,列车轰隆轰隆地开进站来。突然他放下背包,头也不回,发疯似的慌慌张张、跌跌绊绊地越过铁轨,跑向列车,直冲一节车厢,跳了进去。周围响起哄然大笑,农民们高兴得尖声怪叫,向他大声喊道:"赶快跳开,她要逮着你了!""快跳,快跳,她要抓着你了。"他们一个劲地催他往前快跑,他身后哈哈大笑的声浪像阵阵鞭挞,抽打着他的羞耻。这时列车已经开动。

妻站在那里,手里拿着背包,人们的哄笑声向她劈头盖脑地袭来。她凝视着开得越来越快、渐渐消失的列车,没有一句告别的话语从车厢的窗口传来,一点表示也没有。突然眼泪夺眶而出,遮住了她的视线,她什么也看不见了。

他蜷着身子坐在角落里,列车越开越快,他不敢向窗外看上一眼。他所拥有的一切,山坡上的小房子,连同他的画幅,桌椅和窗,他的妻子,狗和许多日子的幸福,都从窗外飞了过去,被列车行驶的速度撕成千百张碎片。他经常目光闪亮地观赏这开阔的景色,如今这派景色连同他的自由和他整个的生命都被远远地抛去。他觉得他的生命已通过他身上所有的血管流出体外,什么也没留下,只剩下这一张白纸,在他口袋里飒飒作响的一张纸,他就带着这张纸为命运的凶恶召唤所驱使,随风飘逝。

他只是迟钝而迷惘地感到,他遭遇到什么事情。列车员要看他的车票,他没有票,他像个梦游者似的说边境小镇是他的目的地,他毫无意志地又换乘另一次列车。他心里的那台机器做了这一切,他已不再感到痛苦。在瑞士边境站,边防官员要他出示证件。他把证件交给他们:他一无所有,只剩下这张白纸。有时候他心里还有一些已经失落的东西试图轻轻地提醒自己,从心灵深处,像从梦境中发出喃喃的声音:"向后转吧!你现在还自由!你并不是非去不可。"可是他血液里的那部机器并不说话,却强有力地激动他的神经和肢体,坚定不移地驱使他向前走,用一道看不见的命令:"你非去不可。"

他站在通向故国的转车车站的月台上,在昏黄的光线里,可以明显地看见有座桥横跨在河上:这就是边界。他那无所事事的感官试图理解这个字的含义;就是说在这一边,你还可以生存,呼吸,自由自在地讲话,按照自己的意志干活,从事严肃的工作。过桥走八百步，你的意志就从你的体内取出，就像从动物的体腔里取出它的内脏，你必须服从一些陌生人，并且把刀子扎进另外一些陌生人的胸膛。所有这一切便是这座小桥的含义，在两根横梁上面架起一百几十根木头桩子。于是便有两个汉子各穿一套式样不同、花花绿绿的荒唐服装，手执步枪站在那里守卫这座小桥。蒙眬的思绪折磨着他，他感到已不能清楚地思维，可是思想却继续向前滚动。他们在这根木头上守卫些什么呢？别让人从一个国家越境到另一个国家。谁也不许从那个刨去人们意志的国家溜到另一个国家去。而他自己，却居然愿意到那边去？是的，但是从另一个意义上，是从自由走向……

他停止思索。关于边界的思想把他催眠了。自从他凭着感官具体地看到边界，实实在在，由两个身穿军装百无聊赖的市民看守着，他就不大明白他心里的某些事情。他试图进行解释：正在打仗。可是只在对面那个国家才打仗——在一公里以外才有战争，或者说，一公里其实还差二百米的那边开始打仗。他忽然想起，也许还近十米，就是说，一千八百米还差十米①。不晓得什么疯狂的欲望在他心里蓦然出现，要调查一下这最后十米土地是否还有战争或是没有战争。这个念头很好玩，使他觉得很逗。不晓得在什么地方想必有一条线，真正的界线，要是往边境走去，一只脚踏在桥上，另一只脚还在地上，那么你算什么呢——还是自由人，或者说已经是士兵了？一只脚允许穿平民的靴子，另一只脚穿着军靴。越来越孩子气的念头在他脑子里

---

① 原文如此，照理应是"两公里外"，或"八百米还差十米"。

乱蹿乱拱。若是站在桥上,那就已过了边界,若是又跑回来,就该算是逃兵了?这水,它是好战的还是和平的?是不是河底某处也有一条线,按照不同国家的颜色画在当中?这些鱼呢,它们可以游到对面战争地区去吗?还有这些动物!他想到了他的狗,要是它也跟着来了,他们大概也得把它动员起来,它说不定得去拉机关枪,或者在枪林弹雨之中去寻找伤员。谢天谢地,它留在家里了。

谢天谢地!想到这里,他大吃一惊,赶快振作起来。自从他具体地看见了这条边界,这座介乎生死之间的桥,他便感到心里有什么东西开始运转起来,不是那台机器,而是一种想要醒来的认识,一种反抗。在另一条铁轨上还停着他来时乘坐的列车,只不过这段时间里火车头已换了方向。它那巨大的玻璃眼睛现在看着相反的方向,准备把列车再拉回瑞士去。这提醒他,现在可能还来得及:他感到,渴望回到业已失去的家的那根神经,本来已经死去,此刻又在他心里痛苦地蠕动,过去的那个他又开始在他身上出现。他看到那边,桥的那头站着的士兵,穿着陌生的制服,步枪沉重地挂在肩上,正毫无意义地踱过来踱过去。在这个陌生人身上,他看到了自己的影像。现在他才清楚地知道了他的命运。自从他懂得了这一点,他就看到他的命运里含有毁灭。他的生命在他灵魂里叫喊起来。

这时刺耳的信号钟声又频频响起,这尖锐的声音打破了他那还犹豫不决的感觉。他知道,现在一切都完了,他要是乘上这辆列车,三分钟后,就驶过这两公里,开到桥边,越过桥去。他知道,他会乘车驶去的。再过一刻钟,他就会获救。他摇摇晃晃地站在那里。

可是列车并不是从他浑身哆嗦地使劲窥望的远方驶来,而是从桥那边轰轰隆隆地慢慢地驶过桥来。一下子候车大厅便骚动起来,人们从各个候车室蜂拥而出,妇女们叫叫嚷嚷,直往前挤,瑞士士兵急急忙忙地排成一队。突然奏起音乐——他侧耳细听,惊讶不已,简直不相信自己的耳朵。可是乐声响亮,不会听错;奏的是《马赛曲》。为从德国开来的一次列车竟然奏起敌人的国歌!

列车轰轰隆隆地驶近,连声喘息,停了下来。大家都一拥而上,各个车厢的门都被猛地拉开,脸色苍白的人摇摇晃晃地走了出来,灼热的眼睛里发出狂喜的光芒——身穿军装的法国人,法国的伤兵,敌人,尽是敌人!像做梦似的过了几秒钟,然后他才明白,这是一次运载交换伤员的列车,这些人是在这里获释的战俘,是从战争的疯狂中获救的人们。他们都预感到,了解到,感受到这一点;他们挥手致意,大声喊叫,纵声欢笑,尽管有些人的欢笑还包含着痛苦!一个伤兵摇摇晃晃、跌跌绊绊地踩着木制假腿走了出来,靠着一根柱子站住,喊道:"瑞士!瑞士!赞美上帝!"①妇女们抽抽搭搭地哭着,从一个窗口冲到另一个窗口,直到找到她们寻找的亲人。人们呼喊,抽泣,吼叫,人声嘈杂,乱成一片,不过,大家都情绪高昂,欢呼雀跃。音乐停止演奏。有几分钟之久,什么也听不见,只听见汹涌澎湃的感情狂涛吼叫着,呼喊着,向众人头上袭来。

然后渐渐地安静下来,人们三五成群,幸福地聚在一起,沉浸在欢乐之中,语流迅急地互相交谈。有几个女人还呼喊

---

① 原文为法文。

着跑来跑去。护士们送来饮料和礼品。人们用担架把重伤员抬出车厢,他们扎着白色的绷带,脸色惨白,人们温柔地小心翼翼地簇拥着他们,关切备至,极力宽慰。人间的全部悲惨都集中体现在这里:有的伤兵断肢截臂,袖子空空,有的憔悴不堪,有的严重烧伤。这是一代青年的残存部分,变得粗野而苍老。可是所有的眼睛都仰望上天,射出宽慰的光芒:他们大家都感到这次朝圣的旅程已达终点。

费迪南像瘫痪似的站在这批意想不到的来客中间,在胸口的那张纸下面,心脏又猛烈地跳了起来。他看见有副担架停在一边,离开人群,孤零零地,没人过问。他走过去,慢慢地,脚步踉跄地走到这个为别人的欢乐所遗忘的人身边。这个伤兵脸色灰白,脸上长满乱蓬蓬的胡子,被子弹打烂的手臂瘫了似的从担架上垂了下来。双目紧闭,嘴唇苍白。费迪南浑身发抖。他轻轻地把这只挂下来的手臂抬了起来,小心翼翼地把它放到这受难者的胸上。这时陌生人睁开眼睛,看着他,从那无限遥远的陌生的痛苦之中升起一缕感激的微笑,向他致意。

他浑身哆嗦,一阵寒噤,活像一道闪电透过他的全身。他们要他干这种事情?把人伤害成这样?只会用仇恨的眼光去注视弟兄们的眼睛?自觉自愿地去参加这巨大的罪行?这时他感觉到巨大的真理在他心头强劲有力地一跃而起,砸烂了他胸中的那台机器,自由从心里幸福而又宏伟地升起,把服从撕得粉碎。绝不!绝不!一种坚强有力、以前从未认识的声音在他心里高声喊道,他已被这心底的声音击倒。他抽泣着倒在担架旁边。

人们向他冲去。大家以为他突发了羊痫风,医生也赶来了。但是他已慢慢地站了起来,拒绝了别人的帮助,脸上显出平静欢快的神气。他伸手掏出钱包,取出最后一张钞票,把它放在伤员的身旁;接着拿出那张纸,慢悠悠地有意识地再读一遍。然后把它对半撕开,把碎纸片撒在站台上。人们直愣愣地看着他,仿佛在看一个疯子。可他却再也不感到羞耻。他只感到:霍然痊愈。音乐又演奏起来。他心里涌出的恢宏壮阔的乐声压倒了所有的声响。

晚上,很晚了,他回到自己的家里。屋里一片漆黑,房门紧闭,犹如一口棺材。他敲敲门。一阵拖沓的脚步声传来:他的妻子把门打开,一看见他,吃了一惊。可是他温柔地抱住妻,把她扶进门去。他们什么话也不说。只是幸福得浑身哆嗦。他走进自己的房间:他的画全都放在那里,妻把它们从他的画室里拿了出来,为了看到他的作品就感到他在身边。他从妻的这一行动体会到无限的爱恋,他于是懂得,他使自己免去了多少损失。他默默地紧握着妻的手。狗从厨房里冲了出来,跳起来扑到他身上:大家都在等着他归来。他感到,他的心灵从来没有从这里离去,可是他感到自己像是逃脱死亡又重返人间。

他俩还一直没有说话。但是妻轻轻地拉着他,把他领到窗前:窗外是永恒的世界,对于一时晕头转向的人类自己创造的痛苦,它丝毫不受影响。这个世界为他放射光辉,在辽阔无垠的天空中,无限的群星交相辉映。他抬头仰望,心情激动,深切地认识到,对于世上的人来说,除了大自然自身的法则之外,别无其他法则,除了相互依存的关系之外,别无其他东西能真的把他拴住。他妻子的呼吸幸福地在他唇边涌动。在这种互相感觉的快感之中,他们两个的身体有时候挨在一起轻轻颤抖。但是他们沉默不语:他们的心自由飞翔,飞向万物永恒的自由,摆脱了话语的混乱和人为的法律。

(1929)

张玉书 译

象棋的故事[*]

一艘定于午夜时分从纽约开往布宜诺斯艾利斯去的远洋客轮上,正呈现着解缆起航前惯有的繁忙景象。岸上来送客的人挤来挤去给远航的朋友送行;电报局的投递员歪戴制帽,在各个休息室里大声呼喊着旅客的姓名;有人拿着行李和鲜花匆匆而过;孩子们好奇地沿着梯子上下奔忙,在甲板上演出的船上乐队一直不停地在演奏着。我和我的朋友避开这吵吵嚷嚷拥挤不堪的人群,站在供散步用的甲板上聊天。忽然,在我们近旁,镁光灯闪了两三下:大概在旅客中有什么名人,记者在起航前最后一刻还赶来采访,给他拍照。我的朋友向那边看了一眼,微笑着说:

"您这船上可有个罕见的怪物——琴多维奇。"

我听了他这句话,脸上显然露出一副相当莫名其妙的神情,他就接着解释了几句:

"米尔柯·琴多维奇,象棋世界冠军。他刚在一连串的比赛中从东到西征服了整个美国,现在乘船到阿根廷去夺取新的胜利。"

他一说,我果然想到了这位年轻的世界冠军,以及他平步

---

[*] 本篇于一九四一年首次发表。

青云、一举成名的一些细节。我的朋友读报纸比我仔细,他说了好些关于此人的轶事趣闻,作为补充。

大约一年以前,琴多维奇一下子就成功地进入了棋坛名手阿廖辛、卡帕布兰卡、塔尔塔柯威尔、拉斯克、波哥留勃夫①的行列。自从一九二二年纽约循环赛上七岁神童雷舍夫斯基②初露头角以来,一个默默无闻的新手闯入棋坛群星的光荣队伍,还从来没有引起过这么大的轰动。因为琴多维奇的智力根本没有预示他会有如此灿烂的前程。不久,透露出一个秘密:这位世界冠军无论用哪一种文字书写,哪怕只写一句话,也不能不出错,而且,像他恼怒的对手之一所刻薄地指出的,"他在任何领域都惊人的无知"。

他父亲是多瑙河上一名极其贫苦的南斯拉夫族的船夫,他的小船一天夜里被一艘运粮食的货船撞沉了。父亲死后,他们那个偏僻小村的神父出于恻隐之心,收养了这个十二岁的孤儿。这位好心的神父千方百计地在家里给这个前额宽阔、不爱说话、有点迟钝的孩子补课,想教给他那些他在乡村学校里没能学会的知识。

但是神父的一切努力全都白费。米尔柯直愣愣地瞪着字母,虽说都已经给他解释了上百次,他还是觉得非常陌生;课

---

① 阿廖辛,俄国象棋名手齐格林派的代表,一九二七至一九三五年和一九三七至一九四六年的世界冠军。卡帕布兰卡,古巴象棋名手,一九二一至一九二七年的世界冠军,一九二七年输给阿廖辛。塔尔塔柯威尔,象棋一级选手,著有许多象棋理论方面的作品。拉斯克,德国象棋名手,一八九四年起为世界冠军,一九二一年输给卡帕布兰卡,著有关于象棋、数学和哲学的理论作品。波哥留勃夫,俄国象棋名手。
② 雷舍夫斯基,美国著名的象棋手,象棋一级选手,不止一次获得美国的个人冠军,在世界冠军赛中获得第三名和第四名。

堂上讲解的最简单的东西,他那迟钝的脑子也记不住。十四岁上,他还扳着指头算数。都已经是个半大不小的男孩了,读书看报还特别费劲。但是,不能说米尔柯脾气乖僻或者犟头倔脑。吩咐他干啥他就乖乖地干啥:担水、劈柴、下地干活、收拾厨房。他办事可靠,托付他的事情,他一定完成,尽管慢得叫人生气。但是最让好心的神父恼火的,却是这个冥顽不灵的少年对世上的一切全都漠不关心。要是没有人特意要他干啥,他就整天什么也不干。他从来不提问题,从来不和别的孩子一块儿玩耍,只要不明确告诉他该做什么活,他是从来不给自己找活儿干的。做完家务事以后,米尔柯就坐在屋里发呆,两只眼睛茫然无神,活像在草地上吃草的绵羊,对周围发生的一切事情完全无动于衷。每天晚上,神父吸着乡下长烟袋,总要和警察局的巡官下三盘象棋,这个淡黄头发的小伙子老是一声不吭地蹲在旁边,低垂着沉重的眼皮,似睡非睡地、漫不经心地看着画有格子的棋盘。

一个冬天的晚上,两个朋友正沉湎于他们日常的棋戏中,这时从街上传来了雪橇的铃声。一辆雪橇沿着村街飞快地驶近,越来越快。一个农民戴着满是雪花的帽子急急忙忙地跑进屋来,恳求神父尽快地去给他垂危的母亲举行临终涂油礼。神父毫不迟疑,立即跟他走了。这时,巡官还没喝完他杯里的啤酒。他又点燃了一袋烟,准备回家。他正在穿高统毛皮靴的时候,忽然发现,米尔柯目不转睛地盯着棋盘上那副未下完的残局。

"怎么,你想下完这盘棋吗?"巡官开玩笑地问道。他完全相信,这个瞌睡懵懂的孩子甚至连棋子怎么走法也不知道。孩子怯生生地抬头看了看他,然后点点头,坐到神父的位子上。走了十四步棋,巡官被杀败了,而且不得不承认,他的失败决不是什么偶然失误的结果。第二盘的结局也是这样。

"巴兰的驴子说话了!"①神父回家以后惊奇得叫了起来。他向不大熟悉《圣经》的巡官解释,早在两千年前也发生过一次类似的奇迹,一个不会说话的动物突然说起话来,话里充满了智慧。神父不顾时间已晚,抵挡不住心里的诱惑,硬要同他半文盲的学生杀上一盘。米尔柯同样轻而易举地赢了他。米尔柯下得缓慢、顽强、坚定不移,他那前额宽阔的脑袋始终不从棋盘上抬起来。但他下棋下得很稳,毫无破绽。以后接连几天,无论神父还是巡官都没能胜过他一盘。神父比谁都了解他这个弟子在其他方面的智力是何等低下,现在他可真想知道:这种单方面的古怪天才能不能经受得起更加严峻的考验。他让乡村理发师把米尔柯浅黄色的蓬乱头发修剪一番,把他打扮得稍微像样一点,然后用雪橇把他带到邻近的小城。神父知道,该城主要广场的咖啡馆里经常聚集着当地的象棋迷,他根据自己的经验确信,这些人要比他高明得多。神父把这个黄头发、红脸膛的十五岁少年推进咖啡馆,使那里的常客们大为惊讶。这个少年身穿毛皮向里翻的羊皮大衣,脚踏一双沉重的高统皮靴。进了咖啡馆以后,他怯生生地低垂双眼盯着地面,一直呆呆地站在一个角落里,后来人家叫他到一张棋桌跟前去。第一盘米尔柯给打败了,因为他和好心的神父

---

① 典出《旧约全书·民数记》第二十二章。智者巴兰骑驴赶路,途遇耶和华的使者执刀等在路上。驴为了避开执刀的使者,三次离开大路。巴兰发怒用杖打驴。耶和华使驴开口对巴兰说:"我向你行了什么,你竟打我这三次呢?"后来耶和华使巴兰看见执刀的使者,巴兰便低头俯伏在地。

下棋时，从来没有领教过所谓的西西里开棋法。下一盘他便和城里最好的棋手下成和局。从第三盘、第四盘起米尔柯挨个儿打败了所有的棋手。

在南斯拉夫的外省小城市里，激动人心的事件是很少发生的。因此，乡村冠军的初露锋芒对于聚集在咖啡馆里的那些可敬的公民来说立即成了耸人听闻的事件。当下一致决定，必须让神童在城里待到明天，以便召集象棋俱乐部其余的成员，尤其要到附近城堡里去通知老伯爵西姆奇茨，此人是个狂热的棋迷。神父这时瞧着自己的养子，心里产生一种新的得意之感。发现了一个天才，他固然满心欢喜，可是责任感提醒他，得回到村里去做主日弥撒①。最后他表示同意把米尔柯留在城里接受进一步的考验。棋手们出钱把年轻的琴多维奇安置在旅馆里，这天晚上他生平第一次看见抽水马桶。第二天是星期天，午饭后棋室里挤满了人。一连四个小时，米尔柯一动不动地坐在棋盘边，一言不发，也不抬头看看，就这样一个接一个地击败了他所有的敌手。最后，有人建议跟他来一次车轮战。人们花了不少工夫才使这个反应迟缓的小伙子弄明白：所谓车轮战就是他将同时跟几个敌手对弈。但是他刚一弄清楚这种下法的惯例，他就立即照人说的去办，他慢慢地拖着沉重的咯吱咯吱直响的皮靴，从一张桌子走向另一张桌子。结果八盘中他赢了七盘。

在这以后，象棋俱乐部立即开会认真讨论。虽然严格说来，这位新冠军并非本城人士，可是本乡本土的民族自豪感已经激起。没准这个在地图上都未必能够查到的小城竟

---

① 主日即天主教的星期天。主日弥撒是天主教在星期天早上做的礼拜。

能破天荒第一次获得被称为名人故乡的荣誉。一个名叫柯勒尔的经纪人平时专给军营的歌舞场介绍演唱小曲的歌女和女歌唱家,这时表示,只要有人提供一年的津贴,他准备安排这个少年到维也纳去,跟他熟悉的一个象棋名手去接受象棋棋艺方面的专门训练。老伯爵西姆奇茨六十年来天天下棋,还从来没有遇到过一个这样奇特的敌手,当下立即签发了这笔款项。从这一天起,这个船夫之子惊人的飞黄腾达就开始了。

半年之后米尔柯就洞悉了象棋技术的全部奥秘,当然,他还有一个稀奇的弱点——这一点往后被行家们多次注意到,并且不断遭到他们的讪笑。因为琴多维奇从来也不会单凭脑子记忆来下棋,哪怕下一盘也不行,用行家的话来说,他不会杀盲棋。他完全缺乏在自己想象力的无限空间中再现棋盘的能力。他眼前必须老有一张画了六十四个黑白方格的真正棋盘和三十二个具体的棋子。即使成了世界名人之后,他还老是随身带着一副可以折叠的袖珍象棋,这样,他要是想复制他所需要的典型棋局,或者解决他感兴趣的问题,就随时随地都能以直观的方式在眼前看到棋子的具体位置。虽然这点瑕疵本身无足轻重,然而它显示了想象力的贫乏,并且在象棋爱好者的圈子里引起了纷纷议论。就像在音乐界,卓越的演奏家或指挥如果被人发现光凭记忆不用乐谱就不能演奏或指挥,定要引起人们的闲话一样。不过这一缺点并没有妨碍米尔柯取得惊人的成绩。他十七岁就已获得十多次各种各样的锦标,十八岁成为匈牙利全国冠军,到二十岁终于荣获世界冠军的称号。许多厉害的棋手在智力、想象力和气魄上毫无疑问是大大超过他的,但是碰到他那坚韧冷酷的逻辑,都一一败下阵来,正如拿破仑①败在笨重迟钝的库图佐夫②手里,汉尼拔③敌不过费边·孔克塔托尔④一样,根据李维⑤的记载,孔克塔托尔在童年时代就表现出淡漠和呆笨的特点。象棋手本来集各种截然不同的智力特性于一身,兼有哲学家、数学家的精于计算、富于想象等创造性的特质。这样一来,在象棋名手卓越的行列里破天荒第一次混进来一个十足地道的异己分子——一个行动滞重、沉默寡言的乡村青年。即使最机灵的记者也无法从他嘴里勾出一句能够公开登报发表的话来。琴多维奇没有向报纸提供警句妙语,但这一点却为许多关于他个人的趣事逸闻所补偿:琴多维奇在棋桌旁是个无与伦比的大师,可是一站起来,就无可挽救地变成一个怪里怪气、近乎滑稽可笑的人物。尽管他身穿黑礼服,系着华丽的领带,上面还别了一枚嵌着珍珠的有些刺眼的别针,指甲修剪得十分细致,但是举止仪表显示出他依然是从前那个头脑简单的乡下少年,不久前还在村子里给神父打扫厨房。他利用自己的天才和荣誉,尽可能地多赚钱,表现得十分小气,贪得无厌。他捞起钱来笨手笨脚,简直愚蠢到无耻的地步,这激起了同行的愤慨和嘲笑。他从一个城市旅行到另一个城市,总是住最便

① 拿破仑,一七九九至一八〇四年法兰西共和国的第一执政,一八〇四至一八一五年的法国皇帝。
② 库图佐夫,俄国的著名统帅。一八一二年拿破仑入侵俄国,俄军在库图佐夫指挥下粉碎了拿破仑的军队。
③ 汉尼拔,第二次布匿战争时的迦太基名将。公元前二一八年,他曾经绕道西班牙,越过阿尔卑斯山,进入亚平宁半岛,屡败罗马军队。
④ 费边,罗马统帅,历任执政官。在第二次布匿战争(公元前218—前201)时与汉尼拔作战,他采取以逸待劳的延宕战术,消灭敌人有生力量,因而获得"孔克塔托尔"(意为拖延者)的绰号。
⑤ 李维,古罗马历史学家,著有《罗马史》。

宜的旅馆,只要给他报酬,他就为任何一个寒碜的象棋俱乐部下棋;他让人在肥皂广告上印制他的肖像,甚至同意人家出钱买他的名字去出版一本叫《象棋哲学》的书,丝毫也不理会他的竞争者对他的嘲笑,这些人清楚地知道,他根本连三个句子也写不下来。这本书实际上是加里西尼亚一个穷大学生为一位精明的出版商撰写的。就像一切性格坚韧的人一样,琴多维奇也不懂什么叫可笑。他当了世界冠军以后,就自以为是世界上最重要的人物了。他认为他也击败了所有这些聪明绝顶、才智出众的演说家和作者,这种意识,尤其是他挣的钱比他们还多这个具体的事实使他从过去的手足无措一变而为冷漠的、往往表现为极其笨拙的目空一切。

"话说回来,这样快地取得荣誉,怎么能不冲昏这个空虚的头脑呢?"我的朋友举了几个典型例子说明琴多维奇带着一种纯粹是孩子气的虚荣心来炫耀自己的权势显赫,然后说道,"一个来自巴拿特①的二十一岁的农家青年只要在棋盘上动动棋子,就可以在一星期内赚到一大笔钱,比他全村的人一年内砍伐木材艰苦劳动所得的还多,你说他怎么会不染上虚荣的毛病呢?再说,你的脑子如果根本不知道世界上曾经有过伦勃朗、贝多芬、但丁和拿破仑,那你不是很容易认为自己是一个伟大的人物吗?这小伙子智力有限的脑子里只有一个思想,那就是一连好几个月他没有输过一盘棋,而且因为他根本没有想到世界上除了象棋和金钱以外,还有其他有价值的东西,所以他有一切理由去自我陶醉。"

我朋友的这番话自然激发了我的好奇心。我素来感兴趣

---

① 巴拿特,位于罗马尼亚、南斯拉夫和匈牙利之间的一个肥沃的地区。

的就是各种有偏执狂的人,即囿于某种单一的思想不能自拔的人,因为一个人用来局限自己的范围愈狭小,他在一定意义上就愈接近于无限。正是这种表面上看来对世界上的一切都漠不关心的人,像白蚂蚁一样顽强地用他们特殊的材料建筑着自己稀奇古怪的、然而对他们来说却是独一无二的宇宙缩影似的小天地。因此我直言不讳地表示了我的意图——要在去里约热内卢的十二天旅程中仔细观察这个智力片面发展的古怪样品。

可是我的朋友提醒我说:"您未必能做到这一点,据我所知,还没有一个人能从琴多维奇的嘴里掏到过一丁点有助于心理分析的材料。这个狡猾的农民,看来智力低下得令人难以置信,暗地里却是绝顶聪明,他从不暴露自己的弱点。他的办法很简单:除了在便宜旅馆里碰到的一些和他出身相仿的同乡之外,琴多维奇避免跟任何人交谈。他一感到他面前是一个有文化的人,就马上像蜗牛一样缩进自己的背壳;因此,谁也不能夸口说,曾经听到他说了什么蠢话,或者估量到了他那惊人的无知。"

看来我朋友说的话是有道理的。在我旅行的最初几天,如果不是死乞白赖地凑上去,是根本不可能接近琴多维奇的。我当然不会那么厚脸皮。有时他到上层甲板上来散步,反背着双手,神情高傲、专心致志地沉思着,活像一幅名画上的拿破仑。另外,他散步时总是那么匆匆忙忙地冲来冲去,因此,如果我想跟他搭讪,就不得不跟在他屁股后头跑。而他又从来不在休息室、酒吧间和吸烟室露面。我悄悄地向侍者打听消息,据说,他白天的大部分时间都坐在自己舱里一个大棋盘前,研究棋局或重演下过的棋。

三天以后,我可真的生起气来了,琴多维奇的防御策略看来比我想要设法接近他的愿望更为巧妙。我这辈子还从来没有机会去亲自结识一位象棋名手。我现在越是想了解这一类型的人,我就越觉得让人的脑子一辈子完全围着一个划成六十四个黑白方格的小块空间转来转去,是不可思议的。根据个人经验,我是深知被称为"国王的游戏"①的象棋所具有的神秘诱惑力的,在人们发明的各种游戏中只有这一种游戏,它的胜负不取决于任何刁钻的偶然性,它只给智慧戴上桂冠,或者确切些说,它只给智力天赋的一种特殊形式戴上桂冠。但是把下象棋说成是一种"游戏",这难道不是对它进行了一种侮辱性的限制吗?它不也是一种科学,一种艺术吗?一种介乎这二者之间飘浮不定的东西,就像穆罕默德②的棺材介乎天地之间一样。一种包含着各种矛盾的独一无二的混合物:这种游戏既是古老的,又永远是新颖的;其基础是机械的,但只有靠想象力才能使之发挥作用;它被呆板的几何空间所限制,而同时它的组合方式又是无限的;它是不断发展的,可又完全是没有成果的;它是没有结果的思想,没有答案的数学,没有作品的艺术,没有物质的建筑。但是,尽管如此,业已证明,这种游戏比人们的一切书本和作品更好地经受了时间的考验,它是唯一属于一切民族和一切时代的游戏,而且谁也不知道是哪一位神明把它带到世上来消愁解闷、砥砺心智、振奋人心的。它从哪儿开始?又到哪儿结束?它那简单的规则任

---

① 德文"象棋"(Schachspiel)一词由 Schach(象棋)和 Spiel(游戏)组成。Schach 来自波斯文的 sah,意为"国王"。所以象棋意译为"国王的游戏"。

② 穆罕默德,阿拉伯人,生于麦加城,是伊斯兰教的创始人。

何一个孩子也能学会,每一个生手都可以尝试,与此同时,在它那永不改变的狭窄的方格里,产生出一种非常特殊的、无与伦比的能手——只具有一种非凡的象棋才能的人。这是一种独特的天才,在他们身上,想象力、耐心和技巧就像在数学家、诗人和作曲家身上一样地发生作用,只不过方式不同、组合相异罢了。过去颅相学研究盛行的时代,有个姓加尔①的德国医生也许会把这种象棋大师的头部解剖一下,以便确定这种象棋天才脑子里的灰色物质是否有一种特殊脑纹,是否和常人不同,有某种特别的象棋肌或象棋瘤。琴多维奇这个人会使这样一个颅相学家多么感兴趣啊!在他身上,于智力绝对停滞之中,迸涌出一股特殊的才能,就像一大块矿石之中隐藏着一缕金矿脉一样。我原则上从来就懂得,这种独特的天才游戏必然会产生值得尊敬的斗士,但我总还是感到很难想象,甚至几乎不能想象,一个头脑活跃的人会把自己的天地局限于一小块一小块黑白空间之上,而且能够在前后左右移动三十二颗棋子的活动中找到毕生的事业。我不能想像这样一个人,他认为开棋的时候先走马而不是先走卒对他来说是英勇的壮举,而在象棋指南的某个犄角里占上一席可怜见的位置就意味着声名不朽;我不能想象,一个聪明人竟然能够在十年、二十年、三十年、四十年之中一而再,再而三地把他全部的思维能力都献给一种荒诞的事情——想尽一切办法把木头棋子王赶到木板棋盘的角落里,而自己却没有发狂成为疯子。

如今,我生平第一次遇到了这样一个人物——一个这样

---

① 加尔,德国医生,颅相学的创始人,宣称根据人的颅骨外形及隆起情况可以判断一个人的才能和性格。

古怪的天才,或者这样神秘的笨蛋,他离我非常之近,在同一条船上,仅仅相隔六个船舱,而我这个不幸的人居然想不出办法来和他接近。我素来对于智力方面的各种事情都十分好奇,这种好奇最后往往变成一种强烈的激情。我于是想出种种荒谬绝伦的计策:一会儿打算刺激他的虚荣心,想假装代表一家有影响的报纸对他进行采访,一会儿又指望唤起他的贪心,建议他到苏格兰各地去作一次颇有收益的旅行比赛。最后,我终于想起了猎人屡试不爽的策略:模仿山鸡发情的叫声来引诱山鸡。要想吸引象棋大师的注意力,还有什么比自己装作下象棋更有效的办法呢?

我这辈子从来没有认真研究过棋艺,理由很简单,我下象棋只是下着玩,纯粹为了消遣。如果说我有时候也下个把小时象棋,那完全不是为了使脑子紧张,相反,是为了在紧张的脑力劳动之后舒展神经。我完全是本着"游戏"①这个词的本义来下象棋的,而真正的棋手下棋却是在"当真",如果我可以这么说的话,下象棋也像谈恋爱一样,必须要有一个对手,可我当时还不知道船上除了我们以外,是否还有别的象棋爱好者。为了把他们引出洞来,我在吸烟室里设了一个极为简单的陷阱。我同我的妻子一起坐在棋桌旁边来引诱猎物,尽管我妻子比我下得更差。果然,我们走了不到六步棋,我们旁边就有一位旅客停下来,接着第二位请求我们允许他在旁边观局,最后我们如愿以偿,找到了一个对手,他向我挑战,要我同他下一盘。此人名叫麦克柯诺尔,是一位苏格兰采矿工程

---

① 象棋(Schachspiel)一词的第二部分 spiel 为"游戏",所以作者说本着"游戏"一词的本义,而不是"当真"。

649

师,听说他在加利福尼亚钻探石油,攒了一大笔钱。麦克柯诺尔身材不高,粗壮结实,颌骨方方正正,牙齿坚固有力。他脸上血色很好,红得发紫,大概是由于他威士忌喝得太多的缘故,至少这是部分的原因。此人肩膀宽得出奇,简直像竞技者那样孔武有力,可惜在下棋的时候也表现出一副逼人之势。因为麦克柯诺尔先生属于这样一种自以为是、志得意满的人,这种人即使在最无足轻重的比赛中,也把失败看作是降低自己的身份。这位大块头习惯于凭着自己的本事,在生活中死拼硬闯取得成功,他心里充满了特殊的优越感,以致把任何阻力都看成是对自己的极不应该的反抗,几乎就是对自己的侮辱。他输了第一盘,就满脸不高兴,并且开始唠唠叨叨,用一种不容辩驳的口气解释说,只是因为他一时疏忽,才输了这盘棋。输了第三盘,他就怪隔壁客厅里太闹。每输一盘他没有不说再来一盘的。起初,他那种好胜劲儿我倒也觉得怪好玩,可是后来我也就只好硬着头皮忍受下来,既然我想达到预定的目的,把世界冠军引到我们的桌边来,也就不得不忍受这位先生。

第三天我的计划成功了,可是只成功了一半。也许琴多维奇通过上层甲板的舷窗看见我们在下棋,也许只是一般地想到吸烟室来转一转,总之,当世界冠军发现居然有人胆敢擅自玩他的那行技艺,就情不自禁地走近一步,保持适当的距离,向棋盘投来一瞥考察的眼光。这时正好该麦克柯诺尔走。仅看他走这么一步棋,琴多维奇马上就明白了,我们这种外行的比赛对于他这么一位大师来说,根本不值得再多看一眼。就像我们在书店里看到人家推销的一本蹩脚的侦探小说,连翻都不屑于翻开,就随手撂下一样,这位世界冠军也就离开我们的棋桌,走出了吸烟室。"他掂了一下分量,觉得没啥意思。"我想。他那种冷淡、鄙夷的目光多少有点使我生气。为了发泄一下我的怒气,我对麦克柯诺尔说:

"看来,您这一步棋冠军似乎并不十分欣赏。"

"什么冠军?"

我向他解释说,刚才从我们身边走过并且不以为然地看着我们下棋的那位先生,就是世界象棋冠军琴多维奇。我补充说,咱们不会因为他看不起而伤心的,咬咬牙也就挺过去了;对穷人来说,只好清茶淡饭将就着过穷日子嘛!使我感到意外的是,我随口说出的这些话居然对麦克柯诺尔产生了完全意料不到的作用。他立即激动起来,把我们下的这盘棋忘得干干净净。沽名钓誉的念头马上开始在他脑子里活动起来。他说,他压根儿没有想到,琴多维奇就在船上,那么冠军无论如何得跟他下盘棋。他这一辈子还从来没有跟一位世界冠军下过棋,除了有一次同另外四十个人在一起,跟他下过一盘车轮战,就是这次车轮战也是下得够紧张的,他本人差点儿还赢了呢。他问我,是否认识这位冠军,我说不认识。他又问我,愿不愿意跟冠军打打招呼,请他来同我们下盘棋呢?我拒绝了,我的理由是,据我所知,琴多维奇是不大喜欢结识新交的。再说,跟我们这些第三流棋手下棋,对世界冠军来说,又有什么意思呢?

看来对麦克柯诺尔这种自尊心强的人,我是不应该说什么三流棋手之类的话的。他听了以后生气地往椅子背上一靠,粗暴地说,他简直不能相信,琴多维奇会拒绝一位绅士的客气的邀请。他会想办法去邀请的。我应他的请求,给他简单描述了一下冠军的为人。于是麦克柯诺尔便扔下这盘未下完的棋不管,急不可耐地跑到上层甲板上去追琴多维奇。这时,我又一次感到,长着这么宽肩膀的人要是想干什么事,是怎么拦也拦不住的。

我相当紧张地等待着。十分钟以后,麦克柯诺尔回来了,看来他的心情不怎么愉快。

"怎么样?"我问。

"您说得对,"麦克柯诺尔有些气恼地回答,"不是一位很讨人喜欢的先生。我向他作了自我介绍,告诉他我是谁,可他连手都不伸给我。我试着向他说明,我们船上所有的旅客都将感到自豪和荣幸,如果他乐于跟我们进行一盘车轮战的话。可是他的态度生硬得不近人情。他回答说,很遗憾,他同他的经纪人订有合同,规定他在旅行期间只能进行有报酬的表演赛,而且每盘酬金最低金额为二百五十美元。"

我笑起来了。

"我从来也没有想到过,从白方格到黑方格这样动动棋子,竟是如此发财的买卖。我想您也就客客气气地向他告别了吧。"

然而,麦克柯诺尔的样子仍然一本正经。

"比赛定于明天下午三点举行,就在这吸烟室里。我希望我们不至于那么轻易地被他打败。"

"什么?您答应给他二百五十美元啦?!"我十分惊异地叫了起来。

"为什么不呢?这是他的职业。①如果我牙疼,而船上碰巧又有一位牙科医生,那我也不能要求他白白地给我拔牙

---

① 原文为法文。

呀。这人做得很对,应该大敲竹杠。哪一行真正的专家也都是最精明的生意人。至于我,我是主张买卖做得越光明磊落越好。我宁可把现钱付给您的琴多维奇,也不愿向他乞求恩典而末了还得向他千恩万谢。再说我在我们俱乐部里一个晚上输过不止二百五十美元,而那还不是同世界冠军下棋呢。'三流'棋手输给琴多维奇没有什么可丢人的。"

我真觉得好玩,我说的"三流棋手"这个毫无恶意的说法,竟然如此厉害地刺伤了麦克柯诺尔的自尊心。但是,既然他打算为这种昂贵的娱乐付钱,我对他的这种不大合适的虚荣心也就不加非议了。再说,多亏他的虚荣心,我还有机会认识一下我感兴趣的人物。我们赶紧把这件事告诉了四五个到现在为止自称是象棋爱好者的先生们,并要求他们为这即将举行的比赛不仅预先订下我们的桌子,而且订下所有的邻桌,以便尽可能避免其他过往旅客的干扰。

第二天在指定的时间,我们这伙人都准时到场,一个不落。冠军正对面的桌子当然让给麦克柯诺尔。他心情激动,一支接一支地猛抽烈性雪茄,而且一再焦灼不安地看着手表。然而,世界冠军叫大家足足等了十分钟(想到我朋友讲的那些故事,我早已料到他会来这么一招),这样一来,他的出场就显得分外的隆重。他泰然自若、从容不迫地走到桌旁。他也不向大家作自我介绍——看来,他的无礼似乎是说:"我是谁,你们全都知道,而你们是谁,我却丝毫不感兴趣。"——就马上用一种干巴巴的、例行公事的语气开始做出具体安排。因为船上没有那么多棋盘,没法进行车轮战,所以他建议,我们大家可以一齐同他对弈。他走一着,然后就退到房间另一端的一张桌子旁边,以免影响我们商量。我们下过一着以后,就用茶勺敲敲茶杯,因为遗憾的是手头没有摇的铃。如果没有人反对,那他建议每走一步最多考虑十分钟。我们当然像怯生生的小学生一样,接受了他的全部建议。琴多维奇要了黑子;他站着回了一步棋,就立即转过身去,退到他方才建议的等候地点。他懒洋洋地躺在安乐椅里,信手翻阅一份画报。

报道这盘棋没有多大意思。不言而喻,它像预料的那样,以我们的彻底失败而告终,而且一共只走了二十四步棋。世界冠军轻而易举地击溃了半打平平常常或者十分差劲的棋手,这件事本身并不足为奇;但是使我们大家十分反感的是琴多维奇的倨傲态度,他明显地让我们感到,他对付我们,不费吹灰之力。他每一次走到桌边,都是故意用一种似乎漫不经心的目光向棋盘扫上一眼,而对我们则根本不予理睬,好像我们也是没有生命的木头棋子似的。他的态度就像人们把一块骨头扔给一只癞皮狗,连看也懒得去看它一眼。我觉得他要是稍微周到一点,知道一点儿分寸,他完全可以指出我们的错误,或者说些友好的话来鼓励鼓励我们。可是,即使下完了这盘棋,这个没有人性的象棋机器人也没有吭一声。他说了一声"将死了",就一动不动地站在桌旁,显然是想知道我们还要不要再下一盘。碰到这种迟钝粗鲁的人,你是毫无办法的,我已经从位子上站了起来,准备用手势示意,至少对我来说这笔美金交易一了结,我们愉快的相识便就此终结。可是,使我恼火的是,就在这一刹那,坐在我旁边的麦克柯诺尔用十分沙哑的声音说道:"再来一盘!"

使我吃惊的是麦克柯诺尔的挑衅口吻,他在这一瞬间的确很像一个准备挥拳出击的拳击家,而不大像一位彬彬有礼的绅士。也许是琴多维奇对待我们的那种侮辱人的态度使他感到愤怒,也可能是他病态的自尊心容易受到刺激,但是不管原因如何,反正麦克柯诺尔完全变了样子。他满脸通红,一直红到发根,鼻翼由于内心激动张得大大的,额上冒出豆大的汗珠,一条深深的皱纹从紧咬着的嘴唇向气势汹汹地往前突出的下巴伸展过去。我不安地注意到,他眼里闪烁着一股无法遏制的怒火,这种怒火通常只有赌台旁边的赌徒才有,如果他所需要的牌在成倍成番地加注以后接连六七次都不出现的话。这时我已经明白,这个好胜心强的狂热分子将要一个劲地同琴多维奇下棋,下普通的注或者下成倍的注,一直下到至少赢他一盘为止,即使这样会花去他的全部财产,他也在所不惜。如果琴多维奇坚持干下去,那么麦克柯诺尔就会变成他的真正的金窖,在他到达布宜诺斯艾利斯之前,他完全可以从这个金窖里挖出几千美元。

  第二盘和第一盘没有什么不同,只不过我们这伙人略有增加,因为又来了好几个好奇的观众,而且显得更加活跃。麦克柯诺尔两眼盯着棋盘,好像要以他必胜的意志去感化棋子似的。我感到,为了能向我们冷酷无情的敌手愉快地大喊一声"将死了",他是非常乐于牺牲一千美元的。奇怪的是,他那种阴郁的激动不知不觉地感染了我们大家。现在每走一着都比先前讨论得更加激烈,我们一直争论到最后一秒钟,才一致同意给琴多维奇发出信号叫到我们桌边来。我们渐渐走到第十七步,使我们惊讶的是,这时出现了一个极为有利的局面,因为我们已经成功地把 c 线上的卒子推进到倒数第二格 c_2 的位置上,现在我们只消把它推进到 c_1 的位置上,我们就要赢第二个后了。这个取胜的良机过于明显,我们当然觉得很不放心,大家都有点怀疑,这个似乎已经被我们夺得的优势,没准是琴多维奇给我们设下的陷阱,他不是比我们能多看好几着棋吗?但是尽管我们大家一起使劲地研究和讨论,我们仍然看不出他设的圈套是什么。最后,允许的思考时间快要完了,我们决心冒险走一步棋。麦克柯诺尔已经拿起卒子,想把它放在最后一个方格里,忽然,他觉得有人猛地抓住他的胳臂,有个人轻轻地,但是激烈地悄声说道:"千万别那么走!"

我们大家都情不自禁地转过头去。我们身后站着一个约莫四十五岁的男人,他那尖削的瘦脸在我先前散步时就因为它简直像石灰一样奇怪的苍白而引起过我的注意。他大概是几分钟前我们全神贯注地讨论我们下一步棋该怎么走的时候参加到我们这一伙里来的。他看见我们望着他,便匆匆忙忙地补充了几句:

"您现在如果把卒子变成后,那他就立即用 c_1 位置上的象来把它吃掉,而您再用马把他的象吃掉。在这期间,他就会把他那不受牵制的卒子进到 d_7 的位置上,从而威胁您的车。您即使用马将军,这一盘您还是要输的——再走九到十着您就会被将死的。一九二二年阿廖辛在彼斯吉仁循环赛上同波哥尔留勃夫对弈时几乎完全是同样的阵势。"

麦克柯诺尔大为惊讶,他放下手里的棋子,像我们大家一样,不胜惊奇地两眼直盯着这个似乎是从天而降的守护天使。一个在十来着棋子之前就能算出一副棋的结局的人,想必是个第一流的高明棋手,甚至于说不定是个和琴多维奇旗鼓相当的冠军争夺者,此刻正前去参加同一个比赛。他在这样关键的时刻突然出现,突然参战,对我们来说,简直是一件超乎自然、异乎寻常的事。首先清醒过来的是麦克柯诺尔。

"您建议怎么走呢?"他激动地小声问道。

"先别进卒,暂且避开。先把王从危险区撤出来——从 g_8 走到 h_7。这样,您的对手大概会转而进攻另一翼。不过您可以把车从 c_8 走到 c_4 去抵挡。这一来,他就要多走两步棋,并且失去一个卒子,从而也就失去了整个优势。于是你们双方都有卒子互相对垒。只要您防守得当,这一盘您还能走成和局。别的您也不能再奢望了。"

我们又一次惊讶得目瞪口呆。他计算的准确和迅速都使我们大吃一惊。他那样子就像是在照着棋谱一步步地念似的。由于他的参与,我们这盘棋居然能和世界冠军下成和局,这种出人意表的良机毕竟是很诱人的。我们不约而同地全都退到旁边,以免妨碍他看棋。麦克柯诺尔又问了一遍:

"这么说,把王从 g_8 走到 h_7?"

"当然,现在最要紧的是避开。"

麦克柯诺尔听从了他的意见,我们敲了敲玻璃杯。

琴多维奇迈着他惯常的随随便便的步伐走到我们桌旁,对我们走的棋只瞥了一眼。然后,他把王翼的卒子从 h_2 移到 h_4 的位置上,就跟我们这位素不相识的帮手所预言的完全一样。而这个人又在激动地低声说话了:

"进车,进车,把它从 c_8 走到 c_4,那他就不能不去保卒子了。不过这对他也无济于事!不要管他的底线卒子,你出击,把马从 c_3 走到 d_5,这样均势就恢复了。全力冲过去,不要守了!"

我们不明白,他说的是什么意思。对于我们来说,他讲的话全是中国话①。不过,既然已经着了迷,麦克柯诺尔就不加思考地照他说的走。我们又敲了敲玻璃杯,把琴多维奇叫过来。这时,他第一次不迅速做出决定,而是紧张地看着棋盘。然后他走了一着棋,恰恰就是这位陌生人向我们预告的。琴多维奇都已经转身要走了,可这时发生了一件新奇的、意想不到的事:琴多维奇抬起眼来环顾一下我们这些人。显然他是想弄清楚,在我们中间究竟是谁忽然对他进行这么顽强有力的抵抗。

  从这一瞬间开始,我们的激动增长到难以估量的程度。在这之前,我们跟琴多维奇下棋,并没有真抱什么取胜的希望,但是现在,我们能够挫伤琴多维奇冷漠的傲慢这一想法,使我们大家顿时热血沸腾、情绪高涨。我们的新朋友又已指出下一步棋该怎么走,我们可以把琴多维奇请过来了。我便用茶勺敲了敲玻璃杯,手指都有点微微发抖。现在我们初步的胜利已经取得了:琴多维奇在这之前一直是站着下棋的,现在他犹豫再三,终于坐到了棋桌旁。他慢慢地、沉重地坐到椅子上,光这一点就使得我们和他之间原来他对我们那种"居高临下"之势给打破了。我们迫使他和我们处于平等地位,至少在外表上是如此。他考虑了老半天,眼睛一动不动地凝视着棋盘;他那沉重的眼皮耷拉下来,我们几乎都看不见他的眼珠。由于紧张地思考,他的嘴渐渐地张开,这使他的圆脸显出一副蠢相。琴多维奇考虑了几分钟,然后走了一着,就站起身来。我们的朋友立刻低声说道:

---

 ① 欧洲人认为中国话极为难懂。这句话比喻这人说话的意思艰深难懂,犹如中国话。

"这步棋是拖延时间!想得好!不过不要去理它!逼他拼个子儿。一定要拼!拼过以后就是和局了,谁也帮不了他的忙了!"

麦克柯诺尔照他说的走了一步棋。双方棋手(我们大家早已沦为可有可无的配角)下面的走法,对我们来说乃是莫名其妙的棋子的移动。走过七八着以后,琴多维奇思考了好一会儿,然后抬起头来对我们说:"和了。"

霎时间,四下里一片寂静。忽然听见海浪的翻滚声,隔壁客厅里的收音机传来的爵士乐曲声,上层甲板上散步者的每一个脚步声,以及从窗框里透进来的轻微的风声。我们大家都屏住呼吸,事情发生得这么突然,我们大家简直被这难以置信的事情给吓住了:这位素不相识的陌生人竟能迫使世界冠军屈从于他的意志,而且是下的一盘已经输了一半的棋。麦克柯诺尔大声地吁了一口气,往后一靠,嘴里冲出一声得意的"啊"。我又仔细地观察了一下琴多维奇。在走最后几步棋的时候,我就觉得,他的脸色似乎变得苍白了一些。但是世界冠军善于控制自己。他仍然保持一种似乎无所谓的呆木神气,用一只平稳的手把棋盘上的棋子扒拉到一边,问道:

"想不想下第三盘,先生们?"

他是用一种毫无感情、就事论事的语气提出这个问题的,但奇怪的是,冠军似乎完全没有注意麦克柯诺尔,而是死死地盯住我们的救星的眼睛。就像一匹马从一个骑者比较坚定的骑姿中认出这是个更为高明的新骑士一样,琴多维奇想必也从最后几步棋里看出,实际上他真正的对手是谁。我们也情不自禁地跟着琴多维奇的眼光,好奇地凝视着这位陌生人。但是这个人还没来得及思考或者答复,那虚荣心强、十分激动的麦克柯诺尔已经洋洋得意地冲着他喊了起来：

"那还用说！不过这一盘您得单独跟他下。您一个人同琴多维奇对弈！"

可是这时发生了一件完全没有预料到的事情。这位陌生人非常奇怪地一直十分紧张地凝视着空棋盘，他发现所有的目光都盯着他，并且听到麦克柯诺尔这样热情洋溢地跟他说话，身上不觉一哆嗦。他脸上的表情显得十分慌乱。

"绝对不行，先生们，"他结结巴巴地说，显得非常惊慌失措，"这是完全不可能的……我绝对不行……我已经二十年，不，二十五年没下棋了。我现在才发现，未经诸位允许就参与您们的比赛，是多么不恰当的行为。请原谅我的鲁莽。我不愿再继续打扰诸位了。"我们惊异得还没有缓过劲来，他已经转身走出了吸烟室。

"不过，这是完全不可能的事啊！"容易激动的麦克柯诺尔用拳头猛敲一下桌子，大声嚷道，"这人说他二十五年没下过棋，这是绝对不可能的！他不是在五六着棋之前就已经算出每一步棋和每一个对策了吗！这种事情可不是谁都能轻易做到的啊。这简直是完全不可能的，是不是？"

麦克柯诺尔不由自主地向琴多维奇发出上面的问题。但是世界冠军的神情十分冷淡。

"这件事情我无法判断。不过不管怎么说，这位先生下棋下得不很平常，怪有意思；所以我故意给他一个略占上风的机会。"

说着他懒洋洋地站起来，用他惯有的就事论事的语气补充了一句：

"要是这位先生或者诸位先生明天还想再下一盘，那我从三点钟起听候诸位吩咐。"

我们忍不住都微笑起来。我们每个人都非常清楚，琴多维奇绝不是因为慷慨成性而给了我们不知名的帮手一个机会的，他的这种说法无非是企图掩盖自己失败的一个愚蠢的遁词。因此我们更加强烈地想要看到这个傲慢者受到屈辱。一下子我们这些生性平和、懒懒散散的旅客突然产生了一种强烈的、雄心勃勃的战斗欲望。在我们船上，在一望无垠的大海上，世界冠军将在我们手下败北，而这一记录将由各通讯社向全世界播发，这个想法刺激着我们，使我们陶醉。此外，我们的救星恰好在关键时刻出乎意料地前来参战，这事更发出一种神秘的魔力，他那近乎羞怯的谦逊同职业棋手不可动摇的自负又形成了鲜明的对照。这个陌生人究竟是谁呢？莫非偶然的机遇使我们眼前又出现了一名至今尚未发现的象棋天才？还是说，由于某种尚未查明的原因，一位大名鼎鼎的象棋大师向我们隐瞒了他的姓名？我们十分激动地讨论着所有这些可能性，甚至最不可思议的假设对我们说来也还不够大胆，他那神秘莫测的胆怯和他出人意料的自白，这一切怎么也不可能和他显而易见的卓越棋艺协调起来。但是，有一点我们大家意见完全一致：绝对不能放弃重新鏖战一场的机会。我们决定想尽一切办法使我们的帮手在第二天同琴多维奇对弈。麦克柯诺尔答应承担这次比赛物质方面的风险，而我作为陌生人的同胞——我们这时已从侍者那里打听到陌生人是奥地利人——被全权委托向他转达我们的请求。

我没花多少时间就在上层甲板上找到了这个匆匆溜走的陌生人。他躺在躺椅上看书。在我走过去之前，我先利用这个机会，仔细地看了看他。他躺着，把他尖削的脑袋仰卧在枕头上,看上去有些疲劳。我又一次惊异地发现,他那还算年轻的脸,苍白得异乎寻常,两鬓全都白了。我也不知道为什么,但却有这样的印象,觉得他一定是突然变老的。我刚刚走近他,他就客气地站起来,进行自我介绍。他所说的姓氏,我一听就很熟悉,这是奥地利一家古老的名门望族。我记得这家的一个成员是舒伯特①的至交,另一位是老皇帝的御医。当我向这位 B 博士表示我们请他接受琴多维奇的挑战时,他显然大为震惊。原来他根本没有想到他刚才是在同世界冠军下棋,而且下得相当成功。不知道为什么这个消息给予了他强烈的印象。他一再反复问我,我是否确信他的敌手真是大名鼎鼎的国际锦标获得者。我很快懂得了,这一情况大大减轻了我的使命的艰巨性。但是,我感到我是在同一位非常周到、极有教养的人打交道,所以如果他输了将由麦克柯诺尔承担物质损失一事,我决定还是不提为好。B 博士犹豫了好一会儿,最后同意参加比赛,但他请我向我的朋友们事先说清楚,大家对他的才能不要寄予太大的期望。

"因为,"他带着一种梦幻似的微笑补充说,"我确实不知道能不能按照全部规则下棋。请您相信我,我上次说从中学时代起,也就是二十多年来我没有动过棋子,我这样说并不是虚伪的谦逊。而且即使在那时候,我也只不过是个平平庸庸的棋手而已。"

他说得那么自然,以致我丝毫也不怀疑他的真诚。可是各个大师下过的棋局他都记得清清楚楚,准确无误,我不由得对此表示了我的惊讶。我说,不管怎么说,想必他至少在理论

---

① 舒伯特(1797—1828),奥地利著名作曲家。

上对棋艺进行过大量的研究吧。"

B博士的脸上又掠过了一个奇怪的梦幻似的微笑。

"大量研究？天晓得！这话大概可以这么说吧。我对象棋是进行了大量的研究。不过那是在一种非常特殊的、可以说是绝无仅有的情况下发生的。这是一个相当错综复杂的故事，它可以作为一个小小的插曲，用来说明我们这个美妙的伟大时代，要是您能忍耐半个小时的话。"

说着，他指了指旁边的一把躺椅。我欣然接受了他的邀请。周围一个人也没有。B博士摘下他看书时戴的花镜，搁在一边，开始说道：

"您客气地提到，您作为一个维也纳人记得我们家的姓氏。但是我估计，您未必听说过起初由我父亲和我、后来由我自己主持的律师事务所。因为我们根本不受理报纸上公开议论的案件，并且原则上避免接受新的当事人的委托。事实上，我们后来根本就不再从事一般的律师业务，而只限于充当法律顾问和管理一些大修道院的财产。我父亲过去是天主教政党的议员，和这些修道院过从甚密。此外，在帝制已成历史陈迹的今天，下面这件事情我们也不妨公开谈论——我们还受托管理皇室某些成员的资产。我们家同皇帝以及教会的联系（我的一个叔叔是皇帝的御医，另一个是寨滕希特顿修道院的院长），可以追溯到前两代，我们只要保持这些联系就行了。委托人对我们的信任是从老一辈那里传下来的，而随着他们的信任，那静悄悄的可以说是无声无息的工作也就落到我们身上。这些工作向我们提出的要求不过是严加保密和忠诚可靠，先父充分具有这两种品质。只是由于老练周到，他才成功地在通货膨胀年代和改朝换代以后为我们的委托人保存了可观的财产。后来,希特勒在德国上台执政,开始侵吞教会和修道院的财产,于是由我们经手和国外进行一些谈判和交易,为的是至少还能挽救一些动产,使之免遭没收。关于皇室和教廷①所进行的某些秘密的政治交易,我们两人所知道的远比外界知道得多。可是正因为我们的事务所很不惹人注目,我们门上连个牌子也没挂,再加上我们小心谨慎,我父亲和我特意避免和保皇派来往,这使我们免于遭受那些好管闲事之辈的多方询问。事实上,奥地利当局在这些年代里从来没有料到,皇室的秘密信使一直在我们这个坐落在五层楼上的不显眼的事务所里投递或者领取特别重要的信件。

"大家知道,还在国社党②党徒武装他们的军队去进攻全世界以前很久,他们就在与德国毗邻的所有国家里开始建立一支由被损害、被轻视和被侮辱的人组成的队伍,一支和他们的军队同样训练有素和极为危险的大军。每一个办公室,每一个企业都有他们所谓的基层组织,他们的间谍和奸细到处都是,包括陶尔斐斯③和舒什尼格④的私人府邸在内。就是在我们简陋的事务所里,也坐着他们的暗探,可惜我知道得太晚了。此人当然只是一个可怜而无能的办事员,是一位神父介绍来的,我们雇用他只是为了使我们的事务所对外像一个正常的办事机构;事实上我们给他干的事,无非是些无关紧要

---

① 指梵蒂冈的罗马天主教教廷。
② 国社党,希特勒的政党,原名全称为"国家社会主义德国工人党",简称"国社党",贬称"纳粹"。
③ 陶尔斐斯,一九三二年五月起任奥地利总理兼外交部长,一九三四年为德国纳粹分子所刺杀。
④ 舒什尼格,一九三四至一九三八年任奥地利政府总理,后被纳粹推翻,被关进集中营。

的外差、接接电话、整理整理文件,那些文件当然都是无足轻重、没有问题的。邮件是从来不许他拆的。所有重要的信件都由我亲自在打字机上打出来,而且只打一份,不留副件。每一份重要的文件我都亲自带回家去,而秘密谈判只在修道院的院长或者我叔叔的御医办公室里进行。由于采取了这些预防措施,派到我们这里来的那个坐探看不到任何实质性的东西。但是,一件不幸的偶然事件使这个野心勃勃、虚荣心盛的家伙睁开了眼睛,他注意到我们不信任他,背着他在做一些很有趣的事情。可能,当我不在的时候,一位信使不小心说了'陛下',而没有按照我们的约定说'贝恩男爵',要不就是这个流氓非法拆看了我们的信件——反正在我怀疑他之前,他就已经从慕尼黑或者柏林得到了监视我们的命令。一直到很久以后,我都已经被捕入狱,我才想起他开头干活如何懒散,后来,在最后几个月里突然变得很卖力气,好几次他巴结得过火,硬要把我的信件送到邮局去。我不能说我没有一点疏忽大意的地方,不过,话说回来,我们时代那些最为杰出的外交家和军人不也是被这帮希特勒匪徒卑鄙地暗算了吗?盖世太保早已虎视眈眈地把注意力集中到我身上,这可以从下述事实得到极为具体的证实。在舒什尼格宣布辞职的当天晚上,也就是希特勒进入维也纳的前一天,我就已经被党卫军逮捕了。幸亏,我刚从收音机里听到舒什尼格的辞职演说,还能及时地把所有最重要的文件全都烧毁,而其余的文件,包括一些修道院和两位大公爵存放在国外的财产的不可缺少的凭据,我都藏在一个装脏衣服的提篮里,由我年老忠实的女管家带到我叔父家里。所有这一切都真正是在希特勒分子闯进我家前的最后一分钟完成的。"

B博士停了一下,点燃了一支雪茄。火柴一亮,我看见他的右嘴角神经质地抽动了几下。这点我先前早已注意到了。我发现,这种痉挛,隔几分钟就要重复一次。只是轻微地抽动一下,转瞬即逝,几乎难以觉察,可是使他的脸显得特别不安。

"您大概以为我现在要讲那些忠于我们古老的奥地利的人都关在那里的集中营,以及我在那里所受的屈辱、拷打和折磨吧。这样的事情并没有发生。我被算作另外一种囚犯。我没有同那些不幸的人囚禁在一起,希特勒分子用尽一切办法折磨他们的心灵和肉体,把积聚起来的愤懑都发泄在他们身上。我则被列入另外一类人之中,这种人数目很少,国社党徒指望从他们身上敲诈金钱或者勒索重要情报。盖世太保对我这么一个微不足道的小人物本身当然毫无兴趣,不过他们大概听说,我们是他们最大的敌人的财产委托人、监护人和心腹。他们想从我这儿榨取的,是一些罪证材料,可以用来向修道院提出公诉,证明它们隐瞒财产;他们可以用这些罪证材料来反对皇室和一切在奥地利为皇室奋斗牺牲的人们。他们估计,而且也并非没有根据,我们经手的大部分基金还隐藏得好好的,他们要想侵占还很难办到。正因为如此,他们在第一天就把我抓了去,他们指望用他们屡试不爽的方法从我这里获得这些秘密。由于他们想从我这一类人身上敲诈金钱或者勒索重要材料,所以我们没有被送到集中营去,而是受到一种特殊的待遇。您大概记得,我们的首相①以及罗特希尔德②男爵(纳粹分子希望从他的亲戚那里诈取几百万元)都没有被

---

① 指舒什尼格。
② 罗特希尔德,德国大银行家。

投入围着铁丝网的集中营,却似乎是备受优待,被安置在'大都会饭店'里——盖世太保的总部也设在那里——每人住一个单间。连我这个毫不起眼的小人物也获得了这种优厚待遇。

"在大旅馆里独自住单间——这话听起来极为人道,不是吗?不过,请您相信我,他们没有把我们这些'要人'塞到二十个人挤在一起的寒冷的木棚里,而是让我们住在大旅馆还算暖和的单间里,这并不是什么更加人道的待遇,而是更为阴险的手段。他们想从我们这里获得需要的'材料',不是采用粗暴的拷打或者肉体的折磨,而是采用更加精致、更加险恶的酷刑,这是想得出来的最恶毒的酷刑——把一个人完全孤立起来。他们并没有把我们怎么样——他们只是把我们安置在完完全全的虚无之中,因为大家都知道,世界上没有什么东西能像虚无那样对人的心灵产生这样一种压力。他们把我们每一个人分别关进一个完完全全的真空之中,关进一间和外界严密隔绝的空房间里,不是通过鞭笞和严寒从外部对我们施加压力,而是从内部产生压力,最后迫使我们开口。乍一看来,分给我的房间似乎并没有什么使人不舒服的地方:房里有门,有床,有张小沙发,有个洗脸盆和一个带栅格的窗户。不过房门日夜都是锁着的;桌上不得有书报,不得有铅笔和纸张;窗外是一堵隔火的砖墙;我周围和我身上全都空空如也。我所有的东西都被拿走了:表给拿走了,免得我知道时间;铅笔拿走了,使我不能写字;小刀拿走了,怕我切断动脉;甚至像香烟这样极小的慰藉也拒绝给我。除了看守,我从来没有看见过任何一张人的脸,就是看守也不许同我说话,不许回答我的问题。我从来没有听见过任何人的声音。从早晨到夜晚,从夜晚到黎明,我的眼睛、耳朵以及其他感官都得不到丝毫滋养。我真是形影相吊,成天孤零零地、一筹莫展地守着我自己的身体以及四五件不会说话的东西,如桌子、床、窗户、洗脸盆;我就像潜水球里的潜水员一样,置身于寂静无声的漆黑大海里,甚至模糊地意识到,通向外界的救生缆索已经扯断,再也不会被人从这无声的深处拉回水面了。我没有什么事情可做,没有什么可听,没有什么可看。我身边是一片虚无,一个没有时间、没有空间的虚无之境,处处如此,一直如此。你在房里踱来踱去,你的思想也跟着你走过来走过去,走过来走过去,一直不停。然而,即使看上去无实无形的思想,也需要一个支撑点,不然它们就开始毫无意义地围着自己转圈子,便是思想也忍受不了这空无一物的虚无之境。从早到晚你老是在期待着什么,可是什么事情也没有发生。就这样等着等着,什么也没有发生。等啊等啊,想啊想啊,一直想到脑袋发痛。什么也没有发生。你仍然是独自一人。独自一人。独自一人。

"这样继续了两个星期,这两个星期我是置身于时间之外,置身于世界之外活过来的。要是当时爆发了一场战争,我也不会知道;我的世界仅限于桌子、门、床、洗脸盆、小沙发、窗户和墙壁之间。我老是一个劲地望着同一面墙上的同一张糊墙纸,我盯着它看的时间如此之长,以致糊墙纸上那种锯齿形图案的每一根线条都像用雕刻刀深深地刻在我大脑最深的褶纹里。最后审讯终于开始了。我被突如其来地叫了出去,都搞不清楚那是白天还是黑夜。被叫之后,就给带着穿过几条走廊,也不知道要到哪儿去;然后,在一个什么地方等着,也不知道是个什么地方;突然,又站到了一张桌子前面,桌旁坐着几个穿军装的人。桌上放着一叠纸——那是档案,不知道里面是些什么;接着开始提问:问题真真假假,有的明确,有的刁钻,有的打掩护,有的设圈套;你回答问题时,别人恶毒的手指在翻动着文件,而你不知道那里面写的是什么,别人恶毒的手在做着记录,而你不知道它在写些什么。不过,对我来说,在这些审讯中,最可怕的是,我永远也猜不出,而且也无法料到,关于我的事务所办理的业务,盖世太保究竟已经知道了什么,他们到底还想从我口里掏些什么出来?我已经给您说过,我在最后时刻,已经把一些可以构成罪证的文件通过我的女管家带去交给了我的叔父。可是他收到了这些文件呢,还是没有收到?我们的那个雇员究竟泄露了多少秘密?他们到底截住了我们多少信件?这期间他们从我们代理事务的那些德国修道院里,说不定已经从哪一个笨拙的神父那里诈出了多少线索?他们盘问再三。我为某某修道院买过哪些有价证券?我同哪些银行有业务往来?我认识不认识一个名叫某某的先生?我从瑞士以及天晓得还从什么地方收到过信没有?因为我无法揣测他们究竟已经查明了多少情况,我的每一个回答便承担了极其严重的责任。如果我承认了他们还不知道的某件事,我就可能毫无必要地使别人遭殃;而如果我否认的事情过多,结果我就害了自己。

"然而审讯还不是最糟的。最糟的是审讯之后回到我的虚无中去——回到那同一个房间去。那里还是同一张桌子,同一张床,同一个洗脸盆,同样的糊墙纸。因为我一旦只身独处,我就设法逐一回想审讯时的情景,思考着我该怎么回答才最聪明,盘算着下一次我得说些什么,才能打消我说不定一言不慎而引起的怀疑。我来回考虑、反复思考、仔细检查我向审判官说的口供中的每一句话,我重新想起他们提出的每一个

669

问题,我做出的每一个回答。我试图掂量一下,我说的哪些话可能被他们记录了下来,可我心里明白,这种事情我是永远也不可能猜出来,永远也不可能知道的。但是,这种思想,一旦在空房间里开始运转,就不停地在我脑子里盘旋,一再周而复始,引起各式各样别的联想,连睡梦中也不得安宁。每次盖世太保审讯之后,我自己的思想就同样无情地折磨我,脑子里一再重复盘问、追究、虐待的苦刑。这说不定比审讯之苦还更加残忍,因为在审判官那儿的审讯经过一个小时总是要结束的,但是由于这种孤独的阴险折磨,我脑子里的审讯却永无休止。在我的身边总是只有桌子、柜子、床、糊墙纸、窗户。没有任何使人分心的东西,没有书,没有报纸,没有新来的人的脸,没有可以写点什么的铅笔,没有一根可以拿来玩的火柴棒,什么也没有,什么也没有,一无所有。现在我才发现,把人单独囚禁在大旅馆的房间里,这种办法是多么恶毒,对人的心理打击是多么致命。在集中营里,你大概得用手推车去推石头,直到双手鲜血淋漓,鞋里的双脚冻坏为止。你大概得跟二十多个人挤在一起,住在又臭又冷的斗室里。然而在那儿看得见好多人的脸,那儿有田野,有手推车,有树木,有星星,那儿总有点什么可以瞧瞧。而这儿呢,你身边的东西从来也不改变,绝对不变,那可怕的一成不变。这儿没有任何东西可以分散我的注意力,使我摆脱我的思想、我的疯狂的想象和我的病态的重复。而这个恰好就是他们想要达到的目的:他们企图用我自己的思想来窒息我,直到我喘不过气来,那时我只好把我的思想倾吐出来,招出口供,招出他们想要知道的一切,供出别人和材料,此外别无出路。

"我渐渐感到,在这一片虚无的可怕压力下,我的神经开始松弛。意识到这个危险,我就竭尽全力绷紧我的神经,紧到快要绷断的地步,我拼命去找些事情,或者去想些事情来散散心。为了使自己有事可做,我就试着在脑子里重现过去背熟的东西,把它们朗诵出来,民歌啊,儿歌啊,中学里学的荷马史诗啊,以及民法法典的条文啊。后来我就试着演算算术题,我在脑子里任意加着和除着数字,但是我的记忆力在一片空虚之中什么也抓不住。我没法把思想集中在什么事情上。想着想着就会冒出同一个思想,而且老是出现:他们知道什么?昨天我说了什么?下一次我该说些什么?

"这种实在难以描绘的状况持续了四个月之久。四个月——写起来容易,不过才三个字!说起来也容易:四个月,一共才几个音节。用四分之一秒的时间,嘴唇就迅速地发出这些音:四个月!但是谁也没法描绘、衡量,并且说清楚,在没有空间、没有时间的情况下,一段时间究竟拉得有多么长,这事你向任何人也讲不清楚,就是向你自己也讲不清楚。你周围空虚一片,一片空虚,成天看见的老是桌子、床、脸盆、糊墙纸,身边老是一片沉默,看见的老是那个看守,他把饭塞进来,连看也不看你一眼,同样的一些思想在虚无之中老是在你脑海里盘旋,直到你发疯为止。你向谁也没法解释,这一切是如何使我崩溃和毁灭的。我从某些细微的征兆中极为不安地意识到,我的头脑已经陷入混乱状态。起初,我被提审时,头脑还是很清楚的,我回答问题泰然自若,深思熟虑,那种双重的思路还在起着作用,想到哪些话该说,哪些话不该说。而现在,就是最简单的句子,我也只能结结巴巴地说出来,因为我在招口供的时候,我像着了魔似的,眼睛死盯着在纸上滑来滑去记录口供的那支笔,仿佛我想紧紧跟上我自己说的话似的。

我感觉到,我的力量渐渐支持不住,我感到这一时刻渐渐逼近:我为了救我自己,我将把我所知道的一切,说不定还有更多的东西都说出来,为了逃脱这使人窒息的虚无,我将出卖十二个人,供出他们的秘密,而我自己除了得到片刻的休息,别无所获。一天晚上,的确已经到了这个地步:看守恰好在我快要憋死的时候给我送饭来了,于是我忽然冲着他的背影大叫起来:'带我去受审!我什么都说!我什么都交代!我要告诉他们文件和钱在哪儿!我都说,我什么都说!'幸亏他没有再听我说下去。说不定他也不想听我说。

"就在这极端严重的危急关头,发生了一件意想不到的事情拯救了我,至少在一段时间内拯救了我。这是七月底的一个昏黑阴沉的下雨天:我之所以这样清楚地记得这个细节,是因为我被带去受审的时候,路过的走廊里,雨水正打在窗玻璃上。在审讯室的前厅里我得等半天。每次提审都得等,这也是他们的手段的一部分。突然叫你受审,半夜里冷不丁地把你从囚室里带走,先让你神经紧张起来,等你做好受审的思想准备,理智和意志全都振作起来准备进行抵抗了,他们又让你无谓地等着,等了又等,一等就是一小时、两小时、三小时,使你身体疲惫,心力衰竭。这一天是星期四,七月二十七日,他们让我等的时间特别长。我在前厅里足足站着等了两个小时;我之所以连这日期也记得这么清楚,是有特别的原因的,因为在这个前厅里我站了两个小时——不言而喻,我是不许坐下的——直站得我腿脚僵直,而在这里恰好挂了一个日历,我没法向你解释,我当时如何如饥似渴地想看到一些印刷的东西,看到一些写的字,所以墙上'七月二十七日'这短短的一行字,我是目不转睛地看了又看;我简直把它们一口吞下,刻在我的脑子里。然后我又等啊等啊,我的眼睛死盯着房门,看它什么时候终于会打开来,同时我又再三考虑,这些审判官这次会问我一些什么问题,而我心里明白,他们问我的问题,将和我准备回答的问题完全不同。可是尽管如此,这种等待和站立的折磨同时也是一种幸福,一种快乐,因为这间屋子怎么说也和我住的那间屋子不一样,它比较宽敞,有两扇窗,不像我的房间只有一扇窗,而且没有床,没有脸盆,窗台上也没有那道特别的裂缝,这个裂缝我仔细观看了不下千百万次。门上漆的颜色也不一样,靠墙放着另外一张小沙发,左边是一个档案柜,还有一个装着衣钩的衣架,衣钩上挂着三四件湿漉漉的军大衣,是那些折磨我的家伙们的大衣。这一来我有一点新鲜的东西、另外一些东西可看了,我那如饥似渴的眼睛终于又可以看点别的东西了,它们贪婪地抓住每一个小地方。我仔细地观察着这些大衣上的每一个皱褶,譬如说,我注意到有个水珠,挂在一件大衣的湿领子上,这话您听起来也许觉得非常可笑,可我以一种十分荒唐的激动心情等待着,看这颗水珠最后是否会顺着皱褶流下来,抑或抵抗住了万有引力,还在衣领上多待一会儿——是啊,我一连几分钟屏住呼吸,目不转睛地凝视着这滴水珠,仿佛我的生命就靠它来决定。等到这滴水珠终于滚落下来以后,我又去数大衣上的纽扣,第一件上面是八粒,第二件也是八粒,第三件是十粒;接着,我又把几件大衣的翻领互相比较:我那饿得发慌的眼睛以一种难以形容的贪婪抚摸、玩弄、抓住所有这些可笑的、极不重要的琐碎细节。突然我的目光停留在一样东西上面。我发现有一件大衣边上的口袋有点鼓鼓囊囊。我把身子挪近一点,从那鼓鼓囊囊的东西呈现的四四方方的形状看出,这个有点膨胀的口袋里藏的是什么:是一本书!我的双膝开始哆嗦起来:一本书!足足四个多月之久,我手里没有拿过一本书,在一本书里可以看到排成一行行的字,可以看到好多行,好多页,好多张,在一本书里可以读到我所不知道的新鲜的、使人分心解闷的思想,可以追随这些思想的发展,可以把它们记在脑子里,单单设想一下这么一本书,就已经使人为之陶醉,同时又使人浑身酥麻。我的眼睛像着了魔似的死死地盯着那个小鼓包,这是那本书在口袋里构成的形状。我的眼睛望着这个极不显眼的地方,望得眼里都冒出火来了,仿佛它们想在大衣上烧个窟窿似的。最后我再也克制不住我的欲望;我不由自主地把身子挨得更近。哪怕能用手隔着呢料去摸一摸这本书也好,单单这个念头,就使我手指一直到指甲的神经都激动起来。我几乎自己也不知道,我的身体越来越挨近墙壁。幸亏看守没有注意我这肯定是非常古怪的举动;也许他也觉得,一个人直挺挺地站了两个小时之后,想往墙壁上靠一靠,是非常自然的事情。最后,我离开大衣已经非常之近,我故意把两手放在背后,以便它们能毫不引人注意地摸到大衣。我摸了摸呢料子,透过呢料子,的确感觉到有一个四四方方的东西,这东西弯得动,而且轻微地发出窸窸窣窣声——这是一本书!一本书!我脑子里像闪电似的闪过一个念头:把这本书偷来!也许能偷到手,那你就可以把它藏在囚室里,慢慢地读啊读啊,终于又能读到书了!这个念头刚进入我的头脑,便像烈性毒药似的立即发生作用:一下子,我的耳朵嗡嗡直响,我的心脏怦怦直跳,我的双手冰凉,都不听使唤了。但是在最初的一阵晕眩过去之后,我就悄悄地、巧妙地更加挨近那件大衣。我一面两眼注视着看守,一面用藏在背后的双手把那本书从下往上托,越托越高。然后,伸手一抓,轻轻地、小心翼翼地往外一抽,突然那本篇幅不是很大的小书便到了我的手里。这时候我才被我自己干的事情吓了一跳。然而我已经没有退路。可是把这书往哪儿搁呢?我把这本书在我背后塞到裤子里系腰带的地方,然后从那儿渐渐地移到腰部,这样我在走路的时候,用军人的姿态把手贴着裤缝,也就可以把书夹住。现在得看看第一次考验能否通过。我把身子从衣架那儿挪开,一步,两步,三步。行,挺顺利。我在走路的时候,可以把书夹住,只要我把手夹紧腰带就行了。

"接着就是审讯。这次审讯要求我比以往任何一次都付出更大的精力,因为在我回答问题的时候,我的全部力量,其实并没有集中在我的口供上,而是集中在如何夹住这本书而不引起别人注意这件事情上。幸亏这次审讯的时间比较短,我顺顺当当地把书带到了我的房间——我不想说全部细节,免得耽搁您时间太长,因为有一次危险极了,我们刚走到走廊的当中,这本书从裤腰上滑了下来,我只好假装猛烈咳嗽,这样我就弯下腰去,把书又平平安安地塞回到腰带底下。当我带着这本书回到我的地狱,终于独自一人,可是又再也不是孤零零地独自一人的时候,这是多么幸福的一瞬啊!

"您现在大概猜想,我一定马上抓起书来,仔细观看,读了起来。完全不是这样!我首先得充分品味一下身边有了一本书的快乐,我故意延长这种使我的神经奇妙地兴奋起来的喜悦,我心里暗自思忖,这本偷来的书最好是一本什么类型的书呢:最要紧的是印得密密麻麻,排得很挤,有很多很多字,有很多很多薄薄的书页,以便我能多读一些时间。然后我希望,这是一本使我精神上能够紧张起来的著作,不是浅薄的、轻松的作品,而是可以学习可以背诵的东西,譬如诗歌,最好是——这是何等大胆狂妄的梦想啊!——歌德或者荷马的作品。可是最后,我再也控制不住我的欲望,我的好奇心,于是我平躺在床上,这样,要是万一看守突然把门打开,他也不会看出破绽——然后哆哆嗦嗦地把书从我的腰带底下抽了出来。

"我往书上看了第一眼就大失所望,甚至使我恼怒已极。我冒了那么巨大的危险偷来的这本书,我怀着那么热切的期待留到现在才打开的这本书,不是别的,竟是一本棋谱,是一百五十盘名家棋局的集锦。要不是我的窗户关得严严的,而且还加上了铁栅栏,我一怒之下,一定把这书从打开的窗户里扔了出去,因为你叫我拿这无聊的玩意干什么?我拿它有什么用?我少年时代上中学的时候也像大多数别的学生一样,有时候由于无聊也下下棋。可是这本讲象棋理论的玩意我拿它怎么办?下象棋总不能没有对手,更不能没有棋子和棋盘。我十分恼火地把这本书从头到尾浏览了一遍,心想说不定还能找到一些可读的东西,一篇序言啊,阅读指导啊;可是除了画得方方正正的著名棋局的简图之外,我什么也没找到。简图下面是些一上来叫我莫名其妙的符号,什么 $a_2—a_3$, $sf_1—g_3$,等等。所有这一切我觉得像是一种我找不到解答方法的代数题。后来渐渐地我才弄明白,a、b、c 这些字母代表的是竖行,从 1 到 8 的数目字代表的是横线,合在一起就决定了每一个棋子当时的位置。这样一来,这种纯粹图解式的简图反正也变成了一种语言。我心里思忖,也许我可以在我的囚室里设计出一张棋盘,然后试着,照棋谱把这些棋局下一遍。好像是上天的恩赐,我的床单碰巧是大方格的。要是好好地叠一叠,最后可以弄出六十四个方格来。于是我先把书藏在褥子底下,把书上的第一页撕下来。然后我就开始用我省下来的面包瓤来捏王啊、后啊以及其他等等棋子,不言而喻,模样是十分可笑,极不完美的。费了九牛二虎之力,最后我总算可以在方格的床单上按照棋谱上标明的位置把棋子重新摆起来。我用灰土把一半棋子弄得颜色深一些,以示和另一半棋子有所区别。可是,当我第一次试图把整个一盘棋按照棋谱下一遍时,我完全失败了。开头几天,我老是下着下着就乱套了。我不得不五次、十次、二十次地一再把同一盘棋从头下起。可是世界上有谁像我这个虚无的奴隶这样拥有那么多未加利用同时又毫无用处的时间呢? 谁又拥有那么多难以估量的贪欲和耐心呢? 六天之后,我已经把这盘棋一步不差地下完了。再过八天,我甚至连床单上都不用摆棋子,就能把棋谱上标的这盘棋的棋子的位置想象出来。再过八天我连床单都用不着了;书上原来的那些抽象的符号 a_1, a_2, c_7, c_8 在我脑子里自动地转化成形象的具体位置。这种转化的过程完全成功了:我把棋盘连同棋子都反射到我的脑子里,单凭符号也能把整个棋局的变化再现在眼前,就像一个训练有素的音乐家,只要看一眼总谱,就足以使他听见各个声部的声音以及它们的和声。又过了两个礼拜,我可以毫不费劲地背出书上的每一盘棋——或者像棋手的行话说的那样:杀盲棋。现在我才开始懂得,我这大胆的偷窃行为给我带来了多么难以估量的幸福。因为我一下子有活儿可干了——您愿意的话,可以说这是一种没有意义、没有目的的活儿,但是它毕竟是一种活儿,它把我身边的一片虚无消灭干净。我有了这一百五十盘棋的棋谱,就像有了一件神奇的武器,去抵御那压得人透不过气来的空间和时间的一成不变。为了使这新鲜的活动始终不衰地保持着它的魅力,我从此把每天的时间仔细划分一下:早上下两盘,下午下两盘,晚上再很快地复习一遍。在这之前,我每天过的日子像胶皮冻一样乱七八糟,黏黏糊糊,成天在鬼混。这一来,我每天的时间都排满了。我成天忙碌,但并不感到疲劳。因为下象棋有这样一种奇妙的优点:把全部脑力集中在一个局限得很狭窄的活动范围内,即使拼命用脑思索,也不会使人脑子萎缩,相反,只会使脑子更加灵活,更有活力。起先只不过是机械地模仿名家的棋局,渐渐地我开始对棋艺产生了一种艺术的、愉快的理解。我学会了进攻和防御的微妙之处,学会了其中的计谋和绝招。我领会了在几着棋之前预见棋势发展、早作安排、突然发起反攻的技巧。不久之后,我就准确无误地认出每一个象棋大师下棋时的个人特点,就像读诗人的诗,只消读几行就能断定作者是谁一样。开头的时候,下棋不过是为了消磨时间,现在变成一种享受,阿廖辛、拉斯克、波哥留勃夫、塔尔塔柯威尔,这些伟大的棋艺战略家们,都像亲爱的朋友一样,走进我孤独的小天地里。有了这无穷无尽的调剂,我沉寂的囚室每天都变得生气盎然。恰好因为我练习下棋,极有规律,使我原来已经受到剧烈震动的思维能力,又重新恢复正常。我觉得我的脑子又重新振奋起来,通过经常不断的思维训练甚至比以前更灵活,更机敏。尤其在审讯的时候,证明我的思路更加清晰、更加集中;我无意之中在棋盘上把抵御虚假的威胁和粉碎暗藏的奸计的本领训练得炉火纯青;从这时起,我在受审的时候再也不露任何破绽,我甚至觉得,这些盖世太保渐渐开始带着某种敬意来观察我。说不定他们暗自觉得奇怪:那么多人在他们面前都一一垮了下去,而我是从什么秘密的源泉里汲取力量,来进行这样百折不挠的抵抗的?

"我日复一日地把书上的一百五十盘棋照着棋谱有系统地下了一盘又下一盘,这段幸福的时间延续了大概两个半月到三个月。然后我出乎意料地又达到了一个死点。我突然又重新面临着一片虚无。因为我每盘棋都下了二三十遍之后,这些棋局就失去了新鲜的魅力,再也不使人感到出其不意,它们先前如此使人兴奋、如此使人激动的力量枯竭了。这些棋局我每一步都早就背出来了,再一个劲地把它们下个没完,又有什么意思?我刚走出开局第一步棋,以后的进展便仿佛自动地在我脑子里面展开,再也没有什么出人意料、令人紧张、让人思考的东西。为了使我自己有事可做,为了给我找来那早已变得不可缺少的忙碌和调剂,我实在需要另外一本印着别的棋局的书。可是既然这是完全不可能的,那么我只有一条路走出这奇怪的迷津;我不得不自己发明一些新的棋局以代替旧的棋局。我不得不设法和我自己下棋,或者说得更精确些,把我自己当作对手。

"我不知道,对于进行这种'游戏中的游戏'①的精神状况,您是否曾经设想过。但是只要粗粗一想就足以明白,下棋是一种纯粹的思维游戏,毫无偶然的因素在内,因此,自己把自己当做对手来下棋,势必是件绝顶荒谬的事情。象棋的吸引人之处,归根结底不就在于棋局的战略是在两个不同的脑子里按照不同的思路发展起来的吗。在这场智斗的过程中,黑方根本不知道白方将有什么军事动作,而是一刻不停地设

---

① 指上文所说的自己和自己下棋。

法去猜测并且破坏白方的作战意图,而与此同时,白方也力图抢先一步,对黑方的秘密意图采取相应的措施。如果现在黑方和白方同是一个人,那么就出现了一种非常反常的情况,那就是说,同一个脑子同时既要知道这件事,又要不知道这件事。这个脑子作为白方在起作用的时候,要能够奉命完全忘记它在一分钟之前作为黑方所想达到的目的和所想做的事情。这样一种双重的思维事实上是以人的意识的完全分裂作为前提的,那就要求人的脑子像一部机械仪表一样,能够随心所欲地打开或者关上。所以说,想把自己当作对手来下棋,就像想跳过自己的影子一样的不近情理。

"现在我说得简短些吧,这种荒谬绝伦、不近情理的事情,我在绝望之中竟然尝试了好几个月。为了不至于完全发疯,或者陷入智力完全衰竭的境地,我除了去干这种逆情悖理的事情之外,别无其他选择。我那可怕的处境迫使我至少尝试着把我自己分裂成黑方我和白方我,免得被我身边的一片可怕的虚无所压垮。"

B博士说到这里,朝后往躺椅上一靠,闭上眼睛达一分钟之久。他似乎想要使劲把一种使人不愉快的回忆强压下去。他的左嘴角出现了那个奇怪的抽搐,他没有能把它控制住。然后他在躺椅里又直起身子来。

"好,到现在为止,我希望我已经把一切都跟您解释得相当清楚了。可是遗憾的是,我自己也没把握,是否能把以后发生的事也同样清楚地说给您听。因为这种新的活动,要求脑子无保留地紧张起来,这就使它不能同时进行任何自我控制。我刚才已经跟您说过了,按照我的意见,自己把自己当做对手来下棋,这根本是胡闹。但是如果面前真有一个棋盘,那么干这种荒谬绝伦的事至少还有最低限度的一点机会,因为这个棋盘本身总还允许你有一定的距离,产生一种物质上互相隔离的感觉。如果坐在一张真正的棋盘前面,上面摆着真正的棋子,你至少可以安排一些时间来进行思考,你的身体可以一会儿坐在桌子的这一边,一会儿坐在桌子的那一边,以便时而从黑方的立场上,时而从白方的立场上来观察局势。但是,像我这样被迫把这些我自己反对我自己的鏖战,或者您愿意这么说的话,我自己和我自己进行的鏖战,反射到我脑子里想象的空间中去,我也就被迫在我的脑海里,把六十四个格子里的每一步棋走过之后的棋势清清楚楚地抓住,而且除此之外,不仅把暂时的棋局记住,还要算出双方各自可能要走的其他几步棋,这就是说——我自己也知道,这一切听起来是多么荒唐——我要双倍、三倍地设想,不,六倍、八倍、十二倍地设想,为了每一个我,即黑子我和白子我,都要事先想出四五步棋来。请您原谅,我竟然向您提出这样的苛求——设想一下这种疯狂的事情。在我的幻想的抽象空间里下这种象棋的时候,我作为白方的棋手必须事先算出四五步棋,同时,作为黑方的棋手,也得这样干。所以,在某种意义上说,我必须把随着棋局的发展而产生的一步步局势事先用两个脑子加以联想,用白方的脑子和黑方的脑子一起联想。但是,即便是这种自我分裂也还不是我这种莫名其妙的试验当中最危险的事情。最危险的是我这样独立无依地想出一些棋局,结果脚底下失去了实地,一下子就陷入了无底的深渊。要是单单把名家的棋局复演一遍,就像前几个礼拜我一直练习的那样,那么归根到底只不过是一种复制的过程,纯粹是把已有的物质重复一遍,这样做,并不见得比背诵诗歌、默记法律条文更吃力。

这是一种有限制的、按部就班的活动,因而是绝妙的脑力练习。我在上下午各下两盘棋,变成了我的固定的作业,我毫不费劲地就完成了。它们代替了我的正常的活动,再说,万一我在下一盘棋的过程中走错了,或者不知道怎么往下走了,我总还有书可以作为依靠。仅仅因为这个缘故,这种活动对于我的已经受到震撼的神经来说才如此有益,甚至可以说起到镇静作用,因为照着棋谱下别人下过的棋局,并没有让我自己去冒风险。无论是黑方还是白方取胜,我都无所谓。在那儿争夺冠军称号的不是阿廖辛或者波哥留勃夫吗。我个人,我的理智、我的灵魂仅仅作为观局者,作为行家在那儿欣赏那些棋局的激烈转变和优美之处。可是自从我自己试图和我自己对垒之时起,我就不知不觉地开始向我自己挑起战来。两个我当中的每一个我,黑子我和白子我,都得互相争个高低,双方都野心勃勃,焦躁不安,急于取胜,急于赢棋。作为黑子我,每下一步棋,我都拼命在想,白子我将采取什么步骤。两个我当中的每一个我只要另一个我走错一步棋,就兴高采烈,而同时对于自己的失利则火冒三丈。

"这一切看上去都毫无意义,事实上,这样一种人为的精神分裂,这样一种可能引起危险的情绪激动的意识分裂,在正常的情况下,在正常的人身上是难以想象的。但是您不要忘记,我已经被人用暴力从一切正常的状态中强拉了出来,我是一个无辜遭受监禁的囚徒,几个月来被人挖空心思地用孤寂折磨着,是一个早就想把他心里积聚起来的愤怒向什么东西发泄一下的人。既然我别无所有,只有这种荒唐的自己把自己当敌手的棋戏,那么我的愤怒,我的报复心,便狂热地全都倾注到这种游戏中去了。我心里有一种东西要证明自己是对的,而我心里不是只有这另一个自我是我能够与之作战的吗,所以我在下棋的时候简直达到一种癫狂的激动的程度。起先我还心平气和、深思熟虑地进行思考,在两盘棋之间我还安排些休息时间,歇一歇,松口气;但是渐渐地,我那激动的神经不容我再等。白子我刚走一步,黑子我就已经起劲地抢着走了。一盘棋刚下完,我就向我自己挑战,下另一盘,因为每一盘棋下棋的两个我总有一个我被另一个我所战胜,于是便要求再杀一盘报仇雪恨。我永远也说不清楚,连说个大概也不行,我在囚室里的最后几个月里,由于这种疯狂的贪得无厌的情绪,我对我自己究竟下了多少盘棋——也许上千盘,说不定更多些。这是一种我自己也无法抵御的疯魔,从早到晚我什么也不想,尽想着象、卒、车、王、a、b、c、将死和移位。我整个的身心都被逼到这些小方格里去了。下棋的乐趣变成了下棋的热情,变成一种癖好,变成一种激烈的狂怒,它不仅在我醒着的时候纠缠着我,渐渐地,也侵入到我的睡梦之中。我脑子里只能想棋,只能思考棋子的运动,象棋的问题。有时我醒过来,额上汗津津的,我发现,我甚至在睡梦中大概也在下意识地下棋,要是我梦见人,那么这些人也跟车、象一样地移动,也跳着马步或进或退。甚至于把我叫去审讯的时候,我也不再能头脑清醒地想到我的责任;我觉得,在最后几次审讯中,我一定说话相当颠三倒四,语无伦次,因为审判官们不时莫名其妙地面面相觑。可是实际上,在他们盘问并且商量的时候,我简直怀着迫不及待的心情,只等着他们再把我带回到我的囚室里去,好让我继续下棋,下我那疯狂的棋,重新下一盘,再下一盘,再下一盘。每一次中断我都觉得是个干扰。甚至看守来打扫囚室的那一刻钟,他给我送饭来的两分钟,也使我那热狂的焦躁心情备受折磨。有时候一直到晚上,那盛着午饭的饭盆还搁在那儿动也没动。我下棋下得连吃饭也忘了。我肉体上唯一能够感觉到的乃是可怕的干渴;大概不停地思索、不断地下棋早已使我上火了吧;我两口就把水瓶给喝干了,逼着看守给我多打点水,可是隔了一会儿,我又觉得口干舌燥。最后,我下棋的时候——我从早到晚什么事情也不干了——我的情绪激动到这种地步,我都不能安安静静地坐上片刻;我一面考虑棋局,一面不停地走来走去,棋局越到见分晓的时候,我就走得越快。赢棋、取胜、把我自己打败的欲望渐渐变成一种狂怒。我焦躁得浑身哆嗦,因为我身上一方的我总嫌另一方的我走得太慢。一个就催另一个快下;您也许会觉得非常可笑:要是我身上的一个我觉得另一个我回手不够快,我就开始骂起我自己来了:'快点,快点!'或者'走啊,走啊!'——我现在自然非常清楚,我的这种状况已经完全是一种精神上过分紧张的病兆,我找不到别的名字来表示,只好给它一个迄今为止医学上还不知道的术语:象棋中毒。最后,这种偏执性的疯狂不仅开始袭击我的头脑,也开始侵袭我的身体。我日益消瘦,睡眠不安稳,常做乱梦;每次醒过来,我都得特别使劲,才能睁开我那像铅一样沉重的眼皮;有时候我觉得自己虚弱到了极点,我的手哆嗦得杯子都拿不起来,我得费好大的劲才能把杯子送到嘴边;但是,一开始下棋,我就从心里涌出一股狂野的力量:我双手紧握着,走来走去,我有时好像隔着一层红雾听到我自己的声音,只听见它沙哑地恶狠狠地冲着自己大喊:'将军!'或者'将死了!'

"这种令人毛骨悚然的难以形容的状况是如何变成危机的,我自己也说不上。我所知道的全部情况就是,有一天早上我醒来,感觉和平时不一样。我的身体似乎和我自己脱离了,我躺着,软绵绵的,很舒服。几个月来我从来没有过的一种惬意的疲劳感压在我的眼皮上,又温暖,又舒服,我一时竟下不了决心把眼睛睁开。我醒着又躺了几分钟,再享受一下这种沉重的麻木状态,感官愉快地毫无知觉,人懒洋洋地躺在那儿。我突然发现,好像听见身后有声音,有活人的声音在那儿说话。您没法想象我的喜悦,因为我几个月来,将近一年来除了从审判席上传来的生硬、刺耳、凶狠的话语以外,没有听见过别的话。我对我自己说:'你在做梦!千万别把眼睛睁开!让这个梦再延长一会儿,要不然你又要看见你身边的那间该死的囚室、椅子、洗脸架、桌子和那花纹永远不变的糊墙纸。你在做梦——接着做下去吧!'

"但是好奇心还是占了上风。我慢慢地小心翼翼地睁开眼睛。真是奇迹:我躺在另外一个房间里,这房间比我旅馆里的那间囚室大得多,宽敞得多。窗户上没有铁栏杆,阳光可以畅通无阻地照进屋来,窗外不再是一堵隔火的砖墙,透过窗户可以看见绿树在迎风轻摆,雪白的墙壁光滑锃亮,我头上的天花板又白又高——可不是真的,我躺在一张陌生的崭新的床上,这的确不是一场梦,在我床后有人在低声耳语。我在惊讶之中想必不由自主地猛烈动弹了一下,因为马上我就听见有脚步声走近我的床头。一个女人步履轻盈地走了过来,一顶白帽子扣在头发上,这是个看护,是个护士。一阵喜悦的痉挛透过我的全身:我整整一年没有看见过一个女人了。我目不转睛地凝视着这个清秀的身影,我的眼光一定非常狂野兴奋,因为走过来的这个护士使劲地安慰我:'安静点!请您安静点!'可我只是竖起耳朵听她的声音——这不是一个人在那儿说话吗?难道世界上的确还有一个不审问我、不折磨我的人吗?再说——这可真是不可思议的奇迹!——这还是一个柔和的、温暖的、简直可说是温柔的女人的声音。我贪婪地望着她的嘴,因为过了一年地狱生活,我都觉得一个人跟另一个人说话还会这么和蔼可亲简直是不可能的。那个护士冲着我微笑——是的,她在微笑,世界上还有人会亲切地微笑,然后她把食指放在嘴唇上表示叫我别作声,又轻手轻脚地走开了。但是我不能听从她的命令。这个奇迹我还没有瞧够呢。我使劲地想在床上撑坐起来,看看她,看看这个和蔼可亲的具有人形的奇迹。但是,我正想要在床边支起身子,却支不起来。原来我的右手,手指和手腕那儿,现在是挺大挺胖的一个白鼓包,显而易见我的右手给绷带厚厚地包扎了起来。我起初望着我手上这个白白的肥肥的陌生东西,莫名其妙,然后慢慢地开始明白我在哪儿,并且开始苦思苦想,我可能遭遇到了什么不幸。一定是他们把我打伤了,或者我自己把手弄伤了。我现在是躺在医院里。

"中午大夫来了,是位和和气气的上了年纪的老先生。他知道我们家族的姓氏,并且满怀敬意地提到我那当御医的叔叔,所以我立刻感到,他对我是一片好心。接着在谈话的过程当中,他向我提了各式各样的问题,其中之一尤其使我惊讶:他问我是数学家还是化学家。我说都不是。

"'奇怪,'他嘟囔着说,'您在昏迷中老是大声喊着一些稀奇古怪的公式——什么 c_3,c_4。我们大家听了都不知所云。'

"我便向他打听,我到底出了什么事。他异样地微微一笑。

"'不是什么严重的问题。无非是神经的急性错乱,'然后他小心翼翼地环顾一番,低声补充了几句,'话说回来,这也是非常可以理解的。在三月十三日①之后,是不是?'

"我点了点头。

"'用这种办法待人,不发疯才怪呢,'他喃喃地说道,'您并不是第一个。不过您不用担心。'

"我从他向我低声耳语进行安慰的样子,再看到他那好心抚慰的目光,我知道,我在他这儿是十分安全的。

"两天以后,这位善良的大夫相当坦率地告诉了我事情的全部经过。看守听见我在囚室里大叫大嚷,他起先以为,有人闯进了我的囚室,我正在跟那人吵架。可是等他在门口一露面,我就马上向他扑了过去,冲着他狂呼乱叫,听上去就像是:'你走一步啊,你这个恶棍,你这个胆小鬼!'嚷着嚷着我就想卡他的脖子,最后我对他的攻击如此凶猛,他不得不大叫救命。他们在我狂怒的情况下拖着我去找大夫检查身体,我突然挣脱他们,扑向走廊里的窗口,一拳打破了窗玻璃,同时把手割破了——您看这儿还有深深的伤疤。开头几夜我在医院里完全是在发烧昏迷的情况下度过的,可是现在他觉得我的神志已经完全清醒了。'当然,'大夫轻声补充了一句,'这点我最好还是不要向这些老爷们报告为妙,要不然,他们到末了又要把您带回到那儿去。您对我放心好了,我将尽力而为。'

"这位乐于助人的大夫究竟向那些折磨我的人报告了一些关于我的什么情况,我不得而知。反正他达到了他想达到

---

① 一九三八年三月十三日,法西斯德国并吞奥地利,德军进入奥国境内。

的目的:把我释放。可能他说我已经精神失常,也说不定在这期间,我对于盖世太保已经变得无关紧要,因为希特勒已经占领了波希米亚①,这一来对他而言,奥地利问题已经彻底了结了。所以我只需要签字保证,在两星期内离开我的祖国。这两个礼拜我忙着办理上千个手续,这是今天②一个从前的世界公民出国旅行所必须办理的——要弄到军事机关和警察局的证明,要缴税,要领取护照、出境签证、健康证明,结果我毫无时间去对往事多加思索。看来在我们脑子里有一些神秘的力量在起着调节作用,自动把那些对于我们的心灵来说会变得有害而危险的东西予以排除,因为每次我想回忆我在囚室中度过的那段时间,我的脑子就糊涂起来。一直到好几个星期之后,真正说起来是到这船上之后,我才重新找到了勇气去思考我到底遭遇到了什么事情。

"现在您会理解,为什么我在您的朋友们面前举止如此不当,甚至使人莫名其妙。我只是完全碰巧信步踱进吸烟室,看见您的朋友们坐在棋盘前下棋。我不由自主地感到,由于惊讶和害怕,我的脚好像生了根似的钉在那里。因为我已经忘得一干二净,居然可以坐在一张真正的棋盘前面用真正的棋子下棋。我忘得干干净净,下棋的时候居然是两个完全不同的人活生生地面对面地坐着在下。我的的确确花了好几分钟才想起,这些棋手在那儿干的事,归根结底也就是我在一筹莫展的情况下有几个月之久,自己把自己当作对手试着进行的那种游戏。在我那艰苦卓绝的练习中使用的字母和数字,

---

① 波希米亚为捷克的旧称。
② B博士讲述这个故事是在德国侵占奥国之后不久,所以说"今天",表示时间很近。

实际上只不过是些代用品,是这些骨质的棋子的符号。我很惊讶地发现,棋子在棋盘上的移动就跟我脑海里想象中的棋子移动是一回事。这种惊讶大概和天文学家的惊讶相仿佛:天文学家用极端复杂的方法在纸上计算出一颗新的行星的位置,结果抬头一看,果然在天上发现一颗晶莹明亮的具有实体的星星。我像被磁铁吸引住了似的,凝视着棋盘,看见我的图表——什么马啊、象啊、王啊、后啊、卒啊在那儿都成了真正的棋子,全是木头刻的。为了看到全局的位置,我先得把这些棋子从数目字代替的抽象棋盘转移到灵活的、有棋子在来回移动的真正棋盘上来。好奇心渐渐压倒了我,我想看一看这样一盘真正有两个棋手对垒的棋戏。于是发生了那不愉快的事情:我忘记了一切礼貌,竟干预了您们的棋局。不过您的朋友走错的那步棋像刀扎似的刺进了我的心。我拦住他,这纯粹是一种本能的行动,是一时冲动之举,就像人家看见一个小孩俯身趴在栏杆上,会不假思索地把他抓住一样。一直到后来我才清楚地意识到,我这样冒昧行事,是多么的失礼。"

我赶忙向 B 博士保证,我们大家经过这次偶然事件得以和他结识,心里是多么高兴,对我来说,听了他刚才向我讲的这番话,要是明天在这场临时决定举行的比赛中能看见他下棋,将是加倍有趣的事情。B 博士做了一个局促不安的动作。

"别这样,请您的确不要对我指望太多。这次比赛对我来说只不过是一个试验……试试看,我是不是……我是不是确实能够下一盘正常的棋,一盘在真正的棋盘上用具体的棋子跟一个活人做对手下的棋……因为我现在越来越怀疑,我下过的那几百盘,说不定几千盘棋,是否真是合乎规矩下的棋,而不仅仅是一种梦中象棋,热病象棋,一种热昏时的游戏,在进行这种游戏时就像在梦中一样,好多中间阶段都是一跃而过的。但愿您不是当真向我提出这样的奢求,要我狂妄地认为可以向一位象棋大师,甚至是世界上第一号种子挑战。使我感兴趣的、暗暗吸引我的,只是一种事后的好奇心,我想断定一下,我当时在囚室里干的事究竟是在下象棋,还是已经在发疯,我当时是正好处在危险的暗礁前面,还是已经越过了这块危险的暗礁,仅此而已,别无其他目的。"

这时从船尾响起了锣声,招呼乘客去吃晚饭。我们大概聊了近两个小时。B博士把他的身世讲得要比我在这儿概括的详尽得多。我向他衷心表示感谢,然后向他告辞。可是我沿着甲板走了没几步,他又追了上来,显然焦躁不安地,甚至有些结结巴巴地补充了几句:

"还有一件事!请您事先向这些先生们讲清楚,免得我到时候显得失礼:我只下一盘……下这盘棋只不过是为了把旧账一笔勾销——是对往事的彻底了结,而不是重新开始。……我不愿再一次陷入这激烈的象棋热狂,我现在回想起来总要不寒而栗……再说……再说当时大夫也警告过我……十分明确地警告过我。每一个患过偏执狂的人,是永远受到伤害了。得过'象棋中毒'的人,即使已经治好了,最好也不要靠近棋盘……所以您明白我的意思——就下这一盘为我自己做个试验,再也不多下。"

第二天下午三点,一到约定时间,我们都准时聚集在吸烟室里。我们这群人又增加了两个棋艺爱好者,这是船上的两位军官,他们特地请了假不上班,来看这次比赛。琴多维奇也没有像前一天那样姗姗来迟。按照规定挑选了棋子的颜色之后,这场无名氏①对大名鼎鼎的世界冠军的值得纪念的比赛便开始了。我感到可惜的是,这盘棋仅仅是为我们这些完全没有判断力的观众在下,棋局进展的过程对于象棋年鉴就像贝多芬的钢琴即兴曲对于音乐来说,同样是永远散失了。虽说我们在以后几个下午,大家一起设法根据回忆来恢复这盘棋,但是白费力气;也许我们在棋局进行的时候,过于热情地注意了两个棋手而没有注意棋局本身。因为这两个对手在举止仪态上那种智力上的差异,在棋局进展的过程中变得越来越明显。琴多维奇这位久经沙场的名手,在整个这段时间内一动不动,活像一块岩石,两只眼睛耷拉下来专注地、死死地盯着棋盘;在他身上,沉思似乎是一种肉体上的使劲,迫使他全部器官都高度集中起来。B博士则相反,举止轻松潇洒,落落大方。从业余爱好者(Dilettant)这个词的最优美的含义来说,游戏的时候,是应该得到dilett②,应该得到快乐的,所以B博士作为一位真正的业余爱好者,他的身体完全放松,在开头几步棋间歇的时候,他和我们一边聊,一边解释,轻快地点燃一支香烟,只有在轮到他走的时候才往棋盘看上一分钟。他每次都给人这种印象,仿佛对方走的棋早在他意料之中。

开局例行的几步棋走得相当快。一直走到第七步或者第八步棋的时候,才看出一点眉目,好像有一个预定的计划在展开似的。琴多维奇考虑的时间越来越长;我们由此看出,真正争夺优势的战斗现在开始了。但是说实话,局势的逐渐演变

---

① 原文为拉丁文。
② 意大利文:快乐、愉快。

691

就像每次真正比赛中的棋局一样,对我们这些外行来说,是令人相当失望的事情。因为各个棋子互相交错越来越形成一个特殊的图案,那么对于我们来说,真正的局势如何,也就越来越难以参透。我们既看不出这个对手的意图是什么,也看不出那个对手的目的何在,更弄不清楚,这两个对手当中究竟是谁真正处于有利地位。我们只发现,个别的棋子像撬杠似的向前移动,想把对方的阵线打开一个缺口,但是这样走来走去的战略意图是什么,我们却无法理解,因为这些高明的棋手下棋,每走一步都要预先看出好几步棋。另外渐渐地再加上一种使人瘫痪的疲劳,这主要怪琴多维奇考虑起来没完没了,这显然也开始使我们的朋友恼火起来。我忐忑不安地注意到,这盘棋拖的时间越长,他就开始越来越坐立不安,在椅子上扭来扭去,时而神经质地一支接一支地抽着香烟,时而抓起铅笔,记点什么。然后他又要矿泉水,急急忙忙地把水一杯接一杯地灌了下去,显然,他对棋局的联想比琴多维奇快一百倍。每次琴多维奇没完没了地考虑之后,下定决心,用他笨重的手把一个棋子往前一挪,我们的朋友便微微一笑,就像一个人看见期待已久的一件事情终于发生了一样,他马上就回了一步棋。他的脑子转得极快,一定早就把对方的一切可能性都预先算了出来;因此,琴多维奇考虑一步棋的时间拖得越长,B博士也就越不耐烦。在他等的时候,他的嘴唇紧闭,显出一副生气的、几乎是敌意的神气。但是琴多维奇一点也不着急。他顽强地思索着,一声不吭,棋盘上的棋子越少,他停顿的时间就越长。走到第四十二步棋的时候,足足过了两个钟头零三刻钟,我们大家坐在棋桌旁边已经精疲力竭,简直对棋局都有点无动于衷了。船上的军官已经走了一个,另外一个拿了一本书在看,只有在双方移动棋子的时候他才抬起眼睛,瞅上一眼。可是这时候,琴多维奇走了一步棋,便突然发生了出人意料的事情。B博士一看见,琴多维奇拿起马准备往前跳,他就像猫跳起来之前那样地缩起身子。他的全身开始哆嗦起来;琴多维奇一跳马,他就猛地把后往前一推,得意洋洋地大声说道:"好!这下完了!"说着把身子往后一靠,两臂在胸前一抱,用挑衅的眼光直视着琴多维奇。突然在他的瞳孔里燃烧着炽热的光芒。

我们大家都情不自禁地弯下身去看那棋盘,想弄明白如此洋洋得意地宣告的这一着棋。乍一看去,看不出什么直接的威胁。这么说,我们朋友的这句话一定是指棋局的发展而言,我们这些脑子迟缓的业余爱好者一时还算不出来。在我们当中,只有琴多维奇一个人听了那句挑衅性的宣告一动不动;他纹丝不动地坐在那儿,仿佛"这下完了"这句侮辱人的话他压根儿没有听见似的,一时毫无反应。我们大家都屏息静气,只听见放在桌上用来计时的怀表的嘀嗒声。过了三分钟、七分钟、八分钟——琴多维奇一动不动了,可是我觉得,似乎有一种内在的紧张使他那厚厚的鼻孔张得更大了。看来我们的朋友似乎也跟我们一样,觉得这种默默的等待难以忍受。他突然猛地一下子站起身来,开始在吸烟室里踱来踱去,起先走得很慢,渐渐快起来,越走越快。我们大家有些惊讶地望着他,但是谁也没有像我这样焦急不安,因为我注意到,他的步子尽管很急,可总是在一定的范围内来回;就仿佛他在这个空荡荡的房间里每次都碰到一堵看不见的栏杆,迫使他转身往回走。我汗毛直竖地发现,他这样走来走去不知不觉中画出了他从前囚室的大小:在他囚禁的那几个月里,他一定恰好也

693

是这样两只手一个劲地抽筋,缩着肩膀,像个关在笼子里的动物似的,奔过去奔过来;他在那儿一定是这样上千次地跑来跑去,在他那僵直而又发烧的眼光里闪烁着疯狂的红色的火焰。但是他的思维能力似乎还没有受到伤害,因为他不时地把脸转向桌子,看琴多维奇在这段时间里做出决定没有。过了九分钟,过了十分钟。这时终于发生了我们当中谁也没有料到的事情。琴多维奇缓缓地举起他那笨重的手,这只手本来一直一动不动地放在桌上。我们大家都十分紧张地看着他将做出什么决定。可是琴多维奇没有走棋,而是翻过手来,用手背果断地一下子把所有的棋子慢慢地从棋盘上扫了出去。过了一阵我们才明白:琴多维奇放弃这盘棋了。为了不至于在我们面前明显地被人将死,他投降了。不可思议的事终于发生了:世界冠军、无数次国际比赛的锦标获得者,在一个无名氏、一个二十年或者二十五年没有摸过棋盘的人面前,降下了他的旗帜。我们的朋友,这位隐姓埋名的陌生人,在公开的战斗中战胜了世界上最厉害的象棋名手!

我们自己也没感觉到,大家在激动之余都一个个站了起来。我们每一个人都有这种感觉,得说点什么,或者干点什么,来发泄一下我们的惊喜之情。只有琴多维奇一个人安坐不动,始终保持镇静。过了好一会儿,他才抬起头来,用他那呆滞的眼光望着我们的朋友。

"再下一盘吗?"他问道。

"那还用说。"B博士兴高采烈地回答道。我听了感到颇不舒服。我还来不及提醒他有言在先:只下一盘,绝不多下,他就已经坐了下来,急匆匆地把棋子又重新摆好。他的动作是如此之猛,以至于有一个卒子两次从他索索直抖的手指缝里滑落到地上。看见他这种极不自然的激动模样,我早就觉得心里难过,很不自在,此刻这种心情发展成为一种担心害怕。因为这个原来如此文静、如此安详的人现在明显地变得极度兴奋,他嘴角抽搐得越来越频繁,他的身体好像患了一场严重的寒热症,索索地抖个不住。

"别下了!"我在他耳边低声说道,"现在别下了!今天就到此为止吧!这对您来说太费劲了。"

"费劲!哈哈!"他大声地恶狠狠地笑道,"要是不这么磨蹭,我这段时间里都可以下了十七盘了!我唯一觉得费劲的是,用这种速度下棋得设法不让自己睡着!——好!现在您开棋吧!"

最后这几句话他是用一种激烈的似乎粗鲁的口气对琴多维奇说的。琴多维奇心平气和、不慌不忙地看了他一眼,他那呆滞的目光有点像一只握紧的拳头。一下子在这两个棋手之间出现了一种新的东西:一种危险的紧张气氛,一种强烈的仇恨。他俩不再是两个打算游戏似的互相显显本事的棋友,而是两个发誓要把对方消灭的仇敌。琴多维奇走出第一步之前,犹豫了很长时间,我明显地感到,他是故意拖这么长时间的。这位训练有素的战略家已经看出来,他恰好可以通过出棋缓慢,使对方精疲力竭、火冒三丈。所以他花了起码四分钟的时间,才用最普通最简单的方式把棋局打开,那就是把王前卒照通常的走法往前挪了两格。我们的朋友立刻把他的王前卒迎了上去,但琴多维奇马上又没完没了地停顿下来,简直叫人难以忍受;就像一道强烈的闪电过后,大家心惊肉跳地等着霹雳打来,可是霹雳始终不来。琴多维奇坐着纹丝不动。他思索再三,静静地、缓缓地,我越来越清楚地感觉到,他慢得非常恶毒；可是这一来，他可给了我足够的时间去观察 B 博士。B 博士刚把第三杯水灌了下去；我不禁想起他告诉过我，他在囚室里就像发烧似的干渴难耐。他身上已经明显地表现出一切反常激动的征兆。我发现他的额头沁出了汗珠，他手上的伤疤比原来显得更红、更深。但他还控制住自己。一直到第四步棋，琴多维奇还是这样无止境地考虑，B 博士就失去了自制，他突然冲着琴多维奇嚷了起来：

"您倒是走一步啊！"

琴多维奇抬起头来，冷冷地看了他一眼。"据我所知，我们有约在先，每一步棋的思考时间是十分钟。我原则上不用更短的时间下棋。"

B 博士咬了咬嘴唇；我发现，他的脚后跟在桌子底下越来越焦躁不安地敲打着地板。我自己也不由地变得更加神经质，我被一种预感所苦恼，怕他身上正酝酿着一种什么荒唐的东西。果然下到第八步又发生了一场小小的风波。B 博士等着等着，越来越失去自制，再也没法控制住自己内心的紧张情绪；他坐在椅子上摇来晃去，开始不自觉地用指头在桌子上敲打起来。琴多维奇又一次抬起他那沉重的粗壮的脑袋。

"我可以请您别敲桌子吗？这妨碍我。这样我是没法下棋的。"

"哈哈！"B 博士短促地笑了一声，"这点大家都看见了。"

琴多维奇的脸涨红了。"您这话是什么意思？"他语气尖锐而凶狠地说道。

B 博士又一次短促而恶毒地笑了笑："没什么，我只不过想说，您显然十分神经质。"

琴多维奇不吭气，把头低了下去。

一直过了七分钟他才走了下一步棋,这盘棋就以这种慢得要死的速度拖拖拉拉地进行着。琴多维奇似乎越来越变成一尊石像;到末了他总是用满了规定的思考时间,才决定走一步棋。从一个间歇到另一个间歇,我们朋友的举止变得越来越奇怪。看上去,他似乎根本不再关心他下的这盘棋,而是在想着完全与此无关的另外一件事情。他不再急匆匆地跑来跑去,而是一动不动地坐在他的位子上。他的眼光发直,甚至有些迷惘,呆呆地注视着前方,他一刻不停地喃喃自语,说了些莫名其妙的话。要么他沉浸在无穷无尽的棋局联想之中,要么他——这是我内心深处的怀疑——在构想另外的一些棋局,因为,每一次琴多维奇终于走出一步棋之后,别人总得要提醒他,才能把他从心不在焉的神情中唤回来。然后他总是只花一分钟时间,来重新辨明局势;我越来越怀疑,他的精神病已经以这种文静的形式发作起来,他也许早就把琴多维奇和我们大家都忘得一干二净,这种精神病很可能会突然以某种激烈的形式爆发出来。果然,下到第十九步棋的时候,危机爆发了。琴多维奇刚一挪动他的棋子,B博士也没好生往棋盘瞧一眼,便突然把他的象往前进了三格,然后大叫起来,把我们大家都吓了一跳。

"将!将军!"

我们大家满心以为他走了一步绝棋,立刻都注视着棋盘。但是一分钟之后,发生了我们谁也没有料到的事情。琴多维奇非常、非常缓慢地抬起头来,把我们这群人挨个看了一遍——在这以前他从来没有这样看过我们。他似乎是在充分享受什么东西,因为在他的嘴唇上渐渐地泛出一个心满意足的、显然带有嘲讽意味的微笑。一直等到他把这个我们仍然

莫名其妙的胜利充分享受之后,他才以一种虚伪的礼貌冲着我们说道:

"很遗憾——可是我还不明白怎么个'将'法。也许诸位先生当中有谁看出我的王被将军了吧?"

我们大家看了看棋盘,然后又以不安的心情看看 B 博士。琴多维奇的王格果然——这是每个孩子都看得出来的——有一个卒子保护着,丝毫不受象的威胁,所以他的王不可能被将军。我们大家都不安起来。莫非我们的朋友一性急把一个棋子走偏了,走得远了一格还是近了一格?我们一沉默倒引起了 B 博士的注意,现在他也注视着棋盘,开始激烈地结结巴巴地说道:

"不过王是应该在 f_7 上面啊……他位子错了,完全错了。您走错棋了!这个棋盘上所有的棋子都站错位子了……这个卒应该在 g_5 上而不该在 g_4 上……这完全是另外一盘棋……这是……"

他突然住口了。我使劲地抓住他的胳臂,或者不如说,我狠狠地掐了一下他的胳臂,这样,他即使在发烧似的慌乱之中也还会感觉到我在掐他。他转过脸来,像个梦游者似的凝视着我。

"您……有什么事?"

我什么也没说,只说了声"记住![①]"同时用手指摸了一下他手上的伤疤。他不由自主地重复着我的动作,他的眼睛呆呆地望着那条血红的伤痕。然后他突然开始颤抖起来,一阵寒噤透过他的全身。

---

① 原文为英文。

"我的天啊,"他苍白的嘴唇低声说道,"我说了什么蠢话,或者干了什么蠢事吧……难道我又……?"

"没有,"我向他低声耳语,"但是您必须立即停下这盘棋,现在已到紧要关头。记住大夫嘱咐您的话!"

B博士猛的一下子站起身来。"我请您原谅我的愚蠢的错误,"他又用他原来那种彬彬有礼的声音说道,并且向琴多维奇鞠了一躬,"我刚才说的话,当然纯粹是胡言乱语。不言而喻,这盘棋是您赢了。"然后他又向我们说道,"诸位先生,我也得请求您们原谅。不过我事先已经警告过您们,不要对我指望过多。请诸位原谅我出丑——这是我最后一次尝试着下象棋。"

他鞠了一躬就走了,那神气就跟他最初出现的时候一样谦虚而又神秘。只有我一个人知道,为什么这个人这辈子再也不会去摸棋盘,而其余的人都有些精神恍惚地留在那儿,心里模模糊糊地感觉到,刚才差一点卷入了一桩极不愉快的危险事件。"该死的笨蛋!"[①]麦克柯诺尔失望之余嘀嘀咕咕地骂了一句。最后一个从椅子上站起来的是琴多维奇,他还向那盘下了一半没有下完的残棋瞥了一眼。

"真可惜,"他宽大为怀地说道,"这个进攻计划安排得不算坏啊。作为一个业余爱好者来说,这位先生实在是个极不寻常的天才。"

(1941)

张玉书 译

---

① 原文为英文。

"外国文学名著丛书"书目

第一辑

书　名	作　者	译　者
伊索寓言	〔古希腊〕伊索	周作人
源氏物语	〔日〕紫式部	丰子恺
堂吉诃德	〔西班牙〕塞万提斯	杨　绛
泰戈尔诗选	〔印度〕泰戈尔	冰　心　石　真
坎特伯雷故事	〔英〕杰弗雷·乔叟	方　重
失乐园	〔英〕约翰·弥尔顿	朱维之
格列佛游记	〔英〕斯威夫特	张　健
傲慢与偏见	〔英〕简·奥斯丁	王科一
雪莱抒情诗选	〔英〕雪莱	查良铮
瓦尔登湖	〔美〕亨利·戴维·梭罗	徐　迟
欧·亨利短篇小说选	〔美〕欧·亨利	王永年
特利斯当与伊瑟	〔法〕贝迪耶	罗新璋
巨人传	〔法〕拉伯雷	鲍文蔚
忏悔录	〔法〕卢梭	范希衡　等
欧也妮·葛朗台　高老头	〔法〕巴尔扎克	傅　雷
雨果诗选	〔法〕雨果	程曾厚
巴黎圣母院	〔法〕雨果	陈敬容
包法利夫人	〔法〕福楼拜	李健吾
叶甫盖尼·奥涅金	〔俄〕普希金	智　量
死魂灵	〔俄〕果戈理	满　涛　许庆道

书 名	作 者	译 者
当代英雄	〔俄〕莱蒙托夫	草 婴
猎人笔记	〔俄〕屠格涅夫	丰子恺
白痴	〔俄〕陀思妥耶夫斯基	南 江
列夫·托尔斯泰中短篇小说选	〔俄〕列夫·托尔斯泰	草 婴
怎么办？	〔俄〕车尔尼雪夫斯基	蒋 路
高尔基短篇小说选	〔苏联〕高尔基	巴 金 等
浮士德	〔德〕歌德	绿 原
易卜生戏剧四种	〔挪〕易卜生	潘家洵
鲵鱼之乱	〔捷〕卡·恰佩克	贝 京
金人	〔匈〕约卡伊·莫尔	柯 青

第 二 辑

荷马史诗·伊利亚特	〔古希腊〕荷马	罗念生 王焕生
荷马史诗·奥德赛	〔古希腊〕荷马	王焕生
十日谈	〔意大利〕薄伽丘	王永年
莎士比亚悲剧五种	〔英〕威廉·莎士比亚	朱生豪
多情客游记	〔英〕劳伦斯·斯特恩	石永礼
唐璜	〔英〕拜伦	查良铮
大卫·科波菲尔	〔英〕查尔斯·狄更斯	庄绎传
简·爱	〔英〕夏洛蒂·勃朗特	吴钧燮
呼啸山庄	〔英〕爱米丽·勃朗特	张 玲 张 扬
德伯家的苔丝	〔英〕托马斯·哈代	张谷若
海浪 达洛维太太	〔英〕弗吉尼亚·吴尔夫	吴钧燮 谷启楠
哈克贝利·费恩历险记	〔美〕马克·吐温	张友松
一位女士的画像	〔美〕亨利·詹姆斯	项星耀
喧哗与骚动	〔美〕威廉·福克纳	李文俊
永别了武器	〔美〕欧内斯特·海明威	于晓红

书　名	作　者	译　者
波斯人信札	〔法〕孟德斯鸠	罗大冈
伏尔泰小说选	〔法〕伏尔泰	傅　雷
红与黑	〔法〕司汤达	张冠尧
幻灭	〔法〕巴尔扎克	傅　雷
莫泊桑中短篇小说选	〔法〕莫泊桑	张英伦
文字生涯	〔法〕让-保尔·萨特	沈志明
局外人　鼠疫	〔法〕加缪	徐和瑾
契诃夫小说选	〔俄〕契诃夫	汝　龙
布宁中短篇小说选	〔俄〕布宁	陈　馥
一个人的遭遇	〔苏联〕肖洛霍夫	草　婴
少年维特的烦恼	〔德〕歌德	杨武能
德国，一个冬天的童话	〔德〕海涅	冯　至
绿衣亨利	〔瑞士〕戈特弗里德·凯勒	田德望
斯特林堡小说戏剧选	〔瑞典〕斯特林堡	李之义
城堡	〔奥地利〕卡夫卡	高年生

第　三　辑

埃斯库罗斯悲剧二种	〔古希腊〕埃斯库罗斯	罗念生
索福克勒斯悲剧二种	〔古希腊〕索福克勒斯	罗念生
欧里庇得斯悲剧二种	〔古希腊〕欧里庇得斯	罗念生
神曲	〔意大利〕但丁	田德望
西班牙流浪汉小说选	〔西班牙〕克维多　等	杨　绛　等
阿拉伯古代诗选	〔阿拉伯〕乌姆鲁勒·盖斯　等	仲跻昆
列王纪选	〔波斯〕菲尔多西	张鸿年
蕾莉与马杰农	〔波斯〕内扎米	卢　永
莎士比亚喜剧五种	〔英〕威廉·莎士比亚	方　平
鲁滨孙飘流记	〔英〕笛福	徐霞村

书　名	作　者	译　者
彭斯诗选	〔英〕彭斯	王佐良
艾凡赫	〔英〕沃尔特·司各特	项星耀
名利场	〔英〕萨克雷	杨　必
人性的枷锁	〔英〕威廉·萨默塞特·毛姆	叶　尊
儿子与情人	〔英〕D.H.劳伦斯	陈良廷　刘文澜
杰克·伦敦小说选	〔美〕杰克·伦敦	万　紫等
了不起的盖茨比	〔美〕菲茨杰拉德	姚乃强
木工小史	〔法〕乔治·桑	齐　香
恶之花　巴黎的忧郁	〔法〕波德莱尔	钱春绮
萌芽	〔法〕左拉	黎　柯
前夜　父与子	〔俄〕屠格涅夫	丽尼　巴金
卡拉马佐夫兄弟	〔俄〕陀思妥耶夫斯基	耿济之
安娜·卡列宁娜	〔俄〕列夫·托尔斯泰	周扬　谢素台
茨维塔耶娃诗选	〔俄〕茨维塔耶娃	刘文飞
德国诗选	〔德〕歌德等	钱春绮
安徒生童话选	〔丹麦〕安徒生	叶君健
外祖母	〔捷〕鲍·聂姆佐娃	吴　琦
好兵帅克历险记	〔捷〕雅·哈谢克	星　灿
我是猫	〔日〕夏目漱石	阎小妹
罗生门	〔日〕芥川龙之介	文洁若

第 四 辑

一千零一夜		纳　训
培根随笔集	〔英〕培根	曹明伦
拜伦诗选	〔英〕拜伦	查良铮
黑暗的心　吉姆爷	〔英〕约瑟夫·康拉德	黄雨石　熊蕾
福尔赛世家	〔英〕高尔斯华绥	周煦良

书　名	作　者	译　者
月亮与六便士	〔英〕威廉·萨默塞特·毛姆	谷启楠
萧伯纳戏剧三种	〔爱尔兰〕萧伯纳	潘家洵　等
红字　七个尖角顶的宅第	〔美〕纳撒尼尔·霍桑	胡允桓
汤姆叔叔的小屋	〔美〕斯陀夫人	王家湘
白鲸	〔美〕赫尔曼·梅尔维尔	成　时
马克·吐温中短篇小说选	〔美〕马克·吐温	叶冬心
老人与海	〔美〕欧内斯特·海明威	陈良廷　等
愤怒的葡萄	〔美〕斯坦贝克	胡仲持
蒙田随笔集	〔法〕蒙田	梁宗岱　黄建华
悲惨世界	〔法〕雨果	李　丹　方　于
九三年	〔法〕雨果	郑永慧
梅里美中短篇小说选	〔法〕梅里美	张冠尧
情感教育	〔法〕福楼拜	王文融
茶花女	〔法〕小仲马	王振孙
都德小说选	〔法〕都德	刘　方　陆秉慧
一生	〔法〕莫泊桑	盛澄华
普希金诗选	〔俄〕普希金	高　莽　等
莱蒙托夫诗选	〔俄〕莱蒙托夫	余　振　顾蕴璞
罗亭　贵族之家	〔俄〕屠格涅夫	陆　蠡　丽　尼
日瓦戈医生	〔苏联〕帕斯捷尔纳克	张秉衡
大师和玛格丽特	〔苏联〕布尔加科夫	钱　诚
茨威格中短篇小说选	〔奥地利〕斯·茨威格	张玉书　等
玩偶	〔波兰〕普鲁斯	张振辉
万叶集精选	〔日〕大伴家持	钱稻孙
人间失格	〔日〕太宰治	魏大海

第五辑

书　名	作　者	译　者
泪与笑　先知	〔黎巴嫩〕纪伯伦	冰　心　等
华兹华斯 柯尔律治诗选	〔英〕华兹华斯 柯尔律治	杨德豫
济慈诗选	〔英〕约翰·济慈	屠　岸
汤姆·索亚历险记	〔美〕马克·吐温	张友松
大街	〔美〕辛克莱·路易斯	潘庆舲
田园三部曲	〔法〕乔治·桑	罗　旭　等
金钱	〔法〕左拉	金满成
果戈理小说戏剧选	〔俄〕果戈理	满　涛
奥勃洛莫夫	〔俄〕冈察洛夫	陈　馥
谁在俄罗斯能过好日子	〔俄〕涅克拉索夫	飞　白
亚·奥斯特洛夫斯基戏剧六种	〔俄〕亚·奥斯特洛夫斯基	姜椿芳　等
复活	〔俄〕列夫·托尔斯泰	草　婴
静静的顿河	〔苏联〕肖洛霍夫	金　人
谢甫琴科诗选	〔乌克兰〕谢甫琴科	戈宝权　任溶溶
维廉·麦斯特的学习时代	〔德〕歌德	冯　至　姚可崑
叔本华随笔集	〔德〕叔本华	绿　原
艾菲·布里斯特	〔德〕台奥多尔·冯塔纳	韩世钟
豪普特曼戏剧三种	〔德〕豪普特曼	章鹏高　等
铁皮鼓	〔德〕君特·格拉斯	胡其鼎
加西亚·洛尔卡诗选	〔西班牙〕加西亚·洛尔卡	赵振江
你往何处去	〔波兰〕亨利克·显克维奇	张振辉
显克维奇中短篇小说选	〔波兰〕亨利克·显克维奇	林洪亮
裴多菲诗选	〔匈〕裴多菲	孙　用
轭下	〔保〕伐佐夫	施蛰存

书 名	作 者	译 者
卡勒瓦拉(上下)	〔芬兰〕埃利亚斯·隆洛德	孙 用
破戒	〔日〕岛崎藤村	陈德文
戈拉	〔印度〕泰戈尔	刘寿康